BASTEI
LÜBBE

Über das Buch:

Ein unseliger Krieg liegt hinter den Vetter-Fluss- und den Nahe-am-Fluss-Menschen. Die schöne K'os hatte ihn durch ihre Machenschaften angezettelt, um Rache an den Kriegern nehmen zu können, die ihr als junger Frau Gewalt angetan haben. Nun sind viele der Ältesten und Jäger tot.
Beide Dörfer bereiten sich auf die große Herbstjagd vor und wandern den ziehenden Karibuherden entgegen, die ihnen das Überleben im Winter sichern. Durch die Unfähigkeit von Anaay, dem Anführer der Nahe-am-Fluss-Menschen, zieht sein Volk in die falsche Richtung und stellt nach Tagen der Wanderung fest, dass es sich im Jagdgebiet der Vetter-Fluss-Menschen befindet. Eine Katastrophe bahnt sich an ...

Wie schon in ihren Vorzeitromanen verbindet Sue Harrison auch in »Der Schrei des Windes« genaue Recherche und Sachkenntnis mit einer packenden Handlung und entführt uns in eine fremde und doch seltsam vertraute Welt.

Über die Autorin:

Sue Harrison hat Englische Literatur und die Sprachen der Ureinwohner Amerikas studiert. Sie lebt mit ihrem Mann und ihren Kindern in Pickford, Michigan.

Von Sue Harrison erschienen bei Bastei Lübbe:

12287 Vater Himmel, Mutter Erde
12553 Schwester Mond
12792 Bruder Wind
12901 Der Gesang des Flusses

Sue Harrison

Der Schrei des Windes

Aus dem Amerikanischen von
Sabine Maier-Längsfeld

BASTEI
LÜBBE

BASTEI LÜBBE TASCHENBUCH
Band 14660

1. Auflage: Januar 2002

Vollständige Taschenbuchausgabe

Bastei Lübbe Taschenbücher ist ein Imprint der Verlagsgruppe Lübbe

Titel der englischen Originalausgabe:
CRY OF THE WIND: THE STORY-TELLER TRILOGY BOOK II

Lizenzausgabe: Verlagsgruppe Lübbe GmbH & Co. KG,
Bergisch Gladbach
Einbandgestaltung: ZERO, München
Titelillustration: Cornelia Niere
Satz: hanseatenSatz-bremen, Bremen
Druck und Verarbeitung: Elsnerdruck
Printed in Germany
ISBN 3-404-14660-3

Sie finden uns im Internet unter
http://www.luebbe.de

Der Preis dieses Bandes versteht sich einschließlich
der gesetzlichen Mehrwertsteuer.

Unseren Kindern, in Liebe und Freude:
unserer Tochter Krystal, unserem Sohn Neil
und seiner Braut Tonya.

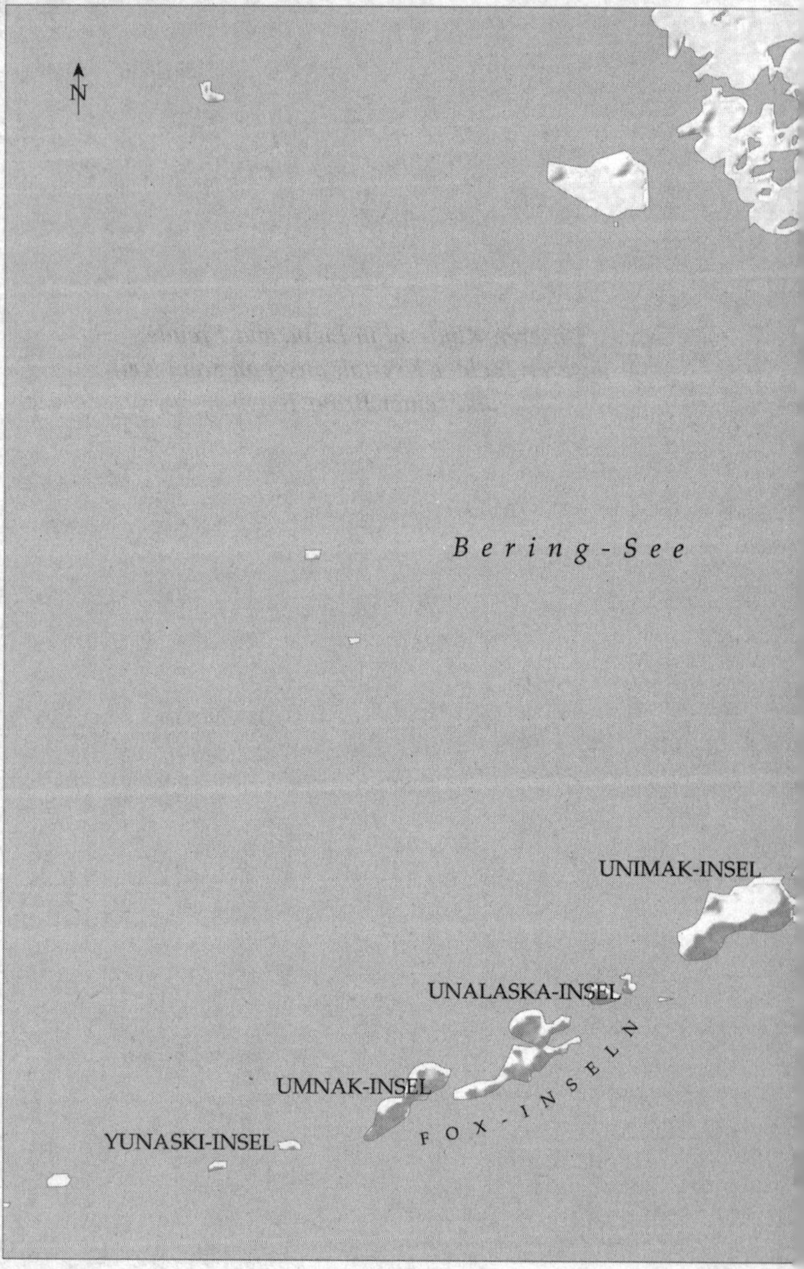
N
Bering-See
UNIMAK-INSEL
UNALASKA-INSEL
UMNAK-INSEL
FOX-INSELN
YUNASKI-INSEL

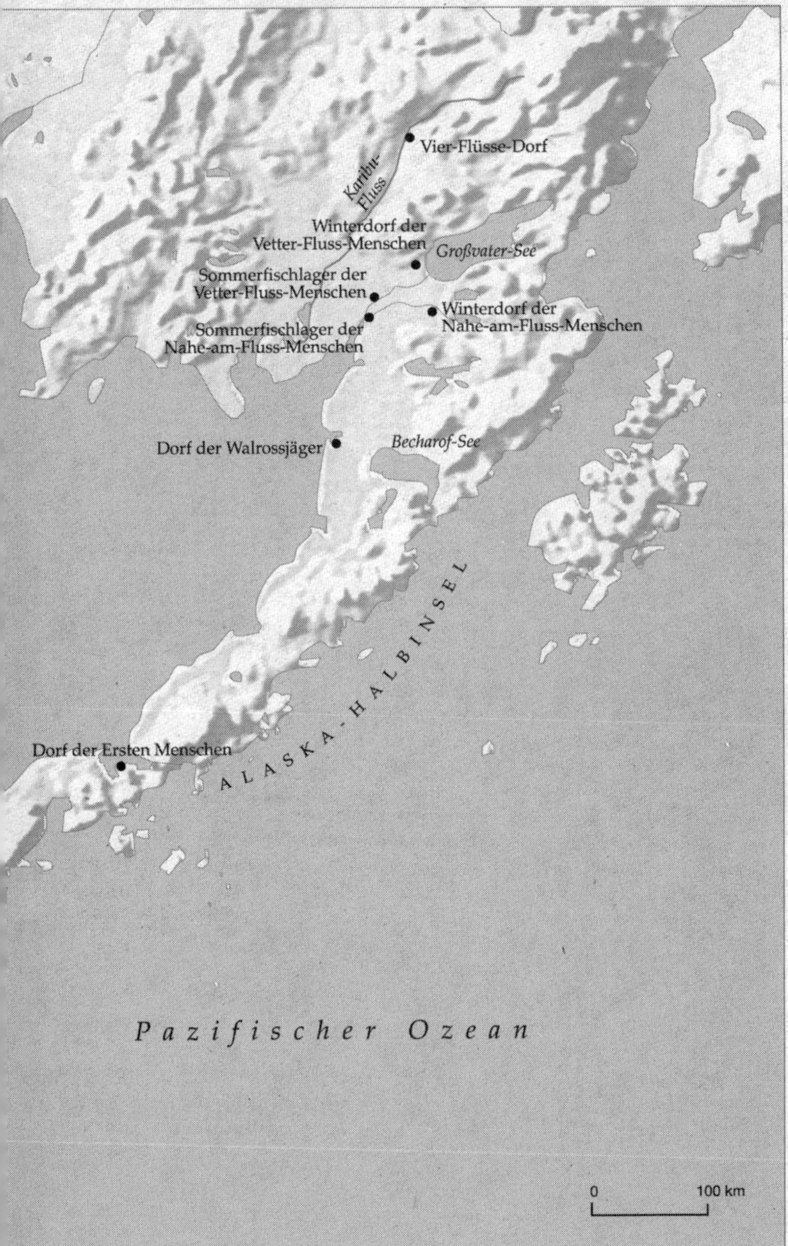
Vier-Flüsse-Dorf
Karibu-Fluss
Winterdorf der Vetter-Fluss-Menschen
Großvater-See
Sommerfischlager der Vetter-Fluss-Menschen
Winterdorf der Nahe-am-Fluss-Menschen
Sommerfischlager der Nahe-am-Fluss-Menschen
Dorf der Walrossjäger
Becharof-See
ALASKA-HALBINSEL
Dorf der Ersten Menschen
Pazifischer Ozean
0
100 km

Teil Eins

Die alte Frau blickte hinab auf das Kind. Die Augen des Jungen glänzten wachsam. Sie war müde, doch wie oft durfte eine Geschichtenerzählerin ihre Geschichten an solch ein Kind weitergeben? Wie oft wurde dem Volk ein Dzuuggi *geboren? Und dieser Junge war ein Dzuuggi. Sie hatte seine Stimme in ihren Träumen gehört, als seine Mutter ihn noch in ihrem Bauch trug.*

Auch die alte Frau war auserwählt, Dzuuggi *zu sein. Bereits als Kind war sie eingeweiht worden in die Geschichten des Flussvolkes. Aber jetzt war dieses Wissen Last – so viele Worte, die bewahrt werden mussten. Tag um Tag gab sie die Geschichten an den Jungen weiter, und sie spürte, wie die Last von ihr genommen wurde. Tag um Tag fühlte sie sich leichter und stärker, als reckten sich die alten Knochen, und ihre Schritte wurden fest wie einst.*

Sie hielt eine hölzerne Schale mit Weidenrindentee in den hohlen Händen. Sie hob die Schale zum Mund und trank. Die Schale war vom Alter dunkel, all der Tee und all die Geschichten hatten das Holz kostbar gemacht.

Sei dieser Schale gleich, kleiner Dzuuggi, *dachte die alte Frau, und sie schloss die Augen und hob den Kopf, damit die Gedanken aufsteigen konnten wie ein Gebet. Sei dieser Schale gleich. Bewahre viel, gebe viel, und werde reich durch das, was in dir ist.*

»Nun, Kind«, fing sie an. »Du erinnerst dich an die beiden Geschichtenerzähler, Aqamdax und Chakliux?«

Der Junge nickte und flüsterte die Namen.

»Man kennt nicht viele Geschichten über Geschichtenerzähler; man hört nur ihre Stimmen, nichts sonst. Darum ist dies hier etwas Besonderes.« Die alte Frau hielt inne und blickte in den Rauch der Feuerstelle in der Mitte ihrer Behausung. Noch reichte das Holz hoch hinauf, ein Festmahl für das brennende Maul, das schließlich verzehren würde, was sie ihm dargeboten hatte. Mit hohler Hand schöpfte sie den Rauch in ihr Gesicht, wie um die Worte aus den Flammen zu holen.

»Und du erinnerst dich, dass Chakliux vom Flussvolk war, so wie wir?«, fragte sie. »Erinnerst dich, dass er ebenso auserwählt war, Dzuuggi *zu sein, wie du es bist?« Ihre Worte waren Fragen, doch sie ließ ihm keine Zeit für Antworten. Sie fuhr fort: »Und die Frau Aqamdax, sie war was?«*

»Seejäger, Erste Menschen.«

Die alte Frau nickte.

»Nicht Fluss«, sagte der Junge.

»Nicht Fluss, und dennoch nicht so verschieden von uns. Wir haben das gleiche Blut, wenigstens einige von uns.« Sie hob einen Finger und presste ihn auf die Falten, die wie Strahlen um ihre Augen lagen. »Du erinnerst dich, Chakliux hatte Fischotterblut in seinen Adern, obwohl er Flussmensch war. Ich habe dir von seinem Fuß erzählt.«

Sie streifte einen der mit Fell gefütterten Stiefel ab, die sie in der Behausung trug. Die lederne Sohle, weich vom Tragen und dunkel vom Rauch der Feuerstelle, war unter den Zehen dünn geworden. Mit einer Hand drückte sie die Fußkante gegen den Boden.

»Sein Fuß war an der Seite eingerollt«, sagte sie, »wie der Fuß des Otters, wenn er im Wasser schwimmt.«

Sie zwängte zwei Finger zwischen ihre drei kleinsten Zehen. Das Alter hatte die Nägel dick und gelb gemacht. »Und diese Zehen?«

»Sie waren zusammengewachsen«, sagte der Junge. »An beiden Füßen.«

»Wie die Zehen des Otters«, erklärte ihm die alte Frau. Sie rieb den nackten Fuß. Rieb und summte dabei einen eintönigen Gesang. Dann streifte sie den Stiefel über.

»So werde nun ich vielleicht zuhören, und du wirst mir ein wenig von Chakliux, dem Dzuuggi, *erzählen.«*

Der Junge richtete sich auf und begann mit leiser, sanfter Stimme zu erzählen. Die alte Frau unterbrach ihn. »Denkst du, irgendjemand wird dir Gehör schenken, wenn du auf diese Weise sprichst?« Sie presste die Hände in die Mulde unter ihrem Brustbein. »Von hier, von hier müssen deine Worte kommen.« Sie füllte ihre Brust mit Luft, und der Junge tat es ihr gleich. »Nun«, sagte sie, und er hob wieder zu sprechen an, viel lauter diesmal.

»Gut«, sagte die alte Frau. »Jetzt kann ich sehen, dass die Worte aus deinem Herzen kommen.«

»Als er Säugling war«, so erzählte der Junge, »wurde Chakliux auf dem Großvater-Felsen ausgesetzt. Er sollte sterben.«

»Hii?«, *sagte die alte Frau, als hätten die Worte des* Dzuuggis *sie bei einer wahrhaftigen Versammlung des Geschichtenerzählers erstaunt. »Ein* Dzuuggi, *der ausgesetzt wurde?«*

»Es ist wahr. Sein Großvater setzte ihn aus, wegen seines Fußes. Er erkannte den Otter nicht, er sah in ihm einen Fluch, und so verließ er Chakliux. Doch Chakliux starb nicht. Die Frau K'os kam und fand ihn dort. Sie nahm ihn zu sich als ihren Sohn.«

»Dann war sie eine gute Mutter, ja?«

»Nein. Sie hasste ihn. Sie trug nur Hass in sich, gegen alle.«

»Hii! *Weshalb?«*

»Einst schändeten sie Männer auf dem Großvater-Felsen. Sie sah in Chakliux ein Geschenk, das wieder gutmachen sollte, was ihr geschehen war. Denn sie konnte nach jener Schändung keine Kinder mehr in sich tragen.«

»Man sollte meinen, dass ihre Liebe zu Chakliux umso größer ist, da sie doch keine eigenen Kinder haben kann«, sagte die alte Frau.

Der Junge zuckte mit den Schultern. »Sie war eigensüchtig.« Wie er es bei der alten Frau gesehen hatte, fuhr er mit der hohlen Hand durch den Rauch und führte sie zum Mund. »Schon vor der Schändung war sie eigensüchtig. Als Chakliux heranwuchs, neidete sie ihm seine Weisheit und auch, dass er auserwählt war, Dzuuggi *zu sein. Selbst seine Frau und sein Kind tötete sie.«*

»Danach hat man sie wohl aus dem Dorf verstoßen.«

Der Junge wandte sich der alten Frau zu und senkte die Stimme zu einem Flüstern.

»Nein, sie vergiftete die beiden im Geheimen, man dachte, sie wären an einer Krankheit gestorben.«

»Du weißt, dass sie die Schuld an dem Krieg zwischen den Dörfern der Vetter-Fluss-Menschen und der Nahe-am-Fluss-Menschen trug«, sagte die alte Frau. »Von all den Dingen, die ich dich gelehrt habe, ist das Wichtigste das Gedenken dieses Krieges. Obgleich sie weit in der Vergangenheit liegen, haben diese Kämpfe vieles verändert. So viele Flussmenschen mussten sterben, und starke Dorfgemeinschaften wurden schwach.«

Es klang, als weinte sie, doch als der Junge in ihre Augen blickte, sah er, dass diese hart und trocken waren. Sie schüttelte die Faust zur Feuerstelle hin, und er fragte sich, ob der Rauch ihren Zorn durch die Jahre hinweg zurücktragen konnte zu diesen einfältigen Menschen.

»Die Nahe-am-Fluss-Menschen und die Vetter-Fluss-Menschen kämpften gegeneinander. Sie hatten das gleiche Blut – sie waren Vettern, die Männer und Frauen in diesen beiden Dörfern –, und doch kämpften sie.«

»Warum?«, fragte der Junge.

»Ohne guten Grund«, erklärte die alte Frau. »Für die meisten Kämpfe gibt es keine guten Gründe. Deswegen gibt es Dzuuggis, *damit sie uns an unsere Dummheit erinnern und wir dieselben Dinge nicht noch einmal tun.«*

»Chakliux versuchte, die Kämpfe zu beenden.«

»Ja, doch sie kämpften weiter.«

»Und die Nahe-am-Fluss-Menschen siegten«, sagte der Junge.

»Sinne darüber eine Weile nach. Hat wahrhaftig jemand den Sieg davongetragen? Gedenke all der verlorenen Leben und der harten Winter, in denen beide Dörfer darbten, weil so viele ihrer Männer sterben mussten.«

»Aber die meisten Jäger der Nahe-am-Fluss-Menschen blieben am Leben«, erwiderte der Junge. »Nur die Vetter-Fluss-Menschen verloren ihre Jäger.«

Die alte Frau hob einen Finger. »Das ist wahr. Hast du jedoch vergessen, dass alle Ältesten der Nahe-am-Fluss-Menschen sterben mussten? Wenn das geschieht, ist alle Weisheit dahin. Dieser Verlust wiegt schwerer, als junge Krieger zu verlieren. Die Jungen werden bald zu Männern heranwachsen, und es wird neue Jäger geben. Doch wenn die Weisheit verloren ist ...« Die alte Frau seufzte und schüttelte den Kopf. Sie blickte den Jungen an und sagte: »Erzähle mir von K'os.«

»Sie lebte im Vetter-Fluss-Dorf. Als sie erkannte, dass ihr Volk zu schwach sein würde, um den Krieg zu gewinnen, versammelte sie die jungen Frauen und einige Jungen des Dorfes. Sie verkündete, sie wolle einen geheimen Angriff gegen die Nahe-am-Fluss-Menschen wagen. Doch sie täuschte ihr Volk. Stattdessen half sie den Nahe-am-Fluss-Männern, die Jungen und die kräftigsten Frauen zu töten. Die Überlebenden lieferte sie aus.«

»Dafür haben die Nahe-am-Fluss-Menschen sie sicher geehrt.«

»Nein. Ein Nahe-am-Fluss-Häuptling – sein Name war Bellender Fuchs – war einer der Männer, die sie einst am Großvater-Felsen geschändet hatten. Er wusste, dass er ihr kein Vertrauen schenken durfte, und bestimmte, K'os solle Arbeiterin sein.«

»Aah«, sagte die alte Frau. »Ich verstehe.« Sie saß eine

Weile schweigend, dann sagte sie: »Ich habe dir von Aqamdax erzählt, wie sie ihr Volk verlassen hat und zum Flussvolk kam, als Frau des Jägers Sok.«

»Chakliux' Bruder«, sagte der Junge.

Die alte Frau lächelte. »Ja. Sok war sein Bruder.« Wieder hob sie den Finger und bewegte ihn wie zur Warnung. »Ich sage dir dies, Kind. Manches Mal wirst du hören, weil Aqamdax zu den Seejägern gehörte, sei sie für uns ohne Bedeutung. Doch wer dies sagt, ist ein Tor. Siehe, jede Geschichte ist wie ein kleines Feuer, das Licht und Wärme spendet. Wieso hat jedes Dorf mehr als nur eine Feuerstelle? Was glaubst du?«

Der Junge hob die Hand, die Finger gespreizt. »Es gäbe zu viel Dunkelheit, wenn nur eine Feuerstelle da wäre.«

»Du bist sehr weise für ein Kind. Erzähle mir also ein wenig von Aqamdax.«

»Sok wollte sie nicht als Frau«, sagte der Junge. »Er verstieß sie. Chakliux wollte sie zur Frau nehmen, doch der Händler Cen raubte sie. Vor dem Beginn der Kämpfe brachte er sie zum Dorf der Vetter-Fluss-Menschen. K'os erhandelte sie als Arbeiterin. Später erwarb der Jäger Nachtmann Aqamdax und nahm sie als seine Frau. Chakliux fand heraus, wo sie sich befand, und als die Kämpfe vorüber waren, zog er zu den Vetter-Fluss-Menschen, um in ihrer Nähe leben zu können. Er nahm die Schwester von Nachtmann zur Frau.«

Die alte Frau lächelte. »Du hast ein gutes Gedächtnis.« Sie nahm einen tiefen Schluck von ihrem Weidenrindentee, dann deutete sie mit dem Kopf zu der Wasserblase, die über ihnen in den Balken der Behausung hing. Der Junge stand auf und löste die Blase. Er reichte sie der alten Frau, und sie füllte ihre Schale mit Wasser. Sie senkte ihre Finger in das Wasser und verspritzte einige Tropfen über dem Feuer. Wieder nahm sie einen Schluck und sagte: »Ich denke, du bist bereit zu erfahren, was dann geschah. Höre also:

Spätsommer, 6458 v. Chr.

ES GESCHIEHT, dass ich am Morgen erwache und nicht weiß, wo ich bin. Wie kann es sein, dass dieser Ort nun unser Dorf ist? Wo sind all die Vetter-Fluss-Menschen, unsere Jäger, unsere jungen Frauen?

Die Kinder weinen vor Hunger; die alten Frauen ehren den Tag nicht länger in Freude. Trauergesänge erfüllen die Luft bis in die tiefe, rabenschwarze Nacht hinein. Wenn ich die Augen schließe, um zu schlafen, sehe ich unsere Behausungen in Flammen. Ich sehe die Gebeine meiner Söhne und Enkel, entehrt von unseren Feinden.

Ich, Krummer Halm, erinnere mich der Zeiten, da die Nahe-am-Fluss-Menschen und die Vetter-Fluss-Menschen eins waren, da wir vereint die großen Jäger ehrten, jene Großväter beider Dörfer.

Wie konnte der Zorn uns diese Bande vergessen machen? Wie konnte sich der Hass in unsere Herzen stehlen und sich unserer Seelen bemächtigen?«

1

Das Vetter-Fluss-Dorf

Die alte Frau bereitete einen gesonderten Kochbeutel mit Fleisch und Brühe für die drei Frauen im Dorf, die Kinder in ihren Bäuchen trugen: Aqamdax, Stern und Rotes Blatt. Teile des Karibus waren ihnen verboten. Das Fleisch und die Knochen aus dem Nacken würden ihren ungeborenen Kindern Schwerfälligkeit bringen. Die Vorderläufe und das Fleisch von Unterkiefer und Maul hingegen mussten für die alten Männer bewahrt werden.

Aqamdax wusste, dass sie einen Jungen trug. Das Kind wohnte weit unten in ihrem Bauch, und so sagten ihr die anderen Frauen ein Mädchen voraus. Aqamdax unterdrückte ihr Lächeln und lachte im Stillen über die Gewissheit der Frauen. Es war ein Junge. Sie wusste es seit dem vierten Mond ihrer Schwangerschaft, als sie zum ersten Mal seine Gesänge in ihren Träumen vernommen hatte.

Die Männer hatten im Frühjahr nicht so viele Karibus erlegt, wie sie benötigt hätten. Nach den Kämpfen waren in ihrem Dorf gerade sechs Jäger am Leben geblieben. Die Beute reichte jedoch, den Hunger abzuwehren. Die Frauen verschwendeten nicht den geringsten Brocken. Die Felle waren durchlöchert von Fliegenlarven und zum Nähen von Kleidung nicht zu gebrauchen. Sie ließen sich kaum schaben. Doch ihre Behausungen waren niedergebrannt und ihre Vorräte geplündert, wie konnten die Frauen die Felle da entbehren?

Nun, da Spätsommer war, hatten Chakliux und sein älterer

Bruder Sok einen guten, fetten Karibubullen erlegt. Die Menschen ließen ihren Zorn und ihre Hilflosigkeit für eine Nacht außer Acht und begingen ein Fest.

Aqamdax aß und summte Gesänge für ihr Kind, hieß es, stark zu werden wie das Karibu. Als Frau von Nachtmann stimmte sie einige Gesänge in der alten Weise des Flussvolkes an. Die meisten Gesänge jedoch hatte sie von ihrem eigenen Volk gelernt, den Ersten Menschen, die an den Ufern des großen Nordmeeres lebten.

Die Gesänge hielten ihren Geist wach, banden ihre Gedanken an Mann und Kind, fort von dem Jäger Chakliux, welcher als *Dzuuggi* dieses Dorfes geehrt wurde. Obgleich er noch jung war, war er voller Weisheit, ein Geschenk der Otter, sagten die Menschen. Wer wollte leugnen, dass er Otterblut in seinen Adern hatte? Wer konnte nicht den eingerollten Fuß und die zusammengewachsenen Zehen sehen?

Die Menschen beendeten das Mahl, und die Frauen schütteten die Kochfeuer zu rauchendem Qualm auf, um jene Kerbtiere der Nacht zu vertreiben, die auch im Spätsommer noch die Nähe der Menschen suchten. Da begannen Chakliux und Sok, die Geschichte ihrer Jagd zu erzählen.

Aqamdax hockte sich auf den Boden, die Beine weit gespreizt, um ihrem wachsenden Bauch Raum zu geben. Nachtmann betrachtete sie, und so verbot sie ihren Augen, zu lange auf Chakliux zu verweilen.

Sei dankbar für Nachtmann, befahl sich Aqamdax. Sei dankbar, dass du Frau bist und nicht länger Arbeiterin. Freue dich an dem Kind, das er dir schenkte, und ehre deinen Mann.

Sie saß mit ihrem Bruder Ghaden, einem Jungen von fünf Sommern, zu ihrer Rechten und Ghadens Ziehschwester Yaa zu ihrer Linken. Beide Kinder hatten ihre Eltern verloren und waren von Chakliux' Frau Stern angenommen worden. Es war jedoch Aqamdax, die sie behütete, ihnen Kleidung nähte, ihnen Essen bereitete. Stern hatte sie aus einer Laune heraus angenommen, ganz wie ein Kind, das sich entschließt, ein Füchslein großzuziehen. Wer wollte ihr zutrauen, zwei Kinder zu versorgen?

Yaa schmiegte sich an Aqamdax. Ghaden jedoch lauschte stehend und mit großen Augen, als Sok und Chakliux ihnen ihre Jagd schilderten.

Chakliux' Worte brachten Bilder zu ihr, und Aqamdax konnte das Karibu sehen. Die weiße Zeichnung seiner Flanken verschmolz mit Licht und Schatten der Zwergbirken, bei denen es stand; rot wie der Herbst, mit blutigen Hautfetzen an seinem Geweih, die Sprossen hart wie Knochen und von dunkler Farbe wie die Blätter der Bärentraube.

Stern zwängte sich zwischen Ghaden und Aqamdax und brach in das Traumbild ein. Sie trug ihr Kinn hoch, als wolle sie Aqamdax herausfordern, und zog Ghaden auf ihren Schoß. Er setzte sich zur Wehr, und die beiden begannen ein Gerangel. Leise Worte schwollen an zu Wehgeschrei. Aqamdax neigte sich ihnen zu und suchte den Blick ihres Bruders. Sie hob die Finger an den Mund und bedeutete ihm zu schweigen. Zornig schürzte Ghaden die Lippen. Erneut wandte er sich den Männern zu.

Stern bedachte Aqamdax mit einem selbstgefälligen Lächeln und rückte nah an ihre Seite. »Nur ein paar Monde noch, dann werde ich zwei Söhne haben«, raunte sie. Sie warf einen abfälligen Blick auf Aqamdax' Bauch. »Du wirst bestenfalls einen haben.«

Aqamdax verschloss die Augen vor Sterns Einfalt und gab keine Antwort. Allein, sie bedauerte das Kind von Chakliux, gebettet in die harte Wiege von Sterns Knochen.

Ein Festmahl nur, und nichts war von dem Karibu geblieben als Schädel und Rippen, aus denen sie eine Brühe kochen konnten. Die Worte und Gesänge der Jagdgeschichten stiegen hinauf, bis die Nachtluft sie zu dünnen Schwaden lichtete, und sie schwebten über dem Dorf und warteten, dass sie, dem Ruf der träumenden Menschen folgend, zurückkehren konnten.

Eingehüllt in ihre warmen Decken aus Hasenfell lag Aqamdax auf der Frauenseite von Sterns Behausung. Lange Augen schlief an ihrer Seite. Sie war die Mutter von Stern und Nachtmann. Seit dem Tod ihres Mannes schien die Alte mehr Kind als Frau zu sein, als wäre ihr Geist ihrem Mann in die Welt der Toten gefolgt. Sie wachte viele Nächte hindurch, seltsame Trauergesänge kamen von ihren Lippen, doch heute hatte ein voller Bauch ihr Schlaf gebracht.

Aqamdax' Gedanken wurden zu Bildern. Sie stand bei Nachtmann, als Chakliux und Sok ihr Karibu in das Dorf brachten. Nachtmanns Blick war finster, der nutzlose Arm war mit Streifen aus Karibufell an seine Seite gebunden.

Aqamdax hielt den Blick von Chakliux fern. Nachtmann beobachtete sie, wie er es immer tat, wenn Chakliux nah war. Sie wandte den Kopf und blickte ihren Mann an, lächelte und trat näher zu ihm, bis ihre Hüfte die seine berührte. Es gab viele kleine Wege, einem Mann Achtung zu erweisen, ohne ihn vor den anderen Männern in Verlegenheit zu bringen. Nachtmann war nicht Chakliux, aber er hatte ihr das Kind geschenkt, das warm und schwer unter ihrem Herzen wohnte.

Aqamdax' Traumbilder wandelten sich zu Erinnerungen an ihre Kindheit, ihr Leben bei den Ersten Menschen an den Ufern des großen Nordmeeres. Ihr Vater lebte, und er hob sie empor, seine Arme fest um ihren Leib. Mit einem Mal drückte er sie derart, dass es ihr den Atem nahm. Sie schrie, er solle innehalten, blickte zu ihm hinab und sah, dass er tot war. Die Haut dunkel, die Lippen blau, so wie sie es gewesen waren, als er ertrank. Sie hörte den schrecklichen Trauerschrei ihrer Mutter, und ihre Stimme war so laut, dass Aqamdax davon erwachte.

Stern und Yaa waren an ihrer Seite.

»Du hast geschrien«, sagte Yaa. »Was ist mit dir?«

Aqamdax schüttelte den Kopf, versuchte die letzten Fäden abzustreifen, die sie an den Schlaf banden. »Nur ein Traum«, sagte sie und stöhnte auf, als der Schmerz wieder von ihr

Besitz ergriff, ihre Lenden umkreiste und in ihre Knochen fuhr.

Stern wich zurück und hielt die Hände über den kleinen Hügel, der ihr Kind war. »Schaff sie fort!«, befahl sie Yaa. »Ihr Kind könnte meines rufen zu kommen.«

Stern zog sich in den hintersten Winkel der Behausung zurück und trampelte dabei über die Bettstatt ihres Mannes.

Chakliux stützte sich auf einen Arm, blickte erst auf seine Frau und dann auf Aqamdax. »Was ist geschehen?«, fragte er.

Grob deutete Stern mit ihren Daumen auf Aqamdax. »Sie. Ihr Kind. Es möchte kommen.«

Chakliux warf sich eine Schlafdecke um die Schultern und kroch zu Nachtmann. Er rüttelte ihn wach.

»Dein Kind versucht, zur Welt zu kommen. Ich gehe meine Tante holen.«

Der Schmerz verließ sie, Aqamdax konnte sprechen. »Es ist zu früh. Das Kind soll erst in einem Mond kommen.«

»Geh in deine Geburtshütte. Ich bringe Ligige' zu dir«, sagte Chakliux.

»Ich habe keine Geburtshütte.«

Welche Frau würde ihre Hütte einen ganzen Mond vor der Niederkunft bereiten? Wozu ein Kind in die Welt locken, dem zum Leben noch die Kraft fehlt?

»Geh in die Hütte von Rotes Blatt. Ihre ist doch bereit?«

Aqamdax nickte. Eine Wehe nahm von ihr Besitz, und Aqamdax kniff die Augen zusammen, bis sie vorüber war. Sie wollte nicht in die Hütte von Rotes Blatt gehen, doch wie sollte sie Einwände erheben? Hier konnte sie nicht bleiben, sie würde einen Fluch über die Männer und ihre Waffen bringen, vielleicht sogar über Sterns Kind. Rotes Blatt hatte Aqamdax' Mutter getötet, und auch Chakliux' Großvater. Sie hatte versucht, Ghaden zu töten. Wie sollte Aqamdax in der Hütte einer Frau gebären, deren Herz mit Blut befleckt war?

Mit Yaas Hilfe taumelte Aqamdax aus der Behausung, doch kaum hatte sie den Eingangstunnel hinter sich gelassen, spürte sie die Ankunft einer neuen Wehe. Sie hockte sich nieder, und bevor der Schmerz ihr den Atem nahm, befahl sie Yaa, zurückzugehen und das hölzerne Wiegengestell zu holen, das sie gemacht hatte, und die Hasenfelle, die bereitlagen.

Yaa gehorchte und kam mit dem Wiegengestell und den Fellen zurück, gerade als die Wehe Aqamdax verließ. Sie half Aqamdax auf die Füße, dann gingen sie zum Dorfrand.

Als sie an die einsame Stelle kamen, an der Rotes Blatt ihre Geburtshütte errichtet hatte, konnte Aqamdax einen Lichtschein im Inneren der Hütte erkennen. Chakliux hatte die alte Ligige' wohl schon zur Hütte gebracht, doch wie war es der alten Frau gelungen, bereits ein Feuer zu entfachen?

Jemand rief. Chakliux, dachte Aqamdax, und sie war erstaunt. War eine Frau bereit, ein Kind zu gebären, so zogen die meisten Männer sich zurück. Denn Frauen hatten große Macht, wenn sie Leben schenkten, und wenn diese Macht auch gut war, so konnte sie doch das Jagdglück eines Mannes zerstören.

»Ich kann Ligige' nicht finden«, sagte Chakliux.

Die alte Frau steckte ihren Kopf aus der Geburtshütte.

»Wer sucht mich?« Sie blickte Aqamdax missbilligend an. »Du auch?«

Eine Wehe ergriff sie, und Aqamdax konnte nichts tun, als sich niederzukauern und sich die Arme um ihren Leib zu schlingen, doch sie hörte, was Yaa und Ligige' sprachen.

»Rotes Blatt ist hier. Es wird noch Zeit vergehen, ehe ihr Kind kommt. Wann haben Aqamdax' Wehen begonnen?«

»Erst vor kurzer Zeit«, antwortete Yaa. »Doch sie jagen einander.«

»Das geschieht von Zeit zu Zeit, wenn ein Kind früh kommt. Die beiden Frauen dürfen nicht in einer Hütte sein. Der Tod eines Kindes könnte einen Fluch über die Geburt des anderen bringen.«

Ligige's Worte bohrten sich in Aqamdax' Herz. Wie konnte sie so leichtfertig von dem Kind sprechen, das Aqamdax mehr liebte als ihr Leben?

»Bringt sie in meine Behausung«, sagte Ligige'. »Ich werde kommen, sobald ich es vermag.« Sie zog ihren Kopf zurück ins Innere der Hütte, dann blickte sie noch einmal hinaus. »Weckt Tagfrau auf eurem Weg dorthin und schickt sie zu mir. Sie wird sich sträuben, geht, und erinnert sie daran, dass ihr Sohn Sok Rotes Blatt dieses Kind geschenkt hat.«

Chakliux sah Yaa, die aus der Behausung von Tagfrau kam, er sah Tagfrau, die den Pfad zur Geburtshütte einschlug. Aqamdax machte einmal Halt, krümmte sich vor Schmerzen und setzte dann ihren Weg zu Ligige's Behausung fort. Sie schlüpfte hinein. Bald schien das Licht der Feuerstelle durch die Wände der Behausung, und Chakliux' Gedanken wanderten zu seiner ersten Frau Gguzaakk. Lange Zeit nach ihrem Tod wusste er nicht, wozu er seine Pflichten als *Dzuuggi* bewahren sollte und sein Verlangen, dem Frieden zwischen den Vetter-Fluss-Menschen und den Nahe-am-Fluss-Menschen zu dienen. Doch dann war er gegangen, um im Nahe-am-Fluss-Dorf zu leben, und Aqamdax war in sein Leben gekommen.

Sie war auch Geschichtenerzählerin, bewandert in den Bräuchen der Ersten Menschen, und die Liebe zu ihr war in Chakliux gewachsen. Er wünschte, das Kind, das in ihrem Bauch wohnte, wäre seines. Er wünschte, er hätte an Stelle von Nachtmann das Recht, die Mann-Gebete während dieser Niederkunft zu sprechen.

Wenigstens war er *Dzuuggi*, konnte er *Dzuuggi*-Gebete sprechen – für das Leben des Kindes und für Aqamdax. Viele Frauen starben bei der Niederkunft. Chakliux hielt fest an dem Glauben, dass Aqamdax leben würde. Wie könnte er es ertragen, aufs Neue eine Frau zu verlieren, der seine Liebe gehörte?

2

Schnee-im-Haar reichte Sok eine Schale mit Brühe, doch er dankte es ihr mit scharfen Worten. Die wässrige, beinahe fleischlose Brühe ließ seinen Ärger wachsen. Eine Frau sollte sich schämen, ihrem Mann solch erbärmliches Essen zu reichen. Was war mit dem Magen des Karibus geschehen, den sie im Ganzen geröstet hatten? Der Magen, der voll gewesen war mit den zarten Sommerpflanzen, die das Tier gefressen hatte, bevor Chakliux und Sok es getötet hatten. Was war mit der nahrhaften Brühe geschehen, die sie aus dem Schädel bereitet hatten? Sicher war etwas davon übrig geblieben. Wer hatte es mehr verdient, von dieser Brühe zu essen, als er?

Wieder strafte er seine Frau mit harten Worten, doch als er sah, wie sein Sohn Schreit-laut sich an die Wand der Behausung drückte, schämte er sich auf einmal seines Zorns. Nicht die Brühe marterte seinen Geist, es war die Geburt des Kindes von Rotes Blatt, die ihn quälte. Er würde das Kind behalten, wenn es gesund war, doch was sollte mit Rotes Blatt geschehen?

Sie trug die Schuld daran, dass Sok niemals Häuptling der Nahe-am-Fluss-Menschen werden würde. Eines Tages wäre er ihr oberster Jäger geworden, und Chakliux hätte den ehrenvollen Platz als Geschichtenerzähler eingenommen. Gemeinsam hätten sie ihr Volk geführt, es vom Krieg fortgelenkt und neue Wege gegenseitiger Achtung beschritten. Rotes Blatt aber hatte all diese Pläne zunichte gemacht, als sie seinen Großvater tötete. Nun lebte Sok in Verbannung, durch die Tat seiner Frau gezwungen, das Dorf seiner Väter zu verlassen.

Rotes Blatt war noch am Leben, weil sie Soks Kind in ihrem Bauch trug. Sie hatte beteuert, sie hätte allein aus Liebe zu ihm getötet. Sie wollte ihm den Weg bereiten, den Platz seines Großvaters als oberster Jäger einzunehmen. Und so trug er vermutlich ebensolche Schuld wie Rotes Blatt. Doch hätte er seinem Großvater niemals den Tod gewünscht.

All die Monde, die in Erwartung der Geburt vergangen waren, hatte Sok zu keiner Entscheidung gelangen können. Für die Überlebenden der Vetter-Fluss-Menschen war er nun ohne Zweifel oberster Jäger. Dies barg zwar nicht viel Ehre, doch die Menschen blickten zu ihm auf, weil er für ihre Nahrung sorgte. Sie sahen einem strengen Winter entgegen. Nur eine reiche Karibujagd in diesem Herbst konnte ihnen Hoffnung bringen, ihn zu überstehen.

Wenn er Rotes Blatt tötete, würde ihr Blut die Tiere dann nicht abhalten, sich seinem Speer zu ergeben? Wenn er Rotes Blatt am Leben ließ, würde dann nicht das Verlangen seines Großvaters nach Rache das Karibu von den Vetter-Fluss-Jägern fortlenken?

Aqamdax' Wehen verließen sie, als die Dämmerung anbrach. Ligige' hatte ihr Tee gegeben, gebrüht aus der Wurzel der Balsampappel, und die alte Frau begann zu hoffen, dass die Medizin Wirkung zeigte. Wenn es Aqamdax gelang, das Kind nur noch acht oder zehn weitere Tage in ihrem Bauch zu behalten, so gab es Hoffnung, dass es leben würde.

Nachdem Aqamdax eingeschlafen war, ging Ligige' durch das Dorf zurück zu der Behausung von Stern und kroch hinein.

Sie weckte Stern und sagte ihr, dass Aqamdax' Wehen aufgehört hatten. Dann sah sie, dass sowohl Chakliux als auch Nachtmann wach waren.

»Das Kind?«, fragte Nachtmann.

»Die Wehen sind wieder vergangen.«

»Aqamdax?«, fragte Chakliux.

Seine Stimme war ein Flüstern, und Ligige' konnte nicht sagen, ob er nur sprach, um ihren Namen zu sagen, oder ob er nach ihr fragte.

»Sie ist stark. Um Aqamdax sorge ich mich nicht.«

Daraufhin begab sich Ligige' zu der Geburtshütte von Rotes Blatt. Der Tag erwachte, der Himmel war klar und ohne Wolken. Sie machte sich nicht die Mühe, zu rufen oder an der Türklappe zu kratzen. Sie schob sie einfach zur Seite und bückte sich, um hineinzukriechen. Tagfrau blickte auf und lächelte. Sie hielt einen Säugling in ihren Armen. »Eine Tochter«, sagte sie. »Gesund und stark. Sie sieht aus wie Sok.« Das Mädchen hatte die Lippen geschürzt und saugte an seiner Faust. Ligige' ging in die Hocke und zog die Decken aus Backenhörnchenfell beiseite, in die das Kind gehüllt war. Sie untersuchte Arme und Beine, Hände und Füße. Sie tastete den Bauch ab und gluckste vergnügt, als sich die dunklen Augen öffneten und der Mund sich klagend verzog. »Sie ist gesund«, sagte Ligige'. »Und Rotes Blatt?«

Tagfrau zeigte mit dem Kinn in den hinteren Teil der Geburtshütte. Ruhig und blass lag Rotes Blatt da, die Augen im Schlaf geschlossen. Das Gesicht war blutbeschmiert, doch Decken aus Hasenfell waren bis zu ihren Schultern hochgezogen, und so ließ weiter nichts erkennen, dass sie soeben ein Kind geboren hatte.

»Hat Rotes Blatt sie schon gestillt?«

»Nein.«

»Gut. Erlaube ihr nicht, sie zu stillen, bis Sok entschieden hat, was geschehen soll. Wenn er Rotes Blatt tötet, müssen wir verhindern, dass die Kraft ihrer Milch das Kind in die Geisterwelt fortzieht.«

»Eine Tochter«, sagte Sok mit finsterem Blick.

Ligige' schnaubte verächtlich und beugte den Arm mit dem Kind, sodass er es von seinem Platz an der Feuerstelle betrachten konnte. »Eine Tochter ist nicht schlecht«, hielt sie ihm entgegen. »Du hast Schreit-laut und Trägt-viel, zwei starke Söhne, die hier bei dir leben, und dazu noch einen Sohn in der

Geisterwelt. Aber wird sich einer von ihnen deiner annehmen, wenn du alt bist? Eines Tages wirst du glücklich sein, eine Tochter zu haben.«

»Ich bin glücklich, eine Tochter zu haben«, sagte er, die Mundwinkel noch immer missbilligend verzogen. »Gib sie mir.«

Ligige' legte das Mädchen in seine Arme. Er hielt es unbeholfen von sich.

»Deine Mutter sagt, sie sieht aus wie du.«

»Oh, das ist nicht gut für ein Mädchen«, sagte Sok. Doch er lächelte und zog das Kind an sich.

Ligige' schwieg eine Weile, aber sie wusste, am Ende musste es gesagt werden. Schnee-im-Haar und ihr kleiner Sohn Trägt-viel waren in der Behausung, genauso wie Schreit-laut, der Sohn von Rotes Blatt. Ligige' nahm jedoch an, dass sie Teil von Soks Entscheidung sein würden, wie sie auch lauten mochte.

»Rotes Blatt hat deine Tochter noch nicht gestillt«, sagte sie. »Vogelruferin hat genug Milch. Soll ich sie zu ihr bringen?«

Sok reichte Ligige' das Kind. Als er sprach, waren seine Worte langsam und schwer von Kummer. »Ich muss erst mit meinem Bruder sprechen. Bring das Kind solange zu meiner Mutter. Sage ihr, sie soll ihm nichts als Wasser geben, bis meine Entscheidung gefallen ist.«

Zwei Tage musste sich die Tochter von Rotes Blatt mit Wasser begnügen, bis Sok endlich zu Ligige' kam und ihr sagte, was zu tun war.

Still und würdevoll erschien Sok bei Ligige', und sie erriet seine Entscheidung, noch bevor er sie ausgesprochen hatte. Ligige' wartete jedoch, bis die Worte aus seinem Mund kamen.

»Chakliux sagt, wir brauchen kräftige Frauen, und mein Sohn Schreit-laut bittet um das Leben seiner Mutter, aber ich habe entschieden, dass das Wagnis zu groß ist, sie bei uns zu lassen.«

»Du wirst sie also aus dem Dorf verstoßen?«, fragte Ligige', obwohl sie wusste, dass Sok anders entschieden hatte.

»Sie muss sterben«, sagte er.

»Ich nehme an, es ändert nichts, wenn ich dir sage, dass du vielleicht einen größeren Fluch auf dich nimmst, indem du sie tötest. Eine Frau, die gerade neues Leben geschenkt hat, besitzt die Macht des Blutes.«

»Ich werde warten, bis ihr Blut aufgehört hat zu fließen.«

»Das ist weise.«

Ligige' füllte eine Schale mit Backenhörncheneintopf aus ihrem Kochbeutel. Sie reichte sie Sok, doch er schüttelte den Kopf.

»Willst du deine Kraft aufs Spiel setzen, indem du Essen verschmähst?«

Er nahm die Schale, ging in die Hocke und tauchte seine Finger hinein. Dann löffelte er das Fleisch in seinen Mund.

»Weiß Rotes Blatt davon?«

»Nein, doch sie erwartet nichts anderes.«

»Wirst du derjenige sein, der sie tötet?«

»Wer sonst? Chakliux kann ich nicht bitten. Wieso sollte er seine Jagdkräfte wagen für etwas, das meine Frau getan hat?«

»Ich werde es für dich tun.«

»Was, wenn sie sich wehrt? Du bist zu schwach.«

»Sie wird mich nicht verdächtigen. Ich kann warten, bis sie eingeschlafen ist. Ich könnte auch Gift verwenden.«

»Gibt es etwas, damit es schnell zu Ende geht?«

»Vielleicht.«

Lange saß Sok still da, eine Hand bedeckte die Stirn, mit der anderen wiegte er seine Schale. Ligige' wandte sich von ihm ab und gab vor, mit allerlei Dingen beschäftigt zu sein.

»Hast du gehört, was mit Rotes Blatt geschehen soll?«, fragte Stern Aqamdax.

»Ich habe davon gehört«, antwortete Aqamdax. Sie wollte

nicht darüber sprechen, nicht darüber nachdenken. Sie hatte genug mit den Sorgen um ihr eigenes Kind zu tun.

Seit Aqamdax in die Behausung zurückgekehrt war, hatte Stern sie gemieden. Wer wollte ihr das verübeln? Aqamdax hätte ebenso gehandelt, wenn auch nicht so offensichtlich. Warum sollte sie ihr Kind einer Gefahr aussetzen, nur um freundlich zu sein? Doch nun schob Stern sich an ihre Seite, und Aqamdax wusste, dass das Gespräch noch nicht beendet war.

»Ich möchte wissen, wie Sok sie töten wird. Vielleicht mit einem Messer, genau so, wie Rotes Blatt getötet hat ...«

»Du solltest mir nicht so nahe kommen«, sagte Aqamdax. Stern keuchte, scheinbar hatte sie die Gefahr für ihr Kind kurzzeitig vergessen.

Sie zog sich eilig auf die andere Seite der Behausung zurück. Aqamdax schloss die Augen, streckte sich und straffte die Schultern. »Ich werde hinausgehen, Schwester. Das wird am sichersten sein.«

Sie war damit beschäftigt, Grasmatten für den Boden der Behausung zu flechten. Hier, wo die Flussmenschen sich niedergelassen hatten, war das Gras nicht so gut wie bei den Dörfern der Ersten Menschen, doch immerhin konnte sie kräftige Matten daraus machen. Es gab einmal eine Zeit, da hatten die Frauen über ihre Bodenmatten gelacht. Damals war das Dorf stark gewesen, und sie hatten Karibuhäute, mit denen sie die Böden auslegen konnten. In diesen Tagen aber reichten die Häute nicht einmal mehr für die Wände der Behausungen. Aqamdax hockte sich auf die Sonnenseite der Behausung. In ihrem eigenen Dorf hätte sie einen windstillen Platz gewählt, doch hier hatte sie gelernt, einen windigen Tag zu genießen. Das Geräusch brachte sie zurück zu ihrem eigenen Volk, zum Dorf der Ersten Menschen und dem Klang der Wellen.

Aqamdax war dort aufgewachsen, gewohnt an die Weite der See und daran, den Blick bis an das Ende der Welt schweifen zu lassen. Bäume und Hügel gliederten das Land des Flussvolkes in kleine Teile. Während der zwei Jahre, die sie nun bei dem Flussvolk lebte, hatte sie sich manche Tage wie gefangen gefühlt, als wäre sie gezwungen worden, zu lange in einem kleinen Verschlag zu sitzen. Ihre Arme und Beine sehnten sich nach Raum.

Ein Schatten fiel auf ihre Arbeit, und als Aqamdax aufblickte, sah sie den Jungen Schreit-laut, Soks Sohn. Einst, zu einer Zeit, die weit in der Vergangenheit zu liegen schien, waren er und sein älterer Bruder, Trägt-viel, ihre Stiefsöhne gewesen. Selbst jetzt, da sie nicht länger Frau seines Vaters war, kam Schreit-laut oft zu ihr, um von seinen kleinen Jungen-Erlebnissen zu berichten, seine Sorgen mit ihr zu teilen und sie um Rat zu fragen.

Er kauerte sich neben sie, mit gekreuzten Beinen. Aqamdax lächelte zur Begrüßung. Sie war nicht verwundert, als Schreit-laut sagte: »Stern hat mir erzählt, dass meine Mutter sterben wird.«

Aqamdax verspürte den Wunsch, den Jungen in ihre Arme zu nehmen, ihn zu halten, so wie sie Ghaden gehalten hatte, wenn er traurig oder müde war, doch Schreit-laut war kein kleines Kind mehr. Er zählte acht Sommer. Bald schon würde er mit den Männern jagen.

»Verstehst du den Grund?«, fragte Aqamdax.

»Ich verstehe ihn.«

»Du weißt, dass dies eine schwere Entscheidung für deinen Vater war?«

Er nickte. »Stern hat mir erzählt, dass es sein muss, weil ein Fluch auf ihr liegt. Glaubst du, dass meine Mutter die Schuld trägt an all den Kämpfen und all den schrecklichen Dingen, die uns zugestoßen sind?«

»Meine Weisheit reicht nicht aus, um das zu wissen, Schreit-laut. Gewiss gab es mehr Menschen als nur deine Mutter, die törichte Dinge getan haben. Ich habe von den Hunden gehört, die im Nahe-am-Fluss-Dorf gestorben sind. Das war das Werk eines Schamanen. Seine Mächte waren gewiss größer als die deiner Mutter. Bevor ihr hergekommen seid, du und dein Vater, lebte in diesem Dorf eine Frau mit Namen K'os. Sie ist jetzt fort, doch sie hat viele böse Dinge getan und vielen Menschen den Tod gebracht.«

»Wurde sie getötet?«

»Nein.«

»Mein Vater sagt, ich darf meine Mutter nicht sehen. Er sagt, ich darf nie wieder mit ihr sprechen.«

Aqamdax' Augen füllten sich mit Tränen. Welche Torheit, all dies Töten. Sahen die Männer dem Tod nicht oft genug ins Auge, allein bei der Jagd? Erging es den Frauen nicht ebenso, wenn sie Kindern Leben gaben? Chakliux hatte große Mühen darauf verwendet, diese Dörfer voreinander zu beschützen, doch selbst jetzt schien es, als lebte ein Geist des Zornes und des Todes unter ihnen fort.

Sie legte Schreit-laut einen Arm um die Schulter, und er lehnte sich an sie. »Du musst dich der guten Zeiten mit deiner Mutter erinnern und all der guten Dinge, die sie getan hat. Deine neue Schwester bedarf deines Schutzes. Du bist jetzt großer Bruder für sie und für Trägt-viel.« Als sie Trägt-viel erwähnte, spürte sie, wie Schreit-laut erschauerte, und sie wusste, dass er an seinen großen Bruder dachte, der bei den Kämpfen getötet worden war.

Und obwohl Aqamdax nicht vorgehabt hatte, eine Geschichte zu erzählen, kam ihr eine alte Flussgeschichte in den Sinn.

»Einst waren ein kluges Stachelschwein und ein törichter Rabe«, so begann sie.

Schreit-laut zählte acht Sommer, er war zu alt für eine Kindergeschichte, doch als Aqamdax' Mund die Worte sang, hörte er zu.

3

Das Nahe-am-Fluss-Dorf

K'os beugte sich über den Kochbeutel und gab vor, die Worte von Blaue Blume nicht zu hören. Blaue Blume war Witwe des Nahe-am-Fluss-Schamanen und nahm einen Ehrenplatz ein. Als wohnten ihr besondere Geisterkräfte inne, verstand sie es, den jungen Frauen zu befehlen, indem sie einen einzigen Blick zum Himmel sandte. Sie nahm für sich den Platz der Heilerin in diesem Dorf in Anspruch, obgleich sie nur einen kleinen Teil der Gesänge kannte, derer ihr Mann sich einst bedient hatte.

K'os hatte beobachtet, wie Blaue Blume gebrochene Knochen derart erbärmlich gerichtet hatte, dass die Gliedmaßen für alle Zeit verkrüppelt blieben. Nur selten sammelte Blaue Blume Pflanzen, um Medizin daraus zu bereiten. Ihr Wissen schien sich auf die gebräuchlichsten zu beschränken – Weidenrinde, um den Schmerz zu nehmen, Afterkreuzkraut für den verdorbenen Magen. Schon ein Kind wusste um die Kraft dieser Pflanzen!

K'os hatte Blaue Blume angeboten, sie die Geheimnisse der Kräuter und Pflanzen zu lehren, doch sie erntete nur Ablehnung. Wer wäre so töricht, einer Frau Vertrauen zu schenken, die Vetter-Fluss-Arbeiterin war?

Wenn Blaue Blume auch als Heilerin unfähig war, so bewunderte K'os sie doch, denn sie hatte sich ihren Ehrenplatz selbst erkämpft. K'os hatte vernommen, was man sich flüsternd über den Mann von Blaue Blume, Wolf-und-Rabe, erzählte. Listig hatte er die Hunde der Nahe-am-Fluss-Menschen getötet, und als keine Hunde mehr starben, verkündete er, er hätte das Böse wirksam aus ihrem Dorf vertrieben. Wie konnte sich Blaue Blume rühmen, Frau eines solchen Mannes zu sein? Sein böser Plan war aufgedeckt worden, aufgedeckt von einer alten Frau, die man Ligige' nannte. Gleichwohl gab es Menschen, die sagten, Ligige' hätte mit der Hilfe von Chakliux gehandelt.

Chakliux, K'os' eigener Sohn. Er war ein noch größerer Tor als Wolf-und-Rabe. Die Nahe-am-Fluss-Menschen waren ihm mit großer Achtung begegnet. Wieso hatte er sich dann von einem Mann wie Bellender Fuchs aus diesem Dorf verstoßen lassen? Hatte sie ihn nicht Besseres gelehrt? Die Ältesten, wie Bellender Fuchs und Sonnenrufer, waren schwach, und so hätte er binnen kurzem den Platz als Häuptling einnehmen können.

Blaue Blume deutete mit einer Schöpfkelle auf K'os und flüsterte den anderen Frauen etwas zu. Sie lachten. K'os wandte ihnen den Rücken zu und stimmte leise einen Gesang an, mit Worten ohne Bedeutung. Bald verstummten die Frauen, und K'os erhob die Stimme. Eine nach der anderen gingen sie fort, bis K'os allein zurückblieb. Nur die wenigen Kinder, die bei den Kochfeuern auf Brosamen hofften, waren bei ihr geblieben.

K'os fuhr fort zu singen und lockte den kleinsten Jungen mit einem Brocken gekochtem Fisch, der von Brühe triefte. Der Junge schlich heran, streckte die Hand nach dem Fisch aus. Kaum hielt er den Brocken in seiner Hand, machte er kehrt und rannte davon. Ein größerer Junge versuchte, ihm den Fisch zu entreißen, doch K'os rief ihn zu sich und bot auch ihm ein Stück Fisch an. Bald hatte sie jedem Kind etwas zu essen gegeben, und als alle um sie versammelt waren, fing sie an, eine Geschichte aus ihrer Kindheit zu erzählen.

Sie mochte Kinder nicht – die klebrigen Finger, stets im Begriff, etwas anzufassen oder zu packen, die weinerlichen Stimmen, die Aufmerksamkeit heischten. Doch sie hatte noch vor Augen, wie Aqamdax im Vetter-Fluss-Dorf ihren Weg zuerst als Arbeiterin und dann als Frau gemacht hatte, und Aqamdax hatte den Anfang mit den Kindern gemacht. Welcher Weg wäre besser, als die Eltern durch ihre Söhne und Töchter zu gewinnen?

Die Berührung ihres Mannes ließ Dii schaudern. Sie wusste, dass sie dankbar sein sollte, weil er sie aus den Vetter-Fluss-Mädchen ausgewählt hatte, die Arbeiterinnen waren. Doch wenn er sie in seine Bettstatt rief, musste Dii sich zwingen, nicht vor seinen tastenden Händen zurückzuweichen.

Er war ein fauler Mann, der stets bis weit in den Vormittag hinein schlief. Sie hatte sich oft gefragt, weshalb die Nahe-am-Fluss-Menschen ihn zum Anführer ihrer Ältesten bestimmt hatten. Selbst Sonnenrufer schien geeigneter zu sein. Sonnenrufer äußerte sich nur zurückhaltend, und die Worte kamen in gebrochenen, stolpernden Wendungen aus seinem Mund. Er besaß jedoch eine Weisheit, die Dii bereits wahrgenommen hatte, als er das erste Mal in ihre Behausung gekommen war.

Bellender Fuchs hob die Decke aus Hasenfell, die über ihn gebreitet war, und Dii sah sein geschwollenes Glied, das sie erwartete. So würde es denn schnell vorüber sein, sagte sie sich, als sie ihr langes Hemd aus Karibuhaut ablegte und zu ihm kam. Er packte ihre Brüste, und sie zuckte zusammen. Bald würde die Zeit ihrer Mondblutung kommen, und sie waren empfindlich.

Dii lenkte ihre Gedanken hin zu guten Dingen, so wie sie es immer tat, wenn sie in der Bettstatt ihres Mannes war. Wenn sie ihrem Geist erlaubte, bei ihren Sorgen zu verweilen, bereiteten ihr die groben Berührungen und die Stöße ihres Mannes größere Schmerzen. Immerhin, sie war zweite Frau eines Mannes, der Anführer der Ältesten war. Sie hatte ihre eigene Behausung, eine gute dazu. Und ihr Mann erhielt seinen Anteil an allem Fleisch, das die Jäger ins Dorf brachten, sodass ihre Vorräte noch lange nicht erschöpft waren, obgleich der Herbst der Karibujagd erst vor ihnen lag.

Die Geister hatten sich ihrer gewiss erbarmt, der Verluste wegen, die sie zu erleiden hatte: Ihre Mutter war auf der Wanderung zu diesem Dorf gestorben; ihr Vater, ihr Onkel, ihre Brüder waren in den Kämpfen getötet worden. Ja, die Geister hatten sich ihrer erbarmt, hatten sie nach wenigen Tagen als Arbeiterin erlöst, als Bellender Fuchs sie auswählte. Er hatte sie zu seiner ersten Frau Möwenschnabel geführt. Sie war ein altes Weib, die Zähne abgewetzt bis auf das Zahnfleisch. Doch sie war aufrichtig und schlicht.

Sie verlangte nicht viel von Dii und nähte beinahe alle Kleider von Bellender Fuchs. Dii wünschte Möwenschnabel ein langes Leben. Bellender Fuchs würde Diis Näharbeiten kaum mit Wohlwollen betrachten, nachdem er so viele Sommer lang die schönen Parkas von Möwenschnabel getragen hatte.

Bellender Fuchs stöhnte, sein Körper auf ihrem entspannte sich. Nun würde er einschlafen, und Dii wäre unter ihm gefangen, bis es ihr gelänge, sich hinauszuzwängen.

»Ich muss zu den Kochfeuern gehen«, flüsterte sie. »Ich bin an der Reihe.«

Er antwortete murmelnd, dann rollte er zur Seite, und sie konnte seine Bettstatt verlassen. Mit einem tiefen Atemzug schlüpfte Dii hinaus.

»Bring mir etwas, wenn du zurückkehrst«, befahl er ihr. »Ich werde hungrig sein.«

Mit der flachen Hand säuberte Dii ihre Brüste und den Bauch von dem Schweiß ihres Mannes. Sie zog die knielangen Hosen an, die sie im Sommer trug, und schlüpfte in ihre Stiefel und den Parka. Die Sohlen der Stiefel waren aus Elchhaut, doch die Oberseiten und all ihre Kleidung waren aus Karibufell genäht. Ihre Mutter hatte sie im Winter vor den Kämpfen für sie gemacht.

Sie blickte hinab auf Bellender Fuchs. Er hielt die Augen geschlossen. Eine Narbe verlief von seiner Stirn über sein rechtes Auge bis hin zu seinem Kiefer. Die Haut war gerafft, als hätte eine Frau Garn durch sein Fleisch gefädelt und es fest zusammengezogen. Dii war froh, dass Bellender Fuchs ihr nicht erlaubte, bei ihm zu essen. Der Anblick dieses Gesichtes hätte es ihr schwer gemacht, ihr Essen zu schlucken. Wohl gab es andere in der Dorfgemeinschaft, die Narben trugen. Drei Bäume hatte nur ein Auge, und Spricht-in-der-Nacht trug Brandmale, seit sie Kind war und die Behausung ihrer Großmutter in Flammen stand. Jene Narben waren schlimmer als die von Bellender Fuchs, doch sie drehten Dii nicht den Magen um. Wer bemerkte schon das leere Auge von Drei Bäume, wenn er anfing zu scherzen? Wer hielt schon sein Lachen zurück, um über die Entstellung nachzusinnen? Und wer bemerkte schon die Brandmale von Spricht-in-der-Nacht, wenn sich erst ihr freundlicher Geist durch ihre Güte zu erkennen gegeben hatte?

Dii verließ ihren Mann und ging zu den Kochfeuern. Noch immer hatte sie sich nicht daran gewöhnt, dass die Behausungen der Nahe-am-Fluss-Menschen so eng zusammenstanden. In ihrem eigenen Dorf war genug Raum zwischen den Behausungen für die Trockengestelle. Hier aber errichteten die Frauen ihre Gestelle am Rand der Senke, in die das Dorf sich schmiegte. Dieses seltsame Gebaren kostete sie manches Stück gedörrtes Fleisch und Fisch. Die wilden Tiere hatten mehr Mut, am Rande eines Dorfes zu räubern, als sich beim Raubzug zwischen den Behausungen Hunden und Menschen auszusetzen. Gewiss, Kinder wachten über die Gestelle. Zumeist waren es jene Jungen, die noch nicht alt genug waren, um an den Jagdzügen teilzunehmen. Doch welcher Wolf, welcher Luchs fürchtete schon einen Jungen? Dii mied den Dorfrand, wann immer sie konnte. Wo sonst sollten sich die Geister der Krieger aufhalten, die Geister aus beiden Dörfern, die im Kampf getötet worden waren? Irgendwo dort draußen waren ihr Vater und ihre Brüder. Sie wollte ihnen nicht begegnen, auch den Geistern der anderen Vetter-Krieger nicht. Gewiss hegten sie Rachegefühle, da sie nun Frau eines Nahe-am-Fluss-Ältesten war.

Dii hatte nichts dagegen, zu den Kochfeuern zu gehen,

wenn die Reihe an ihr war, obgleich es dort nicht so war wie einst im Vetter-Fluss-Dorf. Dort hatten die Frauen Gedanken geteilt und miteinander gelacht. Hier bereitete die Mischung von Frauen aus dem Vetter-Fluss-Dorf und Nahe-am-Fluss-Frauen noch immer Unbehagen, doch in den vergangenen Monden hatten die Frauen zu einer Übereinkunft gefunden, der alle ihre Zustimmung geben konnten. Die Vetter-Fluss-Frauen – die meisten von ihnen hatten nun Männer – kamen früh, wenn die Dämmerung nichts war als ein graues Verheißen des nahenden Tages. Sie entfachten die Feuer. Später dann, wenn die Männer erwachten, kamen die Nahe-am-Fluss-Frauen, und die Vetter-Fluss-Frauen zogen sich mit ihrem Anteil Nahrung in die Behausungen zurück. Von da an wechselten sie sich ab. Die beiden Gruppen vermischten sich erst abends, wenn alle, vom Hunger getrieben, kamen.

Dii war bereits in der Dämmerung an der Reihe gewesen, und nun war die Zeit der Nahe-am-Fluss-Frauen. Doch besser, bei ihnen zu sein als unter dem schwitzenden Körper von Bellender Fuchs. Sie senkte den Kopf und nahm sich vor, schweigsam zu sein. Sie wollte den anderen keinen Anlass zum Tadel geben. Als sie aber zu den Kochfeuern kam, war niemand dort als K'os. Zu ihrer Zeit im Vetter-Fluss-Dorf hatte Dii K'os gefürchtet. K'os war Heilerin des Dorfes gewesen und vermochte mit ihren Arzneien vielen zu helfen. Doch wer hatte nicht die Geschichten von Männern und Frauen – jene, die K'os hasste – vernommen, die eines grausamen Todes gestorben waren? Manche sagten, selbst die Frau ihres eigenen Sohnes hätte sie getötet. Im Vetter-Fluss-Dorf hatte Dii nur selten mit der Frau gesprochen und ihren Blick gemieden, doch hier war K'os nur Arbeiterin.

Niemand bat sie um Arzneien. Niemand ehrte sie, wie es einer Heilerin gebührte. Im Vetter-Fluss-Dorf waren viele Männer in ihre Behausung gekommen und hatten sie für ihre Gunst beschenkt. K'os war eine alte Frau, doch war ihr Haar schwer und schwarz wie das einer jungen, die Haut faltenlos, die Augen groß und strahlend. Selbst ihre Zähne waren kräftig und gesund.

K'os hob den Kopf und rief einen Gruß. Dii konnte nicht vorgeben, sie nicht zu sehen. Ihre Mutter hatte sie gelehrt, dass jeder Mensch gerechte Behandlung verdiente, und sei es eine Arbeiterin.

»Guten Morgen«, sagte Dii, »mein Mann schickt mich, Essen zu holen.« Sie tauchte ihre Kelle in einen Kochbeutel und verrührte die Zutaten.

»Du bist Frau von Bellender Fuchs«, sagte K'os.

»Ja«, gab Dii zurück. Sie wusste sonst nichts zu sagen. Sie wollte sich nicht damit hervortun, Frau eines Mannes zu sein, da K'os noch immer Arbeiterin war. »Zweite Frau«, sagte sie schließlich.

»Ah ja, da ist jene andere – Möwenschnabel. Ist das nicht ihr Name?«

Dii nickte.

»Die ist alt«, sagte K'os, fischte ein Stück Fleisch aus dem Kochbeutel, in dem sie rührte, und aß es.

Diis Augen weiteten sich vor Erstaunen. Es war Arbeiterinnen verboten, ohne Erlaubnis von den Kochbeuteln zu essen, doch wer wollte K'os davon abhalten? Sie erinnerte sich der Zeit, da K'os selbst eine Arbeiterin hatte, die Seejäger-Frau Aqamdax. Sie erinnerte sich, wie mager und knochig Aqamdax geworden war. Diis Mutter hatte der Frau manchmal etwas zu essen zugesteckt, obgleich sie Arbeiterin war, obgleich sie Seejäger-Frau war.

Dii versuchte sich zu besinnen, welcher Nahe-am-Fluss-Familie K'os angehörte, doch vergebens. Es gab zu viele Familien, deren Namen sie sich merken sollte. Zumindest wusste sie indessen, wer die Freunde ihres Mannes waren und mit wem er Familienbande teilte.

»Hat sie Kinder, diese Möwenschnabel?«, fragte K'os.

»Keine, die am Leben sind«, sagte Dii. »Und sie ist alt, sie geht nicht mehr zur Hütte der Mondblutung.«

»Also erwartet Bellender Fuchs, dass du ihm einen Sohn schenkst.«

Dii errötete. »Ja«, sagte sie leise.

»Ich habe Arzneien, die dir helfen werden, zu empfangen.«

Dii überlegte, wie es sein würde, ein Kind im Bauch zu tragen. Es wäre sicher mühsam, in diesem Dorf ein Kind zu gebären ohne die Hilfe ihrer Mutter. Doch sie dachte auch an die Monde ihrer Schwangerschaft, in denen Bellender Fuchs sie nicht in seine Bettstatt rufen konnte. Das allein wäre den Preis wert. Und dazu das Glück, jemanden zu haben, der zu ihr gehörte, der das Blut ihres Vaters und ihrer Mutter in sich trüge. Es war ein guter Gedanke, ein Kind zu empfangen.

»Ja, ich wäre dir dankbar«, sagte Dii.

K'os nickte. »Sonnenmädchen, ist das nicht dein Name?«

»Ich habe ihn abgelegt. Ich bin jetzt Dii, weil ich alleine bin. Niemand sonst aus meiner Familie ist am Leben geblieben.«

»Dii, also«, sagte K'os mit einem Lächeln, als hätten Diis Worte sie erheitert.

Dii wandte den Kopf ab und ermahnte sich, wachsam zu sein. Nur ein Tor konnte jemandem Vertrauen schenken, der über die Sorgen anderer lächelte.

»Komme morgen früh wieder zu den Kochfeuern«, sagte K'os. »Wenn du mich nicht findest, so kehre am folgenden Tag wieder. Ich werde dir etwas geben. Es hilft nicht allen – mir hat es nicht geholfen – aber mag sein, dass es dir zu einem Kind verhilft.«

Dii dankte ihr und füllte den kleinen Beutel aus Karibuhaut, den sie bei sich hatte. Bellender Fuchs würde sie bald zurückerwarten.

»Ich bin erstaunt, dass dein Mann seine erste Frau behält, wo sie doch alt ist und ihm keine Kinder schenken kann«, sagte K'os.

»Er schätzt ihre Näharbeiten. Sie ist begabt. Die besten Parkas behält er für sich, die anderen bringen ihm im Tauschhandel viel ein. Die Tiere ehren ihn, weil er ihnen mit seiner Kleidung große Achtung erweist.«

»Also nur ihrer Parkas wegen«, sagte K'os, und Dii sah sie verstohlen an, um festzustellen, ob die Worte eine Frage waren. Es schien, als hätte K'os vergessen, dass Dii neben ihr stand. Der Blick der Frau war in die Ferne gerichtet, über die Behausungen hinweg.

4

»Was weißt du über die Frau, die man Möwenschnabel nennt?«, fragte K'os.

Zwei Fäuste runzelte missbilligend die Stirn. Sie war Frau des Mannes, dem K'os gehörte. K'os unterdrückte ihr Lächeln. Ob Zwei Fäuste ahnte, wie oft ihr Mann K'os in seine Bettstatt holte? Mochte sein, dass sie es vermutete, doch hatte sie K'os und Schwarzer Mund nur ein einziges Mal überrascht, als sie, die Träge, viel früher von den Kochfeuern zurückkehrte als erwartet. Die Frau wandte sich ohne Erwiderung ab.

Soll sie mich missachten, dachte K'os. Es gibt andere, die ich fragen kann. Sie fuhr fort, in dem Kochbeutel zu rühren, und füllte Schalen für zwei der Jäger. Als Zwei Fäuste mit einer Zehe auf eines der Feuer deutete, holte sie von einem nahen Stoß einen Arm voll Feuerholz und legte es behutsam auf.

Eine Hand voll* Kochfeuer waren im Kreis in der Mitte des Dorfes entfacht. Die Anzahl war heilig. Ein Feuer stand für jede der vier Richtungen, aus denen der Wind kam, ein weiteres stand für die Sonne. K'os fragte sich, ob auch im Vetter-Fluss-Dorf die Kochfeuer brannten oder ob die Menschen in ihr Sommerfischlager gezogen waren. Vermutlich waren sie in ihrem Winterdorf geblieben. Es lag in der Nähe des Großvater-Sees. Der See besaß reiche Fischgründe, im Sommer wie im Winter. Überdies lagen die Fischlager der Vetter-Fluss-Men-

---

* Zum Zahlensystem der Ureinwohner Alaskas siehe Nachwort S. 619 f.

schen und die Nahe-am-Fluss-Fischlager weniger als einen Tagesmarsch auseinander. Weshalb sollten sie es wagen, so nahe bei den Menschen zu leben, die um ein Haar ihr Volk ausgelöscht hätten?

Selbst die meisten der Nahe-am-Fluss-Menschen hatten beschlossen, in ihrem Winterdorf zu bleiben, obschon der Lachsfang hier nicht so gut war wie an der Mündung des Flusses. Gewiss, ein Fischlager war kein Dorf, nur einige Zelte, die verstreut lagen – einige hier, einige andere weiter flussaufwärts und wieder andere dahinter. Für Krieger, die Vergeltung üben wollten, wäre es ein Leichtes, die Familien nacheinander zu töten. K'os schichtete das letzte Holzscheit in ein Kochfeuer und richtete sich auf. Sie klopfte sich die Hände ab und begann, in einem der Kochbeutel zu rühren.

»Ich dachte, du würdest alle Frauen in diesem Dorf kennen«, sagte Zwei Fäuste. »Eine Hand voll Monde bist du schon bei uns.«

»Es sind zu viele, als dass ich all ihre Namen in dieser kurzen Zeit lernen könnte«, gab K'os zurück. Gewiss, sie kannte den Großteil der Männer. Viele von ihnen, weil sie sie einst in ihrer Behausung im Vetter-Fluss-Dorf aufgesucht hatten. Frauen waren ihr gewöhnlich gleichgültig. Warum sollte sie ihnen Beachtung schenken? Die Macht war bei den Männern.

Bei K'os' Ankunft im Nahe-am-Fluss-Dorf hatte Bellender Fuchs Anspruch auf sie erhoben, und so hatte sie auf leichte Vergeltung gehofft. Sie hatte nicht nur Rache nehmen wollen für jene Schändung, die so lange zurücklag. Sie hatte auch nach Vergeltung getrachtet für das, was er ihrem Volk im Vetter-Fluss-Dorf angetan hatte. Als seine Arbeiterin hätte sie sicher Gelegenheit gehabt, Gift in sein Essen zu mischen – kleine Mengen Tag für Tag, bis er krank und schwach geworden wäre und sein Geist sich nicht länger gegen den Tod hätte zur Wehr setzen können.

Bellender Fuchs hatte sie jedoch bald an Schwarzer Mund weitergegeben, obgleich er den größten Teil ihres Besitzes für sich behielt. Der Vorsatz, Vergeltung zu üben, bereitete K'os nun größere Schwierigkeit, doch es mochte sein, dass Möwenschnabel die Lösung war.

»Möwenschnabel bleibt die meiste Zeit für sich«, sagte Zwei Fäuste. »Ihr Mann ist nicht leicht zufrieden zu stellen, und all ihre Kinder sind gestorben. Bellender Fuchs behält sie, weil sie die Gabe hat, wertvolle Parkas zu machen.«

K'os lauschte den Worten von Zwei Fäuste, die fortfuhr, von der Frau zu berichten, doch ihr Gesicht zeigte Gleichmut. Bald schon würde sie Möwenschnabel aufsuchen, doch das brauchte Zwei Fäuste nicht zu wissen.

Das Vetter-Fluss-Dorf

»Ich habe keine Wahl, verstehst du das?«, sagte Sok zu Rotes Blatt. Sie waren allein. Er hatte sie aus der Geburtshütte gerufen und hielt mehrere Schritte Abstand, als er zu ihr sprach.

»Geht es meiner Tochter gut?«, fragte sie, als hätte er ihr Schicksal nicht erwähnt. Drei Tage waren vergangen, seit er ihr das Mädchen genommen hatte.

»Sie ist stark. Vogelruferin stillt sie.«

»Und Schreit-laut?«

»Er ist wohlauf. Ein guter Sohn.«

Rotes Blatt sah zu ihm auf. Dies geschah zum ersten Mal, bemerkte Sok, seit er entdeckt hatte, dass sie seinen Großvater getötet hatte.

»Auf welche Weise werde ich sterben?«

»Ich habe noch nicht darüber entschieden.«

»Kann ich ..., kann ich, bevor es geschieht, meine Kinder noch ein letztes Mal sehen?«

Sok blickte hinauf zum Himmel. Die Dämmerung war hereingebrochen; durch eine dünne Wolkendecke blitzten die Sterne. »Nein«, sagte er. »Für sie bist du bereits tot.«

Es war beinahe Nacht, als Schreit-laut Vogelruferin aufsuchte. »Mein Vater wünscht, seine neue Tochter zu sehen«, sagte er ihr.

»Ich werde kommen, sobald ich meinem Mann das Essen gegeben habe.«

»Er hat mir aufgetragen, das Kind zu ihm zu bringen.«

Vogelruferin sah fragend zu Blickt-in-den-Himmel hinüber. Er zuckte mit den Schultern. »Sie ist seine Tochter, nicht deine. Viele Male habe ich gesagt, du sollst das nicht vergessen.«

Vogelruferin ging zu dem Stamm in ihrer Behausung, wo das Kind in seinem Wiegengestell hing, und löste die Riemen, die das Gestell sicherten. Es war ein braves Kind, das tief schlief und wenig weinte. Sein Gesicht hatte kräftige Knochen wie das seines Vaters, doch die Haut war dunkel wie die von Rotes Blatt.

Vogelruferin folgte Schreit-laut nach draußen und vertraute das Wiegengestell seinen Armen an. »Wenn sie Hunger hat, bringe sie zurück«, trug sie ihm auf. Sie blickte ihm nach, als er in Richtung von Soks Behausung davonging. Dann machte sie kehrt, und bevor sie in ihre Behausung zurückkroch, setzte sie ein Lächeln auf.

»Sorge dich nicht, kleine Frau«, sagte Blickt-in-den-Himmel. Er zog sie zu sich hinab. »Ich werde dir schon bald ein neues Kind geben. Dann wirst du zwei haben, die dir helfen, das eine zu vergessen, das wir verloren haben.«

5

Leise erhob sich Chakliux von seinen Schlaffellen, er wollte die anderen in der Behausung nicht wecken. Er hatte Stern gesagt, dass er zum Großvater-See gehen wollte, um an einem der Ausläufe Lachse zu fangen. Sie wollte ihn begleiten, doch er wusste, sie würde ihm zur Last fallen. Er wusste ebenso, dass sie, wenn er sie zurückließe, jemand anderem zur Last fallen würde, vermutlich Aqamdax.

Er streifte sich schnell seine Sommergamaschen und seinen Parka über und griff sich den Fischspeer, einen Pfeilwerfer sowie einige Fischpfeile. Er wollte bei der Behausung seiner Mutter Halt machen. Tagfrau stand gewöhnlich früh auf. Womöglich war sie gewillt, den Tag mit Stern zu verbringen.

Als er die Türklappe beiseite schob, hielt er inne und ließ seinen Blick auf Aqamdax verweilen. Sie war groß für eine Frau, und er hatte gehört, wie Männer im Dorf ihre Erste-Menschen-Eigenarten bemäkelt hatten – die Nase zu klein, das Gesicht zu rund, der Mund zu gierig; sicher sprach dieser Mund mehr, als es sich schickte, und sicher aß er mehr, als ihm zustand. Chakliux jedoch hatte ihr Lächeln vor Augen, ihren vor Freude funkelnden Blick, ihre Geschichten, die voll Weisheit waren, und ihr Lachen voller Übermut.

Sie hatte einen Besseren als Nachtmann verdient.

Ligige' stocherte mit einem Stock in der Glut ihrer Feuerstelle und zog ihren Parka an. Sie war alt und fror leicht, und so hatte sie sich angewöhnt, in Gamaschen und einem Karibuhemd mit langen Ärmeln zu schlafen.

Ihre Träume waren so lebhaft gewesen, dass sie davon erwacht war. Sie erschauerte bei der Erinnerung an den Schrei, der ihren Schlaf durchschnitten hatte. Es war der Schrei eines Mannes gewesen, der Schrei eines Kriegers, dessen war sich Ligige' sicher. Warum nur hatte sie diesen Traum geträumt?

Dann raste mit einem Mal ihr Herz. Hatten die Nahe-am-Fluss-Männer erneut angegriffen? Hatten sie noch immer nicht gemerkt, dass dieses arme Dorf nichts mehr hatte, was sie sich nehmen konnten?

Sie hörte Stimmen und darauf Hundegebell. Ligige' zog ihre Sommerstiefel an und kroch nach draußen. Aus der Behausung von Tagfrau drang Licht, und dann flackerte auch die Feuerstelle in Sterns Behausung auf. Sok lief an ihr vorbei, und Ligige' rief ihn an.

»Was ist geschehen?«

»Unsere Mutter«, schrie er. »Hole deine Arzneien.«

Ligige' eilte zurück in ihre Behausung und griff eilig nach der Marderhaut, in der sie ihre Heilkräuter aufbewahrte. Als sie aus ihrem Eingangstunnel ins Freie kroch, hatten sich beinahe alle Bewohner bei der Behausung von Tagfrau versammelt. Ligige' bahnte sich ihren Weg durch die Menschen.

Im Inneren knieten Sok und Chakliux an der Seite ihrer Mutter. Auch Stern war da, selbst sie schwieg und blickte mit großen dunklen Augen, denen eines Kindes gleich, zu Ligige' auf.

»Jemand hat sie getötet«, flüsterte Stern.

»Nein«, sagte Sok. Kopf und Schultern von Tagfrau ruhten in seinem Schoß, und er wiegte sie wie ein Kind. »Sie ist nicht tot.«

Sacht hielt Ligige' eine Hand über den Mund von Tagfrau, und sie spürte einen leisen Atemhauch. Sie legte ihre Fingerspitzen an den Hals der Frau, dorthin, wo der Herzschlag zu fühlen ist.

»Sie lebt. Was ist geschehen?«

Ligige’ besaß Arzneien für den Fall, dass ein Geist versucht hatte, das Herz von Tagfrau anzuhalten, und Tees, die ihrem Körper die Kraft verleihen sollten, gegen das Übel anzukämpfen, das sie befallen hatte.

Vorsichtig hob Chakliux die Decke, und Ligige’ stockte der Atem, als sie das Blut sah.

»Ein Messer, denke ich«, sagte Chakliux.

Die Arme der Frau waren voll von Stichwunden, ebenso wie ihre Hände.

»Man hat sie einige Male in den Bauch gestochen«, sagte Chakliux. »Sieh dir ihre Hände an. Sie hat sich gewehrt. Der linke Arm war teils abgebunden, als ich sie fand. Sie muss versucht haben, die Blutung selbst zu stillen. Ich bin hierher gekommen, um ihr zu sagen, wohin ich heute gehe. Ich dachte, ich würde sie wach finden, doch ich fand sie so.«

Er deutete mit dem Kopf zu den Schlafmatten von Tagfrau hin. »Sie muss im Schlaf überrascht worden sein. Ihre Bettstatt ist voll von Blut.«

»Es kann noch nicht lange zurückliegen, sonst wäre sie bereits tot«, sagte Ligige’ und reichte Stern ein Päckchen mit frischem Labkraut. »Erwärme dies in einem *cilt’ogho* mit Wasser. Die Pflanzen müssen ganz bleiben. Es darf keinesfalls kochen.«

Stern nahm das Labkraut entgegen, starrte darauf und rührte sich nicht. Zornig entriss Ligige’ ihr die Pflanzen und stieß die innere Türklappe zur Seite. Im Eingangstunnel traf sie auf Krummer Halm, die alte Frau war auf Händen und Knien. »Hier.« Ligige’ gab ihr das Labkraut. »Erwärm dies in Wasser. Sofort.«

Sie fühlte den sanften Druck von Chakliux’ Hand auf ihrem Arm und wusste, er wollte sie beruhigen.

Wie konnte sie ruhig sein, wenn ihre Arzneien nicht ausreichten, um Tagfrau zu retten? Was nutzten ihre Gebete? In ihrem Leben hatte sie nicht genug geleistet, um Kräfte zu erlangen, die vonnöten waren, um über derart grausame Verletzungen zu siegen. Sie fühlte sich hilflos wie ein Kind, und das Wissen um ihre Ohnmacht entfachte ihre Wut.

Ligige' blickte zu Chakliux auf. Sie kämpfte mit den Tränen. »Ich kann sie nicht retten«, sagte sie. Und doch ging sie zurück in die Behausung und versuchte, den kläglichen Rest Blut, der noch in den Adern von Tagfrau war, daran zu hindern, auf den Boden zu fließen.

Das Nahe-am-Fluss-Dorf

»Möwenschnabel«, rief K'os.

Es war Morgen, doch nicht so früh, als dass die alte Frau noch schlafen sollte. Warum aber sollte sie nicht faul sein? Was außer Nähen hatte Möwenschnabel den ganzen Tag zu schaffen?

»Ich habe dir Holz gebracht«, rief K'os und legte einen Arm voll Fallholz neben der Behausung von Möwenschnabel auf die Erde. Es war eine gut gebaute Behausung, wenngleich K'os erkennen konnte, dass die Karibuhäute an den Nähten mürbe wurden.

K'os hob einen Zweig auf und kratzte an die Wand der Behausung.

»Du, Arbeiterin. Was willst du?«

Sie wandte sich um und sah Möwenschnabel auf sich zukommen.

»Denkst du, ich würde so spät am Tage noch schlafen? Eine weise Frau hat andere Dinge zu tun.«

K'os verzog ärgerlich den Mund, doch sie sagte nichts. Wenn Möwenschnabel so weise war, wie konnte sie dann so mit K'os sprechen? Wenn K'os auch Arbeiterin war, so reichte ihre Macht doch aus, Möwenschnabel das Leben zu nehmen.

»Ich habe dir Holz gebracht«, sagte K'os mit süßer Stimme. Dabei senkte sie den Blick, als wären ihre Worte voll Achtung.

Möwenschnabel machte an dem Holzhaufen Halt. »Wer hat dir das aufgetragen?«, fragte sie. »Mein Mann?«

Sie war eine einfache Frau, groß und zu mager, mit großen Ohren und kleinen Augen. Ihr richtiger Name lautete sicher nicht Möwenschnabel. Wer würde für sich den Namen eines Vogels wählen, der faul war wie die Möwe? Doch K'os verstand, warum andere ihr diesen Namen gegeben hatten. Die Nase dieser Frau war lang und spitz wie der Schnabel eines Vogels. Ihre Stimme war so laut, dass sie ihre Worte weit über die Geräusche des Dorfes trug, so wie die Stimme der Möwe.

»Keiner hat es mir aufgetragen. Auch eine Arbeiterin hat die Zeit, anderen zur Hand zu gehen.«

Möwenschnabel lachte. »Doch keine Arbeiterin würde das tun. Ich bin nicht dumm. Ich weiß, wie es sich mit den Vetter-Fluss-Arbeiterinnen verhält. Euch mangelt es an Nahrung. Der Pelz an euren Parkas ist abgetragen und wird euch schwerlich durch den nächsten Winter bringen. Wenn dir keiner aufgetragen hat, mir zu helfen, warum hast du es dann getan?«

K'os kniff die Augen zu Schlitzen zusammen. Möwenschnabel war weiser, als sie vermutet hatte – wer wollte denken, dass eine Frau, in der ein Funken Weisheit wohnte, Frau von Bellender Fuchs sein mochte?

»In meinem Dorf war ich Heilerin«, sprach K'os zu ihr. »Ich hatte alles, was ich brauchte. Mein Mann war oberster Jäger. Selbst eine Arbeiterin gehörte mir, aber ich hatte Mitleid mit ihr und gestattete ihr bald, Frau eines Mannes zu werden. Ich möchte nicht für alle Zeit Arbeiterin sein.«

»Mir musst du nicht erzählen, was du gewesen bist. Ich weiß es. Jeder hier weiß davon. Wir erinnern uns an deinen Besuch in unserem Dorf und auch daran, wie dein Mann in einem Feuer den Tod fand, während du hier warst. Wie kannst du erhoffen, Frau zu werden, wo doch die Männer das Unglück deines Mannes gesehen haben? Denkst du, es gibt auch nur einen Jäger in diesem Dorf, der die Gefahr auf sich nimmt, dich zur Frau zu haben? Die meisten hier denken, Schwarzer Mund ist sehr dumm, da er dich als Arbeiterin hat.«

»Ist ihm denn ein Unglück widerfahren?«, fragte K'os. »Hat das Jagdglück ihn verlassen? Sind seine Kinder krank geworden? Ist seine Frau tot? Nein. Sein Jagdgeschick hat sich vermehrt, seine Frau hat ihm vor zwei Monden einen kräftigen Sohn geschenkt, alle seine Kinder sind wohlauf.«

Möwenschnabel schnaubte. »Wenn du so viel Glück bringst, warum nimmt dich Schwarzer Mund nicht selbst zur Frau?«

»Zwei Fäuste gönnt ihm keine zweite Frau.«

Möwenschnabel zuckte mit den Schultern. Neben ihrer Behausung unterhielt sie eine Feuerstelle unter freiem Himmel, als wäre sie in einem Fischlager. Sie hob einige Zweige auf und schichtete sie über die Glut. Sodann nahm sie aus einem Beutel, den sie um ihre Mitte trug, ein Stück Birkenrinde und steckte es dazwischen. Schon bald züngelten Flammen an den Zweigen. Möwenschnabel stellte einen Dreifuß über das Feuer und machte daran einen Kochbeutel fest. Dann kroch sie in ihre Behausung und kehrte mit einer Wasserblase zurück. Sie füllte Wasser in den Kochbeutel.

»Bleibe eine Weile hier«, sagte sie zu K'os. »Mit dem Holz hast du dir etwas zu essen verdient. Gestern habe ich mit meiner Wurfschlinge eine schöne fette Ente gefangen, und mein Mann hat mir ein wenig Elchfleisch gebracht. Zusammen ergeben sie einen schönen Eintopf.«

K'os hockte sich neben die Feuerstelle, doch Möwenschnabel scheuchte sie mit der Hand auf und sprach: »Ich bin nicht Arbeiterin für dich. Erwarte also nicht, dass ich die ganze Arbeit tue. Nimm etwas von dem Holz, das du gebracht hast, und speise damit das Feuer. Dann erzähle mir, warum du gekommen bist.«

»In der Hoffnung auf ein gutes Mahl«, sagte K'os und nahm Zweige von dem Holzstoß.

»Du bist eine Frau, die weiter denkt als bis zu ihrem Bauch«, sagte Möwenschnabel, und K'os lächelte. Vielleicht gefiel ihr diese Frau.

»Seit ich Kind war, wurden mir alle Dinge in den Schoß gelegt. Heute ist das Leben hart. Was zählt eine Frau, die Arbeiterin ist? Der erste strenge Winter wird sie dem Wind übergeben, ein anderer wird ihre Nahrung nehmen. Doch ich bin erfahrene Heilerin, und ich habe gesehen, dass dieses Dorf keine Heilerin hat.«

»Blaue Blume«, sagte Möwenschnabel. Sie reichte K'os eine Schale, füllte ihre eigene und deutete zu dem Kochbeutel hin. »Bescheide dich mit wenig. Mein Mann wird später davon essen wollen.«

K'os hatte Möwenschnabel beobachtet. Sie wusste, wie selten Bellender Fuchs ihre Behausung aufsuchte. Doch da er ihr Elchfleisch gebracht hatte, würde er an ihrem Eintopf teilhaben wollen. Sie füllte ihre Schale nur zur Hälfte, obgleich sie Hunger hatte und ihr Körper nach Fett verlangte.

»Blaue Blume ist keine Heilerin.«

Die Finger von Möwenschnabel spielten mit dem Wind. »Sicher bist du nicht zu mir gekommen, nur um mir das zu sagen.«

»Ich möchte Heilerin in diesem Dorf sein.«

Möwenschnabel lachte. »Denkst du, sie werden dir Vertrauen schenken, einer Arbeiterin von den Vetter-Fluss-Menschen? Denkst du, sie werden deine Arzneien nehmen? Deine Kunst zu heilen ist ebenso groß wie deine Kunst zu töten.«

»Deshalb bin ich zu dir gekommen.«

Möwenschnabel neigte den Kopf zur Seite und hob eine Augenbraue.

»Höre. Ich könnte dich lehren, die Arzneien zu nutzen, und du würdest die Menschen damit heilen.«

»Wieso solltest du das tun?«

»Mit den Tauschwaren, die du dafür bekommst, könntest du mich bei Schwarzer Mund eintauschen. Ich würde als Heilerin mit dir arbeiten, so lange, bis die Menschen mir ihr Vertrauen schenken. Dann gäbe es vielleicht einen Jäger, der mich zur Frau haben möchte, da er sieht, dass ich kein Unglück bringe.«

»Wie kann ich wissen, ob ich deinen Arzneien trauen kann? Wie kann ich wissen, dass du nicht darauf aus bist, auf diesem Wege Rache an unserem Volk zu nehmen?«

»Ich werde jede Arznei selbst zu mir nehmen, bevor wir jemandem davon geben.«

Möwenschnabel hob ihre Schale zum Mund und leerte sie. Als sie ihr Mahl beendet hatte, schmatzte sie anerkennend, dann sprach sie: »Ich habe zu essen. Ich habe einen Mann. Dieses Dorf ehrt mich für die Parkas, die ich mache. Ich möchte keine Heilerin sein.«

»Ich habe deine Parkas gesehen. Sie sind schön. Es ist schlecht, dass du keine Arbeiterin hast. Du hättest nicht mehr so viel Mühe mit den Fallenschlingen und müsstest keine Lachse fangen. Du könntest mehr Zeit auf das Nähen verwenden.«

K'os verzehrte den Rest ihres Mahls, erhob sich und dankte Möwenschnabel mit Ehrerbietung. »Ich gehe nun.« Sie sprach den Abschiedsgruß, wie er beim Flussvolk Sitte war. »Zwei Fäuste wird sich fragen, wo ich bin.« Im Gehen sagte K'os: »Immerhin, es ist gut, dass dein Mann nicht faul ist. Es ist gut, dass Bellender Fuchs dir stets viel Fleisch bringt.«

Sie entfernte sich mit einem Lächeln.

Das Vetter-Fluss-Dorf

Bevor er das Trauerritual begann, ging Sok zur Geburtshütte von Rotes Blatt. Sie hatte bereits zuvor getötet. Was würde sie abhalten, es noch einmal zu tun?

Er rief ihren Namen, und als er keine Antwort erhielt, schlug er die Türklappe beiseite. Im Inneren sah er Schreit-laut allein liegen, zu einer Kugel zusammengerollt. Sok berührte ihn und stöhnte vor Erleichterung, als sein Sohn aufsprang.

»Sie ist fort, und sie hat unsere Schwester mit sich genommen«, sagte Schreit-laut, noch bevor Sok sprechen konnte. »Sie ist letzte Nacht gegangen. Ich habe ihr etwas zu essen gebracht und auch den Säugling. Es ist mir gleichgültig, was du mir antust. Ich konnte nicht zulassen, dass du meine Mutter tötest.«

Sok schloss die Augen. Rotes Blatt. Sie hatte seinen Großvater getötet. Nun hatte sie seine Tochter geraubt und vermutlich auch seine Mutter getötet. Wer sonst konnte so etwas tun?

Hatte Rotes Blatt keinen Gedanken an den Fluch verschwendet, den sie auf den Jungen gelegt hatte, auf seinen ältesten lebenden Sohn? Dass er hier in dieser Hütte schlief, die vom Blut einer Geburt durchtränkt war, konnte ihn für immer seiner Jagdkräfte berauben. Und auch Sok war hier und nahm den Fluch auf sich, so wie sein Sohn verflucht worden war.

»Komm mit mir. Wir dürfen hier nicht sein«, erklärte er Schreit-laut. Er nahm den Jungen mit zu der Behausung von Stern und suchte seinen Bruder Chakliux. Wer besaß größere Weisheit als er? Wer wüsste besser, was zu tun war?

6

Das Nahe-am-Fluss-Dorf

Allein der glücklichen Fügung verdankte K'os das Wissen um das Gebrechen der alten Frau, die man Wühlmaus nannte. Sie saß vor der Behausung von Zwei Fäuste und spaltete Walsehnen in Fasern, aus denen Garn gewunden werden sollte.

Zwei Fäuste hatte bei einem Händler ein Knäuel dieser Sehnen erstanden und tat sich vor den anderen Frauen damit groß, wie gut gearbeitet die Stiefel und der Parka ihres Mannes sein würden – mit Nähten, die aus den Sehnen des Weißwals gefertigt waren. Doch es war nicht Zwei Fäuste allein, die die spröden Fasern entwirren musste, die sich so viel schwerer spalten ließen als die Sehnen des Karibus.

Was zählte das schon, sagte sich K'os. Sie hatte sich für diese schwere Arbeit selbst belohnt. Es war ihr gelungen, ein wenig Luchsfell von einem Pelz zu stehlen. Zwar war es nur ein kleines Stück, das sie aus dem Bauchfell geschnitten hatte, doch für K'os' Vorhaben genügte es. Sie hielt es gut verborgen, zusammen mit den anderen Schätzen, die sie gehortet hatte: das Auge eines frisch getöteten Fuchses, zu einem kleinen harten Ring getrocknet und dünn wie ein Blatt; der Schnabel eines Eisvogels und die Haut von der Brust eines Fliegenfängers, die noch Federn trug.

K'os hörte, wie Wühlmaus den Pfad entlang auf sie zukam, doch hielt sie den Blick gesenkt. Arbeiterin zu sein hatte den Vorzug, dass die meisten Menschen einem keine Beachtung schenkten. Auf einmal begann Wühlmaus zu jammern. Sie presste sich eine Hand auf den Bauch und kauerte sich auf den Pfad. Dabei schluchzte sie wie ein Kind. K'os fuhr mit ihrer Arbeit fort, und endlich kamen zwei Frauen, die Wühlmaus aufhalfen und sie in ihre Behausung führten. K'os konnte jedoch die Klagen der alten Frau über Blut in ihrem Urin hören und über Schmerz und Krämpfe, die in ihrem Inneren tobten.

Als K'os alle Sehnen gespalten hatte und Zwei Fäuste sie zum Fischgrund schickte, gestattete sie sich, bei der Behausung von Möwenschnabel Halt zu machen. Sie rief leise ihren Namen. Möwenschnabel kam heraus. K'os trat nah an sie heran und flüsterte: »Wühlmaus ist krank.«

»Hast du eine Arznei, die ihr helfen wird?«

K'os nickte.

»Ich werde heute Abend nach dir schicken, sobald die Männer das Mahl beendet haben.«

K'os ging zum Nahen-Fluss und watete hinein in das eiskalte Wasser. Sie biss bei der Berührung die Zähne zusammen und senkte ihr kleines Netz. Regungslos stand sie im Wasser, bis die Fische dachten, ihre Beine seien nichts als zwei Baumstämme. Endlich kam ein Lachs geschwommen. Mit einer schnellen Bewegung hob sie das Netz mit dem Fisch aus dem Wasser und warf ihn ans Ufer, wo Jungen mit ihren Knüppeln bereitstanden.

Wieder senkte sie das Netz. Um ihre Gedanken fortzulenken von der Kälte, die sich in ihre Knochen fraß, richtete K'os sie auf das, was sie dem schönen Parka antun wollte, den Möwenschnabel für Bellender Fuchs nähte. Möwenschnabel hatte ihr von den geweihten Zeichen erzählt, die ihn schmücken sollten: Kreise aus Adlerfedern auf den Schultern für einen klaren Blick; Biberohren, an beide Seiten der Kopfbedeckung genäht, sein Gehör zu schärfen; ein Streifen aus Fischhaut an der Einfassung der Halskrempe, ihn vor fremden Geistern zu beschützen, wenn er fern ihres Dorfes weilte. Quer über die Brust wollte sie ein Band aus Rabenschnäbeln nähen, die sie erstanden hatte. Wann immer Bellender Fuchs den Parka trug, würden die Rabenschnäbel die Sonne einfangen, und die Federn würden im Wind tanzen.

Wenn aber K'os ihre Amulette und Flüche hinzugab, so würden jedes Mal, wenn Bellender Fuchs den Parka trug, die Schnäbel den Geistern zurufen: Hier steht ein Mann, der jungen Frauen die Freude raubt. Die Adlerfedern würden rufen: Nehmt euch in Acht vor dem Ältesten, der seine Macht auf Tod und Lügen errichtet hat.

Das Vetter-Fluss-Dorf

Sie hatten beschlossen, ihr nicht zu folgen. Warum sollten sie das tun? Rotes Blatt hatte den Tod verdient, und sie würde sterben. Auf sich gestellt, mit einem Kind, das sie versorgen musste, wie konnte sie da überleben?

Vogelruferin flehte um das Leben des Kindes, doch Sok bedeutete ihr, dass er nicht den Wunsch hatte, die Tochter von Rotes Blatt großzuziehen. Wann immer er sie ansah, würden seine Gedanken zu seiner toten Mutter wandern.

Blickt-in-den-Himmel tröstete seine Frau mit dem Versprechen von Kindern. Ein Sohn für ihr Kind, das gestorben war, als es noch im Bauch von Vogelruferin wohnte. Eine Tochter, die an die Stelle von jener treten sollte, die Rotes Blatt mit sich genommen hatte. Würden ihre eigenen Kinder nicht schneller kommen, da Vogelruferin nun nicht mehr den Säugling von Rotes Blatt stillen musste, so fragte er. Durfte eine Frau ihrem Mann die Söhne verwehren zum Wohle einer kleinen Tochter, die nicht erwünscht war, nicht mal von ihrem eigenen Vater?

Vier Tage währte die Trauer um Tagfrau. Ihr Körper wurde verhüllt und in einiger Entfernung vom Dorf auf einem Gestell aufgebahrt. Ihre kleine Behausung wurde niedergebrannt und ihr Besitz unter den Frauen ihrer Söhne aufgeteilt.

Aqamdax war achtsam. Nie hob sie schwere Lasten. Sie ging langsam und lenkte ihre Gedanken auf Dinge, die gut waren. Dem Sohn, der in ihrem Bauch wohnte, sang sie Gesänge von Geduld, und sie betete dafür, dass er nicht vor der Zeit kommen würde. Jungen waren schwächer als Mädchen, hatte die alte Frau gesagt, sie trugen weniger Fett unter ihrer Haut, um sie am Leben zu halten.

Doch als die Trauerzeit für Tagfrau zwei Tage vorüber war, erwachte Aqamdax in Schmerzen.

Sie setzte sich in ihren Schlaffellen auf und legte die Hände auf ihren Bauch. Stern erwachte und begann zu schreien: »Fort! Hinaus aus meiner Behausung! Wenn mein Kind zu früh kommt, trägst du die Schuld, und ich werde deines töten!«

Chakliux erwachte von ihrem Geschrei. Er zerrte Stern aus ihrer Bettstatt und brachte sie hinaus. Dann erwachte auch Nachtmann. Er rieb sich die Augen und fragte: »Sind die Schmerzen wiedergekommen?«

»Sie sind schwach«, sagte Aqamdax zu ihm.

»Das Beste wird sein, du gehst.«

Sie wartete darauf, dass er ihr Gebete für ihre Sicherheit versprach, für ihr Leben und für das des Kindes, doch er schwieg. Stern hatte ihr erzählt, dass Nachtmann fürchtete, das Kind sei nicht seines. Aqamdax konnte diese Furcht in seinen Augen lesen.

Unmittelbar bevor sie Frau von Nachtmann wurde, hatte sie ihre Mondblutung gehabt, und danach hatte K'os sie keinem Mann mehr gegeben. Das Kind musste Nachtmann gehören. Das hatte sie ihm gesagt, doch er hatte so getan, als seien die Worte nicht aus ihrem Mund gekommen.

Aqamdax suchte ihre Sachen zusammen, Geburtsamulette und Dinge, die sie für das Kind benötigte. Als die Trauer für Tagfrau vorüber war, hatte sie sich eine Geburtshütte aus geflochtenen Matten und Weidenpfosten gebaut. Es war nur ein kleiner Unterschlupf, doch hatte Ligige' ihr eine geschabte

Karibuhaut geliehen, die sie um die Spitze winden konnte. Aqamdax hatte ihre Hütte unter einer großen Schimmelfichte errichtet, in der Hoffnung, dass der Baum ihr Schutz vor Regen und Wind bieten würde.

Als sie die Behausung von Stern verließ, hatte sie Yaa aufgetragen, ihr einige Wasserblasen und einen Beutel mit getrocknetem Fisch zu bringen. Yaa kroch aus ihrer Bettstatt und wollte Aqamdax ins Freie folgen. Ghaden versuchte sie zurückzuhalten, und sie wandte sich um, ihren Bruder zu schelten.

Als sein Hund Beißer Yaa nach draußen folgte, setzte Ghaden sein Geheul fort, bis Nachtmann ihm einen grimmigen Blick schickte und sprach: »Handle wie ein Mann. Oder bist du ein Säugling, den es danach verlangt, unter den Fittichen seiner Schwester Schutz zu suchen?«

Ghaden verstummte. Als er sich unbeobachtet fühlte, steckte er seinen Daumen in den Mund. Er verzog sich unter eine Decke aus Hasenfell und gab vor, weiterzuschlafen.

Als Chakliux mit Stern in die Behausung zurückkehrte, gab Stern keinen Laut mehr von sich. Ghaden spähte unter seiner Decke hervor und konnte sehen, dass Ruhe in ihre Augen eingekehrt war. Dies konnte ein guter Tag werden, selbst wenn Yaa nicht da war.

Ghaden erhob sich, kroch ins Freie und ging an das Ufer des Flusses, um sich zu erleichtern. Er nahm sich etwas Fisch von den Trockengestellen und stopfte ihn in die Ärmel seines Parkas. Wie alle Jungen aus dem Dorf würde er einen Teil des Tages damit verbringen, über die Gestelle zu wachen. Es galt, sie gegen Füchse und Raben zu verteidigen, die versuchten, Fleisch zu rauben.

Als der Sommer jung war, war das Bewachen leicht gewesen. Ein Stockschwung, ein Ruf hatten genügt, die Tiere zu verjagen. Doch mit jedem erfolgreichen Raub wurden die Füchse dreister, und jetzt knurrten sie ihn an, wenn er sich näherte. Backenhörnchen hatte Ghaden von einem Fuchs berichtet, der sich das Ende seines Stockes geschnappt und versucht hatte, ihn aus seinen Händen zu zerren. Endlich hatte der große Bruder von Backenhörnchen gesehen, was vor sich ging, und den Fuchs mit Steinen verjagt. Nach dieser Geschichte hatte Ghaden Yaa gebeten, ihm einen kleinen Beutel zu machen. Jetzt kniete er an der Flussbank und füllte den Beutel mit Steinen. Dann machte er sich auf den Weg zurück zur Behausung.

Er hatte Chakliux' Trauer um Tagfrau geteilt und erinnerte sich seines eigenen Schmerzes, als seine Mutter Daes gestorben war, obgleich dieses Ereignis schon lange zurücklag. Er konnte sich kaum noch an ihr Gesicht erinnern. Was blieb, war nur ihr Lächeln. Jeden Tag rief er sich die Seejägerworte ins Gedächtnis, die sie ihn gelehrt hatte, damit sie nicht auch verloren gingen. Wenn sie fort wären, was würde dann von Daes noch bleiben?

Manchmal erzählte er seiner Schwester Aqamdax von ihr, doch Aqamdax' Blick wurde stets traurig, wenn er das tat. Eines Tages würde er sie mit den Seejägerworten überraschen, vielleicht wäre sie dann glücklich. Ghaden war froh, dass Aqamdax nun bei ihnen in der Behausung lebte und nicht mehr zu K'os gehörte. Die hatte Aqamdax schlecht behandelt, sogar im tiefsten Winter musste sie im Eingangstunnel schlafen.

Aqamdax war nun Frau von Nachtmann, und so hatte sie es besser, obgleich Nachtmann ihr mürrisch begegnete. Oft erhob er seine Stimme gegen sie, wenn auch die Schuld zumeist bei Stern lag. Welche andere Frau im Dorf verdarb die Kleider, die sie gerade fertigte, oder ließ es geschehen, dass der Kochbeutel Feuer fing? Welche Frau sonst ließ das Fleisch verbrennen, das sie über dem Feuer röstete?

Chakliux hatte Stern Karibuhäute gebracht, die für eine neue Behausung ausreichten, und Chakliux, Ghaden und selbst Nachtmann hatten ein Rund ausgehoben, Stämme geschnitzt und Steine herangetragen. Allein, Stern hatte noch immer nicht damit begonnen, das Dach für ihre Behausung zu nähen.

Es wäre leichter, wenn Stern in einer anderen Behausung leben würde. Doch Ghaden war sich nicht sicher, ob er und Yaa bei Nachtmann und Aqamdax bleiben oder mit Chakliux und Stern gehen würden. Nachtmann mochte Chakliux nicht, obgleich er Stern ein guter Mann war. Stets machte er ihr bescheidene Geschenke wie Vogelfedern und Fuchsschwänze.

Ghaden schlüpfte in die Behausung und ging leise um die Bettstatt von Lange Augen herum. Die alte Frau schlief noch immer. Stern beschäftigte sich mit dem, was in ihrem Kochbeutel war. Bald darauf verließ sie die Behausung. Mochte sein, dass sie weitere Nahrung holte, dachte Ghaden, vermutlich aber streifte sie durch das Dorf und tat gar nichts.

Ghaden holte zwei Schalen mit Essen. Eine reichte er Nachtmann, Chakliux die andere. Chakliux hob die Augenbrauen und deutete mit der Schale auf Ghaden. Der aber schüttelte den Kopf und zog einen Fisch aus seinem Ärmel. Chakliux schmunzelte und begann zu essen.

Ghaden setzte sich auf seine Bettstatt. Er wünschte, Yaa hätte Beißer zurückgelassen. Er wollte seinen Hund an seiner Seite wissen.

Zumindest hatte Rotes Blatt das Dorf verlassen. Ghaden wusste, dass sie es gewesen war, die seine Mutter getötet hatte. Auch auf ihn hatte sie eingestochen, und noch immer kam der Schmerz von Zeit zu Zeit in die alten Wunden zurück, besonders dann, wenn es kalt war.

Er versuchte, die Nacht, in der es geschehen war, aus seinen Gedanken zu verbannen, versuchte zu vergessen, dass er die Schuld trug. Er hatte Rotes Blatt in der Kleidung eines Mannes, eines Händlers, gesehen und angenommen, es sei sein Vater, der Händler Cen. Er hatte den sicheren Eingangstunnel ihrer Behausung verlassen und war Rotes Blatt entgegengelaufen, und seine Mutter hatte es ihm gleichgetan. Wäre er bei ihr geblieben, so hätte Rotes Blatt niemals erfahren, dass sie dort waren und darauf warteten, dass die Schwesterfrau seiner Mutter einschlief und sie sich in die Behausung schleichen konnten. Noch immer fand Ghaden keine Erklärung dafür, wieso sie es bei jedem Besuch, den sie Cen in seiner Händlerbehausung abstatteten, so halten mussten. Ebenso wenig konnte er verstehen, wieso sie nicht bei seinem Vater lebten. Doch in seinem Leben gab es viele Dinge, die er nicht verstand, die selbst Yaa vor ein Rätsel stellten.

Doch nun war Rotes Blatt fort. Sie hatte nicht mehr lange zu leben, so sprachen die Menschen, allein mit einem Kind und fern von ihrem Dorf. In Ghadens Augen war das ein großes Missgeschick. Er wollte, dass sie lebte, bis er Mann geworden war und sie mit seinen eigenen Händen töten konnte.

Aqamdax kauerte im Eingang der Geburtshütte, der ostwärts ausgerichtet war. Sie hatte die Hütte nach dieser Art gebaut, um das Licht zu ehren. Seit sie die Behausung von Stern verlassen hatte, war die Dämmerung über den Himmel gewandert und hatte die Sterne verjagt, hatte sie einen nach dem anderen ausgelöscht. Eine Wehe griff nach Aqamdax, und sie holte Luft mit langen, tiefen Atemzügen, bis der Schmerz verging. Es war keine grausame Wehe gewesen. Keine wie jene, die sie das erste Mal überkommen hatten. Sie sorgte sich nicht. Schon einmal hatte Ligige's Tee die Wehen aufgehalten. Er würde es wieder tun.

Als sie Kind im Dorf der Ersten Menschen gewesen war, hatte sie oft Frauen beobachtet, die im Gehen ihre Geburtswehen überwanden. Sie lächelte bei der Erinnerung an die geflüsterten Worte der Frauen und an die finsteren Gesichter der Männer, die allesamt nicht zugeben mochten, dass sie um die baldige Geburt eines Kindes wussten.

Auch die Flussfrauen gingen während der Wehen umher, um die Geburt voranzutreiben. Aqamdax aber hielt sich still. Am besten wäre, wenn das Kind noch nicht geboren würde, wenn es noch für einige Tage in ihrem Bauch ausharrte.

Yaa kehrte bald mit Ligige’ zurück, und die alte Frau huschte geschäftig um Aqamdax herum. Sie trug Yaa auf, Holz zu holen, ein Feuer zu entfachen, Wasser zu schöpfen. Von ihrer Feuerstelle hatte Ligige’ ein dreifüßiges Kochgestell gebracht. Als die Flammen erstarben, setzte sie es über die Glut. Etwas schien sie zu beunruhigen, und Aqamdax fragte: »Geht es dir gut?«

Ligige’ nickte, und Aqamdax sprach: »Sind alle im Dorf wohlauf?«

»Alle sind wohlauf, doch es geht ein Geist des Unheils um. Mein Hund hat sich letzte Nacht losgemacht, und als ich ihn früh am Morgen endlich fand, war die Glut meiner Feuerstelle erkaltet.«

Sie setzte ihr Gemurmel von Hund und Herd fort.

Aqamdax war so erleichtert, dass sie Mühe hatte, ein Lächeln zu unterdrücken. Es brachte eine Frau stets in Verlegenheit, wenn ihre Feuerstelle erkaltete, und umso mehr, wenn die Frau alt war, keine Kinder zu hüten hatte und für nichts weiter Sorge tragen musste als für ihre eigene Behausung.

»Dieser Tee wäre längst schon für dich bereitet, wenn mir all diese Dinge nicht widerfahren wären.«

Aqamdax antwortete nicht. Der Schmerz hatte wieder von ihr Besitz ergriffen, und sie schlang die Arme um sich.

Ligige’ hielt inne und sah sie an. »Sind die Wehen dieses Mal leichter?«, fragte sie.

»Ja. Und sie folgen einander nicht so dicht.«

»Das ist gut. Dann ist es vermutlich einerlei, wie sehr ich mich mit diesem Tee verspäte.«

Mit einer hölzernen Schale schöpfte Ligige’ Wasser aus dem Siedebeutel, gab ein Stück Wurzel von der Balsampappel hinein, entfernte dann die Wurzel und reichte Aqamdax die Schale. »Schnell. Du musst es trinken, bevor die nächste Wehe dich überkommt.«

Aqamdax nahm einen Schluck. Der Tee war zu heiß, doch sie trank ihn. Das Gebräu brannte einen Pfad hinunter in ihren Magen, und sie betete, es möge doch ihre Wehen aufhalten.

»Bist du umhergelaufen?«, fragte Ligige'.

»Ich dachte, es sei besser, ich halte mich ruhig.«

»Gut, rühre dich nicht. Yaa, gehe zurück zu deiner Behausung. Bringe Aqamdax etwas, das ihre Hände in Bewegung hält.«

»Meinen Korb«, bat Aqamdax, und das Mädchen lief davon.

»Das wird deine Gedanken von deinem Sohn fern halten. Es ist möglich, dass er entscheidet, an einem anderen Tag herauszukommen, wenn er erkennt, dass niemand an ihn denkt.«

Yaa duckte sich in die Behausung. Beißer war mit ihr gekommen und brachte Ghaden zum Lachen, als er an ihm hochsprang. Nachtmann und Chakliux aßen. Yaa hielt sich still und wartete, wie es die Höflichkeit verlangte, dass Nachtmann nach seiner Frau fragte. Endlich holte sie den Korb und ging nahe an Nachtmann vorüber. Als er schließlich sprach, sagte er nur: »Komme zurück, sobald du kannst. Lange Augen wird bald erwachen, und Stern ist nicht hier.«

»Deine Frau ...«, fing Yaa an, doch Nachtmann wandte den Kopf ab.

»Ist Aqamdax wohlauf?«, fragte Chakliux an seiner statt.

Nachtmann verzog den Mund, doch Yaa gab ihm Antwort. »Ligige' hat ihr aufs Neue Arzneien gegeben, die das Kind davon abhalten sollen, herauszukommen.«

Sie blieb noch eine kurze Weile stehen, falls die Männer noch mehr wissen wollten, doch sie schwiegen. Yaa trug Ghaden auf, seine Schlafmatten aufzurollen und Feuerholz zu sammeln. Er schnitt ein Gesicht, doch sie wusste, dass er tun würde, was sie von ihm verlangte.

»Vergiss Lange Augen nicht«, sagte Nachtmann, als sie sich anschickte, die Behausung zu verlassen.

Chakliux saß bei Nachtmann und wartete darauf, dass er Gebete oder Gesänge anstimmte. Manche Männer fasteten sogar, wenn ihre Frau in den Wehen lag, doch Nachtmann tat nichts von alledem. Chakliux blieb, weil er dachte, Nachtmann wolle mit jemandem sprechen. Nachtmann aber verhielt sich, als wäre er allein in der Behausung, und Chakliux fragte sich, ob es besser war, zu gehen. Er wollte seine eigenen Gebete sprechen, seine eigenen Gesänge erklingen lassen, zum Schutz von Aqamdax und ihrem Kind.

Er beschloss, auf Yaa zu warten. Sie konnte ihm berichten, wie es um Aqamdax stand. Endlich öffnete sich die Türklappe, und Yaa trat herein. In diesem Augenblick erwachte Lange Augen. Die alte Frau starrte um sich und kreischte, als sie Chakliux erblickte. Als sie aber Nachtmann an seiner Seite erkannte, wurde sie wieder ruhig. Nachtmann half Yaa, die alte Frau aufzurichten, und befahl dem Mädchen, sie zur Frauenstelle zu geleiten. Danach solle sie Lange Augen zurückbringen und ihr zu essen geben. Yaa hüllte die Frau in einen Sommerparka und stülpte ihr Stiefel über. Sodann halfen sie und Nachtmann ihr nach draußen.

Chakliux konnte hören, dass Yaa und Nachtmann sprachen, doch er erfasste nicht den Sinn ihrer Worte. Nachtmann kehrte zurück, und Chakliux fragte nach Aqamdax. Nachtmann zuckte die Achseln.

»Es ist mir gleichgültig, glaube mir.« Er tauchte seine Schale in den Kochbeutel. »Möchtest du mehr?«, fragte er. Chakliux aber sah sich mit einem Mal außer Stande zu essen.

Er beobachtete Nachtmann, der die Schale zum Mund führte und einige Bissen Fleisch schluckte.

»Es ist dir gleichgültig«, sagte Chakliux.

Nachtmann ließ seine Schale sinken. »Ich habe sie nicht für mich gewählt. Sie gehört nicht zu unserem Volk. Dennoch ist sie keine schlechte Frau, darum werde ich sie behalten. Welche andere Frau würde mich auch wählen?«

Er deutete auf seinen nutzlosen Arm. »Ich wünsche ihr nicht den Tod, das Kind aber bedeutet mir nichts.«

»Selbst wenn es ein Sohn ist?«

»Ich bin sicher, dass er nicht mir gehört.«

Chakliux fühlte, wie Blut in sein Gesicht schoss, vor Zweifel zuerst, dann vor Wut. »Glaubst du, dass sie mit einem anderen Mann ihr Lager geteilt hat?«

»Nicht seit sie meine Frau ist. Doch davor war sie Arbeiterin. K'os hat sie Männern zugeführt und deren Geschenke für sich behalten. Das Kind könnte einem toten Krieger gehören, der von den Nahe-am-Fluss-Männern im Kampf getötet wurde.«

»Es wäre noch immer deines – eine Tochter, die dich umsorgt, wenn du alt bist, ein Sohn, der Fleisch bringt ...«

»Was aber, wenn der Geist des wahren Vaters zurückkehrt und seinen Sohn sehen will? Wenn er sehen will, wie er Mann wird, und erkennt, dass ich ihn zu meinem Sohn gemacht habe? Denkst du, er wäre stolz zu sehen, wie sein Sohn von einem Mann großgezogen wird, der untätig in seiner Bettstatt lag, während die Nahe-am-Fluss-Männer alle töteten und unsere Frauen raubten?«

»Ich denke, es würde ihn glücklich machen zu sehen, dass ein Mann mit einem guten Herzen seinen Sohn großzieht.«

Nachtmann aber sprach: »Kommt das Kind früh und hat die Kraft, dennoch zu leben, so werde ich wissen, dass es nicht mir gehört.«

Der Tee konnte die Wehen nicht aufhalten. Sie wurden von Mal zu Mal ein wenig stärker, dauerten von Mal zu Mal ein wenig länger. Endlich bedeutete Ligige' Aqamdax, in die Geburtshütte zu gehen. Sie half ihr, sich auf die Matten zu legen.

Ligige' hob Aqamdax' Sommerparka und zog ihre kurzen Hosen aus Karibuhaut hinunter. Inmitten einer Wehe ließ sie einen Finger hinauf in die Spalte gleiten.

»Du kannst ebenso gut hinausgehen und herumlaufen«, sagte Ligige' und half Aqamdax auf die Füße. »Du bist wenigstens zur Hälfte geöffnet. Ich denke nicht, dass mein Tee noch Wirkung zeigen wird. Das Kind hat beschlossen zu kommen.«

K'os nahm den Lachs aus und zerteilte ihn. Sodann übergab sie ihn der kleinen Tochter von Zwei Fäuste, die die gesäuberten Fischhälften mit dem Schwanz nach oben an die Trockengestelle hängte. Möwenschnabel beugte sich zu K'os hinab.

»Die Arznei hat ihre Wirkung getan«, flüsterte sie.

Mit ihrem Frauenmesser zerteilte K'os das dicke lachsfarbene Fleisch mit schnellen waagerechten Schnitten. Sie hielt für einen Augenblick inne. Dann fuhr sie fort, als wären die Worte von Möwenschnabel nicht gewesen.

»Ich habe dir Perlen aus Vogelknochen gebracht.«

K'os erhob sich, säuberte eine Hand an ihren Hosen aus Karibuhaut und öffnete den Beutel, der an ihrer Seite hing. Möwenschnabel ließ das Päckchen mit den Perlen hineingleiten, und K'os zog die Schnur fest zu.

»Komme zu mir, wenn du von anderen erfährst«, trug sie Möwenschnabel auf. Dann ließ sie sich wieder vor dem Haufen glänzender Fische nieder.

7

Das Vetter-Fluss-Dorf

Aqamdax hatte das *babiche*-Seil um ihren Leib geschlungen. Es war um einen kräftigen Ast der Schimmelfichte gewunden, die über der Geburtshütte stand. Das Seil verschwand in den Dachmatten der Hütte, und Aqamdax wünschte, sie könnte ihm folgen, hinaus und fort von den Schmerzen und der stickigen Luft, die getränkt war von Schweiß und Geburtssäften.

Ligige's Stimme drang an ihr Ohr. Sie hieß sie pressen, pressen und atmen, doch die Wörter kamen aus weiter Ferne und waren nur schwer zu verstehen. Jede Wehe kam als Welle, und Aqamdax versuchte, obenauf zu treiben, als sei sie wieder mit Sok in dem kleinen *iqyax*. Sie fuhren auf dem Nordmeer, sie war seine Braut, und er brachte sie zum Flussvolk.

Mit einem Mal war die Wehe auf dem Höhepunkt, der Schmerz schien Aqamdax in Stücke zu reißen, und sie dachte, dies sei ihr Ende. Dann vernahm sie eine fremde Stimme, die jähen Schreie eines Säuglings. Es waren heftige, wütende Laute.

»Ein Sohn!«, rief Ligige'. »Ein Junge, ein Jäger!«

»Ist er stark genug? Ist er gesund?«, fragte Aqamdax.

»Er ist klein, aber er ist kräftig. Höre, wie er schreit.« Ligige' nahm das Kind auf und legte es in Aqamdax' Arme. Aqamdax wollte sich zurücksinken lassen, doch Ligige' gebot ihr Einhalt. »Warte, bis die Nachgeburt gekommen ist«, sagte sie. Sodann rief sie nach Yaa, als könnte sie das Mädchen durch die Mattenwände der Hütte hindurch sehen und wüsste, dass sie draußen ausharrte.

Yaa duckte sich hinein. »Woher wusstest du, dass ich hier bin?«, fragte sie, und bevor Ligige' ihr Antwort geben konnte: »Junge oder Mädchen?«

»Junge«, sagte Ligige'. »Ich wusste, dass du da bist, denn wenn ich du wäre, dann würde man mich genau dort finden.«

Yaa lachte, und Ligige' deutete mit dem Kinn auf Aqamdax. »Geh und setze dich hinter sie. Stütze sie, bis die Nachgeburt herauskommt.«

Blau und dick baumelte die Nabelschnur vom Bauch des Kindes herab. Bald hörte das Blut in ihrem Inneren auf zu pochen, und Ligige' band sie am Nabel des Jungen ab und dann noch einmal eine Handbreit weiter. Mit der Obsidianklinge ihres Geburtsmessers durchtrennte sie die Schnur zwischen den beiden Stellen. Dann erschien, in einer Sturzflut von Blut und Wasser, die Nachgeburt. Ligige' schlug sie in eine Matte und legte sie beiseite, um sie später zu verbrennen.

»Hilf ihr, sich hinzulegen«, bat sie Yaa.

Yaa schlüpfte hinter Aqamdax hervor und legte sie sanft auf die mit Matten bedeckte Erde. Ligige' säuberte Aqamdax und hüllte sie in Decken, dann nahm sie den Jungen an sich und wusch ihn. Sie wickelte ihn in die weichen Hasenfelle, die Aqamdax für ihn vorbereitet hatte, und übergab ihn wieder seiner Mutter.

»Er ist sehr klein. Mag sein, dass er nicht zu saugen weiß. Versuch, ihn anzulegen.«

Sie beobachtete, wie Aqamdax sich zur Seite rollte, ihr Hemd hochschob und dem Säugling ihre Brust darbot. Er wandte den Kopf, sein Mund fand ihre Warze, und er fing an zu saugen.

Ligige' lachte vergnügt. »Yaa, bleib du bei ihr. Ich habe Wichtiges zu tun.«

Ligige' ging und nahm die Nachgeburt mit sich. Sie verbrannte sie und vollzog die notwendigen Rituale, dann kehrte sie zurück zu der Geburtshütte und duckte sich hinein.

»Sie sind eingeschlafen«, flüsterte Yaa ihr zu.

»Geh nicht fort, bis Aqamdax erwacht. Stör ihren Schlaf nicht. Dann komm und hol mich.«

Ligige' schlug den Pfad zum Dorf ein. Es war stets gut, einem Vater von der Geburt seines Sohnes Nachricht zu geben. Dieser Säugling war klein, ohne Zweifel zu früh geboren, doch er war kräftig. Er trank, und Aqamdax würde ihm eine gute Mutter sein. Das Kind würde leben, wenigstens bis hin zu den Hungertagen, wenn der Winter sich dem Ende zuneigte. Wer konnte sagen, was danach sein würde? Zeit zu trauern würden sie dereinst genug haben, wenn das Kind starb.

Sie kratzte an die Behausung von Stern. Die Stimme von Lange Augen erhob sich zu einer undeutlichen Erwiderung. Ligige' bückte sich, um hineinzukriechen, und wäre um ein Haar in Chakliux hineingelaufen.

»Ein Sohn!« Ligige's Worte waren Gesang.

Sie bemerkte seinen sorgenvollen Blick. »Aqamdax?«, fragte er.

»Sie ist eine starke Frau. Sie wird ihm gewiss eine gute Mutter sein.«

Chakliux schloss die Augen, und ein Seufzer entfuhr ihm.

»Wo ist Nachtmann?«

»Drinnen.« Chakliux trat zurück und hielt die Türklappe offen. Er wartete, bis Ligige' in der Behausung verschwunden war, dann formten seine Lippen ein lautloses Dankgebet. Als er wieder hineinkroch, hörte er die zornige Stimme von Nachtmann, und so blieb er nahe dem Eingang, den Blick abgewandt.

»Bist du sicher, dass dieses Kind zu früh gekommen ist?«, fragte Nachtmann.

Ligige' hatte sich an seiner Seite niedergehockt, die Hände ruhten auf ihren Knien. Chakliux warf ihr einen raschen Blick zu und sah dann gleich wieder fort. Er sah, dass sie müde war. Sie war eine alte Frau und an diesem Tag schon früh geweckt worden, damit sie Aqamdax beistehen konnte.

»Er ist sehr klein«, sagte sie. »Doch er ist kräftig. Er trinkt bereits.«

»Denkst du also, dass er leben wird?«

»Wer kann das sagen? Er muss selbst entscheiden, ob er in dieser Welt bleiben möchte. Ich habe kräftige Säuglinge sterben sehen und schwache leben. Es gibt jedoch keinen Grund, warum dieses Kind sterben sollte.«

Nachtmann murrte etwas, und Ligige' sagte: »Wenn du ihn sehen willst, dann werde ich ihn für dich nach draußen bringen. Begib dich zum Dorfrand.«

»Nein, ich werde warten, bis seine Mutter bereit ist, die Geburtshütte zu verlassen.«

Ligige' zuckte mit den Schultern, und Chakliux fiel ein, dass er ihr etwas zu essen anbieten sollte, da Stern nicht zugegen war.

»Tante, du bist hungrig.« Er holte eine Schale und füllte sie mit Brühe und Fleisch.

Sie nahm die Schale und aß. Zu Chakliux' Erstaunen erhob sich Lange Augen, griff nach einer Wasserblase und bot Ligige' davon an. Mochte sein, dass ein Säugling in dieser Behausung Lange Augen zu ihnen zurückbringen würde. Einst war sie Wolkenfinder eine gute Frau gewesen. Es wäre ein gutes Zeichen, wenn ihr Geist sich entschiede, in das Dorf zurückzukehren.

Chakliux vernahm ein Geräusch im Eingangstunnel, und Yaa erschien in der Behausung, ihre Augen tanzten.

»Ich bin zu deiner Behausung gegangen«, sagte sie zu Ligige'. »Doch dann dachte ich, du könntest hier sein. Aqamdax ist erwacht.«

»Gibt es Schwierigkeiten?«, fragte Ligige'.

»Ich glaube nicht.«

Ligige' erhob sich und senkte ihre Schale in den Kochbeutel. »So werde ich noch ein wenig essen, bevor ich zurückgehe. Hast du die Nahrung, die Aqamdax für sich beiseite gelegt hat?«, fragte sie, den Mund voll Fleisch.

»Die Sachen sind im Vorratslager«, sagte Yaa.

»Geh und hol sie. Ich werde sie Aqamdax bringen, wenn ich zu ihr gehe.«

Yaa kehrte bald mit einem geflochtenen Grasbeutel zurück. Ligige' setzte ihre leere Schale ab und öffnete den Beutel. Sorgsam sah sie den Inhalt durch.

»Eine Frau, die gerade geboren hat, darf niemals frisches Fleisch essen«, erklärte sie dem Mädchen. »Geräucherter Fisch ist gut. Dies hier«, sie zog einige Stücke gedörrtes Fleisch hervor, »ist das aus dem vorigen Jahr? Mir war, als hätte dieses Dorf alle Vorräte aus dem vergangenen Jahr bei den Kämpfen verloren.«

»Das habe ich ihr gegeben«, sagte Chakliux. »Ich habe es mit mir genommen, als ich das Nahe-am-Fluss-Dorf verlassen habe.«

»Fleisch von Nahe-am-Fluss-Jägern?«, verlangte Nachtmann zu wissen.

»Es ist Robbenfleisch von den Ersten Menschen. Ich habe den vergangenen Winter in ihrem Dorf verbracht.«

Nachtmann erschauerte. »Du bist sicher, dass es kein Nahe-am-Fluss-Fleisch ist?«

»Ja.«

Chakliux' Brust füllte sich mit Zorn, und er wandte sich ab. Wer wusste nicht, dass eine Frau Fleisch brauchte, wenn sie Leben gegeben hatte? In seinem Hass auf die Nahe-am-Fluss-Menschen würde dieser Mann selbst die Kraft seiner Frau opfern. Beinahe hätte er Nachtmann daran erinnert, wer die Kämpfe begonnen hatte, wer zuerst angegriffen hatte, doch er erlaubte den Worten nicht, aus seinem Herzen zu seinem Mund zu wandern.

Stattdessen erhob er sich und sagte: »Ich muss meine Frau suchen, um ihr zu berichten, dass sie einen Neffen hat.« Chakliux verließ die Behausung, froh, dem schwelenden Zorn von Nachtmann zu entkommen.

»Ist das Kind mein Bruder?«, wollte Ghaden wissen. Seine Finger kämmten Beißers braunes Fell und hinterließen Spuren, die aussahen wie kleine Täler.

»Das Kind von Stern wird dein Bruder oder deine Schwester sein«, erklärte Yaa, »also ist Aqamdax' Sohn dein Vetter.« Sie überlegte. »Nein, warte. Aqamdax ist deine Schwester, also bist du Onkel für ihn. Ich denke, dass du sein Onkel bist. Und ich bin demnach seine Tante.«

Ghaden plusterte sich auf. »Ich muss ihn behüten. Ich werde ihn lehren zu jagen.« Er ging hinüber in den Bereich der Behausung, wo die Waffen lagen. Hier bewahrten Nachtmann und Chakliux ihre Speere und Speerwerfer auf, ihre Pfeile und Fischspeere. Ghaden lagerte dort seine Wurfschlinge und einen kurzen Stoßspeer. Dieser Speer war eher ein Spielzeug. Der hölzerne Schaft lief in einer Spitze aus, die im Feuer gehärtet worden war. Die Wurfschlinge aber war eine richtige Waffe. Chakliux hatte sie für ihn gemacht und lehrte ihn, sie so zu schwingen, dass er sich nicht selbst mit den spitzen Steinen verletzte. Er hatte noch keinen Vogel damit erlegt, doch das würde bald geschehen. Dann würde er dem neuen Kind eine Feder schenken. Aqamdax könnte sie in sein Amulett legen. Ghaden nahm seine Wurfschleuder, und seine Finger wanderten von dem geflochtenen Griff zu den Steinen. Jeder dieser Steine war fest an das Ende einer Schnur aus rohlederner Haut gebunden.

Er wollte die Wurfschlinge mit hinüber zu Yaa nehmen. Er wollte sie in seinen Schoß legen und an die Vögel denken, die er damit töten würde, und an die Lobgesänge, die Yaa und Aqamdax auf ihn anstimmen würden, wenn sie Fleisch und Knochen dieser Vögel in ihre Kochbeutel taten oder die Vögel an einem Stock rösteten. Doch Yaa war ein Mädchen. Sie könnte der Wurfschlinge ihre Macht rauben. Also hängte er die Waffe zurück auf ihren Platz an einem der Stämme. Dann setzte er sich wieder neben Beißer.

Plötzlich öffnete sich die Türklappe und Stern kam herein. »Du bist faul«, sagte sie zu Yaa. »Hast du die Fallenschlingen überprüft? Und du, geh Holz holen«, trug sie Ghaden auf.

Ghaden wusste, dass Yaa müde war, weil sie so früh aufgestanden war, um Aqamdax beizustehen und Ligige' zur Hand zu gehen. Doch er war froh, etwas zu tun zu haben. In der Behausung war es eintönig. Er zog seine Sommerstiefel an und folgte Yaa und Beißer nach draußen. Im Eingangstunnel hörte er Stern zu Nachtmann sagen: »Ich habe gehört, sie hat einen Sohn.«

Ghaden hielt inne und wartete auf die Antwort von Nachtmann, aber er konnte die gemurmelten Worte nicht verstehen.

Die Stimme von Stern erhob sich zu Gelächter, dann konnte Ghaden auch Lange Augen lachen hören, es klang wie ein schwaches, ersterbendes Echo.

»Und du glaubst, er ist von dir?«, sagte Stern. »Bei all den Männern, die ihr K'os zugeführt hat, glaubst du wirklich, dass Aqamdax' Sohn von dir ist?« Wieder lachte sie.

Das Geräusch ließ Ghaden schaudern.

Ligige' hatte Aqamdax am Abend noch einmal besucht und sie dann allein gelassen. Doch Aqamdax konnte nicht schlafen. Die Freude und das Staunen über ihr Kind erfüllten sie wie Gelächter.

Mit einem Finger strich sie ihrem Sohn über die Wange. Selbst im Schlaf wandte er sich der Berührung zu. Er öffnete den Mund und drehte den Kopf, bis sein Mund an ihrer Fingerspitze war. Er saugte einen Augenblick, dann entspannte er sich. Aqamdax hatte ihn gerade gestillt, sie wusste, dass er satt war. In seinem Mundwinkel schimmerte ein Tropfen Milch.

Bei den Vetter-Fluss-Menschen bekamen die Kinder ihren Namen von den Männern. Nachtmann würde einen Flussnamen für ihn wählen, doch was machte das? Aqamdax wollte ihn Angax nennen, das Wort, das in der Sprache der Ersten Menschen Macht bedeutete. Dieser Name würde ihm die Kraft schenken, die er brauchte, um zu überleben.

Angax sah Nachtmann ähnlich, auch Ligige' hatte das gesagt. Er besaß das kräftige Kinn von Nachtmann und seine Augen, die an den Seiten nach unten gezogen waren. Auf seiner Stirn lockte sich ein Wirbel schwarzen Haares so wie der Wasserwirbel am Ufer eines Flusses, genau wie bei seinem Vater. Aqamdax hatte die Finger und Zehen ihres Sohnes gezählt. Die Finger waren lang und schmal wie ihre eigenen. Zweimal hatte sie ihn aus- und wieder eingewickelt.

Wenn sie Angax stillte, verspürte sie kleine, schmerzhafte Stiche in ihrem Leib. Nach Ligige's Worten war dies der Schmerz, der jeder Mutter nach der Geburt zu schaffen machte, sie brauchte sich nicht zu sorgen.

Aqamdax war erfüllt von Glück, in ihr war für nichts anderes Platz. Sie hatte gehofft, dass Nachtmann kommen würde, um seinen Sohn zu sehen, doch vielleicht würde das Flusstabus verletzen, so dachte sie. Dieses Volk war seltsam, es belegte seine Männer und Frauen mit vielen Verboten.

Einmal hatte Aqamdax die Hütte verlassen, um sich zu erleichtern, ihr Kind an die Brust gebunden. Die meiste Zeit aber lag sie ganz still und betrachtete ihren Sohn.

Die Geburt sei kurz gewesen, so hatte Ligige' gesagt. Viele Frauen brauchten für ihr erstes Kind einen ganzen Tag, manche länger. Aqamdax hatte sie angelächelt und gesagt, es hätte lange genug gedauert.

Bevor sie gegangen war, wollte Ligige' das Kind halten. Sie stupste und stieß es, bis Angax das Gesicht verzog und anfing zu weinen. Ligige' aber lächelte, und zu Aqamdax' großer Erleichterung sagte sie ihr aufs Neue, er sei gesund.

Als die alte Frau sie verließ, versprach sie, Yaa zu ihr zu schicken. Aqamdax war deshalb nicht überrascht, als sie jemanden kommen hörte. Sie richtete sich auf dem Polster aus Moos und Flaum vom Afterkreuzkraut auf, das ihr Nachgeburtsblut aufnahm. Als sich die Türklappe jedoch öffnete, trat Stern herein.

»Ich bin gekommen, um meinen Neffen zu sehen.«

Stern streckte die Hände nach dem Kind aus, und Aqamdax fühlte, wie ihr Herz plötzlich schneller schlug. »Er schläft.« Sie wünschte, Ligige' oder wenigstens Yaa wären bei ihr.

Sie zog ihr Hemd über ihren Bauch hinunter und rückte den Ausschnitt zurecht, den sie für Angax geweitet hatte, als sie ihn an ihre Brust gebunden hatte.

»Siehst du?«, sagte sie und zeigte Stern seinen Kopf.

Die Augen waren geschlossen, und er hatte seine kleine Faust an den Mund gehoben.

»Hier ist es zu dunkel. Ich kann ihn nicht sehen«, sagte Stern.

Aqamdax raffte sich schwerfällig auf. Als sie das erste Mal nach der Geburt aufgestanden war, hatte Dunkelheit sich um sie herum ausgebreitet, doch war es bei diesem einen Mal geblieben.

»Ich werde nach draußen kommen.« Es war beinahe schon Abend, doch die Sonne stand noch hoch, und durch einen Spalt in der Geburtshütte konnte Aqamdax das klare Blau des Himmels erkennen.

Im Freien zog Aqamdax den Ausschnitt ihres Hemdes aufs Neue herunter. Stern tätschelte dem Kind den Kopf und fragte, ob Aqamdax ihm bereits einen Namen gegeben hätte. Doch Aqamdax gab seinen Erste-Menschen-Namen nicht preis. Dieser Name sollte ihm zum Schutz dienen, nur die wenigen Menschen, denen sie dies Wissen anvertrauen konnte, sollten davon erfahren.

»Ich denke, Nachtmann sollte ihm einen Namen geben.«

Stern zuckte die Achseln, dann wandte sie sich um, deutete mit dem Kinn in Richtung des Dorfes und sagte: »Schau. Mein Bruder möchte seinen Sohn sehen. Er kann nicht näher kommen, wie du weißt. Also möchte er, dass ich das Kind zu ihm bringe.«

Aqamdax schlang ihre Arme um Angax, der sicher und warm an ihrer Haut geborgen lag. Angst legte sich auf ihre Brust und raubte ihr den Atem, dann wandelte die Angst sich zu Zorn. Sie war wie die Wölfin, die ihr Junges beschützte.

Wie konnte sie Stern diesen kostbaren Sohn anvertrauen? Wenn Ligige' gekommen wäre und sie darum gebeten hätte, so hätte Aqamdax keine Einwände erhoben ...

Aqamdax blickte an Stern vorbei zu ihrem Mann hin, fühlte die Sicherheit seiner Gegenwart. Was sollte dem Kind schon geschehen auf so einem kurzen Stück Weges? Wie konnte sie so töricht sein, die Schwester ihres Mannes zu fürchten?

»Ich werde ihn einhüllen, damit der Wind ihm nicht den Atem rauben kann«, sagte sie zu Stern. Dann wandte Aqamdax sich um und ging in die Geburtshütte.

Ihr Sohn erwachte, als Aqamdax ihn in sein Tragegestell schnürte, doch er weinte nicht. Sie blickte in sein Gesicht. Einen Augenblick lang schien er sie zu mustern, und Aqamdax spürte, wie nah sie sich waren, ihre beiden Seelen waren beinahe eins. Dann brachte sie ihren Sohn ins Freie und übergab ihn Stern.

Sie beobachtete Stern, wie sie Nachtmann langsam entgegenging, und als sie sah, wie Nachtmann das Tragegestell sicher in seinen starken rechten Arm nahm, schloss sie die Augen vor Erleichterung. Zu ihrer Verwunderung wandten sie sich ab und gingen in Richtung Dorf davon. Doch was wusste sie über die Gebräuche des Flussvolkes? Vielleicht gingen sie, um das Kind anderen zu zeigen.

Sie wünschte, die Menschen in diesem Dorf würden den ehrenvollen Pfaden ihres eigenen Dorfes folgen. Wenn dort die Zeit der Abgeschiedenheit für eine Mutter vorbei war, trug diese ihr Kind in das *ulax* ihres Mannes. Dann erschienen alle Frauen des Dorfes, eine jede mit einem Geschenk. Sie versammelten sich im Kreis und reichten das Kind von Arm zu Arm, während sie ihm Segnungen zuflüsterten. Dies alles geschah unter den wachsamen Augen von Mutter und Großmutter.

»Bringt ihn bald zu mir zurück!«, rief Aqamdax. »Er wird hungrig sein.«

Stern wandte sich um und winkte ihr mit einer Hand zu, dann waren sie fort, entschwunden zwischen den Behausungen und Hütten des Vetter-Fluss-Dorfes.

8

Das Nahe-am-Fluss-Dorf

Bellender Fuchs stand bei den Kochfeuern und erhob seine Hände zum Himmel. Er pries den Fluss für die Fülle an Fisch und erinnerte Das Volk daran, dass im letzten Sommer nur wenige Lachse zu ihnen gekommen waren. Er pries das Karibu, das ihre Jäger erwartete, und er sprach von den Nahe-am-Fluss-Kriegern, jenen, die noch lebten, und jenen, die bei den Kämpfen getötet worden waren.

Die wenigen Familien, die in die Sommerfischlager gezogen waren, waren zurückgekehrt. Schon bald würden die ersten Gruppen sich aufmachen, das Herbstkaribu zu jagen.

Die Vorratslager waren gefüllt mit getrocknetem und geräuchertem Fisch. Es waren gute Zeiten. Sie konnten sich an vollen Bäuchen und starken Armen erfreuen, sich an Lachs und Sommerbeeren laben und von der Verheißung des Karibus träumen.

Und wieso sollte er Dem Volk nicht verkünden, dass er einen neuen Namen gewählt hatte? Einen Namen, der dem Mann, der sie führte, besser anstand?

Von diesem Tage an wollte er Anaay sein. Welcher Name wäre mehr geeignet? Anaay – Der-sich-bewegt. Sein Geist war stets in Bewegung, erwog, was für das Dorf das Beste war. Und wer wusste nicht, dass Das Volk diesen Namen auch für die ziehende Karibuherde verwandte, wenn sie im Frühjahr und im Herbst in den Wäldern wanderte?

Mit einem Namen wie Anaay würde seine Macht ewig währen.

Die Karibus würden ihn als einen der ihren erkennen, sie würden ihre Wege in seinen Knochen singen, und er würde stets wissen, wo sein Volk jagen sollte, welche Pfade die Herde auch einschlagen mochte.

Wer wollte dann noch leugnen, dass ihm der Platz als Anführer der Ältesten gebührte? Überdies war er noch immer ein guter Jäger, und er besaß eine neue junge Frau, die ihm des Nachts das Lager wärmte. Wer konnte vergessen, welche Künste seine erste Frau mit Ahle und Nadel vollbrachte? Jede seiner Frauen hatte eine gute Behausung. Seine Vorratslager waren gefüllt. Selbst Chakliux mit all seinen Geschichten und Sok mit seinen kräftigen Armen und seinem starken Speer konnten dem Vergleich mit Anaay nicht standhalten.

K'os stand am Rande der Menge und lauschte den Worten von Bellender Fuchs. Mit jedem Wort plusterte er sich auf, doch seine Arme und Beine waren dünn, und er konnte sie nicht dadurch stärker machen, dass er sich mit Luft füllte. Seit ihrer Ankunft in diesem Dorf war sein Bauch fett geworden. Selbst die Pracht seines Karibujagd-Parkas, geschmückt mit dem Pelz des Bibers und des Marders, selbst die Perlen aus Vogelknochen, die seine kniehohen Sommermokassins verzierten, vermochten seine wahre Gestalt nicht zu verbergen.

Sie lauschte, wie er die Menschen des Nahe-am-Fluss-Volkes pries, ihre Stärke, ihre Klugheit, und bei jedem Wort knirschte sie mit den Zähnen. K'os spürte das Verlangen, ihren Hass hinauszuschreien, doch wozu sollte sie ihre Absichten preisgeben? Bellender Fuchs sollte früh genug erfahren, dass sie noch immer eine Feindin war, die er fürchten musste.

Seiner stolzen Worte müde, wandte sie sich ab, doch dann verkündete Bellender Fuchs, er hätte einen neuen Namen gewählt. Anaay, sagte er, und K'os' Zorn löste sich auf in einem Schwall von Heiterkeit. Vielleicht musste sie weniger tun, als sie dachte. Selbst ein Kind konnte verstehen, dass der Name die Macht rühmte, Jäger zum Karibu zu führen. Selbst ein

Kind konnte sehen, dass der schwache Geist von Bellender Fuchs dies nicht vermochte.

In ihrem Leben hatte K'os erst von einem Mann gehört, der die Pfade des Karibus kannte. Er starb, als sie noch Kind war, doch sie erinnerte sich an ihn. Bescheiden hatte er sich den Namen Koldze' Nihwdelnen gegeben. Um seinen Namen zu ehren, hatte er nichts für sich behalten. Er war mager und seine Kleidung war alt. Seine Frau war noch vor der Geburt von K'os gestorben, und er hatte sich nie eine neue genommen. Stattdessen zog er von Behausung zu Behausung und lebte erst bei dieser, dann bei jener Familie. Jeder Jäger hoffte, Koldze' Nihwdelnen würde bei ihm wohnen und seinen Waffen Glück bringen.

Wie konnte Bellender Fuchs darauf hoffen, neben einem Menschen wie diesem Bestand zu haben? Das Karibu würde seine Gier spüren, und wie *xos cogh*-Dornen würde seine Torheit sich erheben und den Karibu verjagen.

Doch obgleich diese Gedanken ebenso laut waren wie jedes Wort, das Bellender Fuchs sprach, behielt K'os sie hinter zusammengebissenen Zähnen. Als er geendet hatte, suchte sie sich stumm ihren Weg durch die Menge, die sich um die Kochfeuer versammelt hatte.

Mit einem dicken Ast holte sie einen heißen Stein aus dem Feuer und trug diesen mit Hilfe des Stocks und einer Astgabel aus grüner Weide zu einem Kochbeutel. K'os schnalzte mit der Zunge, damit die Menschen ihr den Weg freimachten. Sie ging langsam, damit sie nicht auf den Stein trat, sollte sie ihn fallen lassen.

Sie drehte den Kopf zur Seite und ließ den Stein in den Kochbeutel gleiten. Die Brühe spritzte, und der Stein zischte, doch er zersplitterte nicht. Mit der Astgabel fischte sie einen erkalteten Stein aus der Brühe. Er troff von Brühe und Fett, als sie ihn zurück zum Feuer trug und in die Glut legte.

K'os wandte den Menschen den Rücken zu und strich mit den Fingern die Brühe von der Astgabel. Dann leckte sie ihre

Hände sauber. Als Arbeiterin war es ihr nicht erlaubt zu essen, bevor nicht alle anderen, selbst die kleinsten Kinder, ihr Mahl beendet hatten. Wer vermochte zu sagen, was dann noch für sie übrig war? K'os hatte einiges Geschick entwickelt, zu stehlen, was sie brauchte: Brühe von den Rührstöcken, Fisch von den Trockengestellen und Fleisch von den Kindern, die zu klein waren, jemandem zu verraten, was sie getan hatte.

Wieder trug sie einen Stein zu einem Kochbeutel, als sie sah, wie Möwenschnabel sich nah zu Bellender Fuchs hinüberbeugte. Die Frau hielt etwas im Arm, das aussah wie ein Geschenk, denn es war in eine Grasmatte geschlagen. Auch einige andere hatten das Gebaren von Möwenschnabel bemerkt, und bald schon beobachteten fast alle Frauen und Männer, was vor sich ging. Möwenschnabel öffnete die Matte und legte einen Parka in den Schoß von Bellender Fuchs. Er lächelte, und dabei legte sich die Narbe, die sein Gesicht entstellte, in Falten. Dann hob er das Geschenk empor, sodass jeder es sehen konnte.

Der Parka war aus den Häuten von mächtigen Tieren gemacht: Biber, Murmeltier und Vielfraß. Das Murmeltier wohnte in den Bergen. Wie viele Tauschhandel mochte Möwenschnabel eingegangen sein, um genug Pelze des Murmeltieres zu bekommen, fragte sich K'os. Der Rücken des Parkas und auch die Ärmel waren mit Muschelperlen bestickt, die in Kreisen und Linien heilige Muster bildeten. Von den oberen Nähten der Kapuze baumelten Wieselschwänze mit schwarzen Spitzen, und Biberohren waren an die Seiten genäht. Sie sollten Bellender Fuchs zu gutem Gehör verhelfen. Ein Band mit ölig glänzenden Rabenschnäbeln hing quer über die Brust herab, zudem waren an beiden Schultern Adlerfedern zu Augenkreisen geformt, so hatte Möwenschnabel K'os erzählt.

Bellender Fuchs erhob sich und legte seinen Sommerparka ab, dann schlüpfte er in den neuen. »Welche Frau könnte es besser?«, prahlte er, und einer der jungen Männer rief: »Nun, Anaay, welches Geschenk wirst du dafür geben?«

Stotternde Worte kamen aus dem Mund von Bellender

Fuchs. Dann breitete er die Arme aus, als wolle er das gesamte Festmahl umfassen, und sprach: »Dieses Mahl, ein reicher Sommer. Der Lachs ist in unseren Fluss zurückgekehrt. All dies gebe ich.«

Aber K'os sah Augen zu Schlitzen werden und hörte das zornige Flüstern. Wie konnte Bellender Fuchs es wagen, für sich zu beanspruchen, wofür alle hart gearbeitet hatten?

Dii, die neue junge Frau von Bellender Fuchs, sprach mit Möwenschnabel, dann trat sie nahe an ihren Mann heran, stellte sich auf die Zehen und flüsterte leise in sein Ohr. Obgleich K'os zu weit weg stand, um ihre Worte zu verstehen, wusste sie mit einem Mal, was Dii gesagt hatte, als hätte sie in ihr Ohr geflüstert. Sie biss sich auf die Lippen, um nicht zu lächeln. Als Bellender Fuchs sie in das Nahe-am-Fluss-Dorf gebracht hatte und sie schon bald darauf an Schwarzer Mund weitergab, hatte sie befürchtet, die Gelegenheit, Rache zu üben, würde lange auf sich warten lassen.

Würde Bellender Fuchs also tun, worum seine Frau ihn gebeten hatte? K'os wartete und zischte ein Versprechen: »Wenn du mich auch jetzt nicht nimmst, Bellender Fuchs, es ist gleich. Ich habe versprochen, dich zu töten, und ich werde es tun.«

Dann hob Bellender Fuchs seinen Sommerparka auf und brachte ihn zu Schwarzer Mund. Mit dem Kinn deutete er auf K'os. Mit geschürzten Lippen zeigte Schwarzer Mund auf die Mokassins von Bellender Fuchs, doch Bellender Fuchs lachte bloß. Also deutete Schwarzer Mund mit dem Kinn auf die Ketten, die der Mann um seinen Hals trug. Bellender Fuchs löste eine, dann zwei, und Schwarzer Mund nickte.

»Eine Arbeiterin für meine Frau«, verkündete Bellender Fuchs. »Die Frau K'os, um ihr das Leben leicht zu machen, damit sie noch mehr Parkas nähen kann.«

Die Menschen lachten, und K'os lachte mit ihnen.

Aqamdax' Hände schlüpften unter ihr Hemd und umfassten ihre Brüste. Milch rann zwischen ihren Fingern hervor. Wieder erhob sie sich von den weichen Moospolstern und spähte zur Türklappe hinaus. Es war dunkel. Ihr Magen drehte sich, und sie presste die Lippen zusammen, als eine Welle von Übelkeit sie erfasste.

Sie waren schon viel zu lange fort. Was, wenn Nachtmann Stern aufgetragen hatte, Angax zu ihr zurückzubringen, und Stern bei jemandem Halt gemacht und das Kind vergessen hatte? Was, wenn sie ihn draußen allein gelassen hatte? Was, wenn er angefangen hatte zu weinen, und Stern war zornig geworden? Ligige' oder Yaa hätten ihr doch gewiss Nachricht gegeben, wenn ihm etwas zugestoßen wäre!

Sie schlüpfte in ihre Sommerstiefel, schnürte sie und verließ die Geburtshütte. Eine Zeit lang stand sie bloß da und blickte zum Dorf hin, in der Hoffnung, Nachtmann oder Stern zu sehen. Bäume und Sträucher verbargen einige Behausungen vor ihren Augen, doch sie konnte Ligige's Behausung erkennen, die von der Feuerstelle erleuchtet war.

Wenn sie zwischen den Bäumen hindurchginge und sich von den Pfaden der Jäger fern hielte, vielleicht würde es dann keinen Schaden anrichten, wenn sie sich zur Behausung von Ligige' begäbe. Sie wählte den Weg, der am meisten Schwierigkeiten bereitete, durch ein dichtes Gestrüpp mit Erlenschösslingen. Endlich war sie nahe genug an die Behausung herangekommen. Sie konnte den Schatten der Frau im Inneren ausmachen.

Sie wollte den gesäuberten Boden zwischen den Bäumen und der Behausung keinesfalls betreten, und so rief sie zuerst, schrie den Namen der alten Frau heraus, bis ihre Kehle schmerzte. Ligige' kam nicht, also ging Aqamdax zur Rückseite der Behausung, kratzte an der Karibuhaut und rief noch einmal.

Ligige's Stimme ertönte. »Wer bist du? Tsaani, mein Bruder? Kleine Füchsin, meine Schwester? Bist du gekommen, mich in die Welt der Toten zu holen?«

»Ligige', es ist Aqamdax.«

Ligige' spähte um die Seite der Behausung, ihre Augen vor Erstaunen geweitet.

»Was tust du hier? Du weißt, du könntest unsere Jäger mit einem Fluch belegen. Ist das Kind krank?«

Aqamdax zog sich rücklings von der Behausung zurück, und Ligige' folgte ihr. Mit den Händen wischte sie über den Boden, auf dem Aqamdax gegangen war.

»Mein Sohn ist nicht bei mir«, sagte Aqamdax. Ligige' blickte zu ihr auf und erstarrte.

»Was sagst du? Wo ist er?«

»Hast du ihn nicht gesehen?«, fragte Aqamdax. »Hat Stern ihn nicht zu dir gebracht?«

»Du hast Stern deinen Sohn anvertraut?« In Ligige's Stimme schwang Entsetzen. Jähe Schmerzen ergriffen Aqamdax, und sie erbrach sich.

»Nun, Mann«, sagte Stern. »Ich habe begonnen, die Karibuhäute für das Dach unserer Behausung zu nähen.« Sie hielt die Hände erhoben und spreizte die Finger. »Meine Hände werden bald aussehen wie die einer alten Frau.«

»Du bist eine gute Frau«, sagte Chakliux, doch in seinem Herzen wusste er, dass seine Worte nicht aufrichtig waren. Jede andere Frau hätte das Dach der Behausung lange schon fertig genäht.

Ohne Kratzen an der Türklappe, ohne höfliche Worte oder ein Räuspern stand Ligige' mit einem Mal im Raum. Sie deutete mit ihrem knorrigen Finger auf Stern und fragte: »Wo ist das Kind?«

Stern tätschelte ihren Bauch und lächelte.

»Nein. Der Sohn von Aqamdax.«

Stern zuckte mit den Schultern und beugte sich über die Karibuhaut.

Chakliux erhob sich und blickte Ligige' fest in die Augen. »Was ist geschehen?«, fragte er.

»Aqamdax ist in meiner Behausung. Sie wollte wissen, ob ich ihren Sohn gesehen habe. Sie behauptet, Stern und Nachtmann hätten ihn mit sich genommen.«

»Hast du ihn mitgenommen?«, fragte Chakliux seine Frau, doch Stern schürzte bloß ihre Unterlippe, ganz wie ein schmollendes Kind, und antwortete nicht.

Chakliux hockte sich neben sie, legte die Innenseite seiner Hand unter ihr Kinn und hob ihren Kopf. Sie schlug seine Hand fort.

»Wie sollte ich wissen, was dem Kind geschehen ist? Ich habe ihm nichts angetan. Vielleicht hat Aqamdax es verloren. Das sähe ihr gleich.«

»Du weißt, dass das nicht stimmt«, sagte Ligige' zu Stern. »Wo ist Nachtmann?«

»Du erwartest, dass ich für meinen Bruder spreche? Es genügt schon, dass ich für diese beiden Nahe-am-Fluss-Kinder Sorge tragen muss.«

»Wo sind sie denn?«, fragte Ligige'.

»Bei Blickt-in-den-Himmel und seiner Frau. Blickt-in-den-Himmel hat Ghaden versprochen ...«

Chakliux fiel ihr ins Wort. »Stern, du und Nachtmann, wart ihr bei Aqamdax und habt das Kind geholt?«

»Ja«, sagte Stern. »Was ist falsch daran? Nachtmann ist der Vater des Jungen. Wenigstens sagt Aqamdax, dass er das ist.«

»Dann ist das Kind bei Nachtmann?«, fragte Ligige'.

Stern nickte.

»Das ist gut«, sagte Ligige'.

Stern senkte den Kopf, doch nicht schnell genug. Chakliux sah ein böses Lächeln, das ihre Lippen umspielte.

»Nein, Ligige'«, erwiderte er, »das ist nicht gut.«

Er nahm seinen Parka von dem Holzpflock, an dem er hing, und schlüpfte schnell durch den Eingangstunnel ins Freie. Er begab sich zur Behausung der Jäger, die mehr Hütte als Behausung war, seit die Nahe-am-Fluss-Männer das Dorf niedergebrannt hatten.

Ligige' rief ihm nach, also hielt er inne und wandte sich um. »Wohin gehst du?«

»Ich muss Nachtmann finden. Gehe du wieder zu Aqamdax«, sagte er. »Bleibe bei ihr, bis ich ihr das Kind zurückgebracht habe.«

In der Behausung der Jäger unterbrach er rüde eine Geschichte, die der alte Nimmt-mehr erzählte. Er erntete böse Blicke für seine Unhöflichkeit. Er fragte, ob sie Nachtmann gesehen hätten, doch keiner wusste, wo er war. Chakliux begab sich zu den anderen Behausungen, kratzte an Türklappen und harrte ungeduldig der Antworten.

Krummer Halm endlich sagte ihm, sie hätte Nachtmann in Richtung des Großvater-Sees gehen sehen, und er hätte ein Bündel getragen. Obgleich es finster war und sein Otterfuß schmerzte, rannte Chakliux los.

Aqamdax kauerte hinter Ligige's Behausung und wartete. Sie zwang ihre Ängste zurück und gestattete ihnen nicht, zu Gedanken zu werden, doch ihre Brust schmerzte, als wäre sie mit Steinen beschwert. Warum hatte sie Stern gestattet, das Kind mitzunehmen? Warum hatte sie der Frau Vertrauen geschenkt? Doch hatte sie eine Wahl gehabt? Nachtmann wünschte seinen Sohn zu sehen. Aqamdax summte Schlaflieder, die sie als Kind von ihrer Mutter gelernt hatte. Sie hoffte, dass diese Gesänge genug Macht in sich bargen, ihr Kind zu beschützen, selbst in diesem Land, das ihrer Heimat so fern war.

Dann hörte sie den Ruf von Ligige'. »Aqamdax, bist du hier?«

»Hier, Tante. Ich bin hinter deiner Behausung. Hast du meinen Sohn gefunden?«

Ligige' gab keine Antwort. Stattdessen kam sie um die Behausung herum zu ihr, und Aqamdax schluchzte auf, als sie sah, dass Ligige's Arme leer waren.

»Ich war töricht, ihn Stern zu überlassen. Ich hätte wissen müssen ...«

Ligige' zog Aqamdax zu sich heran und tätschelte ihr den Rücken, als wäre sie ein kleines Kind. »Ruhig, ruhig, Stern hat ihn nicht. Sie sagt, er ist bei seinem Vater.«

Die Hoffnung erleichterte Aqamdax' Schmerz ein wenig. Sie hob den Kopf und blickte erst Ligige' an, dann schweifte ihr Blick über das Dorf. »Wo ist er?«, fragte sie.

»Stern sagt, sie weiß es nicht, doch Chakliux hat versprochen, ihn zu finden.«

Dann sah Aqamdax eine rennende Gestalt. Die Dunkelheit wurde allein durch die Lichter erhellt, die aus den Behausungen nach draußen drangen, doch sie wusste, dass es Chakliux war. Er verschwand hinter einer Hütte, und danach konnte sie ihn auf dem Pfad zum Großvater-See ausmachen.

Sie riss sich von Ligige' los, und bevor die alte Frau sie aufzuhalten vermochte, rannte Aqamdax ihm nach.

9

Bäume und Sträucher versuchten, Chakliux zurückzuhalten, doch er lief weiter. Zweimal stolperte er, als sein Otterfuß nachgab, doch Chakliux fing seinen Sturz mit den Händen auf und kam zurück auf die Füße. Als er den Großvater-See erreichte, stand der Mond schon hoch am Himmel. Er tauchte das Wasser in glänzendes Silber, und Chakliux, dessen Geist von Erschöpfung umflort war, hielt das Silber zuerst für Eis.

Aus dem dunklen Fichtengehölz am Ufer des Sees erklang der Schrei einer Eule. Chakliux schauderte bei dem Gedanken, was dieser Ruf bedeuten mochte. Er gönnte sich nur einen kurzen Augenblick, um auszuruhen, dann erklomm er den Hügel, der auf den Großvater-Felsen führte. Für gewöhnlich mied er den Felsen. Warum die Winde daran erinnern, was ihnen einst genommen worden war? Wer vermochte zu sagen, welches Geschenk sie im Tausch dafür erwarteten?

Nun jedoch kletterte er, so schnell er es vermochte, selbst auf Händen und Füßen, wo der Pfad es verlangte. Als er den Felsen erreichte, konnte er nichts erkennen als das Mondlicht, das über die dunkle flache Kuppe glitt.

Im nächsten Augenblick schien es, als bewegte sich ein Stück des Felsens. Blitzschnell hatte Chakliux sein Messer in der Hand, so geschwind, dass er sich nicht entsinnen konnte, es aus der Scheide gezogen zu haben. Dann sah er einen Mann, der sich neben den Felsen kauerte.

»Ich habe dich erwartet«, sagte er, und Chakliux erkannte die Stimme von Nachtmann.

»Wo ist dein Sohn?«, fragte Chakliux.

»Er ist nicht mein Sohn.«

Nachtmann erhob sich, schüttelte eine geflochtene Decke aus Hasenfellen und breitete sie über den Großvater-Felsen. »Glaubst du, ich würde ihn hier zurücklassen? Ich habe die Geschichten vernommen, auf welchem Wege du als Tiergabe zu uns kamst, an diesem Ort von K'os gefunden. Glaubst du, wenn ich entschieden hätte, den Sohn meiner Frau fortzugeben, dann würde ich ihn hier auf diesem Felsen zurücklassen? Weil dieser Felsen dir gestattete zu leben, wo du doch dem Tode geweiht warst, mussten mein Vater und zwei meiner Brüder sterben. Und ich werde nie mehr Jäger sein.« Er streckte seinen verkrüppelten Arm vor. »Leugnest du, dass dies die Tat deines Speeres war?«

»Wo ist das Kind, Nachtmann?«, fragte Chakliux mit eisiger Stimme.

Nachtmann deutete mit seiner Handfläche über den See. »Dort, im Wasser. Ertrunken.«

Wie ein Sturm durchfuhr Chakliux der Zorn, wie der Wind rauschte er in seinen Ohren. »Du glaubst, du hast nichts als ein Kind getötet, doch du hast den Jäger getötet, der er dereinst geworden wäre! Du hast seine Kinder getötet und alle, die er ernährt hätte. Ein Dorf voll Menschen stirbt mit diesem einen Tod!« Chakliux hielt inne und rang nach Atem. Als er erneut anhob zu sprechen, war seine Stimme ruhig: »Ligige' hat dir gesagt, dass er früh gekommen ist. Aqamdax hat gesagt, dass der Junge von dir ist.«

Nachtmann spuckte aus. »Ligige' ist deine Tante. Sie ist vom Nahe-am-Fluss-Dorf. Wieso sollte ich ihr trauen? Was Aqamdax anbelangt – jede Frau würde lügen, um ihr Kind zu retten.«

»Du Tor! Für deinen eigenen Stolz würdest du deiner Frau das Herz aus dem Leibe reißen. Selbst wenn Aqamdax sich irrte, selbst wenn das Kind nicht deines wäre, so hättest du ihn unterwiesen, und auf diese Weise hätte er ein Stück deines

Geistes in sich getragen. Und ebenso wäre es mit seinen Kindern und Enkeln gewesen.«

»Die Sitten unseres Volkes sagen, ich hatte das Recht, zu tun, was ich getan habe.«

»Wenn die Sitten eines Volkes das Böse gestatten, so ist das der Weg zu seinem Untergang«, antwortete Chakliux.

»Du, der du selbst so viele getötet hast, sprichst vom Bösen? Ich werde Aqamdax ein neues Kind geben, und diesmal werde ich wissen, dass es meines ist.«

Als Aqamdax den Großvater-See erreichte, vernahm sie nichts als ihre eigenen abgehackten Atemstöße. Schon bald würde sie erwachen und sich in ihrer Geburtshütte wiederfinden. Ihr Sohn würde an ihrer Brust saugen, sein schwarzes Haar an ihre Haut geschmiegt, seine zarten Finger würden ihren Daumen umschlossen halten. Nie zuvor hatte sie etwas Wertvolleres gekannt, als ihn in ihrem Arm zu halten. Nie hatte sie tiefere Freude empfunden.

Im Mondschein sah sie, dass ihre Mokassins mit Blut getränkt waren. Sie hatte von Frauen gehört, die nach der Geburt ihres Kindes verblutet waren, doch sollte ihr Sohn tot sein, so war es ihr gleichgültig. Lieber ginge sie mit ihm in die Geisterwelt. Wer sonst würde sich dort seiner annehmen? Ihre Mutter vielleicht, doch wer konnte das sagen? Mochte sein, dass ihre Mutter Angax nicht als ihren Enkelsohn erkannte. Er hatte so viel von den Flussmenschen an sich.

Als Aqamdax wieder zu Atem gekommen war, richtete sie sich auf. Sie war Chakliux auf dem Pfad nicht begegnet, er musste hier sein. Doch selbst im Mondlicht würde es schwer sein, ihn zu sehen. Vielleicht konnten ihre Augen eine Bewegung einfangen ...

Dann vernahm sie Stimmen, nicht die Rufe der Nachttiere, sondern laute Worte von Männern, die im Streit waren. Sie ging auf die Stimmen zu, den Hügel hinauf zum Großvater-Felsen, und ihre Beine wollten ihr den Dienst versagen.

Manchmal ließen Menschen Kinder auf dem Großvater-Felsen zum Sterben zurück.

Noch bevor sie den Felsen erreicht hatte, wusste sie, dass die Stimmen Nachtmann und Chakliux gehörten. Chakliux' Stimme, obgleich zornbebend, verlieh ihr Kraft.

Als sie Aqamdax sahen, erhob Nachtmann seine gesunde Hand in einer Geste der Abwehr, um sich vor den Mächten zu schützen, die ihr innewohnten, einer Frau, die gerade geboren hatte.

»Wo ist mein Sohn?«, fragte sie.

Lange Zeit blieb Nachtmann stumm, dann erblickte Aqamdax die Decke in seinen Händen. Sie lief zu ihm und entriss sie ihm. »Wo ist mein Sohn!«, schrie sie. Die Angst pochte in ihren Worten wie Blut in den Adern. Sie wischte mit den Händen über den Fels in der Gewissheit, das Blut ihres Sohnes zu finden, doch was sie fühlte, waren nur die spitzen Stacheln der Flechten und die Wärme des Steines, der noch immer die Hitze zurückgab, die er den ganzen Tag lang gesammelt hatte.

Dann waren Chakliux' Hände auf ihren Schultern, und sie konnte seine Kraft spüren. Erleichtert lehnte sie sich zurück, gegen seine Brust. Nachtmann aber sagte: »Ich habe ihn dem See übergeben. Er ist nun dort, bei den Wassergeistern.«

Wie die Schneide eines Messers schnitten die Worte durch ihr Fleisch, durch ihre Knochen. Aqamdax blieb nichts, als ihren Schmerz herauszuschreien.

Sie wand sich aus Chakliux' Umklammerung und rannte davon.

»Du darfst ihr nicht folgen«, sagte Nachtmann. »Du bist bereits verflucht, da du sie berührt hast. Sie blutet noch immer von der Geburt.«

Doch Chakliux machte kehrt und folgte Aqamdax den Hügel hinunter. Er fand sie, am Ufer des Sees knieend, die Hände dem Wasser entgegengestreckt. Er schlang seine Arme um ihren Leib, doch sie setzte sich zur Wehr.

»Mein Sohn«, sagte sie und blickte auf das Wasser. »Dort,

ich kann ihn sehen. Er treibt auf jener Welle. Ich warte hier, und er wird zu mir kommen.«

»Aqamdax, Aqamdax, er ist fort. Nichts treibt auf dem Wasser. Wir müssen zurück in unser Dorf. Ligige' hat Medizin für dich, etwas, das dir helfen wird, deine Kraft wiederzuerlangen.«

Aqamdax richtete sich auf. Chakliux legte einen Arm um ihre Schultern und wollte sie wegführen, doch sie riss sich aus seiner Umarmung und begann, in das Wasser zu waten, die Decke schleifte von ihren Händen herunter. Er folgte ihr und konnte nach ihr greifen. Er hatte ihren Widerstand erwartet, doch sie ließ sich von ihm ans Ufer zurückführen. Dann wandte sie sich ihm zu, und lächelnd hielt sie einen kurzen Ast hoch, mit einer Gabelung an einem Ende.

»Ich habe es dir gesagt. Hier ist er. Sieh. Er ist nicht tot. Sieh.«

Sie kniete nieder und wickelte den Ast behutsam in die triefende Decke, barg ihn an ihrer Brust. Tränen brannten in seinen Augen, als Chakliux sie nah an sich heranzog und sie in ihr Dorf zurückführte.

TEIL ZWEI

Winter und Sommer waren über den Geschichten vergangen. Jeden Morgen und jeden Abend hatte die alte Frau dem Jungen mehr von Aqamdax und Chakliux erzählt. Es gab noch viel, das sie an ihn weitergeben musste, doch schon waren die letzten Knospen des Afterkreuzkrauts oben an den Spitzen seiner Stängel erblüht. Bald würden die Blätter ihre Farbe wechseln, und Das Volk würde dem Karibu folgen.

Die alte Frau kam auf die Füße und duckte sich durch die Türklappe ihrer Fischluger-Behausung hinaus. Nach diesem Abend würden sie in das Winterdorf zurückwandern, und einige Tage ohne Geschichten lagen vor ihnen. Sie streckte ihre Arme und bemerkte, wie schwach sie geworden waren, nichts als Haut und Knochen. Die lange Wanderung würde nicht leicht für sie werden. Doch dann sah sie den Jungen auf sich zukommen, ein strahlendes Lächeln auf den Lippen, und sie wusste, ihre Kraft würde ausreichen.

Er hob die Hand zum Gruß, und sie hieß ihn in ihrer Behausung willkommen. Sie bot ihm frischen Fisch an, den sie über dem Feuer vor ihrer Behausung gebraten hatte. Sie gestattete ihm nicht, sein Mahl zu beenden, bevor sie anhob zu erzählen. Allzu sehr drängten sich die Geschichten in ihrer Kehle, überschlugen sich die Worte, um in die Ohren des Jungen zu gelangen.

»Das Nahe-am-Fluss-Dorf«, sagte sie. »K'os und Bellender Fuchs. Höre:

ER GIBT SICH den Namen Anaay und glaubt, er vermag das Karibu zu rufen. Tor! Es bedarf mehr als der Macht eines Namens, um den Gestank des Fuchses von ihm zu verbannen.

In jener Nacht, als er mich, K'os, als Arbeiterin für seine Frauen eingetauscht hat, brachte er mich zu der Behausung von Möwenschnabel. Er sagte mir, hier solle ich fortan leben, und ich war dankbar dafür. Es konnte nicht schaden, wenn ich mich an ihre Behausung gewöhnte, sollte sie doch bald schon meine sein. Ich dachte, Möwenschnabel und ich würden die Nacht dort verbringen, doch er schickte sie fort.

Er brachte keine Geschenke, und ich erwartete keine, da ich nun Arbeiterin der Nahe-am-Fluss-Menschen war. Er brachte mich zum Lager von Möwenschnabel und zwang mich mit dem Bauch nach unten nieder, mit seinem Messer in der Faust.

›Ich kenne deine Hände‹, sagte er.

So wusste ich, dass er nicht vergessen hatte, was sie mir vor so langer Zeit angetan hatten. Er und seine Freunde. Sie dachten, sie hätten mich getötet, doch sie hatten nur die Kinder getötet, die ich dereinst geboren hätte. Von diesen drei Männern hatten zwei meine Rache zu spüren bekommen. Bellender Fuchs wird der nächste sein, und sein Tod wird grausamer sein als die Tode der anderen.

Schau! Was sehe ich? Raben laben sich an ihrer Beute, die Augen nehmen sie zuerst. Bellender Fuchs, vermagst du das Rätsel zu lösen?«

10

Das Nahe-am-Fluss-Dorf

Haltet sie ruhig«, sagte K'os.

Das Kind lag mit der Seite auf einer Matte aus Karibuhäuten gebettet, ihr Vater umklammerte ihre Beine. K'os hielt einen faustgroßen runden Flussstein in ihrer Hand, der in die fellbesetzte Haut eines Flussotters gehüllt war. Sie hob den Stein und sprach zum Vater: »Die Haut ist geweiht, siehst du?«

Er nickte, und K'os legte den Stein in die Achselhöhle des Mädchens und drückte den Arm nieder.

Die Schluchzer schwollen zu einem schrillen Schrei an, als der Knochen zurück an seinen Platz in der Schulter sprang.

»Du hast sie getötet«, rief Rote Gamaschen aus. Sie war die Mutter des Mädchens. Der Vater aber zischte sie strafend an.

»Törichte Frau, der Arm ist wieder an seinem Platz. Sieh selbst.«

»Sie muss sich aufsetzen«, sagte K'os.

Der Mann hob seine Tochter auf seinen Schoß und beobachtete, wie K'os den Oberarm mit einer Binde aus geschabter Karibuhaut an den Körper fesselte.

»Es ist ausgestanden«, sagte K'os. »Ich werde deiner Frau Blätter vom Aufrechten Beifuß geben. Sie muss sie erwärmen und auf die Schulter legen. Sie werden den Schmerz töten.« Sie hob den Kopf und blickte Rote Gamaschen an. »Weißt du, wie man einen Aufguss aus Weidenrinde bereitet?«

Rote Gamaschen wandte den Blick ab, doch ihr Mann sprach für sie: »Sie weiß es.«

»Reich deiner Tochter den Weidenaufguss, wann immer sie über Schmerzen klagt.«

Wieder entnahm K'os ihrem Arzneibeutel ein langes Stück geschabter, geschmeidiger Karibuhaut und fertigte eine Schlinge daraus. Mit dem Kinn deutete sie auf Rote Gamaschen und sagte: »Komm her. Ich werde dich lehren, sie zu binden.«

Rote Gamaschen schlich heran, dabei schniefte sie wie ein Kind. Doch K'os übersah ihre roten, vorwurfsvollen Augen und legte eine Schlinge um den Arm des Mädchens. Dabei achtete sie darauf, dass der Knoten den Nacken nicht wund scheuern konnte.

K'os nickte Möwenschnabel zu. Daraufhin nahm die Frau ein Päckchen mit Blättern vom Aufrechten Beifuß aus dem Arzneibeutel und reichte sie K'os. Diese öffnete das Päckchen, nahm eines der Blätter, legte es auf ihren bloßen Arm und zerrieb es auf der Haut. Sie war Arbeiterin, und sie war vom Vetter-Fluss-Dorf. Es würde viel Zeit vergehen, bis sie das Vertrauen der Menschen gewonnen hatte.

»Seht ihr?«, sagte sie. »Es wird ihr nicht wehtun.«

Der Vater des Mädchens aber sah zu Möwenschnabel und fragte: »Ist es Aufrechter Beifuß, so wie sie behauptet?«

»Es sind Blätter vom Aufrechten Beifuß. Ich war bei ihr, als sie sie gesammelt hat«, antwortete Möwenschnabel.

»Ihre Schulter wird schmerzen, dennoch sollte sie in ein oder zwei Tagen anfangen, den Arm zu bewegen«, sagte K'os, als hätte der Vater des Mädchens nicht seine Zweifel geäußert, als wäre Möwenschnabel nicht anwesend. »Verwendet die Blätter und reicht ihr den Weidenaufguss. Sorgt dafür, dass sie den Verband und die Schlinge einige Tage trägt.«

»Blaue Blume hat mir von Gesängen erzählt, die gesungen werden müssen«, sagte Rote Gamaschen.

K'os zuckte mit den Schultern. »Sag Blaue Blume, sie möge kommen und singen, doch für den Rest des Tages sorge dafür, dass deine Tochter ruhig liegt, und lass sie schlafen.«

Als sie und Möwenschnabel die Behausung verlassen hatten, sprach K'os zu ihr: »Nun, was wirst du im Tausch für unsere Medizin erbitten?«

»Denkst du, eine Karibuhaut wäre zu viel?«

»Sie haben nur diese eine Tochter. Bitte um eine Haut und außerdem um die Kette aus Robbenzähnen, die ich an einem Stamm hängen sah. Wenn du sie bekommst, so soll sie mir gehören. Wenn nicht, so nehme ich die Hälfte der Haut.«

Sie warf Möwenschnabel aus den Augenwinkeln einen verstohlenen Blick zu, um zu sehen, ob die Frau widersprechen würde, doch sie sagte nichts. Immerhin war die Behausung der Frau voll von den guten Dingen, die ihr K'os' Künste eingebracht hatten: Perlen und Häute und Felle, Körbe, sogar eine Leuchte aus Stein war darunter, die Öl verbrannte. Ein Händler hatte sie in das Dorf gebracht.

Möwenschnabel deutete mit dem Kinn Richtung Dorfmitte. »Geh zu den Kochfeuern. Wenn jemand unsere Hilfe benötigt, werde ich dich holen. Ich muss Perlen auf die Winterstiefel nähen, die ich für meinen Mann mache.«

K'os tat, wie Möwenschnabel sie geheißen hatte. Besser, an den Kochfeuern zu arbeiten, als im Fluss Fische zu fangen oder gar die Elchhaut zu schaben, die Bellender Fuchs einem der Jäger abgeschwatzt hatte.

Es ging ein schneidender Wind. Er fuhr von Norden durch das Dorf und trug den Geruch des Winters mit sich. Die Balsampappeln wurden gelb, Blätter fielen, um die Erde zu färben und dem Schnee sein Bett zu bereiten. Zwei Gruppen aus dem Dorf waren bereits aufgebrochen, Karibus zu jagen, doch Bellender Fuchs blieb. Er sagte, er würde fasten, damit er die Gesänge der Karibus deutlicher hören könne. Doch noch hatte der Hunger sie nicht in seine Träume gelockt. Seltsam, wie in der Behausung eines Mannes, der fastete, die Beutel mit Eintopf, die Abend für Abend gefüllt hängen blieben, am folgenden Morgen beinahe leer waren.

Ob er fastete oder nicht, Bellender Fuchs musste bald entscheiden, wo sie jagen würden. Sonst würden die Karibus einfach an ihnen vorüberziehen und die sicheren Wintergründe erreichen.

Er wollte K'os und Dii mit sich nehmen, Möwenschnabel aber sollte im Winterdorf zurückbleiben. So viele Vorkehrungen mussten für die Jagd getroffen werden, dass K'os keine Gelegenheit blieb, ihr besonderes Geschenk für Bellender Fuchs zu bereiten. Sie musste daran arbeiten, wenn Möwenschnabel anderswo beschäftigt war und sie nicht ertappen konnte. Durfte K'os es wagen, dass die Frau die Streifen von der Haut des Fliegenfängers entdeckte, die Federn des Eisvogels, das Fuchsauge? Und die Möwenfedern oder die Stücke aus der Nackenhaut des Seetauchers?

Wenn die Näherei einer Frau segnen konnte, konnte die einer Arbeiterin dann nicht verfluchen?

Das Vetter-Fluss-Dorf

Nachtmann hob seinen linken Arm und streckte ihn mit zusammengebissenen Zähnen. Fünfmal hob er ihn seitlich empor und spreizte die Finger. Dann senkte er ihn und ballte die Hand zur Faust.

»Etwas Gutes ist hier geschehen«, sagte er, als er geendet hatte.

»So, wie mein Kind wächst, so gewinnst du deine Kraft zurück«, entgegnete Stern und legte die Hand auf die kleine Rundung ihres Bauches.

Aqamdax senkte den Kopf tief über ihre Näherei und gab vor, nicht zu hören, was sie sprachen. Sie verspürte keine Freude darüber, dass die Kraft ihres Mannes zurückkehrte. Vielleicht erkannte Nachtmann, dass Aqamdax diesmal nichts zu seiner Genesung tun würde, sollte er wieder krank werden. Und welche Hoffnung hätte er dann? Nur Stern und Lange Augen würden sich seiner annehmen.

»Mag sein, dass Aqamdax' Sohn das Übel mit sich genommen hat, als er gestorben ist«, sagte Stern.

Aqamdax schöpfte hörbar Atem. Würde die Torheit von Stern sich denn niemals erschöpfen? Sie erhob sich und ließ die Näharbeit mitten auf dem Boden zurück. Es war ein Stiefel für Nachtmann. Mochte seine Schwester ihn fertig nähen. Aqamdax streifte sich ihren Winterparka über. Draußen war es kalt, und mit jedem Nachtfrost wurde die Erde härter. Vor zwei Tagen hatte es geschneit, doch die Sonne hatte den Schnee bis zum Mittag geschmolzen. Aqamdax verließ die Behausung, ohne zu sagen, wohin sie ging oder wann sie zurückkehren würde. Wie konnte sie ihnen das sagen, da sie es doch selbst nicht wusste?

Sie machte sich auf zu Ligige's Behausung, doch dann schlug sie den Weg zum Fichtenwald ein. Die Bäume nahmen dem Wind die Wucht. Aqamdax schlug die Kapuze ihres Parkas zurück, sodass die Einfassung gerade die Ohren bedeckte. Mitten im Wald lag ein großer Felsbrocken, und sie ging, bis sie ihn erreicht hatte. Der Stein schien keine besonderen Kräfte zu besitzen, nichts, das er geben konnte, aber genauso wenig wollte er nehmen. Am wenigsten von einer Frau wie Aqamdax, die ihr Gram schwach gemacht hatte.

Sie hockte sich auf die Fersen, das Gesicht dem Pfad zugewandt, der zurück in das Dorf führte. Wann hatte sie das Dorf der Ersten Menschen verlassen, so fragte sie sich. Waren wahrhaftig erst zwei Sommer vergangen?

Was war sie für eine Närrin gewesen, dass sie die alte Frau Qung und ihr behagliches *ulax* aufgegeben hatte. Dort war Aqamdax Geschichtenerzählerin gewesen. Es hatte lange gedauert, doch das Volk, das für sie so lange Zeit nur Verachtung übrig gehabt hatte, hatte sie endlich geehrt. Wenn sie nur Geduld gehabt hätte, so wäre sicher einer der Männer gekommen und hätte sie zur Frau genommen. Ein Mann der Ersten Menschen hätte niemals seinen eigenen Sohn getötet.

Ungeweinte Tränen schmerzten in Aqamdax' Kehle.

Auch andere Frauen haben ihre Kinder verloren, sagte sie sich. Gelber Vogel, Ligige' und Krummer Halm, sie alle waren zu ihr gekommen, hatten ihr Worte des Trostes und der Trauer zugeflüstert und von Kindern erzählt, die vor langer Zeit gestorben waren. Jene Frauen behandelten sie nun wie eine der ihren – Schwestern im Schmerz –, dies war zumindest ein schwacher Trost inmitten ihrer Qual.

»Du hast lange genug getrauert«, hatte Vogelruferin ihr erst am Tag zuvor gesagt. »Kehr zurück zum Lager deines Mannes, überlass dich der Hoffnung auf ein neues Kind.«

Vogelruferin hatte vergebens auf ihre letzte Mondblutung gewartet, und Aqamdax konnte in ihren Augen die hoffnungsvolle Freude lesen, die diese Frau in sich trug. Doch der Mann von Vogelruferin hatte nicht ihr erstes Kind getötet.

Wie konnte Aqamdax zum Lager ihres Mannes gehen? Wie sollte sie die Berührung seiner Hände auf ihrem Körper ertragen? Sie legte den Kopf auf ihre Arme und ließ ihren Tränen freien Lauf. Von Zeit zu Zeit konnten Tränen helfen, obgleich sie sie vor Stern und Nachtmann stets verbarg. Warum sollte sie ihnen ihre Schwäche zeigen? Mit einem Mal spürte sie eine schwere Hand auf ihrer Schulter. Sie rang nach Luft und sprang auf, doch dann erkannte sie Chakliux.

Aqamdax blinzelte ihre Tränen fort.

»Geht es dir gut?«, fragte er.

Sie räusperte sich und nickte.

»Es hat wieder begonnen zu schneien«, sagte er.

Aqamdax blickte hinauf zum Himmel und sah, wie große Flocken sich langsam auf die Erde senkten.

»Hat Nachtmann dich geschickt, mich zu suchen?«, wollte sie wissen.

»Nein. Ich bin hierher gekommen, um Zeit für meine Gedanken zu haben. Ich wollte dem Dorf entkommen.«

Chakliux hockte sich neben sie und schlang die Arme um seine Knie. Mit dem Kinn deutete er auf ihren Parka und sagte: »Vielleicht kannst du mir solch einen Parka nähen.«

Aqamdax hatte ihren Parka nach Art der *sax*-Parkas aus Vogelhäuten gemacht, wie die Ersten Menschen sie trugen. Er war weit genug, ihn über die Beine zu ziehen, wenn sie sich in der Hocke niederließ. Jetzt zog sie ihn hinunter und steckte ihn unter ihre Füße.

»Er wäre dir bei der Jagd im Wege«, sagte sie. Dann sah sie, dass sie ihn verletzt hatte. »Doch wenn du einen möchtest ...«

»Wenn du Zeit findest, ihn zu nähen«, sagte er.

»Ich habe Zeit«, sagte Aqamdax, und um ihre Verlegenheit hinter Worten zu verbergen, fügte sie hinzu: »Bald wirst du zur Karibujagd aufbrechen. Nachtmann hat gesagt, er wird hier bleiben. Wirst du mit Sok jagen?«

»Mag sein.«

Er legte einen Arm um ihre Schultern, hob ihre linke Hand und schob den Ärmel ihres Parkas zurück, sodass das Armband zum Vorschein kam, das sie trug. Es war aus Sehnen geknüpft und derart geknotet, dass es dem Kopf des Otters glich. Chakliux hatte es Aqamdax in der Nacht gegeben, als er gekommen war, die Vetter-Menschen vor dem Angriff der Nahe-am-Fluss-Männer zu warnen.

»Du trägst es noch immer.«

Sie lächelte. Ihre Gesichtshaut spannte in der Kälte wegen der Tränen, die sie geweint hatte, doch es tat gut zu lächeln. Sie neigte ihr Kinn und zeigte auf seinen Gürtel, an dem ein Walzahn hing. Er war zur Form einer Muschel geschnitzt. Diesen Zahn hatte sie ihm gegeben. Im Dorf der Ersten Menschen war er von Geschichtenerzähler zu Geschichtenerzähler weitergegeben worden. Er stammte aus einer Zeit, die so alt war, dass selbst Qung nicht sagen konnte, wieso er auf diese Art geschnitzt worden war. Chakliux sah ihr in die Augen, und plötzlich fühlte sich Aqamdax unbehaglich, ihr Herz pochte, als wäre eine Trommel in ihrer Brust versteckt. Sie fing an, vom Schnee und von den Bäumen zu sprechen. Sie erzählte Chakliux von ihrer ersten Begegnung mit diesen Wäldern, als sie und ihr kleiner Bruder Ghaden mit dem Händler Cen und Tikaani, dem Bruder von Nachtmann, hierher gekommen waren. Sie erzählte von ihrem Vater, von ihrer Mutter, von den Spielen, die sie spielte, als sie Kind war.

Während sie sprach, hörte sie, wie eine innere Stimme sie schalt, ihr sagte, sie sei zu sehr Fluss geworden, wie sie die Welt mit ihren Worten zu füllen versuchte. Hatte sie vergessen, wie grob es war, die Gedanken eines Menschen mit unnötigem Geschwätz zu stören?

Endlich sagte Chakliux: »Still, Aqamdax. Du musst deinen Schmerz nicht verbergen, wenn du bei mir bist. Es gibt Zeiten, in denen Tränen das Beste sind.«

Da drehte sie ihren Kopf und barg ihn an seiner Schulter. Sie spürte, wie seine Stärke sie beruhigte, selbst als sie weinte.

11

Das Vier-Flüsse-Dorf

Hunde bellten, doch das taten Hunde häufig. Die meisten Bewohner hatten das Dorf gewiss verlassen und waren auf der Karibujagd. Es schneite heftig. Der Schnee bedeckte die Spuren von Rotes Blatt, und das war gut so, doch seine Kälte drang durch ihren Parka. Ihre Tochter bewegte sich an ihrer Brust, und Rotes Blatt hielt den Atem an aus Angst, das Kind könnte anfangen zu schreien. Sie verharrte regungslos, doch es hatte sich nur eine bequemere Schlafstellung gesucht.

Im grauen Licht der Dämmerung musterte Rotes Blatt die Vorratslager. Es waren überdachte, aus Holz gezimmerte Rechtecke, die auf hohen Pfählen standen. Sie wählte dasjenige, das am nächsten lag, nahm die Leiter und legte sie an. Das Gebell der Hunde steigerte sich zu lautem Jaulen. Mochte sein, dass jemand herauskam, um nach dem Rechten zu sehen, doch ebenso gut konnte man denken, dass ein Fuchs herumschlich. Und was konnte ein Fuchs schon anfangen mit den Leitern, die an Behausungen und Holzstöße gelehnt standen?

Rotes Blatt erklomm die Leiter, entriegelte die Klappe des Lagers und schaute hinein. Sie konnte einige verschnürte Karibuhäute ausmachen, alle prall gefüllt.

Triff eine gute Wahl, sagte sie sich und entschied sich für das größte Bündel. Sie nahm es an sich, kletterte die Leiter wieder hinunter und eilte davon. Wenn nur der Schnee nicht zu hoch werden würde, könnte sie ihren Unterschlupf noch vor dem Morgen erreichen.

Sie hatte ihr Lager am Fuße einer umgestürzten Fichte errichtet. Die Wurzeln hatten eine große Platte Erdreich herausgerissen, und Rotes Blatt nutzte sie zum Schutz gegen den Nordwind. Sie hatte Zweige und eine Karibuhaut darüber gebreitet und so einen Unterschlupf gebaut. Eine Zeit lang hatte sie Hasen und Schneehühner fangen können, doch während der vergangenen Tage waren ihre Fallenschlingen leer geblieben, und auch der Vorrat an getrocknetem Fisch, den sie aus dem Vetter-Fluss-Dorf mitgenommen hatte, war zur Neige gegangen.

Ach, hatte sie sich gesagt, nachdem sie das letzte Stückchen Fisch verzehrt hatte, es ist gut, dass der Fisch fort ist. Je weniger ich von diesem Ort bei mir trage, desto besser ist es. Doch um ihren Bauch zu füllen, war ihr nun nichts geblieben als dünner Tee aus Weidenrinde. Der Geschmack war bitter, weil der Winter nahte, und so träumte sie davon umzukehren.

Sok würde sie zweifelsohne töten, wenn sie zurückging. Er hatte keine Wahl. Was sie für ihn getan hatte, zählte nicht; nicht ihre Bemühungen, ihm den ehrenvollen Platz des ersten Jägers im Nahe-am-Fluss-Dorf zu beschaffen. Es zählte nicht, dass sie ihm zwei gute Söhne gegeben hatte. Sie würde sterben. Kurz regte sich Zorn in ihr, doch sie drängte ihn zurück, tat, als wäre das Gefühl nicht da. Was sonst konnte Sok tun? Er musste Rache nehmen für seinen Großvater.

Wieder bewegte sich das Kind, und bei jedem Schritt machte Rotes Blatt wiegende Bewegungen. Ein Trost, dass sie weit genug von irgendeinem Dorf entfernt war. So konnte niemand sie hören, wenn das Kind anfinge zu weinen. Niemand bis auf die Wölfe, die ihr von Zeit zu Zeit folgten, wenn sie ihren Unterschlupf verließ. Sie blieb stehen und zog das Karibubündel auf ihrem Rücken zurecht. Um ihre Tochter ruhig zu halten, stimmte sie ein Schlaflied an, das sie einst von Aqamdax gelernt hatte, als die Seejäger-Frau noch ihre Schwesterfrau gewesen war. Wenigstens hatte Sok genug Verstand besessen, Aqamdax zu verstoßen. Sie war zwar keine schlechte Frau, doch wer vermochte zu sagen, welche Flüche sie in sich barg, da sie doch von den Seejägern stammte? Die Menschen dort wandelten nicht auf den geweihten Wegen.

Der Wind nahm zu, und der Schnee fiel so dicht, dass er es Rotes Blatt beinahe unmöglich machte zu gehen. Sie wünschte, sie hätte Schneeschuhe mitgenommen, als sie das Vetter-Fluss-Dorf verließ, doch in der Eile hatte sie vieles vergessen. Und wer hätte geglaubt, dass der Wintersturm so früh schon kommen würde?

Wenn sie erst den Fichtenwald erreicht hätte, würden die Bäume dem Wind die Kraft nehmen. Sie ging weiter. Die Karibuhaut auf ihrem Rücken und das Gewicht des Kindes an ihrer Brust zogen sie bei jedem Schritt tiefer in den Schnee. Indessen hatte der Wind gedreht und wehte nun von Norden her. Rotes Blatt hob einen Arm, um ihr Gesicht zu schützen. Die Nacht war hereingebrochen, und sie konnte nichts mehr sehen. Mit einem Mal lief sie gegen ein Hindernis. Der Stoß an ihrem Arm entlockte ihren Lippen einen kurzen Aufschrei und dann einen Seufzer der Erleichterung.

Ein Baum, sie war sich sicher. Sie hatte den Fichtenwald erreicht. Dem Sturm, dem Schnee, ihrer Last zum Trotz hatte sie den Wald erreicht. Sie richtete sich auf und spürte, wie ihrer Tochter die Brustwarze entglitt. Sie hielt inne und lauschte, ob sie anfangen würde zu weinen. Das Kind blieb jedoch still, vielleicht war es eingeschlafen.

Rotes Blatt war eine große Frau, deren Brüste auch in Zeiten schwer waren, in denen sie kein Kind stillte. Selbst in diesen Tagen des Hungers hatte sie reichlich Milch für ihre Tochter gehabt. Sie war kräftig, auch noch nach Tagen ohne genügend Nahrung für sich. Doch im Kampf gegen den Sturm drückte die Last des Karibubündels schwer auf ihren Rücken, und sie sehnte sich danach, es abzusetzen.

Ihr Unterschlupf konnte nicht weit vom Waldrand sein, obgleich sie wusste, dass sie sich nicht auf dem Tierpfad befand, dem sie von den Bäumen zum Dorf hin gefolgt war. Sie würde dennoch hier in diesem Windschutz bleiben, den die Erlen und

Weiden ihr boten, die inmitten von Fichten und Steppe wuchsen. Sie würde zu dem Fluss laufen, der sich durch die Bäume zog, und ihm zu der großen Biegung folgen, bei der die umgeknickte Fichte lag.

Rotes Blatt tastete nach dem Baum, gegen den sie gelaufen war. Seltsam, dass sie die Sträucher nicht bemerkt hatte, die den Waldrand säumten. Vielleicht waren die Äste vom Gewicht des Schnees niedergedrückt worden, und sie war darüber hinweggelaufen. Sie schleppte sich einige Schritte weiter zum nächsten Baum, und mit einem Mal wusste Rotes Blatt, wo sie sich befand. Die Erkenntnis stieß sie um, und sie sank in den Schnee, den Rücken an das schwere Bündel gelehnt.

Sie hatte einen großen Kreis beschrieben und war zu den Vier-Flüsse-Vorratslagern zurückgekehrt.

Das Nahe-am-Fluss-Dorf

Anaay lag auf seiner Bettstatt. Dii beobachtete ihn aus den Augenwinkeln und ließ ihren Blick hin und wieder zu der Ahle zurückkehren, die sie in Händen hielt. Zweimal schon hatte sie sich in die Finger gestochen. Doch was war schon ein wenig Blut, verglichen mit der Aufgabe ihres Mannes, der auf der Suche nach den Karibus war, der versuchte, den Gesang ihrer Hufe zu spüren, wie sie nach Süden zu ihren Winterweidegründen zogen.

Dii war erstaunt, dass er sie bei sich in der Behausung duldete. Sicher würden die Karibus ihre Anwesenheit spüren – eine Frau, die nun schon aus zwei Fingern blutete –, und sie würden sich vor dem Ruf Anaays fürchten. Doch er hatte sie geheißen zu bleiben, und vielleicht war es gut so. Wer sonst würde Anaay Wasser bringen, wenn sie nicht da war? Wer würde ihm den Urintrog bringen und ihn wieder fortschaffen, damit der Geruch die Karibus nicht vertrieb?

Drei Tage waren bereits vergangen. Dii verließ die Behausung nur, um an den Kochfeuern zu essen und um sich zu erleichtern. Anaay schlief die meiste Zeit, denn wann würden die Karibus zu einem Mann kommen, wenn nicht in seinen Träumen? Wie sollte ein Mann die Gesänge der Karibus vernehmen, wenn sein Geist nicht ruhig war und sich fern seines Körpers aufhielt, dort in der Welt des Schlafes?

»Ach! Ach! Ach!«, rief Anaay aus, und Dii legte die Ahle beiseite. Sie wartete ab, ob er etwas von ihr verlangte, doch er sagte weiter nichts.

Vielleicht sangen die Karibus in seinem Traum. Vielleicht wusste Anaay nun, wohin die Jäger gehen sollten. Dii wollte bleiben und zusehen, doch es mochte sein, dass die Karibus nicht wirklich zu ihrem Mann sprachen, bis sie die Behausung verlassen hatte. Sie nahm ihren Parka von einem Holzpflock und kroch durch den Eingangstunnel. Sie würde in der Nähe bleiben, damit sie Anaay hörte, wenn er nach ihr riefe.

Es war dunkel geworden, und Dii wunderte sich. Wann war die Nacht gekommen? Es war seltsam, doch bei all dem Schlaf, dem Anaay sich hingab, schien es, als sei der ihre fort, als hätte Anaay ihr die Träume geraubt, auf dass er selbst mehr davon hätte, und als wandelte sie in einer Welt ohne Schlaf.

»Ach! Ach! Ach!«, hörte sie Anaay wieder rufen, doch Dii blieb, wo sie war.

Sie hockte sich auf die Fersen und kauerte sich gegen die Kälte zusammen. Der Himmel war zur Hälfte mit Sternen bedeckt, halb blieb er dunkel. Von Norden her zogen Wolken heran, vielleicht brachten sie Schnee. Dann vernahm Dii ein neues Geräusch, etwas, das so leise und weit entfernt war, dass sie es zuerst nicht mit ihren Ohren vernehmen konnte, es allein in ihrer Brust spürte. Ein gleichmäßiges Pochen, als wäre mit einem Mal ein zweites Herz in ihrer Brust, um neben dem ihren zu schlagen.

Es begann wie ein Prasseln, wie die ersten Regentropfen, die auf das Dach einer Behausung niedergehen. Dann breitete es sich von ihrer Brust aus und zog zu ihren Armen und Beinen. Es bebte, und endlich konnten auch ihre Ohren es vernehmen. Da wusste sie, was sie gehört hatte. Dii musste die Hände vor den Mund schlagen, um dem Ausruf des Erstaunens Einhalt zu gebieten.

Sie eilte zurück in die Behausung in der Erwartung, ihren Mann wach anzutreffen, zu sehen, wie er Vorbereitungen traf, den Jägern zu berichten, was er vernommen hatte, was er nun wusste. Anaay aber schlief, sein Mund stand offen, ein Arm lag über seinen Augen, der andere ruhte auf seiner Brust, die Hand hatte er zur Faust geballt.

Wie sollte es anders sein, sagte sie sich. Was sonst konnte sie erwarten? Sie hatte die Karibus gehört, hatte den Donner ihrer Hufe gespürt, doch wusste sie nicht, wo sie sich befanden, wie weit sie vom Lager entfernt waren, in welche Richtung sie zogen. Es gab noch vieles zu wissen, sicher waren das die Dinge, die Anaay im Schlaf lernte.

Das Vier-Flüsse-Dorf

Rotes Blatt beschloss zu bleiben, wo sie war. Vielleicht würde ihre Kleidung sie selbst in diesem Sturm warm halten, sodass sie ein wenig schlafen konnte. So weit und so lange war sie gegangen. Der Schmerz, der von ihrem leeren Bauch ausging, hatte von ihrem ganzen Körper Besitz ergriffen. Sie fühlte sich nicht mehr hungrig, nur elend. Die Karibuhaut von ihrem Rücken zu lösen, sie zu öffnen und etwas zu essen herauszunehmen erschien ihr unmöglich.

Doch wie töricht war es, hier zu sterben, wo die warmen Behausungen so nahe waren und die gefüllten Vorratslager. Sie würde keinesfalls sterben. Sie würde schlafen, nichts anderes. Nur ein kurzer Schlaf ...

Nein! Das Wort ertönte so laut, dass Rotes Blatt die Augen

aufriss und versuchte, durch den dichten Vorhang aus Schnee und Dunkelheit hindurch denjenigen auszumachen, der ihr zugerufen hatte.

Endlich wurde ihr klar, das es ihre eigene Stimme gewesen war. Der Tod muss nahe sein, dachte sie.

Sie beugte sich vor und packte einen der Stämme. Sie zog sich hinauf und schleppte sich wieder hinaus in den Sturm. Der Wind stand in ihrem Rücken, so wie zuvor, als sie sich zum ersten Mal auf den Weg gemacht hatte. So würde er auch bleiben, wenn sie nur geradeaus ginge. Sie machte sich auf, und diesmal zählte sie ihre Schritte. Nach jeder Hand voll hielt sie inne und vergewisserte sich, dass der Wind noch hinter ihr war.

Ein hoher, dünner Klagelaut drang an das Ohr von Rotes Blatt. Der Wind, sagte sie sich und machte wieder eine Hand voll Schritte. Sie hielt inne, überprüfte die Richtung, die die Schneeflocken nahmen, machte wieder eine Hand voll Schritte, hielt inne. Der Klagelaut ertönte weiter, bis Rotes Blatt erfasste, dass er von ihrer Tochter kam. Sie hatte wohl die Brust verloren.

Rotes Blatt machte Halt, ließ sich auf die Knie fallen und zog sich mit den Zähnen einen Fäustling aus Karibuhaut aus. Sie behielt ihn im Mund, damit der Wind ihn nicht rauben konnte. Sie zog ihren Arm aus dem Ärmel des Parkas in das warme Innere, wo ihre Tochter lag. Das Kind war nackt, bis auf das Moos und die Backenhörnchenfelle, die zwischen seine Beine gebunden waren. Rotes Blatt hob eine Brust und führte sie zum Mund des Kindes. Sie spürte den plötzlichen Zug, als es anfing zu saugen und die Milch zu fließen begann. Rotes Blatt zog den Arm zurück in den Parka und stülpte den Fäustling wieder über. Auf Händen und Füßen versuchte sie, das Gleichgewicht zu halten und auf die Beine zu kommen. Es gelang ihr nicht. Furcht packte sie. Wieder versuchte sie es, doch sie fiel hin. Dann rollte sie sich auf die Seite, das riesige Bündel hielt sie auf der Erde fest.

Rotes Blatt schlang die Arme um ihre Tochter und lag ganz still da, ließ sich von dem Schnee zudecken. »Trink gut, du Liebe, du«, flüsterte sie. »Trink lang und gut.«

12

Das Nahe-am-Fluss-Dorf

Bei Tagesanbruch war der Himmel so mit großen, dunklen Wolken verhangen, dass Dii die Sonne nicht sehen konnte. Die Wolken verhießen Schnee. Dii eilte zu den Kochfeuern. Der Nordwind zerrte an ihren Kleidern. Er brachte den Geruch von Schnee mit sich, den scharfen Geschmack des Winters. Dii konnte den Donner der Karibuhufe nicht länger vernehmen, und so fragte sie sich, was Anaay hören mochte, der noch immer tief in seinen Träumen lag.

Sie aß schnell, um sofort wieder zu ihm gehen zu können. Als sie in die Behausung zurückkehrte, war Anaay wach. Er begrüßte sie mit finsterem Blick und dem schroffen Ruf nach Wasser. Die Gewissheit, dass seine Träume ihm gebracht hatten, wonach er gesucht hatte, ließ ihr Herz dankbar schneller schlagen. Als er seine Felldecken anhob und ihr sein Verlangen offenbarte, begab sie sich mit Freuden in seine Bettstatt.

Das Vier-Flüsse-Dorf

Rotes Blatt erwachte in Finsternis. Irgendetwas war zu nahe an ihrem Gesicht. Sie schlug mit den Armen aus, fuhr wild um sich, bis die Erinnerung zurückkehrte an das, was geschehen war. Sie spürte, wie ihre Tochter sich in der warmen Höhle des Parkas regte, und sie begann zu lachen. Sie hatte sich für den

Tod bereit gemacht, doch sie war am Leben geblieben. Wer mochte das glauben?

Der Schmerz in ihren Beinen erinnerte sie daran, wie sehr sie gekämpft hatte, selbst als sie schon am Boden lag. Sie hatte die Schnüre durchtrennt, die das Karibubündel auf ihrem Rücken gehalten hatten. Doch selbst ohne diese Last war es ihr unmöglich gewesen, wieder auf die Beine zu kommen. Endlich war sie still liegen geblieben, ohne Hoffnung, in Erwartung ihres Todes. Das Saugen ihrer Tochter aber hatte ihr den eigenen Hunger ins Gedächtnis gerufen, und sie hatte entschieden, dass auch sie essen sollte. Warum sollte sie mit leerem Magen sterben, wo neben ihr ein Bündel mit Essen lag?

Sie hatte die säuberlichen Kreuzstiche durchtrennt, die die Haut über dem Inhalt zusammenhielten. Sie hatte sich für ihre Gier gescholten. Warum musste sie das größte Bündel wählen? Wäre die Last nicht so schwer gewesen, so hätte sie laufen können. Vielleicht war das Bündel selbst es gewesen, das sie zu dem Dorf zurückgelenkt hatte.

Vielleicht hatte es entschieden, bei jenen Menschen im Dorf zu bleiben, die es mit Winternahrung gefüllt hatten.

Doch als sie das Bündel erst geöffnet hatte, gab es keinen Grund mehr, sich zu schelten. Es war randvoll mit Fett. Das dicke, feste Fett, das sich über den Keulen von Karibu und Elch bildet, und kleinere Brocken vom Bergschaf.

Dieser Vorrat Fett vermochte einer Familie wenigstens über einen strengen Wintermond hinweg Kraft zu geben.

Sie wählte ein Stück Schafsfett, biss hinein und fühlte, wie es in ihrem Mund zerging. Es hatte den Geschmack der Berge, den Geschmack von Wind und Sonne. Es sandte Wärme von ihrem Mund zu ihrem Bauch, wärmte sie, als hätte sie die Kohlen einer Feuerstelle geschluckt.

Sie aß, bis der Hunger gestillt war, bis das geschmolzene Fett aus ihrem Mund rann und ihre Lippen glänzten. Sie erweichte ein Stück in ihren Händen und fuhr damit über ihr Gesicht, um das Brennen zu lindern, das Wind und Schnee verursacht hatten.

Die gefüllte Karibuhaut hatte Rotes Blatt als Windschutz gedient, während sie aß. Als sie fertig war, bemerkte sie, dass sich über ihr und der Karibuhaut eine Schneewehe geformt hatte. Da hatte sie eine Eingebung, so seltsam, dass sie beinahe gelacht hätte. Mit beiden Händen wühlte sie den Schnee auf, der unter ihr lag, schaufelte ihn mit weitem Schwung hinaus. Die Vertiefung wurde ebenso lang wie das Karibubündel und zweimal so breit. Sie hielt erst inne, als sie auf das Riedgras und die Gräser der Steppe stieß. Dann leerte sie das Bündel, schichtete die Fettschwarten säuberlich auf der Windseite der Aushöhlung auf und deckte Schnee darüber. Die leere Karibuhaut zog sie auf die andere Seite der Vertiefung hinüber. Die Öffnung zeigte zu dem Fettlager. Dann kroch sie darunter. Hin und wieder streckte sie ihren Arm durch den Schnee, um ein Luftloch freizuhalten, damit sie nicht erstickte.

Schließlich konnte sie sich nicht länger wach halten. Wenn ich sterbe, so sterbe ich, sagte sie zu sich. Mein Mann wünschte es so. So werde ich ihm denn am Ende im Tod zu Willen sein.

Doch nun war sie wach und am Leben, vielleicht in einer Geisterwelt, doch daran mochte Rotes Blatt nicht glauben. Wäre sie noch immer unter dieser Karibuhaut, wenn sie in die Geisterwelt gegangen wäre? Würde ihre Tochter noch immer an ihrer Brust saugen?

Sie hob den Arm und durchbrach mühelos die Schneedecke. Ein Stoß kalter Luft fuhr durch die Höhlung, ein Lichtstrahl fiel herein. Der Wind hatte sich gelegt. Der Sturm war vorübergezogen. Sie beschloss, zuerst zu essen. Dann wollte sie das Bündel wieder schnüren und es zu ihrem Unterschlupf bringen. Sie zog einen Brocken Fett heraus. Es schmeckte nach Fichte – scharf, herb, bitter –, und sie wusste, dass es von einem brünftigen Elchbullen stammte. Rotes Blatt verzog das Gesicht, doch sie aß weiter. Auch wenn es lange nicht so gut war wie das milde Schafsfett, so würde es ihr doch die Kraft geben, die sie benötigte, um zurück zu ihrem Unterschlupf zu gelangen.

Sie leckte sich gerade den letzten Rest Fett von ihren Fingern, da rieselte Schnee auf sie herab. Sie hob den Arm und säuberte das Luftloch, da vernahm sie ein hohes Winseln und hörte das flinke Kratzen von Tierklauen an der Karibuhaut.

Wölfe, dachte Rotes Blatt, und ihr Herz raste derart, dass sie seinen Schlag in der Kehle spüren konnte. Sie zog ihr Ärmelmesser aus der Scheide.

Wenigstens einer von ihnen würde sein Leben lassen, ehe sie sie erwischten.

Das Nahe-am-Fluss-Dorf

Als Ersten suchte Dii Sonnenrufer auf und danach Fleischgeber, die beiden Ältesten der Nahe-am-Fluss-Menschen, die neben Anaay nach den Kämpfen am Leben geblieben waren. Sie geleitete sie zu der Behausung, wo Anaay sie erwartete. Er war in seinen kostbarsten Parka gekleidet, hatte all seine Ketten und Amulette angelegt. Sie bildeten einen Wulst um seinen Hals, und da er seine Kapuze zurückgeworfen hatte, schien es, als sei Anaays Kopf zu klein für seinen Körper, als würde er gleich hinuntergleiten und sich in den Fellen und Pelzen verlieren.

Einen Augenblick stierte er die beiden Männer an, die an seiner Feuerstelle saßen – Sonnenrufer, klein, doch aufrecht, der mit unruhigen Fingern einen Fäustling aus Karibuhaut ein- und wieder ausrollte; und Fleischgeber, der plapperte wie ein Kind und dessen Augen umherschweiften, als wisse er nicht, wo er sei. Sodann befahl Anaay Dii, die anderen Jäger zu holen, auch die ältesten Jungen solle sie nicht vergessen. Was er zu sagen hatte, war von so großer Bedeutung, dass es alle Männer, nicht nur die Ältesten, hören sollten.

Es hatte all ihres Mutes bedurft, die zwei Ältesten in ihre Behausung zu bringen. Nun erwartete ihr Mann, sie solle alle Jäger holen ... Sie würden niemals kommen. Wieso sollten sie ihr zuhören, einer Frau, die eben noch Arbeiterin gewesen war?

»Es sind viele Jäger, Mann«, sagte Dii ruhig. »Ich bin neu in diesem Dorf. Was, wenn ich einen vergesse? Soll ich Möwenschnabel holen, damit sie mir hilft?«

Anaay sah sie missbilligend an, und schnell fügte sie hinzu: »Wenn wir beide gehen, werden sie schneller kommen, und Möwenschnabel kann mir mit dem Essen helfen.«

Anaay legte den Kopf in den Nacken und sah hinauf zur Decke der Behausung, als denke er über ihre Worte nach, dann sagte er: »Ja. Das ist das Beste. Hole Möwenschnabel.«

Also ging Dii und holte Möwenschnabel, die K'os sogleich auftrug, die Kochbeutel zu füllen. Dann gingen sie von Behausung zu Behausung, kratzten an Türklappen und riefen hinein. Die meisten Männer waren damit beschäftigt, ihre Waffen für die Karibujagd zu richten, blickten sie finster an und wandten die Köpfe ab, als die Frauen sprachen.

Doch Dii und Möwenschnabel berichteten allen, was Anaay gesagt hatte, erklärten, dass die Karibus in seinen Knochen von ihrer Wanderung gesungen hatten und dass er wusste, wo die Nahe-am-Fluss-Männer jagen mussten.

K'os kroch in den Eingangstunnel der Behausung von Möwenschnabel und beobachtete die Männer. Was hätte sie gegeben für die Macht, zu Fliege oder Maus zu werden und den Worten von Bellender Fuchs zu lauschen. Es hatte sicher mit der Karibujagd zu tun. Wo sonst hatten die Männer in diesen Tagen ihre Gedanken? Möwenschnabel ließ ihr viel Freiheit, damit sie Pflanzen und Wurzeln sammeln konnte, und K'os hatte begonnen, sich den Jägern hinzugeben. Im Wald und in den Weidendickichten gab es stille Orte, um sich vor den Blicken der Frauen zu verbergen. Der Großmut der Jäger hatte es ihr ermöglicht, ihren Nähbeutel mit Schätzen zu füllen, mit Perlen und Federn, Muscheln und Zähnen.

In letzter Zeit jedoch hatten die Jäger anderes zu tun. Zudem mussten sie sich von Frauen fern halten, sich läutern für das Karibu, so hatten sie ihr erklärt. Als sie die Fleischeintöpfe vorbereitete, so wie Möwenschnabel es verlangt hatte, fügte sie daher einen guten Teil gelbe Veilchen hinzu, zu Staub zermahlen. Sie fragte sich, wie Anaay die Bauchkrämpfe und den Durchfall der Männer erklären wollte. Vielleicht würden sie dann erkennen, dass er nicht die Macht hatte, die er für sich in Anspruch nahm. Wenigstens aber würde ihre Gebrechlichkeit den Beginn der Jagd hinauszögern und K'os die Zeit geben, ihre Arbeit an Anaays Parka zu vollenden.

Für jeden Zauber, den Möwenschnabel in Nähte, auf Felle und in Perlen und Federn gelegt hatte, hatte K'os einen Fluch dazugetan. Büschel von Luchshaar, Annays Gelenke steif zu machen; die Kiele aus den Federn des Eisvogels, mit geschickten Stichen in die Nähte unter den Armen gebracht, seine Nachlässigkeit zu vergrößern; das getrocknete Auge des Fuchses, unter die zu Kreisen gefügten Adlerfedern genäht, Annays Blick zu verzerren; dünne Streifen der Haut des Fliegenfängers, unter die Krause der Kapuze genäht, einen schleichenden Tod anzuziehen.

Nun musste K'os nur noch die Biberohren, die Möwenschnabel auf die Kapuze des Parkas genäht hatte, mit feinen Schlitzen versehen. K'os würde nur einen winzigen Schnitt in jedes Ohr machen, gerade groß genug, die Ohrknöchelchen des Dorsches hineinzuschieben, flach und weiß, empfindlich wie Schneeflocken. Den allerdünnsten Sehnenfaden würde sie verwenden, um die Schnitte zu verschließen. Dann würde sie die Knöchelchen zertrümmern, die da im Inneren der Biberohren lagen. Und Anaays Gehör würde taub und zerstört sein.

Es mochten einige Monde vergehen, dann würde Anaay erkennen, dass sein neuer Parka ihm nur Unglück brachte, doch würde er Möwenschnabel die Schuld daran geben. K'os lag nicht im Streit mit ihr. Die Frau behandelte sie, als sei sie eher Schwesterfrau als Arbeiterin. Doch Möwenschnabel war ihr im Wege. Wie gut, dass sie alt war. Alte Menschen starben gewöhnlich, wenn die Winter hart waren. Wenigstens würde Möwenschnabel einen schnellen Tod sterben, einen Tod, um den Bellender Fuchs sie dereinst beneiden würde.

Das Vier-Flüsse-Dorf

Rotes Blatt brach aus dem Schneehaufen nach oben hin aus. Sie schrie und stieß mit ihrem Messer um sich. Ein Wolf jaulte voll Schmerzen auf, dann hörte Rotes Blatt die überraschte Stimme eines Mannes. Sie hielt inne, stemmte ihre Füße fest auf den Schneehaufen, der sie verborgen gehalten hatte, und stellte sich ihm, das Messer in der Hand. Sie richtete die Klinge auf das Knurren, das sie zu ihrer Linken vernahm. Dann sah sie jedoch, dass es nur von einem grauschwarzen Hund kam. Aus einer Wunde am Kopf des Tieres strömte Blut.

»Schlepper!«, schrie der Mann. »Sei still.«

Der Jäger streckte seine Handflächen aus. »Ich werde dir nichts tun«, sagte er, und Rotes Blatt hätte beinahe gelacht. Er hatte kein Messer. Sein Speer und sein Feuerbogen – eine Waffe, wie jene, die die Vetter-Fluss-Menschen gegen ihr Dorf gebraucht hatten – hingen auf seinem Rücken. Seine Kapuze hatte er weit nach vorn gezogen, um seine Augen vor der blendenden Sonne auf dem Schnee zu schützen, und so konnte sie sein Gesicht nicht sehen.

»Ich dachte, dein Hund wäre ein Wolf«, sagte Rotes Blatt. »Schaff ihn fort von mir.«

Der Mann deutete mit dem Kinn auf den Schneehaufen. »Hast du dort geschlafen?«

»Der Sturm hat mich überrascht. Mir blieb keine Wahl.«

»Du bist nicht aus dem Vier-Flüsse-Dorf.«

Beinahe hätte Rotes Blatt gesagt, sie sei vom Nahe-am-Fluss-Dorf, doch es gab immer Menschen, die Bewohner eines anderen Dorfes als Feinde betrachteten. Warum etwas sagen, das er gegen sie auslegen könnte?

»Gehörst du zum Vier-Flüsse-Dorf?«, fragte sie.

Er zuckte mit den Schultern. »Für diesen Winter.«

»Du solltest dir den Hund ansehen. Der Schnitt blutet noch immer.«

»Kopfwunden bluten stark«, sagte er. Doch er ging zu seinem Hund hinüber. Der Mann benutzte seine Hand, die in einem Fäustling steckte, um den Blutfluss zu stillen, dann wischte er das Blut in den Schnee.

»Musst du irgendwohin gehen?«, fragte er. »Ich kann dir helfen.«

»Meine Behausung ist nicht weit von hier. Ich kann alleine wandern.«

»Hast du keine Schneeschuhe?«

»Als ich meine Behausung verlassen habe, hat es nicht geschneit«, sagte sie und versuchte zu lächeln. Doch ihre Lippen spannten sich und rissen, und sie schmeckte Blut. »Gehe also, wohin du gehen wolltest. Ich muss noch einige Dinge einsammeln.«

Sie bückte sich, als würde sie wieder in ihre Schneehöhle kriechen, doch der Mann rührte sich nicht.

»Jemand hat Essen aus meinem Vorratslager genommen«, sagte er. »Eine ganze Karibuhaut, voll gefüllt mit Fett. Ich bin Händler. Ich brauche das Fett. Was ich diesen Winter nicht selbst verzehre, werde ich im Frühjahr eintauschen.«

Rotes Blatt wandte ihm weiterhin den Rücken zu, doch er fuhr fort zu sprechen.

»Du wärest überrascht, wenn du wüsstest, was die Menschen in den Hungermonden bereit sind, für einen Bissen Fett zu geben. Parkas, schwer von den Stickereien, die sie zieren, Totenmokassins, die Sohlen mit Perlen besetzt. Diese Dinge sind für einen leeren Bauch ohne Wert.«

Sie drehte den Kopf und blickte ihn über die Schulter hinweg an. »Dann gehst du besser schnell und fängst den ein, der es genommen hat.«

Wieder knurrte der Hund, und Rotes Blatt richtete sich auf und drohte ihm mit ihrem Messer.

»Schlepper sagt, du warst es.«

»Ich habe nichts als die Dinge, die mir gehören.« Sie schlug sich auf die Brust. »Ein *cilt'ogho* mit Kohlen, etwas getrockneten Fisch. Willst du mir das nehmen?«

»Ich nehme nur, was mir gehört«, sagte der Mann. Dann rief er seinem Hund einen Befehl zu, und bevor Rotes Blatt noch etwas entgegnen konnte, stieß das Tier sie rücklings in den Schnee. Der Händler griff nach der Hand mit dem Messer, entwand ihr die Waffe und hielt sie ihr an den Hals, bis Rotes Blatt rief: »Rufe deinen Hund zurück, dann werde ich dir geben, was ich habe.«

Er sprach zu dem Tier, Worte in einer Sprache, die Rotes Blatt nicht verstand. Der Hund wich zurück, doch seine Zähne blieben gefletscht. Rotes Blatt schickte sich an, vom Rücken auf Hände und Füße zu rollen, doch wieder knurrte der Hund und streckte sich nach vorn.

»Ich werde nicht lange brauchen«, sagte der Händler. »Wenn ich an deiner Stelle wäre, würde ich lieber stillhalten.«

Mit einem Gehstock hackte er auf den gefrorenen Schnee, bis er auf die Karibuhaut stieß. Mit den Händen fuhr er über die Schnüre.

»Die gehört mir«, sagte er.

»Ich habe sie gefunden«, verteidigte sich Rotes Blatt. »Ich habe gegen den Sturm angekämpft, und dabei habe ich diese Haut gefunden. Sie war halb mit Schnee bedeckt. Sie hat mir guten Schutz geboten, doch sie gehört mir nicht. Wenn sie deine ist, so nimm sie zurück und meine Dankbarkeit dazu. Sie hat mir gute Dienste geleistet.«

»Was ist mit dem Fett, das darin war?«

Rotes Blatt zuckte die Achseln. »Als ich die Haut gefunden habe, war sie leer.«

Wieder rollte sie sich auf die Seite und versuchte aufzustehen. Wieder knurrte der Hund. »Ich habe keine Waffen. Sag deinem Hund ...«

»Schlepper!«

Der Hund setzte sich auf die Hinterbeine und winselte. Rotes Blatt erhob sich und wich zurück.

»Schlepper!« Der Händler zeigte auf die Schneehöhle. »Hier, grab!«

Rotes Blatt ging los. Wenn der Mann sein Fett erst wiederhatte, würde er es vielleicht nicht für wert befinden, ihr zu folgen. Der Verlust des Messers war schlimm. Nun besaß sie nur noch eines, und das war ein Frauenmesser mit geschwungener Klinge. Doch es war besser, ihr Leben zu retten, als zu bleiben, in der Hoffnung, die Waffe zurückzubekommen.

Der Mann rief ihr nach, doch sie blickte sich nicht um, verlangsamte nicht ihren Schritt. Der Schnee war hoch und weich. Bei jedem Schritt versank sie bis über die Knie, doch sie ging weiter. Dann spürte sie, wie eine Hand sie bei der Kapuze packte. Sie versuchte fortzukommen, doch es gelang ihr nicht. Sie wandte sich um und blickte den Händler an. Er winkte mit einem Brocken Fett von der Größe einer Hand.

»Was ist damit?«

»Wo hast du das gefunden?«, fragte sie und bemühte sich, ihrer Stimme einen erstaunten Klang zu geben.

»In dem Loch, das du gegraben hast.«

»Ich wünschte, ich hätte davon gewusst. Ich hätte mich während des langen Sturmes daran gelabt.«

Er schob die Kapuze seines Parkas bis über die Ohren zurück, und zum ersten Mal konnte Rotes Blatt ihn genau sehen. Ihre Brust zog sich vor Schreck zusammen.

Es war Cen, der Händler, der die Seejäger-Frau Daes in das Nahe-am-Fluss-Dorf gebracht hatte. Obgleich Daes ihren Sohn Ghaden erst geboren hatte, viele Monde, nachdem Cen sie im Dorf zurückgelassen hatte, glaubten doch die meisten der Nahe-am-Fluss-Frauen, dass er der Vater von Ghaden war.

Cens Gesicht hatte sich verändert, seit sie ihn zuletzt gesehen hatte. Seine Nase war krumm, und eine Narbe zog einen Mundwinkel nach oben. Doch Rotes Blatt wusste, dass dieser Mann Cen war. Sah sie sein Gesicht nicht beinahe jede Nacht in ihren Träumen? Das Gesicht jenes Mannes, der dessen bezichtigt worden war, was sie doch getan hatte. Doch wie konnte es sein, dass Cen am Leben war? Er hätte an den Schlägen sterben müssen, die die Menschen ihm zugefügt hatten, weil sie annahmen, er habe Soks Großvater Tsaani und auch Daes getötet.

»Ich habe es nicht genommen. Ich habe es gefunden«, sagte sie wieder.

»Was hast du da draußen im Sturm gemacht?«, fragte Cen.

»Mein Mann ist so etwas wie ein Händler.« Sie hielt sich an das Erstbeste, das ihr einfiel. Wie konnte sie ihm ihren Namen nennen? Er mochte bereits gehört haben, dass sie es war, die Daes und Tsaani getötet hatte. Wenn ihm Daes etwas bedeutet hatte, würde er jetzt Rache nehmen wollen. Selbst wenn dem nicht so war, würde er sie töten für die Wunden, die sein Sohn Ghaden erlitten hatte, und für seine eigenen Verletzungen.

»Dein Mann ist Händler?«, fragte er langsam. »Wo ist er jetzt?«

»Er ist faul. Er ist in unserer Behausung geblieben, und ich bin gegangen, um nach meinen Fallenschlingen zu sehen. Der Sturm hat mich überrascht, bevor ich zurückkehren konnte.«

»Ich kenne keinen Händler, der faul ist.«

»Dann kennst du meinen Mann nicht«, sagte Rotes Blatt. Sie wandte sich ab und schleppte sich fort, rief ihm jedoch über die Schulter zu: »Es tut mir Leid, dass jemand dein Karibubündel gestohlen hat. Es ist gut, dass ich es für dich gefunden habe.«

Sie ging weiter und hoffte, dass er bei seinem Bündel bleiben würde, doch mit einem Mal waren seine Hände auf ihrer

Schulter. Rotes Blatt verlor das Gleichgewicht und fiel rücklings in den Schnee. Cen kniete neben ihr nieder, löste das Zugband ihrer Kapuze und entblößte ihr Gesicht. Er starrte sie an, doch schließlich schüttelte er den Kopf und sagte: »Beim Handeln begegne ich zu vielen Frauen.«

Rotes Blatt wurde gewahr, dass er sie nicht erkannte, und sie versuchte, ihre Erleichterung zu verbergen.

»Ich weiß, dass du mein Karibubündel genommen hast, und das Fett, das ich darin aufbewahrt habe. Mein Hund hat beim Lager deine Witterung aufgenommen und mich zu dir geführt.«

Rotes Blatt lachte. »Welcher Hund könnte so etwas tun?«

»Dieser Hund.« Cen legte den Kopf schief und blickte sie an. »Ich dachte, du wärest ein Mann. Das Bündel ist schwer.«

»Ich habe es nicht genommen«, beteuerte Rotes Blatt aufs Neue.

Cen aber sprach weiter, als hätte sie nichts gesagt. »Demnach bist du eine große, kräftige Frau.« Er zog sie auf die Füße, schob einen ihrer Parkaärmel hinauf und besah sich ihren Arm. »Du hast in letzter Zeit nicht viel gegessen. Wer bist du?«

Wieso sollte sie ihm nicht eine gute Geschichte erzählen, dachte Rotes Blatt.

»Für einige Sommer, bis ich beinahe Frau war«, so hob sie an in einer Stimmlage, als sei sie Geschichtenerzählerin, »lebte ich im Nahe-am-Fluss-Dorf. Dann starb mein Vater, und meine Mutter wurde Frau eines Mannes, der etwas Handel betrieb mit den Nahe-am-Fluss- und den Vetter-Fluss-Dörfern. So lebten wir. Eines Tages brachte er einen Mann, der mich zur Frau wollte. Ich wurde Frau und gebar ein Kind. Eine Tochter.«

Sie hielt inne und wurde gewahr, dass Cen sie wieder mit zusammengekniffenen Augen betrachtete. Sie hoffte, dass er sich nicht doch an sie erinnerte, da sie das Nahe-am-Fluss-Dorf erwähnt hatte.

»So gehst du nun zu deinem Mann zurück?«

»Nein.«

»Warum nicht?«

»Er wollte keine Tochter. Er entschied, sie seiner Schwester zu geben, die im Norden am Großen Fluss lebt. Sie hat viele Söhne, doch sie braucht eine Tochter, die für sie sorgen soll, wenn sie alt ist. Ich bin davongelaufen, damit ich mein Kind behalten kann.«

Unversehens stieß der Säugling einen Schrei aus, und Rotes Blatt lockerte das Zugband am Hals ihres Parkas, sodass Cen das Kind sehen konnte.

»Wo lebst du?«, fragte er.

»Weniger als einen Tagesmarsch von hier liegt ein Fichtenwald. Ich habe mir in den Wurzeln eines umgestürzten Baumes einen Unterschlupf gebaut.«

»Wie heißt du?«

Angst fraß sich in ihren Bauch, und ihre Hände zitterten. Er kannte ihr Gesicht nicht mehr, doch was wäre, wenn er sich an ihren Namen erinnerte? Ihre Tochter schien ihre Angst zu spüren und weinte wieder, dieses Mal waren es schrille, lange Klagelaute. Rotes Blatt begann zu summen und bemühte sich umständlich, ihr die Brust zu geben. Sie bewegte sich langsam, wiegte das Kind und summte ein Schlaflied. Die ganze Zeit über suchte sie verzweifelt nach einem Namen.

»Gheli«, sagte sie endlich.

»Gheli?«

»Ja, man nennt mich Gheli.« Sollte er nur glauben, dass ihr dieser Name gegeben worden sei. Von Vater oder Onkel, in Anerkennung für ihre Art. Würde eine Frau mit Namen Gheli – gut, ehrlich – aus einem fremden Vorratslager stehlen? Würde so eine Frau töten?

»Gheli«, sagte Cen und deutete auf den Schneewall. »Geh und packe meine Karibuhaut wieder zusammen.«

Sie erwägte, sich zu weigern, doch er hatte ihr Messer. Wie sollte sie sich zur Wehr setzen? Außerdem würde er sie nicht die ganze Zeit über beobachten. Vielleicht hatte sie Gelegenheit, ein Stück Fett in den Ärmel ihres Parkas zu schieben.

Sie ging zurück zu der Karibuhaut, zerrte sie aus dem Schnee heraus und schlug dann mit ihren Händen darauf, um das Eis zu lösen, das sich von ihrem Atem gebildet und das Innere verkrustet hatte. Sie packte jedes Stück Fett wieder ein. Dabei beobachtete sie Cen aus den Augenwinkeln, und es gelang ihr zweimal, etwas Fett in ihren Parka zu schieben. Als sie fertig war, zog sie das Bündel zu ihm hinüber.

»Die Schnur ist zerschnitten«, sagte sie.

Cen zog ein Knäuel *babiche* aus seinem Parka hervor und verschnürte damit das Bündel. Als Rotes Blatt sich bückte, um ihm zu helfen, nickte er. Sie dachte, er würde verlangen, sie solle die Last tragen, doch er lud sich das Bündel auf seinen Rücken und begann, seine Spur in Richtung Vier-Flüsse-Dorf zurückzugehen.

Rotes Blatt blickte ihm eine Zeit lang nach, dann machte sie sich in die entgegengesetzte Richtung auf den Weg. Sie war wiederum erst wenige Schritte gegangen, als sie seinen Ruf vernahm: »Gheli! Ich habe eine warme Behausung, und ich brauche eine Frau.«

Sie wandte sich um und sah ihn an. Cen zum Mann zu haben wäre gefährlich. Eines Tages würde er herausfinden, wer sie war und was sie getan hatte. Doch welche Aussicht hatte sie, wenn sie alleine blieb, ohne Nahrung? Vielleicht konnte sie lange genug bei ihm bleiben, um Fleisch und Häute beiseite zu schaffen, sie fern des Dorfes zu lagern, sodass sie überleben konnte, wenn sie rasch fortmusste.

Sie kämpfte sich zu ihm zurück. Seine Schneeschuhe pressten den Schnee zusammen, und Rotes Blatt konnte gehen, ohne dass ihre Füße bei jedem Schritt tief einsanken. Und so gingen sie, Gheli hinter Cen und dem Hund Schlepper, den Weg zum Vier-Flüsse-Dorf zurück.

13

Das Nahe-am-Fluss-Dorf

Dii hängte den Kochbeutel an einen Stamm der Behausung. Er wog schwer, war voll gefüllt mit dem Fleisch des Elches, den zwei Jäger vor ein paar Tagen erlegt hatten. Sie nahm einen Arm voll hölzerner Schalen und füllte sie. Die erste bot sie ihrem Mann Anaay an, doch der winkte ab. Darauf reichte Dii die Schale Sonnenrufer und stellte eine weitere neben Fleischgeber auf die Erde. Fleischgeber stieß die Schale um und begann, den Eintopf mit den Fingern zu essen. Er schaufelte ihn vom Boden in den Mund und beschmierte sein Gesicht. Dii blickte weg, tat so, als bemerke sie sein Gebaren nicht. Alte wurden bisweilen so wie Fleischgeber, und nur ein Tor würde sie deswegen verspotten. Wer vermochte zu sagen, ob sie nicht einst genauso sein würde?

Möwenschnabel und K'os betraten die Behausung. Sie trugen weitere Kochbeutel, die sie neben dem Eingang befestigten. Dann gingen sie Dii zur Hand. Anaay erhob sich, und Dii sah ihn mit Stolz im Blick an. Ihre Augen liebkosten seinen neuen Parka, und ihre Hände erinnerten sich, wie warm seine Haut gewesen war, als sie heute Morgen sein Lager geteilt hatte.

In ihrem Bauch spürte sie ein Glühen, und sie fragte sich, ob sie an diesem Tag gar ein Kind gezeugt hatten. Dii hatte Tee von den Himbeerblättern getrunken, die sie von K'os bekommen hatte. Sie sollten, so hatte K'os ihr versprochen, ihrem Schoß Kraft schenken. Welch wundersames Kind sie und Anaay haben würden, empfangen, als der Gesang der Karibus noch in den Knochen seiner Eltern schwang.

Anaay hob an zu sprechen, und seine Stimme füllte die Behausung. »Ich habe die Gesänge der Karibus geträumt«, sagte er.

Einige junge Jäger ließen ihre Schalen sinken und erhoben ihre Stimmen zu einem schnellen Jagdgesang. Ein Ruf, der Dii vor Freude erbeben ließ. Es gab eine Zeit, da wollte sie nicht in diesem Dorf sein, wollte sie nicht zu Anaay gehören. Das Leben war leichter gewesen, als sie bei ihrem Vater und ihrer Mutter, bei Brüdern und Onkel lebte. Doch nun war sie Frau, und was konnte sie mehr verlangen, als Frau von Anaay zu sein, von dem Mann, der Karibus träumte?

»Ich habe die Tiere gerufen, und sie sind zu uns gekommen. Wir müssen unser Dorf verlassen und uns bereitmachen, ihnen zu begegnen.«

Während Anaay zu ihnen sprach, fuhren die Männer fort zu essen, und bald war der Eintopf geleert. Möwenschnabel nickte zum Eingangstunnel hin. Dii wusste, die Frau erwartete, sie solle zu den Kochfeuern gehen und mehr Essen holen. Dii hatte gehofft, sie wäre zugegen, wenn Anaay preisgab, wo die Karibus waren. Genau wie Anaay trug auch sie das Wissen in ihren Knochen, und es bebte in ihrem Inneren, verlangte, preisgegeben zu werden.

Möwenschnabel war jedoch erste Frau, und Dii hatte zu tun, was sie verlangte. Mit einen Seufzer verließ sie die Behausung. Wenn sie sich beeilte, so entging ihr vielleicht nicht allzu viel von dem, was ihr Mann zu berichten hatte.

Zufrieden sah K'os, dass alle Männer von dem Eintopf aßen. Diese Nacht würden sie nur wenig Schlaf finden. Sie versteckte ihr Lachen in ihrem Mund und reichte einem der jüngeren Jäger eine Wasserblase. Während des letzten Mondes war sie ihm zweimal zu Gefallen gewesen, bevor die Vorbereitungen zur Jagd ihren Lauf genommen hatten. Sein Name war Flusseistänzer, und er war ein junger Mann, der ganz von sich eingenommen war. Als sie sich vereinigten, hatte er vorgegeben zu wissen, was er tat, doch waren seine Berührungen grob gewesen und seine Versuche, in sie einzudringen, ungelenk und unsicher. K'os blinzelte ihm zu, und er plusterte sich auf.

Kleiner Junge, ich hatte jeden einzelnen Mann in dieser Behausung, dachte K'os. Doch sie lächelte ihn an und ließ ihm den Glauben an seine eigene Größe.

Dii kehrte zurück, mit einem Kochbeutel voll Hasenfleisch und Schneehuhn. Möwenschnabel nahm ihr den Beutel ab, als sie in die Behausung kroch, doch nur wenige Jäger wollten noch zu essen. Die meisten verlangten zu hören, was Anaay zu sagen hatte. Schalen, einige noch zur Hälfte gefüllt, lagen unbeachtet auf dem Boden.

Anaay sang den Gesang, den seine Träume ihm gebracht hatten, und die Worte gelangten im Takt der Karibuhufe zu Dii. Dann verstummte er unvermittelt, und alle, die in der Behausung waren, warteten, die Hände still, die Augen wachsam.

Endlich sprach er: »So habe ich es in meinen Kaributräumen vernommen: Drei Tage ziehen wir nach Norden, dann zwei Tage dorthin, wo die Sonne aufgeht.«

Die Männer atmeten auf, und das Geräusch klang wie ein Seufzer, als fließe Wasser über Sand. Die alten Jäger stimmten einen Gesang an, und die jungen fielen ein.

Anaay richtete den Blick auf seine Frauen und auf K'os, die im hinteren Teil der Behausung warteten. Er runzelte die Stirn und bedeutete ihnen, hinauszueilen. Gesänge und Entschlüsse standen an, die nicht für die Ohren von Frauen bestimmt waren.

Als sie hinausgegangen waren, blieb Dii im Schutze ihrer Behausung stehen und beobachtete, wie Möwenschnabel und K'os sich entfernten. Möwenschnabel war eine ungelenke, magere Frau. Ihre Knochen schienen zu groß für ihre Haut zu sein. K'os aber bewegte sich anmutig, ihr fellbesetzter Parka schwang im Einklang mit ihren Bewegungen, als sei sie ein Tier in seinem eigenen Pelz.

Dii drängte es, in der Nähe der Behausung zu bleiben. Sie

wollte hören, ob Anaays Stimme durch die Wände aus Karibuhaut nach draußen zu dringen vermochte, doch welche Frau wollte die Gefahr auf sich nehmen, ihren Mann auf diese Weise zu verfluchen? Stattdessen ging sie zu einem Felsen, den sie auf der Flussseite des Dorfes ausfindig gemacht hatte. Es war ein geschützter Ort, der Sonne zugewandt und von Bäumen umgeben, die ihn vor dem Wind bargen. Sie erklomm seine Spitze und setzte sich, die Knie unter das Kinn gezogen.

Drei Tage nach Norden, so hatte ihr Mann gesagt, und zwei Tage der Sonne entgegen. Sie hatte die Hufe der Karibus gespürt. Sie hatte selbst das Rappeln ihrer Gelenke vernommen – einen geheiligten Takt, den das Volk erlernt hatte und mit Hufklappern und Trommeln nachahmte. Und gegen Morgen war sie sicher gewesen, dass der Klang von Westen kam und dass er nah war, nicht einmal eine Hand voll Tage entfernt.

Sie gebot ihren Gedanken für eine Weile Einhalt, holte kaum Atem und wartete darauf, erneut den Ruf jener Karibus zu vernehmen. Doch ihr Kopf war angefüllt mit den Geräuschen des Dorfes, den Stimmen der Frauen, den Rufen spielender Kinder und dem Geräusch des Nahen-Flusses, der in seinem Bett dahinfloss.

Aber natürlich, Anaay hatte Recht. Wie töricht zu glauben, sie könne die Karibus hören. Sie war eine Frau, stammte noch nicht einmal aus diesem Dorf. Es nahm nicht wunder, dass sie alle Dinge verkehrt vernommen hatte.

Das Vetter-Fluss-Dorf

»Wenn der Tag gut ist«, sagte Chakliux, »so werden wir morgen aufbrechen.«

Aqamdax schauderte bei seinen Worten, obgleich sie es wusste, schon bevor er es ausgesprochen hatte.

Sie saßen zusammen an dem Ort, dem sie den Namen Schwarzer Felsen gegeben hatten. Beinahe jeden Tag fanden sie Zeit, einander dort zu treffen. Manchmal sprachen sie über die Schwierigkeiten, die es in ihrem Dorf gab; dann wieder hielten sie es wie die Ersten Menschen und saßen schweigend zusammen.

»Wie viele werden ziehen?«, wollte Aqamdax wissen.

»Alle, die Jäger sind: Sok und ich, Blickt-in-den-Himmel, Nimmt-mehr und Er-lacht. Sok wird Schreit-laut und Schnee-im-Haar mitnehmen. Blickt-in-den-Himmel wird Vogelruferin mitnehmen. Stern hat gesagt, dass sie hier bleiben möchte, also wird Ligige' mit uns gehen.«

»Für Ligige' wird es nicht leicht werden.«

»Sie ist kräftig, und sie hat einen guten Hund.«

»Nachtmann sagt, wir werden hier bleiben.«

»Ich weiß. Ich habe ihn gefragt, ob ich dich mit mir nehmen kann, da Stern ihre Mutter nicht verlassen möchte.«

Aqamdax hielt den Atem an. »Du hast gefragt, ob du mich mitnehmen kannst?«

Chakliux senkte den Kopf und fuhr mit den Fingern durch die Fellkrause an seinem Parka. »Ich sagte ihm, ich würde nicht erwarten, dass er mir die Rechte eines Jagdgefährten gewährt.«

Aqamdax' Wangen glühten. Jagdgefährten teilten sich von Zeit zu Zeit die Frauen. Dies geschah, wenn die Reise lange währte und die eine Frau mitzog, um beim Zerlegen zu helfen, und die andere zurückblieb, um die kleinen Kinder zu hüten und für die Alten zu sorgen, die nicht mehr mitziehen konnten.

Aqamdax wartete ab, ob Chakliux noch etwas sagen würde, doch er schwieg. Sie schloss die Augen und erlaubte ihren Gedanken, sich auszumalen, wie es sein würde, Chakliux zu den Karibus zu folgen. Sie war noch nie mit auf die Karibujagd gezogen. Aber als sie im Nahe-am-Fluss-Dorf gelebt hatte, hatten ihr die Frauen von den langen Tagen des Gehens erzählt und davon, wie sie Wälle aus Steinen und Strauchwerk errichteten, um die Tiere zu einer Einfriedung zu leiten, wo die Männer sie mit ihren Birkenschaftspeeren töteten. Danach würde das Zerlegen beginnen und das Verstauen von Fleisch.

Bisweilen, wenn sie weit von ihrem Dorf waren und es so warm war, dass das frische Fleisch nicht gefrieren konnte, blieben sie, wo sie waren. Die Männer bauten Gestelle, und die Frauen teilten das Fleisch in dünne Streifen, um es zu trocknen. Doch für gewöhnlich waren die Nächte kalt genug, das Fleisch gefrieren zu lassen, und sie kehrten schwer beladen zurück in ihr Dorf.

Jeder Jäger hatte einen Unterstand aus Karibuhaut. Aqamdax sah sich, wie sie in solch einem Lager schlafen würde, zusammen mit Chakliux, ein Feuer an der offenen Seite, das ihnen Wärme spendete. Sie stellte sich vor, wie es wäre, wenn er nachts an ihrer Seite läge, und sie spürte das gefährliche Verlangen, das sie in die Lager so vieler Männer getrieben hatte, einst im Dorf der Ersten Menschen.

Das war gewesen, nachdem ihr Vater ertrunken und ihre Mutter mit dem Flusshändler fortgegangen war. Aqamdax war allein geblieben, und nur wenn sie warm und geborgen in den Armen eines Jägers lag, konnte sie sich sicher fühlen.

Als Qung sie zu sich nahm und sie in die Kunst des Geschichtenerzählens einführte, hatte die Leere, die in ihr wohnte, sie verlassen. Selbst als Sok versuchte, sie an den Walrossschamanen zu veräußern, selbst als er sie verstieß, war das Gefühl nicht zurückgekommen. All die Monde, die sie bei den Vetter-Fluss-Menschen verbracht hatte, zuerst als Arbeiterin und dann als Frau, war die Leere von ihrem Inneren ferngeblieben. Doch nun, da ihr Kind tot war und ihr Hass auf Nachtmann mit jedem Tag größer wurde, fühlte sich ihr Herz an, als sei es geschrumpft und hätte einen großen leeren Fleck in ihrer Brust zurückgelassen.

Mit einem Mal hatte sie Angst, mit Chakliux allein zu sein. »Ich gehe nun«, sagte sie zu ihm, doch dann beugte sie sich nah zu ihm hinüber und flüsterte: »Ich wünschte, ich könnte mit dir gehen. Ich wünschte, du wärst Jagdgefährte von Nachtmann.«

Das Nahe-am-Fluss-Dorf

In jener Nacht wurden die Jäger von Schmerzen geweckt, die sich von ihren Bäuchen bis zum After wanden. Zuerst riefen sie nach Blaue Blume, die ihre Gesänge anstimmte. Die Gesänge konnten den Schmerz jedoch nicht vertreiben, und sie schickten nach Möwenschnabel und K'os, die ihnen Tee aus der Brombeerwurzel gaben. Nur Dii ahnte nicht, was geschehen war, und schlief.

Anaay, der begierig gewesen war, den Jägern von seinen Träumen zu erzählen, hatte erst gegessen, als die anderen fort waren. Nur der Eintopf mit Hasenfleisch und Schneehuhn von den Kochfeuern war übrig geblieben. Er hatte genörgelt und Dii gescholten, dass sie ihm nichts von dem Elchfleisch aufgehoben hatte. Wusste sie nicht, dass er Elcheintopf liebte? Was für eine Frau war sie, dass sie so etwas vergessen konnte?

Am nächsten Morgen begab Dii sich schon früh zu den Kochfeuern. Sie hoffte, die anderen Frauen wären dort und würden von den Plänen erzählen, die ihre Männer zur kommenden Jagd gemacht hatten. Sie vermutete, dass auch sie mit Anaay auf die Jagd ziehen würde. Doch er war alt, und seine Stellung als Anführer der Ältesten sicherte ihm seinen Anteil an der Beute. Vielleicht würde er im Winterdorf bleiben und die Jagd anderen überlassen.

Dii war erstaunt, die Kochfeuer verlassen zu finden. Die Kohlen lagen noch ebenso da, wie sie am Vorabend aufgehäuft worden waren. Halfen die Frauen bereits ihren Männern, Nahrung und alles Nötige für die Jagd zu packen? Würden sie gar heute schon aufbrechen?

Dii sammelte einen Arm voll Feuerholz und schob dann behutsam die Asche des östlichen Feuers beiseite. Mit einer Weidengabel legte sie die Kohlen frei und streute einige Hand voll Simsenflaum darüber. Sie blies die Flammen mit ihrem Atem an. Eines nach dem anderen entfachte sie die Kochfeuer und hängte einige leere Kochbeutel, die sie aus ihrer Behausung mitgebracht hatte, in die Dreifüße.

»Die sind doch nicht von letzter Nacht?«

Dii blickte auf. Möwenschnabel stand vor ihr. Ihre Augen waren von dunklen Ringen gezeichnet, aus ihren Zöpfen hatten sich Strähnen gelöst.

»Doch«, antwortete Dii.

»Hast du davon gegessen?«

»Nur den Eintopf von Hase und Schneehuhn.«

»Warst du krank?«

»Nein. Warst du krank?«

»Ich habe erst gegessen, als ich zurück in meiner Behausung war. Doch alle Männer, die bei dir gegessen haben, sind krank geworden. K'os und ich und Blaue Blume waren die ganze Nacht wach und haben Tees verabreicht, um die Bäuche zu besänftigen. Hast du davon nichts gewusst?«

»Ich habe geschlafen.«

»War Anaay denn nicht krank?«, fragte Möwenschnabel.

»Er hat ebenfalls nur Schneehuhn und Hase gegessen. Obwohl er sehr böse war, dass ich vom Elcheintopf nichts für ihn aufgehoben habe.«

Möwenschnabel schüttelte den Kopf. »Er sollte dankbar sein. Ich gehe nun schlafen. Wenn Anaay nach mir fragt, so sage ihm, ich sei beschäftigt. Kratze die Kochbeutel sorgfältig aus und spüle sie, bevor du sie wieder mit Fleisch füllst.«

Nachdem Möwenschnabel gegangen war, kamen weitere Frauen an die Kochfeuer. Eine von ihnen – die Mutter des jungen Mannes, den sie Flusseistänzer nannten – rief Dii etwas zu.

»Du, warst du auch die ganze Nacht lang wach, mit einem kranken Mann?«

»Anaay war nicht krank«, sagte Dii.

Die Frau schauderte. »Vielleicht ist er an dein erbärmliches Essen gewöhnt. Ich habe gehört, dass Vetter-Frauen nutzlos sind, was das Kochen anbelangt.«

Gewöhnlich schwieg Dii, wenn die Nahe-am-Fluss-Frauen sie verspotteten, doch diesmal nahm sie die Kränkung nicht stumm hin: »Das Essen kam aus der Behausung von Möwenschnabel«, rief sie ihnen zu.

Als sie sich jedoch entfernte, sann sie darüber nach, was die Krankheit gebracht haben mochte. Vielleicht hatten die Nahe-am-Fluss-Jäger ein Tabu verletzt, als sie den Elch getötet hatten. Vielleicht war es auch die Strafe für das, was die Nahe-am-Fluss-Menschen den Vetter-Fluss-Menschen angetan hatten. Wenn dem so war, würde sie dann auch bestraft werden, da sie nun Frau von Anaay war?

14

Das Vier-Flüsse-Dorf

Rotes Blatt hatte die Hütte eines Händlers erwartet. Deshalb sprudelten die Fragen aus ihrem Mund, als Cen Schlepper vor einer geräumigen, gut gebauten Behausung festmachte.

»Lebst du hier?«

Er antwortete nicht, und sie nahm an, dass er den Hund wohl nur geliehen hatte, um seine Karibuhaut wiederzufinden, und ihn nun seinem Besitzer zurückbrachte.

»Ist Schlepper nicht dein Hund?«

Wieder gab Cen keine Antwort, und so sprach sie von den Dingen, die ihre Gedanken auf dem Weg ins Dorf beschäftigt hatten. »Du hast gesagt, dass du eine Frau brauchst. Was ist mit deiner Frau geschehen?«

Als Cen den Hund angebunden und gefüttert hatte, drehte er sich schließlich zu ihr um und sprach: »Gheli, du bist eine Frau, deren Mund zu groß geraten ist. Schweig still. Beobachte und lausche, und du wirst alles erfahren, was du wissen musst. Und da du schweigst, werden die Menschen denken, du seist weise.«

Er kehrte ihr den Rücken zu und ging zu den Vorratslagern. Wollte er, dass sie ihm folgte? Wie sollte sie wissen, was er von ihr erwartete, wenn er ihre Fragen nicht beantwortete? Zorn stieg in ihr auf. Er hatte sie gebeten, mit ihm zu kommen. Sie hätte zu ihrem eigenen Lager zurückkehren können. Bis zum Einbruch der Dunkelheit wäre sie dort gewesen. Doch nun war sie hier, in diesem fremden Dorf, bei einem Mann, der sie töten würde, wenn er erst ihren richtigen Namen erführe.

Cen blieb stehen und blickte zu ihr zurück. Dann deutete er mit dem Kinn auf die Behausung. »Geh hinein«, befahl er ihr.

Sie kroch in den Eingangstunnel und machte Halt, um an der inneren Türklappe zu kratzen. Es kam keine Antwort, und so trat sie ein. Die Behausung war geräumig und schön gebaut. Die Bespannung aus Karibuhaut reichte beinahe bis hinauf zu dem Rauchloch und war mit dunklen und hellen Kreisen aus Karibuhaut verziert. Das Muster erinnerte Rotes Blatt an Wolken. Der Boden war mit Grasmatten ausgelegt, die in kleinen, gleichmäßigen Maschen gearbeitet waren. In der Mitte der Behausung war die nackte Erde mehr als eine Handlänge tief ausgehoben worden für eine Feuerstelle, die mit Steinen und Sand umsäumt war.

Rotes Blatt stocherte in der Asche, doch sie barg keinen Funken Leben. Sie rang mit sich, ob sie ein Feuer entfachen sollte. Doch was, wenn dies nicht Cens Behausung war? Was würde die Frau, der sie gehörte, denken, wenn sie zurückkehrte und eine Fremde vorfand, die ihr Feuer entzündet hatte?

Vielleicht war die Frau dankbar, eine warme Behausung vorzufinden, sagte sich Rotes Blatt. Sie griff in ihren Parka und holte das *cilt'ogho* hervor, das die Kohle hütete, die sie von ihrem Lager mitgenommen hatte.

Sie fürchtete, die Glut wäre erloschen, wenn sie sie auch mit einem Holzstückchen gefüttert hatte, denn Rotes Blatt war lange unterwegs gewesen. Sie leerte Kohle und Asche aus dem *cilt'ogho* in die Feuerstelle und lächelte, als sie den schwachen roten Funken sah, der inmitten eines Stückchens glomm. Sie fütterte das Feuer mit Simsenflaum und schmalen Spänen Birkenrinde, bis Flammen kamen. Dann schichtete sie Holz darauf.

Als das Feuer loderte, zog Rotes Blatt ihre Tochter aus der warmen Höhle des Parkas. Das Kind schrie, als es in die kalte Luft der Behausung tauchte.

»Psst, ruhig«, murmelte Rotes Blatt.

Sie warf die Mooseinlagen ins Feuer und säuberte ihre Tochter. Dann polsterte sie die Streifen aus Backenhörnchenfell mit frischem Moos. Rotes Blatt holte das Moos aus einem kleinen Beutel, den sie an dem Gürtel trug, der ihre Gamaschen hielt. Sie legte das Kind zurück an seinen Platz in ihrem Parka und befestigte die Riemen, die es sicher unter ihren Brüsten hielten.

Als es anfing zu saugen, ging Rotes Blatt hinaus und füllte einen Kochbeutel mit frischem Schnee. Sie kehrte um und hängte ihn an einem Dreifuß über die Feuerstelle. Rotes Blatt fand mehrere Wasserblasen. Sie rollte sie zwischen ihren Händen, damit sie weich wurden und sie den geschmolzenen Schnee hineinfüllen konnte.

Rotes Blatt vernahm ein Geräusch im Eingangstunnel. Sie erhob sich. Ihr Mund war voll mit Worten der Erklärung, warum sie hier war und was sie tat.

Es war Cen. Er nickte, als er das Feuer sah, und reichte ihr einen Beutel aus Fischhaut, gefüllt mit geräuchertem Lachs. Allein von dem Geruch knurrte Rotes Blatt der Magen.

»Iss«, sagte er.

Sie reichte ihm ein Stück Fisch, dann nahm sie eines für sich selbst. Rotes Blatt aß so geschwind, dass sich ihr Magen noch immer leer anfühlte, als sie fertig war. Sie sah nach dem Schnee im Kochbeutel. Er war geschmolzen. Sie füllte eine Wasserblase und reichte sie Cen. Dann ging sie hinaus und holte noch mehr Schnee. Als Rotes Blatt zurückkehrte, hatte sich Cen an der Feuerstelle niedergelassen, den Rücken an ein geflochtenes Weidengestell gelehnt.

»An dem Strom auf der Nordseite des Dorfes gibt es einen guten Platz, wo du Wasser holen kannst«, erklärte er. »Die Frauen halten die Stelle beinahe den ganzen Winter lang offen.«

»Wird es den Frauen nichts ausmachen, wenn ich dort Wasser hole?«

Er zuckte mit den Schultern. »Ich bin keine Frau. Was soll ich dir sagen? Zeige mir deine Tochter.«

Rotes Blatt war über seine Neugierde erstaunt. Sie nahm ihre Tochter von der Brust, holte sie aus dem Parka hervor und hob sie in die Höhe, sodass Cen sie sehen konnte. Das Kind hielt die Augen geschlossen, doch seine Lippen waren geschürzt und bewegten sich, als würde es noch immer saugen.

»Hast du ihr schon einen Namen gegeben?«

»Nein.«

»Da ich nun ihr Vater bin, sollte ich ihr einen Namen geben«, sagte Cen.

Rotes Blatt gab sich Mühe, ihr Erstaunen zu verbergen. Er sah sich jetzt schon als der Vater an? »Sie braucht einen Namen«, stimmte sie zu.

»Einst kannte ich eine Frau. Sie war eine gute Frau«, erzählte Cen ihr. »Ihr Name darf nicht in Vergessenheit geraten.« Er blickte das Mädchen an und kniff die Augen zusammen, als prufe er, ob es würdig war, den Namen zu tragen. »Ja«, sagte er endlich. »Sie ist Daes.«

Das Vetter-Fluss-Dorf

Aqamdax wurde vom Wind geweckt. Sie lag wach und lauschte, wie er gegen die Wände blies und versuchte, sich einen Weg ins Innere zu bahnen. Ahnte er, dass in dieser Behausung nur Frauen und Kinder schliefen? Chakliux und Nachtmann verbrachten die Nacht bei den anderen Männern im Dorf. Die Behausung der Jäger war bei den Kämpfen zerstört worden, und so blieb ihnen nichts als eine rohe Hütte. Doch Chakliux hatte gesagt, ihre Gesänge würden dennoch geweiht sein, und es wäre noch immer gut, die Geschichten zu hören, die sie sich erzählen wollten.

Aqamdax stützte sich auf die Ellenbogen. Stern schlief mit

offenem Mund, und auch Lange Augen lag ruhig da, obgleich die alte Frau sie sonst alle oftmals mit ihrer Schlaflosigkeit um die Nachtruhe brachte. Ghaden und Yaa lagen mit Beißer zu einem Knäuel zusammengerollt. Aqamdax legte sich wieder hin. Ihr Herz war schwer von dem Wissen, dass Chakliux am kommenden Morgen aufbrechen würde. Mit beiden Händen umklammerte sie ihre Schlafhüllen und zwang ihre Gedanken fort von der Leere in ihrem Bauch und dem Schmerz in ihren Brüsten. Wie konnte sie weiterleben, wenn sie beide fort waren, Chakliux und ihr Sohn?

Bald schon würde ihr Mann sie in seine Bettstatt holen. Jede Nacht fürchtete sie seinen Ruf. Doch es gab Männer, die nach der Geburt eines Kindes zwei oder gar drei Monde warteten. Sie wollten sich vor den Mächten des Blutes schützen, die ihren Frauen innewohnen mochten. Aqamdax bemühte sich, die Gedanken an seine Hände auf ihrem Leib zu verbannen. Stattdessen sah sie, wie ihr Bauch sich aufs Neue über einem Kind wölbte. Diesmal würde sie das Kind nicht für einen einzigen Augenblick aus ihrem Arm lassen. Sie würde davongehen, so wie Rotes Blatt davongegangen war, ehe sie noch einmal Gefahr liefe, dass Nachtmann es tötete.

Ihre Muskeln schienen sich unter der Haut zu spannen und zu zucken, und sie rollte sich auf den Schlafmatten hin und her. Endlich glitt sie aus ihrer Bettstatt, nahm den Parka und ihre Stiefel und schlüpfte hinaus in die Nacht.

Sie hatte erwartet, dass die Luft kälter wäre, denn erst tags zuvor hatten schwere Wolken leichten Schnee gebracht. Doch der Wind hatte gedreht und wehte nun von Süden her. Er brachte Wärme mit sich, wie zum Gedenken an den Sommer. Sie zog sich den Parka an und schlüpfte in die Stiefel. Dann durchquerte sie mit raschen Schritten das Dorf und stieß auf den Pfad, der in den Fichtenwald führte.

Es ist töricht, nachts allein in den Wald zu gehen, sagte sich Aqamdax. Wölfe lauerten dort, vielleicht gar ein Luchs. Dennoch ging sie weiter. Angst vor dem, was sie tat, erfüllte sie.

Doch Aqamdax wurde getrieben von der Leere, die sich aufs Neue in ihrem Inneren eingenistet hatte.

Was machte es schon, wenn sie sie töteten, die Wölfe? Der Luchs? Dann wäre sie endlich bei ihrem Sohn, bei ihrer Mutter und bei ihrem Vater. Vielleicht würde sie immerfort wandern, die Wälder hinter sich lassen, über die Steppe gehen, bis der Tod sie auf die eine oder andere Weise fände.

Die Gesichter, die ihr in den Sinn kamen, schob sie beiseite: Ghaden, Yaa, Chakliux, Ligige'. Ligige' war alt. Ihr blieben nicht mehr viele Sommer zu leben. Ghaden und Yaa hatten einander. Doch Chakliux zu verlassen schien Aqamdax unverzeihlich.

Als sie an den Schwarzen Felsen kam, wurde sie mit einem Mal müde. Sie kletterte hinauf, steckte ihren Parka unter ihren Füßen fest und legte den Kopf auf die angezogenen Knie. Es ist eine gute Nacht, um im Freien zu sein, sagte Aqamdax zu sich und blickte hinauf zu den Sternen. Sie versuchte, ihre Gedanken von ihren Sorgen fortzulenken.

Chakliux verließ die Hütte der Jäger. Die anderen schliefen. Seit Nachtmann Aqamdax' Sohn getötet hatte, konnte Chakliux es kaum ertragen, mit ihm unter einem Dach zu sein. Der Atem des Mannes schien die Luft zu vergiften, und seine Träume kämpften gegen die von Chakliux an und störten seinen Schlaf. Chakliux befürchtete, dass solche Feindseligkeit den Männern das Jagdgeschick fortnehmen könnte. Also verließ er schließlich die Hütte und nahm seine Niedergeschlagenheit mit sich hinaus in die Nacht, wo die Winde sie forttragen würden.

Er trug die Schlafdecke aus geflochtenem Hasenfell, die Rotes Blatt ihm einst gegeben hatte, als er zu den Nahe-am-Fluss-Menschen gekommen war. Die Decke war geschickt gearbeitet, mit Verflechtungen und Schlingen, die die Wärme eines Mannes zu halten vermochten, selbst in den kältesten Nächten. Doch wer konnte sagen, ob dieselben Verflechtungen und Schlingen nicht ein Netz waren, das die Träume von Nachtmann einfing und zu Chakliux lenkte? Vielleicht bewahrte die Decke auch Chakliux' Zorn. Und obwohl sie leicht wog, war sie schwer von seinen Rachegelüsten. Wie konnte er sie also in der Hütte der Jäger zurücklassen, wo sie dem Speer seine Treffsicherheit und dem Bogen seine Stärke rauben mochte?

Er machte sich auf den Weg zu dem Schwarzen Felsen. Dieser Felsen war ein guter Ort. Der Gedanke an ihn beruhigte Chakliux. Er wunderte sich nicht, als er dort auf Aqamdax traf, obgleich es tiefe Nacht war. Er kletterte nach oben, schob sich neben sie. Ihr Beben sagte ihm, dass sie weinte.

Chakliux legte einen Arm um sie, und Aqamdax lehnte sich an ihn. Sie blieben stumm, doch sein Zorn versickerte, und Aqamdax wurde so ruhig, dass ihrer beider Atem das Einzige war, was sich regte.

Das Nahe-am-Fluss-Dorf

In aller Frühe wurde Dii von Anaay geweckt, der sich in ihre Bettstatt schob. Sie war erstaunt. Ein Mann, der sich aufmachte, das Karibu zu jagen, sollte sicherlich nicht den Geruch einer Frau mit sich nehmen.

Als sie Mädchen war, hatte sie gelauscht, wenn die Frauen an den Kochfeuern hinter vorgehaltener Hand Geschichten erzählten. Sie sprachen von dem Verlangen der Männer, wenn die Karibus getötet waren und nicht länger die Gefahr bestand, das Jagdgeschick zu verlieren.

Die Frauen, die erschöpft waren vom Zerlegen der Tiere, vermochten oftmals nicht, die Freude ihrer Männer an der Vereinigung zu teilen. Sie erduldeten sie und waren dankbar für das Wissen, dass die Männer nach diesem lästigen Akt schnell und tief schlafen würden.

Diis Mutter hatte die Frauen getadelt, wann immer sie sich über das Verlangen ihrer Männer beklagten. Wer war es, der sein Leben aufs Spiel setzte, damit Das Volk Fleisch hatte? Wer arbeitete so hart, um jene Karibus zu erlegen? Nicht die Frauen.

Sei dankbar, hatte sie Dii gelehrt, wenn dein Mann dich will. Sei glücklich, dass es dir gegeben ist, seinem Leben Freude zu schenken.

Und so gestattete Dii sich nicht, über Anaays Entschluss nachzusinnen. Stattdessen schloss sie die Augen und erinnerte sich daran, wie er zu den Jägern gesprochen hatte, erinnerte sich der Ehre, die ihm zuteil geworden war, weil er Karibus geträumt hatte. Und sie versagte sich, an ihre eigenen Träume zu denken, an die Gesänge, die in ihre Knochen gekommen waren, so warm und so stark wie der Südwind.

15

Das Vetter-Fluss-Dorf

Aqamdax drückte sich an ihn, und Chakliux spürte ein Kribbeln, als die Schwielen auf ihren Handflächen seine Arme und seine Brust streiften.

Chakliux' Hände fanden den Weg unter ihren Parka und hielten nicht inne, bis sie ihre Brüste fassten. Die Warzen richteten sich auf und wurden unter seinen Fingern steif und hart. Mit einem Mal riss er sich los und bat Aqamdax um Vergebung für das, was er getan hatte.

»Nein, Chakliux, hör nicht auf«, bat Aqamdax. »Ich brauche deine Umarmung. Ich brauche ...«

Er nahm sie fest in seine Arme, als sei sie ein Kind, streichelte über ihr Haar, drückte seine Wange an ihre und begnügte sich mit diesen Berührungen. Er hatte niemals eine Frau so begehrt, wie er Aqamdax begehrte. Nicht in den Jahren, die er mit Gguzaakk verbracht hatte, und auch nicht bei den Freuden, die sie als Mann und Frau geteilt hatten. Doch Aqamdax jetzt zu nehmen, an diesem Ort, verborgen vor ihrem Mann und seiner Frau, sein Verlangen geschürt von Zorn ...

Morgen würde er aufbrechen, das Karibu zu jagen. Wie konnte er von den Tieren erwarten, dass sie sich ihm hingaben, wenn er nicht die Willenskraft besaß, zu tun, was recht war? Wie konnte er von den Tieren erwarten, dass sie ihn ehrten, wenn er Schande über seine Frau und den Bruder seiner Frau brachte? Und wie konnte er von Aqamdax erwarten, dass sie ihm Einhalt gebot?

Als sie zusammen im Nahe-am-Fluss-Dorf gelebt hatten,

waren sie Freunde geworden. Er hatte sie an den Freuden und Sorgen seines Lebens teilhaben lassen, und sie ihn an den ihren. Er wusste, dass sie einst im Dorf der Ersten Menschen viele Männer in ihre Bettstatt geholt hatte, um die Leere aus ihrem Leben zu vertreiben.

Vielleicht galt das Verlangen in ihr nicht wirklich ihm, vielleicht wollte sie nur ihren Verlust vergessen.

»Chakliux«, flüsterte sie. »Bitte. Ich möchte deine Frau sein. Ich möchte nicht mit Nachtmann leben. Ich werde ihn verstoßen und bei dir bleiben. Es ist mir gleich, ob du Stern behältst. Ich werde zweite Frau sein.«

Sie nahm sein Gesicht in ihre Hände, und obgleich er auch in der Dunkelheit ihre Augen nicht sehen konnte, hörte er doch an ihrer Stimme, dass sie weinte.

»Ich werde dir einen Sohn geben. Viele Söhne.«

»Aqamdax«, sagte er und umfasste ihre Handgelenke. Er zog ihre Hände auf seine Brust. »Beruhige dich, sei still und höre. Wenn die Jagd vorüber ist und wir die Karibus erlegt haben, die wir für den Winter brauchen, dann kannst du Nachtmann verstoßen, und ich werde dich zur Frau nehmen. Wenn du willst, verlassen wir dieses Dorf. Wenn du lieber bei deinem eigenen Volk leben willst, werden wir dorthin gehen. Wir werden tun, was immer du entscheidest, doch erst, wenn wir das Fleisch haben, das wir brauchen, um den Winter zu überleben.«

Aqamdax hatte sich beruhigt. Rasch hob sie eine Hand zu seinem Gesicht und zog sie ebenso rasch wieder fort. Sie glitt von dem Felsen hinunter. »Jage sicher, jage gut«, sagte sie.

Später, in der Behausung von Stern, lag Aqamdax in ihren Schlaffellen und erinnerte sich der Versprechen, die andere ihr einst gegeben hatten: Tagbrecher, jener Jäger der Ersten Menschen, der gelobt hatte, sie zur Frau zu nehmen; Sok, der vorgegeben hatte, sie zu lieben; Nachtmann, der ihr Söhne versprochen hatte und stattdessen ...

Warum Chakliux trauen?, flüsterte eine Stimme aus dem Dunkel. Wieso irgendjemandem trauen? Doch wie konnte sie sich gestatten zu zweifeln? In dem kurzen Augenblick, den sie in Chakliux' Armen gelegen hatte, war der Schmerz ihres Verlustes geschwunden, und sie hatte sich beinahe wieder lebendig gefühlt.

Sie umklammerte ihr Amulett und spürte das harte Stückchen Holz. Es stammte von dem Ast, den sie vom Großvater-See zurückgetragen hatte, in jener Nacht, in der ihr Sohn gestorben war.

Aqamdax trug keinerlei Erinnerung an das in sich, was geschehen war. Doch Chakliux hatte ihr erzählt, wie sie hinaus in den See gewatet war und diesen Ast zurückgebracht hatte. Sie hatte ihn eingewickelt wie ein Kind. Drei Tage hielt sie ihn im Arm, ehe sie gewahr wurde, was sie tat.

Sie erinnerte sich an den Moment, als sie den Ast erkannte, in eine Decke aus Hasenfell gewickelt. Sie erinnerte sich, wie sie geschrien hatte, als das Wissen um den Tod ihres Sohnes sie erreichte.

Sie war in ihrer Geburtshütte gewesen, noch immer blutend und vom Leben im Dorf ausgeschlossen. Doch Ligige' war bei ihr gewesen ...

Bis zu dieser Nacht war es ihr einerlei gewesen, ob sie lebte oder tot war. Der Schmerz, der in ihr wohnte, war um so vieles größer als alles, was ihre Augen sahen, als alles, was ihre Ohren hörten. Doch nun hatte Chakliux ihr Hoffnung gegeben. Er würde ihr Mann sein. Sie mussten die Trennung während der Jagd überstehen. Währenddessen würde sie Frau von Nachtmann bleiben und jeden Tag dafür beten, dass er sie nicht in seine Bettstatt rief.

Beißer knurrte und störte den Fluss ihrer Gedanken.

Beinahe gleichzeitig waren sie und Stern auf den Beinen, dann waren auch Yaa und Ghaden wach. Ghaden rannte zur Waffenecke und griff nach seinem Speer, als Nachtmann die innere Türklappe beiseite stieß und die Behausung betrat.

Er grüßte nicht, sondern blinzelte nur, bis er Stern in dem schwachen Licht, das die Kohlen der Feuerstelle aussandten, ausmachen konnte.

»Schwester, ich habe entschieden, mit ihnen zu ziehen«, sagte er. »Ich habe einen gesunden Arm. Das genügt, um einen Speer zu werfen.«

Hätte Aqamdax vor einem Mond diese Worte aus dem Mund ihres Mannes vernommen, sie hätte sich gefreut, dass seine Kraft zurückkehrte. Doch in dieser Nacht bedeuteten sie ihr nichts, bis er sich an sie wandte: »Frau, du wirst mit mir gehen.«

Sie blickte rasch zu Boden, damit er die Freude in ihren Augen nicht sehen konnte und nicht erriet, warum sie froh war.

Das Nahe-am-Fluss-Dorf

Am späten Morgen waren die Männer bereit zum Aufbruch. Sie trugen ihre Waffen, Pfeilwerfer, Speere und Wurfstöcke. Ein paar von den jungen Jägern hatten sich Feuerbögen gemacht, doch andere murrten, dass ihr Jagdgeschick mit solch einer Waffe Schaden nehmen würde. Hatten die jungen Jäger vergessen, dass die Vetter-Fluss-Jäger solche Bögen gegen sie verwendet hatten? Was war mit Blauhäher? Er war es gewesen, der die Waffe vor langer Zeit in ihr Dorf gebracht hatte. Er hatte sie an die Wand seiner Behausung gehängt, auf dass sie ihm Glück bringe. Waren er und seine Frau, seine Behausung und alles, was darin war, denn nicht in einem Feuer zu Grunde gegangen?

Es wurde zu viel geredet, zu viele Klagen und Anschuldigungen füllten die Luft. Anaay stellte sich auf die Zehenspitzen und stieß seinen Gehstock in den Himmel.

»Höret, ihr Jäger«, rief er aus. Als die Männer schließlich schwiegen, starrte er jene an, die Feuerbögen trugen. »Junge

Männer sind stets auf der Suche nach Neuem«, sagte Anaay. »Sollen sie die Waffen verwenden und selbst sehen, dass das Karibu allein den Speer ehrt.«

Anaay rollte die Schultern, um den Schmerz aus seinem Rücken zu vertreiben. Er wäre letzte Nacht besser in seine eigene Bettstatt zurückgekehrt, als bei Dii zu bleiben. Oder er hätte die Nacht bei Möwenschnabel verbringen sollen. Doch es war nicht leicht, Verlangen nach ihren Falten und ihren vertrockneten Knochen zu verspüren, wenn Dii nahe war.

Wenn sie mit den Karibus zurückkehrten, würde er die erste Nacht im Dorf mit Möwenschnabel verbringen. Das sollte sie zufrieden stellen. Er blickte zurück und sah, dass Dii und K'os ihre Plätze zu beiden Seiten seiner drei Hunde eingenommen hatten. Die Frauen waren schwer beladen mit Bündeln voll Nahrung und Bettzeug. Er und all die anderen Jäger trugen nichts als ihre Waffen, doch das genügte.

Anaay war nicht sicher, wie er diesen Marsch beginnen sollte. Es bedurfte geweihter Worte, eines Gebetes, eines Gesanges, doch es kam ihm nichts in den Sinn. »Seid ihr bereit?«, rief er Sonnenrufer und ein paar anderen Jägern zu.

Unter den Männern hob Gemurmel an, dann erklärten einige, sie warteten auf Flusseistänzer.

Als Flusseistänzer endlich zu ihnen stieß, bemerkte Anaay, dass er einen Platz in K'os' Nähe wählte und dass der Junge seine Augen nicht von ihr lassen konnte. Anaay kannte dieses Gefühl. Wenn es eine Frau gab, die einen Mann aufzurütteln vermochte, dann war es K'os. Schon ihre Art zu gehen lenkte Anaays Gedanken zu der geheimen Stelle zwischen ihren Beinen, doch wer konnte ihr trauen? Er hätte sie bei den Vetter-Fluss-Menschen lassen sollen.

K'os gab vor, Heilerin zu sein, und es stimmte, dass ihre Arzneien den Menschen in diesem Dorf geholfen hatten. Doch Anaay riet jedem, ihre Behandlungen mit Vorsicht zu genießen.

Seine eigenen Mächte waren größer als die ihren, daran

zweifelte er nicht. Wenn nicht, wie konnte sie dann seine Arbeiterin sein? Dennoch war er wachsam. Er durfte sein Leben nicht leichtfertig aufs Spiel setzten. Was sollte sein Volk ohne ihn anfangen? Sie hätten Chakliux erwählt, einen Krüppel, um sie anzuführen, und Sok wäre oberster Jäger gewesen. Was würde mit einem Dorf geschehen, das von solchen Männern angeführt wird? Bald schon wäre jedermann schwach und fluchbeladen.

Endlich, als sich die Unruhe der Menschen in erhobenen Stimmen und dem Gebell der Hunde niederschlug, hob Anaay wiederum seinen Gehstock und rief: »Lasst uns gehen. Tragt euch mit geweihten Gedanken, die das Karibu ehren.«

Mit einem Mal verstummten die Menschen, als warteten sie auf weitere Worte aus seinem Mund. Er erwog, ein Rätsel zu sprechen, doch könnte sie das an Chakliux erinnern, jenen Mann, der sie die Rätsel gelehrt hatte. Also erzählte er, wie der Gesang in seine Träume gekommen war, wie er gefastet und Gesänge angestimmt hatte. Als er sprach, spürte er, wie er wuchs, als seien die, die um ihn versammelt waren, nichts als Kinder.

Dann bemerkte er, dass die Frauen von einem Fuß auf den anderen traten, dass sie ihre Schultern und Köpfe unter den Tragriemen ihrer schweren Lasten bewegten. Die Männer tasteten nach ihren Waffen, überprüften Stiefel und rückten Kapuzen zurecht. Wie konnten sie auf eine erfolgreiche Jagd hoffen, wenn sie nicht einmal für eine kleine Weile die geheiligten Wege zu befolgen vermochten?

Voll Abscheu wandte Anaay sich ab und begann die Wanderung.

16

Die Vetter-Fluss-Menschen

Stern jammerte ohne Unterlass und behinderte sie alle in ihrem Fortkommen. Dennoch verspürte Chakliux nichts als Glück. Aqamdax zog mit ihnen, wenn sie auch Frau von Nachtmann war.

Chakliux hielt seinen Blick von ihr fern und beschränkte seine Gedanken auf Gesänge zu Ehren des Karibus. Dennoch erfüllte ihn Freude, hob ihn bei jedem Schritt empor, sodass selbst sein Otterfuß nicht müde wurde beim Gehen.

»Mann, ich muss rasten«, sagte Stern. Sie hatte sich aus der Gruppe der Frauen gelöst, war zu ihm nach vorne gelaufen und hatte sich unter die Jäger gemischt.

Blickt-in-den-Himmel sah sie finster an und machte eine ruckartige Bewegung mit dem Kopf, zurück zu den Frauen. »Du solltest nicht bei uns gehen«, sprach er zu ihr, doch Stern schürzte die Lippen und umklammerte den Arm ihres Mannes.

»Frau«, sagte Chakliux. »Ich habe dir gesagt, du sollst nicht mitkommen auf diese Jagd. Ich habe dir gesagt, du sollst bei deiner Mutter bleiben. Ich werde dich nun zurückbringen. Wenn wir bis zum Einbruch der Dunkelheit gehen, werden wir rechtzeitig das Dorf erreichen und können in deiner Behausung schlafen. Und morgen oder den Tag darauf werde ich die anderen wieder einholen.«

»Ich will nicht umkehren. Ich will nur rasten. Wir sind für einen Tag genug gegangen.« Sie erhob ihre Stimme zu einem dünnen Heulen, das sich in Chakliux' Backenzähnen einnistete und Schmerzen hinauf in seinen Kopf sandte.

»So raste, wenn du rasten willst, wir anderen aber werden weiterziehen. Du bist nicht zum ersten Mal auf der Jagd. Du weißt, dass wir erst Halt machen, wenn es Abend ist.«

Stern entfernte sich stampfenden Schrittes und setzte ihr Gejammer bei den Frauen fort. Doch die achteten nicht auf ihre Klagen. Obgleich Chakliux' Kind nichts weiter war als ein kleiner Hügel in ihrem Bauch, trug Stern das leichteste Bündel von allen. Selbst das Mädchen Yaa hatte eine schwerere Last zu tragen.

Chakliux wandte seine Gedanken wieder den Karibugesängen zu. Jedoch nicht, ohne seine Augen für einen Augenblick auf Aqamdax verweilen zu lassen. Sie beobachtete ihn und lächelte, als sie seinen Blick bemerkte. Chakliux sandte Gebete. Auf dass die Karibus zahlreich sein und die Jagd gut und geschwind verlaufen möge, und auf dass er bald schon Aqamdax zu seiner Frau machen könne.

Die Nahe-am-Fluss-Menschen

Nach vier Tagen der Wanderung stießen sie auf die Spuren eines fremden Lagers. K'os biss sich in die Wangen, um ein Lächeln zu verbergen. Es war ein Vetter-Fluss-Lager. Ihr Lagerfeuer war nahe am Fluss errichtet worden, und die Säume der Zelte waren mit der Hilfe von Erdhügeln niedergehalten worden.

K'os sah, dass Bellender Fuchs ein finsteres Gesicht machte, und vernahm seine Flüche. Hatte er etwa geglaubt, die Vetter-Fluss-Menschen machten nicht länger Jagd auf das Karibu? Hatte er angenommen, er könne geradewegs Anspruch auf ihre Jagdgründe erheben?

Als er den Menschen von seinen Träumen erzählte, hatte sie sich gewundert, dass er die Tiere nicht erkannte, von denen er sprach: drei Tage nach Norden, zwei nach Osten, das waren jene Karibus, die die Vetter-Fluss-Menschen jagten. Hatte er angenommen, die Nahe-am-Fluss-Jäger wären hier willkommen? Glaubte er, die Vetter-Frauen, ob Arbeiterin oder Frau, die mit seinen Jägern zogen, sehnten sich nicht danach, wieder zu ihrem eigenen Volk zurückzukehren? Tor! Es mochte gar sein, dass die Zauberflüche, die sie in seinen Parka gewoben hatte, schon Wirkung zeigten. In der Nacht vor dem Aufbruch war es K'os gelungen, die letzten Zutaten einzunähen.

»Das ist ein Lager der Vetter-Fluss-Menschen«, sagte Dii zu ihr. K'os war so tief in ihre Gedanken versunken, dass sie bei den Worten zusammenzuckte.

Dii sagte noch einmal, was sie dachte, und fügte hinzu: »Denkst du, Anaay weiß das?«

»Er sollte es wissen. Welcher Jäger wüsste das nicht?«

»Er ist Nahe-am-Fluss-Mann. Womöglich sieht er die Dinge nicht, die wir sehen.«

K'os zuckte die Achseln. »Bist du schon einmal zuvor mit auf die Karibujagd gezogen?«, fragte sie.

»Zweimal schon, mit ...« Dii hielt inne.

K'os hob die Ellenbogen, um zu zeigen, dass sie verstanden hatte. Die Toten zu erwähnen bedeutete, ein Tabu zu verletzen. Dii hatte gut daran getan, ihren Worten Einhalt zu gebieten. Besonders, da ihr Mann so töricht und machtlos war.

»Dann kennst du den Weg zu dem Ort, wo die Karibus den Fluss kreuzen.«

Dii nickte. »Soll ich Anaay davon berichten?«

»Ich an deiner Stelle würde das nicht tun«, antwortete K'os.

»Was aber, wenn er den Ort nicht kennt?«

»Lass mich es ihm sagen, ich bin Arbeiterin«, sagte K'os. »Für eine junge Frau ist es besser, ihr Gesicht zu wahren.«

Sie sah die Dankbarkeit in Diis Augen und ließ sich herbei, ihr ein Lächeln zu schenken. Dankbarkeit war eine tiefe Schuld.

Anaay fiel Sonnenrufer ins Wort. Das Gestotter des Alten machte ihm Kopfschmerzen.

»Du glaubst, dass dies ein Vetter-Fluss-Lager war? Die haben nicht einmal genug Jäger, um ihr Dorf zu verlassen. Glauben die etwa, nach all dem, was sie diesen Sommer getan haben, würde das Karibu sie ehren? Die Kämpfe, die sie begonnen haben, die Niederlage, die sie durch unsere Hände erlitten haben?«

»Da-davon w-weiß ich n-nichts, ich w-weiß nur, dass dies ein V-Vetter-Fluss-L-Lager ist.«

»Er hat Recht.«

K'os' Stimme ließ Anaay auffahren. »Glaubst du, ich gebe etwas auf die Worte einer Arbeiterin?«, rief er.

K'os schlug die Kapuze ihres Parkas zurück und hockte sich vor die Reste eines Lagerfeuers. Als sie zu sprechen anfing, richtete sie ihre Worte an Sonnenrufer, an Flusseistänzer und an die anderen Männer, die sich um sie versammelt hatten.

»Seht. Seht diese Steine hier, aufgetürmt zu einem Kreis, zwei Hand hoch. So machen es die Vetter-Fluss-Menschen. Und seht hier. Seht euch dieses Loch an. Sie spitzen die Enden ihrer Dreifüße. Die Nahe-am-Fluss-Menschen tun das nicht.«

»Dann waren es vielleicht Vier-Flüsse-Jäger oder Menschen vom Karibuvolk«, sagte Anaay.

K'os grinste, und Anaay holte aus, um sie zu schlagen. Doch sie sprang auf, und er verlor das Gleichgewicht und wäre beinahe in die Asche gefallen. Einige Jäger wandten die Gesichter ab. Anaay versagte sich den Gedanken, dass sie das taten, um ein Lächeln zu verbergen.

»Tue, was du für richtig hältst«, sagte K'os. »Mir bedeutet es nichts, doch würde es mich nicht verwundern, wenn die Vetter-Fluss-Jäger, und mögen sie auch wenige an der Zahl sein, dem Brauch folgten und am Karibufluss Jagd machten.«

»D-d-die Flussjagd«, sprach Sonnenrufer zu den jüngeren Jägern. »A-als ich ein j-junger Mann war, haben wir sie einen Herbst lang a-auf diese J-Jagd begleitet. Es g-gab zu viele

U-Unstimmigkeiten über die Aufteilung der B-Beute, und so h-haben wir nicht w-wieder mit ihnen g-gejagt.«

K'os deutete mit dem Kinn auf Bellender Fuchs. »Denkst du, der Gesang, den du vernommen hast, könnte von den Tieren stammen, die die Vetter-Fluss-Männer sonst jagen?«, fragte sie ihn.

Anaay machte die Augen zu Schlitzen und zischte K'os mit zusammengebissenen Zähnen an. »Geh zurück zu den Frauen. Selbst meine Frau hat mehr Verstand, als dass sie es wagte zu sprechen, wenn Jäger Entscheidungen fällen. Du bist Arbeiterin. Vergiss das nicht!«

»Vielleicht ist es an der Zeit, dass sie einem anderen gehört«, sagte Flusseistänzer. Anaay jedoch ging über seine Unverfrorenheit hinweg. Er war wenig mehr als ein Junge. Lass ihn versuchen, eine Frau wie K'os zu bewachen, dachte er.

Sie entfernte sich mit schwingenden Hüften. Die Augen der Jäger folgten ihr, bis sie sich in der Gruppe der Frauen verloren hatte, die neben den Hunden und Bündeln kauerten.

»Dann sollte Anaay vielleicht noch einmal die Träume rufen«, sagte einer der Jäger. »Wir brauchen unsere Kraft und unsere Waffen nicht an die Vetter-Fluss-Jäger zu verschwenden. Auch wenn nur wenige von ihnen in der Nähe sind. Meine Frau ist hier, und mein ältester Sohn ebenso.«

»Viele von uns haben Vetter-Fluss-Frauen«, sagte Erster Adler. Er gehörte zu den jüngsten Jägern. »Was, wenn sie sich ihrem Volk anschließen und in unserem eigenen Lager gegen uns kämpfen?«

»Dein Jammern macht mich glauben, du seist ein Weib«, fuhr Anaay ihn an. »Wir Ältesten kennen diesen Weg zu jagen. Wir jagen gewöhnlich mit Umzäunungen und Pferchen und lenken die Tiere so zu unseren Waffen. Die Vetter-Fluss-Jäger hingegen nutzen das Wasser, um den Lauf der Karibus zu verlangsamen. Ihre Frauen stehen mitten im Fluss. Die toten Tiere werden zu ihnen getrieben. Wir haben nicht viel Erfahrung mit dieser Art der Jagd. Womöglich ist der Gesang zu mir gekommen, weil es uns bestimmt ist, in diesem Herbst an einer Flussfurt zu jagen. Lasst mich allein, und ich werde darüber nachsinnen. Schlagt hier unser Lager auf und lasst mich in Ruhe beten.«

Er wandte sich von ihnen ab, verließ sie, ohne sich umzublicken. Warum sollte er ihrem Murren Gehör schenken? Hatten sie etwa die Gesänge vernommen? War ihr Wissen von den Karibus etwa größer als seines?

Als er außer Sichtweite des Lagers war, fern vom Lärm der Frauen, zog er seine Waffen aus ihren Hüllen und legte sie zu Boden. Er hockte sich daneben und legte seine rechte Hand auf seinen Pfeilwerfer und auf den Speer. Sodann schloss Anaay die Augen und begann zu singen. Der Gesang, den er anstimmte, hatte einst dem alten Mann Tsaani gehört.

Tsaani hatte ihn an seinen Enkel Sok weitergegeben, und so gehörte der Gesang nicht Anaay. Doch Sok lebte nicht länger bei den Nahe-am-Fluss-Menschen. Er würde nie erfahren, dass Anaay den Gesang verwandte. Und Tsaani hätte sicher nichts dagegen einzuwenden. Es mochte gar sein, dass er es lieber sah, wenn Anaay den Gesang benutzte. Immerhin hatte Soks Frau Tsaani getötet. Und Anaay war derjenige gewesen, der den Menschen gesagt hatte, wer die Schuldige war. Daher stand Tsaani in seiner Schuld. Ein Gesang war das mindeste, was er verlangen konnte.

Anaay versuchte, sich der Nacht des Kaributraumes zu entsinnen. Er hatte die Karibus gesehen, hatte das Geräusch ihrer wandernden Hufe vernommen. Es hatte geklungen wie viele Steine, die aneinander schlagen. Er hatte das Zittern der Erde gespürt. Als er erwachte, hatte er auf die nordöstliche Wand der Behausung geblickt. Welche Zeichen brauchte er außerdem? Wenn seine Träume ihm gesagt hatten, nach Norden und Osten zu ziehen, dann musste er genauso handeln.

Wieder dachte er an das, was Sonnenrufer ihm über die Flussjagd erzählt hatte. Sonnenrufer schien sich nicht daran zu erinnern, dass Anaay in jenem Herbst den Arm gebrochen hatte und nicht mit auf die Jagd gezogen war.

Während die anderen Männer das Karibu jagten, war Anaay im Dorf geblieben und hatte sich die Gunst von Möwenschnabel verdient. Sie war zu jener Zeit zweite Frau eines Mannes gewesen, der auf der Jagd war. Als ihr Mann in das Winterdorf zurückkehrte, lebte Anaay bereits in der Behausung von Möwenschnabel. Wie konnte er also bedauern, diese Jagd versäumt zu haben? Es gab andere Wege, wie er lernen konnte, die Karibus an einer Flussfurt zu töten.

K'os war sicherlich mit zu Flussjagden gezogen, doch sie durfte nicht erfahren, dass er das Karibu niemals auf diese Weise erlegt hatte. K'os war eine Frau, die solches Wissen nutzen würde, um Rache zu nehmen. Niemals durfte er vergessen, was vor so langer Zeit geschehen war und wie sie seinen Bruder Möwenschwinge mit nichts als einem Frauenmesser getötet hatte. Sicher, Möwenschwinge hatte den Tod verdient. Es war sein Einfall gewesen, K'os zu schänden, obgleich sie noch ein Mädchen war. Zu Beginn hatten Anaay und Schläftlange nur zugesehen, und hätte Möwenschwinge sie nicht angetrieben, so hätten sie so etwas niemals getan.

Anaay schloss die Augen und erinnerte sich an jenen Tag am Großvater-Felsen. Er hatte sich in K'os weiches Fleisch fallen lassen, hatte ihre Gegenwehr gespürt, als er in sie stieß. Was sonst hatte sie erwartet? Die drei Männer waren in der Behausung ihrer Mutter zu Gast gewesen, und sie hatte ihnen schöne Augen gemacht. Dann war sie ihnen vom Dorf zum Großvater-Felsen gefolgt. Hatte sie gedacht, sie seien aus Stein?

Lange war sie regungslos liegen geblieben. Sie hatten ihr den Parka über den Kopf geschoben und in ihren Mund gestopft. Er hatte angenommen, sie sei tot. Dann hatte sie sich zu seinem Entsetzen bewegt, war so schnell von dem Felsen geglitten und hatte ihr Messer in das Herz von Möwenschwinge gestoßen, dass keiner sie aufzuhalten vermochte. Dass K'os nun seine Arbeiterin war, betrachtete er als gerechte Vergeltung für den Tod von Möwenschwinge. Nicht einen Tag durfte Anaay vergessen, was K'os getan hatte.

Wieder stimmte er einen Gesang an und dachte an Dii, seine neue Frau. Sie war zwar jung, doch es mochte sein, dass sie bereits mit den Vetter-Fluss-Menschen auf die Jagd gezogen war.

»Er verlangt nach dir«, sagte K'os zu Dii.

Dii blickte in das Gesicht der Frau und versuchte, ihre Gedanken zu erkennen. Ihre Augen waren jedoch so dunkel, als würde nicht ein Lichtstrahl in sie dringen, und Dii fragte sich, wie K'os zu sehen vermochte.

»Mein Mann?«, fragte Dii.

»Ja, dein Mann, Bellender Fuchs.«

Die Missachtung, die aus K'os' Worten sprach, machte Dii schaudern. Von allen Bewohnern des Nahe-am-Fluss-Dorfes war K'os die einzige, die Anaay nicht mit seinem neuen Namen ehrte. Und war sie nicht schon immer eine Frau ohne Achtung gewesen? Dii erinnerte sich, wie die Vetter-Fluss-Frauen oftmals über sie geflüstert hatten, wenn sie die Kochfeuer hüteten. Selbst jetzt, da K'os Arbeiterin war, schwatzten die Frauen über sie, einerlei, ob sie dem Vetter-Fluss-Dorf angehörten oder Nahe-am-Fluss-Frauen waren.

K'os ging mit Männern in den Wald und kehrte mit Geschenken zurück, die eine Arbeiterin nur auf eine Weise verdienen konnte. Doch das hatte Dii nicht zu kümmern, solange ihr Mann und Möwenschnabel sich nicht darum scherten.

Sicher war K'os zornig, weil Anaay sie als Arbeiterin hielt und sie nicht zu seiner Frau machte. Womöglich bezichtigte sie ihn der Niederlage der Vetter-Fluss-Menschen, doch selbst dann sollte sie den Namen um seiner selbst willen ehren. Er deutete auf die Macht der Kaributräume hin. Und wer wusste nicht, dass Namen ein eigener Geist innewohnte, neben dem Geist desjenigen, der den Namen trug?

»Wo ist Anaay?«, fragte sie K'os. Dii betonte dabei seinen Namen und reckte ihr Kinn. K'os sollte wenigstens wissen, dass Dii ihren Mann ehrte.

K'os zuckte mit den Schultern und ging. Dii sah jedoch, wie sie geschwind den Kopf drehte und einen kurzen Blick in Richtung des Flusses warf. Als K'os außer Sicht war, stellte Dii sich auf die Zehenspitzen und starrte angestrengt auf die Sträucher, die den Verlauf des Flusses anzeigten.

Sie konnte Anaay nicht gleich sehen. Er war in seinen neuen Parka gehüllt. Das Braun und Gold der Felle verschmolz mit den Steinen und den erfrorenen Gräsern. Dann, als sähen ihre Augen mit einem Mal scharf, erkannte Dii den Umriss seiner Haare, einem dunklen Schatten gleich. Er saß auf einem großen Felsbrocken, der scheinbar im Gleichgewicht gehalten wurde von dem Geröll aus Steinen und Treibholz, das der Fluss angespült hatte. Als Anaay sie sah, rief er ihr etwas zu, doch Dii konnte seine Worte nicht verstehen. Der Fluss war laut und schob sich tosend über die Kiesel seines Bettes.

Dii näherte sich, und er setzte seine Füße auf den Boden und stieß sich zurück. Dabei bewegte sich der Stein, auf dem er saß.

»Schau! Was sehe ich?«, sagte er zu ihr. Es tat gut, den Anfang eines Rätsels zu hören. Im Nahe-am-Fluss-Dorf gab man sich keine Rätsel auf, so wie die Vetter-Fluss-Menschen es taten.

»Er sagt, er sei mächtig, doch hat er neben seiner Größe keine Kraft.«

Dii hob ihre Ellenbogen und lächelte. Dieses Rätsel war armselig, es besaß keine Tücken. Natürlich sprach er von dem Stein. Er war wohl während der Schmelze im Frühling angeschwemmt worden. Die kleinen Steine unter ihm hielten ihn von der Kraft der Erde fern. Und wenn er die Erde nicht berühren konnte, wie sollte er dann mächtig sein? Da Dii aber ihren Mann nicht verletzen wollte, war ihre erste Antwort: »Der Fluss.«

»Der Fluss«, sagte er und lachte, bis Diis Wangen sich vor Verlegenheit röteten. »Ich dachte, ihr Vetter-Fluss-Menschen wäret groß im Rätselraten.«

Da ließ Dii ihren Zorn für sie sprechen: »Das sind wir. Die Lösung ist der Stein, auf dem du sitzt.«

Er verzog den Mund zu einem Schmollen, sah sie einen Augenblick lang an und bedeutete ihr, sich neben den Stein zu hocken. Das Rätsel erwähnte er nicht wieder. Die runden Flusssteine gaben keinen sicheren Halt, und um Anaay ansehen zu können, musste Dii ihren Hals verdrehen. Sie ermahnte sich jedoch, daran zu denken, dass er ihr Mann war und dass er Karibus träumte. So achtete sie nicht auf den Schmerz in ihren Füßen, die verdreht waren, um ihr das Gleichgewicht zu geben, und hörte sich an, was er ihr zu sagen hatte.

Zu Beginn erzählte er von den Tagen, da er Kind gewesen war, und davon, wie er zum ersten Mal ein Tier getötet hatte. Er sprach von der ersten Frau, die er in sein Lager geholt hatte. Da diese Dinge für Dii nicht von Bedeutung waren, schweiften ihre Gedanken bald ab. Sie dachte an die Kleidung, die sie flicken musste, an aufgetrennte Nähte, an durchgelaufene Stiefelsohlen. Nicht zum ersten Mal bedauerte Dii, dass Möwenschnabel nicht mit auf diese Jagd gezogen war.

Zwar konnte K'os zu den Kochfeuern gehen, und auch beim Errichten der Zelte und des Lagers übernahm sie einen großen Teil der Arbeit, doch sie nähte nicht. Als Dii ihr eine Näharbeit auftragen wollte, erhob sie abwehrend die Hände. Sie zeigte ihre gekrümmten Finger und die geschwollenen Gelenke. Diese Hände erlaubten ihr nicht, mit Ahle oder Nadel umzugehen. Und es stimmte. Obgleich K'os noch immer den Körper und das Gesicht einer jungen Frau besaß, hatte sie die knorrigen, verkrümmten Hände einer Alten.

Zu der Zeit, als sie im Vetter-Fluss-Dorf lebten, hatte K'os noch genäht. Und der Mann, der einen Parka von ihr erhielt, trug ihn mit Stolz, verrichtete sie diese Arbeit doch besser fast als jede andere – ja, ihre Nähereien stellten noch die von Möwenschnabel in den Schatten.

Dii wollte K'os dazu bewegen, einen Parka für Anaay zu nähen. Sie hatte ihr sogar Felle und Streifen von Karibudärmen gegeben. Die Därme hatte sie bei Frost hinausgehängt, und so waren sie zu einem reinen und schönen Weiß gebleicht worden. Doch obgleich K'os ihr versprochen hatte, es zu versuchen, hatte Dii bislang noch kein Ergebnis zu Gesicht bekommen. Sie scheute sich, die Felle und die Därme zurückzufordern. Wieso sollte sie die Frau entmutigen? Stattdessen sollte sie dankbar sein für ihre eigenen gesunden Hände.

Mit einem Mal wurde Dii gewahr, dass Anaay seinen Redefluss unterbrochen hatte und sie anblickte, als wartete er auf eine Antwort. Ihre Augen weiteten sich vor Schreck, und eilig sagte sie, was ihr gerade in den Sinn kam: »Ich weiß es einfach nicht.«

»Du erinnerst dich nicht, wann du zum ersten Mal mit auf die Karibujagd gezogen bist?«, fragte er und hob dabei die Stimme. Die letzten Worte hatte er beinahe gerufen.

Dii schöpfte kurz Atem, dann erwiderte sie: »Was ich sagen will, ist, ich kann mich nicht entsinnen, wie viele Sommer ich zählte.«

Sie erwartete, dass ihr Mann sie ungehalten schalt, doch seine Stimme war sanft und schmeichelnd. »Du bist meine Lieblingsfrau, musst du wissen. Nicht nur, was dich und Möwenschnabel angeht, sondern auch die liebste von all den Frauen, die ich verstoßen habe.«

Dii wusste nicht zu sagen, ob diese Worte Schmeichelei oder Warnung waren. Er hatte Frauen verstoßen. Sei wachsam. Verschwende nicht die Worte deines Mannes, indem du träumst, wenn er zu dir spricht. Damals, als sie Frau von Anaay wurde, hätte sie es sich gewünscht, von ihm verstoßen oder gar aus dem Dorf verjagt zu werden. Zumindest hätte sie dann versuchen können, zu ihrem eigenen Dorf zurückzukehren.

»Ich möchte so gerne mehr von dir erfahren«, fuhr Anaay fort. »Ich dachte, es sei gut, über jene Zeiten zu sprechen, wenn du auf der Jagd warst, nun, da wir das Karibu jagen.«

Dii fing an, von den Vorbereitungen zu erzählen, doch sie gewahrte die Ungeduld in Anaays Augen, und so schilderte sie die Wege, auf denen sie gewandert waren. Da beugte er sich vor, stellte ihr Fragen und nickte, während er ihren Worten lauschte.

Seine Ungeduld kehrte zurück, als sie ihm sagte, sie wüsste nur, was Aufgabe der Frauen ist: das Einfangen der getöteten Tiere, die vom Auftrieb ihrer dick behaarten Häute zu ihnen getragen wurden; das Schlachten und endlich, die Packen zu tragen. Schließlich winkte Anaay mit einer Hand ab, als wolle er sie fortstoßen. Als Dii auf ihrem Platz verharrte, rief er: »Geh und bringe mir zu essen! Eine gute Frau würde sehen, dass ich hungrig bin.«

Also verließ sie ihn, froh, ihre Beine zu strecken und ihre Füße auf ebenen Grund zu setzen. Dii schämte sich ihrer mangelnden Achtung. Er war ihr Mann und Anführer dieses Volkes. Als sie sich jedoch umwandte und ihn anblickte, ihn auf diesem Stein sitzen sah, da sann sie noch einmal über sein Rätsel nach. Sie fragte sich, ob die wahre Lösung nicht der Stein, sondern Anaay selbst sein mochte. Obgleich er von Macht sprach und den höchsten Platz bei den Nahe-am-Fluss-Menschen einnahm, gab es Zeiten, in denen er bar jeder Macht zu sein schien, in denen man ihm nur einen Stoß versetzen müsste, und er würde hinabstürzen wie ein Stein, der auf Geröll gebettet war.

17

Die Vetter-Fluss-Menschen

Schreit-laut kam zu ihnen zurückgelaufen, so schnell er konnte. Als er das Lager erreichte, krümmte er sich atemlos, die Hände auf die Knie gestützt. So sehr hatte der Lauf ihn erschöpft. Als der Junge jedoch den Kopf hob, sagte ihnen das Lächeln auf seinem Gesicht, weshalb er so weit und so schnell gelaufen war.

»Wo?«, fragte sein Vater Sok ihn, dann grinste er Chakliux an und sagte: »Diese Flussjagd. Das ist neu für mich.«

»Es ist einfacher«, erklärte Chakliux.

Sok versetzte seinem Bruder geschwind einen Stoß und lachte, als er sagte: »Für dich, Otter, für dich. Du bist für das Wasser geboren.«

Es war ein Lob, und Chakliux lächelte, dann klopfte er seinem Neffen auf die Schulter. Sein Bruder hatte gute Söhne großgezogen. Er hoffte, ihm und Aqamdax würde das einst ebenso gelingen.

»Sie kommen.« Schreit-laut wiederholte die Worte, als wolle er seinem Vater sagen, dass er noch mehr zu berichten hatte.

»Wo stand die Sonne, als du losgelaufen bist?«, fragte Sok. Er legte den Kopf in den Nacken, als Schreit-laut auf den höchsten Punkt des Himmels deutete und dann seine Hand hinunter zu der Stelle auf halber Höhe führte, an der die Sonne inzwischen angelangt war.

Ein langer Lauf, dachte Chakliux. Für einen Augenblick verspürte er einen neidvollen Stich, der jedoch sogleich einem

Gefühl von Stolz wich, Stolz auf die Kraft, die in den Beinen seines Neffen wohnte.

»Hast du angehalten?«

»Nur cinmal, um sicherzugehen, dass ich den richtigen Weg genommen habe.«

Sok blickte Chakliux über den Kopf seines Sohnes hinweg an. »Morgen?«

»Bis zum Abend, vielleicht.«

»Und Schwarzer Stock und die anderen Jungen beobachten die Herde noch immer?«, fragte Sok Schreit-laut.

»Ja. Er und sein Bruder werden kommen, sobald die Herde ihre Richtung ändert.«

»Gut. Sag deiner Mutter ...«, fing Sok an, dann zog ein Schatten über sein Gesicht. »Sag Schnee-im-Haar, sie möge dir etwas zu essen geben. Dann geht ihr über den Fluss, Ghaden und du. Auf dem zweiten Hügel macht ihr Halt. Dort stehen große Bäume. Klettert hinauf, damit ihr das gesamte Land überblicken könnt. Sobald ihr die Karibus ausmacht, kehrt einer von euch zurück und gibt uns Nachricht.«

Chakliux sah dem Jungen nach. Seine Gamaschen aus Karibuhaut waren nass von der Flussdurchquerung. »Zieh dir trockene Kleidung an«, rief er seinem Neffen nach. Schreit-laut wandte sich um und hob zur Antwort die Hand.

Chakliux eilte zu seinem Zelt. Er hoffte, Stern würde nicht dort sein. Sie würde Einwände erheben, wenn sie hörte, dass sie Ghaden zum Späher erkoren hatten. Doch wer konnte besser auf Bäume klettern als Ghaden?

Der Junge saß vor dem Zelt. Er flocht vier Stränge aus *babiche* zu einer Schnur. Beißer lag mit erhobenem Kopf an seiner Seite und beobachtete das Treiben vor den nahen Zelten. Der Zopf war fest und gleichmäßig. Chakliux ließ sich neben Ghaden nieder und lobte die Arbeit.

»Das ist für Beißer«, erklärte der Junge und legte dem Hund eine Hand auf den Rücken. »Er hat die andere durchgebissen.«

»Hunde machen das«, sagte Chakliux.

»Ja, aber er ist dennoch ein guter Hund. Besser als jeder andere in diesem Lager.«

»Erzähle das nur nicht Sok. Er denkt, Schwarze Schnauze sei der Beste hier.«

»Ha! Er täuscht sich.«

Ghaden hielt seinen Blick auf den Zopf gesenkt und fuhr fort, die Stränge zu flechten.

»Wie lange wird es denn dauern, bis du fertig bist?«, fragte Chakliux nach einer Weile.

»Noch eine Zeit lang.«

»Kennst du die Handzeichen noch, die wir dich gelehrt haben, Sok und ich?«

»Die für die Jagd?«

»Ja, die für die Jagd.«

»Ich erinnere mich daran.«

»Was, wenn ich dir sagte, gehe mit Schreit-laut und halte Ausschau nach den Karibus?«

Ghaden riss jäh den Kopf hoch und starrte Chakliux an.

»Wirklich?«

»Würde ich fragen, wenn ich nicht wollte, dass du gehst?«

»Wann?«

»Wenn du die Schnur fertig hast.«

Ghaden warf sie zu Boden. »Sie ist fertig.«

Beinahe hätte Ghaden gefragt, ob er Beißer mitnehmen könne, doch dann besann er sich. Solch eine törichte Frage könnte ihm diese Gelegenheit zunichte machen. Als er sich also mit dem Nötigsten versorgt hatte, kniete er neben seinem Hund nieder und flüsterte ihm Worte des Bedauerns ins Ohr. In seinem Leben hatte er oft gewünscht, er wäre Hund. Dann wäre er frei von Pflichten und könnte schlafen, wann immer er wollte. Nun jedoch hatte er Mitleid mit Beißer, der im Lager bleiben und dem Geschwätz der Frauen lauschen musste.

Yaa sah ihn bei Beißer sitzen und ließ sich neben ihnen nieder.

»Die Frauen sagen, dass du Späher sein wirst.«

Ghaden warf sich in die Brust und nickte. Sein Mund wollte sich zu einem Lächeln verziehen, doch er besann sich. Die Männer trugen stets feierliche Mienen, wenn sie über die Jagd sprachen, und so verschloss er seine Lippen zu einem schmalen Strich.

»Weißt du schon, wohin du gehen wirst?«

Beinahe hätte er davon erzählt, doch er überlegte, dass es zu geheiligt sein könnte, als dass ein Mädchen davon wissen durfte. »Das dürfen nur Männer wissen«, sagte er.

»Warum haben sie dir also davon erzählt?«, fragte Yaa. »Du bist kein Mann.«

Darauf wusste Ghaden keine Antwort, und eine Welle des Zorns stieg in ihm empor. Er lehnte sich zu ihr hinüber und versetzte ihrem Arm einen Fausthieb.

»Au! Glaubst du etwa, dass Männer sich so benehmen?«, fragte Yaa.

»Nur ihren Schwestern gegenüber.«

Yaa wollte ihm etwas entgegnen, doch dann fing sie an zu lachen, was Ghadens Zorn noch schürte.

»Sie würden mich nicht fragen, wenn sie nicht glaubten, dass ich Mann bin, oder zumindest beinahe!«, rief er.

Yaa stimmte einen Spottgesang an, den die Mädchen manchmal sangen, und Ghaden antwortete mit einem Jagdgesang. Er erhob die Stimme, um ihre zu übertönen, und auch Yaa sang lauter. Ein Schatten fiel auf die Kinder. Ghaden sah auf und erblickte Nachtmann.

Nachtmann deutete mit dem Kinn auf Yaa. »Sie ist ein Mädchen«, sagte er. »Wie sonst sollte sie handeln?« Er blickte Ghaden nicht in die Augen, sondern sah über seinen Kopf hinweg, als sei er nichts weiter als ein Säugling in seinem Gestell. »Von dir hätte ich Besseres erwartet.«

Ghaden senkte den Kopf, und Yaa schickte Nachtmann einen zornigen Blick voll Hochmut.

»Nichte, schere dich um deine eigene Arbeit. Ich möchte

dich nicht noch einmal ertappen, wie du deinen Bruder verspottest. Ich möchte nicht, dass diese Karibujagd an einem kleinen törichten Mädchen scheitert.«

Yaa schlich davon, und Ghaden spürte, wie ein Lächeln seine Mundwinkel hob. Dann sagte Nachtmann: »Du, Neffe. Mit dir ist es noch schlimmer. Setze dein Jagdgeschick nicht mit törichtem Gezänk aufs Spiel. Wenn eine Frau Streit mit dir sucht, wende dich ab.«

Wieder senkte Ghaden den Kopf und kraulte Beißer das Fell.

»Nimm dein Bündel. Schreit-laut wartet bei Soks Zelt auf dich.«

Ghaden sprang auf die Füße und rannte zu dem Zelt. Dort stand Schreit-laut und blickte auf die Hügelketten hinter dem Lager. Chakliux und Sok standen neben ihm. »Der zweite Hügel«, sagte Chakliux. »Begebt euch zu der mittleren Baumgruppe. Wählt einen von den größten Bäumen, damit Ghaden einen guten Überblick hat.«

Er wandte sich um und erblickte Ghaden.

»Ghaden, hast du gehört, was ich Schreit-laut erklärt habe?«

»Ja.«

»Gut. Kletter so hoch hinauf, wie du kannst.« Er reichte Ghaden ein Seil aus *babiche*. »Wenn du die beste Stelle gefunden hast, um dich niederzulassen, dann nimm dieses Seil und binde dich an den Baum. Sobald du etwas siehst, ruf es zu Schreit-laut hinunter. Er wird sofort loslaufen und uns berichten.«

Bei Chakliux' Worten wurde Ghaden von einer Woge des Stolzes erfasst. Er würde der Erste sein, der die Karibus sähe. »Soll ich warten, bis sie an uns vorbei sind, oder soll ich Schreit-laut Nachricht geben, sobald ich sie sehe?«

»Ruf sofort, wenn du sie siehst. Schreit-laut wird warten, bis du ihm sagst, ob die Herde sich von unserem Lager aus flussaufwärts oder flussabwärts bewegt.«

Ghaden nickte. Es wäre aufregend, derjenige zu sein, der

die Nachricht von den Karibus ins Dorf brachte. Doch Schreit-laut war ohne Zweifel der schnellste Läufer unter den Jungen, und Ghaden konnte am besten klettern.

»So macht euch auf«, sagte Sok. »Seid stark und handelt weise.«

»Fertig?«, fragte Schreit-laut.

Ghaden hievte das Bündel auf seinen Rücken.

»Dies ist für dich«, sagte Sok und beugte sich zu ihm. Er legte ein langes, schmales Päckchen in Ghadens Hand.

Es war mit einem dünnen Streifen Karibuhaut umwickelt, und Ghaden wusste, es war ein Messer. Ungläubig sah er Sok an.

»Nun«, sagte Sok. »Es wird dir nicht viel nutzen, wenn du es nicht auspackst.«

Ghaden entfernte die Karibuhaut. Die Scheide war mit Schnüren versehen, um die Waffe sicher an seinem Arm zu halten. Er zog das Messer heraus und hielt den Atem an. Die Hornsteinklinge hatte die Länge seines kleinen Fingers. Sie war von erstaunlicher Schärfe und an einen Griff aus der Sprosse des Karibugeweihs gebunden.

Ghaden öffnete den Mund zum Dank, doch es fehlten ihm die Worte. Sok befestigte die Scheide über Ghadens linkem Handgelenk und sagte dann mit rauer Stimme: »Nun beeilt euch. Sonst sind die Karibus mitten unter uns, noch bevor ihr fertig seid.«

Ghaden fasste neben Schreit-laut Tritt, und Schreit-laut grinste ihn an. Er zog seinen Ärmel hoch, um Ghaden zu zeigen, dass auch er ein neues Messer bekommen hatte. Solch ein Glück hätte Ghaden niemals für möglich gehalten. Was war besser, als Mann, was ehrenvoller, als Jäger zu sein?

Das Wehklagen einer Frau ließ das Glücksgefühl in ihm jäh zerplatzen. Er wandte sich um und sah, dass Stern auf ihn zulief. Sie rief seinen Namen und überschüttete ihren Bruder und ihren Mann mit Flüchen.

»Lauf!«, rief Ghaden Schreit-laut zu. Doch sie hatten schon

den Fluss erreicht. Schreit-laut bemühte sich, inmitten des grellen Glanzes, der vom Wasser kam, die Sandbank auszumachen. Sie bezeichnete die flache Stelle, an der sie den Fluss durchschreiten konnten.

Ghaden lief ins Wasser und hörte noch, wie Schreit-laut ihm zurief: »Nicht da! Es ist zu tief!«

Ghaden fühlte, wie der Grund des Flusses abfiel. Unvermittelt trat er ins Nichts. Er öffnete den Mund zum Schrei, doch Wasser strömte in seine Nase und hinunter in seine Lungen. Endlich fühlte er Grund unter den Füßen. Er strampelte heftig mit den Beinen und stieß sich hinauf. Ghaden würgte und hustete und spie Wasser. Er schnappte nach Luft, doch das Gewicht seines Bündels und der durchnässte Parka zogen ihn aufs Neue hinunter. Ghaden kämpfte gegen die Strömung und hielt den Atem an, bis er meinte, seine Lungen müssten zerreißen, und er gezwungen war, Luft zu holen. Der Fluss trieb ihn stromabwärts, und das Wasser verschluckte ihn.

Seine Gedanken wurden schwerfällig. Er öffnete die Augen. Wieder versuchte er, sich an die Oberfläche zu stoßen, doch seine Füße waren wie Holzscheite, taub von der eisigen Kälte des Wassers. Ghaden schlug an einen Felsen, und die Strömung drückte ihn gegen den Stein. Er hob den Kopf, hustete Wasser, holte tief Atem und wurde wieder hinabgezogen. Er umklammerte den Felsen und grub seine Finger in den Schlamm, der den Stein bedeckte. Der Fluss zerrte an ihm, und er fühlte, wie ein Fingernagel abriss. Noch immer hing er an dem Felsen. Wieder hob er den Kopf und schnappte nach Luft. Doch dieses Mal atmete er Wasser. Seine Kehle und die Lunge brannten. Dunkelheit ergriff Besitz von ihm, drängte von den Rändern seines Bewusstseins nach vorne, bis er nichts mehr sehen konnte.

Ghaden schloss die Augen und schlief ein.

18

Aqamdax hörte das Wehgeschrei von Stern, doch sie fuhr fort zu nähen. Stern fand ständig einen Grund zu heulen.

Dann vernahm Aqamdax auch die Schreie anderer Frauen, und über die Schreie hinweg hörte sie die Rufe nach Hilfe. Sie lief zum Rand des Lagers und sah Chakliux im Fluss und Sok, der seine Arme um Stern geschlungen hatte. Die Frau setzte sich zur Wehr, sie biss, sie kratzte und sie trat nach ihm.

»Jemand muss sie festhalten!«, schrie Sok.

Aqamdax ging zu ihm, packte Stern von hinten und schlang ihr die Arme um die breit gewordene Mitte. Sok machte sich los und lief Chakliux entgegen. Stern trat nach Aqamdax und kämpfte, damit sie ihren Kopf drehen konnte. Sie hatte die Zähne gefletscht, als wollte sie beißen. Dann schlang auch Blickt-in-den-Himmel seine Arme um die Frau.

Endlich brachte Vogelruferin eine Decke aus Hasenfell und warf sie Stern über den Kopf.

»Lass sie los«, sagte Blickt-in-den-Himmel zu Aqamdax. Als Aqamdax ihren Griff löste, stieß er Stern zu Boden und hockte sich auf sie.

Die alte Frau Krummer Halm stieß einen Trauerschrei aus, und Aqamdax blickte auf. Sie sah, dass Chakliux ihnen entgegenkam. Ghaden lag leblos in seinen Armen, die Arme und Beine hingen schwer und schlaff herunter.

Sok ging neben ihnen her, und als er an Blickt-in-den-Himmel und Stern vorüberkam, da murmelte er: »Sie sollte tot sein, die da. Wenn dieser Junge durch ihre Schuld stirbt, werde ich sie eigenhändig und mit Freuden töten.«

Benommen sah Aqamdax, was geschah, als träumte sie all diese Dinge. Sie hörte die Fragen derjenigen, die um sie herum standen. Was war geschehen? Was hatte Stern getan? Sie spürte Hände auf ihren Armen, doch sie schüttelte sie ab. Gerade erst hatte sie ihren Sohn verloren. Sollte sie nun auch ihren Bruder verlieren?

»Es ist meine Schuld«, flüsterte Yaa. Sie klammerte sich an Aqamdax' Arm und hielt ihn umschlungen.

»Pssst, sei still. Du hast nichts getan.«

»Ich habe ihn verspottet. Ich habe gesagt, er sei kein Mann.«

Die Menschen versammelten sich vor dem Zelt von Chakliux. Die Frauen saßen nahe beim Eingang, die Männer gingen umher. Einige hatten die Hand über die Augen erhoben und blickten über den Fluss.

Sie brauchten eine Heilerin, doch sie hatten nur Krummer Halm, da Ligige' nun doch im Winterdorf geblieben war. Krummer Halm war mit Chakliux und Ghaden im Inneren des Zeltes. Schnee-im-Haar hatte Stern zu dem Zelt von Krummer Halm gebracht und ihr einen Tee aus Hundskamillenblättern eingeflößt, um sie zu beruhigen.

»Sie sagen, er ist noch am Leben«, sagte Vogelruferin.

Eine andere Frau schüttelte den Kopf.

Am Leben, dachte Yaa. Sie wiederholte im Geiste die Worte, hielt sie dort fest, als seien sie ein Amulett, das die Macht hatte, Ghaden vor dem Tod zu bewahren.

»Ich habe seiner Mutter das Versprechen gegeben, ihm eine gute Schwester zu sein«, sagte sie zu Aqamdax. »Ich habe es versprochen, aber ...«

Aqamdax legte einen Arm um sie und wiegte sie, als sei Yaa ein Säugling. »Sch-h-h, ruhig, sei still. Alle Brüder und Schwestern streiten miteinander.«

Dann war Chakliux an ihrer Seite. Er bedeutete Aqamdax, ihm zu folgen, und achtete nicht auf Nachtmann, der sie finster anblickte. »Yaa, du auch«, sagte er.

Yaa drängte sich hinter Aqamdax in das Zelt. Die Haut um Ghadens Augen und um seinen Mund war beinahe blau, doch er sah nicht aus, als sei er tot. Sie hatten ihm die nassen Kleider ausgezogen, und unter der Decke lugte ein nackter Arm hervor.

»Schläft er?«, fragte Aqamdax.

»Ich glaube nicht«, sagte Chakliux. »Er lässt sich nicht wecken.«

Yaa hielt den Atem an. Sie wusste von den Geistern des Wassers. Sie wohnten in Seen und Flüssen. Hatte einer von ihnen Ghadens Seele geraubt? Würde er werden wie Lange Augen, die zwar herumging, aber gar nichts mehr wusste?

Mit einem Mal versagten ihre Beine den Dienst, und sie sank neben Ghaden zu Boden. Sie streckte den Arm aus und streichelte seine Stirn.

Seine Haut fühlte sich heiß an, doch als sie ihr eigenes Gesicht berührte, konnte sie die gleiche Hitze spüren, und sie merkte, dass die Angst ihre Finger kalt gemacht hatte.

Nachtmann spähte in das Zelt und blickte auf Ghaden hinunter, doch er sagte kein Wort. Er legte Aqamdax eine Hand auf die Schulter, und als Chakliux sie bat zu bleiben, widersprach er. Sok unterbrach ihn mit schnellen, scharfen Worten, und Nachtmann machte sich davon, steifbeinig und mit schweren Schritten.

»Ich werde auch bei ihm bleiben«, sagte Yaa leise.

»Für dich habe ich eine andere Aufgabe«, sagte Sok zu ihr. »Komm mit mir.«

Sie folgte ihm zu seinem Zelt. Sie war sicher, dass er sie wegen des Streits mit Ghaden schelten würde. Bei jedem Schritt sagte sie sich, dass sie seinen Groll verdient hatte. Als sie jedoch zu seinem Zelt kam, drückte er ihr ein Bündel in den Arm und sagte: »Hier hast du geräucherten Fisch. Dazu trockene Stiefel und Gamaschen. Du brauchst eine Wasserblase. Hast du ein Messer?«

»Ein Frauenmesser.«

»Dann geh und hol es. Sobald du den Fluss überquert hast, musst du deine Stiefel und die Gamaschen wechseln.«

Yaas Angst vor seiner Schelte verwandelte sich in Entsetzen. »Du schickst mich fort?«, fragte sie mit leiser Stimme.

Sie sah das Erstaunen auf Soks Gesicht. Dann sagte er: »Du gehst mit Schreit-laut und hältst Ausschau nach den Karibus. Die anderen Jungen sind bei der Herde, und wir können keinen unserer Jäger entbehren. Die Ältesten können weder schnell laufen noch hoch klettern. Du bist die einzige Frau unter uns, die noch nie eine Mondblutung hatte.« Er hielt inne und sah zu Yaa hinunter. »Das stimmt doch, *nae*'?«

»Sie ist noch nicht gekommen«, sagte sie, ihre Stimme war nichts als ein Flüstern.

Sok reichte ihr ein *babiche*-Seil und zeigte ihr, wie sie es um ihre Mitte und dann um den Baum binden musste, sodass sie in den Ästen einen sicheren Halt hatte. Er gab ihr eine Hand voll Steine. Die sollte sie in ihren Händen wälzen. Der Schmerz, den die scharfen Kanten ihr bereiten würden, würde sie die Nacht über wach halten.

»Beobachte dich! Tue nichts, was einen Fluch bewirken könnte. Du darfst nicht einmal sprechen. Du und Schreit-laut, ihr müsst euch mit Handzeichen verständigen, Händeklatschen etwa, oder ein Pfiff, der ihm sagt, was du siehst. Wir wollen nicht, dass die Karibus die Stimme eines Mädchens hören. Bleibe so lange in dem Baum, bis die Herde vorübergezogen ist und jemand kommt, dich zu holen.«

Er streckte seinen Arm aus und holte eine Wasserblase von der Spitze des Zeltes. »Hier, nimm die«, sagte er zu ihr. »Jetzt warte auf Schreit-laut.«

Er verließ das Zelt, und Yaa sank auf die Knie. Sie flüsterte einen Gesang, den sie als Kind gelernt hatte. Etwas, das einer Frau helfen sollte, wenn sie bange oder müde war.

»Mutter, hilf mir«, sagte sie und hoffte, den Geist ihrer Mutter in ihrer Nähe zu spüren, doch da war nichts.

»Vater«, flüsterte sie und rief sich sein Gesicht ins Gedächtnis. Er hatte viel Leid ertragen müssen während seiner letzten Krankheit. Ghadens Mutter war gestorben, und Ghaden selbst war schwer verletzt worden. Doch noch in seinem Leid hatte ihr Vater über seine jüngste Tochter gewacht, hatte seine eigenen Tränen nicht vor ihr verborgen und ihr so die Kraft gegeben, die Traurigkeit zu ertragen.

Sie spürte die Kraft ihres Vaters, wie eine warme Decke legte sie sich um Yaas Schultern. Und auch, als sie den Abscheu in dem Gesicht von Schreit-laut sah, der sie abholte, wich diese Kraft nicht von ihr. Yaa schritt fest aus und zögerte nicht, als sie die starke Strömung des Flusses durchquerte.

Schließlich kamen sie zu der Fichtenreihe, und Schreit-laut wählte den größten Baum aus. Yaa kletterte hinauf. Sie benutzte die Äste, als stiege sie auf einer Leiter in ein Vorratslager, bis sie den Wipfel erreicht hatte.

Zwar waren keine Karibus zu sehen, doch erkannte sie das Jagdlager ihres Volkes. Wie ein glänzendes Band zog sich der Fluss durch das Rot und Gold der Herbststeppe. Zu ihrer Rechten und Linken standen noch mehr Bäume, einige davon beinahe so groß wie ihrer. Die meisten jedoch waren viel kleiner. Yaa wusste, dass die stärksten Äste eines Baumes auf der Seite wuchsen, die dem Wind abgewandt war, doch nun schien es, als streckte sich jeder Zweig nach Westen, um das letzte Licht des Tages einzufangen.

Yaa schlang das *babiche*-Seil um ihre Mitte und dann um den Stamm des Baumes. Sie nahm die Steine heraus, die Sok ihr gegeben hatte, und hielt sie in der linken Hand. Sie wartete und spähte, bis die Sonne untergegangen war, und dann lauschte sie in die Dunkelheit hinein, da Karibus von Zeit zu Zeit auch nachts wandern, und sie wusste, dass sie das Rappeln ihrer Gelenke und den Donner ihrer Hufe vernehmen würde.

Sie sog die Luft in tiefen Zügen ein, schmeckte, ob ein Hauch von Karibu darin lag, und riss die Augen weit auf, um im Licht der Sterne besser zu sehen. Als die Müdigkeit über sie kam, ballte sie die linke Hand zur Faust, bis die scharfen Steine in ihr Fleisch schnitten, und der Schmerz hielt sie wach.

Aqamdax saß die Nacht hindurch an Ghadens Seite. Sie hatte eine Hand auf seine Brust gelegt, um sich selbst zu versichern, dass er noch atmete. In der endlosen Dunkelheit kam Beißer von Zeit zu Zeit in das Zelt und legte sich neben den Jungen. Ab und zu stupste er ihn mit der Schnauze. Im ersten grauen Licht der Dämmerung gesellte sich Chakliux zu ihnen. Er ließ sich dicht bei Aqamdax nieder, und seine Nähe spendete ihr Trost.

Aqamdax wusste, dass er gebetet hatte. Darum wollte sie sich erheben, und sie flüsterte, sie würde ihm Essen und Wasser bringen, doch er sagte: »Wichtiger als Wasser oder Nahrung ist, dich hier zu haben.«

»Wo ist Stern?«, flüsterte sie.

»Bei Krummer Halm.«

Aqamdax saß auf dem Boden, wie die Ersten Menschen es taten: die Füße flach auf der Erde, die Knie zeigten nach oben. Sie spürte, wie Chakliux' Finger ihr sanft den Nacken kraulten. Dann wurde die Zeltklappe zurückgeworfen, und jemand riss Aqamdax am Arm und zerrte sie unsanft hoch. Sie sah auf und erblickte Nachtmann. Stern stand hinter ihm. Sie hatte die Finger im Mund, wie ein kleines Kind.

»Dein Mann ist hier«, sagte Nachtmann zu ihr und stieß sie in das Zelt.

Die Frau begann zu heulen, und Aqamdax versuchte, sich aus der Umklammerung von Nachtmann zu befreien, doch er verstärkte seinen Griff. »Ich erlaube dir, bei deinem Bruder zu bleiben, und was finde ich? Du bist bei einem anderen Mann!« Er packte das geknotete Otter-Armband an ihrem Handgelenk und zerrte daran, bis es sich löste.

»Denkst du, ich wüsste nicht, woher du das hast? Denkst du, ich wüsste nicht, warum du es trägst?«

Stern hörte auf zu heulen, und Chakliux trat aus dem Zelt. »Lass Aqamdax los«, sagte er zu Nachtmann.

»Du willst einem Mann sagen, wie er mit seiner Frau umzugehen hat?«, fragte Nachtmann, doch er ließ ihren Arm los, warf das Otter-Armband auf die Erde und trat es mit dem Fuß tief in den Schmutz.

»Es kommt vor, dass Frauen getötet werden, die ihren Männern untreu sind«, sagte Nachtmann.

»Sie war dir nicht untreu.«

»Der Sohn, den sie geboren hat. Denkst du, ich wüsste nicht, dass er von dir war? Er ist gestorben, um den Tod meines Vaters und meiner Brüder zu vergelten. Aber die da«, er zeigte mit dem Kopf auf Aqamdax, »solange sie mir gehört, wird sie tun, was ich sage.«

»Du hast das Recht, ihn zu verstoßen.« Die Stimme kam aus ihrem Rücken, und Aqamdax fuhr zusammen. Es war Sok, und sie war sehr überrascht, dass er sich auf ihre Seite stellte.

»Er ist mein Mann«, sagte sie. »Ich habe nichts von dem getan, wessen er mich beschuldigt. Doch werde ich nicht das Wagnis eingehen, dass das Karibu für die Speere unserer Männer verloren ist. Wozu sollte es gut sein, einen Jäger dieses Dorfes mit einem Fluch zu belegen?«

Aqamdax wandte sich ab und ging auf das Zelt von Nachtmann zu. Sie blickte jedoch noch einmal zurück und bat Sok: »Lass nicht zu, dass dein Bruder mir nachgeht. Sorge dafür, dass er hier bei Ghaden bleibt.«

Als sie das Zelt erreichten, zwang Nachtmann sie hinein. Er zog erst ihre Kleider hinunter und dann die seinen, öffnete unsanft ihre Beine, streichelte sich selbst für einen Augenblick und drang in sie ein. Aqamdax lag bewegungslos da, verbannte alle Gedanken an das, was geschah, und betete, dass sie nicht empfangen möge.

19

Das Vetter-Fluss-Jagdlager

Yaa öffnete vorsichtig ihre linke Hand, ließ die Steine in ihren Beutel fallen und streckte langsam die Finger aus. Die Handfläche war verkrustet mit Blut. Obgleich der Himmel im Osten schon fast hell war, konnte sie im Westen noch immer die Sterne sehen.

Sie hörte Schreit-laut pfeifen und benutzte das Zeichen, das sie verabredet hatten. Drei Schläge mit der Hand auf ihr kleines Bündel, um ihm zu sagen, dass keine Karibus in Sicht waren.

Sie zog ihre Wasserblase hervor und nahm einen Schluck. Wer konnte sagen, wie lange sie auf diesem Baum bleiben würde? Das Wasser musste ausreichen, solange es ging. Wieder spähte sie nach Norden, dann nach Osten und Westen. Manchmal kam eine Herde, die Seen oder Flüsse kreuzte, aus verschiedenen Richtungen gleichzeitig.

Yaa zog ein Stück gedörrtes Karibufleisch aus ihrem Bündel und hielt es hoch, damit der Geruch des Fleisches zu den Geistern wehen konnte, die womöglich in ihrer Nähe waren. »Dies«, brummte sie leise. »Dies. Wir brauchen Karibus, dann werden wir euch den Wohlgeruch von Räucherfeuern senden und den von gedörrtem Fleisch.«

Chakliux hielt Stern in seinen Armen und wiegte sie wie einen Säugling. Dann fing er an, eine Geschichte zu erzählen, wie Mütter und Väter es mit ihren Kindern tun. Er spürte, wie die Spannung von ihr wich. Ihr Kopf fiel schwer auf seine Schulter. Er ließ sie behutsam auf die Bodenmatten gleiten, an Ghadens Seite, und breitete eine Decke aus Hasenfellen über sie. Chakliux bemerkte, dass ihr Bauch sich bereits wölbte. Er konnte nicht widerstehen und legte eine Hand darauf. Erinnerungen an seine erste Frau Gguzaakk und an ihren winzigen Sohn stiegen in ihm auf.

Wie viele Monde trug Stern ihr Kind schon? Drei, vier? Als Mann sollte er das wissen, doch Chakliux dachte nicht sehr oft daran. Wie wollte er für Stern und das Kind sorgen? Würde Stern etwas Törichtes tun und das Kind verletzen? Wenigstens wäre Yaa da, um ihm zu helfen, doch was würde Stern tun, wenn er Aqamdax zur Frau nähme? Und nun auch noch Ghaden ...

Als hätte der Junge Chakliux' Gedanken vernommen, fing er plötzlich an zu murmeln. Beißer sprang auf und leckte Ghaden über das Gesicht. Chakliux wollte den Hund zurückhalten, doch er hielt in der Bewegung inne, als er sah, dass Ghaden seinen Kopf der Zunge von Beißer zuwandte.

»Beißer!«, rief Ghaden. Stern erwachte, die Augen hoffnungsvoll geweitet.

Chakliux bedeutete Stern, still zu bleiben, indem er die Finger an die Lippen hielt. Noch hatte Ghaden die Augen nicht geöffnet. Stern presste sich beide Hände auf den Mund, dann wurde die Zeltklappe beiseite gezogen, und Aqamdax kroch herein. Sie hatte das Otter-Armband aus dem Schmutz geborgen, und es hing von ihren Fingern herab. Chakliux warf ihr einen flüchtigen Blick zu. Die Härte in ihren Augen sagte ihm, was Nachtmann getan hatte. Dann neigte er den Kopf zu Ghaden hinunter und hob die Augenbrauen. Er fasste Aqamdax um die Mitte und zog sie an sich.

Aqamdax wollte etwas sagen, doch Stern beugte sich zu ihr und presste auch ihr eine Hand auf den Mund. Da bellte Beißer mit einem Mal in die Stille hinein. Der Laut war so durchdringend, dass Stern sich die Ohren zuhalten musste. Ghaden schlug die Augen auf.

»Beißer, du Haufen Hundedreck!«, murmelte er. Da fing Stern an zu lachen, und Aqamdax begann zu weinen.

»Yaa darf nicht dort oben sein! Sie ist ein Mädchen«, sagte Ghaden mit weinerlicher Stimme. »Mir geht es gut. Ich kann hinaufgehen. Diesmal werde ich im Fluss achtsamer sein.«

»Deine Mutter will nicht, dass du gehst«, erklärte Chakliux ihm.

»Stern ist nicht meine Mutter«, sagte Ghaden. »Yaa ist meine Mutter. Als wir im Nahe-am-Fluss-Dorf gelebt haben, hat man sie zu meiner Mutter bestimmt.«

Chakliux war damit beschäftigt, einen Speerschaft aus Birkenholz mit der Kante eines Stichels zu glätten.

»Schau! Was sehe ich?«, sagte er. »Er schreit, wenn die Raben sich an seiner Beute laben, und er beschuldigt die Füchse, zu stehlen, was sein ist.«

Ghaden schob die Unterlippe vor. »Der Vielfraß«, murmelte er.

Dieses Rätsel benutzte Chakliux oft, wenn Ghaden verstimmt war. Der Vielfraß ist selbstsüchtig, was seine Beute betrifft. Er versteckt, was er nicht fressen kann, lässt es in seinem Urin verrotten und kehrt nur selten zurück, um danach zu suchen.

War er selbstsüchtig, weil er Späher sein wollte, weil er die Karibus entdecken wollte? Er war alt genug, und für Yaa gab es Mädchensachen zu tun.

»Sollten die Karibus später am Tage noch immer nicht gekommen sein, so werde ich dich zu dem Baum bringen. Dann wird es ohnehin Zeit für Yaa sein, zurückzukehren. Sie wird Schlaf brauchen, bevor sie eine weitere Nacht Wache hält.«

»Was ist mit Stern?«

»Aqamdax wird sie beschäftigen. Sie wird erst merken, dass du fort bist, wenn du zu weit weg bist, als dass sie dir nachkommen könnte.«

»Hier«, sagte Aqamdax. »Du hast mir schon vor langer Zeit versprochen, dass du mir zeigst, wie man aus Fischhäuten Körbe fertigt. Ich habe die Häute geschabt, wie du es gesagt hast. Wie soll ich sie nun nähen?«

Stern straffte ihre Schultern und kam sich sehr wichtig vor. Sie nahm Aqamdax die Fischhäute und die Nadel aus den Händen. Aqamdax hatte dem Fluss den Rücken zugekehrt und saß so, dass das Zelt von Stern zwischen ihnen und dem Ufer stand. Eine Zeit lang nähte Stern, den Kopf über die Arbeit gesenkt. Doch dann erhoben sich nach und nach die anderen Frauen, die im Freien arbeiteten, und blickten, die Hände in die Seiten gestemmt, zum Fluss.

Aqamdax war über sich selbst verärgert, weil es ihr nicht eingefallen war, ihnen zu sagen, was sie vorhatte. Sie beugte sich über Stern und lenkte sie mit unzähligen Fragen ab, doch schließlich hob Stern den Kopf und erblickte die anderen Frauen. Sie erhob sich. Aqamdax versuchte, sie auf den Boden zurückzuziehen, doch Stern entwand sich ihrem Griff und gesellte sich zu den anderen. Aqamdax folgte ihr, in der Hoffnung, sie würde stark genug sein, um Stern festzuhalten. Leicht legte sie eine Hand auf die Schulter von Stern und sah zum Fluss. Sie entdeckte Ghaden und Chakliux, die den Fluss schon zur Hälfte durchquert hatten.

»Da, siehst du?«, sagte Stern zu Aqamdax. »Ghaden geht ohnehin. Du hättest das letzte Mal nicht versuchen sollen, ihn aufzuhalten. Das hat uns viel Kummer gemacht.«

Eine der Frauen blickte Stern erstaunt an und öffnete den Mund, um etwas zu sagen. Doch Aqamdax fing ihren Blick ein und schüttelte den Kopf.

»Du hast Recht, Stern«, sagte sie. »Doch ist es nicht immer leicht, wenn man sieht, wie die Jungen zu Männern werden.«

Weit entfernt am Horizont konnte Yaa eine Bewegung ausmachen. Als sie zuletzt gemeint hatte, etwas zu sehen, war es nichts weiter gewesen als der Wind. Es fiel ihr schwer, wach zu bleiben. Sie wusste nicht, ob sie die Augen noch eine Nacht hindurch offen halten konnte. Was taten die Jungen? Es musste etwas Besseres geben als spitze Steine. Sie blinzelte und spähte, sie bewegte den Kopf, um ihren Blick zu klären. Sie starrte weiter, bis sie endlich sicher war, dass sie etwas sah. Keine Herde Karibus, etwas, das sich allein bewegte. Womöglich einer der Wölfe, die immer mit den Herden zogen. Sie hielten Schritt, tummelten sich an den Rändern der Herde, umkreisten sie, stets auf ein schwaches Tier lauernd.

Yaa erinnerte sich an die Geschichten von Wölfen, die ihr Vater erzählt hatte. Wie sie im Rudel zusammenarbeiteten und die Herden von Zeit zu Zeit so antrieben, dass die Kälber zurückblieben und zur leichten Beute für die Wölfe wurden. Sie fragte sich, ob die Wölfe die Menschen gelehrt hatten, in der Gemeinschaft zu jagen. Es war besser, als jeden Mann alleine ziehen zu lassen, ganz auf sich gestellt.

Chakliux wusste bestimmt, ob die Wölfe ihre Lehrer gewesen waren. Sie wollte ihn fragen. Yaa spürte, wie ihre Gedanken zu den Geschichten schweiften, die er einst erzählt hatte. Und sie erinnerte sich auch an die Geschichten von Aqamdax, Geschichten von den Ersten Menschen, die so anders waren als jene des Flussvolkes.

Yaas Augenlider wurden schwer, und ihre Augen schmerzten. Sie blinzelte, um das Brennen zu lindern. Dann saß sie mit einem Mal inmitten einer Gruppe von Freundinnen, Grüner Streifen und Beste Faust, Blaues Halsband – Mädchen, die sie einst im Nahe-am-Fluss-Dorf gekannt hatte. Ghaden war auch bei ihnen, gesund und kräftig, und alle saßen sie in den Ästen des Baumes.

Yaa musste kichern. Wo waren sie hergekommen? Wie hatten sie zu ihr gefunden? Dann keuchte sie und schreckte aus dem Schlaf. Sie hatte geträumt!

Yaa nahm den kleinen Finger in den Mund und biss darauf, bis sie Blut schmeckte. Der Schmerz klärte ihren Verstand.

Aufs Neue spähte sie durch die Zweige und suchte den Horizont ab. Zuerst konnte sie nichts sehen als die Steppe, dann bewegte sich etwas.

Das ist kein Wolf, dachte sie. Sie starrte auf den Fleck, bis sie sicher war, dass es ein Mensch war. Sie pfiff zu Schreit-laut hinunter. Er antwortete nicht, und so pfiff sie aufs Neue. Endlich hörte sie ihn rufen: »Karibu?«

Seine heisere Stimme verriet ihr, dass er geschlafen hatte. Doch sie war Späherin, nicht Schreit-laut. Für ihn mochten andere Regeln gelten.

Sie schlug drei Mal auf ihr Bündel. Nein, nicht Karibu.

»Wolf?«, rief er zu ihr hinauf.

Sie hatte kein Zeichen für Wolf und so schlug sie wieder dreimal auf ihr Bündel.

»Wolf?«, fragte er wieder, und wieder schlug sie dreimal.

»Elch?«

Drei Schläge.

»Was dann?«

Yaa hörte den Ärger in seiner Stimme.

»Chakliux?«

Drei Schläge.

Yaa wartete, doch Schreit-laut fragte nicht weiter. Dann streckte er auf einmal seinen Kopf durch die Zweige.

»Bist du krank? Was ist los?«

Sie beugte sich ganz nah zu ihm und flüsterte, damit kein Karibu, das in der Nähe sein mochte, ihre Stimme hören konnte: »Ein Mann, der geht.«

»Wo?« Schreit-laut zog sich hoch und setzte sich neben sie. Er blickte zum Fluss hinüber, auf das Vetter-Fluss-Jagdlager, doch Yaa schüttelte den Kopf und deutete nach Osten.

Lange beobachtete Schreit-laut den Mann, dann sagte er: »Ich kenne ihn nicht. Er ist nicht aus unserem Dorf.«

Yaa starrte wieder zu dem Mann hinunter, sah den Schwung seiner Arme, als er ging, sah, wie der Jäger seinen Kopf neigte und wie er sein Kinn hob. Dann erkannte sie ihn.

Sie schlug die Hände vor den Mund, und Schreit-laut blickte sie überrascht an. »Weißt du, wer das ist?«, fragte er.

»Ein Nahe-am-Fluss-Junge.« Yaa vergaß zu flüstern.

Schreit-laut schüttelte den Kopf und legte die Finger auf seinen Mund. Yaa verzog das Gesicht.

»Nahe-am-Fluss?«, sagte Schreit-laut. »Bist du sicher? Sie jagen nicht in diesem Gebiet.«

»Du kennst ihn«, flüsterte Yaa. »Flusseistänzer.« Sie beugte sich noch näher zu ihm hin. »Erinnerst du dich? Ich habe ihm einmal die Nase gebrochen.«

Schreit-laut grinste schief, und sie lächelte ihn an.

»Hab ich vergessen«, sagte er. »Wie hast du das gemacht?«

Sie ballte ihre Hand zur Faust und deutete einen Schlag mitten in sein Gesicht an. Schreit-laut zuckte zurück und hob die Augenbrauen. Yaa musste die Zähne zusammenbeißen, um nicht zu lachen.

»Ich muss gehen und meinem Vater von ihm berichten«, sagte Schreit-laut. »Wenn du Karibus entdeckst, musst du selbst hinuntersteigen und den Menschen die Nachricht ins Lager bringen. Du musst losrennen, wenn du die ersten Tiere gesehen hast. Laufe schnell, damit sie dich nicht entdecken.«

Er machte sich daran, den Baum hinunterzuklettern. Dann hielt er inne und blickte zu Yaa hinauf. »Ich bin froh, dass du es bist«, sagte er, »wenn schon ein Mädchen Späher sein muss.«

Eine größere Schmeichelei war Yaa noch nie zuvor zu Ohren gekommen, und sie bedeckte ihr Gesicht, um die aufschießende Röte zu verbergen. Als sie die Hände wieder sinken ließ, war Schreit-laut den Baum schon zur Hälfte hinuntergeklettert.

K'os erblickte Anaay vor Diis Zelt. Er tat nichts, nicht einmal eine Waffe hielt er in den Händen. Sie ging hinüber und hockte sich neben ihn. Überrascht schaute er sie an, und K'os konnte den Spott in seinen Augen sehen.

»Hast du nichts zu tun?«, fragte er.

»Ich habe deine Hunde gefüttert und deine Gamaschen gesäubert. Du hast gegessen, und neben dir liegt eine gefüllte Wasserblase. Die Fallenschlingen, die deine Frau und ich ausgelegt haben, waren an diesem Morgen leer. Wir warten auf die Karibus. Sind sie dir in deinen Träumen jemals wieder erschienen? Hast du sie zu uns gerufen?«

Ihre Unverschämtheit drang ihm unter die Haut wie Splitter. Wie konnte sie es wagen, so mit ihm zu sprechen? Sie war Arbeiterin, und er war Anführer des Nahe-am-Fluss-Dorfes. All diese Menschen waren hier versammelt, weil er sie an diesen Ort geführt hatte. Sie war nichts weiter als eine Frau, die Hunde fütterte und die Lager jener Männer wärmte, die er für sie auswählte.

Zwar war er ihr keine Antwort schuldig, doch zwang der Zorn Worte aus seiner Kehle: »Ich habe die Karibus gerufen, und sie werden kommen. Ich habe unsere jüngsten Jäger geschickt, um nach ihnen Ausschau zu halten. Schon bald werden alle Frauenmesser Arbeit haben.«

K'os erhob sich und schaute auf ihn herab. Ein höhnisches Lächeln kräuselte ihre Lippen. »Erzähle mir nicht, dass du die Karibus gerufen hast. Ich bin Vetter-Fluss-Frau. Wir sind an den Steinen vorübergezogen, die die Vetter-Fluss-Großväter einst gesetzt haben, um den Weg zu kennzeichnen. Sie leiten unsere Jäger, und sie leiten die Karibus. Du stiehlst das Fleisch der Vetter-Fluss-Menschen. Denkst du, das wüsste ich nicht? Wenn du die Macht hast, die Karibus zu rufen, wieso sind wir dann hier, und nicht an einem neuen Ort?«

Anaay umklammerte den Gehstock, der neben ihm auf der

Erde lag. Er schlug nach K'os, doch sie hatte flinke Füße und lachte ihn bloß aus. Mit tänzelnden Schritten entfernte sie sich, und er verfluchte sie mit Worten und Gedanken.

Das Vetter-Fluss-Jagdlager

Schreit-laut stieß auf Chakliux und Ghaden, als sie gerade den Fluss überquert hatten.

»Karibus?«, fragte Chakliux, doch Schreit-laut antwortete nicht. Er hatte sich hinuntergebeugt und hielt Ghadens Schultern umklammert.

»Du lebst!«, rief er. Dann, als hätte er Chakliux' Frage eben erst vernommen, sagte er: »Nein, keine Karibus, aber Yaa hat einen Menschen gesehen. Er ist aus dem Nahe-am-Fluss-Dorf. Ein Junge mit Namen Flusseistänzer.«

Chakliux blies seine Wangen auf und stieß zornig die Luft aus. »Ist sie sich sicher?«

Schreit-laut nickte.

»Er ist eine Gefahr, die wir nicht gebrauchen können«, sagte Chakliux. »Hat sie noch andere Nahe-am-Fluss-Jäger gesehen?«

»Nein.«

»Vielleicht hatten sie genug von seiner törichten Art und haben ihn aus dem Dorf verstoßen. Womöglich sind die Nahe-am-Fluss-Menschen jedoch der Meinung, ihr Sieg über uns habe ihnen das Recht gegeben, an unserem Fluss zu jagen.«

Chakliux legte den Kopf in den Nacken und blickte zum Himmel hinauf. Sollten die Nahe-am-Fluss-Jäger vorhaben, ihre Karibus zu jagen, dann gab es nur wenig Hoffnung, dass die Vetter-Fluss-Menschen den Winter überlebten. Mit viel Glück konnten sie womöglich schnell genug weiterziehen und eine andere Herde finden, doch das war kaum denkbar. Sie konnten nicht einmal sicher sein, dass die Karibus an diesem

Ort zu ihnen kamen, obgleich die Tiere den Fluss von hier aus gesehen im Umkreis von einem halben Tagesmarsch überquerten, solange Chakliux zurückdenken konnte.

Womöglich wussten die Nahe-am-Fluss-Jäger das ebenfalls. Womöglich hatten die Vetter-Fluss-Frauen, die sie als Arbeiterinnen und Frauen genommen hatten, sie gelehrt, an einer Flussfurt zu jagen.

Auch K'os lebte nun bei den Nahe-am-Fluss-Menschen. Eine Frau, die ihren eigenen Enkelsohn tötete, würde nicht zögern, für einen vollen Bauch ihr Volk zu verraten. Und wie sollten sie gegen die Nahe-am-Fluss-Jäger kämpfen, wo doch im Vetter-Fluss-Lager nicht mehr als eine Hand voll gesunde Männer zu finden waren?

»Geh und berichte deinem Vater davon«, sagte Chakliux zu Schreit-laut. »Iss und schlaf, und wenn die Karibus dann noch immer nicht gekommen sind, so kehr zu dem Baum zurück.«

Er wartete, bis Schreit-laut sicher den Fluss überquert hatte. Dann ging er mit Ghaden auf die dunklen Schatten der Fichtenreihe zu.

20

Yaa hörte, wie jemand den Baum hinaufkletterte. Wieso war Schreit-laut so schnell zurückgekehrt? Als Chakliux neben ihr auftauchte, stockte ihr der Atem.

»Ich habe Ghaden hergebracht, um zu spähen. Du kannst also zum Lager zurückgehen und etwas schlafen.«

Um ein Haar hätte Yaa laut aufgeschrien, als Chakliux Ghadens Namen aussprach. Gerade, als sie den Mund öffnete, fiel ihr ein, dass sie flüstern musste. »Dann ist er nicht verletzt?«

»Es geht ihm gut, aber ich möchte nicht, dass er die Nacht über hier Wache hält. Geh zurück und schlafe. Komm wieder, ehe die Sonne untergeht. Ich werde hier bei Ghaden bleiben. Steige hinunter und sage ihm, dass er hochklettern soll. Aber erst musst du mir zeigen, wo dieser Nahe-am-Fluss-Jäger ist, von dem Schreit-laut gesprochen hat.«

Yaa deutete mit dem Kinn in die Richtung von Flusseistänzer. Er war inzwischen so nahe gekommen, dass sie die Speere erkennen konnte, die über seiner Schulter hingen.

»Bist du sicher, dass es Flusseistänzer ist?«, fragte Chakliux.

»Sieh!«, flüsterte Yaa. »Sieh, wie er geht, mit hocherhobenem Kopf. Sieh, wie seine Arme schwingen.«

»Ist er allein?«

Yaa nickte.

»Steig jetzt hinab und schick Ghaden zu mir.«

Sie band sich los und schnürte sich das Bündel auf den Rücken. Als sie fast schon den Boden erreicht hatte, sah sie

Ghaden. Ihre Augen füllten sich mit Tränen; sie wusste, er würde sie verabscheuen. Sie flog beinahe den Stamm hinunter. Den Kopf hielt sie abgewandt, bis sie wieder festen Boden unter den Füßen hatte und sich mit den Handrücken die Tränen abwischen konnte. Dann deutete sie ohne ein Wort nach oben.

Ghaden sah blass aus, doch seine Augen waren klar.

»Schreit-laut hat uns von Flusseistänzer erzählt«, sagte er.

Yaa beugte sich zu ihm und flüsterte: »Steig hinauf und sieh selbst.«

»Gehst du zum Lager zurück?«

»Ich gehe schlafen. Wenn die Karibus bis dahin nicht gekommen sind, dann kehre ich heute Nacht zurück.«

Sie hob ihn hinauf zu den untersten Ästen. Als er Halt gefunden hatte, ließ sie ihn los. Er schaute zu ihr hinunter und grinste sie an. Dann war er verschwunden, von den dichten Ästen des Baumes verdeckt.

Schreit-laut hatte ihm kaum von Flusseistänzer erzählt, als Sok das Lager verließ. Er hielt sich nicht damit auf, ein Bündel zu packen. Er holte nur seinen Speer und lief zum Fluss. Sok watete durch das Wasser. Sobald er den zweiten Hügel erreicht hatte, begann er zu rufen. Er durchquerte das Erlengebüsch, das die Fichtenreihe säumte, dann hörte er die Stimme von Chakliux. Sok folgte ihr, bis er den Baum gefunden hatte, auf dem Chakliux und Ghaden saßen.

Sok kletterte hinauf. Er musste ein paar Mal tief Atem holen, bevor er seine Fragen herausbekam: »Seid ihr sicher, dass es Flusseistänzer ist? Sind noch andere zu sehen?«

Ghaden streckte den Arm aus. »Da. Sieh.«

Sok beobachtete den Mann eine Zeit lang, dann sagte er: »Ja. Er ist es.«

»Ich habe sonst niemanden gesehen«, sagte Chakliux. »Glaubst du, er ist Späher?«

»Ghaden, besitzt er einen Hund?«, fragte Sok.

»Ja. Einen großen schwarzen. Bösartig.«

»Wenn er unterwegs wäre, um Handel zu treiben, hätte er seinen Hund bei sich, und sein Bündel wäre größer.«

Sie beobachteten, wie Flusseistänzer einen baumlosen Hügel erklomm und eine Weile auf den Fluss hinuntersah. Dann machte er kehrt und schlug im Laufschritt den Weg ein, auf dem er gekommen war.

»Sie haben ihn losgeschickt, um den Fluss zu suchen«, sagte Chakliux.

Sok klopfte auf das Messer, das an seinen linken Arm gebunden war. »Sie werden kämpfen müssen, wenn sie glauben, dass sie uns unser Lager nehmen können und unsere Karibus jagen dürfen.«

Chakliux versuchte, die Bilder zu verscheuchen, die zu ihm kamen. Sterbende Männer. Klagende Frauen, über Tote gebeugt. Der beißende Geruch brennender Behausungen. Doch dies war nicht das ganze Ausmaß der Zerstörung. Was würden die Krieger tun, deren Zeit gekommen war, ihre Plätze in der Geisterwelt einzunehmen? Sicherlich waren ihre Seelen verstümmelt durch den Hass.

Bei Sonnenuntergang kehrten Yaa und Schreit-laut zurück. Yaa kletterte wieder hinauf zu ihrem Sitz im Baum. Flüsternd grüßte sie Chakliux und Ghaden und beobachtete, wie die beiden hinunterkletterten. Sie hatte den ganzen Nachmittag geschlafen. Es fiel ihr dennoch schwer, wach zu bleiben, als die Sonne untergegangen war. Immer wieder fielen ihre Augen zu, bis sie sich schließlich in die Wangen biss und der Geschmack ihres Blutes ihr half, die Träume zu verscheuchen, die sich unter ihren Augenlidern versammelten.

Der Mond war noch nicht aufgegangen, und die Sterne sandten ein trübes Licht. Dies ist der schlimmste Teil der Nacht, sagte sie zu sich. Sie dachte an die Karibus, die kommen würden, an die Tage, die die Frauen damit verbringen würden, das Fleisch von den Knochen zu lösen. Sie würden es in dünne Streifen schneiden, um es über den Räucherfeuern zu dörren. Ein bisschen davon würden sie roh essen, und es wäre noch warm und reich an Blut.

Womöglich würde Chakliux ihr gestatten, einige Karibuzähne für ein Halsband zu verwenden, wo sie doch Späherin gewesen war. Sie dachte an die warmen Parkas, die die Frauen aus den Fellen machen würden, und an Stiefelstulpen, aus den Häuten der Karibuläufe gefertigt.

Sie zählte die Namen der Vetter-Fluss-Jungen auf, die sich auf die Suche nach den Karibus gemacht hatten – Backenhörnchen, Karibuschwanz und Schwarzer Stock –, und sie dachte darüber nach, ob Flusseistänzer wohl dasselbe für die Nahe-am-Fluss-Menschen tat. Yaa wusste, dass Chakliux besorgt war, weil er in der Nähe des Vetter-Fluss-Jagdlagers gesehen worden war. Doch womöglich hatten ihn die Nahe-am-Fluß-Menschen gar nicht geschickt. Womöglich war er von selbst gekommen. Wieso sollten die Nahe-am-Fluss-Jäger die Karibus an einer Flussfurt jagen? Sie hatten noch niemals zuvor an Flüssen gejagt.

Yaa hoffte, dass Flusseistänzer nicht aus seinem Dorf verstoßen worden war. Denn wenn es so war, dann würde er sicherlich zu ihnen kommen und darum bitten, sich den Vetter-Fluss-Menschen anschließen zu dürfen. Und wie konnten sie ihn ablehnen? Er war stark, und sie brauchten mehr Jäger.

Sie würde ihnen sagen, dass sie ihn nicht aufnehmen durften. Vielleicht hörte Chakliux auf sie, und Sok wusste ganz sicher, welchen Ärger Flusseistänzer ihnen bereiten konnte.

Ein Geräusch störte ihre Gedanken. Es waren keine Karibus, sondern klang wie der Wind, der durch die Äste ihres Baumes fuhr. Die Nadeln flüsterten und sprachen in Rätseln zu ihr:

Höre! Was hörst du?

Dann konnte sie das Donnern von Hufen hören, es war nicht in ihren Ohren, sondern in ihren Händen, sobald sie den Baum berührte. Die Wanderung der Karibus war wie ein Pulsschlag, als spürte Yaa, wie das Herz der Erde pochte.

Der Mond war aufgegangen und hing als große gelbe Scheibe am Rande des Himmels. Noch stand er nicht hoch genug, um viel Licht zu geben. Doch auch so sah Yaa auf einmal die Karibus, das Weiß ihrer Hälse, die breiten Streifen, die ihre Seiten bedeckten. Sie waren ein Fluss, ergossen sich hell und dunkel über die Steppe, und sie vernahm ihren Gesang: das Rasseln der Geweihe und das Rappeln ihrer Beingelenke, als wären sie Tänzer, die den Takt zu den geheiligten Gesängen schlugen.

Yaa spitzte die Lippen, und dann pfiff sie laut und klar. Sie musste lächeln, als sie den Ruf von Schreit-laut vernahm: »Karibus! Karibus! Karibus!«

21

Chakliux konnte das Zittern der Erde in seinem Otterfuß spüren, noch bevor er die Rufe von Schreit-laut hörte, der ins Lager zurückgelaufen kam.

»Karibus! Sie kommen! Karibus!«

»Wo?«, fragte Chakliux, und er hörte, wie seine Frage von Sok und Nachtmann und von ein paar Frauen wiederholt wurde.

»Von Westen, sie kommen von Westen und wenden sich nach Süden. Einige schwimmen schon!«

Die Jäger rannten los. Sie griffen nach ihren Speeren und Wurfstöcken und liefen flussaufwärts. Den Frauen befahlen sie, sich flussabwärts zu versammeln, dort, wo das Wasser flach war, der Fluss weit wurde und die Strömung schwach.

Auch die Frauen rannten. Sie schlangen sich Seile um die Schultern und packten ihre Beutel mit den Schlachtmessern und den Sticheln.

Im Licht des Mondes konnte Chakliux erkennen, dass die Herde gemischt war. Sie wurde angeführt von einer großen Kuh mit einem Kalb an ihrer Seite. Sie schwammen, Kopf und Brust hoch erhoben, die kurzen Schwänze ragten steil aus dem Wasser.

Die Leitkuh und ihr Kalb durften den Fluss durchqueren, sie bekamen keinen Speer zu spüren. Denn wenn die Jäger die Anführerin der Herde töteten, wie sollten die Karibus dann wissen, wohin sie im nächsten Herbst gehen mussten? Wer sollte sie dann zum Vetter-Fluss-Lager führen?

Es folgten jedoch andere Kühe, und dann kamen die Bullen. Die Jäger standen auf den Uferböschungen, einige wagten sich gar in das flache Wasser.

Das erste Tier, das Chakliux erlegte, war eine Kuh. Sie war alt, eine Geweihsprosse war abgebrochen. Chakliux' Speer, in den ungeschützten Rücken gestoßen, durchtrennte ihr Rückgrat, und ihr dickes Fell hielt sie über Wasser, als die Strömung sie flussabwärts führte bis zu der Stelle, wo die Frauen warteten.

Die Leitkuh, die das rettende Ufer erreicht hatte, blickte nicht zurück. Sie kletterte die Böschung hinauf und lief weiter, als wäre nichts geschehen, als wäre dieser Fluss wie alle Flüsse, die sie kreuzten.

Das zweite Karibu, das Chakliux tötete, war ein junger Bulle, der gutes Fleisch und gute Häute geben würde. Das Tier war den anderen Jägern ausgewichen und schwamm direkt auf Chakliux zu. Chakliux stand regungslos, den Speer zum Stoß bereit. Als der Bulle ihn erblickte, trat das Weiß in seine Augen, und er drehte sich, ermöglichte Chakliux einen einfachen Stoß in sein Rückgrat, unterhalb des Genicks.

Der Hieb war kräftig gewesen, und die Spitze des Speeres verkeilte sich zwischen zwei Wirbeln. Chakliux zerrte an dem Birkenschaft, verlor das Gleichgewicht und stürzte in den Fluss. Die Strömung trieb ihn zwischen die Kadaver der toten Karibus, die den Fluss hinuntertrieben. Doch dann fand der Otterfuß einen überspülten Baumstamm, fasste ihn und hielt daran fest, bis Chakliux wieder Grund unter den Füßen hatte. Er watete ins Flache, zog einen neuen Speer von seinem Rücken und war bereit für sein drittes Karibu.

Chakliux hatte drei Hand voll Kühe, einige Kälber und zwei junge Bullen erlegt, als die großen Bullen an ihm vorüberzogen. Ihre Häute waren von den Kämpfen vieler Sommer gezeichnet und taugten am besten für Zelte und die Wände von Behausungen. Die Bullen standen kurz vor der Brunft, und das Verlangen nach den Kühen machte ihr Fleisch bitter. Chakliux tötete nur zwei von ihnen, dann war die Herde an ihnen vorübergezogen. Es war eine gute Jagd gewesen, niemand war verletzt, und sie hatten viele Karibus erlegt.

Mit einem Mal fing Sok an zu lachen. Er schlug die Hände auf die Knie. Dann stimmten auch die anderen ein, und obgleich Chakliux wusste, dass ihr Gelächter Ausdruck der Freude war, erkannte er, der *Dzuuggi*, dass sie ihre Dankbarkeit zeigen mussten. Er erhob seine Stimme zu einem alten Gesang der Lobpreisung, den die Männer beider Dörfer kannten.

Die Jäger sangen mit ihm: Blickt-in-den-Himmel, von dessen verbundener Speerhand Blut rann; Schreit-laut, der nach dieser Jagd mehr Mann als Kind war; Sok, Nachtmann, Nimmt-mehr und Er-lacht, und jeder Jäger wusste seine eigene Jagdgeschichte zu erzählen.

Blickt-in-den-Himmel hatte die Kuh, die sie zuerst erlegt hatten, ans Ufer gezogen. Nun winkten die Jäger Chakliux nach vorne. Er pries das Karibu für sein Fleisch. Dann half er Nimmt-mehr, das Herz und die Leber herauszutrennen und zu gleichen Teilen an die Jäger zu geben.

Als die Männer aßen, versiegten ihre prahlerischen Worte, und stumm bekundeten sie ihre Ehrfurcht. Chakliux nahm seinen Anteil. Das Blut tränkte seine Hände, und das Fleisch lag warm in seinem Mund und nahm die Kälte und die Müdigkeit der Jagd von seinem Körper fort.

Aqamdax und die anderen Frauen warteten flussabwärts, unterhalb von ihrem Lager und der Furt. Sie hatten sich eine Stelle mit Sandbänken ausgesucht, die die Strömung verlangsamten. Die Frauen standen an beiden Ufern. Aqamdax blieb in der Nähe von Stern, um sicherzugehen, dass sie nicht irgendeine Torheit beging. Yaa war noch nicht zurückgekehrt. Aqamdax wusste, dass Sok ihr aufgetragen hatte, den Späherbaum nicht zu verlassen, bis die Herde vorübergezogen war. Es war gut, dass Yaa so lange ausblieb. Das hieß, dass die Herde groß war und nicht nur einige Nachzügler am Rande der

Gruppe dahinirrten, einen halben Tagesmarsch nach Norden oder Süden vom Rest der Tiere entfernt.

»Das Beste an den Karibus ist, dass sie auf dem Wasser schwimmen«, erklärte Krummer Halm Aqamdax. Die alte Frau kaute die Worte, als würde sie essen. »Daran musst du denken, denn dies ist deine erste Jagd.«

Krummer Halm ging mit einem Fetzen behaarter Karibuhaut ans Wasser und warf ihn in die Strömung. Er tanzte auf der Oberfläche auf und ab, bis der Fluss ihn fortgetragen hatte.

»Sie sind Tiere des Landes, weißt du?«, sagte Krummer Halm. »Wenn sie im Fluss sind, wollen die Geister des Wassers sie wieder hinauswerfen. Die Karibus bringen zu viel Geruch von Gras und Erde mit sich, darum spült der Fluss sie hoch und hält sie oben. Und so können sie den Weg zum Ufer sehen.«

Die Rufe einiger Frauen erschallten. Aqamdax sah, was sie sahen, die Kadaver von Karibus, die ihnen entgegentrieben. Das Blut der Tiere färbte das Wasser. Die meisten Tiere waren Kühe. Aqamdax beobachtete, wie Hohle Schale und Krummer Halm hineinwateten in das hüfthohe Wasser, wie sie ein Seil um die dürren Geweihsprossen einer Kuh wickelten und sie dann an Land zogen. Die Frauen auf der anderen Seite des Flusses fassten mit an, bis sie den Kadaver aus dem Sog des Wassers befreit hatten.

Stern packte Aqamdax am Arm, und Aqamdax sah ein Karibu auf sie zutreiben. Sie griffen jeder nach einer Sprosse und zogen das Tier zwischen sich ans Ufer. Krummer Halm rief Aqamdax' Namen. Wieder trieb ein Karibu auf ihrer Seite des Flusses, und danach noch eines.

Aqamdax packte das erste, und sie spürte, wie der Fluss sie emporhob, als sie das Tier einfing. Es war ein großer Bulle, mit dickem Hals, die dunkle Zeichnung auf seinem Fell war im Licht des Mondes beinahe schwarz. Als sie ihn zum Ufer schleppte, sah Aqamdax Frauen, die in das Wasser hineinwateten. Dann blickte sie sich um und sah, dass der Fluss voll war mit Karibus, die ihnen entgegenschwammen, als wären sie ein Floß, das sich von einem Ufer zum anderen erstreckte.

Schon spürte sie die Müdigkeit, die Kälte des Flusses durchdrang sie, doch ihr Herz war leicht, und ihr war, als müsse sie singen. So viel Fleisch würde ihnen einen guten Winter bescheren. Was hatte Chakliux ihr erklärt? Fünfzig Karibus für jeden Jäger, einige im Frühjahr erlegt und andere im Herbst, um genug für Nahrung und Behausungen zu haben, für Kleider und Öl.

Sie zerrte das Karibu an Land und ging zurück, um das nächste zu holen. Aqamdax watete in die Mitte des Flusses, denn sie war jung und kräftig. Und mit jedem Karibu, das sie einfing, schwollen die Dankgesänge in ihrem Herzen. Und darunter mischte sich noch ein Gesang: Frau von Chakliux. Frau von Chakliux.

Yaa hielt Ausschau, bis das letzte Karibu den Kamm passiert hatte, und wartete noch eine Weile. Sie wollte auf keinen Fall das Jagdgeschick eines Jägers verletzen oder die Karibus zur Umkehr zwingen, aber schließlich band sie sich doch von dem Baum los und warf einen letzten Blick hinaus auf die Steppe.

Der Tag dämmerte schon, und die Sonne machte sich daran, den Himmel zu besteigen. Yaa umklammerte den großen Ast, der ihr als Sitz gedient hatte, und ließ sich langsam hinunter. Mit einem Mal gewahrte sie eine Bewegung in der Steppe. Sie seufzte. Vermutlich noch ein paar Karibus. Nachzügler, die darum kämpften, ihre Herde nicht zu verlieren. Sie schob sich wieder hinauf zu ihrem Sitzplatz. Yaa war den Baum leid, sie wollte teilhaben an der Aufregung um das Schlachten der Tiere. Aber wenn noch mehr Karibus kamen, dann würde sie warten, so wie Sok es ihr aufgetragen hatte.

Yaa hob eine Hand, um die Augen zu beschatten, und blinzelte. Da erkannte sie, dass es nicht Karibus waren, sondern Jäger. Eine Gruppe von dreien, die sich aus Norden und Westen näherten. Nahe-am-Fluss-Jäger? Das wäre nicht gut. Die

Nahe-am-Fluss-Menschen wussten, dass die Vetter-Fluss-Menschen Anspruch erhoben auf diesen Ort. Die Karibus hatten immer schon den Fluss gekreuzt. Manchmal in großen Herden, manchmal waren es nur vereinzelte Tiere gewesen, doch gekreuzt hatten sie ihn immer. Und immer schon hatten die Vetter-Fluss-Jäger die Karibus hier gejagt. Das hatte Stern ihr wenigstens erzählt. Würden sie aufs Neue kämpfen müssen?

Yaa drückte ihr Gesicht an den Baumstamm, und der beißende Geruch der Schwarzfichte beruhigte sie. Doch sie konnte noch immer ihren eigenen Atem hören, der rau in ihrer Kehle klang, als wäre sie gerannt. Schließlich drangen schwache Rufe an ihr Ohr, und sie konnte erkennen, dass die Jäger Speere oder Gehstöcke in ihre Richtung schwenkten, direkt zu den großen Bäumen hin, die auf diesem Hügel standen. Wussten sie, dass sie da war? Wie konnten sie das wissen?

Dann bemerkte Yaa, dass sie zu klein waren für Nahe-am-Fluss-Jäger. Vetter-Fluss-Jungen waren es, und der in der Mitte ging, zog einen Fuß nach. Hatte nicht Backenhörnchen sich den Fuß vertreten, nur ein paar Tage, bevor sie das Lager verlassen hatten? Und der neben ihm ging, war sein Bruder Schwarzer Stock.

Weil sie Mädchen war, hatte Sok sie niemals in den Zeichen der Späher unterwiesen. Doch sie hatte gelauscht, wann immer er Ghaden etwas erklärt hatte, wenn sie auch vorgegeben hatte, mit Frauendingen beschäftigt zu sein.

Yaa schloss die Augen und überlegte, versuchte, sich an das Zeichen für Karibu zu erinnern. Ein Stock oder Speer, dreimal gen Himmel emporgehoben. Ja. Sie spähte aus, und ihre Augen brannten, so sehr versuchte sie, auf diese große Entfernung etwas zu erkennen.

Dann war sie sicher, sie hatte das Zeichen gesehen. Sie war sicher, dass jeder der Jungen mit einem Stock winkte, ihn dreimal zum Himmel emporschwang. Was sollte sie nur tun? Es war niemand mehr bei ihr, der die Nachricht ins Lager tragen konnte, und die Jungen waren noch sehr weit entfernt. Und zudem, wenn sie erst das Lager erreichten, würden sie es leer finden. Und woher sollten sie wissen, wohin die Menschen gegangen waren?

Yaa kletterte den Baum hinunter und rannte zum Fluss.

Stern war als Einzige nicht über den Körper eines Karibus gebeugt. Darum war sie es, die Yaa zuerst sah. Stern erhob ihre Stimme zu einem Wehklagen, das so sehr klang wie ein Trauerschrei, dass die anderen Frauen erschreckt aufblickten.

»Was ist geschehen?«, sagte Aqamdax, und Stern zeigte auf Yaa.

»Yaa! Geht es dir gut?«, rief Aqamdax.

»Die Jungen!«, keuchte Yaa. »Die Jungen! Backenhörnchen! Schwarzer Stock! Karibuschwanz!« Ihre Worte waren gebrochen, weil sie nach Atem ringen musste, und Aqamdax sah, dass sie weit gerannt sein musste.

Aqamdax ging ihr entgegen, hielt Yaa an den Schultern und sagte: »Versuche nicht, zu sprechen. Hole tief Atem. Noch einmal. Siehst du? Und nun sage, was geschehen ist.«

»Ich war ..., ich war auf dem Baum ..., habe gewartet, wie Chakliux mich geheißen hat ..., dann habe ich Backenhörnchen gesehen und Schwarzer Stock und Karibuschwanz. Sie haben das Zeichen für Karibus gegeben. Sie waren noch so weit entfernt, und Schreit-laut war schon fort, um den Männern zu helfen, da bin ich selbst gekommen und ...«

»Karibus? Hat sie gesagt, dass Karibus kommen? Noch mehr Karibus?«, fragte Krummer Halm, und bald schon war Yaa von den Frauen umringt.

»Wir müssen Chakliux davon berichten«, sagte Stern, und dieses eine Mal pflichtete Aqamdax ihr bei.

»Sollen wir Yaa schicken?«, fragte Vogelruferin.

»Sie ist die Einzige unter uns, die alt genug ist, um allein zu gehen, und die noch keine Mondblutung hatte.«

»Ein Fluch wird über uns kommen«, jammerte Stern.

»Sprich du nicht von Flüchen«, sagte Krummer Halm. Sie sah erst die anderen Frauen an und dann zurück auf die Karibus, die sie aus dem Fluss geholt hatten. »Hat eine von euch schon eine Haut abgezogen?«

»Ja, wir«, sagte Hohle Schale.

»Bringt sie zu mir.«

Hohle Schale und ihre Schwester Gelber Vogel brachten die Haut, das Fleisch nach innen gekehrt.

»Breitet sie aus«, sagte Krummer Halm zu ihnen. »Und nun schlagt Yaa darin ein.«

Yaa erschauerte, als die Frauen ihr die Haut über die Schultern legten. Sie war noch kein einziges Mal geschabt worden und starrte vor Fett und durchtrennten Adern.

»Fertig. Nun wird der Fluss denken, sie sei ein Karibu, und sie wird keinen Fluch hervorrufen«, sagte Krummer Halm.

»Wir sollten singen«, schlug Stern vor, und die Frauen sahen sich an, unsicher, welchen Gesang sie anstimmen sollten.

»Aqamdax«, sagte Krummer Halm. »Du bist Geschichtenerzählerin. Singe du.«

Zuerst kamen Aqamdax jene Gesänge in den Sinn, die sie in ihrem eigenen Dorf gelernt hatte. Doch würden Worte, die die Ersten Menschen gebrauchten, dem Karibu genügen? Wohl kaum. Dann erinnerte sie sich an etwas, das Chakliux sie gelehrt hatte, einen Dankgesang des Flussvolkes.

Es war nichts als ein Kinderlied, dennoch stimmte Aqamdax es an, und bald fielen die anderen Frauen ein. Was ist besser, als dankbar zu sein? Was birgt mehr Macht in sich, als zu lobpreisen?

Als sie sang, gewahrte Aqamdax, dass Yaa zitterte. Nicht vor Kälte, nein. Die Karibuhaut hätte die Kälte schon vertrieben, die Yaa von der Flussdurchquerung in sich tragen mochte. Womöglich ließ die Angst sie zittern, da sie doch alleine zu den Jagdgründen der Männer gehen musste.

Das Lied war zu Ende, und Yaa machte sich auf den Weg, gehend und rennend, so schnell sie konnte, und die schwere

Karibuhaut drohte, sie hinunterzuziehen. Aqamdax stimmte noch einen Gesang an, doch diesmal nur in ihren Gedanken, ein Lied von Kraft und Mut für Yaa, ihre kleine Schwester, die die gute Nachricht von den Karibus zu den Männern trug.

22

Yaa schwankte unter dem Gewicht der Karibuhaut, doch sie befahl sich zu rennen. Was waren schon ein rasendes Herz und müde Beine, verglichen mit einem Winterbauch voll mit Karibufleisch? Sie bahnte sich ihren Weg durch die Uferböschung. Einmal hätte sie beinahe die Karibuhaut verloren, als die habgierigen Zweige einer Weide sich ausstreckten, um ihr die Haut zu entreißen. Yaa aber umklammerte die Haut, drehte und wand sich und entkam.

Eine Geschichte kam ihr in den Sinn, die Chakliux ihr einst erzählt hatte. Von einem Mann, der Baum geworden war. Sie fragte sich, ob der Mann jene Weide war und ob er sie verfluchen würde, weil sie eigensüchtig gewesen war und ihm die Haut nicht gelassen hatte.

»Es ist nicht meine, ich kann sie dir nicht geben«, flüsterte sie und hoffte, der Wind möge ihre Worte dorthin zurücktragen, wo der Baum-Mann stand, seine Füße im Erdreich verwurzelt.

Schließlich kam Yaa an eine Stelle, wo der Fluss sich krümmte. Er floss von Norden her, machte dann eine Biegung und floss von Westen nach Osten. Die Weiden und Erlen am Ufer waren niedergetrampelt, jeder Zweig trug weiße Male, die von frischen Brüchen kündeten. Karibuspuren durchzogen die Erde. Dort, wo der Fluss sich wieder streckte, lichtete sich das Buschwerk, und Yaa erblickte die Männer, hörte ihre Stimmen, ihr Gelächter.

Rauch erfüllte die Luft. Sie konnte ihn riechen und den Duft von Fleisch, das gebraten wurde. Dann vernahm sie den Schrei einer hohen Jungenstimme. Ghaden, sie war sich sicher. Sie verharrte, wo sie war, und wartete. Sie ließ die Männer auf sich zukommen, doch senkte sie die Haut ein wenig, damit sie ihr Gesicht sehen konnten.

Ghaden rief ihren Namen und schrie etwas Törichtes von einem Karibu, das sie gefressen hätte. Dann waren Nachtmann, Chakliux und Sok an ihrer Seite. Sie bestürmten Yaa mit Fragen. Da sie nicht wusste, wem sie zuerst antworten sollte, wartete Yaa, bis Chakliux die Hand hob und alle Männer verstummten.

»Warum bist du gekommen?«, fragte er. Seine Stimme war hart und zornig, und Yaa wusste, sie war ein großes Wagnis eingegangen, als sie diesen geheiligten Ort betreten hatte.

»Die Frauen haben mich geschickt«, sagte sie.

»Warum?«, fragte Nachtmann, und seine Stimme klang noch fürchterlicher als die von Chakliux.

Da meinte Yaa auf einmal, das Gewicht der Karibuhaut, ihre Hitze und ihr Geruch wären Steine, die man ihr auf die Schultern gelegt hätte, und ihre Beine versagten ihr den Dienst. Dann hievten Soks Hände sie wieder hoch, doch nahm ihr keiner die Haut ab, und sie musste all ihre Kraft darauf verwenden, nicht wieder zu fallen, sodass es ihr kaum möglich war, zu sprechen.

»Karibus! Mehr Karibus!«, stammelte sie.

Die Jäger scharten sich um sie, und ihre Aufmerksamkeit gab Yaas Stimme die nötige Kraft: »Ich habe Backenhörnchen und Schwarzer Stock und Karibuschwanz kommen sehen. Ich habe sie von dem Späherbaum aus entdeckt. Sie haben ihre Gehstöcke dreimal in den Himmel erhoben. Das ist das Zeichen für Karibus, *nae'*?«

Sie war sich nicht mehr sicher. Schließlich hatte niemand sie die Zeichen gelehrt. Sie hatte nur gelauscht, wenn Ghaden unterrichtet wurde. Womöglich irrte sie sich, und alles, was sie den Frauen erzählt hatte, war Unsinn. Was würden die Männer nun mit ihr tun?

»Das ist das Zeichen«, sagte Ghaden. Er drängte sich zwischen Sok und Chakliux.

Er sah ihr ins Gesicht, und dann schlüpfte er unter die Karibuhaut, nahm etwas von dem Gewicht auf seine Schultern.

Die Männer begannen zu sprechen. Sie versuchten zu entscheiden, ob sie zum Lager zurückgehen oder bleiben sollten.

»Haben die Jungen ein Zeichen gegeben, uns zu sagen, welchen Weg die Karibus genommen haben?«, fragte der Jäger mit Namen Blickt-in-den-Himmel.

»Nein.«

»Kennst du jene Zeichen?«, fragte Sok.

Yaa senkte den Blick. »Nur einige.«

»Ein Gehstock, emporgehalten und in eine Richtung oder eine andere geschwenkt. Haben sie solch ein Zeichen gegeben?«

Yaa schloss die Augen und versuchte, sich das Bild der Jungen vorzustellen, wie sie auf sie zukamen. »Sie sind gerannt«, sagte sie. »Sie hielten ihre Stöcke hoch in den Himmel, schwangen sie dreimal nach vorne, zum Lager hin.« Sie öffnete die Augen und sah Sok an. »Das ist alles.«

»Wir sollten gehen und den Frauen sagen, was kommen wird«, sagte Blickt-in-den-Himmel.

»Ich bin der Langsamste von uns«, sagte Chakliux. »Ich werde bleiben und mich um alles kümmern. Ghaden kann mir helfen.«

Sogleich herrschte geschäftiges Treiben. Alle sammelten Waffen und Zubehör ein. Die Hunde hatten sie bei den Frauen zurückgelassen, auch Beißer, und Yaa wartete, ob Chakliux wollte, dass sie ihm half, die Dinge zurückzutragen, die die anderen Jäger dagelassen hatten.

Sie hockte sich nieder, zog sich die Haut über ihre Haare und sah zu, bis Ghaden Chakliux am Arm zog und mit dem Kinn zu ihr hinüberdeutete. Sie sah die Überraschung in Chakliux' Augen.

»Ich dachte, du wärest gegangen«, rief er ihr zu. »Geh zurück zu den Frauen. Hier sind Dinge, die du nicht sehen darfst.«

Yaa seufzte, erhob sich und raffte die Haut um ihre Schultern, so gut sie konnte. Wenigstens musste sie nicht schon wieder rennen.

Aqamdax arbeitete schnell. Sie teilte das Fleisch, schärfte die Klinge oder wechselte sie aus, wenn sie stumpf war, dann schnitt sie weiter. Bei jedem Tier schlitzte sie zuerst den Bauch auf, entnahm die Leber, das Herz und die Lungen und löste dann die Fettschicht, die über den Gedärmen lag. Der Magen, im Ganzen geröstet, voll mit Riedgras und den anderen Gräsern, die das Karibu gefressen hatte, war ein Festmahl für sich. Und die Därme, waren sie erst gesäubert und geschabt, gaben gute Trageschläuche für das Trinkwasser, oder sie konnten gefüllt werden mit einer Mischung aus Fett, Fleisch und getrockneten Beeren.

Aus den Schädeln würden die Frauen eine nahrhafte Suppe bereiten, und die Knochen würden sie kochen, um Markfett zu bekommen. Die festen Sehnenbänder, die am Rückgrat entlangliefen, gaben das beste Garn ab. Knochen und Geweihsprossen würden die Frauen für Waffen aufbewahren, und um Kochwerkzeug, Schaber, Nadeln und Ahlen daraus zu fertigen. Die Hufe waren gut für Leim und Tanzrasseln, und die Zähne dienten der Verzierung. Es war ein nützliches Tier, das Karibu, obgleich sein Fett in Aqamdax' Augen nicht so gut war wie das des Seelöwen, und seine Zähne nicht so schön waren wie die Zähne der Robbe.

Stern war davongeschlendert und hatte Aqamdax und Krummer Halm mit ihrer Arbeit allein gelassen. Krummer Halm hatte angefangen, Worte des Zornes unter ihrer Zunge zu murmeln, Worte der Empörung, die gegen Stern gerichtet waren, doch Aqamdax tat, als hörte sie sie nicht. Schon jetzt war sie als Frau von Nachtmann Schwester von Stern, und bald schon wäre sie ihre Schwesterfrau. Sie wollte die Schwierigkeiten, die auf sie zukamen, nicht größer machen, indem sie an der Frau herumnörgelte, obgleich alle wussten, dass Stern faul war.

Mit einem Mal schlugen die Hunde an, und die Männer kamen angelaufen, bis auf den alten Nimmt-mehr, der langsam hinterherging. Nachtmann kam zu Aqamdax und sagte ihr, dass Yaa sie gefunden hätte und dass die Karibus auf das Lager zukämen. Die Frauen hielten mit ihrer Arbeit nicht inne, und Stern begann zu jammern, was mit Chakliux sei. Wo war er? War er verletzt? War er bei der Jagd getötet worden? Und ihr Sohn Ghaden, wo war ihr Sohn Ghaden?

Nachtmann fiel seiner Schwester ins Wort und sagte ihr, Chakliux würde kommen und Ghaden ebenso. Aqamdax hielt den Kopf gesenkt und versuchte, die Erleichterung aus ihren Augen fern zu halten.

Krummer Halm erhob die Stimme zu einem kurzen Lobgesang, dann sagte sie: »Dein Mann Nachtmann, er ist gut zu dir. Ich weiß, du grämst dich um deinen Sohn, doch manchmal vermögen Frauen die Wege der Männer nicht zu verstehen.«

Ihr Zorn gegen Nachtmann schob ihr hochmütige Worte in den Mund, doch Aqamdax biss die Zähne zusammen und schwieg, während ihr Messer geschäftig auslöste und schnitt.

Die Jungen sagten, die Karibus kämen von Norden her. Es sei eine große Herde von so vielen Tieren, dass das Ende nicht zu sehen wäre, selbst von den höchsten Bäumen nicht.

An den Fichtenhügeln teilten sich die Karibus. Jene, die nach Osten gingen, würden den Fluss nicht kreuzen und ihm stattdessen ostwärts folgen. Die Gruppe aber, die sich westlich der Hügel hielt, hatte an der Uferböschung Halt gemacht, direkt oberhalb des Vetter-Fluss-Lagers, und dort verharrte sie. Ein paar Tiere machten sich daran, den Fluss zu überqueren, doch kehrten sie um, ließen sich nieder und käuten das alte Gras wieder, das sie aus ihren Mägen heraufwürgten.

Es war, als wüssten sie, dass die Menschen Zeit brauchten,

sich für sie bereitzumachen, sagte Krummer Halm, und Frauen und Männer arbeiteten Hand in Hand. Sie zerlegten Karibus, beluden die Hunde, und einen Teil des Fleisches ließen sie gar den Fluss zu ihrem Lager hinuntertreiben, in dic behaarten Häute gewickelt.

Als alle das Lager erreicht hatten, arbeiteten die Frauen die ganze Nacht hindurch. Sie gönnten sich nur kurze Unterbrechungen, um ein wenig zu schlafen, dann schnitten und schnitten sie, froh, dass die Männer da waren, um die Klingen der Messer zu schärfen und bei den schweren Häuten mit Hand anzulegen.

Am Morgen, als die Karibus zum Aufbruch bereit schienen, lagerten die Frauen alles Fleisch, das noch nicht auf den Trockengestellen hing, in ihren Zelten. Sie waren froh, dass die Tage kalt genug waren und das rohe Fleisch nicht verderben würde.

Die Jungen und auch Yaa blieben zurück, um die Trockenfeuer zu schüren und das Fleisch vor Wölfen und Aasfressern zu beschützen. Die Frauen hingegen gingen aufs Neue flussabwärts, die Karibus einzufangen, die sich den Speeren der Männer ergaben.

Das Nahe-am-Fluss-Lager

Die anderen jungen Männer waren schon lange in das Lager zurückgekehrt, als Flusseistänzer angeschlendert kam. Anaay richtete Worte voller Empörung an ihn, fragte, was ihn so lange aufgehalten hätte. Hatte er womöglich dort draußen in der Steppe eine Frau getroffen?

Anaay war auf eine zornige Entgegnung gefasst, doch Flusseistänzer zuckte nur mit den Schultern und sagte: »Ich sehe, du willst nicht wissen, was ich dir zu sagen habe.«

Er ging hinüber zu Sonnenrufer. Der alte Mann saß vor seinem Zelt und brach mit einem Hammerstein kleine Feuersteine aus einem Quarzstein.

»Die anderen Späher«, wollte Flusseistänzer wissen, »haben sie Karibus gesichtet?«

Sonnenrufer schüttelte den Kopf. »Keine Karibus, nicht die kleinste Spur von ihnen.«

Flusseistänzer warf sich in die Brust. »Ich aber«, sagte er. »Eine Herde hat den Fluss gekreuzt, dort, wo die Vetter-Fluss-Männer jagen.«

Anaay war Flusseistänzer zu dem Zelt von Sonnenrufer gefolgt, und als hätte er ihn nicht gerade noch beschimpft, fragte er: »Und sind die Vetter-Jäger dort?«

»Sie sind dort, und sie haben viele Karibus getötet.«

»Das sind die Tiere, die ich in meinen Träumen gehört habe.«

Kleinstes Wiesel, einer der Söhne von Sonnenrufer, trat zu ihnen. Er hörte Anaays Worte und sagte: »Wenn das die Karibus sind, die du gehört hast, dann hat all dein Fasten und all dein Beten uns nichts Gutes eingebracht. Oder hast du womöglich mehr für die Vetter-Fluss-Menschen gebetet als für uns? Seit langer Zeit schon jagen die Vetter-Fluss-Jäger an diesem Fluss. Wir hingegen haben die Steppe zur Jagd erkoren. Wieso hast du uns hergeführt? Auf dass wir anderen zusehen können, wie sie ihre Karibus jagen, während die unseren an einem anderen Ort vorüberziehen?«

Anaay spie seine Empörung über die Unverschämtheit von Kleinstes Wiesel hinaus. Er hob an, seine Kaributräume zu verteidigen, doch Flusseistänzer fiel ihm ins Wort. »Die zweite Herde war um vieles größer.«

»Welche Herde?«, fragte Kleinstes Wiesel.

»Die, die der ersten folgte. Die Tiere sind einen halben Tag später gekommen und haben sich an einem Hügel geteilt, um ihn zu umrunden. Einige Tiere sind westwärts gezogen und andere nach Osten. Auf dem Hügel habe ich einen großen Baum gefunden, und ich bin hinaufgestiegen. Von dort aus konnte ich das Vetter-Fluss-Lager ausmachen. Es liegt am anderen Ufer. Es sah aus, als hätten sie beschlossen, jenen Tieren zu folgen, die nach Westen gezogen sind. Der größte Teil der Karibus aber ist ostwärts gezogen.«

»Jene Karibus, die die Sonne ehren, sie werden auch unsere Jäger ehren.« Laut und voll erhoben sich Anaays Worte über die Stimmen der Männer. »Unsere Speere werden viele Karibus töten. Geht nun und macht euch für die Jagd bereit. Wir brechen auf, sowie Flusseistänzer gerastet und gegessen hat. Er wird uns den Weg zeigen, und wir werden die Karibus nehmen.«

Anaay begab sich zu seinem Zelt. Er hörte nicht auf die Worte der Männer, die ihre Stimmen zu Fragen erhoben hatten. Wer von ihnen wusste, wie man die Karibus in Flüssen jagte? Wie konnten sie jagen ohne die Hilfe von Strauchzäunen, die die Karibus zu ihren Speeren lenkten? Wie konnten sie im Wasser jagen? Würde der Fluss die Tiere nicht davontragen?

23

Das Vetter-Fluss-Lager

Aqamdax hüllte sich in ihre Schlaffelle und schloss die Augen. Noch nie in ihrem Leben war sie so müde gewesen. Die zweite Jagd hatte ihnen zweimal so viele Karibus gebracht wie die erste. Als das Töten vorüber war, hatten die Männer sich zu den Frauen begeben. Sie hatten das geschnittene Fleisch zu ihrem Lager getragen oder es auf dem Fluss hinuntertreiben lassen. Die Frauen aber waren am Schlachtplatz geblieben, sie hatten die Tiere gehäutet, die Kadaver ausgenommen und sich ab und zu Stücke rohen Fleisches heruntergeschnitten, um ihre Arbeit nicht unterbrechen zu müssen, außer um ihre Klingen zu schärfen oder sie zu tauschen.

Als der zweite Tag zu Ende ging, kamen die Männer zurück und halfen, das restliche Fleisch zum Lager zu bringen. Sie beschlossen, es in Häute verpackt auf dem Fluss zu schicken. Als Nimmt-mehr eine ganze Haut verlor, die mit ausgelöstem Fleisch gefüllt war, schrien die Frauen voller Erschöpfung ihre Wut hinaus.

Das Fleisch sei ein Geschenk an den Fluss, erklärte Sok ihnen, und Nimmt-mehr eher weise als ungeschickt. Die meisten Frauen stimmten Sok zu, nur Krummer Halm fuhr fort zu schimpfen. Sie hatte dieses Fleisch zerteilt, und die Haut war besonders schön gewesen, mit breiten weißen Streifen an den Flanken. Sie hatte diesen Winter einen Parka daraus machen wollen.

Es geschah doch immer, dass einige der frisch erlegten Karibus den Händen der Frauen entglitten und flussabwärts davontrieben, meinte Krummer Halm. War das nicht genug? Wie groß war die Gier dieses Flusses?

Sie beklagte sich so lange, bis alle Frauen mit abgewandtem Blick an ihr vorübereilten. Aqamdax murmelte leise Entschuldigungen und hoffte, dass der Fluch nicht auf andere im Lager übergreifen würde, was immer der Fluss Krummer Halm auch antun mochte, um ihre Unverschämtheit zu vergelten.

Schließlich musste Chakliux Krummer Halm daran erinnern, dass Schlimmeres geschehen könnte, wenn sie mit ihren Klagen fortfuhr. Den Rest des Weges gingen sie schweigend, schwer beladen mit Fleisch. Die meisten Frauen waren zu müde, um zu sprechen, selbst zu müde, um Dankgesänge für das Fleisch zu entbieten, das sie einen neuen Winter am Leben halten würde.

Die Nahe-am-Fluss-Menschen

Dii war froh, wieder zum Karibufluss zu ziehen, doch ein Teil von ihr grämte sich, als sie an ihre Mutter und ihren Vater dachte, an ihre Brüder und ihren Onkel. Noch im vergangenen Herbst waren sie am Leben gewesen. Noch im vergangenen Herbst hatten sie und ihre Freundinnen unbekümmert gelebt, nichts beschwerte sie als jene kleinen Sorgen, die alle Mädchen teilten. Hinter vorgehaltener Hand hatte sie mit ihrer Base Ahle über die Jäger gekichert, die sie anführten. Nun waren fast alle diese Jäger tot, und ihre Freundinnen waren Arbeiterinnen oder Frauen von Nahe-am-Fluss-Männern.

Dii sagte sich, dass sie nicht darüber klagen konnte, wie Anaay sie behandelte. Auch ihre Base Ahle hatte Glück mit ihrem neuen Mann gehabt.

Dii blickte nach vorne, wo Anaay ging. Außer seinem

Gehstock trug er nur seine Waffen, so wie die meisten Männer. Die Frauen hingegen waren schwer beladen. Wenigstens hatte Anaay drei kräftige Hunde, und die waren eine große Hilfe.

K'os war klug im Umgang mit Hunden. Auf ihren Vorschlag hin hatten sie die Last auf zwei Tragen verteilt und dem dritten Hund nur einen leichten Packen aufgebunden. Von Zeit zu Zeit tauschten sie die Hunde, sodass jeder von ihnen rasten konnte.

»Schade, dass Möwenschnabel nicht mit uns gekommen ist«, hatte Dii im Scherz zu K'os gesagt. »Dann könnten auch Anaays Frauen sich beim Tragen von leichten und schweren Lasten abwechseln.«

Sie hatte erwartet, dass ihre Bemerkung K'os erheitern würde, doch K'os hob nur das Kinn und kniff die Augen zusammen, als wäre sie verärgert. Sie gingen einen Tag und bis in die Nacht hinein, bevor sie ihr Lager aufschlugen. Die jungen Männer, die als Späher vorausgeschickt worden waren, hatten einen guten Hügel ausfindig gemacht, trocken und mit einer Baumreihe bewachsen, die den Wind brechen würde.

Anaay wählte einige Jäger aus, die vorausziehen sollten, um jene Karibus aufzuspüren, die Flusseistänzer gesehen hatte. Diejenigen Männer und Frauen, die im Lager blieben, hielten sich in getrennten Zelten auf. Wieso wagen, dass eine Frau das Jagdgeschick ihres Mannes zerstörte? Selbst der Atem aus ihrer Kehle mochte dazu imstande sein. Wer wollte sich dieser Gefahr aussetzen?

Am Morgen kehrten die Späher zurück. Die Karibus seien nah, sagten sie, nur etwa einen halben Tagesmarsch entfernt, vielleicht sogar weniger. Dii war sich sicher, dass die Männer den Frauen befehlen würden, von der Herde aus flussabwärts zu gehen, während sie sich nach Osten aufmachten. Sie belud aufs Neue die Tragen der Hunde und ihren eigenen Packen und legte sie am westlichen Rand des Lagers bereit.

Anaay aber verkündete, sie würden alle zusammen gehen, nach Osten ziehen, um die Herde aufzuhalten. Dann würden die Späher die Herde einkreisen und die Karibus zu ihnen treiben, sie zwingen, den Fluss zu überqueren.

Dii sah die Blicke der Vetter-Fluss-Frauen, sah, wie ihre Augen sich vor Überraschung weiteten, hörte ihre geflüsterten Worte.

Was würden die Karibus tun, wenn sie Frauen bei den Jägern erblickten? Welche größere Kränkung konnte man ihnen antun? Und wenn die Tiere im Fluss getötet wurden, wer würde sie einfangen, wo doch die Frauen flussaufwärts bei den Männern waren?

»Ich könnte mit meinem Mann sprechen«, sagte Dii zu K'os, doch die schüttelte den Kopf.

»Denkst du, er würde dir zuhören? Denkst du, auch nur einer dieser Männer würde auf dich hören? Sind wir die Jäger?«

Dii konnte die Bürde dieses Wissens in den Gesichtern der Vetter-Fluss-Frauen lesen, und als sie das Lager abbrachen, taten sie es schweigend.

Während ihrer halbtägigen Wanderung versuchte Dii zweimal, zu Anaay zu gelangen. Sie wollte ihm sagen, was sie über die Flussjagd wusste, doch jedes Mal stieß einer der Jäger sie fort. Schließlich rief sie laut, schrie den Namen ihres Mannes heraus. Anaay sah sich zu ihr um, und als sie flehend ihre Hände ausstreckte, schritt er zu der Stelle, wo sie inmitten der Frauen stand. Erleichtert begann Dii zu schildern, dass die Frauen flussabwärts sein mussten, dass die Männer sie nicht sehen durften, während sie jagten. Als sie es aber wagte, zu Anaays Gesicht aufzublicken, sah sie, dass seine Wangen vor Zorn brannten. Die Narbe, die von seiner Braue zum Kinn verlief, leuchtete schneeweiß.

Er hob seinen Gehstock in die Höhe, und sie duckte sich, doch er traf sie quer über den Schultern. Ihr Packen fing die Wucht des Hiebes auf, und der gewaltige Schlag warf Dii zu Boden. Anaay schlug mit dem Stock auf ihre Arme und Beine, bis sie sich schließlich zusammenkugelte. Ihr Packen war wie die harte Schale einer Muschel, die das weiche Fleisch darunter beschützte. Als sein Zorn verraucht war, ging Anaay davon, und Dii raffte sich langsam auf. Sie nahm ihren Platz neben K'os wieder ein und versuchte, ihre schmerzenden Beine K'os' langen Schritten anzupassen.

»Wieso versuchst du, ihm zu helfen?«, fragte K'os. »Er ist ein Narr. Soll er ein Narr bleiben. Es ist das Beste für uns, wenn wir unsere Münder verschließen, uns im Hintergrund halten und anderen die Strafe überlassen, die die Weisheit von Bellender Fuchs ihnen einbringen wird.«

An jenem Abend stellten Dii und K'os ihr Zelt weit weg von den anderen auf. K'os brachte Steine für ein eigenes Feuer, und keine der anderen Frauen kam in ihre Nähe.

In dieser Nacht kehrte der Gesang in Diis Knochen zurück. In ihren Träumen hörte sie die Karibus und wusste, dass sie sehr nah waren. Als der Donner ihrer Hufe sie wachrüttelte, kroch sie aus ihrer Bettstatt und weckte K'os. Sie hatten in Parkas und Gamaschen geschlafen und nahmen sich nicht die Zeit, ihre Stiefel überzustreifen, als sie nach draußen krochen. Im Osten erhellte sich der Himmel in der Verheißung der Sonne, doch im Westen blickte Dii in wogende Finsternis. Karibus!

Vom Fluss drangen Männerrufe herauf. Sie hatten Tiere getötet. Andere Jäger aber irrten hilflos in der Dunkelheit des frühen Morgens umher. Dii streifte ihre Stiefel über und lauschte, bis sie Anaays Stimme vernahm, der den Frauen befahl, flussabwärts zu gehen.

Was verlangte Anaay von ihnen? Wie sollten sie um die Herde herumkommen, überlegte Dii. Sie konnten nicht mitten hindurchgehen.

Dann sah Dii, dass die Nahe-am-Fluss-Frauen geschälte Weidenstöcke in Händen hielten und einige von ihnen weiße Hasenfelldecken trugen. Männer mit Waffen kamen, stellten sich neben ihre Frauen und sahen zu, wie die Frauen mit den

Decken winkten, die Stöcke schwangen und die Karibus an den Rändern der Herde in die Mitte der Gruppe trieben.

Da ertönte der Schrei einer Frau. Verzweifelt rief sie nach ihrer kleinen Tochter. Als hätte die Verzweiflung der Frau auch die Karibus ergriffen, wandten sie sich vom Fluss ab und stürmten auf das Lager zu.

K'os machte die Hunde los, dann ließen sie und Dii alles stehen und liegen und rannten. Sie strauchelten über Grasbüschel, ihre Hände waren übersät mit *xos cogh*-Stacheln, doch sie rafften sich auf und rannten weiter.

Ein großer Karibubulle kam so nahe, dass Dii sicher war, er würde sie niedertrampeln. Er stürmte mit hocherhobenem Kopf voran, das Weiße der Augen blitzte hervor, Schaum flog aus seinem Maul. Dii riss ihre Arme nach vorne, spannte ihre Muskeln an und drückte mit aller Macht. Er warf sich gegen sie, und sie fühlte, wie ihre Beine nachgaben. Dann war er auf einmal an ihr vorbei. Kühe mit ihren Kälbern folgten seiner Spur, wie Rauch hing ihr Atem in der Dunkelheit.

Das ist ein Traum, sagte Dii sich, doch sie rannte immer weiter. Sie begann in ihrem schweren Parka zu schwitzen, obwohl die Luft so kalt war, dass ihr Atem zu Wolken wurde und ihre Brauen und Wimpern sich mit Reif überzogen. Ihre Zöpfe lösten sich, und die Ränder ihrer Kapuze schoben ihr die Haare ins Gesicht. Ihre Lungen brannten, und ihre Beine wurden müde, doch sie rannte weiter.

Die Dämmerung erhellte den Himmel, als Dii merkte, dass der Donner hinter ihr zurückgeblieben war.

Sie hielt an und sank in die Knie. Als sie wieder zu Atem gekommen war, bemerkte sie K'os, die ein Stück hinter ihr auf der Erde hockte.

»K'os!«, rief Dii, und wenn K'os auch nicht antwortete, so hob sie doch einen Arm und ließ ihn gleich wieder fallen, als wäre schon diese Bewegung zu viel für das bisschen Kraft, das sie noch hatte.

Dii sah auf ihre Füße. Blut sickerte durch die Stiefel und

färbte die Steppenpflanzen, doch die Kälte des Bodens betäubte den Schmerz, und so machte sich Dii daran, zuerst die *xos cogh*-Stacheln aus ihren Händen zu ziehen.

Das Vetter-Fluss-Lager

Ghaden versuchte, Beißer aus dem Zelt hinauszuschieben. Er war zu gut gefüttert worden, dieser Hund, und nun war er so faul, dass er nichts tun mochte als schlafen.

»Beißer«, flüsterte Ghaden laut, »wir sind dran. Wir müssen das Fleisch bewachen. Raus mit dir!«

Beißer rollte sich auf den Rücken, und Ghaden stieg über ihn hinweg. Der Hund erhob sich, schüttelte sich und folgte Ghaden hinunter zum Fluss. An einer flachen Stelle machten sie Halt. Der Sand hatte eine sanfte Schräge vom Ufer hinunter zum Flussbett geformt. Ghaden schob seine Gamaschen hoch und watete ins Wasser. Er beugte sich vor, um zu trinken, dann besprengte er sein Gesicht mit Wasser. Er drehte sich zu den Sträuchern, um sich zu erleichtern, da sah er, wie etwas im Fluss trieb, gerade außer Reichweite. Hatte jemand heute Morgen ein Karibu getötet? Er hatte geglaubt, alle Männer wären im Lager. Womöglich hatte weiter oben eine Herde den Fluss gekreuzt, und ein Wolf hatte eines der Tiere gerissen und in der Strömung verloren. Ghaden watete hinein, bis er den Kadaver erreichen konnte. Der war jedoch schwerer, als der Junge erwartet hatte, und er zog ihn mit sich flussabwärts.

Beißer fing an zu bellen, und Ghaden schrie nach Chakliux und Sok und nach den Jungen, die er bei den Trockengestellen ablösen sollte.

Schwarzer Stock kam angerannt und rief ihm zu, loszulassen, doch Ghaden konnte keinen Grund fühlen, und wenn er sich an den Kadaver klammerte, konnte er zumindest obenauf treiben.

»Hol Chakliux!«, rief er. »Hol Sok!«

Schwarzer Stock rannte zum Lager, und Ghaden fühlte mit einem Mal, wie die Angst seine Arme schwach machte. Was, wenn Schwarzer Stock nicht rechtzeitig wiederkam? Seine Hände waren schon ganz taub. Dann war Beißer an seiner Seite. Ghaden ließ das Karibu los und stürzte sich auf das dicke Fell, das Beißer im Genick trug.

Schwarzer Stock stieß die Worte so schnell hervor, dass Chakliux ihn bitten musste, von vorne zu beginnen.

»Ghaden«, keuchte der Junge, und Chakliux' Herz gefror. Der Junge deutete auf den Fluss. »Er ist dort. Im Fluss. Ein Karibu kam geschwommen ...«

Doch Chakliux hörte nicht mehr, was Schwarzer Stock ihm noch sagen wollte. Er rannte zum Fluss und schwamm auf den Kadaver zu. Das kalte Wasser biss ihm in die Brust, versuchte, sich einen Weg zu seinem Herzen zu fressen.

Ich bin Otter, sagte Chakliux sich. Ich bin Otter. Die Kälte kann mir nichts anhaben. Seine Arme und Beine wurden bereits steif, doch er konnte nach dem Karibu greifen und es packen. Ghaden war fort.

»Ghaden!«, schrie er. »Ghaden!« Dann hörte er Stimmen am Ufer. Er blickte auf und sah Sok, Blickt-in-den-Himmel und Schwarzer Stock auf der Böschung. Ghaden war bei ihnen. Seine Haare und Kleider waren tropfnass, und Beißer war an seiner Seite.

Chakliux hielt das Karibu umklammert, drehte es so, dass er den Kadaver vor sich her schieben konnte, und lenkte ihn mit festen Tritten in flaches Wasser. Blickt-in-den-Himmel zog das Karibu an Land.

Sok half Chakliux auf die Füße. Blickt-in-den-Himmel beugte sich über den Körper und deutete auf ein Stück Speerspitze, das aus dem Genick des Karibus herausragte. Er spitzte seine Lippen, deutete auf die Markierungen und sagte: »Nahe-am-Fluss!«

24

Das Nahe-am-Fluss-Lager

Anaay hielt sich die Ohren zu, um die Klagegesänge nicht hören zu müssen. Gab es einen Mann, der solche Narren anzuführen vermochte? Wie hatten es diese Frauen geschafft, zwischen die Männer und die Tiere zu geraten? Sie hatten die Jagd mit einem Fluch belegt, sobald die Karibus ihren Geruch gewittert hatten. Und welche törichte Mutter – es war doch Rote Gamaschen gewesen? – hatte eine Tochter mitgenommen, die gerade vier Sommer zählte? Hatte sie etwa gedacht, das Kind wäre groß genug, um ein totes Karibu einzufangen?

Doch hatten die Männer etwa weiser gehandelt? Die meisten hatten nur einen einzigen Speer mit in den Fluss genommen, und als sie den geworfen hatten, waren ihnen keine Waffen geblieben als die kurzen Klingen ihrer Messer. Und kaum war die erste Frau verletzt worden, hatte ihr Mann aufgehört zu jagen und versucht, zu ihr zu gelangen. Dabei hatte er die Karibus von den anderen Jägern fortgetrieben.

Anaay hob seinen Gehstock und stellte sich in die Mitte dessen, was von ihrem Lager übrig geblieben war. Er stimmte einen Schutzgesang an. Doch während seine Lippen die Worte formten, hatte er ganz andere im Sinn: Narren! Narren!

Dii streichelte Ahle über das Haar. Ahle hustete und versuchte zu lächeln.

»K’os sagt, deine Rippen sind gebrochen, nichts weiter«, sagte Dii.

Wo war Erster Adler? Ahle würde sich besser fühlen, wenn

er bei ihr wäre. Doch was, wenn er unter den Toten war? Dii wusste nicht zu sagen, wie viele Männer gestorben waren. Nur wenige, dachte sie. Von den Frauen und Kindern hatten mehr das Leben gelassen, von den Vetter-Fluss-Frauen aber war nur Bleibt-klein getötet worden. Sie war zwischen zwei Karibus zermalmt worden, als sie versucht hatte, der Schwester von Erster Adler, Rote Gamaschen, beizustehen. Und was hatte es geholfen? Die Schwester war tot, und ihre kleine Tochter ebenso.

Blaue Blume kam und hockte sich neben Dii. Die Frau behauptete, Heilerin zu sein, aber K'os sagte, sie wisse weniger über Medizin als ein Kind.

»Du solltest sie von dem nassen Boden schaffen«, sagte Blaue Blume und deutete mit dem Kinn auf das Wasser, das aus dem Schlamm sickerte.

Dii hatte gewusst, dass diese Stelle kein guter Lagerplatz war, doch wie sollte sie das sagen, war doch Anaay derjenige gewesen, der ihn ausgewählt hatte? Zu beiden Seiten des Lagers bildete der Boden ein langes, seichtes Gefälle, das sich zum Fluss hin wölbte. Hatte Anaay nicht bemerkt, dass dieses Gefälle einen natürlichen Pfad für die Karibus bildete?

Dii schaute Blaue Blume an. »Kannst du bitte Erster Adler holen gehen?«, bat sie. Die Frau runzelte die Stirn, und Dii drückte ihre Bitte anders aus: »Du bist Heilerin. Kannst du hier bei Ahle bleiben, und ich hole ihren Mann? Er wird mir helfen, sie zu tragen.«

»Hat K'os sie angesehen?«, fragte Blaue Blume.

»Ja.«

»Was sagt sie?«

»Gebrochene Rippen.«

»Das ist nicht schlimm. Andere haben schlimmere Verletzungen erlitten. Erster Adler ist damit beschäftigt, sich um die zu kümmern. Spuckt sie Blut?«

»Nein.«

Blaue Blume zuckte die Achseln. »Ich habe Wichtigeres zu

tun, als den Mann einer Vetter-Fluss-Frau suchen zu gehen. Wenn ich Erster Adler aber sehe, werde ich ihm sagen, dass er kommen soll.«

Blaue Blume ging weiter, und Dii rief ihr nach: »Hast du meinen Mann gesehen?«

Blaue Blume schnaubte. »Hörst du nicht, wie er singt?«

Der schräge Untergrund schien all die Klagelaute und Schmerzensschreie zu der Stelle zu tragen, an der Dii saß. Doch sie lauschte angestrengt, und schließlich konnte sie Anaays Stimme erkennen. Er sang ein Gebet, das sie noch nie gehört hatte; er bat um Stärke und um Schutz. Für sich, nicht für andere.

»Anaay, sieh den Preis für deine Torheit«, flüsterte sie. Sie verspürte wieder die gleiche Abscheu, die sie erfüllt hatte, als sie seine Frau werden musste.

Er hatte sie auf den Karibupfad geführt. In blindem Schrecken hatten die Tiere kehrtgemacht und das Lager überrannt. Er hatte nicht um Rat gefragt, obwohl er nichts wusste über die Jagd an Flussfurten. Noch dazu erhoben die Vetter-Fluss-Menschen Anspruch auf diesen Fluss. Wieso glaubte Anaay, er könne hier jagen?

Was nutzten seine Gebetsgesänge, wenn sie in Eigensucht gesungen wurden? Konnte ein Mann je so viel Macht erlangen, dass Tabus vergessen werden durften? Konnte ein Volk je gedeihen, das die Wege der Ehre und der Achtung verlassen hatte?

Das Vetter-Fluss-Lager

Yaa kroch auf die windgeschützte Seite von Chakliux' Zelt. Ihre Arme schmerzten von den Handgelenken bis hinauf zu den Schultern, und ihre Finger fühlten sich an, als umklammerten sie noch immer den Schabstichel. Die Aufregung über das viele Fleisch war verklungen, und nun konnte sie an nichts anderes denken als an die harte Arbeit, die noch verrichtet werden musste. Sie hatten sich an einem Festmahl gelabt, doch das wahre Fest, mit Tänzen und Geschichtenerzählen, sollte erst stattfinden, wenn sie in das Winterdorf zurückgekehrt waren. Davor aber lagen viele Tage des Schabens und des Teilens, des Gehens und des Schleppens.

Der Himmel war grau und kalt. Sie verschloss die Augen davor und ließ sich in den Schlaf sinken. Stern hatte ihr aufgetragen, Felle zu schaben. Es war nur das erste Schaben, und die meisten Tiere waren so geschickt gehäutet worden, dass es nicht sehr viel zu tun gab. Und doch durften sie es nicht zulassen, dass kleine Stückchen Fett das Fell durchdrangen und der Haut die Kraft raubten oder dass Blutreste sie faulen ließen.

Die Frauen benutzten ihre Schaber aus Karibuläufen. Der Knochen war an einem Ende schräg durchtrennt, und kleine Zähne waren hineingekerbt worden. Die Frauen zogen das Werkzeug zu sich her, das sie mit einem Lederband an ihren Unterarm geschnallt hatten.

Yaas Arme waren noch zu kurz, um ein Werkzeug aus Karibuknochen sicher zu gebrauchen, und so arbeitete sie mit einem Schabstichel, den sie in der Faust halten konnte. Er war gut geeignet für die rissigen Ränder und die Löcher, die die Häute durchsetzten, für jene Stellen, in denen sich die Beinknochen-Schaber nur allzu leicht verfingen.

Yaa hatte vergessen, wie viele Häute sie an diesem Tag bereits geschabt hatte. Sie hatte die Ränder der Felle bearbeitet, die Stern oder Aqamdax geschabt hatten. Es waren genug gewesen, um all ihre Stichel aufzubrauchen. Stern hatte ihr gesagt, dass Nachtmann neue Stichel bereithielte, und Yaa losgeschickt, sie zu holen. Doch es würde sicher niemandem wehtun, wenn sie sich eine kurze Rast gönnte. Wie wollte Stern sich darüber beklagen? Keine der Frauen ruhte sich mehr aus als Stern.

Yaa hörte, dass sich Schritte näherten und jemand neben ihr stehen blieb. Sie seufzte. Sicher war es Stern, und gleich würde ihre Schelte ertönen. Yaa öffnete die Augen gerade so weit, dass sie durch die Wimpern lugen konnte. Schreit-laut stand vor ihr.

Yaa setzte zum Gruß an, doch ihre Worte verknoteten sich in ihrer Kehle, und es kam nichts heraus als ein Quaken. Schreit-laut ließ sich neben sie fallen und grinste. »Musst du nicht mehr helfen?«, fragte er.

»Ich ruhe mich bloß aus. Sie haben mich zu Nachtmann geschickt, um neue Schaber zu holen.«

»Bist du müde?«

Yaa nickte. »Ja. Aber es sind noch so viele Häute übrig, und danach die Beinhäute ...« Sie warf Schreit-laut einen flüchtigen Blick aus den Augenwinkeln zu. Sie wollte nicht, dass er dachte, sie würde sich beklagen. »Aber ich bin froh«, sagte sie schnell. »Es ist gut, dieses Fleisch und all diese Häute zu haben.«

»Es ist gut«, sagte er. »Dann wird der Winter nicht so hart.« Schreit-laut hob den Kopf und schaute an den Zelten des Lagers vorbei. Er schwieg lange, bevor er sagte: »Manchmal glaube ich, wenn ich nur lange genug schaue, dann kann ich sie sehen.«

Yaas Kehle zog sich zusammen. Er sprach von seiner Mutter Rotes Blatt. Ein Teil von Yaa wunderte sich, dass er sich noch immer um sie sorgte. Rotes Blatt hatte Daes getötet und den Ältesten Tsaani, und dazu noch Tagfrau, die Großmutter von Schreit-laut. Doch ein anderer Teil von Yaa konnte ihn verstehen. Sie wusste, wie es war, seine Mutter zu verlieren.

»Sie hat schlimme Dinge getan«, sagte Schreit-laut. »Und ich weiß, dass ich nicht über sie sprechen darf. Mein Vater sagt, sie ist tot, genau wie unsere Schwester.«

»Wie kann er von dir verlangen, dass du sie vergisst?«, sagte Yaa. »Sie war dir eine gute Mutter, und deinem Bruder ebenso.«

»Ich vermisse sie, und ich vermisse meine Freunde im Nahe-am-Fluss-Dorf«, sagte Schreit-laut.

»Ich auch.« Yaas Worte waren kaum mehr als ein Flüstern. Sie versuchte stets, nicht an das Nahe-am-Fluss-Dorf zu denken. Zu viel Traurigkeit war in diesen Gedanken, und vielleicht lagen sogar Flüche darin.

»Sie hat meine Großmutter nicht getötet«, sagte Schreit-laut.

Yaa wusste nicht, was sie sagen sollte. Deshalb nahm sie einen Stock, der auf dem Boden lag, und malte ein Muster in den Schmutz.

»In der Nacht, als meine Mutter fortgegangen ist, habe ich meine kleine Schwester zu ihr gebracht. Ich habe Wache gehalten, damit sie sich in der Dunkelheit davonstehlen konnte. Ich habe sie sogar begleitet, ein langes Stück in die Steppe hinein. Sie hat meiner Großmutter nichts angetan. Sie ist niemals in die Nähe ihrer Behausung gekommen.«

Yaa erschauerte. »Vielleicht ist sie zurückgekommen. Später.«

»Warum hätte sie das tun sollen? Sie konnte fliehen. Wenn sie umgekehrt wäre, hätte jemand sie womöglich entdeckt. Und noch dazu hatte sie meine Großmutter gern.«

»Hast du mit deinem Vater darüber gesprochen?«

»Er würde mir nicht zuhören.«

Yaa malte Kreise in den Schmutz. Schließlich beugte sich Schreit-laut nah zu ihr herüber und gab ihr einen kleinen Stein. »Den habe ich gefunden«, sagte er. »Du kannst ihn haben.«

Der Stein war weiß und durchscheinend, wie ein Stückchen vom Mond, das auf die Erde gefallen war. Yaa blickte auf, um ihm zu danken, doch Schreit-laut war schon wieder auf den Füßen und ging davon. Yaa schloss ihre Hand um den Stein und fühlte, wie sie errötete. Was hatte es zu bedeuten, wenn ein Junge einem etwas schenkte? Sie wünschte, ihre Freundin Beste Faust wäre hier. Dieses Geschenk wäre ein gutes Geheimnis, das sie teilen könnten. Yaa erhob sich und ließ den

Stein behutsam in den Amulettbeutel gleiten, den sie um den Hals trug. Plötzlich war die Müdigkeit verschwunden. Sie lief zu dem Zelt von Nachtmann, holte die Schaber und brachte sie zu Stern.

Stern schalt Yaa, weil sie so lange gebraucht hatte, doch Yaa machte sich nichts daraus. Sie summte im Stillen ein Lied, und ihre Gedanken waren bei Schreit-laut. Sie schabte die Ränder einer Haut zu Ende, faltete sie mit dem Fell nach außen zusammen, rollte sie auf und holte sich eine neue von dem Stoß, der vor Stern lag. Sie breitete die Haut über ihrem Schabklotz aus, benetzte ihre Hand mit Wasser und schrubbte die Ränder. Während sie arbeitete, ließ sie ihre Gedanken zu Rotes Blatt zurückkehren.

Schreit-laut sah ihr ähnlich, auch er war groß und kräftig. Rotes Blatt hatte die Häute schneller schaben können als jede andere im Dorf. Doch selbst wenn Yaa sich an die guten Seiten der Frau erinnerte, hatte sie kein Mitleid mit ihr. Zwei Menschen waren tot wegen der Eigensucht von Rotes Blatt. Und Tagfrau vielleicht auch. Obgleich Schreit-laut bei seiner Mutter gewesen war, obgleich er gesagt hatte, sie hätte niemanden getötet, als sie das Vetter-Fluss-Dorf verlassen hat.

Mit einem Mal stockte Yaa der Atem, und sie zitterte, obwohl ihr nicht kalt war. Wenn Rotes Blatt Tagfrau nicht getötet hatte, wer hatte es dann getan?

25

Den ganzen Tag lang blieben die Vetter-Fluss-Männer am Fluss und hielten Ausschau. Sie hießen die Frauen fernbleiben und sagten ihnen nichts von ihrem Fund. Sie hatten beraten, was mit dem Karibu geschehen sollte. Es war von Nahe-am-Fluss-Jägern erlegt worden. Sollten sie es ihren Frauen geben, damit sie es zerteilen konnten? Würde das ein Tabu verletzen?

»Sie haben unser Fleisch genommen und unsere Lager geplündert«, sagte Nachtmann. Er starrte Sok aus zusammengekniffenen Augen an und schleuderte ihm seine Worte zornig entgegen. »Warum sollten wir uns sorgen, wenn wir nun ihr Fleisch nehmen?«

Die anderen Männer stimmten ihm zu, und Chakliux verdrängte sein Unbehagen und half, das Tier zu den Frauen zu bringen. Das war jedoch gewesen, bevor sie den Nahe-am-Fluss-Toten gefunden hatten, einen Jäger, den Sok und Chakliux als Bisamsänger gekannt hatten. Im Laufe des Tages brachte der Fluss sieben Karibus, zwei Jäger und eine junge Frau zu ihnen. Sie alle waren tot.

In dieser Nacht erzählten sie ihren Frauen, was sie gefunden hatten. Zu Beginn des nächsten Tages, noch bevor die Sonne aufging, luden Chakliux und Sok, Blickt-in-den-Himmel und Nimmt-mehr die Toten auf Tragegestelle. Sie zogen flussaufwärts, um das Nahe-am-Fluss-Lager zu finden. Sie wechselten sich ab beim Schleppen ihrer Last. Alle hatten ihre Waffen bei sich, doch Chakliux glaubte nicht, dass es zu einem Kampf kommen würde.

Als sie das Lager erreichten, schenkte man ihnen kaum Beachtung. Die Menschen waren um die Verletzten und die Toten geschart. Eine alte Frau hütete einen Kochbeutel, doch außer ihr konnte Chakliux niemanden sonst entdecken, der Essen bereitete. Nur ein Zelt war stehen geblieben. Von den anderen war nichts übrig als niedergetrampelte Haufen aus Häuten und zerbrochenen Stangen.

Bellender Fuchs kam ihnen entgegen. Sein Parka war mit Blut beschmutzt, sein Gesicht und die Hände waren mit Dreck beschmiert. Er hob seinen Gehstock zum klaren Himmel im Osten, hinauf zu dem runden Sonnenball, und sagte: »Seid ihr gekommen, um euch an unserer Niederlage zu weiden? Seht, selbst die Sonne zieht die Wolken von ihrem Gesicht und schaut uns zu.«

»Wir sind gekommen, um euch unsere Hilfe anzubieten«, sagte Nimmt-mehr. »Wir haben Nahrung, wenn ihr etwas braucht, und wir haben euch diese Toten hier zurückgebracht.«

Bellender Fuchs trat hinter sie und hob die Decken an, die über die Toten auf den Tragen gebreitet waren. Dann rief er aus: »Keine Zähne, dein Sohn ist tot. Schwarzer Mund, hier ist deine Frau.«

Klagerufe ließen die Luft erzittern, und Nahe-am-Fluss-Frauen umringten die Tragen. Bellender Fuchs stimmte einen Gesang an, etwas, das Chakliux einst aus dem Munde seines Großvaters Tsaani vernommen hatte. Voll Abscheu wandte Chakliux sich ab und ging mit den Vetter-Fluss-Jägern zum Fluss. Die Erde war nass, und von den aufgeweichten Uferbänken wirbelte Schlamm ins Wasser.

Mit barschen Worten unterbrach Bellender Fuchs seinen Gesang: »Und habt ihr auch unsere Karibus? Die, die wir erlegt haben?«, rief er Chakliux nach. Bellender Fuchs lief und holte sie ein. »Ihr habt uns unsere Toten gebracht, aber nicht unser Fleisch. Habt ihr vor, es zu behalten?«

»Kommt selbst und holt es euch. Wir werden es nicht für euch schleppen«, sagte Sok.

Bellender Fuchs schnalzte mit der Zunge. »So habt ihr zwei euch also entschlossen, bei den Vetter-Fluss-Menschen zu leben, oder was von ihnen übrig ist«, sagte er zu Sok und Chakliux. Er lächelte Sok an. »Dass Chakliux diese Wahl getroffen hat, wundert mich nicht. Du aber, du warst doch Besseres gewohnt. Stört dich der Gestank ihres Lagers nicht?«

Sok wandte dem Mann den Rücken zu, als hätte er seinen Spott nicht gehört.

»Und deine Frau Rotes Blatt? Hast du sie am Leben gelassen, oder hast du sie getötet? War das Kind Junge oder Mädchen? Hast du womöglich gewartet, bis du wusstest, was es war?«

Sok wandte sich um, hob den Arm und schlug Bellender Fuchs hart ins Gesicht. Bellender Fuchs drohte mit seinem Gehstock, doch Sok packte den Stock und brach ihn über seinem Knie entzwei. Er stampfte davon und rief Chakliux zu: »Du verhandelst mit ihnen. Ich erwarte dich in unserem Lager.«

»Geht mit Sok«, sagte Chakliux leise zu Blickt-in-den-Himmel und Nimmt-mehr.

Nimmt-mehr machte eine gemeine Handbewegung zu Bellender Fuchs und eilte dann Sok hinterher. Blickt-in-den-Himmel aber schüttelte den Kopf. »Ich bleibe bei dir. Du musst nicht alleine hier bleiben, bei diesen Menschen.«

»Dein Bruder ist ein Narr«, sagte Bellender Fuchs und rieb sich sein Kinn. »Doch das muss ich dir nicht erzählen.«

»Wir haben euer Fleisch«, sagte Chakliux. »Wenn ihr es braucht, dann schickt ein paar von euren Frauen, es zu holen. Du aber komm nicht selbst und schick keinen deiner Männer.«

Vier Tage lang betrauerten sie ihre Toten. Die meisten Männer wollten zum Winterdorf zurückkehren. Von dort aus wollten sie in Gruppen von zwei oder drei Jägern ausziehen, um Karibus oder Elche zu jagen, was immer sie finden mochten. Anaay befahl ihnen zu bleiben, wo sie waren, und die meisten von ihnen folgten seinem Befehl. Schwarzer Mund aber nahm seine tote Frau und verließ das Lager, obgleich Anaay ihm vorausgesagt hatte, die Wölfe würden den Tod wittern und den Leichnam rauben, bevor Schwarzer Mund das Dorf erreichen konnte.

Später, in der Abgeschiedenheit seines Zeltes, sah Dii, wie Anaay Schwarzer Mund mit einem Tanz verwünschte. Sie erschauerte bei dem Gedanken daran, was dem armen Mann zustoßen würde, allein mit seiner toten Frau auf dem langen Weg zum Winterdorf.

Auch andere hatten den Wunsch, fortzugehen. Dii konnte es in ihren Augen sehen. Einige Familien – jene, die niemanden verloren hatten – trauerten zwei Tage mit den anderen, dann verließen auch sie das Lager. Anaay habe Recht, was die Wölfe betraf, sagten viele. Am besten, sie verbrannten die toten Körper nach den Trauertagen. War das nicht Brauch gewesen bei den Großvätern ihrer Großväter? Sie könnten die Knochen säubern und sie mit zurück in das Winterdorf nehmen. Das zumindest konnten sie für ihre Toten tun.

Dii gehörte zu den Frauen, die ausgewählt worden waren, in der Nacht der Verbrennung Wache zu halten. Sie sollten die Knochen und die Asche vor Wölfen und Raben beschützen. Und vor Geistern, die den Rauch riechen würden und denken mochten, dass die Feuer Des Volkes ein Geschenk für sie bargen. Bei dem Gedanken an die bevorstehende Nacht fing Dii an zu zittern, und sie schützte sich mit Amuletten und mit jedem Gebetsgesang, der ihr in den Sinn kam. Am Tage davor fastete sie – sie aß nicht von dem Fisch, den die Männer im

Fluss gefangen hatten, und nicht von dem Schneehuhn, das K'os in einer ihrer Fallen gefunden hatte. Wozu ihren Atem mit dem Geruch von Fleisch würzen? Es gab keinen Grund, jene Geister, die von dem Geruch brennenden Fleisches angezogen wurden, daran zu erinnern, dass sie nicht länger essen konnten.

Sie wünschte, der Mann von Blaue Blume wäre in den Kämpfen nicht getötet worden. Er war der Nahe-am-Fluss-Schamane gewesen. Hätten sie noch einen Schamanen, so wäre er wohl derjenige, der die brennenden Körper bewachen würde, und sie könnte im sicheren Lager bleiben.

Anaay hatte das Feuer entfacht, als es noch hell war. Als es aber Nacht geworden war, hatte er sich mit den Jägern am äußersten Rand des Lagers versammelt, ein gutes Stück flussaufwärts von der Feuerstätte entfernt. Anaay schickte Dii fort, mit einem knappen Kopfnicken und mit einem einzigen Wort: »Geh!« Als würde er sich schon in Gefahr begeben, wenn er nur mit ihr sprach. Sechs Frauen hatten sie ausgewählt. Bis auf eine waren sie alle Vetter-Fluss-Frauen, und diese Wahrheit schmerzte in Diis Brust.

»Wir sind nun Frauen, nicht mehr Arbeiterinnen«, sagte Grüner Vogel, als ihre Männer sie fortgeschickt hatten. »Frauen haben denselben Wert, seien sie Vetter-Frauen oder von den Nahe-am-Fluss-Menschen.«

Die anderen aber lachten über ihre Worte. Wenig Haar, die einzige Nahe-am-Fluss-Frau unter ihnen, lachte am lautesten.

»Und wenn ihr euren Männern zwei Hand voll Kinder schenkt, und alle starke Söhne sind, werdet ihr dennoch nicht den Wert einer Nahe-am-Fluss-Frau haben«, sagte sie. Dann reckte sie ihren Kopf empor und blickte die anderen hochmütig an, obgleich auch sie dazu verdammt worden war, das Knochenfeuer zu hüten.

Zwei der Frauen trugen Säuglinge unter ihren Parkas, doch diese Kinder gehörten ihren Vetter-Fluss-Männern. Die anderen drei, und Dii war eine von ihnen, hatten keine Kinder.

Während ihrer Wanderung zum Karibufluss hatte Dii zudem ihre Mondblutung gehabt. Sie wusste also, dass sie in jenen Nächten der Karibugesänge nicht empfangen hatte.

Die Frauen gingen in völliger Dunkelheit. Sie stolperten über Grasbüschel und unebenen Boden. Die Männer hatten ihnen Fackeln gegeben, doch die durften sie erst anzünden, wenn sie das Feuer erreicht hatten. Zu viel Licht könnte den Geistern einen Pfad zurück in das Lager weisen.

Dii hatte die Kapuze ihres Parkas fest um ihr Gesicht gebunden. Sie presste die Lippen zusammen und hielt sich die Nase zu. Sie ließ die Nasenflügel nur los, wenn sie atmen musste. Wozu den Geistern der Nacht mehr Wege zu ihrem Körper öffnen als nötig?

Eulenfängerin beugte sich nahe zu Dii hinüber und fragte: »Was ist mit K'os? Warum hat Anaay sie nicht an deiner statt geschickt?«

Das hatte Dii sich auch schon gefragt, und die Entscheidung ihres Mannes hatte sie geschmerzt, doch sie sagte nur: »Wer kann K'os trauen? Würdest du sie hier bei uns haben wollen?«

Eulenfängerin erwiderte nichts, und Dii wusste, dass sie die richtige Antwort auf eine böse Frage gegeben hatte.

Obgleich das Geräusch und der Geruch der brennenden Körper sie abstieß, spürte Dii, als sie das Feuer erreicht hatten, wie ihr leerer Magen sich bei der Erinnerung an Fett und Fleisch zusammenzog. Auf einmal musste sie vor der Hitze und dem Licht der Flammen fliehen. Sie stolperte in die Dunkelheit und erbrach sich.

Dann kehrte sie zu den anderen zurück. Das Feuer hatte die Gesichter der Frauen derart verändert, dass Dii fröstelte. Brauen, Nasen und Wangen warfen tiefe Schatten, die Augen und Münder entstellten, als wäre der Gang durch den Wald eine Geburt in eine andere Welt gewesen.

Dii wandte den Blick ab. Dann ging sie zu dem Stoß Zweige, den die Männer in einiger Entfernung von dem Feuer aufgehäuft hatten. Sie kam mit Ästen beladen zurück und fing an, die Flammen damit zu speisen. Eine nach der anderen taten die Frauen es ihr nach, bis schließlich Wenig Haar ausrief, zwei sollten zusammen gehen, eine solle eine Fackel halten, zum Schutz vor Geistern und Tieren. Wieder fröstelte Dii, als sie erkannte, wie töricht sie gewesen war, allein in die Dunkelheit zu gehen, ihre Augen geblendet von dem hellen Licht der Flammen.

Als jede Frau Holz geholt hatte, saßen sie und schwiegen. Schnitt-im-Ohr, ihre Base Grüner Vogel und Weidenblatt kauerten sich auf der Seite zusammen, die zum Lager wies. Die anderen drei Frauen – Dii, Wenig Haar und Eulenfängerin – saßen ihnen auf der anderen Seite des Feuers gegenüber.

An diesem Morgen hatte Dii Anaay belauscht. Er hatte den Männern gesagt, wie die Feuerstätte errichtet werden sollte: dass jeder Leichnam auf einer eigenen Schicht aus Zweigen ruhen sollte, einer über dem anderen. Doch Sonnenrufer, ein Mann, der Anaays Vorschlägen gewöhnlich zustimmte, hatte ihnen in einer stotternden Rede erklärt, dass sie zu viele Körper verbrennen mussten. Das Feuer würde die unteren Zweige verbrennen, und die oberen Schichten würden hinunterstürzen.

»Habt ihr vergessen, wie viele gestorben sind?«, fragte er sie und gab dann selbst die Antwort: »Zwei Hand voll, alle zusammen, Zwei Fäuste nicht mitgezählt, die ihr Mann mit sich genommen hat. Und was soll mit den Frauen geschehen? Dürfen sie gemeinsam mit den Männern verbrannt werden?«

Dii wusste nicht, was sie beschlossen hatten, doch das Feuer sah breit genug aus, um drei Körper nebeneinander zu legen. Dii war es ein Trost, dass neben Anaay noch ein anderer die Entscheidungen für das Lager traf.

Wenn sie und die anderen Frauen das Feuer die Nacht hindurch in Gang hielten, dann könnten sie morgen die Knochen ausgraben und womöglich am gleichen Tage schon zum Winterdorf aufbrechen. Auch wenn es die Vetter-Fluss-Jagdgründe waren, in denen sie lagerten, so schienen sie doch nicht länger den Vetter-Fluss-Menschen zu gehören. Dieser Fluss hatte ihrem Volk immer mehr Freude als Leid geschenkt. Aber nun würde Dii sich allein an den Schrecken erinnern, an den Gestank der brennenden Körper, an den Kummer und die Klagelieder.

Über das Knistern der Flammen hob eine Frau auf der anderen Seite des Feuers zu sprechen an. Ihre Stimme war verändert, als gehörte sie keiner von ihnen, aber die Worte klangen vertraut, und es schien, als spreche die Frau aus, was Dii dachte.

»Wir könnten von hier fortgehen und uns zum Vetter-Fluss-Lager aufmachen. Wir könnten dort sein, ehe die Nahe-am-Fluß-Männer merken, dass wir weg sind.«

Die Worte wirbelten mit den Flammen in die Luft und drehten sich im Rauch. Es schien, als atmete Dii sie tief in ihre Brust ein. Dort durchbrachen sie die Dunkelheit und glitzerten wie die Sonne auf dem Wasser.

Zurück bei ihrem Volk. Zurück in ihrem eigenen Winterdorf. Zwar wären ihre Mutter, ihr Vater und ihre Brüder nicht dort, aber Blickt-in-den-Himmel war bei den Männern gewesen, die die Toten zu Anaay gebracht hatten. Womöglich würde er sie als zweite Frau nehmen. Selbst Nimmt-mehr würde Dii zum Mann nehmen, obgleich seine erste Frau eine scharfe Zunge und eine raue Art hatte.

Dii blickte aus den Augenwinkeln zu Wenig Haar hinüber. Das Gesicht der Nahe-am-Fluss-Frau trug im Feuerschein harte Züge, und ihre Mundwinkel waren nach unten gezogen. Doch war sie die Erste, die antwortete.

»Wenn ich an eurer Stelle wäre«, sagte sie, »so würde ich gehen. Diese Jagd war schlecht, und der Winter wird lange dauern.«

Ihre Worte überraschten die anderen nicht. Wenn einige Vetter-Fluss-Frauen die Gemeinschaft verließen, hätten jene Frauen, die dablieben, mehr zu essen. Was hatten sie schon erlegt? Eine Hand voll Karibus, womöglich eines mehr? Das reichte kaum aus, um sie auf der Wanderung zurück in das Winterdorf zu ernähren. Sie würden nichts mit zurückbringen, um ihre Lager zu füllen, außer den Häuten. Und was waren so wenige Karibuhäute für so viele Menschen?

»Woher sollen wir wissen, wie wir gehen müssen?«, fragte eine der Frauen.

»Sie haben ihr Lager an diesem Fluss errichtet«, sagte Eulenfängerin. »Wir müssen nur seinem Lauf folgen.«

»Was, wenn sie uns nicht wollen?«, fragte Schnitt-im-Ohr.

»Sei nicht töricht. Wir sind ihre Töchter. Ihre Schwestern. Würdest du sie denn davonjagen, wenn sie geraubt worden wären?«

»Was, wenn sie sich schon zum Winterdorf aufgemacht haben?«

»Wir kennen den Weg zum Vetter-Fluss-Dorf. Es ist nicht so schwer zu finden.«

»Ich werde gehen«, sagte Schnitt-im-Ohr.

»Ich auch«, sagte Grüner Vogel.

»Dii?«, fragte Eulenfängerin.

Diis Herz tat vor Hoffnung einen Sprung. Doch wie konnte sie Anaay verlassen? »Was ist mit unseren Männern?«, fragte sie.

»Verstoßt sie«, sagte Eulenfängerin. »Sie schicken uns, um diese Knochen zu hüten. Sie machen sich nicht viel aus uns.«

»Ahle ist bei ihrem Mann, und sie ist verletzt. Ich sollte bei ihr bleiben.«

»Tu, was du willst«, sagte Eulenfängerin. »Ich gehe.«

Sie hielt ihre Fackel in das Feuer, um die Flamme wieder zu entzünden. Dann gingen sie fort, verließen das Totenfeuer, Eulenfängerin, Grüner Vogel, Schnitt-im-Ohr und Weidenblatt.

Dii hatte sich erhoben und blickte ihnen nach, bis das Licht der Fackel in den Händen von Eulenfängerin nur noch ein kleiner Stern in der Dunkelheit war. Sie ließ sich wieder nieder und fühlte eine Leere in ihrer Brust, als wäre ein Teil von ihr mit ihnen gegangen und als trüge sie nur noch ihre halbe Seele in sich.

26

Das Vetter-Fluss-Lager

Chakliux sah die Frauen, als sie östlich des Lagers aus dem Gebüsch kamen. Die Sonne hatte gerade den höchsten Punkt überschritten. Zuerst dachte er sich nichts dabei, als sie auftauchten, waren es doch Schnitt-im-Ohr und Weidenblatt, dazu Grüner Vogel. Er war mit ihnen aufgewachsen.

Doch dann fiel Chakliux ein, dass diese drei bei der Gruppe Frauen und Mädchen gewesen waren, die K'os mit sich zum Nahe-am-Fluss-Dorf genommen hatte. Hinter den drei jüngeren Frauen kam Eulenfängerin, eine der Frauen, die bei dem Vergeltungsangriff als Arbeiterin verschleppt worden waren.

Im Lager hoben auch andere die Köpfe, fuhren einen Augenblick mit ihrer Arbeit fort und stießen dann mit einem Mal Freudenschreie aus. Sie ließen die Kochbeutel und die Trockengestelle liegen, rannten auf die vier Frauen zu und hießen sie mit weit ausgebreiteten Armen willkommen.

Chakliux und Sok aber griffen zu den Waffen und hielten sich bereit. Diese vier waren Arbeiterinnen, womöglich auch Frauen von Nahe-am-Fluss-Männern. Wer konnte sagen, wem sie die Treue hielten?

Blickt-in-den-Himmel verließ das Lager mit einem Hund, um Ausschau zu halten. Auch als er zurückkehrte und berichtete, dass niemand den Frauen gefolgt war, blieb Chakliux wachsam.

Die Vetter-Fluss-Männer versammelten sich vor dem Zelt von Chakliux und beratschlagten, was zu tun war. Wenn die Geschichte der Frauen stimmte, und sie glaubten ihnen, dann hatten sie sich in der Nacht davongestohlen. Wenn ihre Männer beschlossen, sie zurückzuholen, dann würden sie bald kommen. Sollten sie hingegen einen Angriff planen, so würden sie womöglich noch ein oder zwei Tage warten, um ihre Waffen bereitzumachen und um zu beten.

Wie dem auch sei, das Beste wäre, bald aufzubrechen. Die Tiere waren beinahe alle zerteilt. Von Nacht zu Nacht wurde der Frost stärker, und der Boden blieb bis weit in die zweite Hälfte des Tages hinein gefroren. So würde es nicht allzu mühsam sein, über die Steppe zu ziehen, selbst mit schweren Bündeln und Tragen.

Sie riefen Krummer Halm und sagten ihr, die Frauen sollten sich zum Aufbruch bereitmachen. Sodann holten die Männer ihre Waffen, spähten und wachten.

Krummer Halm brachte den Frauen die Nachricht der Männer. Obgleich Aqamdax froh war, bald schon zurück im Winterdorf zu sein, konnte sie den anderen Frauen nachfühlen, warum sie murrend ihr Missfallen bekundeten. Sie warteten nicht darauf, endlich ihren Mann zu verstoßen. Sie frohlockten nicht in der Hoffnung, Frau eines Mannes zu werden, der so gut war wie Chakliux. Sie wollten noch zwei, drei Tage haben, um zu beenden, was getan werden musste, bevor sie zusammenpacken konnten.

Vieles hatten sie schon getan. Die Innereien, die sie nicht frisch verzehrt hatten, waren gekocht und gehackt worden. Sie hatten sie in saubere Därme gestopft, zusammen mit getrockneten Beeren, die sie aus dem Winterdorf mitgebracht hatten. Dann hatten sie die Innereien mit geschmolzenem Fett versiegelt. Auch die Mägen hatten sie verarbeitet. Die meisten hatten sie im Ganzen geröstet, und Aqamdax hatte immer noch den sauren und süßen Geschmack jedes einzelnen Stückes im Mund. Sie erinnerte sich noch genau, wie der Saft ihr beim Essen über die Finger und den Arm hinuntergeronnen war. Die anderen Mägen hatten sie ausgeschabt und Vorratsbehältnisse daraus gefertigt. Sie hatten die Blasen geleert, sie aufgeblasen und getrocknet, damit sie Wasser hineinfüllen konnten.

Die Frauen hatten alle Luftröhren aufbewahrt, sie auf beiden Seiten geschabt, sie gewaschen und mit altem Gras gestopft. Wenn man sie gefror, bis sie trocken waren, konnte man sie gut dazu verwenden, Parkas und Stiefel zu verzieren. Aqamdax wollte aus den Därmen und den Luftröhren, die ihr zustanden, wasserfeste *chigdax* nähen, die Parkas, die die Ersten Menschen trugen. Obgleich die anderen Frauen sie verspotteten, wenn sie einen *chigdax* fertigte, so war es doch an ihr, zu lachen, wenn die fellbesetzten Parkas der Frauen den Regen aufsogen, während sie selbst trocken blieb. Sie hatte einen *chigdax* für Chakliux gefertigt und einen für Nachtmann, wenn er ihn auch niemals tragen würde.

Sie hatten alle Tiere gehäutet, die Sehnen vom Rückgrat abgezogen und zum Trocknen aufgehängt. Aqamdax staunte, wie schnell die Vetter-Fluss-Frauen in solchen Dingen waren, wenn sie gemeinsam über den großen, schweren Kadavern arbeiteten.

In den ersten Tagen nach der Jagd hatten die Frauen die Schädel gekocht. Was war besser als das weiche Fleisch der Backen und der süße Geschmack von dem Fett, das um die Augen lag? Jetzt waren sie dabei, das Fleisch von den Häuten zu lösen. Doch es war kalt, und so konnten sie die Häute, die verblieben, zusammenlegen und einrollen und mit ins Winterdorf nehmen. Dort konnten sie die Häute zu Ende schaben und trocknen. Einige Frauen waren noch immer damit beschäftigt, Fleisch zu zerteilen, doch die Knochen waren schon allesamt gekocht worden, um Öl und Mark zu gewinnen.

Noch ein oder zwei Tage, um die Häute fertig zu machen, das wäre das Beste. Doch Aqamdax konnte verstehen, warum Chakliux zum Aufbruch drängte. Mehr als all die anderen Frauen hatte Aqamdax sich gefreut, dass es Eulenfängerin und den anderen gelungen war, zu ihrem Volk zurückzukehren. Sie wusste, wie es war, sich nach der Heimat zu sehnen. Doch was, wenn die Nahe-am-Fluss-Männer versuchten, ihre Frauen zurückzuholen?

Mit ihrer Rückkehr hatte Eulenfängerin einen lebenden Mann gegen einen eingetauscht, der vor vielen Monden bei den Kämpfen getötet worden war.

»Nun bin ich Witwe«, sagte sie, »obgleich ich gestern noch Frau war. Doch wie viel besser ist es, einen Vetter-Fluss-Geistermann zu haben als einen Nahe-am-Fluss-Mann, der noch am Leben ist. Erwartet keine Trauer von mir. All jene Monde, die ich bei den Nahe-am-Fluss-Menschen gelebt habe, habe ich damit verbracht, meine Klagelieder zu singen.«

Obgleich sie die ganze Nacht gegangen waren, halfen Eulenfängerin und die anderen Frauen, alles zusammenzupacken und zu verstauen. Aqamdax ließ sich von ihrer Aufregung anstecken, und ihre Hände schienen sich noch schneller zu bewegen.

Seit der Geburt ihres Sohnes hatte Nachtmann sie nur ein einziges Mal in sein Lager geholt, und sie hatte seit jenem Tag auch ihre Mondblutung einmal gehabt.

Sicher blieb Nachtmann bei den Männern und bewachte das Lager, wenn sie in das Winterdorf zurückzogen.

Und das nächste Kind, das unter ihrem Herzen wuchs, würde Chakliux gehören.

Es würde nicht leicht werden zu verkünden, dass sie Mann und Frau sein wollten. Der Zorn von Nachtmann war ihnen gewiss, wenn Aqamdax ihn erst verstieß. Doch wie viele Frauen waren seit dem Tod ihres Sohnes zu ihr gekommen und hatten ihr ihre Wut und ihr Mitgefühl ins Ohr geflüstert?

Sie arbeiteten, und Eulenfängerin machte Späße über ihren Nahe-am-Fluss-Mann, bis sie alle lachten. Dann hörte Aqamdax über das Geplapper der Frauen hinweg, wie Stern schrie: »Nein, nein! Es ist nicht gut, dass diese Arbeiter-Frauen zurückgekehrt sind.«

Aqamdax machte sich auf die Suche nach Stern. Sie war vor Chakliux' Zelt und stritt mit dem Jungen Schwarzer Stock.

»Was weißt du schon?«, schrie Schwarzer Stock. Seine Gefühle waren so heftig, dass Speichel von seinem Mund flog, als er sprach. »Grüner Vogel ist unsere Schwester. Wir dachten, sie wäre tot. Was, wenn einer deiner toten Brüder zurückkommen würde? Würdest du ihm sagen, dass du ihn nicht hier haben willst?«

»Willst du einen neuen Kampf mit den Nahe-am-Fluss-Kriegern?«, fragte Stern. »Wir haben nur noch sechs Männer. Hast du das vergessen?«

Die Frauen ließen ihre Arbeit liegen und scharten sich um Chakliux' Zelt.

»Versuchen die Nahe-am-Fluss-Männer, ihre Frauen zurückzuholen?«, fragte Kleine Maus.

Dann erhob Krummer Halm ihre Stimme und sagte: »Was bringt es uns, wenn wir uns streiten? Bis morgen früh müssen wir zum Aufbruch bereit sein. Fleisch wartet darauf, verstaut zu werden, die Hunde wollen gefüttert sein, und die Tragen müssen beladen werden. Was nützt es, über die Nahe-am-Fluss-Menschen nachzudenken? Wird es unsere Arbeit leichter machen?«

Doch einige Frauen stimmten Klagelieder an und kauerten sich zusammen, als hätten die Nahe-am-Fluss-Krieger sie schon angegriffen.

»Wie töricht ihr seid!«, sagte Krummer Halm zu ihnen und stapfte davon. Wenigstens *sie* würde bereit sein, ihr Zelt wäre verpackt, und ihr Hund wäre gefüttert und stark genug, um morgen früh ihre Trage zu schleppen, murmelte sie vor sich hin.

Stern hockte sich hin, und ein paar andere Frauen kauerten sich neben sie. Aqamdax wusste, was es hieß, Angst zu haben, doch was brachte die Angst ihnen Gutes? Sie ging hinüber zu den Frauen und sprach ein Rätsel:

»Schau! Was sehe ich?« Sie wiederholte die Worte, bis die Frauen ihr lauschten. »Sie kommen im Zorn und haben kein Mitleid mit unseren Tränen.«

»Die Nahe-am-Fluss-Männer, sie kommen im Zorn«, sagte Stern mit der Stimme eines Kindes.

»Nein«, sagte Aqamdax. »Unsere eigenen Männer kommen im Zorn, wenn sie sehen, dass wir nicht zum Aufbruch bereit sind. Glaubt ihr, sie werden Mitleid mit unseren Tränen haben?«

»Wer bist du, dass du so zu uns sprichst?«, fragte Kleine Maus. »Ehe du zu uns kamst, warst du Nahe-am-Fluss-Frau, und davor warst du Seejägerin. Es scheint, als wolle kein Dorf dich haben. Wieso sollten wir auf dich hören?«

Auch einige andere Frauen fingen an, Aqamdax zu beleidigen, und sie wandte sich ab. Was nutzte es, ihnen mit Gewalt die Augen zu öffnen, wenn sie doch nicht sehen wollten?

Dann hörte sie zu ihrer Überraschung, wie Stern sagte: »Aqamdax hat Recht. Es ist töricht, hier herumzusitzen und zu weinen, wenn es etwas gibt, das wir tun können, um uns selbst zu helfen.«

Sie stieß Kleine Maus in die Seite, bis die Frau sich erhob, und dann gingen sie alle davon. Bald waren sie wieder damit beschäftigt, Fleisch zu ordnen und Trockengestelle abzubauen. Und Aqamdax hoffte, dass der Lärm ihrer Hände die Angst aus ihren Herzen vertreiben würde.

27

Das Nahe-am-Fluss-Lager

Anaay ballte seine Hände zu Fäusten und knirschte mit den Zähnen. Obgleich Sonnenrufer nur wiederholte, was Anaay ihm aufgetragen hatte – dass es töricht war, so schnell nach einer unglückseligen Jagd in den Kampf zu ziehen –, streckte und entstellte sein Stottern die Worte derart, dass auch ein langmütiger Zuhörer die Geduld verlor.

Das Beste war wohl, ihm Einhalt zu gebieten, ehe ein anderer Jäger es tat, sagte Anaay sich. Doch ehe er noch auf die Füße kommen konnte, hatte Spricht-viel sich schon erhoben. Er schlug mit einer Hand in die Luft, als wollte er die gebrochene Rede von Sonnenrufer fortwischen.

Die Vetter-Fluss-Frau Eulenfängerin war die zweite Frau von Spricht-viel gewesen. Sie war langsam und einfältig, diese Frau, und Anaay hatte geglaubt, Spricht-viel wäre froh, sie los zu sein. Im Nahe-am-Fluss-Dorf mangelte es an Männern. Wieso sich also nicht eines der jungen Mädchen auswählen?

Doch die Worte von Spricht-viel sagten Anaay, dass der Mann Eulenfängerin folgen und sie mit Gewalt zurückbringen wollte, wenn es sein musste. Selbst mit ihren Brüdern und Vettern wollte er es aufnehmen, wenn sie sich ihm in den Weg stellten.

»B-besser, ihr g-geht mit G-Geschenken und s-s-sanften W-Worten«, sagte Sonnenrufer, und Anaay nutzte die Gelegenheit, die Sonnenrufers Einwurf ihm bot, und erinnerte die Männer daran, wie unnütz die Vetter-Fluss-Frauen waren. Sie vergeudeten ihre Zeit mit dem Geheul um ihre toten Männer und Väter und Söhne. Sie verstanden es nicht, Stiefel zu machen, sodass die Schnüre die Füße eines Mannes wund rieben, und ihre Hasenfelldecken waren nicht annähernd dick genug.

»Wozu sich also um die Frauen grämen, die uns verlassen haben?«, sagte Anaay. »Es waren nur vier, und sie waren nicht viel wert.«

Die vier Männer erhoben die Stimmen und widersprachen ihm, doch Anaay rief aus: »Ihr hättet sie als Arbeiterinnen halten sollen, dann würden sie euch jetzt gehören, und ihr könntet sie zurückholen. Doch sie sind Frauen, und so haben sie das Recht, euch zu verstoßen.«

Die zornigen Worte erstarben. Wie konnten die Männer leugnen, was Anaay gesagt hatte? Die Frauen waren keine Arbeiterinnen. Jede hatte die Rechte einer Frau, die einem Mann angehört.

»Sie sind es nicht wert, dass ihr um sie kämpft«, sagte Drei Bäume.

Anaay stimmte ihm zu, dann sagte er: »Wir haben die Wahl. Wir können ihnen folgen und kämpfen, und womöglich sterben wir, oder aber wir kehren ins Winterdorf zurück, teilen uns in Jagdgruppen auf und nehmen das Fleisch, das wir für den Winter brauchen.«

»Ich w-wähle die Jagd«, sagte Sonnenrufer.

Spricht-viel aber rief aus: »Denkst du, wir können nicht siegen? Sie haben nicht mehr als sechs oder acht Männer.«

»Doch Sok und Chakliux sind nun bei ihnen«, sagte Erster Adler.

Spricht-viel spuckte aus. »Was sind die schon? Zwei Männer, die ihre Ehre verloren haben, die ausgezogen sind, um bei ihren Feinden zu leben. Wir hätten sie töten sollen, als sie in unserem Lager waren.«

»Sie waren gut genug, unsere Toten zurückzubringen.«

»Wenn wir die Vetter-Fluss-Menschen besiegen, könnten wir ihre Karibus und ihre Frauen nehmen«, sagte Spricht-viel.

»Und dafür wärest du bereit zu sterben?«, fragte Erster Adler.

»Ich gedenke nicht zu sterben.«

»Ei-einige w-werden st-st-sterben. So ist der K-Kampf«, sagte Sonnenrufer leise.

Sie fuhren fort, sich zu zanken. Ihre Worte schlugen gegen Anaays Ohren, doch er sagte nichts, bis das Flüstern der jungen Männer zu ihm drang, die an seiner Seite saßen. Sie gaben Anaay und seinen Kaributräumen die Schuld an ihrer schlimmen Lage. Da richtete Anaay sich zu seiner vollen Größe auf und deutete grob mit den Fingern auf die, die Klage erhoben hatten:

»Du und du«, sagte er, »und auch du, Spricht-viel, geht und kämpft. Entscheidet gut, denn die Vetter-Fluss-Menschen sind nicht dumm. Doch denkt daran, jene Frauen sind ihre Schwestern und Töchter. Für uns sind sie weiter nichts als Frauen. Geht, geht alle und kämpft, aber gedenket derer, die im letzten Kampf ihr Leben verloren haben, und dann entscheidet, welcher von euch für diese neue Torheit sterben will. Und während ihr kämpft, werden Sonnenrufer und ich unsere Frauen und unsere Hunde nehmen, und wir ziehen zurück in das Winterdorf.«

Sonnenrufer erhob sich und sagte mit erstaunlich klarer Stimme: »Es ist nicht die Zeit, zu kämpfen. Es ist die Zeit, zu jagen.«

Dann begaben er und Anaay sich zu den Überbleibseln ihrer Zelte, und einer nach dem anderen verließen auch die anderen Männer die Versammlung.

»Du hättest mit jenen vier Frauen gehen können«, sagte K'os zu Dii. »Warum bist du geblieben?«

Dii schüttelte den Kopf. »Ich bin Frau. Ich muss bei meinem Mann bleiben.«

»Jede dieser Frauen hatte einen besseren Mann als du. Bellender Fuchs ist ein alter Mann, und nutzlos dazu.«

Dii öffnete den Mund, um Anaay zu verteidigen, doch K'os fing an zu lachen. »Beinahe jede Nacht holt er dich in seine Bettstatt, doch noch immer wächst kein Kind in deinem Bauch. Er hat uns hierher geführt, an den Karibufluss, doch obgleich er noch niemals zuvor an einer Flussfurt gejagt hat, wollte er keinem von uns zuhören, die wir wussten, was zu tun ist.«

Sie wandte den Kopf und blickte zu der Stelle, wo die Männer sich versammelt hatten, wo sie sich beinahe den ganzen Morgen lang gestritten hatten. »Hat mein zweiter Mann, den du kanntest, unsere Gemeinschaft jemals so angeführt? Hat er jemals solchen Streit geduldet?«

Dii dachte an die Zeiten zurück, da Erdschläger oberster Jäger der Vetter-Fluss-Menschen war. Seltsam, dass K'os einst Frau des bedeutendsten Mannes ihres Dorfes und dass sie Mutter des *Dzuuggi* Chakliux gewesen war. Doch obgleich Dii damals wenig mehr als ein Kind gewesen war, hatte sie gehört, was man sich über K'os zuflüsterte. Dass sie ihre Kräfte als Heilerin missbrauchte, dass sie viele Männer in ihr Lager holte. Wie konnte Erdschläger ein besserer Anführer gewesen sein als Anaay, wenn er eine Frau wie K'os an seiner Seite geduldet hatte?

Doch warum sollte sie so etwas zu K'os sagen, waren die Erinnerungen an jene Tage doch womöglich die einzige Freude in ihrem Leben.

K'os zuckte die Achseln und schnippte mit den Fingern. »Jede Frau sieht in ihrem Mann etwas Besonderes. Da du dich entschlossen hast, bei Bellender Fuchs zu bleiben, wird es das Beste sein, du denkst, er wäre ein guter Mann. Höre, komm mit mir. Es gibt Dinge, die du über deinen Mann wissen musst, Dinge, die ich niemals jemandem anvertraut habe, niemals, nun aber werde ich dir davon erzählen.«

K'os führte Dii zu dem Gebüsch am Ufer des Flusses, wo die dichten Zweige ihre Worte einfangen und festhalten würden, sodass andere sie nicht hören konnten. Sie leckte ihre

Lippen und hockte sich hin. Und zum ersten Mal gewahrte Dii eine gewisse Unruhe im Gebaren dieser Frau.

»Einst, vor langer Zeit, als ich Mädchen war und noch nicht Frau irgendeines Mannes, da kamen Bellender Fuchs und zwei andere Nahe-am-Fluss-Jäger in unser Dorf. Mein Vater war freundlich zu ihnen und führte sie zu unserer Behausung, er gab ihnen zu essen und ein Lager für die Nacht. Am nächsten Tag verließen uns die Männer. Sie wollten in ihr Winterdorf zurückkehren. Meine Mutter befahl mir, zum Großvater-See zu gehen und Fichtenwurzeln zu sammeln. Jene Männer gingen mir nach ...« K'os verstummte, und Dii blickte auf. Ihre Blicke trafen sich, und Dii konnte eine Wildheit in den Augen von K'os lesen, die sie wünschen ließ, sie könnte ihre Ohren vor dem verschließen, was K'os nun gleich sagen würde.

»Ich hatte mich vornübergebeugt, um die Wurzeln auszugraben, und bot den Fichten ein Dankgeschenk dar, als zwei jener Männer mich angriffen. Bellender Fuchs war nicht dabei. Sie zwangen mich ..., sie zwangen mich ...«

K'os versagte die Stimme, und sie bedeckte ihre Augen mit einer Hand. Als sie schließlich weitersprach, waren die Worte ganz ruhig. »Doch dann kam Bellender Fuchs, und er tötete den einen Mann. Ich weiß nicht, was er dem anderen angetan hat, doch der Mann rannte davon. Dann half Bellender Fuchs mir zurück zu der Behausung meiner Mutter.

Jedermann glaubt, ich zeige Bellender Fuchs meine Missachtung, da ich ihn nicht mit seinem neuen Namen rufe, doch nun siehst du, dass ich ihn Bellender Fuchs nenne, um die Erinnerung an das zu ehren, was er vor so langer Zeit für mich getan hat.«

K'os hob ihr Kinn, und Dii sah, dass ihre Augen trocken und hart waren. Hatte sie sich das Schluchzen nur eingebildet, das die Worte von K'os gebrochen hatte?

»Doch ich habe einen guten Mann gefunden und Bellender Fuchs vergessen, bis zu jenem Tage, als er mich bei Schwarzer Mund eingehandelt hat. Da wusste ich, dass auch er sich meiner erinnerte. Er sah, dass es mich nicht glücklich machte, Arbeiterin zu sein, und in mir regte sich die Hoffnung, er würde mich als dritte Frau nehmen. Doch er ist Anführer in diesem Dorf und hat nicht die Zeit, sich um viele Frauen zu kümmern. Und überdies, wie viele Kinder kann ich ihm geben? Ich bin beinahe alt. Besser, er hat dich zur Frau.

Doch ich mag nicht mit Möwenschnabel leben. Ihre Worte sind scharf wie ihr Name. Nun, da ich gesehen habe, dass die Männer ihren Frauen nicht gefolgt sind, habe ich beschlossen, dass auch ich zurück zu den Vetter-Fluss-Menschen gehen werde. Besonders, da ich nun weiß, dass mein Sohn Chakliux sich entschieden hat, bei ihnen zu leben. Doch ich möchte dieses Lager nicht verlassen, ohne etwas für Bellender Fuchs und für dich zu tun.«

Sie griff in den Beutel aus Otterhaut, der an ihrem Gürtel hing, und holte ein Päckchen heraus, das mit einer rot gefärbten Sehne zugeschnürt war. »Hieraus kannst du einen Tee bereiten, der den Samen von Bellender Fuchs stark machen wird. Er ist ein alter Mann, und alte Männer geben die Kinder oftmals nicht so einfach, wie sie es getan haben, als sie jung waren. Bald schon wirst du voll sein mit dem Kind deines Mannes.«

»Wie soll ich es verwenden?«, fragte Dii und nahm das Päckchen an sich.

»Einmal an jedem Tag – nur eine kleine Menge, so viel, wie auf einer Fingerspitze Platz findet – mischst du es in siedendes Wasser und wartest, bis es abgekühlt ist.«

»Soll ich es besser in der Frühe oder am Abend einnehmen?«

»Nein«, sagte K'os schnell. »Nicht du nimmst es. Es ist für Bellender Fuchs. Am besten wird sein, du gibst es ihm am Abend, ehe er schläft, doch es wird auch zu jeder anderen Tageszeit seine Wirkung tun. Sage ihm besser nicht, wozu es dient. Alte Männer sind oft töricht, wenn es um Dinge wie diese geht.«

»Danke«, sagte Dii leise. Sie wollte K'os' Hand in die ihre nehmen, doch K'os erhob sich und verbarg ein Lächeln. »Ich werde heute Nacht fortgehen, ich habe noch viel zu tun.«

»Begib dich nicht in Gefahr«, sagte Dii.

»Ich bin niemals in Gefahr«, erwiderte K'os.

K'os verließ das Lager bei Dunkelheit, sie stahl sich fort von den Feuerstellen und hörte nicht auf die Segnung, die Dii flüsterte, als sie ging. Es war gut, von dieser Frau fortzukommen und von ihrem dummen Mann. K'os hielt sich dicht am Boden. Als sie an die Stelle kam, wo die Männer ihre Hunde angebunden hatten, sprach sie mit sanfter Stimme auf die Tiere ein. Sie ließ ihre Hand über jeden Haltestrick gleiten, bis sie denjenigen fand, den sie mit einem Knoten gekennzeichnet hatte, als sie die Hunde fütterte.

Das Tier gehörte Sonnenrufer und war einer jener goldäugigen Hunde, die sie und Erdschläger einst in das Nahe-am-Fluß-Winterdorf gebracht hatten. Es war ein guter Hund, mit breiter Brust und dickem Fell. Obgleich sie und Erdschläger den Nahe-am-Fluss-Menschen einige goldäugige Hunde gebracht hatten, gab es noch immer nicht besonders viele davon im Dorf.

Sie verstanden es nicht zu züchten, diese Nahe-am-Fluss-Männer. Goldäugige Hunde durften nur mit anderen goldäugigen gekreuzt werden, oder von Zeit zu Zeit mit einem Hund, dessen Vater oder Mutter goldäugig gewesen war. Die Nahe-am-Fluss-Menschen aber trennten die goldäugigen Weibchen nicht von den anderen Hunden, wenn sie läufig waren, und sie ließen die Treue zu ihren Brüdern und Vettern darüber bestimmen, wessen Männchen zur Züchtung verwendet wurden. Wenn sie das Geschenk, das K'os ihnen einst gemacht hatte, nicht zu würdigen wussten, warum sollte sie es dann nicht zurücknehmen?

Sie durchschnitt den Haltestrick und lockte den Hund mit schmeichelnden Worten aus dem Dorf. Sie war sich sicher, dass die Vetter-Fluss-Menschen sie nicht einhellig willkommen heißen würden. Die Frauen würden besorgt sein wegen ihrer Männer. Dennoch würden sie dankbar sein für ihre Arzneien, und die Männer würden sicher froh sein, dass ein goldäugiger Hund in ihr Dorf zurückkehrte.

Als sie weit genug vom Lager entfernt war, hielt sie an, nahm eines ihrer Bündel von ihrem Rücken und band es dem Hund auf. Dann gab sie ihm ein Stück gedörrtes Karibufleisch. Es gefiel ihr nicht, dass sie in der Nacht gehen musste, doch welche Wahl hatte sie?

Sie warf einen Blick zurück über ihre Schulter, auf die trüben Lichter der Nahe-am-Fluss-Feuerstellen. So töricht diese Menschen auch waren, es fiel K'os nicht leicht, sie zu verlassen. Zu gerne hätte sie gesehen, wie die Zauber, die sie in den Parka gewoben hatte, ihre zerstörerischen Kräfte auf Anaay wirken ließen. Doch womöglich hatte sie schon genug gesehen. Was konnte schlimmer sein, als diese Karibujagd es gewesen war? Zudem springt das Unglück auf jenen über, der ihm zu nahe kommt. Wenigstens würden die gemahlenen Giftbeeren, die sie Dii gegeben hatte, ihre Rache an Bellender Fuchs vollenden. Schade, dass sie nicht da sein würde, um ihre Wirkung zu bewundern, doch jede Nacht, wenn sie in ihrer Bettstatt lag, würde sie sich ausmalen, was geschehen würde. Das war beinahe genauso gut.

Und nun war es an der Zeit, bei Chakliux zu sein. Die Frau und der Sohn, die sie ihm genommen hatte, waren erst der Anfang gewesen. Er verdiente sogar noch mehr als das, worunter Bellender Fuchs leiden würde.

28

Das Vetter-Fluss-Lager

In Gruppen von zwei oder drei kamen die Frauen bei Morgengrauen nacheinander ins Lager, zwei Hand voll von ihnen, und Söhne und Töchter dazu. Denn keine von ihnen hatte ihre Kinder zurückgelassen, als ihre Nahe-am-Fluss-Männer ihnen sagten, dass sie mit auf die Jagd gehen mussten.

Wer wollte schon sein Kind einer Nahe-am-Fluss-Frau anvertrauen?

Als acht Frauen das Lager erreicht hatten, rief Chakliux die Männer zusammen. Sie kamen zu dem Schluss, dass es töricht sei, sich jetzt auf den Rückweg zu machen. Nun, da so viele Frauen das Nahe-am-Fluss-Lager verlassen hatten, würden ihre Männer ihnen sicher nachkommen. Es war besser, sich für einen Angriff zu wappnen. Besser, sie waren an Ort und Stelle zum Kämpfen bereit, als sich angreifen zu lassen, wenn sie sich weit auseinander gezogen auf der Fährte zurück zu ihrem Winterdorf befanden.

Sie versetzten das Lager, fort von dem Gebüsch an der Uferböschung. Chakliux wies die Jungen an, Weiden und Erlen zu fällen. Die Stämme konnten als Zaun in den Boden gerammt werden und einem Mann Schutz bieten, der einen Speer warf oder einen Bogen spannte. Die Frauen packten die Blasen, Herzbeutel und Karibumägen wieder aus, die sie zu Behältern geformt hatten. Sie füllten sie mit Wasser, für den Fall, dass der Angriff lange währen würde. Das Astwerk der geschlagenen Bäume wurde rund um das Lager aufgehäuft und diente als Hecke gegen Pfeile und Speere. Krummer

Halm bekam die Aufgabe, Tag und Nacht ein Kochfeuer zu unterhalten und dafür zu sorgen, dass stets Kochbeutel bereit waren für die, die Hunger hatten, und heißes Wasser, um Arzneien zu bereiten.

Dann warteten sie.

Die letzte Frau, die das Lager erreichte, war K'os, gefolgt von einem großen goldäugigen Hund.

»Eine Falle!«, rief Blickt-in-den-Himmel. »Traut ihr nicht.«

K'os aber warf den Kopf in den Nacken und lachte. »Denkst du, ich begrabe meinen Hass einfach so? Denkst du, ich würde für die Nahe-am-Fluss-Menschen kämpfen, nach alldem, was sie uns angetan haben? Sie haben mich als Arbeiterin gehalten.«

»Das ist wahr«, sagte Eulenfängerin. »Sie war Arbeiterin des Mannes, den ihr als Bellender Fuchs kennt.«

»Warum hast du den Hund mitgebracht?«, fragte Blickt-in-den-Himmel.

»Ich bin eine alte Frau. Erwartest du, dass ich meine Bündel selbst trage?«

Blickt-in-den-Himmel sah zu Chakliux hinüber. »Sie ist deine Mutter. Sag du uns, was wir tun sollen.«

Chakliux warf Sok einen schnellen Blick zu.

»Ich kenne sie nicht«, sagte Sok. »Du musst entscheiden.«

»Sie hat mir einmal Medizin für meinen Kopf gegeben«, sagte Weidenblatt und fuhr mit der Hand durch ihre dichten Haare. »Sie kann helfen, wenn jemand von uns verletzt wird.«

Chakliux deutete mit dem Kinn auf Krummer Halm und auf Vogelruferin, die Frau von Blickt-in-den-Himmel. »Ihr beide, passt auf sie auf. Wenn sie Arzneien verabreicht, dann sorgt ihr dafür, dass sie zuerst selbst davon nimmt.«

Krummer Halm fing an zu murren, und Chakliux rief K'os zu: »Du kannst einstweilen bei uns bleiben.«

»Ein merkwürdiges Lager habt ihr hier«, sagte K'os, als sie den Hund durch die Hecke führte, an Packen und Zelten vorbei.

»Es ist ein geheiligtes Lager«, gab Chakliux zurück, »zum Schutze erbaut.«

»Und du gibst also deine Treue so einfach auf«, sagte K'os zu ihm. Dann sah sie die Menschen an, die um sie versammelt waren. »Und euch allen ist es gleich, dass Chakliux bei den Kämpfen auf der Seite der Nahe-am-Fluss-Menschen gestanden hat? Keiner von euch macht sich Gedanken, dass er die Gefahr sein könnte? Alle habt ihr Angst vor mir, vor mir, die ich Arbeiterin war und von den Nahe-am-Fluss-Menschen schlechter behandelt worden bin als ihre Hunde.«

»Deine Klage nutzt dir nichts«, gab Schnitt-im-Ohr zurück. »Du hast nicht schlecht gelebt für eine Arbeiterin.« Sie wandte K'os den Rücken zu.

»Ohne mich wäret ihr alle tot«, sagte K'os. »Ihr wäret im Dorf geblieben, um zu kämpfen, und sicherlich wäret ihr getötet worden oder in euren Behausungen verbrannt.«

»Nur wenige mussten sterben«, sagte Sok. »Und das verdanken wir deinem Sohn, der uns vor dem Angriff gewarnt hat.«

K'os drehte sich geschwind zu dem Mann um. »Und du, Sok«, sagte sie, »glaubst du, ich weiß nicht, wer du bist? Vor langer Zeit habe ich deinen Vater gekannt. Ich bete, dass du nicht bist wie er.«

Sok machte einen Schritt auf sie zu und hob die Hand, als wolle er sie schlagen. Doch er packte nur die Kapuze ihres Parkas, zerrte sie zu dem Kochfeuer und schleuderte sie zu Boden, Krummer Halm vor die Füße. »Wenn sie Ärger macht«, sagte er zu der Frau, »dann rufe mich. Ich werde sie töten.«

Sie sandten Schreit-laut, Ghaden und Schwarzer Stock flussaufwärts. Sie sollten sich im Gebüsch verstecken und nach den Nahe-am-Fluss-Männern Ausschau halten. Ghaden sah sie als Erster kommen. Einige trugen Bündel, doch die meisten hatten nichts bei sich als ihre Waffen. Mit einem Mal war sein Mund so trocken, dass er den anderen Jungen nicht zurufen konnte.

Also huschte er zu der Stelle, an der er Schreit-laut vermutete, doch dort war niemand.

Ghadens Herz pochte so heftig, dass er die Schläge an seinen Handgelenken und in den Kniekehlen spüren konnte. Er musste versuchen, das Lager allein zu erreichen.

So leise er konnte, kroch er durch das Gebüsch. Schweiß rann ihm in die Augen, und sie tränten. Als er das Lager beinahe erreicht hatte, schlich er hinaus an den Rand der Bäume, dorthin, wo das Strauchwerk vor der Steppe zurückwich. Wenn er rannte, so schnell er es vermochte, könnte er die Menschen im Lager noch warnen, ehe die Nahe-am-Fluss-Krieger nahe genug wären, um ihre Speere zu werfen.

Er holte zweimal tief Atem, dann stürzte er ins Freie. Die Sonne war an diesem Tag hell, und sie hatte den Boden aufgeweicht. Zweimal bemaß er seinen Schritt verkehrt und versank bis zu den Knien im roten Moos der Steppe, das dicht am Ufer kleiner Bäche wächst. Er strauchelte über ein Grasbüschel, kam wieder auf die Beine und hörte auf einmal, dass jemand hinter ihm war.

Schreit-laut? Er sah sich um. Nein, es war einer der Nahe-am-Fluss-Männer. Ghaden rannte so schnell, dass der Atem in seiner Kehle rasselte. Schmerz stach in seine Seite, doch er rannte weiter. Als er beinahe die Hecke um das Lager erreicht hatte, erhob er seine Stimme und schrie:

»Die Nahe-am-Fluss-Männer! Die Nahe-am-Fluss-Männer!«

Dann fiel eine Hand schwer auf seine Schulter, hielt ihn auf, und er stürzte. Ghaden landete auf seinem Hinterteil, und er trat um sich. Der Jäger beugte sich über ihn, packte seinen Fuß und hielt Ghaden kopfüber in die Luft. Ghaden schaute hinauf in das Gesicht des Mannes und erkannte, dass es Flusseistänzer war, der ihn erwischt hatte.

Mit einem Mal war Ghaden nicht annähernd so ängstlich, wie er es gerade noch gewesen war. Flusseistänzer war älter und größer geworden, doch er war noch immer eher Junge als

Mann. Wer konnte vergessen, dass Yaa ihm einst die Nase gebrochen hatte? Ghaden holte mit seinem rechten Fuß aus, und es gelang ihm, sich aus dem Griff von Flusseistänzer zu befreien und ihm ins Gesicht zu treten. Der Junge brüllte, schleuderte Ghaden zu Boden und setzte sich auf ihn. Er zog ein Messer und hielt es Ghaden an die Kehle.

»Ich sollte dir deinen Mund aufschlitzen«, sagte er. »Oder vielleicht deine Augen herausschneiden ...«

Da fiel ein Schatten auf sie. Es war ein Nahe-am-Fluss-Jäger. Ghaden hatte ihn schon einmal gesehen, doch er konnte sich nicht an seinen Namen erinnern.

Der Mann stieß Flusseistänzer mit einer Zehe an. »Wir sind gekommen, um unsere Frauen zurückzuholen und nicht, um Kinder zu töten. Lass ihn los.«

Flusseistänzer rieb sein Kinn. »Er hat mich getreten.«

Der Jäger packte Flusseistänzer am Arm und zerrte ihn von Ghaden herunter. Ghaden holte tief Luft und stand auf, dann wich er zurück.

»Ich bin Erster Adler«, sagte der Mann. »Du bist Ghaden, *nae'*?«

Ghaden nickte

»Lebst du jetzt bei den Vetter-Fluss-Menschen?«

»Ja.«

»Ich habe dich und deine Schwester bei den Kämpfen gesehen. Als wir in das Vetter-Fluss-Dorf gekommen sind. Erinnerst du dich?«

Ghaden wusste nicht, ob der Mann wissen wollte, ob er sich an ihn oder an die Kämpfe erinnerte, also sagte er gar nichts. Wer konnte die Kämpfe vergessen? Doch wie sollte er sich an einen Mann unter vielen erinnern? Der Rauch war zu dicht gewesen, und zu groß seine Angst.

»Wir werden wieder gegen euch kämpfen«, sagte Ghaden. »Ihr habt damals nicht alle von uns getötet, und ihr werdet auch jetzt nicht alle von uns töten.«

»Ah, kleiner Mann, du erinnerst mich an deinen Vater. Ich

erinnere mich an den Finger, den er den Geistern gegeben hat, im Tausch für dein Leben.«

Sein Vater? Sommergesicht, der alte Mann, der gestorben war? Sein Vater hatte sich einen Finger abgeschnitten, um Ghaden das Leben zu retten? Sein Vater war gestorben, als Ghaden in der Behausung des Schamanen lag und von den Messerstichen genas. Nie hatte ihm jemand erzählt, wie Sommergesicht gestorben war, und Ghaden hatte niemals über seinen Tod nachgedacht. Doch wenn sein Vater einen Finger für ihn geopfert hatte, war er dann daran gestorben? Konnten Männer, die schon schwach vom Alter waren, an so etwas sterben?

Ghaden fühlte, wie seine Augen sich mit Tränen füllten, und zornig hob er einen Arm, um sie wegzuwischen.

»Du musst keine Angst haben«, sagte Erster Adler, und in seiner Stimme schwang eine Sanftheit, die Ghaden überraschte. »Wir sind gekommen, um unsere Frauen zu holen. Das ist alles.«

Ghaden schluckte seine Angst hinunter und verdrängte seine Tränen. Mit ruhiger Stimme sagte er: »Wenn sie aber nicht mit euch gehen wollen, werden Sok und Chakliux sie nicht dazu zwingen.«

Ein alter Mann trat zu ihnen, und dann kamen weitere Naheam-Fluss-Jäger. Ghaden hatte sie alle schon einmal gesehen. Der alte Mann war Bellender Fuchs. Er war faul und oftmals grob, doch nun schien er derjenige zu sein, der den anderen sagte, was sie machen sollten.

Die Männer fingen an zu reden. Die meisten waren zornig, Erster Adler aber schien nur traurig zu sein. Keiner achtete auf Ghaden. Er ließ sich auf Hände und Knie fallen und krabbelte zwischen ihren Beinen hindurch. Bellender Fuchs packte ihn an seiner Kapuze und hob ihn in die Luft.

»Hier geblieben!«, sagte er. »Denkst du, du bist nun Vetter-Fluss-Mensch? Hast du vergessen, dass du einst zu uns gehört hast?«

Er setzte Ghaden ab und stieß ihm das stumpfe Ende seines Speers in den Rücken. Ghaden plumpste zu Boden und setzte sich. Dort wartete er, bis die Männer bereit waren, zum Lager zu gehen. Die meisten hatten sich dagegen ausgesprochen zu kämpfen, doch andere meinten scherzhaft, sie sollten auch die verbliebenen Vetter-Fluss-Menschen töten, um sie ein für alle Mal los zu sein.

Sie setzten sich in Bewegung, und Bellender Fuchs hielt Ghadens Kapuze mit einer Hand fest. Ghaden löste das Zugband, doch Bellender Fuchs verstärkte nur seinen Griff, bis es Ghaden würgte. Doch er hatte noch immer genug Luft, um zu sagen: »Meine Schwester Yaa ist dort im Vetter-Fluss-Lager.«

»Wer?«, fragte Bellender Fuchs.

»Yaa, meine Schwester.« Ghaden versuchte, den Kopf zu drehen, um zu sehen, ob Bellender Fuchs verstanden hatte, doch der Mann hielt ihn zu fest gepackt. »Sie ist kein Vetter-Fluss-Mädchen. Ihr dürft sie nicht töten.«

Chakliux hatte drei der zurückgekehrten Frauen gebeten, in der Nähe der Hecke zu bleiben und zu rufen, sobald sie einen der Jungen erblickten, die zum Spähen ausgeschickt worden waren. Eine törichte Wahl, hatte Chakliux sich gesagt, als die erste Frau schrie, sie hätte Nahe-am-Fluss-Jäger gesehen. Die anderen zwei begannen zu weinen. Eine von ihnen ließ sich zu Boden fallen und schluchzte derart, dass alle Vetter-Fluss-Männer aus den Zelten gerannt kamen, mit ihren Speeren in der Hand.

»Haben sie angegriffen?«, rief Sok.

Chakliux schnaubte ärgerlich und deutete mit dem Kopf auf die drei Frauen. »Nein, aber sie haben etwas gesehen.«

»Ein Backenhörnchen vermutlich«, sagte Nimmt-mehr.

Sok kauerte sich zusammen und spähte durch die Lücken in der Hecke. »Nein«, sagte er. »Seht. Nahe-am-Fluss-Männer.«

Die Nahe-am-Fluss-Jäger bewegten sich offen auf sie zu, ohne sich oder ihre Waffen zu verbergen. Als sie näher kamen, schob Bellender Fuchs sich aus der Mitte der Gruppe nach vorne, und Chakliux konnte sehen, dass er Ghaden in seiner Gewalt hatte.

»Ghaden«, sagte Sok und deutete mit dem Kinn auf den Jungen. »Doch was ist mit Schreit-laut und Schwarzer Stock?«

»Sag nichts«, sagte Chakliux. »Die Frauen sollen sich nicht um ihre Söhne sorgen.«

Dann hörte er, wie jemand scharf die Luft einsog. Er sah, dass die Mutter von Schwarzer Stock über eine niedrige Stelle der Hecke spähte.

Chakliux erwartete einen Ausbruch, Tränen und Klagerufe, doch sie richtete sich auf, hob ihren Kopf empor, als wäre sie selbst Krieger, und stand abwartend da, eine Hand schlug leicht auf das Frauenmesser, das in einer Hülle um ihren Hals hing.

Einige Schritte von der Hecke entfernt machten die Nahe-am-Fluss-Männer Halt. Bellender Fuchs rief: »Ihr seht, dass ich einen eurer Jungen habe. Er sagt, er ist ein Vetter-Fluss-Krieger, auch wenn er mir erzählt, dass seine Schwester ein Nahe-am-Fluss-Mädchen ist.«

Ghaden hörte den Spott in der Stimme von Bellender Fuchs, und er wehrte sich gegen seinen Griff, doch der Mann wand seine Faust noch enger in die Kapuze, und Ghaden bekam jetzt kaum noch Luft.

»Habt ihr unsere Frauen?«

Chakliux schaute zu Sok, und der sagte: »Sprich du für uns.«

Blickt-in-den-Himmel nickte zustimmend, Nachtmann aber wandte seine Augen ab.

»Jede dieser Frauen ist Schwester oder Mutter, Tochter oder Base«, sagte Chakliux, »aber keine hat einen Mann.«

Der Nahe-am-Fluss-Jäger Spricht-viel trat vor und streckte seinen Wurfstock über den Kopf. »Du lügst, Chakliux«, sagte er. »Ich dachte, *Dzuuggi* wäre es verboten, zu lügen. Meine Frau Eulenfängerin ist dort bei euch.«

»Jeder Mann, der meinen Bruder einen Lügner ruft, ist ein

Narr«, sagte Sok. Spricht-viel fuhr mit seinen Beleidigungen fort, doch Chakliux fiel ihm ins Wort. »Die Frauen in diesem Lager sind freiwillig hier. Ist es den Nahe-am-Fluss-Frauen nicht länger erlaubt, ihre Männer zu verstoßen?«

»Eine ist bei euch, die nicht Frau ist, sondern Arbeiterin«, sagte Bellender Fuchs. »Womöglich hat sie euch das verschwiegen.«

»Welche?«, fragte Chakliux, obgleich er wusste, wer gemeint war.

»K'os.«

»Wir sind froh, dass nur K'os Arbeiterin ist«, sagte Chakliux zu den Vetter-Fluss-Männern. »Ich habe befürchtet, es wären mehr.«

»Siehst du«, rief Bellender Fuchs, »ich habe mir hier meinen eigenen kleinen Arbeiter gefangen.«

Er hob Ghaden an seiner Kapuze in die Luft. Der Junge schlug mit Füßen und Fäusten wild um sich. Schließlich konnte er Bellender Fuchs einen Tritt versetzen, und der Mann musste ihn loslassen. Ghaden stolperte auf die Beine und rannte auf die Hecke zu. Bellender Fuchs drehte seinen Speer um und warf ihn, mit dem Ende nach vorn. Er krachte mitten in Ghadens Rücken. Ghaden schrie auf und stürzte zu Boden.

Einige Vetter-Fluss-Männer erhoben zornig ihre Stimmen, Bellender Fuchs aber grinste nur, und die Narbe auf seinem Gesicht zog eine Seite des Mundes hoch, sodass seine Zähne zu sehen waren.

Chakliux vernahm einen Schrei, und bevor er sie aufhalten konnte, kämpfte Stern sich durch die Hecke. Aqamdax folgte ihr, und beide knieten neben Ghaden nieder. Dann wollte auch Chakliux durch die Hecke brechen, doch Sok packte ihn bei den Schultern und schrie ihn an, bis er sich beruhigt hatte.

»Einer Frau werden sie wohl nichts tun«, sagte Sok, »aber du ...«

»Hätten die Nahe-am-Fluss-Menschen den ersten Vetter-

Fluss-Angriff wohl überlebt, wenn ich ihnen nicht gesagt hätte, was sie tun sollten?«, fragte Chakliux. »Jeder Mann dort draußen verdankt mir sein Leben. Das weißt du.«

»Das weiß ich«, sagte Sok, »aber im Zorn vergisst ein Mann seine Schuld. Und seine Ehre.«

Sok deutete auf Blickt-in-den-Himmel und Nimmt-mehr, Er-lacht und Nachtmann. Jeder von ihnen stand bereit, mit Speeren und Pfeilwerfern in den Händen.

Dann erhoben auch Chakliux und Sok ihre Waffen. Chakliux holte tief Luft, damit seine Hände aufhörten zu zittern, und legte das eingekerbte Ende eines Speeres in seinen Speerwerfer.

Aqamdax hob den Kopf und blickte Bellender Fuchs in die Augen. Er war ein Feigling, voller Angst und Hass, zornig auf alle, die Weisheit oder Mut zeigten, und mit Geringschätzung für jene, die in seinen Augen schwächer waren als er.

Unter ihren Fingerspitzen konnte sie den beruhigenden Puls von Ghadens Herz spüren. Der Speer von Bellender Fuchs hatte den Jungen bewusstlos geschlagen. Sie betete, dass er ihm nicht das Rückgrat gebrochen hatte. Sie beugte sich wieder hinunter und sah, dass Ghadens Augenlider zuckten.

»Geht es dir gut?«, fragte sie.

Stern hatte geschrien von dem Moment an, als sie sah, wie Ghaden stürzte, und sie hatte Bellender Fuchs und die Nahe-am-Fluss-Männer mit Flüchen überhäuft. Doch Aqamdax gelang es, eine Hand zu packen und ihre Finger an die Stelle von Ghadens Hals zu legen, wo sein Puls zu spüren war. Die Augen von Stern weiteten sich, und sie hörte auf zu schreien. Doch noch immer rannen Tränen über ihr Gesicht.

»Er ist nicht tot. Er ist nicht einmal verletzt«, sagte Bellender Fuchs. »Doch versucht nicht, ihn mitzunehmen. Ich habe ihn gefangen. Er ist mein Arbeiter und muss tun, was ich verlange.«

»Du würdest einen Jungen aus deinem eigenen Dorf zum

Arbeiter machen?«, fragte Aqamdax. Sie sah in sein Gesicht und blickte dann gekränkt schnell wieder weg. »Dieser Mann führt euch an?«, sagte Aqamdax zu den anderen Jägern. »Ich habe nur einige Monde in eurer Gemeinschaft gelebt, doch ich kann mich noch gut daran erinnern, dass er oftmals in seiner Behausung geblieben ist, wenn alle anderen auf der Jagd waren. Ich erinnere mich, dass die Behausung seiner zweiten Frau beinahe auseinander fiel, während er seine Augen nicht von den jungen Mädchen lassen konnte.« Sie schüttelte den Kopf. »Und dieser Mann führt euch an?«

Bellender Fuchs zog einen kurzen Wurfstock aus dem Behälter auf seinem Rücken.

Aqamdax überlegte, ob er es wagen würde, sie zu töten. Wer war sie, dass sie so zu Jägern sprach? Warum sollten sie auf eine Frau hören, die zudem nicht einen Tropfen Flussblut in sich hatte? Doch Bellender Fuchs war ein Feigling. Sicher war ihm bewusst, dass die Vetter-Fluss-Männer ihre Speere bereithielten. Sie war auf seinen Spott, seine Beleidigungen gefasst, doch als er sprach, sagte er: »Ich bin Anaay, Karibusänger. Ich bin Anführer dieser Menschen. Unser Dorf ist groß und stark. Wir haben die Vetter-Fluss-Krieger besiegt. Was bedeuten sie dir? Wir haben gehört, dass du ihnen nichts weiter warst als Arbeiterin.«

»Es ist wahr, ich kam als Arbeiterin, doch nun bin ich Frau, und als Frau habe ich beschlossen zu bleiben. Dieser Junge gehört nicht zu euch, weder als Arbeiter noch freiwillig. Er ist ein Vetter-Fluss-Junge.«

»Ehe er zum Vetter-Fluss-Dorf gehörte, war er ein Nahe-am-Fluss-Junge. Das kannst du nicht ändern.«

»Er ist mein leiblicher Bruder, und unsere Mutter wurde in deinem Dorf getötet. Wenn er nicht Vetter-Fluss-Junge sein kann, weil er zuerst Nahe-am-Fluss-Junge war, dann muss es wahr sein, dass er nicht Nahe-am-Fluss-Junge ist, weil er zuerst Seejäger-Junge war.«

Bellender Fuchs kniff die Augen zusammen, und sein Gesicht lief rot an. »Er weiß nichts über die Seejäger. Wie kann er sein, was er niemals gesehen hat? Du bist töricht ...«

Einer der anderen Nahe-am-Fluss-Männer unterbrach Bellender Fuchs. Er sprach leise, und Aqamdax konnte nur wenige Worte verstehen, doch Stern flüsterte: »Er sagt Bellender Fuchs, dass es Wichtigeres gibt, als über Ghaden zu grübeln.«

Aqamdax nickte und beugte sich zu Ghaden hinab, um ihn zu fragen, ob er gehen konnte.

»Ich bin nicht verletzt«, sagte er, und Aqamdax konnte die Ungeduld in seiner Stimme hören. »Es tut mir Leid, dass sie mich erwischt haben.«

Er stützte sich auf Hände und Knie, streckte seinen Rücken und stand auf. Bellender Fuchs begann zu knurren, als er ihn sah.

»Wir gehen jetzt in unser Lager zurück«, sagte Aqamdax.

»Beweise mir, dass er Seejäger ist!«, verlangte Bellender Fuchs. »Wenn er Seejäger ist, lasse ich ihn gehen.«

Aqamdax biss sich auf die Lippen. Wie sollte sie so etwas beweisen?

Ghaden drehte sich zu Bellender Fuchs um und sagte laut: *»Tuxakuxtxin hi? Unangax uting.«*

Aqamdax schlug sich voll Erstaunen die Hand vor den Mund. Wer hatte Ghaden die Worte der Ersten Menschen gelehrt? War ihre Mutter es gewesen?

»Was hat er gesagt?«, verlangte Bellender Fuchs zu wissen.

»Er spricht in der Sprache unseres Volkes, der Ersten Menschen«, erwiderte Aqamdax. »Jene, die ihr Seejäger nennt. Er hat gefragt: ›Kannst du mich verstehen?‹ Dann hat er dir gesagt, dass er von den Ersten Menschen stammt.«

Bellender Fuchs blieb vor Erstaunen der Mund offen stehen, und Aqamdax schubste Ghaden vor sich durch die Hecke. Sie sah nicht, wie Stern den Speer von Bellender Fuchs aufhob, als sie aber den Schrei des Mannes hörte, wandte sie sich um. Der Speer war wunderschön, der Birkenschaft war mit schwarzen Federn besetzt, und darauf saß ein Vorschaft aus

Elfenbein vom Walross, und darüber eine Spitze aus Feuerstein. Der Speer war mit den Farben der Nahe-am-Fluss-Waffen, Schwarz und Weiß, umwunden, und zudem trug er blaue und gelbe Zeichen, die bewiesen, dass er Bellender Fuchs gehörte.

Stern hob den Kopf und blickte Bellender Fuchs in die Augen. Sie zog die Spitze des Speeres über ihren Arm, und lächelnd belegte sie die Waffe mit dem Fluch von Frauenblut.

29

Nach langen Beratungen beschlossen die Vetter-Fluss-Männer schließlich, dass die Nahe-am-Fluss-Männer mit ihren Frauen sprechen durften. Sie kamen unmittelbar vor der Hecke zusammen. Chakliux und Sok nahmen jede Frau in ihre Mitte und begleiteten sie. Sobald ein Mann seine Frau zwingen wollte, mit ihm zu kommen, hatten sie ihre Hände auf die Messer gelegt, die in Hüllen an ihrer Seite baumelten.

Drei Frauen entschieden sich, mit ihren Männern zurückzugehen. Keine von ihnen hatte noch nahe Verwandte bei den Vetter-Fluss-Menschen, und eine trug das Kind ihres Nahe-am-Fluss-Mannes in ihrem Bauch. Die anderen Frauen wollten bleiben, und zu Chakliux' Überraschung erbat einer der Nahe-am-Fluss-Jäger, Erster Adler, die Erlaubnis, bei seiner Frau Ahle im Vetter-Fluss-Lager zu bleiben.

Nachtmann und Blickt-in-den-Himmel taten ihr Missfallen kund, doch Sok sagte, Erster Adler sei ein guter Jäger, und lobte ihn für seinen Mut. Ahle war seine erste Frau und Nichte von Krummer Halm. Sie war eine kräftige Frau, hatte sie doch den Weg zum Vetter-Fluss-Lager mit gebrochenen Rippen bezwungen.

Zudem brauchten sie dringend einen weiteren Jäger in ihrem Dorf, und das war noch zu wenig. Chakliux, Er-lacht und Nimmt-mehr stimmten Sok zu, und so durfte Erster Adler bleiben. Schließlich blieb nur noch Bellender Fuchs und seine Forderung, seine Arbeiterin K'os zurückzubekommen.

»Sie ist nicht Frau«, rief er.

Wer wollte dem widersprechen? Und wer von den Vetter-Fluss-Menschen wollte wirklich, dass K'os zu ihnen zurückkehrte?

»Sie ist deine Mutter, die Entscheidung liegt bei dir«, sagte Sok zu Chakliux.

»Ich werde mit ihm sprechen«, sagte K'os. »Ich fürchte ihn nicht. Ich werde ihm sagen, dass ich zu meinem Sohn Chakliux gehöre.«

Chakliux sah K'os an, blickte in ihr schönes Gesicht. Ein Mann, der nur flüchtig dieses Gesicht und ihren geschmeidigen Körper ansah, der würde glauben, sie wäre jung. Wenn ein Mann ihr aber in die Augen schaute, wie konnte er etwas anderes denken, als dass sie uralt und böse sei?

Sie schob die Kapuze ihres Parkas zurück und zog die Nadeln aus dem Haar, die es am Kopf hielten. Schwarz glänzend wie Obsidian ergoss es sich hinunter bis über ihre Mitte. Sie warf den Männern, die sich um Chakliux scharten, einen Blick über die Schulter zu.

»Womöglich gibt es einen, der mich zur Frau nehmen will«, sagte sie. Sok lachte, und Blickt-in-den-Himmel schüttelte den Kopf, doch Nimmt-mehr kniff die Augen zusammen und schien über ihren Vorschlag nachzudenken.

»Es gibt wohl nur wenige unter uns, die sterben wollen, wie deine Männer gestorben sind«, sagte Chakliux.

Die Augen von Nimmt-mehr weiteten sich, und Chakliux hoffte, er erinnerte sich an die Geschichten, die man sich über den schleichenden Tod von Namensgeber erzählte, die Krankheit, die seinen Magen zu fressen schien, bis er nur noch Blut erbrechen konnte. Und wer wollte verbrennen, so wie Erdschläger in einer fremden Behausung verbrannt war?

Da wandte auch Nimmt-mehr sich ab, und der sanfte Ausdruck auf dem Gesicht von K'os verwandelte sich in blanken Hass.

»Du, Chakliux«, fauchte sie, »ich kann nicht glauben, dass ich dich einst Sohn geheißen habe! Jeder andere Mann hätte seiner Mutter die Freiheit gekauft. Hast du vergessen, dass du mir dein Leben verdankst?«

»Diese Schuld wurde mit dem Leben von Gguzaakk und dem unseres Sohnes beglichen«, erwiderte Chakliux. Der Gram machte seine Worte scharf und bitter.

Chakliux meinte einen Funken Furcht in ihren Augen glimmen zu sehen, doch der verschwand so geschwind, dass er sich nicht sicher war. War es möglich, dass K'os sich vor dem Geist von Gguzaakk fürchtete? Oder fürchtete sie gar, er würde sie nicht gegen Bellender Fuchs und die Nahe-am-Fluss-Männer verteidigen?

»Wir gehen nun«, sagte er und umklammerte mit seiner Linken einen Speer. Mit dem Kinn deutete Chakliux auf den Hund, den K'os mitgebracht hatte, und befahl ihr, ihn mitzunehmen.

K'os wollte Einspruch erheben, und Chakliux sagte: »Hast du Angst, ich schlage ihnen einen Handel für den Hund vor, aber keinen für dich?«

K'os verstummte und folgte ihm durch die Hecke, den Nahe-am-Fluss-Männern entgegen.

Als er Chakliux erblickte, fuhr Anaay zusammen. Sein wertvollster Speer lag besudelt am Boden. Er hatte andere, doch es war nicht gut für einen Mann, ohne seine stärkste Waffe zu kämpfen. Hinter Chakliux kam K'os. Sie führte den goldäugigen Hund, den sie gestohlen hatte.

Ein Rätsel kam Anaay in den Sinn, und er lachte, weil er so schlau war.

»Schau! Was sehe ich?«, rief er. »Drei Hunde!« Chakliux tat, als hätte er die Beleidigung nicht gehört, und Anaay runzelte die Stirn. Dann sagte er: »Du hast sie mir also zurückgebracht. Womöglich möchtest du sie aber auch für dich selbst erstehen.« Er ließ ein langes, gemeines Lachen ertönen. »Was bietest du?«, fragte er schließlich. »Sie ist wenigstens ein Karibu wert, für eine Nacht in deinem Bett.«

»Ich wäre bereit, diesen Preis für sie zu geben«, sagte Flusseistänzer.

Verärgert schnippte Anaay mit den Fingern.

»Natürlich, du bist ihr Sohn«, sagte Anaay zu Chakliux, »da hast du diese Kunst von ihr wohl bislang nicht genossen.« Bei seinen Worten aber schob er die Zunge in die Wange und deutete so an, dass er anderes dachte. Einige Nahe-am-Fluss-Männer lachten.

»Ich will sie nicht«, sagte Chakliux.

K'os schleuderte ihm einen Fluch entgegen.

»Zwei Karibus für den Hund«, bot Chakliux an.

»Nein«, erwiderte Anaay.

Da trat Bisamsänger vor. Er war lang und dünn, hatte das Gesicht eines Falken, mit kleinen runden Augen und einer krummen Nase. Er blickte Anaay an und schob sich an ihm vorbei. Dann stand er vor Chakliux. »Der Hund gehört meinem Onkel«, sagte er. »Wir hatten diesen Herbst keine gute Jagd, Chakliux. Ich werde drei Karibus für ihn nehmen, mitsamt ihrer Häute.«

»Unsere Frauen haben die Karibus schon zerteilt und entbeint. Ich werde dir das Fleisch von dreien geben, dazu die Gedärme von einem, mit Fett und getrockneten Beeren gefüllt, und noch zwei Häute obendrein.«

»Und zwei geschabte Blasen als Wasserbehälter.«

»Gemacht«, sagte Chakliux.

Er ließ K'os allein und verschwand durch die Hecke. Wenig später kam er mit Sok und Blickt-in-den-Himmel zurück. Sie brachten das Fleisch und die Häute, die er Bisamsänger versprochen hatte. Als Chakliux das letzte Fleisch gebracht hatte, ging Anaay auf K'os zu und packte ihren Arm. Dann zog er sie mit sich fort.

K'os spuckte vor Chakliux aus und zischte: »Ich wünschte, ich hätte dich auf dem Großvater-Felsen liegen gelassen. Du hast den Tod verdient!«

Da sagte Chakliux: »Ich biete für K'os, was ich für den Hund gegeben habe.«

Anaay schaute erst zu Chakliux, dann zu K'os. Plötzlich sah er sich selbst in den dunklen Pupillen ihrer Augen, wie er als junger Mann zwischen ihren Beinen lag und in sie stieß, bis Blut floss. Er ließ ihren Arm so plötzlich los, dass K'os beinahe gestürzt wäre.

»Ich nehme die Karibus«, sagte Anaay.

Die Männer im Lager schauten weg, als Chakliux mit K'os zurückkehrte. Selbst Sok wandte sich ab und murmelte Beleidigungen über Frauen wie K'os.

»Geh und hilf Aqamdax«, befahl Chakliux ihr. »Es gibt viel zu tun.« Er drehte ihr den Rücken zu und beobachtete über die Hecke hinweg, wie die Nahe-am-Fluss-Männer mit dem Fleisch, das er ihnen gegeben hatte, davonzogen.

»Gibt es hier Männer oder Frauen, die verletzt sind?«, fragte K'os. Sie hatte sich neben ihn gestellt. Dann hielt sie den Atem an und deutete auf die Erlen am Fluss. Dort bewegte sich etwas.

Chakliux blinzelte, dann hob sich ein Mundwinkel zu einem schiefen Lächeln. Schreit-laut und Schwarzer Stock stürzten durch eine Lücke in der Hecke. Chakliux rief Schnee-im-Haar und die Mutter von Schwarzer Stock. Mit Tränen in den Augen begrüßten die Frauen ihre Söhne.

»In diesem Lager«, befahl Chakliux K'os, »wirst du heute den Frauen helfen.«

»Ich bin deine Mutter, also betrachte dich nicht als mein Besitzer«, sagte K'os.

»Meine Mutter ist tot«, erwiderte Chakliux. »Heute bist du Arbeiterin, und du wirst den Frauen helfen. Morgen bei Sonnenaufgang wirst du uns verlassen.« Chakliux packte sie an ihrem Parka und zerrte daran. »Ich hätte dich schon vor langer Zeit töten sollen. Für Gguzaakk und für meinen Sohn. Nimm die Freiheit, die ich dir schenke, und sei dankbar dafür.«

Er ließ sie los, und sie zischte: »Du hast mir den Tod bestimmt!«

»Dazu kenne ich dich zu gut, K'os«, sagte Chakliux. Er deutete mit dem Kinn auf einen größeren Lager-Unterstand neben seinem Zelt. »Das kannst du sauber machen. Für eine Nacht wird es dir zum Schutz genügen.«

Sie drehte ihm den Rücken zu. Er nahm den goldäugigen Hund und band ihn neben seinem Zelt fest. Dann ging er von Zelt zu Zelt und sah sich alle Hunde an, die im Lager waren. Bei Soks Zelt hielt er inne und überlegte eine Weile. Als Sok, der mit einem Mal hinter ihm stand, anfing zu sprechen, fuhr Chakliux zusammen.

»Du hast ihnen zu viel gegeben«, sagte Sok.

»Es ist ein guter Hund.«

»Nicht für den Hund. Für K'os.«

»Manche Schuld bedarf viel, sie zu begleichen.«

»Ich will sie hier nicht haben. Sie zieht das Unglück an.«

»Morgen schon wird sie fort sein.«

Sok nickte, und Chakliux deutete mit dem Kinn auf einen von Soks Hunden. Es war ein schwarzer Rüde, Bauch und Brust waren weiß, der Kopf groß, die Ohren klein.

»Der Hund da, würdest du ihn gegen einen goldäugigen tauschen?«

K'os klagte und murrte bei ihrer Arbeit. Wenn die anderen ihr auch keine Beachtung schenkten, so ertappte sich Yaa doch dabei, wie sie die Frau beobachtete. Sie konnte sich gut an die Zeit erinnern, als Aqamdax Arbeiterin von K'os war und wie gemein K'os sie behandelt hatte. Als Schreit-laut Yaa davon überzeugt hatte, dass Rotes Blatt Tagfrau nicht getötet hatte, da hatte Yaa sofort an K'os gedacht. Diese Frau war sicherlich böse genug, um zu töten. Doch als Tagfrau starb, war K'os Arbeiterin bei den Nahe-am-Fluss-Menschen gewesen. Und genau wie eine Arbeiterin sah sie auch aus, der Parka zerschlissen und das Gesicht hager. Welche Arbeiterin würde fliehen, um zu töten, und dann zu ihrem Besitzer zurückkehren?

K'os konnte es demnach nicht getan haben, doch wenn sie

es nicht war, dann musste es jemand sein, der bei ihnen im Vetter-Fluss-Dorf lebte. Yaa schauderte und umfasste ihre einzige Waffe, ein Frauenmesser. Sie wünschte, sie wäre ein Junge und hätte ein Jagdmesser mit langer Klinge, um sich und Ghaden zu beschützen.

30

K'os wartete, bis die Nacht am dunkelsten war. Der Kreislauf des Mondes war ihr wohl vertraut, und sie wusste, dass er sein Gesicht in dieser Nacht beinahe bis zum Morgengrauen verbergen würde. In der Dunkelheit musste sie vorsichtig gehen, doch mit Hilfe des Hundes würde ihr das nicht schwer fallen. Am Tag zuvor hatte sie gearbeitet, wie Chakliux es ihr befohlen hatte. Zu Beginn hatte sich Zorn in ihr geregt, doch als sie sah, dass die Frauen zu sehr beschäftigt waren, um zu merken, dass sie Fleisch stahl, hatte sie nur noch Schadenfreude empfunden.

Sie hatten viele Karibus getötet, und so würden die Vetter-Fluss-Menschen sicher über diesen Winter kommen. Doch dereinst mochte ein Herbst kommen, da die Karibus sich ihren Speeren nicht im Überfluss ergeben würden, und was würden sie dann tun? Sie hatten nur wenige Jäger und dazu viele Frauen, die ernährt werden mussten.

Gewiss, ein paar der Ältesten würden diesen Winter sterben. Das war immer so. Zudem gab es immer Menschen, die ganz unerwartet starben.

Als sie noch Arbeiterin im Nahe-am-Fluss-Dorf gewesen war, hatte K'os nach Tagfrau, der Schwesterfrau von Möwenschnabel, gefragt. Wo war sie geblieben? War sie gestorben?

Möwenschnabel hatte ihr erzählt, Tagfrau habe das Dorf zusammen mit ihren Söhnen Sok und Chakliux verlassen. Das sei das Beste gewesen. Die Frau sei eine Plage für sie gewesen, hatte Möwenschnabel gesagt. Immer in Tränen, immer in Sorge. Und so hatte K'os erwartet, Tagfrau hier zu sehen. Sie war alt, doch nicht zu alt, um bei der Karibujagd zu helfen.

Flüsternd hatte K'os versucht, Aqamdax auszufragen. Dabei hatte sie ihre Freundschaft zu Tagfrau und ihre Sorge um sie kundgetan, doch Aqamdax kannte K'os zu gut. Sie lächelte verächtlich und befahl K'os, den Namen der Frau nie wieder auszusprechen. Sie war tot.

»Krankheit oder Unfall?«, hatte K'os gefragt.

»Krankheit«, hatte Aqamdax schließlich erwidert, doch ihr Zögern hatte K'os verraten, dass es etwas gab, das Aqamdax vor ihr verborgen hielt.

»Lange Augen?«, hatte K'os weitergefragt.

»Sie ist bei Ligige' im Winterdorf geblieben.«

»Ligige'?«

»Die Tante von Sok und Chakliux«, hatte Aqamdax erklärt. »Aus dem Nahe-am-Fluss-Dorf.«

»Dann ist auch sie mit meinem Sohn gegangen?«

»Ja.«

K'os hatte mit dem Kopf auf Schnee-im-Haar gedeutet. »Und die da auch.«

»Ja, als Frau von Sok.«

»Ich weiß, dass er noch eine andere Frau hatte, obgleich ich mich nicht mehr an ihren Namen erinnern kann«, hatte K'os daraufhin gesagt.

»Und so soll es auch bleiben. Auch sie ist tot.«

»Unfall oder Krankheit?«, hatte K'os wieder gefragt.

Und diesmal hatte Aqamdax ihr ohne Zögern geantwortet: »Krankheit.«

In der Dunkelheit kroch K'os aus ihrem Unterstand, ihr Bündel in den Armen. Auch die Decke aus Hasenfell, die Stern ihr für die Nacht geliehen hatte, nahm sie mit sich. Sie hatte gelacht, als sie erfuhr, dass Chakliux Stern zur Frau genommen hatte, und sie hatte ihr Mitgefühl für Aqamdax' toten Sohn bekundet. Doch als Stern ihr erzählte, was Nachtmann getan hatte, regte sich boshafte Freude in ihrem Herzen.

»Kleine Kinder sterben oft«, hatte K'os zu Stern gesagt und auf ihren Bauch geblickt.

Stern hatte die Hände über ihrem Kind verschränkt und war davongeeilt. K'os wäre gerne hier geblieben, um das Kind zu sehen, das Stern Chakliux schenken würde. Sie würde ihm wohl gar gestatten zu leben, selbst wenn es ein Junge wäre. Für Chakliux mochte es eine größere Qual sein zu sehen, wie eine Frau wie Stern seinen Sohn großzog, als dass er den Jungen verlor, solange er noch Säugling war.

K'os ging zu den behelfsmäßigen Vorratslagern und suchte diejenigen, die das beste Fleisch bargen. Dort füllte sie ihre Bündel. Dann kehrte sie zurück zu ihrem Unterstand, nahm die Wasserblasen, rollte die Schlafmatten auf und kroch zu den Hunden, die Chakliux vor seinem Zelt angebunden hatte. Es waren ihrer vier. K'os näherte sich ihnen behutsam und gab ihnen Fleischbrocken, um sie ruhig zu halten. Sie wusste, dass der goldäugige Hund dem Zelteingang am nächsten war. Im Dunkeln griff sie nach dem Hundestrick, durchtrennte ihn und führte den Hund hinaus zu der Hecke. Einer der Jungen, die zur Wache dort aufgestellt waren, hielt sie an.

»Ich bin die Mutter von Chakliux«, sagte sie zu ihm. »K'os. Du kennst mich.«

»Er sagt, du gehst erst morgen.«

»Ich gehe jetzt«, sagte sie und schlüpfte durch die Hecke, ehe er sie fragen konnte, was sie mit dem Hund tat.

Am Tag zuvor hatte sie die Schritte vom Zaun weg gezählt. Acht waren es von jener Stelle an, wo sie mit Bellender Fuchs gestanden hatte. Die andere Strecke hatte sie allein mit den Augen gemessen. Sie machte drei große Schritte, bückte sich und tastete den Boden ab. So bewegte sie sich langsam wieder auf die Hecke zu. Schließlich hatte sie den schönen Birkenschaftspeer von Bellender Fuchs gefunden, und sie gluckste zufrieden.

K'os drehte den Speer mit der Spitze nach oben, sprach einen Fluch gegen Bellender Fuchs und dann noch einen anderen gegen Chakliux. Jene beiden Männer hatten gemeinsam ihr Leben zerstört, hatten sie aller guten Dinge beraubt. Die arme, törichte Dii aber hatte sicher schon begonnen, Bellender Fuchs das Gift von K'os zu geben. Was Chakliux betraf, für den würde sie etwas Besseres finden. Er hatte schon jetzt gute Arbeit geleistet, da er Stern zur Frau genommen hatte.

K'os zog den Hund mit sich in den Fluss. Das kalte Wasser schnitt in ihre Beine, und die Strömung versuchte, sie von ihren Füßen zu zerren, doch sie hielt sich an dem Hund fest und ließ sich von ihm über die tiefsten Stellen ziehen. Als sie das andere Ufer erreichten, zog K'os sich trockene Stiefel an und ließ dem Hund Zeit, sich Füße und Beine trockenzulecken. Dann blickte K'os hinauf zum Himmel. Sie bestimmte ihren Weg mit Hilfe des Schweifes aus Sternen, den das Flussvolk nach den *cet'aeni* benannt hatte, jenen Feinden, die in den Bäumen lebten und Schweife trugen, und sie machte sich auf zum Vier-Flüsse-Dorf.

Chakliux erwachte von einem gellenden Schrei. Stern hatte ihn ausgestoßen. Doch er rieb sich bloß die Augen und streckte sich. Dann war sie an seiner Seite, schüttelte ihn und zog ihn aus seinen Decken.

»Deine Mutter ..., deine Mutter ..., deine Mutter ...«

Chakliux streckte den Arm aus und legte ihr seine Finger auf die Lippen. »Sei still. Meine Mutter ist fort, ich weiß. Und sie hat einen der Hunde mitgenommen.«

Überrascht hob Stern die Augenbrauen. »Den goldäugigen«, sagte sie.

»Nein, Sok hat den goldäugigen. Ich habe ihn gegen einen von seinen Hunden eingetauscht.«

»Du hast gewusst, dass deine Mutter gehen wird? Hat sie dir davon erzählt?«

»Ich habe lange genug bei ihr gelebt, um zu wissen, dass sie so etwas tun würde, und auch, dass sie den Hund mitnehmen und dazu etwas Fleisch stehlen würde.«

»Und du lässt sie?«

»Was ist besser, sie hier bei uns zu haben oder ein wenig Fleisch und Soks alten Hund zu verlieren?«

Langsam erhellte ein Lächeln das Gesicht von Stern, doch dann schürzte sie ihre Unterlippe und schmollte. »Ich wollte, dass sie lange genug bleibt, um mir einen schönen Parka zu machen. Ich dachte, sie könnte ihn nähen, wenn du ihr die Felle dazu geben würdest.« Sie legte den Kopf zurück und schloss die Augen. »Ich wollte Fuchsfell und Luchs, dazu schwarze Streifen von den Beinhäuten des Schwans. Ich wollte Muschelperlen und Goldspechtschnäbel als Glücksbringer. Wer soll ihn mir denn nun nähen?«

Bei dem Gedanken, dass Stern Mutter seiner Kinder sein würde, drehte sich Chakliux der Magen um. Würden ihre Söhne und Töchter dereinst sein wie sie, so habgierig und so töricht? Er stieß sie aus seiner Bettstatt, und dabei sah er, dass seine Fingernägel noch immer blutig vom Schlachten waren. Er erinnerte sich an die Nächte, in denen er Stern als seine Frau berührt hatte, und mit einem Mal schien es, als sei das Blut ihr Blut, ein Fluch, der auf allem lag, was er tat, der seine Macht und seinen Schutz von ihm nahm.

Er krümmte seine Finger, und sie waren steif, als hätte der Blutfluch sich auf seine Hände gelegt. Und plötzlich schien es das Blut aller Vetter-Fluss-Männer wie Nahe-am-Fluss-Männer zu sein, die im Kampf getötet worden waren.

Er hatte sich gesagt, dass er getan hatte, was er tun konnte, doch war das auch die Wahrheit? Hatte er hart genug für den Frieden gekämpft? Oder hatten Zorn und Ungeduld es vermocht, seinen Gebeten die Kraft zu rauben?

Es hatte Monde gegeben, da er zufrieden damit war, Jäger zu sein, nicht *Dzuuggi*, nicht Anführer. Und da war jener lange Winter gewesen, als er gegangen war, um Aqamdax zu finden.

Er war den weiten Weg bis zu den Ersten Menschen gezogen, in dem Glauben, sie habe sich zu jenem entlegenen Ort geflüchtet. Und dabei hatten die Vetter-Fluss-Menschen sie nur zu ihrer Arbeiterin gemacht.

»Wirst du jemanden finden, der mir meinen Parka macht?«, fragte Stern ihn. Chakliux blickte sie finster an und schüttelte den Kopf, um seine Gedanken wieder klar zu machen, dann verlor er all seine Geduld und antwortete barsch: »Mach es, wie alle Frauen es machen. Näh ihn dir selbst.«

Chakliux zog sich die Stiefel über, dazu Gamaschen und seinen Parka, dann verließ er das Zelt. Mit großen Schritten ging er davon, damit Stern ihn nicht einholen konnte. Er ging an Soks Zelt vorbei, um sich zu vergewissern, dass der goldäugige Hund noch da war. Dort saß er, wachsam, und beobachtete das Treiben im Lager, während die anderen Hunde schliefen. Chakliux ging zum Fluss.

Der Boden war mit weißem Frost überzogen, und das Gras knirschte unter Chakliux' Füßen. Die wenigen dunklen Blätter, die noch an den Erlen hingen, raschelten im Wind, sie flatterten wie das zerschlissene Frühjahrskleid des Karibus. Und mit jedem Schritt, den Chakliux tat, stieg der beißende Geruch auf, den die Erde annimmt, wenn der Winter naht.

Er streifte die Stiefel ab, watete in eine flache Lache und durchbrach dabei die Haut aus Eis, die die Oberfläche überzogen hatte. Er rieb die Hände unter Wasser, bis das Blut von seinen Nägeln gewaschen war und seine Haut vor Kälte rot schimmerte.

Chakliux blickte in den Fluss. Nach der Jagd war er trübe vom Schlamm gewesen, schmutzig vom Blut der Karibus. Nun floss er wieder klar dahin, und Chakliux konnte die rundgeschliffenen Kiesel sehen, die golden und braun das Flussbett bedeckten.

Der Teil von ihm, der Otter war, sehnte sich danach zu schwimmen, den Sog der Strömung zu verspüren, das Brausen des reinen Wassers. Chakliux ging zurück ans Ufer, legte seine

Gamaschen und den Parka ab, tauchte mit einem flachen Sprung ins Wasser, glitt über den Grund. Die Kälte drückte gegen seine Brust, suchte mit starken, packenden Fingern nach seinem Herzen, machte seinen Körper taub gegen alles, nur nicht gegen die Macht, die der Fluss in sich barg, selbst jetzt, da er sich bereitmachte, dunkel und still unter Wintereis zu ruhen.

31

K'os machte Halt, nahm das Bündel von ihrem Rücken und setzte es auf einem Grasbüschel ab, das aus der Steppe ragte. Die Sonne hatte sich über dem Horizont erhoben, und es war eine Erleichterung, bei Licht zu gehen. Sie ließ ihre Hosen herunter, hob ihren Parka an und spreizte die Beine, um sich zu erleichtern. Der Hund hob an einem Grasbüschel das Bein, und K'os lachte. Er blickte zu ihr auf. K'os keuchte und beugte sich zu ihm hinab. Sie packte seine Schnauze, hob seinen Kopf. Der Hund hatte dunkelbraune Augen, und das Fell um seine Schnauze war grau gesprenkelt. Er knurrte sie an, und sie versetzte ihm einen Schlag. Er fletschte die Zähne, und sie hob den Speer von Bellender Fuchs. Er duckte sich, die Hinterläufe zitterten, der Schwanz war eingezogen. K'os knirschte mit den Zähnen und schrie ihren Zorn hinaus, stieß das stumpfe Ende des Speeres in die Erde.

Dann warf sie mit einem Mal den Kopf zurück und lachte. Wieso Chakliux' List nicht würdigen? Wer hatte ihn denn gelehrt, krumme Wege zu beschreiten?

Sie hockte sich hin, untersuchte den Hund und dachte nach. Sie war kräftig genug, um auch sein Bündel zu tragen, doch mochte sie den Schutz aufgeben, den ein Hund ihr bieten konnte? Schutz wovor, fragte sie sich. Wenn sie diesen jungen goldäugigen bei sich gehabt hätte, dann ja, aber dieses Tier? Ein guter Hund hätte sie angesprungen, als sie ihm mit dem Speer drohte.

Wie weit konnte sie gehen, bis er den Weg zurück ins Lager

nicht mehr finden würde? Womöglich noch einen halben Tag. Zum Vier-Flüsse-Dorf waren es mindestens drei Tage. Wenn das Tier ihr helfen konnte, einen Teil der Last wenigstens ein kurzes Stück zu tragen, so wollte sie das ausnutzen.

Sie kramte in ihrem Medizinbeutel aus der Haut des Flussotters und fand ein ebensolches Päckchen, wie sie Dii gegeben hatte: mit rot gefärbter Sehne zugeschnürt und mit vier Doppelknoten versehen. Sie zog die Feder eines Raben heraus, die sie aufgehoben hatte, und riss sich einige Strähnen ihres Haares aus. Dann umwickelte sie die Mitte der Feder mit den Haaren.

»Schau! Was sehe ich?«, sprach sie laut und hielt sich die Feder vor die Augen. »Dunkelheit, auch beim Licht der Sonne.« Der Hund jaulte bei ihren Worten auf.

Das Vetter-Fluss-Lager

Nach drei Tagen kam der Hund zu ihnen zurück. Backenhörnchen brachte ihn ins Lager. Der Hund hinkte, die Pfoten waren voll von *xos cogh*-Dornen. Um seinen Hals war ein Amulett gebunden: die Feder eines Raben, umwickelt mit langen Strähnen schwarzen Haares.

Chakliux verbrannte das Amulett außerhalb des Lagers, dann vergrub er die Asche. Selbst die Macht von K'os war nicht so groß wie die des Feuers, wie die der Erde. Er zog dem Hund die Dornen aus den Pfoten und rieb die Wunden mit Strandwegerich, gemischt mit Karibufett, ein. Den Tag über trank der Hund viel Wasser, fraß Gras, erbrach Galle.

Sein Kot war dünn und blutig, und Krummer Halm gab ihm einen Tee aus Sauerampfer und wusch seine Pfoten in Wasser, dem geriebene Weidenrinde zugesetzt war. Der Hund aber wurde immer schwächer. Chakliux trug ihn aus dem Lager hinaus, setzte sich zu ihm, betete und sang seine Gesänge, etwas, das er noch niemals für einen Hund getan hatte. Als das Tier schließlich starb, verbrannte Chakliux den Kadaver, wie er das Amulett verbrannt hatte, und vergrub die Asche tief in der Erde.

Einen Tag und eine Nacht lang betete und fastete er, ehe er in das Lager zurückkehrte, dann säuberte er sich im Fluss. All diese Dinge aber konnten nicht verhindern, dass die Angst sich in sein Herz fraß. Barsch antwortete er auf alle Fragen, und er konnte sich nicht von der Hecke wegbewegen, als wartete er darauf, dass die Nahe-am-Fluss-Männer sie angriffen. Seine Hände verstauten Fleisch und besserten Waffen aus, doch seine Augen ruhten auf den Menschen, er beobachtete sie und versuchte zu ergründen, ob der Hund nicht eine Krankheit zu ihnen gebracht hatte, als Teil von K'os' Rache.

Das Nahe-am-Fluss-Lager

Die Nahe-am-Fluss-Männer waren wieder in ihr Lager zurückgekehrt, und Anaay hatte sie drei Tage lang ausgeschickt, um nach jagbaren Tieren zu suchen. Er befahl den Frauen, sich für den Marsch zurück in ihr Winterdorf zu rüsten. Dann ging er in sein Zelt und trug Dii auf, ihm die Menschen vom Leibe zu halten.

Sie brachte ihm Wasser und einen Eintopf aus dem wertvollen Schädelfleisch jener wenigen Karibus, die sie von der Jagd hatten retten können. Er aß, und sie deutete mit den Augen auf sein Lager, bot ihm den Trost ihres Körpers an, doch er wies sie zurück.

Sie schalt sich für ihre Erleichterung und versuchte, ihre Gedanken von jenen Vetter-Fluss-Frauen fern zu halten, die das Lager verlassen hatten. Mit ihrem Beschluss, bei den Vetter-Fluss-Menschen zu bleiben, hatten Ahle und ihr Mann Schande über die ganze Gemeinschaft gebracht. Auch die meisten anderen Frauen waren dort geblieben, und ihre Männer waren allein zurückgekehrt. Nun, da nur noch wenige Vetter-Fluss-Frauen im Lager waren, wurden die Beleidigungen der Nahe-am-Fluss-Frauen aufdringlicher.

In jener Nacht, als Dii allein in dem Zelt schlief, das sie in der letzten Zeit mit K'os geteilt hatte, träumte sie wieder Karibus. Angsterfüllt erwachte sie mit der Gewissheit, die Tiere wären dabei, aufs Neue ihre Zelte niederzutrampeln. Sie kroch ins Freie und blickte zum Mond empor. Er war nicht mehr voll, doch spendete er ihr genug Licht, um jedes Zelt und jede Feuerstelle zu erkennen. Sie erhob sich, und sie wurde gewahr, dass der Boden nicht bebte. Ruhe herrschte, nur ab und zu ertönte der Ruf eines Nachttieres.

Dii wurde klar, dass das Beben wieder in ihren Knochen gewesen war, und sie wusste, dass die Karibus östlich ihres Lagers waren, etwa einen Tag entfernt.

»Du bist töricht«, flüsterte sie. »Karibus singen nicht in Frauen.«

Doch Dii konnte sie noch immer hören, über die Stille der Nacht hinweg. Das Rappeln der Gelenke dröhnte in ihren Ohren, dazu der sanfte Donner der Hufe, das Grunzen der Bullen, die kurz vor der Brunft standen. Wenn Dii die Augen schloss, konnte sie die Tiere sehen. Lange Zeit kniete sie inmitten des Lagers im Mondschein und beobachtete die Karibus.

Das Vier-Flüsse-Dorf

Rotes Blatt sah die Frau ins Dorf kommen. Zuerst dachte sie, sie wäre ein Jäger, so kühn war ihr Schritt, der Kopf erhoben, einen guten Speer in der Hand, ein großes Bündel auf dem Rücken. Sie war allein. Welche Frau ging schon allein über weite Strecken? Zudem war sie groß, größer als die meisten Frauen. Doch als sie näher kam, gab es für Rotes Blatt keinen Zweifel.

Es war K'os, die Vetter-Fluss-Frau. Einst hatte Rotes Blatt sie bedauert, als ihr Mann sein Leben bei einem Feuer verlor, während sie im Nahe-am-Fluss-Winterdorf zu Besuch gewesen waren. Bei der alten Frau Gesang zu wohnen war eine schlechte Wahl gewesen. Die älteren Menschen waren oft achtlos im Umgang mit dem Feuer, und Gesang hatte in ihrer Behausung eine Seejäger-Leuchte unterhalten. Welche Torheit!

Was wollte K'os hier? Sie hatte zu jenen Frauen gehört, die die Nahe-am-Fluss-Menschen gefangen genommen hatten. So hatte Aqamdax ihr das doch erzählt, oder nicht? Dann hatte K'os sicher davon gehört, was Rotes Blatt getan hatte. Rotes Blatt wandte sich ab, ehe die Frau ihr Gesicht sehen konnte. Ihre Brust fühlte sich an, als hätte jemand sich darauf gestellt, und sie konnte nicht atmen. Welche Wahl hatte sie nun? Cen und die Jäger blieben fort, bis der Mond wieder voll war. Womöglich sogar länger. Sie musste das Dorf vorher verlassen, doch wenigstens bliebe ihr Zeit, Nahrung und warme Kleidung zu packen. Einen Augenblick lang sah sie das Gesicht von Schreit-laut, ihrem Sohn, und seine Tränen, als sie das Vetter-Fluss-Dorf verlassen hatte. Ihr schnürte sich die Kehle zusammen. Zwei Söhne hatte sie verloren, und nun verlor sie den zweiten Mann.

Da vernahm sie den Ruf von K'os, es war ein Gruß unter Fremden, Worte, die eher von Mann zu Mann gebraucht wurden.

Rotes Blatt drehte sich nicht um. Stattdessen ging sie schneller, ging auf Cens Behausung zu. Der Schnee, der sie einst beinahe das Leben gekostet hatte, war lange schon geschmolzen. Der Boden unter ihren Füßen war hart gefroren, und sie spürte jeden Schritt in ihren Knochen.

Dann lag eine Hand auf ihrer Schulter, und sie hörte K'os sagen: »Hast du meinen Gruß nicht gehört?«

Rotes Blatt blieb stehen, doch sie drehte sich nicht um und hielt den Kopf gesenkt.

»Sind die Männer auf der Jagd?«, fragte K'os.

»Ja, sie jagen«, sagte Rotes Blatt leise.

Dreist senkte K'os den Kopf und versuchte, Rotes Blatt ins Gesicht zu schauen. Rotes Blatt hoffte, die tiefe Kapuze ihres Parkas möge genug Schatten werfen, um ihre Züge zu verwischen.

»Gibt es einen Ältesten, mit dem ich sprechen kann? Jemand, der gewillt wäre, mir Obhut zu geben?«, fragte K'os. »Die Menschen in diesem Dorf kennen mich nicht, doch kannten sie einst einen meiner Brüder. Er lebte hier vor langer Zeit. Er und seine Frau sind beide tot, so wurde mir berichtet, doch er war ein guter Jäger. Jemand wird sich an ihn erinnern.«

Rotes Blatt deutete auf eine Behausung in der Mitte des Dorfes. Den Kopf noch immer gesenkt, ging sie um K'os herum. Sie hielt den Atem an, bis sie endlich in den Eingangstunnel von Cens Behausung gekrochen war.

Das Vetter-Fluss-Lager

Aqamdax sah Chakliux umhergehen, und es war, als wäre seine Unruhe in ihre Hände gesickert und hätte ihre Finger plump gemacht.

Gemeinsam mit Stern arbeitete sie daran, lange Streifen Karibuhaut zu Riemen zu zerschneiden.

Die Aufregung über die erfolgreiche Jagd war vergangen, und die Männer langweilten sich. Einige machten sich auf, um nach Elchen oder Karibus Ausschau zu halten, und gewöhnlich kehrten sie bloß mit einigen Gänsen mit weißem Brustgefieder zurück.

Die Frauen waren müde; selbst die Jungen wurden weinerlich. Ihre kleinen Streitereien gipfelten im Gezänk ihrer Mütter, und manches Mal wurden selbst Onkel und Väter darein verwickelt. Für die Menschen war es Zeit zu erfahren, wann sie in ihr Winterdorf zurückkehren würden. Schon waren zwei Familien aufgebrochen, ihren Anteil an Fleisch und Häuten mit sich ziehend.

Aqamdax und Stern beendeten ihre Arbeit, und Stern fing an, Vogelruferin und Eulenfängerin zu peinigen, die damit beschäftigt waren, Karibuhäute zu schaben. Aqamdax sah, wie Chakliux durch die Hecke nach draußen schlüpfte. Nachtmann saß mit Er-lacht zusammen, sie hatten die Köpfe über ein Spiel gesenkt, bei dem es galt, Stöckchen zu werfen. Nachtmann verlor, das konnte Aqamdax an dem Ausdruck in seinem Gesicht erkennen. Sie ließ den Haufen Riemen liegen und ging an den Rand des Lagers. Sie gab Acht, dass Zelte und Menschen zwischen ihr und ihrem Mann blieben. Dann fragte sie sich, wozu sie sich die Mühe machte. Was Nachtmann dachte, war ihr gleich, und es war offensichtlich, dass er sich nicht um sie scherte, wie er dasaß und ihr Essen und ihre Häute beim Spiel an Er-lacht verlor.

Aqamdax schlüpfte durch das Loch in der Hecke und sagte sich, dass sie nicht ginge, um mit Chakliux zu reden, dass sie nichts weiter wollte, als nur dem Lärm und den Menschen im Lager zu entkommen.

Sie konnte Chakliux nicht entdecken und ärgerte sich über ihre Enttäuschung, da machte sie eine Bewegung am Flussufer aus. Aqamdax ging darauf zu. Bei jedem Schritt hielt sie den Atem an, bis sie sicher war, dass er es war, und nicht Wolf oder Bär. Chakliux hockte zwischen den Weiden. Die langen dünnen Blätter waren gelb vom Frost und so brüchig, dass man sie nicht mehr sammeln konnte, um sie für den Winter in Öl einzulegen.

Aqamdax schlüpfte durch die Bäume und hockte sich neben ihn, wie sie es so oft getan hatte, als sie beide im Nahe-am-Fluss-Dorf gelebt hatten, als sie ihre Geschichten miteinander geteilt und die Sprache des anderen gelernt hatten.

Chakliux saß auf einem Felsbrocken, etwas höher als sie, und die schwache, fahle Herbstsonne erhellte sein Gesicht, sodass es beinahe ohne Schatten war. Der Wind blies ihm die Haare aus der Stirn und löste Strähnen aus seinen Zöpfen.

Aqamdax lächelte, doch Chakliux erwiderte ihr Lächeln nicht. »Werden wir bald zum Winterdorf aufbrechen?«, fragte sie ihn.

Er antwortete nicht, und sie fühlte die vertraute Unruhe in sich, die sie schon geplagt hatte, als sie noch Mädchen war, so als kämpften die Muskeln gegen die Haut. Sie wollte, dass er mit ihr sprach, dass er ihr sagte, warum er sie in den vergangenen Tagen nicht ein einziges Mal angesehen hatte. Nun, da die Karibujagd vorüber war, nun, da sie bald zum Winterdorf zurückkehren würden, bereute er da das Versprechen, sie zur Frau zu nehmen? Glaubte er, es gäbe zu große Schwierigkeiten mit Nachtmann und mit Stern? Hatte er nur gesagt, dass er sie zur Frau wolle, um ihr durch den wilden Schmerz zu helfen, der sie nach dem Tod ihres Sohnes überfallen hatte?

Die Leere dieses Schmerzes lebte noch immer in ihr, weckte sie des Nachts aus Träumen, in denen ihr Kind über den Großvater-See von ihr forttrieb. Aqamdax schloss die Augen, um die Tränen zurückzuhalten, die in ihnen brannten, und lenkte ihre Gedanken auf die Wärme der Sonne. Bald wäre diese Wärme fort. Schon war der Boden unter ihren Füßen kalt und gemahnte sie, dass der Winter nah war, doch wozu so weit vorausdenken? Niemand, auch nicht der stärkste Jäger, konnte sicher sein, einen Winter zu überleben.

Aqamdax beruhigte sich und war froh, Chakliux neben sich zu haben, und als der Schlaf beinahe schon Besitz von ihr ergriffen hatte, hörte sie seine Stimme, sanft und tief, die flüsterte: »Schau! Was sehe ich? Der Winter wird alt, und voller Zorn schickt er den Wind.«

Aqamdax öffnete die Augen und wandte den Kopf, um Chakliux anzusehen. »Noch ist der Winter nicht da«, sagte sie.

Er lächelte sie an, doch es war ein trauriges Lächeln. »Es ist kein Rätsel über den Winter«, erklärte er. »Es ist über meine Mutter.«

»Was bedeutet es?«, fragte Aqamdax.

»Es bedeutet, wenn sie ihr Geschick nicht steuern kann, so wird sie zornig und versucht, jenen Menschen Verderben zu bringen, die um sie sind.«

»Du glaubst, sie ist in der Nähe geblieben oder gar zu unserem Winterlager zurückgekehrt?«

Chakliux schüttelte den Kopf. »Wenn sie nahe wäre, hätte sie mehr getan, als nur den Hund zu uns zurückzuschicken. Er ist weit gelaufen. Natürlich, er war alt und hätte sich verirren können.«

»Die Vetter-Fluss-Menschen jagen doch jeden Herbst hier, oder nicht?«, fragte Aqamdax. »Der Hund war schon früher hier.«

»Ja.«

»Glaubst du dann, dass sie uns verflucht hat?«

»Das Amulett war wohl ein Fluch.«

»Sok hat uns erzählt, dass du es verbrannt und die Asche vergraben hast. Wie könnte sie stärker sein als das? Wenn ihre Macht so groß ist, warum war sie dann Arbeiterin von Bellender Fuchs? Wenn ihre Macht so groß ist, warum ist sie dann gegangen, als du es gesagt hast? Warum hat sie dann den alten Hund mitgenommen und nicht den goldäugigen?«

Chakliux lächelte wieder, und diesmal erhellte das Lächeln seine Augen. Er streckte den Arm aus, um Aqamdax' Haare zurückzustreichen. »Warum sorge ich mich wegen ihr, wenn ich bald die Frau haben werde, nach der ich mich so lange schon sehne?«

Bei seinen Worten stiegen Aqamdax abermals die Tränen in die Augen.

Dann saßen sie aufs Neue schweigend, doch Aqamdax' Gedanken waren nicht länger dunkle Todesahnungen.

32

Das Vier-Flüsse-Dorf

Der alte Mann nannte sich selbst Der-auf-Bäume-klettert, ein törichter Name für jemanden, der kaum die Kraft hatte, aufrecht zu sitzen. Seine Augen waren eitrig und entzündet. Das ist gut, dachte K'os. Eine Heilerin vermochte etwas dagegen zu tun. Sie spürte den Unmut der Frau des alten Mannes. Sie hatte K'os nichts angeboten, nicht einmal Wasser, bis ihr Mann sie schalt und ihr eine Beleidigung an den Kopf warf, die auch ihre Brüder und ihre Hunde mit einschloss.

Sobald K'os die Behausung betreten hatte, hatte sie ihre beiden Parkas, den äußeren wie den inneren, ausgezogen. Sie legte sie in ihren Schoß und schob die Hände unter das warme Fell. K'os sah, wie die alte Frau – Sandfliege wurde sie von ihrem Mann gerufen – beim Anblick von K'os' knorrigen Händen lächelte, und in K'os regte sich Hass gegen die Frau. Die Augen von Der-auf-Bäume-klettert aber blieben an K'os Brüsten hängen, diesen runden Hügeln mit den dunklen Warzen, die über die Parkafelle lugten.

Weder Der-auf-Bäume-klettert noch Sandfliege stellten ihr die Fragen, die wohl die meisten Menschen gestellt hätten: Warum war sie alleine gezogen? Wo war ihr Mann? Wo ihr Dorf?

Die Menschen mussten achtsam sein, wenn eine Frau ganz allein in ihre Behausung kam. Was, wenn sie eine Ausgestoßene war, aus einem Dorf vertrieben, weil sie Schreckliches getan hatte? Doch konnte sie auch eine Tier-Frau sein, mal

Mensch, mal nicht. Wer würde es wagen, solch ein Wesen zu beleidigen? Wer würde ablehnen, ihr Essen oder Wasser zu geben und einen sicheren Ort, wo sie bleiben konnte?

Es war lange her, dass K'os zum letzten Mal die Wärme einer Winterbehausung genossen hatte; und es war lange her, dass sie etwas Warmes gegessen hatte. Der-auf-Bäume-klettert hatte ein bisschen Freundlichkeit verdient, auch wenn er alt war, auch wenn seine Frau grob war. Also sagte K'os, obgleich er sie nichts gefragt hatte: »Hast du von den Kämpfen zwischen dem Vetter-Fluss-Dorf und dem Nahe-am-Fluss-Dorf gehört?«

»Der Händler Cen lebt jetzt bei uns«, sagte Der-auf-Bäume-klettert. »Er hat uns davon erzählt.«

K'os war so überrascht, dass sie beinahe vergessen hätte, was sie sagen wollte. Cen! Sie dachte, er wäre tot. Also war er während der Kämpfe nicht getötet worden. Feigling! Demnach musste er die Vetter-Fluss-Krieger wohl im Stich gelassen haben, sobald er sah, dass sie gegen die Nahe-am-Fluss-Menschen nicht siegen konnten.

»Kennst du Cen?«, fragte der alte Mann und beugte sich vor. Durch den Rauch des Feuers, das zwischen ihnen brannte, blickte er ihr forschend ins Gesicht.

Beinahe hätte K'os ihm gesagt, sie kenne Cen nicht, doch dann ging ihr auf, dass sie die Wahrheit sagen musste. Wenn Cen in diesem Dorf war, dann würde er den Menschen sicher erzählen, dass K'os ihm nicht fremd war. »Ja, ich kenne ihn, doch bin ich erstaunt zu hören, dass er jetzt hier lebt. Ich habe gehört, er sei tot.«

»Er hat den vergangenen Sommer in unserem Dorf verbracht«, sagte der alte Mann. »Von Zeit zu Zeit war er fort, um Handel zu treiben. Jetzt ist er mit unseren Männern auf der Karibujagd. Sie sind beinahe schon einen Mond fort.«

»Nein«, verbesserte ihn seine Frau. »Erst seitdem der Mond zuletzt voll war.« Dann fragte sie K'os: »Bist du Nahe-am-Fluss-Frau oder aus dem Vetter-Fluss-Dorf?«

»Ich bin Vetter-Fluss-Frau. Die Nahe-am-Fluss-Menschen haben mich bei den Kämpfen gefangen genommen. Ich war Arbeiterin bei ihnen«, erzählte K'os, und sie sah das Leuchten in den Augen der alten Frau.

»Sie haben mich nicht gut behandelt, wie du sehen kannst«, sagte K'os und hob ihre Hände hoch.

Sandfliege schlug eine Hand vor den Mund, als hätte sie K'os' Hände nicht längst schon gesehen, als hätte sie sich nicht an der Missbildung geweidet. »Sie schmerzen nicht so sehr, wie du vielleicht denken magst«, sagte K'os. »Ich kann nähen und all die Dinge tun, die eine Frau tun muss.« Sie sprach mit süßer Stimme, und sie gab Acht, dass der Zorn sich nicht in ihre Worte mischte. Dabei verengte sie ihre Augen zu Schlitzen und blickte den alten Mann mit hochgezogenen Brauen an.

»Warum bist du also allein gekommen?«, fragte Sandfliege und beugte sich vor. Ihre Worte waren laut, als wolle sie K'os' Augen fort von ihrem Mann lenken.

»Die Nahe-am-Fluss-Männer hatten beschlossen, diesen Herbst am Karibufluss zu jagen.«

»Und die Vetter-Fluss-Menschen?«, fragte Der-auf-Bäume klettert. »Das sind ihre Jagdgründe, *nae'*?«

K'os zuckte mit den Achseln. »Was konnten sie tun? Die meisten ihrer Jäger sind tot. Sie haben so viele Karibus erlegt, wie sie erlegen konnten, und sind in ihr Winterdorf zurückgekehrt. Eines Nachts, noch im Jagdlager der Nahe-am-Fluss-Menschen, bin ich geflohen. Ich möchte nicht Arbeiterin sein. Ich werde einem Mann eine gute Frau sein. Darum bin ich in diesem Dorf.«

»Um einen Mann zu finden?« Die alte Frau fing an zu lachen. »Welche Frau sucht sich ihren eigenen Mann?«

K'os überhörte das Gelächter und blickte dem alten Mann ins Gesicht. »Machen deine Augen dir Kummer?«, fragte sie.

Er blickte zu Boden, und K'os wusste, dass er verlegen war.

»Ich bin Heilerin«, sagte sie sanft. »Gestatte mir, in dieser

Behausung zu bleiben, bis eure Jäger zurückkehren. Ich werde für dich tun, was in meiner Macht steht. Und überdies ...« K'os erhob sich und zerrte ihre schweren Bündel aus dem Eingangstunnel, wo sie sie zurückgelassen hatte, ins Innere. Sie band das größte Bündel auf und nahm einige Stücke Karibufleisch heraus. »Ich bin nicht fortgegangen von den Nahe-am-Fluss-Jägern, ohne mich an ihren Trockengestellen gütlich zu tun.«

Der-auf-Bäume-klettert blickte mit hochgezogenen Augenbrauen zu seiner Frau, doch sie drehte ihm den Rücken zu. Er sah K'os an und das Fleisch in ihren Händen. »Du bist in der Behausung meiner Frau willkommen«, sagte er.

Rotes Blatt zog einen Karibumagen hinten aus dem Vorratslager hervor. Er war gefüllt mit in Öl eingelegten Uferschwalben. Es wäre gut, die mitzunehmen. Cen hatte viel Fisch in seinem Lager, und etwas gefrorenes Elchfleisch, dazu einige Schlingen Därme, mit Fett und getrockneten Beeren gefüllt. Die würde sie mitnehmen und dazu das Bündel, das sie gestohlen hatte, als sie Cens Lager zum ersten Mal geplündert hatte.

Cen würde zornig sein, doch wie sollte sie den ganzen Winter lang von getrocknetem Fisch leben? Fisch hatte nicht genug Fett, um sie warm zu halten. Ihr Bauch wäre voll, doch ihre Arme und Beine würden runzlig und ihre Zähne locker werden. Womöglich konnte sie aber ihr Lager an einem See aufschlagen, in dem es Grindwale gab. Genug Grindwale würden jeden am Leben halten, so gut waren sie, so reich an Öl, dass man sie ebenso gut als Brennstoff verwenden wie essen konnte. Doch konnte sie nicht darauf zählen, dass sie Grindwale finden würde.

Überdies würde Cens Anteil an der Karibujagd ihm sicherlich mehr als genug Fett bescheren, um ihn über den Winter zu bringen und im Frühjahr noch etwas davon zum Handeln übrig zu behalten.

Hätte sie nur diesen Winter hier verbringen können! Warum hatte K'os gerade dieses Dorf gewählt?

Als Rotes Blatt noch im Vetter-Fluss-Dorf war und auf die Geburt ihrer Tochter gewartet hatte, hatte Aqamdax ab und an von K'os gesprochen. Aqamdax wusste nichts Gutes von der Frau zu berichten. Sicherlich, sie war ihre Arbeiterin gewesen. Welche Arbeiterin liebt schon den, dem sie gehört?

Rotes Blatt musste zugeben, dass sie K'os für ihre Kraft bewunderte. Als ihr Mann Erdschläger in dem Feuer umgekommen war, das die Behausung von Gesang zerstörte, waren keine Anschuldigungen von den Lippen dieser Frau gekommen. Sie hatte die Menschen, die die Trauer mit ihr geteilt hatten, sogar mit Geschenken bedacht.

Rotes Blatt trug die Bündel zu Cens Behausung und ließ sie dort im Eingangstunnel liegen, damit sie kalt blieben. Cen hatte einen seiner Hunde bei ihr gelassen, eine alte Hündin, die über den Winter wohl in die Kochbeutel wandern würde. Rotes Blatt würde sie mit sich nehmen, sie konnte einige ihrer Bündel tragen. Am wichtigsten wäre, das Dorf zu verlassen, ehe K'os sie sah und erkannte. Sicher würde sie Cen erzählen, was Rotes Blatt getan hatte. Auch wenn Cen sie womöglich mit etwas Nahrung und seinem alten wertlosen Hund ziehen lassen würde, so würde er sie zweifellos verfolgen, wenn er wüsste, dass sie es gewesen war, die Daes getötet hatte.

Das Vetter-Fluss-Lager

Aqamdax streckte den Arm aus und streichelte mit ihren Fingern ganz leicht über Chakliux' Hände. Bei dieser Berührung schreckte er aus seinen Gedanken auf, aus der Dunkelheit, die ihn zu verfolgen schien, seit K'os das Lager verlassen hatte.

»Ich muss zurückgehen«, sagte Aqamdax. Sie hatte sich nah zu ihm gebeugt und die Worte geflüstert.

»Nein«, sagte Chakliux. Dann erkannte er, wie dumm sein Einwand war. Sie gehörte einem anderen Mann, und dies war ein Jagdlager. Es gab genug Arbeit, um die Frauen dreier Dörfer zu beschäftigen. Doch an diesem ruhigen Ort neben dem Fluss, von den Weiden verborgen, schien die Stille ihn festzuhalten, und er wollte, dass Aqamdax blieb.

»Ich muss«, sagte sie und kniete sich hin. Er streckte sich nach ihr, wollte sie nur einen Augenblick in seinen Armen halten, noch einmal sein Versprechen flüstern, sie zur Frau zu nehmen.

Die Kapuze ihres Parkas war zurückgeschlagen, ihre Haare flossen wie ein dicker glänzender Fluss über eine Schulter. Er umfasste ihren Hinterkopf, und sie beugte sich zu ihm und drückte ihr Gesicht an seinen Hals.

»Wenn du erst meine Frau bist ...«, sagte er und koste ihr Ohr mit seiner Zunge.

Mit einem Mal waren ihre Hände unter seinem Parka, lagen kalt auf seiner Haut. Er schob ihren Parka hoch, legte die Hände auf die weichen Hügel ihrer Brüste. Sie hielten einander fest, und ihre Hände streichelten ihre Körper. Viel Zeit verging, dann zog Chakliux seinen Parka aus und breitete ihn auf dem Boden aus. Aqamdax legte sich auf das Fell, und sie erhob keine Einwände, als er ihr den Parka über den Kopf streifte und seine Augen mit ihrem Anblick füllte. Er schlüpfte aus seinen Gamaschen und legte sich auf sie, die Hitze ihres Körpers brannte in seinem Magen, der Wind schickte Schauer über seinen Rücken.

Wir sollten das nicht tun, dachte er. Wenn der *Dzuuggi* seine Leidenschaft nicht zu zügeln vermochte, wie konnte er dann erwarten, andere zu lehren? Doch es war Aqamdax, die Frau, die warm unter seinen Händen lag, die ihm ihre Liebe zuflüsterte ...

Du bist Jäger, sagte er sich, dann hörte er dieselben Worte mit anderer Stimme, vielleicht der seines Vaters Erdschläger oder der von Wolkenfinder, dem Vater von Stern. Welches Tier ehrt einen Mann, der die Frau eines anderen nimmt?

Chakliux presste die Hände gegen den Boden und schob sich von ihr fort. Es würde einen anderen Ort geben, um dies zu tun. Zu einer Zeit, wo sie sich nicht vor anderen verstecken mussten.

Er sah Aqamdax an, und er sah, dass sie weinte.

»Ohne dich wäre ich gestorben«, sagte sie. »Ich wäre fortgegangen, um bei meinem Sohn zu sein.«

Wieder nahm Chakliux sie in die Arme. Wie konnte er sie verlassen? Was war schon ein Fluch mehr auf seinem Jagdgeschick? Wie konnte es schlimmer sein, diese Frau zu nehmen, als K'os zur Mutter zu haben?

Er nahm sie sanft, als wäre er der erste Mann für sie, und als sie sich zusammen im Takt ihres Verlangens bewegten, flüsterte er ihr Worte in ihrer Sprache zu, und sie sprach zu ihm in der Flusssprache, und ihre Worte banden die beiden zusammen, mit Versprechen und mit Hoffnung.

Das Vier-Flüsse-Dorf

In jener Nacht lag K'os in der Behausung von Sandfliege wach und starrte in die Dunkelheit. Sie hatte erwogen, in das Lager von Der-auf-Bäume-klettert zu schlüpfen, sobald sie Sandfliege schnarchen hörte. Doch er war so alt, womöglich vermochte er eine Frau nicht mehr zu genießen. Dann würde sie ihn immer an seinen Verlust erinnern, sobald er sie nur ansah. Besser, sie blieb, wo sie war, besser, sie blickte ihn mit großen runden Augen an, sobald er sprach, und schenkte ihm ein verstohlenes Lächeln, wann immer seine Frau nicht hinsah. Das wäre ungefährlicher.

Sandfliege hatte K'os zu der Frauenstelle geführt, sie hatte ihr die Hütte der Mondblutung gezeigt und auch, welches ihr Vorratslager war. Sie hatte die wichtigsten Dorfbewohner beim Namen genannt. Es gab einen Schamanen, dazu einen obersten Jäger mit Namen Erster Speer, der viele Frauen hatte. Es gab eine alte Frau, die sich selbst als Heilerin bezeichnete, obgleich sie keine war, so hatte Sandfliege ihr anvertraut.

»Ehe ich Arbeiterin war, war ich Heilerin«, hatte K'os der Frau erzählt und sie aufs Neue um Erlaubnis gebeten, eine Arznei für Der-auf-Bäume-klettert machen zu dürfen.

Sandfliege hatte sie aus runden dummen Augen angeblinzelt, als denke sie über die Bitte nach, und war dann fortgefahren, die Besitzer jeder einzelnen Behausung aufzuzählen. K'os hatte ihren Abscheu verborgen. Sobald sie jedoch in die Behausung zurückgekehrt waren, hatte Sandfliege zu K'os' Überraschung zu ihrem Mann gesagt, K'os könne eine Arznei für ihn bereiten.

Den Rest des Tages hatte K'os damit zugebracht, Augenspülungen zu machen und Tees, dann Salben für die Gelenke von Sandfliege und ein stärkendes Mittel für ihren Magen. Sie hatten einen guten Fischeintopf gegessen, und K'os hatte die Alten in ihre Bettstätten gebracht, als wären sie ihre Kinder.

Auch als Der-auf-Bäume-klettert und seine Frau schon schnarchten, konnte K'os nicht einschlafen. Ihre Beine schmerzten. Die Tage des Gehens waren schwer für sie gewesen. Zweimal hatte es geschneit und wieder getaut, das Moos und das Gras waren schlüpfrig geworden. Bald würde der Schnee kommen, und dann würde er bleiben. Sandfliege hatte ihr erzählt, dass vor beinahe einem Mond ein Sturm über das Vier-Flüsse-Dorf gekommen war. Doch auch jener Schnee war nach einigen Tagen wieder geschmolzen. Es war ein seltsames Jahr. Der Winter mochte streng werden. Umso wichtiger war es für sie, dass sie in diesem Dorf leben konnte, bis sie wusste, wie sie am besten Rache üben konnte. Rache an einem Sohn, der kein Mitleid mit seiner Mutter hatte.

Vermutlich glaubte er, sie sei bereits Opfer der Wölfe geworden und dass Raben und Füchse ihre Knochen verstreut hätten. Sie wollte ihn eines Besseren belehren.

Chakliux und Sok, diese beiden, sie waren gesegnet mit Karibus. Bellender Fuchs mochte sie aus dem Nahe-am-Fluss-Dorf vertrieben haben, doch ihre Fähigkeiten, Menschen anzuführen, hatte er nicht zerstören können.

Wie viele Männer gab es, die eine Gruppe, so vermindert wie die Vetter-Fluss-Menschen, nehmen und ihnen in wenigen Monden jene Kraft und jenes Vertrauen geben konnten, die sie brauchten, um all diese Karibus zu töten? Sie hatten noch immer nicht genügend Jäger. Eine erfolglose Jagd im nächsten Herbst oder im Herbst darauf würde sie das Leben kosten. Doch in welchem Dorf – und sei es noch so stark – lebten die Menschen nicht von Winter zu Winter, und immer beteten sie, das Jagdgeschick möge ihnen gewogen sein.

Und wie viele Männer vermochten ein starkes Dorf wie das Nahe-am-Fluss-Dorf zu nehmen und es an den Rand der Zerstörung zu führen, wie Bellender Fuchs es getan hatte?

K'os' Gedanken wanderten zu Sok. Den würde sie gerne in ihr Lager holen. Er war groß und stark, sein Körper mit Muskeln bepackt. Sok und Chakliux hatten große Ähnlichkeit. Beide hatten sie die Augenbrauen von Möwenschwinge, dazu große Nasen und hohe Wangenknochen. Sie waren stattliche Männer, und obgleich Chakliux kleiner war, waren die geschmeidigen Linien seines Körpers nicht unansehnlich und seine Arme beinahe so stark wie die von Sok. Natürlich, er hatte den Otterfuß. K'os lächelte bei der Erinnerung daran, dass Schnee-im-Haar ihn als Mann zurückgewiesen hatte, nur wegen seines Fußes. Welch törichte Frau!

K'os kannte Sok nicht gut, doch dass er Schnee-im-Haar zur Frau genommen hatte, sprach nicht für seine Weisheit. Sie war eine schöne Frau, doch klein und immer voll der Klagen. Nur ein Tag im Vetter-Fluss-Lager hatte K'os genügt, um das zu sehen. Was, wenn Soks Sohn würde wie sie?

K'os hatte im Lager einen Jungen gesehen, der Sok sehr ähnlich war, und daraus hatte sie geschlossen, dass er der Sohn von Soks anderer Frau sein musste. Wie war nur ihr Name gewesen?

Rotes Blatt, ja. Früher im Nahe-am-Fluss-Dorf hatte K'os Geschichten gehört. Rotes Blatt hatte den alten Mann Tsaani getötet, Chakliux' Großvater. Sie hatte auch die Seejäger-Frau getötet, die Aqamdax' Mutter gewesen war.

Zu schade, dass Rotes Blatt tot war. Die Frau, die Sok und Chakliux um ihre Plätze im Nahe-am-Fluss-Dorf gebracht hatte, hätte K'os gerne gekannt. Möwenschnabel hatte K'os erzählt, Rotes Blatt habe ein Kind getragen. K'os fragte sich, ob sie gewartet hatten, bis das Kind geboren war, oder ob sie Rotes Blatt das Leben genommen hatten, bevor sie niedergekommen war, und so zwei getötet hatten.

Ein Krampf zog die Muskeln in K'os' rechtem Bein zusammen. Sie kroch aus ihrem Lager und stand auf. Sandfliege erwachte und stützte sich auf einen Ellenbogen. »Geht es dir gut?«, fragte sie.

»Ein Krampf in meinem Bein. Ich bin zu weit gegangen, um den Nahe-am-Fluss-Menschen zu entfliehen«, sagte K'os und fragte dann: »Hättest du etwas dagegen, wenn ich die Kohlen anfache und mir einen Tee bereite?«

»Hast du etwas, das bei Muskelkrämpfen wirkt?«

»Ja.«

»Dann mach mir auch einen Tee.«

K'os unterdrückte einen ärgerlichen Seufzer. Sie schürte die Kohlen an, fügte Birkenrinde und ein paar Holzstöckchen hinzu, bis das Feuer sich regte. Sie warteten darauf, dass das Wasser in einem Siedebeutel heiß wurde, und die alte Frau plapperte ohne Unterlass. Sie erzählte eine Geschichte nach der anderen, von den Menschen, die im Dorf lebten, Menschen, die K'os nicht kannte und die ihr gleichgültig waren.

Als das Wasser beinahe kochte, nahm K'os ein Päckchen Krampfrinde aus ihrem Arzneibeutel. Sie streute ein paar Krümel in hölzerne Trinkschalen, dann goss sie das heiße Wasser aus dem Siedebeutel, sie füllte jede Schale zur Hälfte. Sandfliege hob ihre Schale an die Lippen, doch K'os hob die Hand.

»Warte. Lass es abkühlen.«

Dann hockte K'os sich wieder neben die Frau und verschloss die Ohren vor ihrem Geplapper. Schließlich hob sie ihre Trinkschale an die Lippen, sog den beißenden Geruch ein und nahm einen Schluck. Die Wärme breitete sich in ihr aus, floss in ihre Arme und Beine.

»Gut«, sagte die alte Frau. »Ja, gut. Du musst Cen etwas davon bereiten.«

»Ja, das werde ich tun.«

K'os lächelte. Sie hatte bessere Männer in ihrem Lager gehabt, doch Cen war nicht übel. Vielleicht sollte sie seine Frau werden. Es würde ihr Freude machen, ihn auf seinen Wanderungen als Händler zu begleiten, besonders, wenn er zu den Vetter-Fluss-Menschen ginge. Es mochte natürlich sein, dass er nur widerwillig in jenes Dorf zurückkehrte. Besonders, da er nicht an der Seite der Vetter-Fluss-Männer gekämpft hatte wie versprochen. Vielleicht sannen sie auf Rache, vielleicht auch nicht. Es wäre lohnend, seine Seite der Geschichte zu hören. Ja, als Frau eines Händlers hätte sie ein gutes Leben. Immer die erste Wahl unter den Waren, die er von seinen Wanderungen zurückbrachte. Die Möglichkeit, viele Dörfer zu besuchen, neue Arzneien zu entdecken. Und, vor allem, ihre Rache an Chakliux. Es wäre um so vieles leichter, wenn sie ...

Die Worte von Sandfliege drangen in ihre Gedanken ein. Hatte sie etwas über Cens Frau gesagt? Er hatte sich eine Frau genommen? Nun, warum auch nicht? Wenn ein Mann sich in einem Dorf niederlassen wollte, so brauchte er eine Frau, die sich seiner Behausung annahm, sich um seine Vorratslager kümmerte. Im Vetter-Fluss-Dorf hatte er K'os noch zu seiner Frau machen wollen, und das wäre sie auch geworden, wenn da Tikaani nicht gewesen wäre, und nach ihm Blickt-in-den-Himmel ...

»Er hat eine Frau?«, fiel K'os der alten Frau ins Wort.

»Wer?«, wollte Sandfliege wissen, und K'os merkte, dass die alte Frau wohl schon wieder über jemand anderen sprach.

»Der Händler Cen.«

»Oh, ja.«

»Eine Tochter dieses Dorfes?«

Die alte Frau kicherte. »Viele Mütter hatten ein Auge auf ihn geworfen. Als Cen seine neue Frau ins Lager brachte, war Weißer See so zornig, dass sie ihn vor aller Augen schalt. Und Farn ...«

»Dann ist diese Frau also aus einem anderen Dorf?«

»Wer?«

»Cens Frau«, sagte K'os. Sie verlor allmählich die Geduld.

»Sie sagt, sie sei vom Nahe-am-Fluss-Dorf, doch habe sie dort nur als Kind gelebt. Farn hat einen Bruder, der mit seiner Frau dort lebt, und sie sagt, er habe niemals jemanden mit ihrem Namen erwähnt. Doch Männer sprechen für gewöhnlich nicht über Frauen. Sie haben ihre Gedanken mehr bei der Jagd ...«

»Wie ist ihr Name?«

»Gheli.«

K'os kannte sie nicht. Er hatte eine Frau, das war nicht gut. Natürlich, K'os konnte zweite Frau werden oder womöglich einen jungen Jäger finden, der ohne Frau war. Junge Männer waren leicht zu beherrschen, doch Frau eines Händlers zu sein, versprach viele Freiheiten. Zu alledem lebte Cens Sohn Ghaden bei den Vetter-Fluss-Menschen. Es gäbe sicher einen Weg, wie sie den Jungen gemeinsam zurückbekommen und K'os zugleich Rache üben konnte. Diese Frau aber stand im Wege.

So wäre es für den Augenblick wohl besser, Frau eines jungen Jägers zu werden, entschied K'os. Und sollte er ihr in die Quere kommen, so konnte er jederzeit sterben.

Natürlich mussten die Menschen im Vier-Flüsse-Dorf sie erst einmal annehmen, und das war nicht leicht, da sie Außenseiterin war. Doch es gab ja ihren toten Bruder ...

»Ich hatte einen Bruder, der hier in diesem Dorf gelebt hat«, sagte K'os und unterbrach damit den Redefluss von Sandfliege.

K'os konnte das Erstaunen in den Augen von Sandfliege lesen.

»Er lebt hier?«, fragte sie.

»Er hat hier gelebt. Er starb, und auch seine Frau.« K'os zog ein Messer aus der Scheide, die um ihre Mitte hing. »Dies hat er mir gemacht«, sagte sie und reichte Sandfliege das Messer. Sie beobachtete, wie die alte Frau die Klinge in ihren Händen wendete. Sie rieb mit den Fingern an der Karibuhaut, mit der der Griff umwickelt war, und sagte: »Es ist alt, dieses Messer, doch ich glaube, ich erinnere mich an einen Mann, der Messer gemacht hat wie dieses hier – er kam zu uns aus dem Vetter-Fluss-Dorf. Würdest du es tauschen?«

»Nicht dieses«, sagte K'os.

Tauschen? Nein. Ohne dieses Messer wäre sie schon vor langer Zeit gestorben. Getötet von Bellender Fuchs und seinem Bruder Möwenschwinge – dem wahren Vater von Chakliux – und von jenem dummen Mann, Schläft-lange. Ohne dieses Messer würde sie sicher all ihr Glück verlieren. »Das Messer ist alles, was ich noch zur Erinnerung an meinen Bruder habe. Ich kann es nicht hergeben, aber vielleicht werden die Männer in diesem Dorf sich an ihn erinnern, wenn sie es sehen, und mir gestatten, hier zu bleiben.«

Sandfliege reichte ihr das Messer und nickte gedankenvoll. »Ich denke, du könntest Recht haben.«

K'os schob das Messer zurück in die Scheide und nahm noch einen Schluck Tee. Er beruhigte sie, und sie saß, beinahe schon schlafend, während Sandfliege fortfuhr zu plappern.

Doch schließlich wurden die Worte der alten Frau langsam, ihre Augenlider fielen herunter, und sie fragte: »Denkst du, jetzt ist es Zeit zu schlafen?«

»Ja, es ist Zeit zu schlafen«, sagte K'os. Sie schüttete die Kohlen auf, dann geleitete sie Sandfliege zu ihrem Lager.

»Du bist eine gute Frau«, sagte Sandfliege zu K'os. »Zu schade, dass diese andere gekommen ist. Es wäre gut, wenn Cen dich zur Frau hätte.« Sie blinzelte und blickte K'os ins

Gesicht. »Womöglich verstößt er sie, wenn er dich erst sieht. Du bist hübscher. Gheli ist still und zudem nicht sehr freundlich. Wer will schon so eine Frau? Wahrscheinlich ist sie auch in seinem Lager nicht sehr freundlich zu ihm.« Sandfliege kicherte, und K'os zwang sich, ihr Lachen zu teilen. »Obgleich sie gut nähen kann, die Frau. Du solltest die Parkas sehen, die sie für Cen näht, und die Decken, die sie für ihr Kind hat.«

»Sie haben schon ein Kind?«

»Sie ist mit dem Säugling zu uns gekommen. Ein Mädchen, doch groß und kräftig, wie ihre Mutter. Aber diese Parkas ..., ich wünschte, ich hätte auch so einen.«

K'os legte der alten Frau eine Hand auf den Mund. »Psst, Tante, dein Mann schläft, und du solltest auch besser schlafen.«

Sie half der Frau in ihre Bettfelle, deckte sie zu, dann legte auch sie sich auf ihr Lager.

Eine Frau ... Gheli. Im Flüsterton verfluchte K'os die Frau und ihre Tochter. Wenigstens war dieses Kind ein Mädchen. Die Frau konnte nähen. Nun, K'os hatte noch keine Frau getroffen, die besser mit Ahle und Nadel umzugehen verstand als sie selbst, nicht einmal Möwenschnabel ..., nicht einmal Rotes Blatt.

K'os fuhr auf. Rotes Blatt! Die erste Frau, die ihr in diesem Dorf begegnet war. Sie war groß und breit wie Rotes Blatt. Sie hatte ein Kind unter ihrem Parka getragen; denn das Gewand war am Hals und an den Schultern weit ausgeschnitten gewesen. Und dieser Parka ... Sie konnte sich erinnern, dass sie die Parkas von Rotes Blatt bewundert hatte, als sie einst für kurze Zeit im Nahe-am-Fluss-Dorf gewesen war, damals im Winter vor den Kämpfen.

K'os kroch aus ihrem Lager und schüttelte Sandfliege wach. Sandfliege blickte sie verwirrt an, blinzelte, als müsse sie sich erinnern, wer die Frau vor ihr war.

»Ist Der-auf-Bäume-klettert krank?«, fragte sie schließlich.

»Nein. Er schläft.«

»Warum weckst du mich?«

»Ich ..., ich hatte Angst, dass ich deinen Tee zu stark gemacht habe. Du bist so schnell eingeschlafen, doch ich sehe, es geht dir gut.«

Sandfliege tätschelte K'os' Hand. »Ja, es geht mir gut«, sagte sie. »Du solltest dir einen Tee für deine Hände machen, weißt du? Womöglich hilft das.« Sandfliege schloss die Augen. »Einen Tee, irgendeinen Tee«, murmelte sie. »Ich wünschte, ich wüsste einen ..., ich wünschte ...«

»Tante«, fragte K'os und stupste die Frau am Arm, um sie aus ihrem Geplapper zurückzuholen, »ist Cens Frau mit ihm auf die Karibujagd gezogen, oder ist sie noch immer hier im Dorf?«

Sandfliege schlug noch einmal die Augen auf. »Cens Frau? Cens Frau? Oh, ja, sie ist hier. Er hat ihr nicht erlaubt mitzukommen, weißt du? Mit dem Säugling. Sie ist hier. Ich kann dich zu ihr bringen. Morgen werden wir sie besuchen.« Sandfliege schloss die Augen und war schon wieder eingeschlafen.

33

Das Vetter-Fluss-Lager

Chakliux kroch in seinen Unterstand. Stern hatte seine Schlaffelle nicht ausgerollt, und Ärger regte sich in ihm. Sein Zelt und das von Stern standen sich an einer kleinen Feuerstelle gegenüber, die offenen Seiten berührten sich beinahe. Ghaden und Beißer schliefen schon, sie lagen im hinteren Teil des Zeltes. Chakliux starrte durch den Rauch des Feuers, und er meinte, Stern und Yaa zu erkennen. Sie schliefen, Stern lag vorne, nahe bei der Feuerstelle.

Chakliux war ins Lager zurückgekehrt, als die Dunkelheit noch fern war, doch er hatte sich an die windgeschützte Seite seines Zeltes gesetzt und an einem Speerschaft gearbeitet, bis die Sonne unterging. Seine Gedanken, stark und hell, waren bei Aqamdax gewesen, und er musste seinen Mund verschließen, um die Gesänge zurückzuhalten, die seine Freude verraten würden.

Als die Dunkelheit sich über das Lager senkte, kam Blickt-in-den-Himmel und bat Chakliux, sich zu den Männern zu gesellen und ihnen Jagdgeschichten aus vergangenen Zeiten zu erzählen. Chakliux ging zu ihnen, hob die Augen zur Nacht empor und schickte ein stummes Gebet. Dann ließ er sich auf einem Polster aus Karibufellen nieder und hob an, eine lange Reihe von Geschichten zu erzählen.

Schon viele Male zuvor hatte er diese Geschichten erzählt. In dieser Nacht aber war seine Zunge geschwollen, und seine Worte waren langsam und schwerfällig. Die Männer wurden unruhig, und schließlich bat Chakliux Sok, Geschichten von den Nahe-am-Fluss-Menschen zu erzählen. Nimmt-mehr murrte, doch Sok gebot seinen Klagen mit dem Versprechen Einhalt, nur Geschichten aus jener Zeit zu erzählen, als die Vetter-Fluss-Menschen und die Nahe-am-Fluss-Menschen ein Volk gewesen waren.

Als Sok geendet hatte, kehrte jeder Mann in sein eigenes Zelt zurück. Der Himmel war schwarz, kein Mond, keine Sterne waren zu sehen, und allein das Licht der Feuerstellen, deren Kohlen rot vor jedem Unterstand glühten, wies Chakliux den Weg.

Er blickte hinauf und fragte sich, ob die Großväter, von denen Sok erzählt hatte, jene Löcher verschlossen hatten, durch die die Menschen das Licht der Geisterwelt sehen konnten. Wenn Chakliux einen Fluch über sich selbst gebracht hatte, so war das etwas, das er verdiente, und er würde dieses Los ertragen, im Tausch für die Zeit mit Aqamdax. Doch was, wenn er auch andere Männer verflucht hatte? Was, wenn seine Art, Geschichten zu erzählen, fortan immer langsam und plump wäre? Und was, wenn Aqamdax die gleiche Strafe zu ertragen hätte?

Er schlüpfte in sein Zelt, rollte seine Matten aus und legte sich nieder, doch er konnte keinen Schlaf finden. Chakliux ging wieder hinaus, setzte sich in die Dunkelheit und blickte hinüber zu Aqamdax' Zelt. Er fragte sich, warum er irgendeine Schuld tragen sollte. Nachtmann hatte Aqamdax' Sohn getötet, ein gesundes Kind. Das war sicher schlimmer als alles, was Chakliux getan hatte.

Vielleicht sollte er Aqamdax bitten, Nachtmann zu verstoßen, noch ehe sie zurück in das Winterdorf zogen. Doch was, wenn die Nahe-am-Fluss-Männer ihnen auflauerten, wenn sie einen Angriff planten? Auch ohne die Feindschaft zwischen Chakliux und Nachtmann noch zu vertiefen, würde es für die wenigen Vetter-Fluss-Jäger schon schwer werden, sich und ihre Frauen zu verteidigen.

Es war besser, sie warteten. Chakliux versuchte, Gebete zu jenen Geistern zu schicken, die in Erde und Himmel und Wasser wohnten, doch war er nicht sicher, ob sie einem Mann zu helfen vermochten, der einen Fluch auf sich gelegt hatte, als er jene Gelübde, die dem Band zwischen Mann und Frau dienten, gebrochen hatte. Wie konnten Karibugeister ihm helfen? Wie der Otter? Verstanden Bärengeister solche Dinge? Konnten sie vergeben? Und was war mit den Geistern jener, die vor ihm *Dzuuggi* gewesen waren? Würden sie ihn verstehen oder verdammen?

Regungslos lag Aqamdax da, als Nachtmann in sein Zelt kroch. Sie würde nicht mehr zu ihm gehen, auch wenn er es verlangte. Wie sollte sie seine Hände ertragen, nachdem sie die Wonne von Chakliux' Berührungen erfahren hatte? Sie wünschte, sie hätte Nachtmann schon vor der Jagd verlassen. Wie hätte das einen Fluch bergen können? Karibus waren gute Mütter. Sie waren immer nah bei ihren Kälbern und verteidigten sie gegen die Wölfe. Sie würden eine Frau verstehen, die nicht noch ein Kind verlieren wollte. Sicher würden sie nicht von ihr verlangen, bei einem Mann zu bleiben, der war wie Nachtmann.

»Aqamdax«, sagte Nachtmann.

Aqamdax' Brust zog sich zusammen, und es schien, als schlüge ihr Herz langsamer, bis es beinahe ganz aufhörte. »Hast du Hunger?«, fragte sie mit kleiner Stimme.

Nachtmann machte ein raues Geräusch, das beinahe klang wie ein Lachen. »Hunger, ja«, sagte er, »aber nicht nach Essen.«

Aqamdax lag ganz still, sagte nichts, und Nachtmann bewegte sich, als wolle er zu ihrem Lager kommen.

»Nein, bleib nur da«, sagte Aqamdax. »Ich werde zu dir kommen. Lege dich nieder. Lass mich deinen Rücken durchkneten.«

Mit angehaltenem Atem wartete sie auf seine Antwort. Er stöhnte und drehte sich herum. »Sei vorsichtig. Meine Schulter hat heute sehr geschmerzt.«

Er tat viel, um seinem linken Arm ein wenig Kraft zu geben, dachte Aqamdax, und sie wusste, dass sie ihn dafür achten sollte, auch wenn ihr nicht danach war. Sok hatte mit ihm geübt, ihm geholfen, den Umgang mit Speer und Werfer wieder zu erlernen, auch ohne das Gleichgewicht eines starken linken Armes und der linken Schulter. Obgleich er nicht mehr so schnell werfen konnte wie andere, so konnte er sich doch selbst wieder als Jäger betrachten.

Aqamdax legte eine Hand auf seine Schulter. Sie war heiß. Es schien, als hielte die Wunde das Fieber der Krankheit in ihrem Inneren fest, doch schon zwei Monde lang hatte die Narbe nicht mehr genässt, und die Schwellungen unter dem Arm von Nachtmann schienen ein bisschen kleiner geworden zu sein.

Aqamdax führte ihre Hände zu seinem Rücken und begann, die Muskeln zu kneten, doch sie fühlte sich, als wäre sie besudelt, allein weil sie die Haut ihres Mannes berührte. Sie musste sich um seine Wunde kümmern, doch das hatte nichts damit gemein, ihm Freude zu bereiten.

»Ich habe Blätter vom Aufrechten Beifuß, die können wir erwärmen und einen Umschlag für deine Schulter bereiten«, sagte sie.

Nachtmann schnaubte. »Du bist noch schlimmer als meine Mutter.«

Aqamdax erhob sich und ertastete sich ihren Weg durch die Dunkelheit in ihrem Zelt. Sie wühlte in einem ihrer Bündel, bis sie gefunden hatte, was sie suchte: ein Messer mit kurzer Klinge, zwei Backenhörnchenfelle und ein *cilt'ogho* mit Blättern des Aufrechten Beifußes. Sie griff nach einem anderen *cilt'ogho*, der dem ersten sehr ähnlich war, und hielt sie ans Herdfeuer, damit Nachtmann sie sehen konnte.

»Ich habe zwei gefunden, doch hier ist es zu dunkel, als dass ich sagen könnte, in welchem die Blätter sind. Vielleicht ist der Mond aufgegangen und gibt genug Licht, damit ich es erkennen kann.«

»In dieser Nacht gibt es keinen Mond«, sagte Nachtmann

und fing an, sich zu beklagen, doch Aqamdax schlüpfte aus dem Zelt, noch ehe seine Klagen zu Forderungen wurden.

Aqamdax blickte hinüber zu Chakliux' Zelt, und sie war sich sicher, dass sie ihn davor sitzen sah, seinen Rücken der wärmenden Feuerstelle von Stern zugewandt. Aqamdax schob den Ärmel ihres Parkas hoch und schnitt sich in den Unterarm. Sie beobachtete genau, wie ihr Blut floss. Sie wischte die Wunde mit einem Backenhörnchenfell ab und stopfte sich das blutige Fell zwischen die Beine. Dann ging sie zurück in das Zelt von Nachtmann und kniete neben ihm nieder.

»Es ist gut, dass ich nach draußen gegangen bin«, sagte sie. »Das Licht der Feuerstelle hat mir gezeigt, dass meine Mondblutung gekommen ist. Ich muss gehen. Hier, dieses *cilt'ogho* ist voll mit Blättern vom Aufrechten Beifuß, wenn du sie möchtest.«

Sie legte den Behälter neben Nachtmann zu Boden und ging zu ihrem Lager. Dort rollte sie einige Decken zusammen und nahm einen Beutel mit Gegenständen.

»Es ist zu früh«, sagte Nachtmann. »Du hast zuletzt geblutet, als der Mond voll war.«

»Das ist so bei einer Frau, die gerade geboren hat«, erwiderte Aqamdax. »Besonders wenn das Kind stirbt und sie kein anderes hat, das ihre Milch trinkt.«

Nachtmann folgte ihr nach draußen und stellte sich an die wärmende Feuerstelle. Seine Augen glichen dunklen Schlitzen.

»Ich rufe dich in meine Bettstatt, und mit einem Mal entdeckst du, dass du blutest«, sagte er.

»Ich werde in deine Bettstatt kommen, wenn du möchtest«, sagte Aqamdax zu ihm. Sie legte ihr Bündel auf den Boden und hob ihren Parka hoch. Sie zog das blutige Fell zwischen ihren Beinen hervor und hielt es mit zwei Fingern in die Höhe, sodass Nachtmann die Flecken sehen konnte. »Nicht ich werde den Fluch tragen.«

Nachtmann brummte eine Beleidigung, dann ging er zurück

in sein Zelt. Aqamdax durchquerte das Lager und begab sich zu dem kleinen *tikiyaasde*, das abseits errichtet worden war, für die Frauen, die ihre Mondblutung hatten. Chakliux hatte ihr erzählt, dass sie in ein, zwei Tagen zu ihrem Winterdorf aufbrechen würden. Da sie nun vorgab zu bluten, würde sie hinter den anderen gehen und nachts ihr eigenes Lager aufschlagen müssen. Die Frauen erzählten voll Furcht davon, von jener Absonderung während der Wanderung, die die Mondblutung für sie bedeutete. Noch schlimmer aber war es, ein Kind zu gebären, während sie zogen, doch Aqamdax schien all das besser zu sein, als das Lager von Nachtmann zu teilen.

Die Nahe-am-Fluss-Menschen

Dii hatte ihre Augen auf den Rücken von Blaue Blume gerichtet, die vor ihr stapfte. Man konnte Blaue Blume gut folgen, sie wusste, welchen Weg sie durch den Morast der Steppe wählen musste. Sie waren früh am Morgen aufgebrochen, doch nun, da die Sonne ihren höchsten Punkt erreicht hatte, war der Boden weich geworden. Wenigstens war es nicht so kalt, dass ihre nassen Füße erfrieren konnten, und dennoch betete Dii für eine Nacht mit eisiger Kälte, die die Steppe hart machen würde, die die sumpfigen Tümpel und kleinen Bäche gefrieren lassen würde, die sich durch das Moos und die Grasbüschel wanden.

Anaay sandte Jäger voraus und ließ sie zudem zu den Seiten hin ausschwärmen. Die Männer kehrten jede Nacht ins Lager zurück, wenn die Frauen die Unterstände errichtet hatten. Dii wusste, sie würden keine Karibus entdecken. Dieses Wissen war seltsam, aber sie hatte schließlich aufgehört, daran zu zweifeln. Die Karibus waren einen Tag ostwärts von ihnen, und sie zogen nach Süden, genau, wie die Nahe-am-Fluss-Menschen nach Süden zogen.

Dii hatte niemandem als K'os erzählt, dass sie die Karibugesänge zu hören vermochte, und sie wusste, dass auch K'os ihr nicht wirklich geglaubt hatte. Dii vermisste sie. Die Worte der Frau waren oftmals scharf und verächtlich, und sie war mit Beleidigungen so schnell wie andere mit ihren Grüßen, doch sie besaß großes Wissen von Pflanzen und Arzneien. Während ihrer Wanderung zum Jagdfluss hatte sie den langen Marsch mit Erklärungen gefüllt. Sie hatte davon gesprochen, welche Pflanzen nützlich waren und wann man sie pflücken musste, wie man aus Wurzeln oder Blättern oder Blüten Arzneien bereitete oder gar Farben daraus machte.

K'os hatte stets schnell gesprochen und manchmal sogar geflüstert, als sollte das, was sie sagte, eher ihr selbst helfen als Dii. Dii aber war in ihrer Nähe geblieben, hatte aufmerksam zugehört und Nacht für Nacht im Geiste K'os' Worte wiederholt. Als sie nun hinter Blaue Blume über die Steppe wanderte, hielt sie nach Pflanzen Ausschau, erkannte viele von ihnen wieder und erinnerte sich daran, wie man sie gebrauchte.

In jener Nacht schlugen sie ihr Lager auf einer kleinen Anhöhe auf, die mit Weiden, Erlen und Harzbirken bewachsen war. Beinahe die ganze Jagd hindurch hatte Anaay Dii kaum Beachtung geschenkt, wenn es nicht gerade darum ging, ihm zu essen zu bringen oder seine Kleider zu flicken. In dieser Nacht aber war er freundlicher zu ihr, und sie war nicht überrascht, als er sie in sein Zelt zog, noch ehe die meisten Menschen das Kochfeuer verlassen hatten. Er nahm sie geschwind, nicht einmal ihren Parka schob er hoch. Als er von ihr herunterrollte, versuchte Dii, seine Kleidung zurechtzurücken, und breitete Schlafdecken über ihn.

Er brummte, und schließlich sagte er: »Ich habe beschlossen, dass wir noch nicht in das Winterdorf zurückkehren werden.«

Dii fühlte, wie ihr Herz sank. Selbst das Nahe-am-Fluss-Dorf war ihr gut erschienen nach dieser Jagd. Sie war gerne bereit, ihre Tage damit zu verbringen, Fallenschlingen auszulegen, von Möwenschnabel die Fertigkeit des Nähens zu erlernen, jene wenigen Pflanzen zu sammeln, von denen K'os gesagt hatte, dass man sie noch pflücken könnte, ehe sie vom Schnee bedeckt würden. Bald schon wollte sie Anaay die Arznei geben, die sie von K'os bekommen hatte. Womöglich war ihr dann das Glück beschieden, im kommenden Sommer endlich ein Kind zu gebären, in jener Zeit, da Säuglinge am ehesten stark werden konnten.

»Warum?«, fragte Dii. »Die Frauen müssen in das Dorf zurückkehren. Wir müssen uns für den Winter bereitmachen.«

»Du bist so töricht und fragst, warum?«, herrschte Anaay sie an. Er richtete sich in seiner Bettstatt auf. »Wie sollen wir zurückkehren? Wir haben nicht genug Fleisch. Die Vetter-Fluss-Menschen haben uns verflucht.«

Eine Woge des Zorns kam über Dii und füllte ihren Mund mit bösen Worten über Anaay und seine Entscheidung, an einem Fluss zu jagen, der einem anderen Dorf gehörte. Doch welche Frau würde es wagen, ihrem Mann solche Dinge zu sagen?

»Ich habe in den vergangenen zwei Nächten wieder Karibus geträumt«, sagte Anaay.

In Dii regte sich Hoffnung. Womöglich wusste er, dass die Karibus nahe waren, dass Mensch und Karibu in die gleiche Richtung zogen, wie Flüsse, die nebeneinander verlaufen.

Dann aber sagte Anaay: »Sie sind westlich von uns, drei oder vier Tage entfernt, womöglich gar nur zwei.«

Es stimmte, dass die Nahe-am-Fluss-Menschen sich Geschichten von einer Herde erzählten, die nahe der See lebte, die an der Küste wanderte, und jede Karibuspur war wie zwei gebogene Monde in dem grauen und gelben Sand.

Dann fing Anaay an, von den Herden zu erzählen, die er geträumt hatte, von Bullen und Kühen, von Kälbern, die bei ihren Müttern gingen, als sie der Küste folgten, hin zu jenem Land, wo die Dörfer der Seejäger waren.

Dii hatte die Seejäger-Frau Aqamdax von Karibus erzählen hören. Womöglich stimmte, was Anaay sagte, doch in ihr war das furchtsame Wissen, dass es nicht so war.

Die Dunkelheit im Zelt machte ihr Mut. Es war leichter zu sprechen, wenn das Gesicht verborgen blieb. Und so fing sie mit leisen Worten an zu sprechen. Zuerst beschrieb sie ihre Träume, um ihrem Mann zu zeigen, dass sie nicht zu ihm sprach wie ein Kind, sondern als Frau, die jene Gabe hatte, mit der auch er gesegnet war.

»Ihre Hufe kommen in meine Träume«, sagte sie, »und ich spüre, wie die Erde unter ihnen bebt – manchmal sogar, wenn ich wach bin. Einmal dachte ich, sie wären direkt vor meinem Zelt, sie würden wieder auf uns zukommen, wie sie es am Fluss getan haben. Ich höre sie, und ich weiß, wo sie sind. Du hast sicher Recht, Mann, dass auch am Meer eine Herde ist. Doch es gibt auch eine Herde, die an uns vorüberzieht, weniger als einen Tag ostwärts. Eine Herde, so groß, dass sie wie ein Fluss ist, der über die Steppe fließt. Schicke nur einen deiner Männer aus. Wenn er gleich früh am Morgen aufbricht, dann könnte ein einzelner Mann, ein guter Läufer, sie sehen und bis zur Nacht wieder zurück sein. Dann müssten wir nicht so weit wandern und ...«

Der Schlag kam aus der Dunkelheit, Dii blieb nicht die Zeit, sich darauf vorzubereiten. Wolf oder Bär, war ihr erster Gedanke, ein Tier, das durch die dünne Wand von Anaays Zelt hindurch angreift, und sie schrie angsterfüllt auf, rief Anaay um Hilfe. Dann aber wurde sie gewahr, dass Anaays Faust es war, die in ihren Bauch hieb. Seine Stimme bebte vor Zorn, und er verfluchte sie für ihre Dummheit, dafür, dass sie glaubte, dass ihr, einer Frau, die Gabe der Karibugesänge zuteil werden könnte.

Als die Schläge und mit ihnen Anaays Schreie erstarben, blieb Dii still liegen. Ihr Atem ging in kurzen, flachen Zügen, presste gegen die schmerzenden Rippen. Sie versuchte, nicht zu würgen, als Blut ihre Kehle hinunterrann. Doch selbst, als sie so dalag, konnte sie die Karibus hören, den Schlag ihrer Hufe spüren.

Der Takt ihrer Wanderung schlug die ganze Nacht hindurch, beruhigte Dii wie ein Schlaflied, und schließlich hüllte er sie ein in neue Kaributräume.

34

Das Vier-Flüsse-Dorf

Rotes Blatt hockte sich auf die Fersen und seufzte. Diese Behausung war warm, und Cen war ein guter Mann, in vielen Dingen besser, als Sok es gewesen war. Sie spürte, wie Tränen in ihren Augen brannten, doch sie blinzelte sie fort. Rotes Blatt hatte keine Zeit, sich zu bedauern.

»Wir sind besser dran als damals, als wir das Vetter-Fluss-Dorf verlassen haben«, sagte sie und blickte ihr Kind an, das auf der anderen Seite der Behausung in seinem Wiegengestell hing. Es hatte dunkle Augen, sie waren groß und klug. »Sorge dich nicht, kleine Tochter«, sagte Rotes Blatt zu ihr. »Dies wird ein guter Winter werden für dich und für mich.«

Sie steckte die Lasche an dem großen Bündel fest, das sie tragen wollte. Sie hatte es mit getrocknetem und geräuchertem Fisch aus Cens Vorratslager gefüllt, mit dem Magen voller Uferschwalben und mit Brocken von gehärtetem Fett.

Sie hatte sich entschlossen, zuerst zu ihrem eigenen kleinen Unterschlupf zurückzukehren, der einen Tag von dem Dorf entfernt lag. Die Menschen hier würden glauben, sie wäre gegangen, um nach ihren Fallenschlingen zu sehen. Und wenn die Tage vergingen, würden sie denken, sie sei gegangen, wie sie gekommen war. Womöglich würde ihr Verschwinden sich einfügen in jene geflüsterten Gerüchte, die sagten, dass sie Tier-Frau war, Backenhörnchen oder Vielfraß, und sie sich umsah nach einem behaglichen Bau für den Winter.

Sie würde ein paar Tage in ihrem alten Unterschlupf im

Fichtenwald bleiben. Sie würde alle Dinge an sich nehmen, die sie dort zurückgelassen hatte und die von Nutzen für sie sein könnten, und dann würde sie flussaufwärts ziehen. Wenn sie Glück hatte, würde sie, noch ehe der Schnee kam, einen Ort finden, an dem sie bleiben konnte. Dieser Sommer und auch dieser Herbst waren ungewöhnlich warm gewesen. Das kam ihr jetzt gelegen, doch ein warmer Herbst bedeutete oftmals mehr Schnee im Winter, und so musste Rotes Blatt einen sicheren Ort finden, um ihr Lager aufzuschlagen, etwa an einem See, in dem sie durch das Eis Fische fangen konnte.

Rotes Blatt ging in den hinteren Teil der Behausung, dorthin, wo Cen seine Dinge aufbewahrte. Sie achtete darauf, seine Waffen nicht zu berühren. Warum sollte sie ihm einen Fluch hinterlassen? Er war gut zu ihr gewesen. Sie fand einen zweifachen Packen, an einen Riemen genäht, der für den Rücken eines Hundes geeignet war. Er sah handfest aus, doch sie wusste, dass Cen seine besten Packen mit sich auf die Jagd genommen hatte.

Rotes Blatt hielt den Packen gegen das Licht, das durch das Rauchloch in die Behausung fiel. Er war aus Karibuhaut gefertigt, die nur gerade so oft eingeweicht und geschabt worden war, dass Fleisch und Haare entfernt worden waren. Danach war die Haut in Form gebracht und getrocknet worden, bis sie steif und hart war. Der Packen stank weder faulig noch moderte er, doch ein Schnürriemen war gerissen. Rotes Blatt holte ihr Nähzeug hervor und fand ein Knäuel Rohhaut. Sie schnitt einen Streifen herunter und weichte das Ende in ihrem Mund ein. Dann drehte sie es zwischen ihren Fingern zu einer Spitze, die durch das Loch der Ahle passte.

Nähen bereitete Rotes Blatt große Freude, doch Flickarbeit konnte sie nicht leiden, besonders wenn es galt, Packen zu flicken. Doch sie sagte sich, dass es viel Schlimmeres gab, als eine Naht zu schließen, und machte sich an die Arbeit.

Rotes Blatt dachte an den Parka, den sie für Cen genäht hatte. Er hatte ihn zur Jagd mitgenommen – ein Zeichen der

Hochachtung vor den Tieren. Denn welches Karibu würde sich nicht dem Speer eines Jägers ergeben, dessen Frau so begabt war wie Rotes Blatt?

Für Sok hatte sie einst ein Sonnenzeichen auf jeden Parka und auf viele seiner Stiefel genäht. Cens Name hingegen brachte ihrem Geist die Farben der Steppe, goldene und graue Töne, dunkle Schatten, die die Gräser scharf hervortreten ließen. Also nähte sie die Rückseite von Cens Parka aus zwei Hälften. Jede war in lange, spitze Finger zerteilt, die aussahen wie Grashalme. Aus der unteren Hälfte des Parkas wuchsen Halme, sie waren aus Nerz gearbeitet und dunkel, beinahe schwarz. Die obere Hälfte hingegen war aus Fuchsfell gemacht, rot und golden, und Rotes Blatt hatte das Fell zurechtgestutzt, bis es genau die gleiche Länge hatte wie der Nerz. Die beiden Stücke griffen ineinander, die Finger waren aneinander genäht, als wäre der Nerz das Gras, das bei Einbruch der Nacht dunkel im Schatten liegt und sich abhebt vor dem Himmel des Sonnenuntergangs.

Als Rotes Blatt Cen den Parka gab, hatte er sie in seine Bettstatt geholt, und er hatte sie liebkost, als sei sie ein junges Mädchen, als sei sie eine Wonne für die Augen eines Mannes. Und da hatte Rotes Blatt gewusst, dass Cen verstand, was Sok nie aufgegangen war: Was sie niemals sein konnte mit ihrem Gesicht oder ihrem Körper, das war sie durch die Begabung ihrer Hände.

Wieder spürte Rotes Blatt, wie die Tränen in ihren Augen brannten. Zwei starke Männer hatte sie gehabt, und nun hatte sie beide verloren. Sie seufzte tief, kniff die Lippen zusammen und nähte die Lasche aus Rohhaut mit Zierstichen fest.

Sie hörte, wie jemand an die Wand ihres Eingangstunnels kratzte. Schnell schob sie das gefüllte Bündel zur Seite, breitete eine Karibuhaut darüber und stellte einige Körbe aus Fischhaut davor. Zu Anfang hatte sie das Durcheinander in Cens Behausung gestört, jetzt aber war sie dankbar dafür.

Rotes Blatt zog die innere Türklappe beiseite und rief einen

Willkommensgruß. Sie erwartete, Brauner Fuß und seine Frau zu sehen. Die beiden Alten lebten von dem Großmut anderer, und sie kamen häufig zu Cens Behausung, denn sie wussten, dass dort immer eine Schale Suppe oder Eintopf auf sie wartete. Rotes Blatt ging zu ihrem Kochbeutel. Sie war so in Eile gewesen zu packen, dass sie sich nicht darum gekümmert hatte. Sie hatte nur einmal umgerührt, sich eine Schale Essen genommen und ihre Arbeit fortgesetzt. Sie hätte ihre Wasserblasen füllen sollen. Die meisten waren leer, doch sie hatte Angst, öfter hinauszugehen als unbedingt nötig. Im trüben Licht der Morgendämmerung hatte sie die Hunde gefüttert und war zum Vorratslager gegangen, um Essen zu holen. Rotes Blatt kratzte den Boden des Kochbeutels aus, um einige Fleischstückchen herauszuholen. Sie waren weich vom tagelangen Kochen. Als Rotes Blatt aufblickte, sah sie, dass nicht Brauner Fuß, sondern Sandfliege gekommen war.

Rotes Blatt hob ihre Augenbrauen zum Gruß und sagte: »Setz dich ans Feuer. Es ist ein kalter Tag.« Sie wollte der alten Frau gerade zu essen anbieten, da sah sie, dass Sandfliege nicht allein gekommen war, und die Worte starben in ihrem Mund.

»Ich habe eine Freundin mitgebracht«, sagte Sandfliege und streckte die Hand nach einer Frau aus. Es war die Vetter-Fluss-Frau K'os.

Das Nahe-am-Fluss-Jagdlager

Diis Schmerzen waren schlimmer geworden, und besonders der Rücken tat ihr weh. Sie hatte das Blut aus ihrem Gesicht gewaschen, doch während der Nacht hatte es wohl aufs Neue Mund und Nase verkrustet.

Anaay sah sie kurz an. Er lehnte die Schale mit Essen ab, die sie ihm reichte, und verließ das Zelt. Er warf ihr über die

Schulter einen Blick zu und sagte: »Geh dich waschen. Du wirst einen Fluch über uns alle bringen.«

Dii zog die Kapuze ihres Parkas weit nach vorne, sodass die Krause ihr Gesicht verdeckte. Dann ging sie mit langsamen Schritten zu einem der kleinen Tümpel, die über die Steppe verstreut waren. Sie zerbrach das Eis, das sich auf der Oberfläche gebildet hatte, und hockte sich hin, um sich Wasser ins Gesicht zu spritzen. Das Wasser tropfte von ihren Fingern, und sie sah im Tümpel ihr Spiegelbild. Die Nase war auf die zweifache Größe angeschwollen, die Augen waren von dunklen Ringen umgeben, auf einem Wangenknochen hatte sie einen Schnitt, ihre Unterlippe war dick geschwollen und mit Blut verkrustet. Das Wasser tat ihr gut, und sie trank davon in der Hoffnung, die Kälte würde bis in ihre Knochen vordringen und den Schmerz töten.

Dii wandte sich um und schaute zum Lager. Wie dumm sie gewesen war, hier zu bleiben, wo sie doch zurück bei ihrem eigenen Volk sein könnte. Waren die Vetter-Fluss-Menschen bereits in ihr Winterdorf zurückgekehrt, oder weilten sie noch immer flussabwärts, zerteilten die Karibus und schabten ihre Häute? Wenn sie jetzt ginge, könnte sie das Lager in ein paar Tagen erreichen.

Bei dem Gedanken, die Nahe-am-Fluss-Menschen zu verlassen, alleine zu gehen, hielt Dii den Atem an. Doch was, wenn die Vetter-Fluss-Menschen sich bereits auf den Weg gemacht hatten? Und was, wenn Anaay sie verfolgen würde? Wenn er sie schon derart geschlagen hatte, weil sie von ihrem Traum erzählt hatte, was würde er ihr erst antun, wenn er sie einfing, nachdem sie fortgelaufen war?

Dii ging durch das Lager zurück zu ihrem Zelt. Frauen, die ihr begegneten und sie grüßen wollten, wandten sich ab, als sie sahen, wie Dii zugerichtet war, und sie machten nicht Halt, um mit ihr zu sprechen.

Später an diesem Morgen erzählte Anaay den Menschen von seinen Kaributräumen, dass sie nach Süden und Westen, zum Meer hin, ziehen mussten und dass ihre Wanderung sie nicht nur zu den Karibus, sondern auch hin zu ihrem Winterdorf führen würde. Und als die Frauen sich daranmachten, ihre zerfledderten Zelte abzubauen, kam Anaay zu Dii und ging ihr zur Hand. Er besorgte beinahe den ganzen Abbau und all die harte Arbeit, und Dii zwang sich, ihm trotz ihrer gerissenen und geschwollenen Lippen ein Lächeln zu schenken.

Das Vetter-Fluss-Lager

Aqamdax hievte sich das Bündel auf den Rücken und straffte die Leinen. Sie hatte sich einen Trageriemen um die Stirn gebunden, der ihr helfen sollte, die schwere Ladung Fleisch zu schleppen. Selbst die Männer trugen schwere Bündel, und alle Hunde bis auf zwei zogen Tragen.

Aqamdax hielt sich am Ende der Gruppe. Eine Frau, die die Nacht in der Hütte der Mondblutung verbrachte, durfte sich nicht in die Nähe der Männer begeben, doch während sie zogen, waren die Regeln nicht so streng wie im Winterdorf. Aqamdax konnte mit den anderen Frauen sprechen, lachte mit ihnen über die Späße der Jungen und ging Vogelruferin zur Hand, als ein Hund von Blickt-in-den-Himmel sich in seinem Zuggeschirr verfing und seine Trage zu kippen drohte.

Selbst unter dem Gewicht ihrer Last sang Aqamdax' Herz. Obwohl sie gewissenhaft alles für Nachtmann tat, wie es sich schickte, und sich um seine Hunde kümmerte, konnte sie nun, da sie endlich heimwärts zogen, ihre Augen nicht von Chakliux wenden. Einmal hielt er an und blickte zurück zu den Frauen. Als er Aqamdax sah, ließ er seine Augen auf ihr verweilen, und sie erwiderte seinen Blick.

Als der Tag halb vorüber war, begann es zu schneien. Es ging kaum Wind, und bald hatte der Schnee eine weiße Decke über den Grund gebreitet, sodass alle Dinge gleich aussahen.

Was Hunde und Kinder ohne Schwierigkeiten überqueren konnten, wurde zum Hindernis für die Männer und Frauen. Sie traten in jene sumpfigen Stellen, die mit rotem Moos bewachsen waren, weil sie die Farbe nicht zu erkennen vermochten, die sie vor dem Wasser warnte, das darunter verborgen war.

Aqamdax blickte aufmerksam zu Boden und bemühte sich, die beste Spur zu finden. Sie hielt sich an jene Fußabdrücke, die nicht mit Wasser gefüllt waren, doch schließlich brach auch sie ein, und sie fühlte, wie das Wasser durch die Nähte ihrer Stiefel drang. Eine Zeit lang brannten ihre Füße vor Kälte, dann schmerzten sie, und schließlich hatte Aqamdax das Gefühl, sie ginge auf zwei Holzklötzen und ihr Körper würde an ihren Knöcheln enden.

Endlich zeigte Chakliux auf einen hohen Hügel, der den Männern von früheren Jagden her vertraut war, und er befahl den Frauen, das Lager aufzuschlagen. Das Dorf war nur etwa eine Hand voll Tage entfernt, und warum sollten sie sich sorgen, wenn sie etwas länger brauchten? Sie hatten Fleisch, und mehr, als sie sich erhofft hatten. Das Schlachten war gut vonstatten gegangen, und es waren gar einige ihrer Frauen von den Nahe-am-Fluss-Menschen zurückgekehrt.

Er lächelte dem Nahe-am-Fluss-Jäger Erster Adler zu und sagte: »Ein starker Mann hat sich uns angeschlossen, um seine Künste mit den unseren zu vereinen. Wozu gehen, wenn unsere Füße nass sind? Auf jenem Hügel gibt es Bäume, Weiden und Birken. Wir werden Feuer machen, unsere Füße trocknen, essen und rasten.«

Chakliux reckte den Hals, bis er Aqamdax entdeckte. Er rief ihren Namen. Sie blickte verlegen zu Boden, weil er so offen nach ihr Ausschau hielt. Dann fing sie den finsteren Blick von Nachtmann auf und reckte ebenfalls den Kopf. Wenn die Zeit nun gekommen war, wenn Chakliux wollte, dass sie Nachtmann jetzt verstieß, so würde sie sich nicht dafür schämen.

Doch Chakliux sagte: »Aqamdax, vielleicht weißt du Geschichten, die du uns heute Nacht erzählen möchtest.«

Es war schon lange her, seit die Vetter-Fluss-Frauen sich die Freude gegönnt hatten, einen Abend mit Geschichtenerzählen zu verbringen. Das Flussvolk kam nicht so häufig zusammen, um den Geschichten zu lauschen, wie die Ersten Menschen es taten. Gewöhnlich versammelten sich die Männer und die Jungen in der Behausung der Jäger und tauschten Jagdgeschichten aus. Und Großmütter und Tanten erzählten den Mädchen Geschichten, die sie Weisheit und Ehrerbietung lehren sollten.

»Es gibt viele Geschichten, die erzählt werden müssen«, sagte Aqamdax. Ihre Worte waren laut, beinahe ungestüm. »Es sind zu viele für einen Geschichtenerzähler allein. Womöglich möchte noch jemand, jemand, der *Dzuuggi* bei uns ist, seine Geschichten mit uns teilen.«

Sie war sich bewusst, dass ihre Worte einen lockenden Klang hatten, doch in der Freude des Augenblicks fiel ihr nicht auf, welche Torheit darin lag, bis Nachtmann auf sie zukam. Vorsichtig, eine Armeslänge von ihr entfernt, blieb er stehen und sagte: »Du blutest nicht, das stimmt doch? Du hast mir nur gesagt, du blutest, damit du mein Lager nicht teilen musst.«

»Ich kenne noch immer nicht alle Gebräuche von euch Vetter-Fluss-Menschen«, sagte Aqamdax. »Ich werde keine Geschichten erzählen, wenn sie einen Blutfluch über euch bringen. Frage du Chakliux für mich. Sage ihm, dass ich blute.«

»Ich muss Chakliux nicht fragen«, sagte Nachtmann. »Ich bin dein Mann, und ich sage dir, was du zu tun hast. Du darfst den Männern nicht zu nahe kommen. Bleibe in dem Zelt der Mondblutung. Von dort kannst du den Geschichten von Chakliux lauschen. Höre gut zu und erinnere dich daran, dass er derjenige ist, der meine Brüder getötet hat. Viele Krieger aus diesem Dorf hat er getötet. Und obgleich er es abstreitet, glaube ich dennoch, dass er auch meinen Vater getötet hat. Höre also zu und erinnere dich.

Oder aber du könntest dich entschließen, doch nicht zu bluten. Dann kannst du den Abend damit verbringen, deine Geschichten zu erzählen. Man sagt, du seist gut, auch wenn ich bislang nur jene dummen Dinge vernommen habe, die du Yaa und Ghaden erzählst. Zeige mir, wie gut deine Geschichten sind, dann komme in mein Zelt und schlafe in meiner Bettstatt.«

Voll Missachtung blickte Aqamdax ihm in die Augen, und voll Zorn antwortete sie ihm: »Ich bleibe in dem Zelt der Mondblutung. Ich werde dort bleiben und Chakliux' Geschichten lauschen, und ich werde mich daran erinnern, dass du derjenige bist, der seinen eigenen Sohn getötet hat.«

Aqamdax wandte ihm den Rücken zu und ging davon.

35

Ich habe dich gesehen, als Aqamdax mein Zelt verlassen hat. Du warst draußen«, sagte Nachtmann, sein Gesicht nah an das von Chakliux geschoben. »Und ich habe gesehen, wie du sie beobachtet hast. Wie seltsam, dass du nicht bemerkt hast, wohin ihr Weg sie geführt hat. Für sie ist die Zeit der Mondblutung gekommen. Was glaubst du, warum sie heute hinter uns gegangen ist und nicht zusammen mit den anderen Frauen? Sie kann heute Nacht keine Geschichten erzählen.«

Chakliux war überrascht, wie groß seine Enttäuschung war. Es war schon lange her, seit er und Aqamdax zuletzt gemeinsam Geschichten erzählt hatten. Er wusste, dass sie das Zelt von Nachtmann verlassen hatte, doch zweifelte er, dass für sie die Zeit der Mondblutung gekommen war. Wenn sie diesen Weg gewählt hatte, um nicht das Lager ihres Mannes teilen zu müssen, so war Chakliux froh über ihre Wahl.

»Ich habe genug Geschichten, um einen Abend damit zu füllen«, antwortete Chakliux, ohne sich auf die Kränkungen von Nachtmann einzulassen. »Sok und Blickt-in-den-Himmel haben großes Geschick darin, Jagdgeschehnisse wieder aufleben zu lassen. Womöglich wollen die Menschen auch ihnen zuhören.«

»Es gibt viele Geschichten, die erzählt werden müssen«, sagte Nachtmann. »Vielleicht sollten wir uns auch daran erinnern, was während der Kämpfe gegen die Nahe-am-Fluss-Menschen mit unseren Männern geschehen ist.«

»Das sollten wir lieber vergessen«, sagte Chakliux. Nachtmann zuckte mit den Schultern und wandte ihm den Rücken zu. Im Gehen sagte er: »Sieh zu, dass du eines nicht vergisst, Otterfuß. Aqamdax ist meine Frau.«

Das Vier-Flüsse-Dorf

»Ich glaube, wir sind uns schon früher begegnet«, sagte K'os und nickte zur Begrüßung.

»Der Gedanke, dass ich solch ein schlechtes Gedächtnis haben sollte, ist fürchterlich«, entgegnete Rotes Blatt schnell. »Womöglich kennen wir uns auch nicht.« Sie murmelte Schmeicheleien, als könnten sanfte Worte über K'os' Gesicht und ihre Kleidung die Augen der Frau blind für die Wahrheit machen.

»Du bist Rotes Blatt aus dem Nahe-am-Fluss-Dorf«, sagte K'os.

Rotes Blatt ging über die Worte hinweg und deutete mit dem Kopf auf ihren Kochbeutel. Als Sandfliege zustimmend die Augenbrauen hob, reichte Rotes Blatt den Frauen Schalen mit Fleisch und Brühe. Sie ließen sich auf den gepolsterten Matten nieder, und Rotes Blatt schöpfte auch für sich selbst eine Schale mit Fleisch aus dem Beutel. Keinen Bissen würde sie hinunterbringen, das wusste sie, doch sie legte ihre Hände um die Schale und fühlte die wohltuende Wärme.

»Als ich Mädchen war, habe ich im Nahe-am-Fluss-Dorf gelebt«, sagte Rotes Blatt. »Womöglich erinnerst du dich noch aus jener Zeit an mich. Eine Base von mir lebt dort noch immer. Manche sagen, wir sehen uns ähnlich. Mein Name ist Gheli. Mein Mann war Händler.« Rotes Blatt drehte sich um und blickte auf ihr Kind, das in seinem Wiegengestell lag. »Er hat meinen Bauch mit einer Tochter gefüllt, und dann wollte er sie nicht. Der Winter war nahe, und wir waren am Verhungern, meine Tochter und ich. Also habe ich in der Nähe dieses Dorfes ein kleines Lager aufgeschlagen, in der Hoffnung, jemanden zu finden, der eine Frau brauchte. Cen hat mich genommen, und meine Tochter ebenso.«

»Du bist vom Glück gesegnet«, sagte K'os. Sie hob die Schale an den Mund und aß. Dabei blickte sie Rotes Blatt über den Rand hinweg unentwegt an. Als K'os fertig war, wischte sie die Mundwinkel mit den Fingern sauber. »Diese andere Frau, Rotes Blatt, ich kann mich nicht genau an die Geschichte erinnern, aber aus irgendeinem Grund haben sie und ihr Mann das Nahe-am-Fluss-Dorf verlassen.«

»K'os war früher Arbeiterin im Nahe-am-Fluss-Dorf«, erklärte Sandfliege.

Rotes Blatt wusste, dass K'os zu jenen Frauen gehört hatte, die während der Kämpfe zum Nahe-am-Fluss-Dorf gegangen waren, doch sie öffnete den Mund, als sei sie überrascht, und fragte: »Dann hat jemand aus diesem Dorf dich von ihnen erstanden?«

K'os' Lächeln gefror. »Ich bin geflohen. Ich bin hier, um einen Mann zu finden, genau wie du. Sollte es hier keinen Mann geben, der eine Frau braucht, dann werde ich die Ältesten um Erlaubnis bitten, hier bei einer Familie zu leben, bis ich genug Karibuhäute beisammen habe, um mir meine eigene Behausung zu bauen.«

»Du gehst zur Jagd?«, fragte Rotes Blatt.

K'os lachte. »Ich bin Heilerin. In einem Dorf, das so groß ist wie dieses, wird immer eine Heilerin gebraucht.«

»Womöglich könnte Cen eine zweite Frau gebrauchen«, sagte Sandfliege.

»Ich bin mir sicher, wenn ich deine Schwesterfrau wäre«, sagte K'os langsam, ihre Augen auf das Gesicht von Rotes Blatt geheftet, »dann würde ich dich niemals wieder mit jener verwechseln, die man Rotes Blatt nennt.«

»Es wäre gut, eine Schwesterfrau zu haben«, sagte Rotes Blatt sanft. »Es ist einsam in dieser Behausung, wenn mein Mann fort ist.«

Sandfliege gluckste und entblößte dabei eine Lücke zwischen ihren Schneidezähnen. »Aber bleibe bei uns, bis Cen zurückgekehrt ist«, sagte sie zu K'os und legte ihr eine geäderte Hand auf den Arm.

Rotes Blatt bemerkte, dass K'os unter der Berührung von Sandfliege zusammenzuckte, doch wem würde es anders ergehen? Die alte Frau war zu vorschnell mit ihrer Berührung und mit ihrer Einmischung.

»Ja. Diese Entscheidung liegt bei Cen«, sagte Rotes Blatt zu K'os.

»Männer sind so«, sagte Sandfliege. »Sie wollen nicht, dass die Frauen ihnen sagen, was sie tun sollen.«

K'os Augen, dunkel wie Obsidian, glitzerten. »Bis dahin, Gheli, werde ich dich in meinem Herzen Schwester nennen, und ich werde die Hoffnung hegen, dass Cen sich entschließt, eine zweite Frau zu nehmen.«

Die Vetter-Fluss-Menschen

Chakliux begann die Geschichten mit jener Erzählung, die beinahe so alt war wie die Erde selbst, vom Raben und vom Stachelschwein. Er erzählte von dem Wettlauf zwischen den Tieren und wie das Stachelschwein, obgleich es viel langsamer war, seine Klugheit zu Hilfe nahm, um zu siegen. Dann ging er über zu den Geschichten von Luchs und Wolf, von Bär und Fuchs. Wenngleich seine Worte die Aufmerksamkeit der Jungen zu fesseln vermochten, so begannen die Männer doch bald zu sprechen. Chakliux hatte das Gefühl, als kämen die Geschichten aus seinem Mund und fielen dann so schnell zu Boden, dass sie nicht einmal die Ohren derjenigen erreichten, die gleich bei ihm saßen.

Schließlich wandte er sich mit lauter, feierlicher Stimme an die Männer und fragte, ob irgendjemand eine Jagdgeschichte erzählen wolle. Sie waren in einem Lager, hatten ihre beste Kleidung und ihre geweihten Dinge nicht bei sich, und so konnten sie die Geschichten nicht darstellen, nicht in die Rollen von Bär und Jäger, von Karibu und Wolf schlüpfen. Dennoch gab es neue Geschichten, die aus der Freude dieser Herbstjagd entstehen würden, und es gab alte Geschichten, die man immer und immer wieder erzählen konnte.

Keiner der Männer erhob sich, und Chakliux rief Sok an und erinnerte ihn an jene Bärenjagd, auf die sie mit ihrem Großvater gegangen waren. Doch Sok schüttelte langsam den Kopf, und da wusste Chakliux, dass Sok diese Geschichte niemals wieder erzählen konnte, da es doch seine Frau Rotes Blatt gewesen war, die ihrer beider Großvater das Leben genommen hatte.

»Blickt-in-den-Himmel, du hast Geschichten. Was war mit dem toten Karibu, das dich um ein Haar mit sich genommen hätte, als es flussabwärts trieb?«

Das rief bei so manchem ein Lächeln hervor, und Blickt-in-den-Himmel erzählte lachend die Geschichte. Oft schon waren Jäger auf diese Weise ertrunken, doch wie konnte man die Angst besser überwinden als mit Gelächter? Die Geschichte ließ die Menschen ihre Müdigkeit vergessen, und Chakliux konnte ihre Aufregung spüren.

Diese aufkommende Freude liebte Chakliux fast am meisten beim Geschichtenerzählen. Er begann mit einer eigenen Geschichte, etwas, das von den Großvätern ihrer Großväter an sie weitergegeben worden war, über jene Krieger, die aus dem Norden kamen und versuchten, das Flussvolk zu zerstören. Das Volk hatte sich zusammengetan, aus all den kleinen Lagern und Dörfern entlang der Flüsse, und gemeinsam hatten sie jene Feinde aus alter Zeit besiegt.

Doch wieder schien es, als würden Chakliux' Worte nicht bis zu den Ohren der Vetter-Fluss-Menschen gelangen. Er fragte sich, ob die zurückliegenden Kämpfe ihnen noch zu frisch im Gedächtnis waren. Wie konnten sie die vergangenen

Siege feiern, wenn sie noch immer über eine Niederlage trauerten?

Er wünschte, Aqamdax könnte ihre Geschichten erzählen. Die Stimmen, die sie ihrer Kehle zu entlocken verstand – ein anderer Klang für jede Figur und für jedes Tier, das sprach –, würden sie alle in ihren Bann ziehen, die Jäger ebenso wie das kleinste Kind.

Schließlich verkündete Chakliux den Menschen, dass er mit dem Geschichtenerzählen fortfahren würde, wenn sie erst im Winterdorf waren und dort ihre Jagd mit einem Fest feierten.

Doch als die letzten Worte der Geschichte aus seinem Mund kamen, erhob Nimmt-mehr mit streitsüchtigem Klang seine Stimme: »Ein Nahe-am-Fluss-Jäger weilt hier bei uns«, sagte er und wandte sich Erster Adler zu. »Vielleicht weiß auch er Geschichten zu erzählen. Wie viele von unseren jungen Männern hast du getötet? Womöglich war auch der Sohn meiner Schwester dabei.«

Die Frauen fingen an zu flüstern, Nachtmann aber erhob sich und sah Nimmt-mehr an: »Du vergisst, wer die Kämpfe begonnen hat. Wenn wir die Nahe-am-Fluss-Menschen verdammen, dann müssen wir auch uns selbst verdammen.«

Bei allem Groll, den Chakliux gegen den Mann hegte, war er ihm in diesem Augenblick dankbar; dann aber deutete Nachtmann mit ausgestrecktem Arm auf Chakliux: »Ein Rätsel, Otterfuß«, sagte er.

Die Nacht hatte sich um sie herum ausgebreitet, und das Feuer warf ebenso viel Schatten wie Licht, dennoch konnte Chakliux die Bosheit in den Augen von Nachtmann erkennen, und so sagte er: »Wir müssen morgen weit wandern und haben schwere Lasten zu tragen. Es ist an der Zeit, dass die Geschichten enden, und die Rätsel müssen warten.«

Chakliux entfernte sich von dem Feuer und ging zurück zu seinem Unterstand. Die Männer und die Jungen verließen den Geschichtenkreis. Die Frauen schütteten das Feuer auf, dann begaben auch sie sich in ihre Unterstände. Chakliux hatte

Stern befohlen, ihre Zelte am Rand des Lagers aufzustellen. Er hatte ihr erklärt, er müsse nach den Wölfen Ausschau halten, und als *Dzuuggi* sei es seine Aufgabe, das Lager mit Gebeten zu beschützen. In Wahrheit aber wollte er in der Nähe vom Zelt der Mondblutung sein, um Aqamdax helfen zu können, sollte ein Tier zu ihr in das *tikiyaasde* kommen.

Chakliux konnte das Feuer sehen, das Aqamdax vor ihrem Unterstand entfacht hatte, und er war froh über die Wärme und den Schutz jener Flammen. Dennoch wünschte er, sie wäre seine Frau, wäre sicher in seinem Zelt, läge Nacht für Nacht an seiner Seite.

»Schau! Was sehe ich?«

Chakliux drehte sich um. Nachtmann stand hinter ihm, auch er hatte seine Augen auf das Zelt der Mondblutung gerichtet.

»Sie verbergen sich in den Weiden und glauben, dass keiner davon weiß.«

36

Beim ersten Licht des Tages verließ Chakliux sein Zelt und trat mit seinen Waffen hinaus ins Freie. Stern schlief noch, und so weckte er Yaa und flüsterte ihr zu, er mache die Runde, um sich zu vergewissern, dass das Lager sicher war. Er erwähnte die Nahe-am-Fluss-Jäger nicht, doch Yaas runde Augen sagten ihm, dass sie verstanden hatte. Chakliux nahm Beißer mit sich, und gemeinsam umkreisten sie das Lager.

Einige Male hob Beißer seine Schnauze witternd in den Wind, doch er schlug nicht an. Als Chakliux bei seiner Runde an dem Zelt der Mondblutung angelangt war, ließ er einen leisen Pfiff ertönen. Beißer jaulte, und Chakliux legte ihm eine Hand auf die Schnauze. Aqamdax streckte ihren Kopf ins Freie.

»Wir sind sicher«, sagte sie, als sie Chakliux sah.

»Wir?«, fragte Chakliux.

»Ahle ist letzte Nacht zu mir gekommen.«

Chakliux blickte zurück zum Lager, doch zwischen den Zelten war alles ruhig. Er hockte sich nieder und winkte Aqamdax mit einer Hand zu sich. Sie kroch zitternd aus dem Unterstand heraus und schlang sich die Arme um die Schultern. Chakliux machte eine Bewegung, als wollte er ihr die Kapuze hochziehen, doch dann ließ er seine Hand fallen, ohne Aqamdax zu berühren. Sie schlug ihre Kapuze hoch und schob sich die Haare ins Gesicht. Ihr rollendes Lachen entlockte Chakliux ein Lächeln.

»Eine Hand voll Tage?«, fragte sie.

Er wusste, dass sie eher wissen wollte, wann er sie zur Frau nahm, als wie viele Tage es noch bis zum Winterdorf waren. »Womöglich sechs«, sagte er. »Pass auf dich auf. Ich werde nicht mehr mit dir sprechen, bis wir dort sind. Jemand hat uns in den Weiden gesehen und Nachtmann davon erzählt.«

Aqamdax' Augen weiteten sich vor Angst.

»Bleibe nachts im Zelt der Mondblutung. Wenn er dich bedroht, so rufe nach mir.« Chakliux gab ihr ein Messer, es war das Messer eines Jägers, mit langer Klinge. »Er hat deinen Sohn getötet. Dich darf er nicht auch noch nehmen.«

»Chakliux«, sagte sie, und er konnte die Tränen in Aqamdax' Stimme hören, »hast du noch andere Messer? Er wird wohl eher dich töten.«

Chakliux schlug leicht auf die Scheide, die an sein gesundes Bein gebunden war, dann öffnete er den Kragen seines Parkas und zeigte ihr das Messer, das er um den Hals trug. Chakliux erhob sich und deutete mit dem Kinn auf Beißer. »Er ist ein guter Hund. Er wird mir helfen aufzupassen.«

»Behalte ihn also immer in deiner Nähe«, sagte Aqamdax.

»Nein, ich habe ihn für dich gebracht.«

»Er gehört Ghaden ...«

»Glaubst du, Ghaden wird böse sein?« Chakliux lächelte sie an und schüttelte den Kopf. »Ich muss gehen. Gib auf dich Acht.«

Er ging zurück zu seinem Zelt, zu Stern, die noch schlief, und zu Yaa und Ghaden. Er half den Kindern, ihre Sachen zusammenzupacken, dann schickte er sie hinaus und weckte Stern. So war er der Einzige, der ihre Beschimpfungen ertragen musste, weil sie in ihren Träumen gestört worden war, von denen sie behauptete, sie würden ihr Kind stark machen.

Aqamdax und Ahle gingen nebeneinander, Beißer in ihrer Mitte. Sie führten die Hunde ihrer Männer, jeder Hund zog eine Trage. Als der Tag halb vorüber war, kehrte der Schnee zurück. Es schneite heftiger und dichter als am Tag zuvor. Der

Wind folgte dem Schnee, und er führte den nahenden Winter in seinem Atem. Die Menschen hatten die fellbesetzten Halskrausen nach vorne gezogen, um ihre Gesichter zu bedecken, und nur die Augen lugten aus der Tiefe der Kapuzen hervor. Der Schnee war nass, und sie mussten oft Halt machen, um die Ballen der Hunde von Eisklumpen zu befreien. Aqamdax fragte sich, ob sie ihr Lager auch an diesem Tag früh aufschlagen würden, doch Chakliux ließ die Menschen weitergehen, und sie wusste, er tat es für sie. Sie überlegte, wer sie gesehen haben mochte und weshalb derjenige Nachtmann davon erzählt hatte. Gab es Frauen im Lager, die ihr feindlich gesonnen waren? Stern grollte ihr, doch hätte Stern sie gesehen, sie wäre selbst über sie hergefallen, sicher mit einem Messer in der Hand.

Sie mussten mehrere kleine Flüsse überqueren. Aqamdax trug ihre Stiefel aus Robbenflossen, und sie hatte dafür gesorgt, dass auch Yaa und Ghaden die ihren überzogen. Sie und Ahle gingen als Letzte hinter der Gruppe, doch der Mann von Ahle kam oft zurück und vergewisserte sich, dass sie mit den anderen Schritt hielten, und an den Flüssen blieben er und Sok so lange stehen, bis alle sicher ans andere Ufer gelangt waren.

Diesen ganzen langen Tag schleppte Aqamdax ihr schweres Bündel auf dem Rücken, und sie bekam Chakliux nicht ein einziges Mal zu Gesicht. Am späten Nachmittag sagte Sok den Frauen, dass sie gehen würden, bis die Sonne unterging. Aqamdax konnte ihr Stöhnen hören und einen schrillen Ausruf des Unmuts von Stern, sie aber war froh. Je weiter sie gingen, umso eher würden sie das Winterdorf erreichen.

Als der Himmel im Osten dunkel wurde, fielen nur noch vereinzelte Schneeflocken herab.

»Bald werden wir Halt machen«, sagte Ahle. In ihren Wangen bildeten sich Grübchen, als sie weitersprach. »Als ich Arbeiterin bei den Nahe-am-Fluss-Menschen war, habe ich viele Nächte lang von unserem Winterdorf geträumt.«

»Weißt du, dass die Nahe-am-Fluss-Männer die Behausungen niederbrannten, als ihr schon fort wart, du und die anderen?«, fragte Aqamdax.

»Ja. Ich habe sie davon prahlen hören.«

»Es war nicht dumm von K'os, euch alle mit zu den Nahe-am-Fluss-Menschen zu nehmen.«

Ahle schüttelte den Kopf, als wolle sie widersprechen. »Während jenes ersten Mondes im Nahe-am-Fluss-Dorf hätte ich mit Freuden in der Asche gelebt, nur um wieder bei meinem eigenen Volk zu sein. Hast du das gleiche Gefühl, wenn du an deine Seejäger denkst?«

»Ich vermisse sie, und ich vermisse die See«, sagte Aqamdax. »Doch ich habe dort keine Familie mehr, nur eine Frau, die ich Tante nenne. Sie ist Geschichtenerzählerin und schon sehr alt, sie heißt Qung. Wegen ihr würde ich zurückgehen, doch ich habe hier meinen Bruder Ghaden und seine Schwester Yaa und ...« Aqamdax hielt inne. Beinahe hätte sie von Chakliux gesprochen. Sie gab vor, die Schulterriemen festzuziehen, die ihr Bündel hielten, dann sagte sie: »Siehst du, ich habe meine Familie jetzt bei den Vetter-Fluss-Menschen.«

»Ich habe in den Kämpfen meinen Vater verloren«, sagte Ahle. »Und vor zwei Sommern ist meine Mutter gestorben, und ihr neues Kind mit ihr, doch ich habe noch Krummer Halm, die meine Tante ist, und auch Nachtmann und Stern. Ihre Großmutter war die Schwester von meinem Großvater.«

»Du hast deinen Mann«, sagte Aqamdax.

Ahle war eine Weile stumm, und da ihre Kapuze über das Gesicht gezogen war, konnte Aqamdax nicht sehen, ob Ahle glücklich oder böse war. Doch als sie schließlich sprach, war ihre Stimme dünn, als wäre sie voll von Tränen.

»Ich konnte nicht glauben, dass er mit mir kommen wollte. Beinahe wäre ich dort geblieben, seinetwegen. Sogar als ich in das Vetter-Fluss-Lager zurückgekommen bin, fühlte sich mein Herz an, als sei es zerrissen, und ich wusste, dass ein Teil meiner Seele bei ihm geblieben war. Denkst du, die Männer werden ihn anerkennen?«

»Jeder, der das nicht tut, ist ein Tor. Überdies sind Sok und Chakliux hier. Sie haben auch mit den Nahe-am-Fluss-Menschen gekämpft.«

»Ja, aber Chakliux ist im Vetter-Fluss-Dorf groß geworden, und Sok ist sein Bruder.«

»Das stimmt. Doch hat Chakliux mir einst erzählt, dass es oft Verbindungen von Mann und Frau zwischen den beiden Dörfern gegeben hat.«

»Aber nicht so viele wie einst ...«

Die Worte von Ahle wurden plötzlich von Rufen unterbrochen. Aqamdax hielt an und packte Beißer bei seinen Bündeln, um ihn an ihrer Seite zu halten. Zuerst dachte sie, es seien die Freudenrufe der Menschen, da sie endlich für die Nacht Rast machten, doch dann entdeckte Aqamdax Yaa, die zu ihnen gelaufen kam.

»Nahe-am-Fluss-Menschen?«, rief sie Yaa entgegen.

»Nein, es ist wegen Stern«, sagte Yaa und rang nach Atem. »Sie ist gestürzt. Chakliux hatte beschlossen, dass wir den Fluss überqueren, der vor uns liegt. Er wollte, dass wir auf der anderen Seite unser Lager aufschlagen, auf der hochgelegenen Uferböschung. Zusammen mit Erster Adler hat er den Frauen hinübergeholfen. So hat eine nach der anderen den Fluss überquert, doch Stern wollte nicht warten, bis die Reihe an ihr war.«

»Hat der Fluss sie genommen?«, fragte Aqamdax.

»Nein, sie war bereits auf der anderen Seite und hat das steile Ufer erklommen. Doch dort liegen viele Kiesel, und es ist rutschig, und oben stehen Balsampappeln. Krummer Halm sagt, Stern hätte die Bäume mit ihrem unverschämten Gebaren beleidigt, da sie sich vor die Ältesten gedrängt habe, aber Hohle Schale sagt, der Fluss wolle ihre Seele im Tausch für Ghaden, weil er beim Karibulager nicht ertrunken sei.«

»Ist sie hineingestürzt?«, fragte Aqamdax und schüttelte abwehrend ihren Kopf vor den vielen Worten, die aus Yaas Mund kamen, vor ihren törichten Erklärungen.

»Ein Ast ist von den Bäumen herabgestürzt.« Yaa hob eine Hand und schlug sich damit auf den Hinterkopf. »Er hat sie hier getroffen. Sie ist in den Fluss gerutscht, doch Chakliux hat sie herausgezogen. Jemand hat gesagt, dass sie tot ist.«

Aqamdax löste ihr Bündel, doch Ahle packte sie an ihrem Parka. »Du kannst nicht gehen«, sagte sie. »Hier sind schon genug Flüche am Werk, auch ohne die Macht deines Mondblutes, das würde es nur schlimmer machen. Warte hier, ob Nachtmann nach dir ruft.«

Aqamdax konnte das Zittern ihrer Hände nicht unterdrücken. Sie kauerte sich neben Beißer und barg das Gesicht in dem dichten Fell an seinem Genick. Sie stimmte ein sanftes Lied für Stern an, und für das Kind von Chakliux, das in dem Bauch von Stern wuchs.

Das Vier-Flüsse-Dorf

Mit lauten Grüßen kehrten die Männer in das Dorf zurück. Cen war froh, dass er sich diesen Herbst dazu entschlossen hatte, mit den Männern auf die Karibujagd zu gehen anstatt Handel zu treiben. Welcher Jäger ließ sich schon darauf ein, Fleisch oder Fisch vom vergangenen Sommer wegzugeben, ehe er wusste, wie viele Karibus er im Herbst für seine Familie erlegen würde? Und wer war schon in den Winterdörfern während der Karibujagd? Nur die alten Frauen. Wer war schon in den Fischlagern? Sie waren verwaist. Darum war es gut, auf die Jagd zu gehen und mit vollen Bündeln in eine warme Behausung und zu einer kräftigen Frau zurückzukehren.

Die Frauen begrüßten die Jäger mit trällernden Jubelgesängen, und Cens Augen musterten gründlich die Gesichter, die hinter Parkakapuzen und leichtem Schneefall verborgen waren. Endlich entdeckte er Gheli und mit ihr die Ausbuchtung in ihrem Parka, die ihrer beider Tochter war.

Er wollte Gheli in seinen Armen halten, groß und kräftig, wie sie war, und er sehnte sich nach einem Winter mit ihr in ihrer Behausung. Womöglich würde er mit einem oder zwei Hunden flussabwärts in das Vetter-Fluss-Dorf ziehen. Er hegte die Hoffnung, Ghaden dort zu finden. Er wollte die Menschen dort davon überzeugen, einen kleinen Jungen einzutauschen für Fleisch, das ihnen das Überleben bis zum Frühjahr sicherte. Er hätte schon früher gehen sollen, doch er wusste, dass die Vetter-Fluss-Menschen ihm zürnten, weil er einst beschlossen hatte, nicht mit ihnen gegen die Nahe-am-Fluss-Menschen zu kämpfen.

Doch wenn er ehrlich war, was hätte er anderes tun sollen? Der erste Nahe-am-Fluss-Mann, den sie noch vor dem Angriff getötet hatten, war der Schamane gewesen. Wie hätte er bleiben können, um zu kämpfen, wo sie sich selbst derart verflucht hatten?

Wenn er in den Hungermonden des Winters kam und ihnen Fleisch brachte, so würden sie ihm vergeben. Bis dahin würde Cen warme Nächte mit seiner Frau verbringen, und er würde alberne Spiele mit der kleinen Tochter spielen, die er als sein Eigen angenommen hatte.

Gemeinsam mit den Jägern wartete Cen, bis die Gesänge geendet hatten, dann ging er zu Gheli, sah das Lächeln auf ihrem Gesicht. Die Vier-Flüsse-Männer gingen mit ihren Frauen offener um als die Jäger in vielen anderen Dörfern, und so schloss Cen sie in seine Arme.

Sie schlug die Kapuze ihres Parkas zurück, und er erblickte das runde Gesicht seiner Tochter, dunkel wie das ihrer Mutter. Die Kleine sah ihn finster an, doch als Cen ihre Wange kitzelte, lächelte sie, und ihre Augen wurden zu kleinen Halbmonden.

»Cen, es ist gut, dass du zurück bist.«

Die Stimme war die Stimme einer Frau, doch sie gehörte nicht Gheli, und ein Frösteln durchfuhr Cens Knochen. K'os.

Sie stand neben seiner Frau und hatte ihr eine Hand auf die

Schulter gelegt. K'os hatte ihre Kapuze bis hinter die Ohren zurückgeschoben, ihr Gesicht war so schön und so vollkommen wie in seiner Erinnerung, und frische Schneeflocken glitzerten in ihren Haaren.

Cen starrte sie an, und es war ihm nicht möglich, den Blick abzuwenden. Er sah sie, wie sie war, wenn sie in seine Träume kam, warm und geschmeidig unter seinen Händen. Doch dann erinnerte er sich auch an sie, wie sie zusammen war mit Blickt-in-den-Himmel und mit Tikaani und mit all den anderen Männern, die sie beglückt hatte, selbst zu jener Zeit, da sie Frau von Erdschläger gewesen war. Besser, er war zufrieden mit einer guten Frau, als sich immer um eine wie K'os sorgen zu müssen!

Cen blickte Gheli an und suchte Zorn oder Eifersucht in ihren Augen, doch sie lächelte.

»Kennst du K'os?«, fragte er sie.

»Wir sind Freundinnen«, sagte Gheli zu ihm.

»Freundinnen?«, fragte Cen, erstaunt darüber, dass irgendjemand K'os Freundin nennen mochte.

»Ich dachte, du wärest tot«, sagte K'os. »Alle im Vetter-Fluss-Dorf dachten das, sogar dein kleiner Sohn Ghaden.«

Cens Herz zog sich in seiner Brust zusammen, als sie Ghadens Namen aussprach. »Ist er in Sicherheit, mein Sohn?«, fragte er, und er sah den Siegesglanz in den Augen von K'os. Eine Händlerin war sie, und sie war besser als jene Männer, die ihr Leben mit Handeln zubrachten.

Sie zuckte mit den Schultern.

»Bist du mit deinem Mann in dieses Dorf gekommen?«, fragte er und lenkte das Gespräch fort von seinem Sohn.

»Sie braucht einen Mann«, sagte Gheli. »Sie wird sich damit zufrieden geben, zweite Frau zu sein, wenn der Mann ein guter Jäger ist.«

Dieses Gespräch war nicht geeignet, inmitten eines Dorfes geführt zu werden, wo Rufe und Freudengesänge um sie herum ertönten, doch Cen sah den Ernst in Ghelis Augen, und er wusste, dass K'os es auf irgendeine Art gelungen war, seine Frau auf ihre Seite zu ziehen.

Cen legte Gheli den Arm um die Mitte, presste seinen Mund an ihr Ohr und flüsterte: »Ich bin bereit, etwas Zeit in der Behausung meiner Frau zu verbringen.«

Zu K'os aber sagte er: »Siehst du den Mann dort drüben?« Cen deutete mit dem Kinn auf einen jungen Mann, groß und dünn. »Er ist Der-den-Adler-fängt. Er braucht eine Frau.« Und ehe K'os ihm noch antworten konnte, schob Cen Gheli durch die Menschen und führte sie zu ihrer Behausung. K'os ließ er im Schnee stehen.

Die Vetter-Fluss-Menschen

Als Chakliux endlich zu Stern gelangt war, dachte er im ersten Augenblick, sie wäre tot. Sie lag mit dem Gesicht nach unten, der obere Teil ihres Körpers hing im Wasser. Sein Otterfuß rutschte auf dem glitschigen Ufer ab, und Chakliux schlitterte hinunter, bis seine Füße im Wasser waren und er sich neben sie hocken konnte. Chakliux packte Stern bei den Schultern und hievte sie auf seinen Schoß. Erster Adler und Er-lacht hoben sie hoch und trugen sie die Uferböschung hinauf. Chakliux folgte ihnen, und als sie Stern niederlegten, kniete er sich neben sie und drückte seine Finger an ihren Hals. Er vermochte keinen Herzschlag zu spüren. Ihre Haut war kalt, ihre Lippen waren blau.

»Stern!«, rief er sie an. »Stern! Wenn du jetzt stirbst, dann stirbt auch dein Kind!« Als er die Worte sprach, blickte Chakliux hinauf, als wolle er ihren Geist dazu zwingen, in ihren Körper zurückzukehren.

Stern lag regungslos da, und er vermochte kein Anzeichen zu erkennen, dass sie atmete. Chakliux presste ein Ohr auf ihre Brust, horchte, ob ein Herzschlag zu hören war, doch der Lärm des Flusses war zu laut. Chakliux blickte in die Gesichter, die um ihn versammelt waren, deutete auf Krummer Halm und hörte sie etwas murmeln über die Gier des Flusses, der eine Seele im Tausch für die Karibus nahm.

Womöglich hatte sie Recht, doch was half es, wenn ihre Worte die Macht des Flusses nur größer machten? Wer sonst in ihrem Lager wusste etwas über Arzneien? Sie hatten keinen Schamanen, der die Macht besaß, den Geist von Stern zurückzurufen.

Wieder beugte Chakliux sich über seine Frau, flüsterte ihr Dinge über ihr Kind zu und betete, dass seine Worte sie zurückbringen würden. Mit einem Mal hustete Stern, und ihr Körper bäumte sich in Krämpfen auf.

»Ihr Geist, er versucht zurückzukehren«, sagte Krummer Halm.

Wieder hustete Stern, und Chakliux dachte, er könnte den Fluss in ihrer Lunge rauschen hören. Wenn sie das Wasser aus ihr herausbekommen könnten, so hätte ihr Geist womöglich den Raum, den er brauchte, und würde in ihren Körper zurückkehren.

»Kennst du eine Arznei, die ihre Lunge befreit?«, fragte er Krummer Halm.

Die alte Frau schüttelte den Kopf.

Dann erblickte Chakliux Yaa, ihr kleines Gesicht war schmal und bleich. »Geh und hol Aqamdax«, sagte er. »Sie war Arbeiterin von K'os. Vielleicht kennt sie einige der Arzneien, die K'os gebraucht hat.«

Er schickte Erster Adler und Nachtmann, damit sie ihren Frauen mit den Hunden halfen, dann wartete er. Er fragte sich, ob er Aqamdax herbeisehnte, weil sie vielleicht eine Arznei wüsste oder wegen des Trostes, den sie ihm spenden würde.

»Chakliux will, dass du kommst!«, rief Yaa Aqamdax entgegen.

»Ist Stern noch am Leben?«, fragte Ahle.

»Ich weiß es nicht. Ich glaube schon. Sie brauchen eine Arznei. Du musst den Fluss überqueren. Ich bin schon zweimal hinübergegangen. Er ist nicht tief, aber die Strömung ist sehr stark.«

Erster Adler und Nachtmann banden ihre Hunde los und schafften die Tragen hinüber. Die Hunde folgten ihnen, bis auf Beißer. Er rannte die Uferböschung auf und ab und winselte. Aqamdax zwang ihn, mit ihnen gemeinsam den Fluss zu überqueren, doch er kehrte um und setzte sich wieder ans andere Ufer. Dort hielt er seine Schnauze in die Luft und jaulte.

»Lasst ihn hier. Er wird kommen«, rief Nachtmann ihnen zu. »Er hat schon öfter Flüsse überquert, und es waren breitere als dieser.«

Seine Worte hätten Aqamdax beinahe dazu bewogen, kehrtzumachen, doch dann sagte Erster Adler: »Chakliux will, dass du Stern hilfst.«

Aqamdax umklammerte den Arm von Ahle und stützte sich auf Yaas Schulter, und gemeinsam durchquerten sie den Fluss. Sie hielten einander fest, als die Strömung über ihre Stiefel bis hinauf zu ihren Knien schwappte. Aqamdax' Beine wurden taub, und sie hielt ihre Augen starr auf den Fluss geheftet, als könnte sie seine Strömung zähmen, indem sie nur hineinsah. Aqamdax schlug ihre Kapuze zurück und riss die Augen weit auf, um so viel Licht hineinzulassen, wie sie nur konnte, doch der Fluss war noch immer dunkel, und es schien, als würden ihre Beine zwischen schwarzem Gestein versinken. Ahle keuchte mit jedem Schritt, und das Geräusch ließ Aqamdax' Herz in schnellen Stößen schlagen, während sie hinüberwateten.

Endlich streckten Frauen ihnen die Hände entgegen, und auch die Hände von Chakliux umfassten sicher Aqamdax' Arme. Aqamdax blickte zurück und sah, dass Beißer noch immer am anderen Ufer stand. Sie rief ihn, doch Chakliux zog sie fort, und die Menschen machten ihnen Platz.

Dann war sie neben Stern. Die Frau atmete in kurzen, flachen Zügen, die Augen waren geschlossen, die Lippen blau.

Krummer Halm und einige andere knieten neben ihr.

»Wir haben getan, was wir tun konnten«, sagte Krummer Halm. »Du hast bei K'os gelebt. Kannst du dich an eine Arznei erinnern, die sie verwendet hat, um die Lunge zu befreien?«

»Sumpfdotterblume«, sagte Aqamdax leise. »Aber ich habe keine.«

Krummer Halm erhob sich und rief nach Yaa. »Tochter, kennst du die Pflanze, die man Sumpfdotterblume nennt?« Yaa konnte ihre Augen nicht von Stern abwenden und sagte nichts, bis Krummer Halm sie noch einmal fragte. »Tochter, hast du nicht gehört, was ich gesagt habe?«

»Ich kenne die Sumpfdotterblume«, sagte sie. »Doch ich weiß nicht, wo man sie finden kann, ich kenne nur jene Stellen bei unserem Winterdorf.«

»Dort, wo es feucht ist. Sie wächst immer dort, wo es feucht ist«, sagte Krummer Halm. »Es ist noch nicht genug Schnee gefallen, um sie zu töten. Am Fluss könntest du Glück haben und einige finden.«

»Sok soll dich begleiten«, sagte Chakliux zu Yaa. »Die Sonne ist schon untergegangen. Du solltest das Lager nicht allein verlassen.«

Aqamdax legte ihre Hand auf den Bauch von Stern, in der Hoffnung, sie könnte spüren, wie das Kind sich bewegte. Chakliux legte seine Hände neben ihre.

»Das Kind schläft«, sagte Aqamdax zu ihm. »Nichts weiter. Es schläft.«

37

Die Nahe-am-Fluss-Menschen

Dii setzte ihr Bündel ab und zuckte zusammen, als sie Anaays Stimme hinter sich hörte: »Denkst du, ich will mein Zelt hier haben? Es ist nass hier. Such eine bessere Stelle! Ich habe dich nicht mitgenommen, damit du mir das Leben schwer machst.«

Nun, da K'os nicht mehr bei ihnen war, war Diis Bündel noch schwerer geworden, sie trug beinahe zweimal so viel wie zuvor. Und an diesem Tag hatte Anaay ihr noch eines von seinen eigenen Bündeln gegeben und dazu noch eine Karibuhaut. Dii hatte die Haut auf eine Trage gebunden, doch das Gewicht drückte die Trage in den Steppenboden, und sie schleifte durch jede schlammige Stelle, die von Schnee und Kälte noch nicht hart geworden war.

Bis zum Mittag waren Diis Rücken und ihre Schultern steif von Schmerzen, doch sie hatte ihre Gedanken von den Qualen fern gehalten. Als sie anhielten, um das Lager aufzuschlagen, war Dii so müde, dass sie das schwerste Bündel auf ihrem Rücken losgemacht hatte und es fallen ließ, wo sie gerade stand.

»Wo willst du das Zelt haben?«, fragte sie Anaay.

Er hob die Hand gegen sie, und Dii krümmte sich zusammen, um sich vor seinem Schlag zu schützen. Doch dann sah Anaay die Männer und Frauen, die sie beobachteten. »Geh mit Blaue Blume«, befahl er ihr. »Sie ist ein bisschen klüger. Stelle mein Zelt neben dem ihren auf.«

Blaue Blume deutete mit dem Kinn zur Ostseite des Lagers, und Dii packte ihr Bündel und trieb die Hunde an, dann folgte sie der Frau. Blaue Blume beugte sich zu ihrem Neffen hinab, der neben ihr ging, und flüsterte ihm etwas zu. Der Junge rannte zu Dii und half ihr, das Bündel zu ziehen.

»Frau, du machst mir Schande!«, rief Anaay. »Gestattest einem Jungen, deine Arbeit zu tun!«

Blaue Blume wandte sich zu ihm um, warf die Kapuze ihres Parkas zurück, und das ganze Lager konnte ihre Worte hören: »Du bist derjenige, der sich schämen sollte, Anaay. Es ist die Arbeit eines Mannes, die mein Neffe tut. Bist du so blind, dass du nicht sehen kannst, dass deine Frau mehr trägt als wir alle und dazu noch drei Hunde führt?«

Die Worte von Blaue Blume schienen Diis Armen Kraft zu geben, doch sie wusste, dass Anaay die Demütigung nicht vergessen würde, und er würde dafür sorgen, dass auch Dii sie nicht vergaß.

Die Vetter-Fluss-Menschen

Yaa suchte Sok im ganzen Lager, sie steckte ihren Kopf zur offenen Seite der Unterstände hinein und fragte nach ihm, doch keiner wusste, wo er war.

Sumpfdotterblumen wachsen an Flüssen. Sie kannte die Pflanze, doch sie hatte nie gesehen, dass man Arznei daraus machte. Die runden gekräuselten Blätter wuchsen an Stängeln, die nur etwas mehr als eine Handlänge aus der Erde ragten. Die Blumen breiteten sich im Kreise aus, und jedes Frühjahr trug die Pflanze leuchtend gelbe Blüten. Yaa wusste, dass sie die Blumen allein finden konnte, besonders, da sie so nah an einem Fluss waren, nur der Schnee war ihr im Wege.

Sie war froh, dass Aqamdax und nicht Krummer Halm nach der Blume verlangt hatte. Seit jenem einen Tag, den K'os bei ihnen gewesen war, grübelte Yaa, wer von den Vetter-Fluss-Menschen Tagfrau getötet haben mochte. Sie hatte über jeden Vetter-Fluss-Mann nachgedacht, doch Yaa hatte gehört, wie die alten Frauen miteinander geflüstert hatten. Über das Durcheinander von Fellen und Matten, das in der Bettstatt von Tagfrau geherrscht hatte. Ein Mann hätte sie doch einfach überwältigt. Wenn es aber kein Mann gewesen war, wer dann?

Krummer Halm war eine Frau, die scharfe Worte führte und sehr launisch war. Yaa hatte gesehen, wie sie wegen Kleinigkeiten zu schreien begonnen hatte, die andere Frauen wohl mit einem Stirnrunzeln abgetan hätten. Yaa konnte sich vorstellen, dass Krummer Halm ihren Zorn über die Niederlage der Vetter-Fluss-Menschen an Tagfrau ausgelassen hatte. Tagfrau war aus dem Nahe-am-Fluss-Dorf gewesen.

Wieder wünschte Yaa, sie hätte ein Messer mit großer Klinge. Sie und Ghaden und Schreit-laut waren alle im Nahe-am-Fluss-Dorf geboren worden. Was, wenn Krummer Halm Tagfrau getötet hatte? Was, wenn sie in ihrem Zorn beschloss, noch jemanden von den Nahe-am-Fluss-Menschen zu töten?

»Was machst du da?«

Yaa sprang auf, ihr Kopf war noch immer voll mit den Gedanken an Krummer Halm, doch dann sah sie Ghaden, und sie schnippte verärgert mit den Fingern.

»Chakliux hat mich geschickt, um Sumpfdotterblumen zu sammeln. Hast du hier irgendwo welche gesehen?«

»Nein. Wie sehen die aus?«

»Ist schon gut. Was machst du hier?«

»Ich versuche, Beißer dazu zu bewegen, den Fluss zu überqueren.«

»Ruf ihn weiter. Er wird kommen. Aber lass mich jetzt in Ruhe. Ich muss ...«

»Ich weiß.«

Ghaden erhob seine Stimme und rief nach dem Hund, und Yaa ging weiter. Obgleich der Schnee nicht hoch lag, hatte er doch die meisten Pflanzen zugedeckt. Zu schade, dass Sumpfdotterblumen nicht größer waren, dachte Yaa. Obgleich es natürlich die Nähe zur Erde war, die ihnen ihre Kraft verlieh. Yaa stieß mit den Füßen den Schnee beiseite, und in dem ersterbenden Licht der Dämmerung beugte sie sich weit hinunter, um die Pflanzen zu erkennen, die sie freilegte. Sie kam zu einer Rinne in der Uferböschung. Sie führte jetzt kein Wasser, aber im Frühjahr würde sie das Schmelzwasser in den Fluss lenken.

Yaa jubelte, als sie schließlich das Büschel Sumpfdotterblumen erblickte. Jedes Blatt trug eine Kapuze aus Schnee. Sie war sich nicht sicher, ob Aqamdax Blätter, Stängel oder Wurzeln brauchte, und so packte Yaa die Pflanze mit beiden Händen und zerrte daran. Aus dem Augenwinkel gewahrte sie eine Bewegung. Yaa blickte auf und sah, dass Beißer am anderen Ufer mit ihr Schritt gehalten hatte. Er bellte, und Yaa wollte ihm etwas zurufen. In diesem Augenblick aber lösten sich die Wurzeln der Pflanze, und Yaa verlor den Halt. Ihre Füße rutschten unter ihr weg, und sie landete auf dem Rücken.

Yaa schlitterte die Böschung hinab, auf den Fluss zu, und sie schrie auf. Sie hörte Ghadens Stimme, dann waren ihre Augen und ihr Mund voll Wasser, die Kälte betäubte sie, und sie konnte sich nicht mehr bewegen.

Das Vier-Flüsse-Dorf

K'os wandte Sandfliege den Rücken zu und rollte sich in ihren Schlafdecken zusammen, doch die alte Frau fuhr mit ihrem Geplapper fort. »In diesem Dorf gibt es bessere Männer als Cen«, sagte sie. »Nur weil du ihn von früher kennst, sollte er nicht deine erste Wahl sein. Was ist mit Weidenrute und Springt-zu-weit oder Der-Hunde-gibt? Erster Speer, unser oberster Jäger, hat vier Frauen, doch womöglich möchte er noch eine ...«

Sie fuhr fort, die Männer des Dorfes aufzuzählen, auch ihren eigenen ließ Sandfliege nicht aus. Der-auf-Bäume-klettert sollte besser sein als Cen? In der Hoffnung, dass Sandfliege den Mund halten würde, stützte K'os sich auf einen Ellenbogen und sagte: »Wieso denkst du, dass ich Cen will? Jenes Leben, das die Frau eines Händlers führen muss, würde ich niemals für mich wählen. Welche Frau will schon, dass ihr Mann beinahe den ganzen Sommer über fort ist, und dazu oft genug im Winter? Überdies bin ich Heilerin. Ich brauche keinen Mann. Ich kann mir mit der Medizin, die ich den Menschen gebe, mein Fleisch verdienen.«

»Wir sind eine gesunde Gemeinschaft. In diesem Dorf wird eine Heilerin nicht viel verdienen«, erwiderte Sandfliege. »Ich weiß, dass die Arznei, die du mir gegeben hast, meinen Gelenken geholfen hat, und darum teile ich gerne meine Behausung mit dir. Es ist gut, die Gesellschaft einer anderen Frau zu haben. Bis zum vergangenen Sommer haben meine Tochter und ihr Mann hier bei uns gelebt. Dann hat er sie überredet, mit ihm in das Dorf der Schwarzen Hügel zu ziehen, dorthin, wo sein Bruder lebt. Sie ist eine Närrin, diese Tochter. Sie wird niemanden finden, der besser für ihre Kinder sorgt, als ich es getan hätte. Sie werden zurückkehren, doch nicht vor dem Frühjahr. Bis dahin haben wir Platz für dich.«

»Wenn deine Tochter zurückkehrt, werde ich meine eigene Behausung haben«, sagte K'os.

Sandfliege hob einen Finger. »Eine Tochter habe ich, und die ist eine Närrin. Du aber bist klug. Das kann jeder sehen. Du wirst einen Mann finden. Es gibt viele Männer in diesem Dorf. Habe ich dir schon von Fetter Nerz erzählt? Es gibt auch noch Braunes Auge. Du hast ihn noch nicht gesehen. Er ist mit seinem Bruder auf der Karibujagd, nur sie beide. Sein Bruder hat eine Frau, er aber hat keine. Er wäre eine gute Wahl.«

K'os rollte sich wieder in ihre Schlafdecken und steckte ihre Ohren in das warme Fell. Der Pelz sperrte die Stimme von

Sandfliege aus, und K'os ließ ihre Gedanken zu Cen und Rotes Blatt wandern, und sie sann darüber nach, welcher Weg sie wohl am ehesten in das Bett dieses Mannes führen mochte.

Die Vetter-Fluss-Menschen

Chakliux entfuhr ein Schrei. Seine Hand lag auf dem Bauch seiner Frau. Freude schwang in seiner Stimme. Aqamdax war damit beschäftigt gewesen, die Schnitte im Gesicht von Stern mit Salbe einzureiben. Sie legte ihre Hände auf den Bauch der Kranken und fühlte, wie das Kind sich unter ihren Fingern bewegte.

Aqamdax bemühte sich, Chakliux' Freude in ihr eigenes Herz zu bringen, doch die Berührung erinnerte sie mit einem Mal an ihren Sohn. Sie holte tief Atem und zwang sich zu lächeln, dann fragte sie Krummer Halm, ob sie Sumpfdotterblumen je verwendet habe.

»Nein, habe ich nicht«, sagte Krummer Halm. »Es muss etwas sein, das K'os sich selbst beigebracht und vor uns geheim gehalten hat.«

»Wenn Sok und Yaa kommen und sie die Pflanze gefunden haben, so bring sie zu mir, ich werde einen Sud daraus bereiten. Ich bin nicht sicher, dass er Stern zu uns zurückbringt, aber ...«

Sie wurde von der Stimme eines Mannes unterbrochen. Sok rief von außen in das Zelt hinein. »Ich bin vorausgegangen, um zu sehen, was unsere Wanderung uns morgen bringen wird, ob der Fluss seine Richtung geändert hat oder ob Karibus hier entlanggekommen sind.«

Er schob sich hinein und verstummte. »Was ist geschehen?«, fragte er.

»Ein Ast von einem Baum. Er hat sie hinten am Kopf getroffen, und sie ist in den Fluss gestürzt.«

»Habt ihr die Sumpfdotterblumen mitgebracht, du und Yaa?«, fragte Krummer Halm.

»Die was?«

»Ich habe Yaa geschickt, sie sollte dich suchen«, sagte Chakliux. »Wir haben ihr aufgetragen, uns Sumpfdotterblumen zu bringen, doch ich wollte nicht, dass sie allein das Lager verlässt.«

»Sobald meine Frau und meine Söhne sicher den Fluss überquert hatten, bin ich gegangen«, sagte Sok. »Ein kurzes Stück flussabwärts habe ich einen Elch gesehen. Wenn es morgen hell wird, werde ich jagen.«

Chakliux erhob sich. »Ich werde Yaa suchen. Sie kann nicht weit sein.«

»Bleibe du bei deiner Frau«, sagte Sok zu ihm. »Ich werde gehen.«

Sok verließ sie, und Krummer Halm blickte Aqamdax mit hochgezogenen Augenbrauen an.

»Du solltest im Zelt der Mondblutung sein. Ich werde hier helfen. Wenn Yaa die Sumpfdotterblumen findet, werde ich zum *tikiyaasde* kommen, und du kannst mir sagen, was ich tun muss.«

»Was geschehen ist, tut mir Leid«, sagte Aqamdax. Obgleich ihre Worte an Krummer Halm gerichtet waren, hoffte sie, dass Chakliux erkannte, dass sie für ihn bestimmt waren.

Sie verließ den Unterstand und ging zur Westseite des Lagers. Aqamdax wusste, dass Ahle das *tikiyaasde* dort aufgestellt hatte. Die Fläche zwischen dem Zelt der Mondblutung und dem Lager war dunkel, doch Ahle hatte ein Feuer entzündet, und die Flammen geleiteten Aqamdax durch die Dunkelheit. Sie hockte sich an die Feuerstelle und nahm dankbar die Schale mit warmer Brühe an, die Ahle ihr reichte.

»Stern?«, fragte Ahle.

»Sie ist am Leben, und ich habe gespürt, wie das Kind sich in ihr geregt hat, doch ich glaube nicht, dass ihr Geist schon zurückgekommen ist.«

»Was, wenn sie stirbt? Gibt es einen Weg, das Kind am Leben zu halten?«

Es war eine törichte Frage. Welches ungeborene Kind konnte leben, wenn seine Mutter tot war? Doch dann erinnerte sich Aqamdax an das Gesicht von Chakliux, an die Hoffnung in seinen Augen, als er spürte, wie sein Kind sich bewegte.

»Bei meinem Volk gibt es Geschichten von Kindern, die gerettet wurden, als ihre Mütter starben. Man hat den Bauch der Mutter aufgeschlitzt und das Kind herausgeholt, doch selbst wenn wir das tun würden, wäre das Kind zu klein, um zu leben. Sie ...«

Aqamdax hielt inne und blickte hinauf zum Himmel, als sie ihre Finger zählte.

»Sechs Monde trägt sie es in ihrem Bauch.« Sie schüttelte den Kopf. »Wenn das Kind leben soll, so muss auch die Mutter leben. Ich habe einmal gesehen, wie K'os eine Arznei aus Sumpfdotterblumen gemacht hat. Sie soll die Lunge befreien. Womöglich kann das den Geist von Stern zurückbringen. Ich will nicht sehen, dass dieses Kind stirbt. Es wäre, als würde ich meinen eigenen Sohn aufs Neue verlieren.«

»Hohle Schale hat mir erzählt, dass dein Sohn gestorben ist«, sagte Ahle mit leiser Stimme. »Ist er zu früh gekommen, oder ist sein Geist gerufen worden?«

»Sein Vater hat ihn dem Großvater-See übergeben«, sagte Aqamdax. Ihre Stimme war rau, ihre Worte kalt.

Ahle keuchte. »War das Kind ..., war er nicht stark genug?«, fragte sie.

»Er war vollkommen. Er war wunderschön. Nachtmann glaubte, er wäre von einem anderen Mann. Von jemandem, der mein Lager geteilt hat, ehe ich Frau wurde. Doch er war der Sohn von Nachtmann.« Ihre Stimme brach.

»Und wenn er nicht der seine gewesen wäre, was hätte das gemacht?«

»Ahle, ich hasse Nachtmann. Ich will nicht seine Frau sein.«

Ahle kniete sich neben Aqamdax und legte ihr einen Arm um die Schulter.

»Ich könnte Erster Adler fragen, ob er dich zur Frau nehmen würde. Du wärest eine gute Schwesterfrau. Er ist ein guter Jäger. Niemals würde er deinen Sohn töten, und wäre er auch von jemand anderem.«

Aqamdax wischte sich die Tränen aus dem Gesicht. »Du bist eine gute Freundin«, sagte sie. »Doch mich hat schon ein anderer gefragt.«

»Chakliux?«

»Woher weißt du das?«

»Die Frage ist töricht, Aqamdax. Jeder weiß es. Deine Augen erzählen, was dein Herz fühlt, und bei Chakliux ist es ebenso.«

»Ich will Nachtmann verstoßen, doch Chakliux sagt, ich soll damit warten, bis wir das Winterdorf erreicht haben.«

»Das ist gut so. Wozu den Fluch verstärken, der jetzt schon auf uns liegt?«

»Es gibt keinen Fluch«, sagte Aqamdax. »Stern wird es gut gehen. Ihr Geist wird zurückkommen.«

»Sagst du das, weil du es weißt oder weil du willst, dass ihr Kind am Leben bleibt?«

Auf diese Frage wusste Aqamdax keine Antwort.

Ahle schmolz ein wenig Schnee in einer hölzernen Schale und fügte Krampfrinde hinzu, die sie in einem Beutel an der Seite trug. Sie verrührte das Pulver mit ihrem kleinen Finger und nahm einen Schluck, verzog bei dem sauren Geschmack das Gesicht und schluckte dann. Ahle hielt Aqamdax die Schale hin. »Möchtest du etwas?«

»Ich brauche es nicht.«

»Du blutest nicht, habe ich Recht?«, fragte Ahle.

»Wieso denkst du das?«

»Ich sehe nie, dass du das Polster wechselst, das du zwischen den Beinen trägst, wenn wir im Zelt sitzen. Ich sehe dich niemals etwas vergraben, nicht in der Frühe und auch nicht des Abends.«

»Manchmal hat eine Frau andere Gründe dafür, in der Hütte der Mondblutung zu sein«, sagte Aqamdax vorsichtig.

»Manchmal müssen Frauen, die Schwestern im Herzen sind, die Geheimnisse der anderen bewahren«, sagte Ahle.

Sok ging zu seiner Frau Schnee-im-Haar und fragte sie über Sumpfdotterblumen aus. Was wusste ein Jäger schon über das Sammeln von Pflanzen? Schnee-im-Haar war im Jagdlager dünn geworden, obgleich sie mehr zu essen hatten als je zuvor, seit sie bei den Vetter-Fluss-Menschen lebten. Er erinnerte sich daran, dass sie es gewesen war, die darauf bestanden hatte, ihren Säugling mitzunehmen. Ihr Sohn wäre im Winterdorf besser aufgehoben gewesen. Ligige' hätte sich um ihn kümmern können, und sicher gab es eine alte Frau, die ihre Milch über die Jahre behalten hatte, weil sie ihre Enkel gestillt hatte.

Schnee-im-Haar reichte Sok eine Schale mit Fleisch.

»Ich habe getrocknete Sumpfdotterblumen. Meine Mutter hat sie mir gegeben, ehe wir das Nahe-am-Fluss-Dorf verlassen haben«, sagte sie ihm. »Wozu brauchst du sie?«

»Weißt du, dass Stern in den Fluss gestürzt ist?«

»Wer weiß nicht davon?«

»Ich habe es nicht gewusst. Sobald ihr den Fluss überquert hattet, bin ich flussaufwärts gegangen. Ich habe einen Elch gesehen ...«

Schnee-im-Haar kroch zu einem der Bündel, die an der offenen Seite des Zeltes lagen. Sie löste die Lasche und zog ein flaches Säckchen heraus.

»Sumpfdotterblumen«, sagte sie und warf es ihm zu. »Brauchen sie es für Stern?«

Sok zuckte die Achseln. »Krummer Halm wollte es haben.«

»Meine Mutter behauptet, dass es manchmal vermag, einen Geist in den Körper zurückzuziehen«, sagte Schnee-im-Haar.

Sok brummte und schlürfte geräuschvoll den Rest von seinem Fleisch. Blaue Blume, die Mutter von Schnee-im-Haar, hatte sich selbst lange Zeit Heilerin genannt, doch sie wusste nicht viel. Er gab nichts auf ihre Behauptungen.

Sok ließ die Schale sinken und leckte sich die Finger sauber. »Ich muss wissen, wo sie wachsen, weil Yaa gegangen ist, um danach zu suchen, und sie ist noch nicht zurückgekehrt.«

»Yaa, das kleine Mädchen?«, fragte Schnee-im-Haar. »Die Schwester von Aqamdax?«

»Ja.«

»Warum sitzt du hier und isst? Geh und suche sie.«

Der Ausbruch seiner Frau überraschte Sok, und er nahm das Säckchen mit getrockneten Sumpfdotterblumen, doch Schnee-im-Haar nahm es ihm wieder ab.

»Ich werde das zu Krummer Halm bringen. Du geh und suche Yaa.«

Sie nahm ihren Sohn, der in seinem Wiegengestell eingeschlafen war, und verließ das Zelt. Sok setzte seine Schale ab und wischte sich die Hände an den Gamaschen sauber. Er nahm sich einen kurzen Wurfstock und kroch hinaus. Er verließ das Lager in westlicher Richtung, ging den Fluss entlang, bis das Gebüsch so dicht wurde, dass er umkehren musste.

»Törichtes Mädchen«, sagte er und blickte hinauf, als würde er zu den Sternen sprechen. Sie standen so dicht, dass die Mitte des Himmels beinahe weiß war. Der neblige Hauch seines Atems stieg auf und vermischte sich mit ihrem Licht, und Sok wünschte, er könnte warm in seiner Bettstatt liegen. Er würde das Mädchen bald finden. Wie weit konnte sie schon gehen? Dann würde er in sein Zelt zurückkehren, sich in seine warmen Schlaffelle hüllen und davon träumen, den Elchbullen zu töten, die großen Geweihsprossen noch dunkel gefärbt vom Blut des Wachstums.

38

Beißer sprang so heftig gegen Soks Brust, dass er dem Tier beinahe seinen Wurfstock in den Leib gerammt hätte, noch ehe er erkennen konnte, was ihn angefallen hatte. Das dichte Fell des Hundes triefte und glänzte vor Eis.

Sok schlug ihm zur Strafe das stumpfe Ende seiner Waffe gegen die Rippen, doch der Hund sprang wieder an ihm hoch. Dann hob er den Kopf und jaulte.

Von dem Geräusch standen Sok die Haare zu Berge, und ihn schauderte. Sok hielt die scharfen Worte zurück, die ihm auf den Lippen lagen.

Beißer rannte los und blickte sich dann zu Sok um. Er bellte, bis Sok ihm folgte. Der Hund blieb an einer flachen Wasserlache am Rande des Flusses stehen. Ein kalter Wind streifte über das Wasser. Sok erblickte Schnee-im-Haar, die an einem durchnässten Haufen Fell zerrte. Es war Yaa.

Er glitt hinunter in die Lache und wuchtete sich das Mädchen über eine Schulter. Er packte Schnee-im-Haar am Arm und half ihr, die Böschung hinaufzuklettern. Schnee-im-Haar sank auf die Knie und erbrach sich. Sok wartete an ihrer Seite und streichelte über den Rücken ihres Parkas.

Endlich hob Schnee-im-Haar den Kopf. »Unser Sohn ist bei Krummer Halm. Ich hatte mich aufgemacht, dich zu suchen ...« Sie würgte und winkte Sok, er solle ins Lager zurückkehren.

»Ich komme zurück und hole dich«, sagte er, und verwundert sah er, dass Beißer sich neben Schnee-im-Haar niederließ, als wolle er sie beschützen.

Aqamdax war gerade auf dem Weg zu Chakliux' Zelt, da erklangen die ersten Klagerufe. Sie fing an zu laufen. Mit einer Hand bedeckte sie die Schale mit der Arznei, die sie aus den getrockneten Dotterblumen von Schnee-im-Haar bereitet hatte. Als Aqamdax aber bei dem Zelt angelangt war, sah sie, dass Chakliux noch immer an der Seite seiner Frau saß, und obgleich Stern die Augen geschlossen hatte, schien ihr Atem gleichmäßiger zu gehen.

»Wer?«, fragte Aqamdax.

»Es kommt von der Flussseite des Lagers«, sagte Chakliux. Er nahm Aqamdax die Schale aus den Händen. Behutsam hob er den Kopf von Stern auf seinen Schoß und öffnete ihre Lippen. Dann träufelte er die Arznei aus der Schale in ihren Mund. Stern schluckte zweimal, der übrige Sud aber lief über ihr Kinn und hinab in die Falten ihres Parkas. »Hast du noch mehr davon?«, fragte Chakliux.

»Ein bisschen. Schnee-im-Haar hatte noch einige getrocknete Sumpfdotterblumen von ihrer Mutter. Sie sagte, sie wolle gehen und helfen, nach Yaa zu suchen ...«

Aqamdax' Herz klopfte schneller. »Ist sie schon zurückgekehrt?« Chakliux schüttelte den Kopf und bettete Stern wieder auf die Schlaffelle. Dann kroch er nach draußen. »Bleib du hier«, sagte er zu Aqamdax.

Sie kniete neben Stern nieder und stimmte einen ruhigen Gesang an, wenn es auch ein Gesang der Ersten Menschen war, der einer Fluss-Frau wohl nicht zu helfen vermochte. Welche Hoffnung blieb ihnen ohne Heilerin? Sie mussten zurück in ihr Winterdorf gelangen, sie mussten zu Ligige'. Sie wusste mehr darüber, wie man aus Pflanzen Arzneien bereitete, als Aqamdax oder Krummer Halm.

Aqamdax sang, bis sie die Stimme von Chakliux vernahm, der die Frauen für ihre Klagerufe schalt. Sie kroch ins Freie und ging ihm entgegen. Da erblickte sie Sok, der Yaa in seinen Armen hielt. Aqamdax eilte ihm voraus und schaffte im Zelt Platz, damit er Yaa neben Stern legen konnte.

Aqamdax deckte sie zu und versuchte, Wärme in ihre kalten Hände hineinzureiben. Yaa atmete nicht, doch an ihren Handgelenken vermochte Aqamdax einen schwachen Puls zu fühlen.

»Ich kann nicht bleiben«, sagte Sok. »Meine Frau hat sie gefunden. Ich muss sie zurück in unser Zelt bringen. Sie ist nass ...«

Er verließ den Unterstand, und andere drängten sich hinein. Dann vernahm Aqamdax die Stimme von Nachtmann.

»Warum bist du hier? Du solltest im Zelt der Mondblutung sein.« Er stieß eine Reihe von Beschimpfungen aus, doch Aqamdax hörte darüber hinweg. Was war wichtiger? Der Zorn von Nachtmann oder Yaas Leben?

Dann waren ihre Gedanken allein auf Yaa gerichtet, und sie sichtete im Geiste die Ratschläge derer, die um sie versammelt waren. Wenn ihr Herz schlug, bedeutete das die Hoffnung, Yaa könnte am Leben bleiben? Gewiss hatte ihr Geist den Körper noch nicht verlassen.

Aqamdax hatte einst eine Geschichte gehört, Qung hatte sie ihr erzählt. Von einem jungen Mann, der sich in den Leinen seiner Harpune verfangen hatte, als er einen Wal erlegte. Es war ihnen gelungen, seinen Atem zu ihm zurückzubringen. Wie hatten sie das vollbracht?

Sie drehte Yaa auf die Seite und trommelte auf ihren Rücken. Einst hatte Ghaden an einem Stückchen Fleisch gewürgt, und ihm hatte das Trommeln geholfen.

»Hat sie Wasser geschluckt?«, fragte Nachtmann, und es schien, als hätte er das Mädchen soeben erst entdeckt. Die Frage weckte Aqamdax' Zorn. Er dachte so wenig an andere, dieser Mann, den sie einst als ihren Mann geliebt hatte.

Er hockte sich neben sie. »Mein Bruder ...«, er warf Chakliux einen Blick zu und biss die Zähne zusammen. »Mein ältester Bruder fiel einst von einem Floß in den Fluss. Mein Vater ...«

Mit der rechten Hand umklammerte Nachtmann Yaas Kiefer

und drückte, bis ihr Mund sich öffnete. Er schaute Aqamdax an. »Stecke einen Finger tief in ihren Hals«, befahl er ihr.

Aqamdax zögerte.

»Tu es.«

Sie steckte ihren Finger tief in Yaas Kehle.

»Tiefer.«

Yaa bäumte sich auf und würgte. Aqamdax zog ihre Hand heraus, und Yaa erbrach Wasser. Aqamdax nahm sie hoch, drehte ihr Gesicht nach unten und stützte Yaa, als das Wasser sich aus ihrer Kehle ergoss.

Ghaden hörte, was die Frauen sprachen, obgleich er versuchte, seine Ohren vor ihren törichten Worten zu verschließen, vor jenem Flüstern, das sagte, seine Schwester sei tot. Er senkte sein Gesicht in das Fell von Beißer und verbarg seine Tränen. Wenn nur die Klageschreie aufhörten, wenn die Frauen nur ihr trauriges Gerede sein ließen, dann wäre womöglich alles wieder, wie es vorher war. Ghaden würde am Morgen erwachen, und Yaa wäre an seiner Seite. Sie würde ihn schelten für etwas, das er getan hatte, oder für etwas, das er nicht getan hatte, doch so oder so wäre ein Lächeln in ihren Augen.

Wie konnte sie tot sein? Sie war jung. Nun war Stern die einzige Mutter, die er noch hatte. Die Frauen sagten, Yaa hätte ihren Geist für den Geist von Stern gegeben. Doch warum sollte sie das tun? Yaa wusste, dass Stern keine gute Mutter war. Doch womöglich hatte sie es für das Kind getan. Wenn Stern starb, so würde auch das Kind sterben. Das geschah nun einmal mit Kindern, die noch im Bauch ihrer Mütter wohnten.

Ghaden weinte, bis seine Augen keine Tränen mehr hatten, und als Aqamdax zu ihm kam, klammerte er sich heftig an sie, und ihre Worte ergaben keinen Sinn für ihn. »Yaa will dich sehen«, sagte sie.

Wollte Aqamdax sagen, dass er mit Yaa in die Geisterwelt gehen musste? Er war sich nicht sicher, dass er das tun wollte.

Die alte Stichwunde in seinem Rücken begann zu schmerzen, als wolle sie ihn daran erinnern, dass er dem Tod schon früher nahe gewesen war.

»Ist sie tot?«, flüsterte er schließlich.

»Nein, wer hat dir das erzählt? Sie ist noch sehr schwach, darum kann sie heute Nacht nicht bei dir und Beißer schlafen, aber tot ist sie nicht.«

Aqamdax brachte ihn zu dem Zelt von Chakliux. Dort lag Yaa, an der Seite von Stern, bewegungslos und ruhig, und im Licht der Feuerstelle war ihr Gesicht voller Schatten. Ghaden kniete sich neben sie und streichelte ihr über das Haar. Sie rührte sich nicht, und einen Augenblick lang dachte Ghaden, sie sei in der kurzen Zeit gestorben, die Aqamdax weg gewesen war, um ihn zu holen. Doch Beißer schob sich an Yaas Seite und leckte ihr Gesicht. Sie wandte den Kopf ab, so wie sie es immer tat.

Ghaden lachte. »Warum bist du in den Fluss gestürzt, Yaa? Warum hast du das getan?«

Yaa schlug die Augen auf, doch ihre Augenlider fielen wieder zu, als sei sie müde. Sie öffnete den Mund und schloss ihn wieder, ohne etwas zu sagen. Auf einmal brach sie in Gelächter aus und versetzte Ghaden damit in Erstaunen. Sie lachte, bis sie hustete und würgte. Aqamdax musste sie stützen.

Ghaden befürchtete schon, sie würde ihn schelten, doch Yaa sagte nur: »Ich musste Stern die Blumen bringen.« Die wenigen Worte ließen sie nach Atem ringen.

»Hast du sie denn gefunden?«, wollte Ghaden wissen und wünschte sogleich, er hätte nicht gefragt.

Doch Aqamdax lächelte und sagte: »Sie hielt sie fest in ihrer Hand, als Sok Yaa zum Lager zurückgebracht hat.«

Am Morgen begab K'os sich zu den Kochfeuern. Die Frauen waren an diesem Tag geschäftiger als sonst. Sie schabten die neuen Karibuhäute, zerteilten Fleisch und trafen Vorbereitungen für das Fest, das sie in dieser Nacht begehen wollten. K'os aber tat nur, wonach ihr der Sinn stand, nichts, was so viel Arbeit machte wie das Schaben von Häuten. Damit würde sie im Winter genug zu tun haben.

Rotes Blatt verließ die Behausung von Cen, und sie hatte einen Wurfstock, eine Schnur und einen Korb bei sich. K'os war sich sicher, dass sie ausging, um nach ihren Fallen zu sehen und womöglich auch, um die Beeren des Schneeballbusches zu sammeln, die süßer waren, wenn der Schnee gefallen war.

Rasch ging K'os durch das Dorf, als hätte sie etwas Wichtiges zu tun. Sie trug ein *cilt'ogho* mit getrockneten Blaubeeren bei sich, und dazu einen Korb aus Fischhaut mit Karibufleisch. Bei den Kochfeuern hielt sie an und gab Beeren in die drei Kochbeutel, die über den Feuern hingen. Während sie bei der Arbeit war, beobachtete K'os die Menschen. Sie prägte sich die neuen Gesichter ein. Die der Jäger, die gerade zurückgekehrt waren, und die ihrer Frauen und der älteren Kinder, die mit ihnen auf der Jagd gewesen waren.

Einige der Frauen sprachen sie an. Sie fragten, wann K'os in das Dorf gekommen war. Sie erzählte ihnen dieselbe Geschichte wie Sandfliege. Dass sie Arbeiterin gewesen sei, dass sie geflohen sei. Sie lächelte süß und bot den Frauen Beeren aus ihrem *cilt'ogho* an. Schließlich wandte sich die Aufmerksamkeit der Frauen einem Kind zu, das ihnen seinen ersten Fang zeigte – ein Junge, der einen großen Holzhäher gebracht hatte, mit einem zugespitzten hölzernen Speer in der Brust –, und K'os schlüpfte davon. Sollten die Weiber dieses törichte Ereignis ohne sie bejubeln.

Schnellen Schrittes begab K'os sich zu Cens Behausung. Sie kroch in den Eingangstunnel. Weder kratzte sie, noch tat sie mit Rufen kund, dass sie da war. K'os schlug die innere Türklappe beiseite und verzog spöttisch den Mund, als sie Cen mit gekreuzten Beinen auf dem Boden sitzen sah, die Tochter von Rotes Blatt auf seinem Schoß. Er sprach mit sanften Tönen auf sie ein, und das Mädchen antwortete mit jenem überraschend tiefen Lachen, das einem kräftigen Kind zu Eigen war.

»Gheli vertraut dir also ihre Tochter an?«, sagte K'os und sah die Verwunderung auf Cens Gesicht. Er trug einen leichten Parka, und K'os erkannte auf dem Rücken die Näharbeit von Rotes Blatt; es war ein Muster aus dunklen und hellen Flecken, das K'os an Gras im Wind erinnerte.

»Was tust du hier?«, fragte Cen sie.

Er trug die Kleine zu ihrem Wiegengestell und legte sie behutsam hinein.

K'os schlüpfte aus ihrem Parka. Darunter war sie nackt bis auf die Gamaschen und kurze gewebte Schürzen aus Gras, die sie vorne und hinten bedeckten. Die Schürzen hatte Aqamdax für sie gemacht, und sie hatte ihr erzählt, dass die Seejäger-Frauen sie trugen, wenn sie in ihrer Behausung waren.

»Deine Frau hat dir diesen Parka gemacht«, sagte K'os und hockte sich mit weit gespreizten Beinen auf den Boden. Eine Schürze hing zwischen ihren Beinen.

K'os konnte hören, wie Cen leise Atem holte, und sie sah, dass seine Augen auf ihrem Schritt ruhten. »Du hast zu lange beim Flussvolk gelebt, Händler«, sagte sie zu ihm. »Hast du vergessen, wie die Seejäger-Frau sich kleidet? Einst hatte ich eine Seejäger-Arbeiterin. Sie hat mir diese Schürze gemacht.« K'os hob die vordere Schürze an. »Sie hat sie aus Gras gefertigt. Vielleicht solltest du dir einige davon zulegen, um damit Handel zu treiben.«

Sie ließ die Schürze wieder fallen und ging zu Cen hinüber. Sie nahm seine Hände in die ihren und hob sie an ihre Brüste. Cen fuhr zurück. »Verlasse diese Behausung, K'os«, sagte er mit harter Stimme. »Ich habe eine Frau. Ich brauche dich nicht.«

K'os fuhr mit einer Hand in sein Gesicht und kratzte ihm mit einem Fingernagel über sein Kinn. »Ich habe mit deiner Frau gesprochen. Sie sagte mir, sie würde eine Schwester willkommen heißen. Frage sie nur selbst. Sie sagt, es sei einsam, Frau eines Händlers zu sein, der zudem auf die Jagd geht. Denke nur an die Freude, die es bedeutet, zwei Frauen zu haben: eine, die hier in deiner Behausung bleibt, sich um dein Vorratslager sorgt und deine Kinder großzieht; eine andere, die mit dir zieht und dein Lager wärmt, wenn du im Zelt des Händlers schläfst.«

»Eine Frau, die auch anderen Männern das Lager wärmt, wenn sie denkt, dass ich es nicht bemerke?«, fragte Cen. »Eine Frau, die sich gegen mich verschwört? Glaubst du, ich brauche so eine Frau? Geh, K'os. Du bist hier nicht willkommen.«

Cen drehte ihr den Rücken zu, und K'os schlug Zeichen des Fluches gegen ihn und gegen die Tochter von Rotes Blatt. Sie wartete, ob er noch etwas sagen würde, doch Cen blieb stumm. Schließlich, er wandte ihr noch immer den Rücken zu, zog Cen ein Messer aus der Scheide, die um seine Mitte gebunden war, und hielt es hoch, damit K'os die scharfe Kante der langen Hornsteinklinge sehen konnte. Sie zog sich ihren Parka über und kehrte zurück in die Behausung von Sandfliege.

K'os hockte sich vor den Eingangstunnel und sann über die jungen Männer des Dorfes nach. Es würde ihr nicht schwer fallen, sie in ihre Bettstatt zu locken, doch sie hatten keine Söhne im Vetter-Fluss-Dorf, so wie Cen. Für sie gab es keinen Grund, die Vetter-Fluss-Menschen zu besuchen, vor allem jetzt nicht, da die Niederlage der Vetter-Fluss-Menschen noch frisch war. Wozu sollten sie die Gefahr auf sich nehmen, den Fluch dieses Unglücks in das Vier-Flüsse-Dorf zu bringen?

Schließlich erhob sich K'os und ging noch einmal zu der Behausung von Cen. Wieder kroch sie in den Eingangstunnel und zog die Türklappe beiseite. Cen blickte auf und warf ihr einen drohenden Blick zu, als er sie sah.

»Du dachtest wohl, es wäre Gheli«, sagte K'os, ihre Stimme spielte mit den Worten, zog sie von süßem Klang bis hin zur Boshaftigkeit. »Du denkst, sie ist die Frau, die du brauchst? Sie wird dir Söhne schenken? Doch was ist mit dem Sohn, den du schon hast? Hast du gewusst, dass er jetzt bei Chakliux ist?«

»Wieso sollte Chakliux den Jungen haben?«

»Du weißt, dass die Ältesten Ghaden zu Stern gegeben haben«, sagte sie. »Chakliux hat Stern zu seiner Frau genommen. Du kennst Stern gut genug. Warum hat Chakliux sie wohl gewollt, was glaubst du? Womöglich ist er ein Tor. Womöglich will Chakliux mit seinem Otterfuß auch die Sicherheit, dass ein Sohn sich seiner annehmen wird, wenn er dereinst alt ist.«

K'os spürte einen kalten Lufthauch in ihrem Rücken. Sie wandte sich um und sah, dass Rotes Blatt in den Eingangstunnel spähte. Die Augen der Frau waren von Furcht geweitet. Sie hielt eine Hand voll Himbeerzweige hoch.

»Für Tee«, sagte sie mit schwacher Stimme. »Und ich habe in meinen Fallen Hasen gefangen.«

»Ich habe deinem Mann gerade etwas berichtet, das du wissen solltest«, sagte K'os. »Etwas über seinen Sohn, einen Jungen mit Namen Ghaden.«

»Ich habe Gheli von Ghaden erzählt«, sagte Cen.

»Hat er dir erzählt, dass jemand aus dem Nahe-am-Fluss-Dorf, jenem Dorf, wo ich Arbeiterin war, Ghadens Mutter getötet und auch ihn verwundet hat?«

»Ja«, sagte Rotes Blatt. Ihre Stimme war ruhig und fest, ihre Hände aber zitterten.

»Doch es gibt etwas, das ihr beide sicherlich nicht wisst«, sagte K'os. »Wusstest du, Gheli, dass die Ältesten in jenem Dorf dachten, Cen sei derjenige gewesen, der Ghadens Mutter getötet hat?«

»Das habe ich nicht gewusst«, sagte Rotes Blatt langsam, doch sie hielt den Blick gesenkt, sah Cen nicht an.

»Verlasse uns, K'os«, sagte Cen.

Er drehte sich weg, als sei K'os bereits nicht mehr da, und sagte zu Rotes Blatt: »Ich habe Ghadens Mutter nicht getötet.«

»Das weiß ich.«

Rotes Blatt konnte den Blick nicht von der Stelle an Cens linker Hand abwenden, wo ein Finger fehlte. Sie kannte die Geschichte von jenem Finger, geopfert, um das Leben von Ghaden zu retten, als der Junge im Sterben lag, wegen der Verwundungen, die das Messer von Rotes Blatt ihm zugefügt hatte. Die Schuld ihrer Tat senkte sich so schwer auf Rotes Blatt, dass sie meinte, ihr Genick würde unter dem Gewicht brechen. Die Muster mit den Kreisen, die auf den Wänden von Cens Behausung tanzten, sahen nicht länger aus wie Wolken, sie schienen dunkle Augen zu sein, die sie anklagend beobachteten.

Rotes Blatt öffnete den Mund und wollte gestehen, was sie getan hatte, doch ehe sie noch sprechen konnte, sagte K'os: »Wenn du so sehr in Sorge wärest, Cen, so hättest du zurückkehren müssen in das Vetter-Fluss-Dorf, sobald die Kämpfe vorüber waren, um Anspruch auf Ghaden zu erheben. Wieso hast du ihn bei Menschen zurückgelassen, die besiegt worden sind?«

Cen drehte sich zu ihr um, und Zorn rötete sein Gesicht. »Was schert es dich?«

»Es ist mir einerlei«, sagte K'os mit süßer Stimme. »Deiner Frau aber könnte wichtig sein, dass du weniger in Sorge bist um deinen eigenen Sohn als um deine Hunde.«

Der Schmerz ihres Mannes hob etwas von der Last ihrer Schuld. »Genug, K'os«, sagte Rotes Blatt. »Du solltest jetzt gehen.«

K'os schnaubte lachend. »Ah, aber Gheli. Ich habe noch nicht erzählt, was euch beide froh stimmen wird. Die Nahe-am-Fluss-Menschen haben den Schuldigen gefunden. Die Frau von Sok hat die Seejäger-Frau getötet. Ihr Name ist Rotes Blatt.«

»Erinnerst du dich an Sok?«, fragte K'os Cen.

Cen runzelte die Stirn. »Ich erinnere mich an ihn, doch nicht an seine Frau.«

»Wie schade«, sagte K'os.

»Warum hat sie getötet? Weiß man das?«, fragte Cen, und K'os lachte im Stillen über die Veränderung in diesem Mann. Hatte er schon vergessen, wie versessen er darauf gewesen war, dass sie ging?

»Sie hat den alten Mann getötet, der oberster Jäger war, denn sie wollte, dass Sok jenen Ehrenplatz einnähme. Die Mutter deines Sohnes hat sie nur getötet, weil die sie überrascht hatte, und nur deshalb hat sie auch versucht, deinen Sohn zu töten.«

»Sie kehrten gerade aus ...«

Cens Worte verflogen in der Stille, und K'os sagte: »... deiner Händlerbehausung zurück.«

»Was haben sie mit der Frau gemacht?«, fragte Cen, und seine Stimme war plötzlich belegt.

K'os warf Rotes Blatt einen scharfen Blick zu. Die Frau sah zerbrechlich aus, als wäre sie mit einem Mal alt geworden. »Sie haben sie getötet«, sagte sie. »Mit einem Messer. Genau, wie Rotes Blatt Ghadens Mutter getötet hatte. Man sagt, Sok selbst habe es getan.«

39

Die Nahe-am-Fluss-Menschen

Das Geräusch drang so allmählich zu ihr, dass Dii zuerst nicht wusste, woher es rührte, doch als der Wind den Geruch von Salz zu ihr trug, da ging ihr auf, dass es die See war.

Sie erreichten eine Anhöhe, und unter ihnen fiel das Land ab in eine weite flache Ebene aus nassem Schlamm. Kämme aus Eis zeigten die Grenze der Gezeiten an.

Sie waren kein Volk der See. Sie trugen das Wissen von den Flüssen in sich. Obgleich sie oftmals wild und gefährlich waren, waren sie doch vom Land eingegrenzt. Die See hingegen war unermesslich. Wer von ihnen kannte schon die Geister, die die See beherrschten, und die Gesänge, die zum Schutze nötig waren? Was würde als Kränkung verstanden werden? Wie sollte ein Volk sich geben, um der See Achtung zu erweisen?

Die Frauen drängten sich hinter ihren Männern zusammen und zogen ihre Kinder eng an sich.

Der Anblick von Wasser, das sich bis zum fernen Horizont erstreckte, ließ Dii erschauern. Manche Geschichtenerzähler sagten, es winde sich um die Wölbung des Himmels, auf der Suche nach der Sonne, um die Wärme ihres Feuers zu erbeuten. Doch andere sagten Nein. Warum sollte die See ihr Bett verlassen wollen? Wie sollten dann die Fische leben, die Robben und die Wale?

Zuerst bemerkte Dii nicht, dass die Furcht der Menschen einem Murren wich, doch als sie schließlich die weite Ebene der Gezeiten in sich aufnahm, begriff sie, dass die Träume ihres Mannes wieder falsch gewesen waren. Sie waren am Ende des Landes angelangt, und auch dort waren keine Karibus.

Die Augen aller waren auf Anaay gerichtet, Männer und Frauen sahen ihn aufmerksam an. Dii stockte der Atem. Sie wartete auf die Anschuldigungen, die Anaay nun zugeflogen kämen, sie wartete und war verwundert, dass sie ausblieben. Erst schien es, als sinke Anaay in sich zusammen, doch dann holte er tief Atem, warf sich in die Brust und rief: »Wieder haben die Vetter-Fluss-Menschen uns verflucht.«

Doch bei seinen Worten drehten ihm die Männer, die um ihn waren, unhöflich den Rücken zu. Sie machten ihren Frauen Zeichen, und stumm ließen sie Anaay auf dem Kamm des Hügels stehen, nur Dii stand hinter ihm, allein.

Das Vier-Flüsse-Dorf

Drei Tage waren vergangen, seit die Jäger zurückgekehrt waren, da vernahm K'os in der Nacht ein Kratzen an der Behausung. Sie wartete ab, ob Sandfliege es ebenfalls gehört hatte, doch da die alte Frau stumm blieb, rief sie einen Willkommensgruß.

Die innere Türklappe wurde beiseite gestoßen, und aus den Augenwinkeln sah K'os, wie Der-auf-Bäume-klettert zu seinen Waffen griff. Sie hob eine Hand. »Dieser Mann, ich kenne ihn«, sagte sie zu Der-auf-Bäume-klettert und bedeutete dem Jäger hereinzukommen. »Er kommt aus dem Nahe-am-Fluss-Dorf. Sein Name ist Flusseistänzer.«

Flusseistänzer streckte seine Hände zum Gruß aus, die Handflächen zeigten nach oben. Er nickte Sandfliege und Der-auf-Bäume-klettert zu, doch schien er nicht darauf erpicht zu sein, ihre Namen zu erfahren. Stattdessen schaute er K'os an und sagte: »Da ich dich im Vetter-Fluss-Dorf nicht finden konnte, dachte ich, du wärest womöglich hierher gekommen, wo dein Bruder einst lebte.«

K'os lächelte. Sie hatte vergessen, dass sie ihm von ihrem Bruder erzählt hatte, als er einmal ihr Lager teilte.

»Am Kochfeuer hat mir eine Frau gesagt, dass du in dieser Behausung lebst.«

»Sie hatte Recht, wie du siehst«, sagte K'os und bemühte sich, angesichts seiner Ernsthaftigkeit nicht zu lachen.

»Was ich mitbringen konnte, habe ich mitgebracht«, sagte er. »Meinen Hund, dazu Felle und Pelze, ein Zelt. Ich kann dir keine Behausung bieten, doch ich habe genügend Karibuhäute, um dir eine zu errichten.«

K'os betrachtete ihn aus zusammengekniffenen Augen. Sprach er die Wahrheit? Hatte er Häute für eine Behausung? Als die Karibus das Jagdlager der Nahe-am-Fluss-Menschen niedergetrampelt hatten, waren nur wenige Männer schnell genug gewesen, auch nur ihre Waffen zu retten. Wo hatte er dann diese Häute her?

»Du hast genug Karibus erlegt, um Häute für eine Behausung zu bekommen?«, fragte sie und winkte ab, als Sandfliege Flusseistänzer eine Schale mit Fleisch reichen wollte.

Sandfliege setzte sich, die Schale zwischen ihren Händen. K'os biss sich in die Wangen, um ein Lächeln zu verbergen, als sie sah, wie die Augen von Flusseistänzer zu dem Essen wanderten. Wenn er gekommen war, um ein Brautgebot zu machen, so sollte er es tun. Essen konnte er später.

»An jenem Tag habe ich ein Karibu erlegt, und genauso mein Vater.«

»Besser als die meisten«, sagte K'os. Sie bemerkte, dass Sandfliege begonnen hatte, Fleischbrocken aus der Schale zu picken und sich dabei die Finger zu lecken. »Zwei Häute genügen aber nicht, um eine Behausung zu errichten.«

»Ich bin zum Vetter-Fluss-Winterdorf gegangen, auf der Suche nach dir«, erklärte Flusseistänzer. »In einem ihrer Vorratslager fand ich einige gute Häute. Ich habe mir genommen, was ich brauchte, und eine Trage dazu. In der Nacht habe ich mich davongestohlen. Ich dachte, sie würden mich verfolgen, doch sie haben es nicht getan. Es sind nur alte Frauen im Dorf. Was sollten sie schon tun?«

»So sind die Jäger also noch immer nicht zurückgekehrt«, murmelte K'os in sich hinein. Sie richtete sich auf und blickte Flusseistänzer ins Gesicht. »Und weshalb bist du nun zu mir gekommen? Meine Medizin ist alles, was ich dir bieten kann.«

Sandfliege wedelte mit ihrer Hand und zeigte eine gut verheilte Narbe.

K'os verbarg ihre Verwunderung. Die Narbe war alt, und sie hatte Sandfliege nie etwas dafür gegeben. Doch es konnte nicht schaden, eine Verbündete im Dorf zu haben. Wer konnte sagen, wann die Worte einer alten Frau zu etwas gut sein mochten?

»Ich bin gekommen, um dich zu fragen, ob du meine Frau sein willst«, sagte Flusseistänzer.

K'os machte große Augen, um ihr Erstaunen auszudrücken. »Ich will nicht zurückgehen zu den Nahe-am-Fluss-Menschen«, sagte sie. »Die Frauen dort werden in mir immer eine Arbeiterin sehen.«

»Wir werden hier bleiben«, erwiderte Flusseistänzer. Dieser Tor, als hätte er die Macht, die Vier-Flüsse-Menschen dazu zu bringen, ihn als einen der ihren anzusehen.

Mühsam kam Der-auf-Bäume-klettert auf die Füße und hielt Flusseistänzer einen knorrigen Finger ins Gesicht. »Du denkst, du bist es wert, solch eine Frau zu haben? Du bist noch nicht einmal ein ganzer Mann. Wie sollen wir wissen, dass du genug Fleisch für sie hast? Besitzt du ein Vorratslager in diesem Dorf oder in einem anderen, um ihr den Winter hindurch Nahrung zu geben?«

»Ich habe einen Packen Fleisch, einen guten Hund und die Karibuhäute«, erwiderte Flusseistänzer.

»Und wo wirst du wohnen? Denkst du, ich habe genug, um dich durchzufüttern? Lasse deine Häute hier, dann gehe auf die

Jagd. Kehre mit Fleisch zu uns zurück, damit wir sehen können, dass du es wert bist, hier in diesem Dorf zu leben.«

Flusseistänzer schob die Unterlippe vor und schmollte, als wäre er ein kleines Kind. K'os hielt ihr Lachen in der Kehle zurück. Hatte er geglaubt, eine Frau könne er so einfach gewinnen? Natürlich, er war von weit her gekommen, und er war bereit, sein Dorf zu verlassen. Doch wie töricht war es, so viel zu geben für die erste Frau, die ihn in ihrem Lager willkommen geheißen hatte. K'os erhob sich und ging hinüber zu dem Kochbeutel. Sie füllte eine Schale mit Fleisch. Sandfliege bot Flusseistänzer die halb geleerte Schale an, die sie noch immer in Händen hielt.

»Er ist von weit her gekommen, Tante«, sagte K'os freundlich. »Er hat Hunger.« Sie reichte ihm die volle Schale und eine Wasserblase dazu. »Iss«, sagte sie. »Dann werden wir darüber sprechen.«

K'os ließ sich wieder nieder und blickte ihn an. Sie sann über sein Angebot nach, überlegte, ihn zur Prüfung auf die Jagd zu schicken, wie Der-auf-Bäume-klettert es vorgeschlagen hatte. Wenn er zurückkehrte und sie bis dahin entschieden hatte, dass sie ihn nicht wollte, so konnte sie Giftbeeren in sein Essen mischen. Nach seinem Tod könnte sie seine Karibuhäute behalten und auch das Fleisch, das er bringen würde. Womöglich wäre es jedoch zu ihrem Vorteil, einen Mann zu haben. Sie legte den Kopf schief und betrachtete Flusseistänzer. Er war kein stattlicher Junge. Seine Lippen waren zu groß, seine Nase unförmig. Doch er war stark, und sie hatte seine ungelenken Versuche, sie zu erfreuen, genossen.

Flusseistänzer blickte von seiner Schale auf und lächelte sie an. Langsam senkte K'os den Blick, als sei sie ein junges Mädchen, das zum ersten Male umworben würde.

Womöglich wäre Flusseistänzer ein guter Mann, dachte sie. Und wenn nicht, so gab es viele Wege, wie ein Mann sterben konnte.

Dii durchsuchte das Bündel mit Essen. Spricht-viel hatte ihr die hintere Hälfte eines frischen Hasen gegeben, in zwei Stücke zerteilt, und Dii hatte sie in eine gut geschabte Haut geschlagen und sie oben auf ihr Bündel gelegt. Das Päckchen aber war seitlich hineingerutscht. Dii war so müde, sie hätte es dort lassen können, doch sie wusste, dass sie es herausholen sollte, ehe es die Hülle durchweichte und das Dörrfleisch verdarb, das sie mit sich trug.

Sie hatte ihr Zelt auf erhöhtem Untergrund errichtet. Sie hatte Fichtenzweige und Grasmatten auf den gefrorenen Boden gelegt. Als sie nun mit dem Arm in ihrem Bündel wühlte, glitt ihr Fuß zwischen die Matten, und sie rutschte auf den Fichtenzweigen aus. Dii stürzte auf ihr Bündel, und die Seitennähte platzten auf.

Dii zog den Hasen heraus und biss die Zähne zusammen, um die zornigen Worte zurückzuhalten, die in ihr aufstiegen. Sie waren weit von ihrem Winterdorf entfernt; es hatte keinen Sinn, ein Bündel zu verfluchen, das sie noch brauchte. Sie spießte die Teile des Hasen auf einen angespitzten Weidenzweig und befestigte ihn über dem Feuer, das sie vor dem Unterstand entfacht hatte.

Dii nahm so viel Fleisch aus dem Bündel, bis die Seite so locker war, dass sie es aufschnüren konnte. Dann zerrte sie das Bündel ans Feuer, dorthin, wo es hell genug war, um zu arbeiten.

Als sie gerade damit fertig geworden war, das Bündel zu flicken, kam Anaay zu ihrem Zelt. Seine Worte waren barsch, und als er aß, tadelte er den Geschmack, den das Fleisch hatte, doch Dii beachtete ihn nicht. Als sie das letzte Päckchen aus Rohhaut wieder in ihr Bündel legte, sah sie, dass es die Arznei war, die K'os ihr für Anaay gegeben hatte. Sie hatte es über den vielen Ärgernissen im Jagdlager völlig vergessen.

Was hatte K'os gesagt? Es würde Anaay helfen, Dii einen Sohn zu geben.

Sie musste mit dem Ungemach leben, Anaays Frau zu sein. Warum sollte sie nicht etwas haben, das ihr Freude bereitete? Womöglich wäre Anaay ein besserer Mann, wenn sie ihm einen Sohn gebar. Dii machte das Päckchen auf. Ein Pulver war darin, hellgrün, beinahe weiß. Sie rührte etwas davon in eine Schale mit Wasser, schob die Schale in die Kohlen der Feuerstelle und wartete, bis das Wasser heiß war. Dann goss sie das Gebräu in eine saubere Schale und reichte sie ihrem Mann.

»Ein Tee, der dir Kraft geben soll«, sagte er.

Anaay trank einen Schluck. »Schneeball?«, fragte er.

»Es ist etwas, das wir Vetter-Fluss-Frauen gebrauchen.« Sie wünschte, K'os hätte ihr gesagt, von welcher Pflanze das Pulver stammte. »Etwas für Jäger.«

Anaay kniff die Augen zusammen und hielt ihr die Schale hin. »Trinke du«, sagte er.

Dii erwog, ihm zu sagen, dass K'os ihr die Arznei gegeben hatte, damit sie seinen Samen stark machen würde, doch warum sollte sie das Wagnis eingehen, dass Anaay diese Geste als Kränkung begriff? Besser, sie trank selbst davon und versicherte ihm, dass die Arznei nur zu seinem Wohle war.

»Gewöhnlich ist es nur für Männer, für Jäger«, sagte Dii. Doch sie führte die Schale an ihre Lippen ohne zu zögern.

Anaay entriss sie ihr, noch bevor Dii davon trinken konnte, und schlürfte selbst, was darin war. »Warum es dann mit einem Fluch belegen?«, sagte er und grinste.

Die Vetter-Fluss-Menschen

Sok saß neben Schnee-im-Haar und wischte ihr sanft mit einem Stück Haut über die Stirn, das er in kaltem Wasser ausgewrungen hatte. Sie fühlte sich so heiß an, wenn er sie berührte, und in nur drei Tagen war ihre Milch versiegt. Trägt-viel trank nun an der Brust von Weidenblatt.

Schnee-im-Haar öffnete die Augen und blickte Sok an. Sie müsse Yaa suchen, murmelte sie. Wieder sagte er ihr, dass es Yaa gut ging, dass sie schon wieder aufstehen konnte und sogar schon einmal gekommen war, um bei ihnen zu sitzen.

Schnee-im-Haar rang nach Luft, wie sie es immer tat, wenn sie sprach, und auch die Brust von Sok tat weh, als würde er wie sie um Atem ringen.

Aqamdax und Krummer Halm hatten Streifen aus Karibuhaut mit dem Harz der Fichte eingestrichen und erhitzt und sie Schnee-im-Haar um die Brust gewickelt. Sie hatten Tee aus der Sumpfdotterblume und Lungenkraut ihre Kehle hinabgezwungen, sie hatten ihr Rücken und Hals mit Aufrechtem Beifuß eingerieben, doch nichts von alledem schien Schnee-im-Haar zu helfen. Sok senkte seinen Kopf auf die Arme und schloss für eine kurze Weile die Augen. Wie lange schon, seit er zuletzt geschlafen hatte?

Träume schwebten um ihn, und obgleich seine Augen geschlossen waren, sah er, wie Stern auf sie zukam. Chakliux hatte ihm erzählt, dass es ihr besser ging, doch Sok wusste nicht, dass sie bereits wieder aufstehen konnte.

»Geht es dir gut?«, rief er ihr zu.

Sie sah ihn an und lächelte, doch sie blieb stumm.

»Ich bin froh, dass du kommen konntest«, sagte er.

Noch immer blieb Stern stumm. Sok beobachtete, wie sie neben Schnee-im-Haar niederkniete und sich nahe zu ihr beugte. Sok dachte, sie wollte ihr ein Geheimnis zuflüstern, dann aber öffnete Stern den Mund ganz weit. Sie legte ihn auf den Mund von Schnee-im-Haar und saugte, als wolle sie allen Atem aus ihrem Körper herausziehen.

Sok schrie auf und sprang auf die Füße, doch Stern war fort. Ein schneidender Wind fuhr durch die offene Seite des Unterstandes und brachte eine Rauchwolke von der Feuerstelle mit hinein. Der Rauch drang Sok in die Kehle, und er musste husten. Er ging nach draußen und sog die Kälte der Nacht tief ein in seine Brust. Das Lager war dunkel, nur die Kohlen der Feuerstellen glommen.

»Ein Traum«, flüsterte er und ging zurück zu seiner Frau.

»Sie ist aufgewacht«, sagte Krummer Halm zu Chakliux.

So sehr war Chakliux in Gedanken, dass die alte Frau ihre Worte wiederholen musste, bis er verstanden hatte, was sie sagte.

»Deine Frau ist wach. Du solltest zu ihr gehen. Sie fragt nach dir.«

»Sie ist wach?«

»Sie fragt nach dir.«

Chakliux folgte Krummer Halm von der Mitte des Lagers zu seinem Zelt. Aqamdax stand am Eingang. Jede Nacht war sie bei Stern geblieben, und nur des Tages hatte sie versucht, etwas Schlaf zu bekommen.

»Sie hat Hunger«, sagte Aqamdax.

Chakliux duckte sich in das Zelt. Stern hatte die Augen geöffnet, ihr Gesicht war bleich, doch nicht länger fiebrig.

»Krummer Halm sagt, dass es dir besser geht.«

»Es geht mir gut. Aber ich bin müde«, sagte sie. Stern griff seine Hände und legte sie auf ihren Bauch. Das Kind bewegte sich.

40

Die Nahe-am-Fluss-Menschen

Anaay hatte die Arznei getrunken und verengte seine Augen zu Schlitzen. »Eine Frau sollte immer zuerst in das Zelt ihres Mannes gehen«, sagte er zu Dii. »Ich hätte nicht zu deinem Zelt kommen müssen, um hier zu essen.«

Was sollte sie sagen? Sie hatte in ihrem eigenen Zelt herumgetrödelt, weil sie seine Klagen nicht hören und weil sie nicht Gefahr laufen wollte, dass er seinen Zorn aufs Neue an ihr ausließe.

»Ich war auf dem Wege zu dir«, sagte sie schließlich. »Doch das Essen war noch nicht bereit. Weißt du, dass Spricht-viel mir den Hasen gebracht hat?« Womöglich würde die Überraschung, dass Spricht-viel ihnen Fleisch zum Geschenk gemacht hatte, Anaay besänftigen.

Anaay murrte, packte seinen Gehstock und wollte sich aufrichten. Diis Herz schlug schneller, und auch sie erhob sich. Besser, sie wäre in der Lage zu rennen, auch wenn sie in der Dunkelheit nicht weit kommen würde. Wenn sie aber an die Geister der Nacht dachte, die so nahe beim Nordmeer mit seiner Kälte und dem Eis lauerten, so zog sie doch den Gehstock ihres Mannes vor.

Anaay war beinahe auf den Füßen, als er plötzlich in sich zusammensackte, seinen Bauch packte und aufheulte. Dii verharrte, wo sie war, und überlegte, ob er eine List anwandte, um sie in seine Nähe zu locken, damit sie nicht vor seinem Zorn fliehen konnte. Anaay aber ließ seinen Stock fallen, stürzte auf die Bodenmatten nieder und rollte sich zu einer Kugel zusammen.

»Was hast du mir angetan, Frau?«, keuchte er, seine Worte waren schwer und rau.

»Nichts. Ich habe nichts getan«, beteuerte Dii. Die Angst machte ihre Stimme zu der eines Kindes.

»Der Hase«, keuchte er.

»Spricht-viel ...«

»Er ...« Anaay schrie auf und krümmte sich vor Schmerzen.

»Ich habe gesehen, wie er ihn getötet hat. Er hat einen Wurfstock genommen«, sagte Dii.

Sie weinte, ihre Worte waren gebrochen. »Ich habe gesehen, wie er ihm die Haut abgezogen hat. Und mir hat er die hintere Hälfte gegeben ...«

In seinen Qualen schien Anaay sie nicht zu hören. Sie hatte Spricht-viel genau beobachtet, hatte ihre Augen nicht von ihm gewandt. Sie hatte sogar die Läufe des Hasen untersucht, ob keine gesplitterten Knochen darin waren, und hatte selbst auch einige Bissen davon genommen. Dii hockte sich auf ihre Fersen und wartete, ob auch sie Krämpfe bekommen würde. Doch da war gar nichts.

»Ich habe auch von dem Hasen gegessen«, sagte sie zu Anaay. »Ich bin nicht krank.«

Er schien über ihre Worte nachzudenken und biss die Zähne zusammen, als er wieder von Krämpfen geschüttelt wurde.

»Womöglich hat Blaue Blume etwas, das dir helfen kann«, sagte Dii. »Einen Tee oder ...« Sie hielt inne, die Erinnerung an den Tee, den sie Anaay gegeben hatte, durchfuhr sie, und ihr Herz zog sich zusammen.

Dann keuchte auch Anaay: »Der Tee. Von wem hast du ihn bekommen?«

»Von niemandem«, sagte sie. Ihre Angst war zu groß, um ihm die Wahrheit zu sagen.

»K'os!« Er flüsterte den Namen.

Dii sagte nichts.

»K'os!«, schrie er, dann krümmte er sich erneut vor Qualen.

»K'os«, antwortete Dii schließlich.

»Hat sie dir gesagt, dass du mich töten sollst?«

»Sie sagte, es würde dir helfen, mir einen Sohn zu geben.«

Anaay fletschte die Zähne und spie heraus: »Weißt du nicht, dass sie mich tot sehen will? Hat sie dir denn nichts ... vom Großvater-Felsen erzählt?«

»Nur, dass du sie gerettet hast, dass du ihr geholfen hast zu töten ...«

Sein Gelächter wurde zu einem Schmerzensschrei. Er verdrehte die Augen, und mit einem Mal durchdrang Gestank das Zelt. Anaay stöhnte und Dii sah, wie seine Gamaschen sich verfärbten, sah die Flecken, die eine Mischung aus Kot und Blut waren. Sie rannte aus dem Unterstand, dachte nur daran, Hilfe zu holen. Blaue Blume, wo hatte sie ihr Zelt aufgestellt?

Dii tastete sich durch die Dunkelheit, von Feuerstelle zu Feuerstelle. In den meisten von ihnen glommen nur noch ein paar Kohlen, die wenig Licht gaben, und so stolperte Dii häufig.

Sie erkannte das Zelt von Blaue Blume an der Schnur mit Rabenschädeln, die am Eingang hing. Zauberamulette, die einst ihrem Mann gehört hatten. Dii rief und versuchte, das Zittern aus ihrer Stimme zu verbannen.

»Ich schlafe«, sagte Blaue Blume.

»Mein Mann, Anaay, er braucht Medizin«, sagte Dii. Sie hielt den Atem an, bis die Frau die Zeltklappe beiseite zog.

»Was fehlt ihm?«, fragte Blaue Blume, und ihr Gesicht lugte aus der Dunkelheit wie ein fahler Mond.

»Magenkrämpfe«, sagte Dii. Sie hatte Angst, mehr zu verraten.

»Durchfall?«

»Ja.«

»Warte.«

Dii hatte sich nicht die Zeit genommen, ihre Stiefel anzuziehen. Sie stand da, in den Mokassins, die für die Behausung gemacht waren, und die Kälte des Bodens kroch in ihre Füße und ließ ihre Knochen schmerzen. Endlich steckte Blaue Blume den Kopf heraus. »Die Wurzeln der Brombeere«, sagte sie. »Sorge dafür, dass er sie kaut, oder bereite ihm einen Tee daraus.«

Dii hatte viele Fragen, doch Blaue Blume schloss die Türklappe vor ihrer Nase. Sie ging zurück zu ihrem Zelt und konnte die Krankheit ihres Mannes riechen, noch bevor sie wieder hineinkroch. Er lag am Boden und hatte die Knie an die Brust gezogen. Dii kniete neben ihm nieder, brach ein Stückchen von der Wurzel ab und presste es gegen seine Lippen.

»Das wird dir helfen«, sagte sie. »Blaue Blume schickt es.«

Anaay öffnete den Mund.

»Du musst es kauen«, sagte sie. »Ich werde dir einen Tee bereiten.« Dii nahm den Rest der Wurzel in den Mund und kaute sie zu Brei. Dann spuckte sie den Brei in eine Schale und gab ein wenig Wasser dazu. Sie schob die Schale in die Kohlen und wartete, bis das Wasser warm war. Dann brachte sie sie zu Anaay. Dii bemühte sich, nicht auf den Schmutz zu achten, in dem er lag. Sie stützte sein Kinn und zog aus seinem Mund heraus, was von der Wurzel übrig war. Dann tauchte sie ihre Finger in die Schale und träufelte ihm den Brei in die Kehle.

Anaay schien sich zu entspannen, und Dii wagte zu hoffen, dass die Brombeere Wirkung zeigte. Da schlug Anaay seine Zähne in den Rand der Schale. Sein Kopf fiel zurück, und er schlug wild mit seinen Gliedmaßen um sich. Dii versuchte, ihn ruhig zu halten, doch er riss sich von ihr los, wand sich und bebte.

Dii stimmte einen Gesang an und umklammerte ihr Amulett. Die Angst ließ sie erzittern. Welche Hoffnung hatte sie auf Schutz, wenn solch ein großer Fluch auf Anaay selbst lastete? Dii fing an zu weinen, die Tränen rannen von ihren Wangen hinunter auf ihren Parka, doch sie hörte nicht auf zu singen, bis Anaay schließlich still dalag. Seine Augen waren weit geöffnet und verdreht, sodass sie nur das Weiße sehen konnte. Er zuckte, und sie sprang auf, ließ die Schale mit dem Brei fallen.

Dann sah er sie an. Womöglich hatten der Tee und ihre Gebete gewirkt.

»Ich werde dir saubere Kleidung bringen, Mann«, sagte sie zu ihm. »Du kannst hier in meinem Zelt schlafen ...«

Dann merkte Dii, dass er nicht mit den Lidern geschlagen hatte, und mit einem Mal wusste sie, dass er gar nichts mehr sah.

Das Vetter-Fluss-Lager

Sok schüttelte sich, bis er wach war. Er dachte, er hätte das Bellen eines Fuchses vernommen. War es Wirklichkeit oder nur Teil seiner Träume gewesen? Wie dem auch sei, was konnte es anderes bedeuten als den Tod? Sok kroch zu der offenen Seite seines Unterstandes und sah, dass Eulenfängerin, die neben Schnee-im-Haar saß, eingeschlafen war. Ein Blick auf seine Frau genügte, und sein Herz gefror.

Ihr Mund und ihre Augen standen offen. Irgendwann in dieser Nacht hatte ihr Geist den Weg aus ihrem Körper gefunden. Sok wollte einen Klageschrei ausstoßen, doch kein Ton drang aus seiner Kehle. Womöglich hatte Schnee-im-Haar seine Stimme mit sich genommen, als sie gegangen war. Er beugte sich über den Körper seiner Frau, nahm sie in seine Arme und schluchzte.

»Ich bin stark genug«, sagte Stern.

»Das mag für dich stimmen«, sagte Chakliux, »doch was ist mit Schnee-im-Haar, was mit Yaa?«

»Sollen sie hier bei Sok bleiben. Er kann sich um sie kümmern. Ich muss zurückgehen zu meiner Behausung. Mein Kind wächst, und schon bald werde ich nicht mehr so leicht gehen können.«

Chakliux seufzte. Er schlüpfte in seinen Parka und seine

Stiefel. Wenn Stern in dieser Stimmung war, gab es keinen Weg, sie zur Vernunft zu bringen. Doch womöglich hatte sie Recht. Sie waren nur etwa eine Hand voll Tage von ihrem Winterdorf entfernt. Wieso sollte er nicht den Großteil der Menschen zurück ins Dorf schicken? Wieso sollten sie alle hier bleiben wegen dieser wenigen, die zu schwach waren zu gehen? Die Frauen brauchten Zeit, um ihre Behausungen für den Winter bereitzumachen, und die Männer mussten die Karibus auf die Familien verteilen.

Chakliux wollte zu dem Zelt von Sok aufbrechen, doch Stern kroch hinter ihm her und nörgelte, er solle den Kochbeutel füllen und mehr Holz für die Feuerstelle bringen.

»Wenn es dir gut genug geht, dass du in das Winterdorf ziehen kannst, dann bist du auch gesund genug, für dich selbst zu sorgen«, sagte er ihr und nahm sich einige Streifen Dörrfleisch von einem Gestell neben ihrem Zelt. Er aß, während er ging.

Als er sich dem Zelt von Sok näherte, vernahm er die Stimme von Eulenfängerin. Sie klang dünn und gebrochen und war zu einem Klagelied erhoben. Das Fleisch, das er gegessen hatte, lag Chakliux plötzlich im Magen, als sei es verdorben.

Er warf, was übrig war, einem der Hunde neben dem Zelt zu, dann bückte er sich hinein. Er schlang seine Arme um Sok, und seine Tränen vereinten sich mit denen seines Bruders.

Das Vier-Flüsse-Dorf

»Ich glaube, du täuschst dich in K'os«, sagte Rotes Blatt zu Cen. Niemals hätte sie es gewagt, zu Sok auf diese Art zu sprechen, doch Cen war ein Mann, der einer Frau zuhörte, selbst wenn es seine eigene war.

»Sie ist keine gute Frau«, sagte er zu ihr. »Du kennst K'os nicht, wie ich sie kenne.«

»Sie macht wunderschöne Parkas.«

»Du machst wunderschöne Parkas.«

»Denke doch nur darüber nach, wie viel es dir einbringen würde, wenn wir beide dir Parkas machten, die du für deinen Handel verwenden könntest.«

Sie sah, dass Cen bei dem Gedanken die Augenbrauen hob, und ihr Herz schlug hoffnungsvoll.

Dann aber sagte er: »Ich habe einst mit ihr gelebt. In ihrer Behausung im Vetter-Fluss-Dorf. Ich wollte sie zur Frau nehmen, doch eines Tages, als ich nach Hause gekommen bin, lag sie in ihrer Bettstatt, zusammen mit einem anderen Mann.«

»Sie war nicht deine Frau, hast du gesagt.«

»Es wäre nicht anders gewesen, wenn sie meine Frau gewesen wäre. Die Jäger lachten über meinen Zorn und sagten mir, dass sie jeden Mann in ihrem Lager willkommen heiße, wenn er nur genug Perlen oder Felle brächte.«

»So lasse sie doch mit ihnen schlafen«, sagte Rotes Blatt. »Wenn sie deine Frau ist, wird dir gehören, was sie an Perlen und Fellen bekommt. Dann wirst du noch mehr haben für deinen Handel.«

Sie dachte, dass Cen böse werden würde, weil sie so zu ihm sprach, doch zu ihrem Erstaunen lachte er nur. Dann erhob er sich und zog ihr das Hemd aus Karibuhaut aus. Er schob sie zurück auf seine Bettstatt. Sie öffnete ihre Beine für ihn, und für eine kleine Weile gelang es ihr, nicht an K'os zu denken.

41

Die Nahe-am-Fluss-Menschen

Diis erster Gedanke war, zu Sonnenrufer zu gehen. Er war Ältester. Er würde wissen, was zu tun war. Vielleicht sollte sie auch Blaue Blume holen. Doch als sie ihren Mann wieder ansah, wie er dalag, im Tode geschrumpft, in einer Lache von Blut und Kot, da wusste sie, sie würden erraten, dass Anaay vergiftet worden war.

Und wer würde ihr schon Glauben schenken, wenn sie sagte, dass dies das Werk von K'os gewesen sei? Es war schon so lange her, dass sie die Nahe-am-Fluss-Menschen verlassen hatte. Dii hingegen trug die frischen Male von Anaays Schlägen. Es wäre nicht schwer, sich vorzustellen, dass sie Rache genommen hatte.

Sie könnte einen Hund stehlen. Sie hatte Essen in ihrem Zelt. Nein. Die Nahe-am-Fluss-Menschen würden sie verfolgen. Sie mussten Anaays Tod rächen. Denn würde der Geist von Anaay etwa versöhnlicher sein, als Anaay selbst es gewesen war?

Dii ging hinaus und blickte hinauf zu den Sternen. Ihr blieb noch immer beinahe die ganze Nacht, und Anaay besaß drei kräftige Hunde und zwei Tragen dazu. Dii war klein, und sie aß nur wenig. Der Anteil an Karibufleisch, der Anaay gehörte, und die Dinge, die sie mitgebracht hatten, würden genügen, um sie zurück zum Vetter-Fluss-Dorf zu bringen. Wie weit war es wohl von hier? Vier, fünf Tage Fußmarsch.

Behutsam packte Dii die Tragen und band Anaays Waffen und seinen Gehstock an die größere. Dann wickelte sie den

Leichnam in die Bodenmatten und nahm *babiche*-Seile, um seine Gelenke zu fesseln, damit sein Geist ihr nichts anhaben konnte. Dann band sie ihn und seinen furchtbaren Schmutz in die Grasmatten. Dii legte die Trage mit den Fichtenzweigen aus, die auf dem Boden des Zeltes lagen, und hievte Anaay hinauf. Sie schnürte ihn an den Stämmen fest. Dann baute sie ihr Zelt ab, legte es auf den Leichnam und schnürte es zusammen mit den Zeltstämmen auf die Trage.

Dii schlich sich durch das Lager zu Anaays Zelt und baute auch dieses ab. Sie hatte es hier lassen wollen, doch wer würde glauben, dass ein Mann, selbstsüchtig wie Anaay, gehen würde, ohne seinen Unterstand mitzunehmen, und hätten die Hufe der Karibus ihm auch noch so sehr zugesetzt?

Viermal musste Dii gehen, bis sie alles zu den Tragen geschafft hatte. Den kräftigsten Hund, es war ein goldäugiger Rüde, spannte sie vor die Trage, auf der Anaays Leichnam lag, dann spannte sie den anderen Rüden vor die zweite Trage. Den dritten Hund, ein junges Weibchen, belud sie mit Packen, in denen Anaays Bettzeug und seine Kleidung waren.

Noch ehe die Sonne sich erhob, führte Dii ihre Hunde in einem weiten Bogen um das Lager herum ostwärts, fort von der See, dem Vetter-Fluss-Dorf entgegen. Sie wollte beinahe den ganzen Tag lang gehen und eine Stelle finden, wo sie Anaays Leichnam zurücklassen konnte. Dann wollte sie zu ihrem eigenen Volk zurückkehren. Eine Frau mit drei Hunden und zwei Tragen würde womöglich einen Mann finden, der sie nehmen wollte. Wenn nicht, so würde sicherlich einer der Ältesten sie willkommen heißen.

Und wer von den Nahe-am-Fluss-Menschen würde schon daran zweifeln, dass Anaay sich entschlossen hatte, eher an einem anderen Ort zu leben, als zugeben zu müssen, dass er Karibus versprochen hatte, wo keine Karibus waren?

»Sie ist tot«, sagte Chakliux.

Aqamdax sah ihn an, und sie bekam Angst. Er sah so müde, so klein aus.

»Schnee-im-Haar?«

»Schnee-im-Haar. Wie geht es Yaa?«

»Sie ist wieder kräftiger.«

»Hat sie genug Kraft, um zum Winterdorf zurückzukehren, wenn wir eine Trage für sie machen? Blickt-in-den-Himmel sagt, dass er sie ziehen wird.«

»Wirst du aufbrechen, ehe die Trauer vorüber ist?«

»Ich kann nicht«, sagte Chakliux. »Ich werde bei Sok bleiben, doch wozu alle für vier Tage hier festhalten, wo wir so nahe an unserem Dorf sind?«

»Ich werde bleiben. Yaa und Ghaden und ich. Es ist besser, wenn Yaa noch nicht bewegt wird.«

»Wenn sie kräftig genug ist, wäre es am besten, sie in das Dorf zu bringen. Ligige' ist dort. Ihre Arzneien sind gut. Sie hätte Schnee-im-Haar womöglich retten können. Ich hätte einen Jäger zu ihr schicken sollen. Ich hätte ...«

Aqamdax erhob sich und legte Chakliux eine Hand an sein Gesicht. »Der Fluss hat sie genommen, Chakliux«, sagte sie sanft. »Verschwende deine Tage nicht mit Reue. Dein Bruder braucht dich. Er hat viel verloren.«

»Alles war gut, Aqamdax, bis zu jenem Tage, an dem wir am Fluss waren. Womöglich haben wir mit dem, was wir taten ...«

Aqamdax legte ihm die Finger auf die Lippen und gebot seinen Worten Einhalt. Wie konnte sie ertragen zu hören, was er sagen wollte? Was sie getan hatten, war Betrug an Nachtmann und an Stern gewesen. Niemanden sonst hatten sie betrogen. Warum hätte Schnee-im-Haar bestraft werden sollen? Oder Yaa?

»Wir haben unser Glück verloren, du und ich«, sagte Chakliux.

»Nein«, sagte Aqamdax. »Nichts ist anders geworden für uns. Wie oft sterben Menschen während einer Jagd? Jäger ertrinken. Frauen werden krank. Kinder gehen auf der Wanderung verloren. Auf dieser Jagd aber ist erst ein Mensch gestorben. Sage nicht, dass unser Glück uns verlassen hat. Ich werde zum Winterdorf gehen, und wenn ich dort bin, werde ich Nachtmann verstoßen. Wenn ihr zurückkehrt, du und Sok, dann werde ich deine Frau sein.«

Sie lehnte sich an ihn, und Chakliux nahm sie in die Arme. Als sie zurückging, um Yaa für die Wanderung bereitzumachen, weinte Aqamdax.

Chakliux hatte den Menschen geholfen, ihre Habseligkeiten zu verpacken, und obgleich Stern nun jammerte und bettelte, bei ihm bleiben zu dürfen, schickte er sie mit den anderen zurück. Blickt-in-den-Himmel zog die Trage, auf der Yaa lag, und hielt sich Stern vom Leibe, die dachte, sie könne ihren Platz neben Yaa einnehmen. Nur ein einziges Mal blickte Aqamdax zurück zu Chakliux, dann richtete sie ihre Augen auf den Pfad und wandte sich nicht mehr um. Ghaden und Beißer waren an ihrer Seite. Sie schleppte ihre eigenen Bündel und einige von Stern dazu.

Mit dem, was sie trugen, würden sie eine Hand voll Tage brauchen, so dachte Chakliux – wenn nicht mehr, bei den Schwierigkeiten, die Stern ihnen bereiten würde, und mit Yaa auf ihrer Trage.

Chakliux sah ihnen nach, bis Bäume und Hügel ihm den Blick versperrten, dann kehrte er zurück zu seinem Bruder, zurück zu dem Bündel, das Schnee-im-Haar gewesen war. Die Frauen hatten eine kurze Trauerzeremonie für sie abgehalten, sie hatten sie gewaschen und sie in die besten Kleider gehüllt, die im Lager zu finden waren – die Stiefel einer Frau, die Gamaschen einer anderen, eine Halskette, ein Stein von einem Amulett. Und nun blieben nur Chakliux und Sok, um Schnee-im-Haar zu betrauern, und Chakliux fragte sich, ob es ihnen gelingen würde, eine gebührende Trauer abzuhalten. Vielleicht hatte Aqamdax Recht. Sie hätte bleiben sollen.

Chakliux hatte verglühte Kohlenstücke auf die Steine der Feuerstellc gehäuft. Als sie abgekühlt waren, zerstieß er sie mit dem Griff seines Ärmelmessers zu Pulver. Er streute das Pulver in eine Schale mit ausgelassenem Karibufett und knetete die Mischung mit seinen Fingern, bis sie geschmeidig war. Dann schwärzte er sich das Gesicht und sah Sok zu, der es ihm gleichtat.

Sok zog ein Messer aus der Scheide an seinem Gürtel, legte seine linke Hand auf einen Stein und hielt zitternd die Klinge über seinen kleinen Finger.

Chakliux streckte seinen Arm und packte Sok am Handgelenk. »Nein«, sagte er. »Du würdest die Wege des Volkes der Nordsteppe ehren, um deine Frau zu betrauern?«

Chakliux war *Dzuuggi*, er kannte die Geschichten über jene Männer, die über das Nordmeer kamen, um mit dem Flussvolk und den Walrossjägern Handel zu treiben. Er hatte davon gehört, dass sie sich selbst verstümmelten, um ihre Trauer zu zeigen. »Wird sie wissen, dass er von dir ist, dieser verlorene Finger?«, fragte Chakliux seinen Bruder. »Sie wird glauben, irgendein Steppenjäger gedenke seiner toten Frau.«

Chakliux nahm das Messer, schob den Ärmel seines Parkas hinauf und schnitt sich in den Unterarm. Einmal, zweimal. Er richtete sich auf und ließ das Blut ins Feuer tropfen. Es stieg auf mit dem Rauch, Schnee-im-Haar zu Ehren. Chakliux gab Sok sein Messer und sah zu, wie Sok sich viermal in den Arm hieb. Dann ließ Chakliux die Trauergesänge erklingen.

Am späten Morgen des zweiten Tages ihrer Wanderung kam ein Sturm über die Vetter-Fluss-Menschen. Der Wind peitschte den Schnee, bis er ihre Gesichter peinigte wie Sand. Die Hunde kämpften gegen ihr Geschirr an, und Frauen brachen unter ihren Lasten zusammen, die, vollkommen eisverkrustet, noch schwerer geworden waren.

Als der Tag halb vorüber war, stießen sie auf eine Ansammlung von Schwarzfichten, die ihnen Schutz gewährte. Die Männer halfen den Frauen, die Unterstände zu errichten, doch selbst im Windschutz der Bäume ließen Wind und Kälte die Pfähle der Zelte splittern.

Aqamdax grub eine Höhle in den Schnee. Die eisige Kruste schnitt durch ihre Fäustlinge aus Karibuhaut und riss ihre Hände auf. Als sie die nackte Erde erreicht hatte, legte sie den Boden mit behaarten Karibuhäuten aus. Sie wärmte die Häute mit ihrem Atem und ihren Händen und faltete sie behutsam auseinander, damit sie in der Kälte nicht brachen. Dann spannte sie die Hunde von Nachtmann aus und schichtete ihre Bündel um die Schneehöhle wie Wände. Sie und Stern, Nachtmann, Ghaden und Yaa drängten sich zusammen, und sie teilten ihrer aller Wärme. Aqamdax' Gedanken trugen sie zu Chakliux und Sok, die alleine waren mit Schnee-im-Haar, und sie betete zu ihrem Schutz.

Es schien, als kämen die Träume aus dem Schnee zu Chakliux, und sie füllten seine Gedanken mit Furcht. Er spähte, als sei er ein Adler, als sehe er alle Dinge vom Himmel aus. Er sah sich selbst, wie er mit Sok ging, und zusammen schleppten sie eine Trage. Sie war voll mit Packen, und auch ein verschnürter Körper lag darauf, so wie man es mit Toten machte, die Knie hinaufgebunden bis zur Brust, die Arme gekreuzt und an die Brust gebunden. Der Kopf war mit einer Karibuhaut verdeckt, und als sie gingen, hob der Wind sie an. Chakliux konnte erkennen, dass die Tote nicht Schnee-im-Haar war, sondern Aqamdax. Er erwachte von seinen eigenen Schreien und hatte Angst, sich wieder dem Schlaf zu überlassen. Wie konnte er wagen, dass seine Träume den Weg zu Aqamdax aufs Neue fanden und womöglich ihren Geist mit sich nahmen?

Die Männer hatten ihr Stämme für die Behausung geschlagen, und K'os hatte sie gut für die Arbeit entlohnt. Sie zeigten ihr den eingesunkenen Boden an der Stelle, die vor langer Zeit von dem ersten, der hier seine Behausung errichtet hatte, ausgehoben worden war. Selbst die Steine und der Sand für die Feuerstelle waren noch an ihrem Platz. K'os hatte die Häute geschabt, die Flusseistänzer ihr gegeben hatte, sie hatte sie zu den ihren hinzugefügt und das Dach für ihre Behausung daraus genäht. Die Behausung war klein, doch sie war gut gearbeitet. Die Stiche von K'os waren ebenmäßig und fest. Die Sehne, die sie sich von Sandfliege geliehen hatte, war gleichmäßig gewunden und stark.

An dem Tag, als der Sturm begann, zog K'os in ihre Behausung. Sie blieb dort ganz allein und kämpfte gegen den Schnee an, der einen Weg durch das Rauchloch und den Eingangstunnel ins Innere suchte. Für gewöhnlich mochte sie keine Stürme. Es gab nichts, was man tun konnte, um sie aufzuhalten. Dieser Sturm jedoch, so beschloss sie, mochte Gutes tun. Sie bezweifelte, dass Flusseistänzer ihn überleben würde.

Am dritten Tage des Sturmes vernahm K'os ein Kratzen an der Wand ihrer Behausung. Zuerst dachte sie, nur der Wind wäre es gewesen, doch dann rief jemand ihren Namen. Sie kroch in den Eingangstunnel und zog die Klappe zur Seite. Der da stand, war so verkrustet mit Schnee und Eis, dass sie ihn nicht erkannte, bevor sie den Schnee von seinem Parka geklopft hatte.

Flusseistänzer. Er lächelte sie an, und trotz ihrer Enttäuschung gab K'os das Lächeln zurück. Sie konnte fast sicher sein, dass er das Fleisch, welches er Der-auf-Bäume-klettert versprochen hatte, nicht mit sich gebracht hatte. Wie könnte er? Er war kaum länger als zwei Hand voll Tage fort gewesen.

»Meine Hunde sind draußen«, sagte er zu ihr, ohne sie zu

begrüßen oder Worte der Höflichkeit zu sprechen, doch in so einem Sturm erwartete K'os keine Höflichkeit.

»Sie können im Tunnel bleiben«, sagte sie zu ihm. »Doch nur, bis dieser Sturm vorüber ist. Ich kann ihre Flöhe in meiner Behausung nicht gebrauchen.«

Flusseistänzer ging hinaus und schleppte mehrere schwere Bündel durch den Eingang, und K'os zerrte sie hinein. Endlich führte er die Hunde in den Tunnel. Er brach die Klumpen aus Schnee und Eis von ihren Pfoten und rieb ihnen mit seinen Händen über ihre Schnauzen, Augen und Ohren.

K'os ging in die Behausung und brachte Wasser und getrockneten Fisch hinaus in den Tunnel. Noch hatte sie keinen der Jäger im Dorf dazu bewegen können, ihr ein Vorratslager zu errichten, und so behielt sie ihr Fleisch und ihren Fisch in der Behausung. Wozu sollte sie das Wagnis eingehen, sie in dem Vorratslager von Sandfliege zu lassen? Die alte Frau würde zweifellos ihre Vorräte verwenden, ehe sie ihr eigenes Fleisch anrührte, und K'os hatte ohnehin nicht genug, um sich durch den Winter zu bringen.

Sie gab den Hunden Fisch und Wasser und winkte Flusseistänzer zu sich in die Behausung. Er wartete, als sie seinen Parka an einen Pflock hängte und ihm aus seinen Gamaschen und dem Innenparka heraushalf. Der Innenparka war nass vom Schweiß, mit Eis verkrustet, und er sagte K'os, dass Flusseistänzer zu schnell gegangen war und zu weit, dass er ein schreckliches Wagnis auf sich genommen hatte, um zu ihr zurückzugelangen.

Sie reichte ihm eine Decke aus Hasenfell, und er wickelte sich hinein und stöhnte, als er sich endlich an der Feuerstelle niederließ. »Ich dachte, ich würde es nicht schaffen«, sagte er. »Selbst als ich das Dorf erreichte, dachte ich, ich hätte nicht mehr genug Kraft, um noch zu deiner Behausung zu gelangen.«

»Woher wusstest du, welches die meine ist?«, fragte K'os.

»Ich sah diese Behausung, ganz neu, an einer Stelle, wo vorher keine war, und ich hoffte, es wäre die deine.«

K'os reichte Flusseistänzer eine Schale mit Essen und beobachtete ihn, wie er mit seinen Fingern die Wärme in sich aufnahm. Sein Mund war blutig von den Rissen in seinen Lippen, und seine Nase und die Wangen waren übersät mit Erfrierungen.

K'os ging zu ihrem Arzneibeutel, nahm ein Pulver aus den Blättern des Wegerichs heraus und vermischte es mit Gänsefett. Sie legte seinen Kopf zurück, und gegen seinen Widerstand schmierte sie ihm das Fett ins Gesicht.

»Halt still«, sagte sie ihm. »Es wird helfen, die Kälte aus deinem Gesicht zu ziehen.«

Als sie fertig war, hielt er ihr seine Schale hin.

Sie füllte sie aufs Neue und sah ihm zu, wie er aß.

»Ich habe genug, um den Brautpreis zu entrichten«, sagte er mit vollem Mund.

K'os hob ihr Kinn und blickte ihn mit zusammengekniffenen Augen an. Womöglich log er, doch das glaubte sie nicht. Es wäre ihr ein Leichtes, seine Bündel zu durchsuchen.

Er war beinahe noch ein Junge, ja, doch er war groß und breit, und womöglich war er stattlicher, als sie gedacht hatte. Sie hatte ihn zum ersten Mal gesehen, als sie einst mit ihrem Mann Erdschläger in das Nahe-am-Fluss-Dorf gezogen war. Damals hatte Flusseistänzer die Kinder angeführt. Sie lächelte bei der Erinnerung daran. Er hatte sich geweigert, ihr seinen Namen zu nennen. Sogar damals schon war er klug gewesen. Warum sollte er einem Fremden die Macht geben, seinen Namen zu kennen? Womöglich würde er einen guten Mann abgeben.

»Flusseistänzer«, sagte K'os und streckte ihm ihre Hand entgegen. »Dir ist kalt, und mein Lager ist sehr warm.«

42

Dii ging beinahe zwei Tage, ehe sie Anaays Leichnam zurückließ. Sie war auf eine Lichtung gestoßen, die inmitten einer Ansammlung Erlen lag. Dort, wo die Bäume dem Wind den Schnee geraubt hatten, lag er zu scharfkantigen Wehen aufgehäuft. Was war passender als Erlen mit ihren schwachen Zweigen und den giftigen Blättern, fragte sich Dii.

Sie rollte Anaays Leichnam von der Trage hinunter und legte seine Waffen neben ihn. Dann stimmte Dii einen Klagegesang an. Sie sang mit lauter Stimme, in der Hoffnung, seinen Geist zu besänftigen, damit er sie nicht verfolgen würde, um sich an ihr zu rächen. Als die Worte aber aus ihrem Mund kamen, schienen sie direkt in die Grasmatten zu schweben, die Anaays Körper umhüllten, und sie wurden so geschwind aufgesaugt, dass Dii kein Lied darin zu erkennen vermochte.

Während der Wanderung hatte sie häufig zu dem Toten gesprochen, der auf der Trage lag. Sie hatte erklärt, dass sie ihm den Tee nur bereitet hatte, um ihm ein Kind zu gebären. K'os hatte sie beide betrogen, als sie das Gift für Arznei ausgab. Doch Dii zweifelte daran, dass ihre Erklärungen ausreichen würden, den Zorn ihres Mannes abzuwenden. Wann hatte Anaay sich jemals der Vernunft gebeugt?

Dii schnitt mit ihrem Frauenmesser das getrocknete Gras ab, das aus dem Schnee ragte, und breitete es über Anaays Leichnam, um ihn zu verbergen, sollte ein Mensch an diesen Erlen vorüberkommen. Über das Gras häufte sie Fichtenzweige, die sie aus dem Nahe-am-Fluss-Lager mitgebracht hatte.

Das Gras und die Zweige waren nicht schwer genug, um Anaays Geist festzuhalten, wenn er sich entschließen sollte, sie zu verfolgen. Doch womöglich vermochten die Fesseln, die Dii um all seine Gelenke gelegt hatte, ihn aufzuhalten, bis sie weit genug von ihm entfernt war und er sie nicht mehr finden konnte.

Dii lud die Tragen wieder auf und fütterte die Hunde. Währenddessen dachte sie zurück an ihr Leben mit Anaay. Sie sah ihn in den schönen Parkas, die Möwenschnabel ihm gemacht hatte, sah ihn, wie er im Dorf vor den Jägern stand und seine Träume erzählte.

Dann schien es, als klärte sich ihr Blick, und sie erinnerte sich an Anaay, wie er auch gewesen war – sie erinnerte sich an einen Mann, der alle Dinge nur für sich selbst getan hatte und nichts für andere. Womöglich ist er nicht stark genug, um Rache zu üben, dachte sie.

Dii war noch nicht weit gegangen, als es zu schneien begann. Sie hob den Kopf und hieß den Schnee willkommen. Gab es einen besseren Weg, den Leichnam ihres Mannes zu begraben? Doch schon bald fiel der Schnee so heftig, dass sie nicht über den Schritt hinweg sehen konnte, den sie gerade tat. Dii machte Halt und baute sich einen Unterschlupf. Sie stellte die Tragen auf, damit sie den Wind abhielten. Wozu sollte sie weitergehen, wenn sie nichts sehen konnte? Womöglich würde sie im Kreise wandern.

Dii rollte sich eng unter ihrer Zelthaut zusammen, aß und versuchte zu schlafen. Doch der Wind sang beißende, bittere Lieder und verscheuchte den Trost, den ihre Träume ihr gewährten, und sie begann sich zu fragen, ob Anaay den Sturm gesandt hatte, um sie zu töten. Was wäre besser geeignet, um sie mit sich zu nehmen, noch immer Frau, noch immer Arbeiterin?

Chakliux führte Sok, als sei er ein Kind, hielt ihn an seinem Parka gefasst, aus Angst, ihn im Sturm zu verlieren. Sie hatten eine Totenbahre für Schnee-im-Haar gemacht und sie weit oben in einer Fichte zur Ruhe gebettet. Chakliux hatte Sok das Versprechen gegeben, dass sie im nächsten Sommer zurückkehren und die Knochen von Schnee-im-Haar an einen geweihten Ort bringen würden, vielleicht an den Großvater-See, wo Sok sie besuchen könnte, wann immer er es wünschte.

Nach vier Tagen der Trauer hatten sie sich auf den Weg zurück zum Vetter-Fluss-Dorf gemacht, den Sturmwinden zum Trotz. In der ersten Nacht hatte Chakliux einen Unterschlupf gegraben, in dem sie bleiben wollten, bis der Sturm sich gelegt hatte, doch schon am nächsten Morgen waren die Winde nicht mehr so grimmig gewesen, und sie waren weitergezogen.

Mit jedem Schritt kämpften sie gegen den Schnee an, sie spürten, wie er sie niederdrückte, als er sich auf ihren Parkas sammelte, ihre Gamaschen steif machte, ihnen die Sicht raubte.

Immer wieder versuchte Sok, sich hinzusetzen, er murmelte Erklärungen, die Chakliux durch den Wind hindurch nicht verstehen konnte. Schließlich machte Chakliux Halt und errichtete ihr Lager, er ließ Sok alleine sitzen, während er einen Unterschlupf in den Schnee grub und ihn mit Fichtenzweigen und Karibuhäuten einfasste. Er legte seine Bündel an die Eingangsöffnung, um den Wind abzuhalten, und rief nach Sok, damit er es ihm gleichtat. Sok antwortete nicht. Angst überfiel Chakliux, als er gewahr wurde, dass er in dem Schnee und dem dämmrigen Zwielicht seinen Bruder nicht sehen konnte.

Er umkreiste den Unterschlupf, und der Schneefall ließ die Bäume, die ihm am nächsten standen, lebendig werden. Es schien, als sprängen sie ihn an, sobald er sich ihnen näherte. Plötzlich erblickte er Sok inmitten des dichten Vorhangs aus Schnee. Er stand aufrecht und beschattete mit einer Hand seine Augen, als versuchte er, im strahlenden Licht der Sonne zu sehen.

»Ich habe Schnee-im-Haar gehört«, sagte er zu Chakliux.

Bei Soks Worten lief es Chakliux eisig den Rücken hinunter, und er führte seinen Bruder zu ihrem Unterschlupf. Schon hatte sich vor der schmalen Öffnung, die Chakliux zwischen den Bündeln gelassen hatte, eine Schneewehe gebildet, doch Chakliux stieß sie mit seinem Fuß beiseite und zog Sok ins Innere.

Er hüllte seinen Bruder in eine Hasenfelldecke und gab ihm etwas von dem getrockneten Lachs, den er in einem Beutel an seiner Seite verwahrte. Dann stimmte Chakliux Gesänge an, jene wenigen, die die größte Macht bargen, und er hoffte, sie wären stark genug, um ihren kleinen Unterschlupf vor Schnee-im-Haar verborgen zu halten.

Eine Hand voll Tage währte der Sturm, und Chakliux und Sok kauerten sich in ihrem Unterschlupf zusammen. Sie hatten ein wärmendes Feuer unterhalten, bis es all ihr Holz verzehrt hatte, und dann hatten sie einander Wärme gespendet, waren beieinander gelegen unter der heulenden Stimme des Windes.

Chakliux hatte das Gefühl, als kämpften sie gegen mehr als nur einen Sturm. War es möglich, dass Schnee-im-Haar nach Sok schrie, dass er ihr folgen solle? Konnte eine tote Frau einen Sturm benutzen, um den Geist ihres Mannes fortzuziehen?

Ein Mann vermochte Wind und Schnee zu bekämpfen, doch welche Waffe hatte Bestand gegen einen Geist? Messer? Speer? Chakliux hatte all seine Gesänge verwandt ... Doch womöglich war alle Macht fort, die einst in seinem eigenen Geist gewohnt haben mochte. Er hatte die Tabus des Volkes verletzt, hatte die Frau eines anderen Mannes genommen, ohne einen Gedanken an etwas anderes als an seine eigene Lust. Musste dergleichen nicht bestraft werden?

Hatte seine Schwäche womöglich Schnee-im-Haar das Leben gekostet? Bedrohte seine Schwäche nun den Geist von Sok? Und wie stand es um die anderen Vetter-Fluss-Menschen? Der Sturm wütete. Hatten sie es trotzdem geschafft, zu ihrem Winterdorf zu gelangen? Vermochte ein Fluch sich auszubreiten wie die Äste eines Baumes, vermochte er nach anderen zu greifen, die nichts getan hatten, womit sie Schmerz verdienten?

Chakliux' Gedanken wirbelten umher, als würden sie von eben jenem Wind getrieben, der ihnen den Sturm gebracht hatte. Er beruhigte seinen Geist mit jenen Geschichten und Rätseln, die er gelernt hatte, als er Kind war. Zu Beginn merkte er nicht, dass er die Geschichten laut erzählte, dass seine Stimme sich über den Lärm des Sturmes erhoben hatte. Dann aber sah er, dass Sok seine Kapuze zurückschob und den Kopf neigte, um ihm zuzuhören. Und so sprach Chakliux hinein in die Dunkelheit ihres Unterschlupfes, hörte die Worte, die aus seinem Mund kamen, als hörte er sie zum ersten Mal, und er hoffte, er möge eine Geschichte finden, die verriet, wie man Vergebung erlangte.

Das Vetter-Fluss-Dorf

Ligige' erhob sich mühsam aus ihrem Lager. Hatte nicht jemand an die Türklappe ihrer Behausung gekratzt, oder war das Geräusch nur Teil eines Traumes? Sie stocherte in den Kohlen ihrer Feuerstelle und blickte hinüber zu Lange Augen. Chakliux würde sich wundern, wenn er zurückkehrte. Es gab Tage, an denen Lange Augen beinahe normal war – sie aß, sie arbeitete, sie sprach sogar.

Wieder hörte Ligige' das Kratzen, sie griff nach ihrem Gehstock und stieß damit in den Eingangstunnel. Womöglich war es irgendein Tier, dachte sie. Zu dieser Zeit waren sie alle auf der Suche nach einem Winterbau. Womöglich hatte ein Fuchs oder ein Vielfraß sich ihre Behausung gewählt. Doch Ligige' konnte mit ihrem Stock nichts fühlen, sie hörte kein Knurren und kein Heulen, also kroch sie in den Eingangstunnel und rief einen Willkommensgruß.

»Krummer Halm?«

»Bist du Krummer Halm?«, rief Ligige' und stieß erleichtert die Türklappe auf, doch ihr stockte der Atem, als sie das Gesicht einer jungen Frau sah, dessen Züge im Schatten lagen.

»Du bist nicht Krummer Halm«, sagte das Mädchen. »Dies ist doch das Winterdorf der Vetter-Fluss-Menschen?«

»Ja«, sagte Ligige'. »Bist du allein?«

»Ich habe Hunde bei mir«, sagte das Mädchen und trat beiseite, damit Ligige' die drei Hunde sehen konnte, die hinter ihr standen.

»Ich dachte, ich würde alle Menschen kennen, die im Vetter-Fluss-Dorf leben«, sagte Dii leise, mehr zu sich selbst als zu der alten Frau, die sie begrüßt hatte.

Dann befiel sie mit einem Mal Angst. Sagte die Frau auch die Wahrheit, oder gab sie vor, dies sei das Vetter-Fluss-Dorf, obwohl es gar nicht so war? War Dii in ihrer Sehnsucht, von Anaay fortzukommen, zu einem anderen Dorf gegangen, das gar nicht das ihre war? Nein, oder wäre das möglich? Sie kannte diesen Ort, seit sie klein war, sie war so oft schon von Fischlagern und Jagdlagern hierher zurückgekehrt.

»Ich bin Ligige', Tante von Chakliux. Kennst du ihn?«, fragte die alte Frau und winkte Dii, sie solle ihr durch den Eingangstunnel folgen.

Dii kroch in die Behausung. Die Kohlen der Feuerstelle verbreiteten einen schwachen roten Schimmer in der Mitte des Bodens, und Dii konnte eine alte Frau erkennen, die aufrecht in ihren Schlaffellen saß. Um die Schultern trug sie eine geflochtene Hasenfelldecke. Erleichtert holte Dii Luft.

»Lange Augen«, sagte sie. So froh war sie, jemanden zu sehen, den sie kannte, dass sie vergaß, die Frage zu beantworten, die Ligige' ihr gestellt hatte.

»Bist du wieder da?«, fragte Lange Augen, und Dii war überrascht, sie sprechen zu hören.

»Ist ihr Geist zurückgekehrt?«, fragte Dii Ligige'.

»Einige sagen das. Wer bist du?«

Die Grobheit dieser Frage wog Diis Grobheit auf, und sie begann, sich zu entschuldigen.

»Sie ist Sonnenmädchen«, antwortete Lange Augen an ihrer Statt.

»Ja, Tante, auch wenn man mich nun Dii nennt.« Dann sagte sie zu Ligige': »Ich kenne Chakliux.«

»Er und all die Männer aus diesem Dorf und auch ihre Frauen sind auf die Karibujagd gegangen«, erzählte Ligige'. »Hier gibt es nur alte Frauen. Gehörst du zu denen, die von den Nahe-am-Fluss-Menschen als Arbeiterinnen genommen worden sind?«

»Ja, und auch meine Mutter, doch die Nahe-am-Fluss-Männer haben sie getötet.«

»Fischnehmerin?«, fragte Lange Augen. »Sie ist tot?«

Dii erschauderte, als sie den Namen ihrer Mutter vernahm, ausgerufen in so einer Weise. Fischnehmerin war eine gute Mutter gewesen, doch sicher würde sie Rache üben wollen für ihren Tod. Womöglich war sie zornig, weil Dii Frau eines Nahe-am-Fluss-Mannes geworden war. Doch mochte ihre Mutter den Tod Anaays womöglich als angemessene Rache betrachten. Dii lauschte auf ein Geräusch des Windes, auf die Stimme eines Tieres oder Vogels, um ihr ein Zeichen zu geben, dass ihre Mutter zugehört hatte, doch es blieb still. Womöglich war Diis Mutter froh, zu sein, was sie war, da doch ihr Mann und ihr Sohn auch tot waren – Geist unter Geistern.

»Schweig, Lange Augen«, sagte Ligige'. »Denke nicht an jene, die gestorben sind, freue dich, dass diese Tochter in ihr Dorf zurückgekehrt ist.«

Lange Augen zupfte an dem Fell ihrer Decke, und Dii sah, dass eine große Stelle der geflochtenen Pelze ohne Haare war. »Einst wollte mein Mann Fischnehmerin haben«, murmelte Lange Augen. »Sie sollte seine zweite Frau sein. Doch ich ließ ihn nicht.« Das Zupfen wurde wilder. »Denkst du, sie ist mir böse?« Sie hob die Hände und hielt sie gekrümmt, als wären sie Krallen.

»Nein«, sagte Dii. »Sie mochte dich. Das hat sie mir erzählt.«

Lange Augen nickte und ließ ihre Hände auf die Decke sinken. Ligige' blickte Dii an und hob zustimmend die Augenbrauen, dann deutete sie mit dem Kinn auf einen Haufen Schalen. Sie hingen in einem Netz an einem Stamm der Behausung. »Es ist Fleisch in dem Kochbeutel, nur Hase, doch er ist frisch.«

»Danke, ich werde essen, wenn ich mich um meine Hunde gekümmert habe.«

Als Dii die Behausung verlassen hatte, half Ligige' Lange Augen in ihre Bettstatt und schalt sie sanft dafür, dass sie die Haare aus ihrer Decke zupfte. Dann hockte sie sich neben die Feuerstelle und streckte ihre Hände aus, um Wärme in ihre eigenen alten Finger zu bringen.

»Bist du davongelaufen, oder haben sie dich verstoßen?«, fragte Ligige'.

Dii senkte die Schale. »Ich bin davongelaufen«, sagte sie. »Obgleich der Zorn, den mein Mann gegen mich hegte, so gewaltig war, dass er mich hätte verstoßen können. Jeden Tag habe ich mich gewundert, dass er es nicht getan hat. Mein Mann hatte Karibus geträumt und die Menschen überzeugt, ihm zum Nordmeer zu folgen. Als wir aber an die See kamen, waren dort keine Karibus, es gab nichts als Eis und Wasser.«

»Und dann bist du gegangen?«, fragte Ligige'.

»Ich selbst hatte Träume, sie kamen zu mir, die Karibus sangen ihre Gesänge in meinen Knochen. Der Takt ihrer Wanderung klang wie Trommeln in meinem Kopf. Ich habe meinem Mann davon erzählt, und er wurde sehr zornig.«

Ligige's Augen leuchteten auf. »Du träumst Karibus?«, fragte sie leise.

Dii wünschte, sie hätte der Frau nichts davon erzählt. War jemals schon etwas Gutes an ihren Kaributräumen gewesen? »Womöglich sind meine Träume falsch«, sagte Dii.

»Und womöglich sind sie es auch nicht«, flüsterte Ligige'.

Dii zuckte die Achseln. »Es ist gleichgültig«, sagte sie. »Die Vetter-Fluss-Männer jagen stets am selben Fluss. Sie brauchen niemanden, der träumt, und die Nahe-am-Fluss-Männer hätten niemals auf mich gehört.«

»Als du deinem Mann davon erzählt hast, was hat er da gesagt?«

»Er hat mich geschlagen.«

»Und du hast ihn verlassen.«

»Nicht, ehe wir an die See gekommen waren. Dort gab er mir die Schuld an seinen eigenen falschen Träumen. Da bin ich fortgegangen. Ich habe seine Hunde genommen und bin hierher gekommen.«

»Wer ist dein Mann?«

Dii stellten sich die Haare auf, und sie spürte eine Last auf ihren Schultern, als stünde Anaay plötzlich direkt hinter ihr. »Ich darf seinen Namen nicht nennen. Er ist gestorben, ehe ich fortgegangen bin, und ich möchte seinen Geist nicht rufen.«

Ligige' zog die Augenbrauen zusammen. »Hast du ...«, fing sie an, doch dann sagte sie: »Dieser Mann, hatte er noch eine andere Frau?«

»Möwenschnabel.«

Ligige's Lippen verzogen sich zu einem Lächeln. »Wie ist er gestorben?«, fragte sie.

Dii blieb lange stumm. Ihre Hände fingen an zu zittern, und als sie schließlich sprach, tat sie es mit gebrochener Stimme: »Eine, es war eine, die nicht wusste, was sie tat ... jene ... hat ihn getötet.«

»Dieser Mann, der gestorben ist«, sagte Ligige', »womöglich musste er sterben. Womöglich sollten wir nicht trauern, sondern seinen Tod feiern.«

43

Wie Geister kamen sie aus dem Schnee. Ligige' griff sich mit einer Hand an ihr Herz und ließ den Stock fallen, mit dem sie das Eis von dem Rauchloch ihrer Behausung geschlagen hatte.

»Wenn ihr mich nun holt, wer wird sich dann um Lange Augen kümmern?«, sagte sie zu ihnen. Der Wind aber riss ihr die Worte aus dem Mund und wirbelte sie fort in den Sturm, als wäre Ligige' stumm geblieben.

Wehrlos, ohne den Schutz, den ein Stock oder Worte ihr gewähren mochten, stand Ligige' da. Doch sie straffte die Schultern und wartete auf das, was kommen mochte.

Immerhin, sie war alt. Sie hatte gewusst, dass der Tod nach ihr Ausschau hielt. Viele Menschen kamen in den Stürmen ums Leben. Und es waren nicht allein die Alten. Auch junge, starke Männer, Frauen, die gerade geboren hatten, selbst Kinder starben. Warum sollte gerade sie erwarten, verschont zu bleiben?

Sie trugen Bündel, diese Geister, und mit Bedauern erkannte Ligige', dass sie weit würde gehen müssen. Sie hatte gehofft, die Reise in die Welt der Geister wäre nur kurz, leicht und einfach für die Knochen einer alten Frau.

»Tante«, rief einer von ihnen und hob die Hand zum Gruß.

Ligige' blickte an sich selbst hinunter, neugierig, ob sie schon Geist geworden war. Ihre Arme und Beine sahen aus wie immer, doch die Geister waren schon um sie, sie lachten und halfen sich gegenseitig, ihre Bündel vom Rücken zu nehmen. Da erkannte Ligige' Blickt-in-den-Himmel und seine Frau Vogelruferin, den alten Mann Nimmt-mehr und auch Aqamdax. Die alte Frau schloss Yaa und Ghaden in ihre Arme. Ungeachtet der Packen, die noch auf seinen Rücken gebunden waren, sprang der Hund des Jungen, Beißer, an ihr hoch und warf sie zu Boden. Er leckte ihr Gesicht, bis Ghaden ihn fortzerrte.

»Beißer, du Hundehaufen!«, rief der Junge mit lauter Stimme, die selbst den Wind übertönte.

Da wusste Ligige', dass sie keine Geister waren, dass sie noch am Leben war.

»Dann sind sie also bei der geblieben, die tot ist«, sagte Ligige'. Ausnahmsweise hielt sie sich an den Weg der Ehrerbietung und sprach den Namen von Schnee-im-Haar nicht aus.

»Sie sagten, vier Tage, dann würden sie kommen«, sagte Aqamdax, und Ligige' sah, dass ihre Finger zitterten. Aqamdax nahm die leere Schale, die sie neben sich auf die Bodenmatten gestellt hatte, und legte ihre Hände darum.

»Möchtest du noch etwas?«, fragte Ligige' und deutete mit geschürzten Lippen auf die Schale.

»Nein, ich bin satt.«

»Es ist gut, wieder Rauch aufsteigen zu sehen aus all den Rauchlöchern in diesem Dorf«, sprach Ligige' und wartete darauf, dass Aqamdax etwas sagte.

Aqamdax war keine, die saß und erzählte, wenn es Arbeit gab – Fleisch musste in die Vorratslager geschafft, Häute mussten in Behausungen verstaut, Feuerholz musste aus dem Schnee gegraben, die Parkas mussten ausgebessert werden – es gab so viel zu tun, dass die Frauen mit der Arbeit erst fertig wären, wenn der Winter beinahe schon vorüber war. Warum also war sie hier? Und warum war Aqamdax lediglich höflich gewesen, als Ligige' ihr Dii vorgestellt hatte, anstatt ihrer großen Freude Ausdruck zu geben, dass Dii in ihr Dorf zurückgekehrt war? Ganz zu schweigen von Ahle und den anderen Frauen, die ihre Nahe-am-Fluss-Männer verlassen hatten.

Ligige' spürte die bedrückende Stille, als wären die Wände der Behausung mit einem Mal zu eng, doch schließlich sagte Aqamdax: »Lange Augen geht es besser.« Sie drehte den Kopf und deutete mit dem Kinn auf die alte Frau. Lange Augen saß mit gekreuzten Beinen neben Dii und hielt einen Stiefel in der Hand. Sie nähte die Sohle an das obere Teil, fädelte eine Sehne durch die Ahlelöcher.

»Ihr geht es viel besser«, sagte Ligige'. »Von Zeit zu Zeit spricht sie. Ich trage ihr leichte Arbeiten auf, und zumeist führt sie sie aus. Doch sie musste alles neu erlernen, selbst ihren eigenen Namen, und sie schläft noch immer sehr unruhig.«

»Morgen, wenn ihre Behausung vom Feuer gewärmt und getrocknet ist, wird Stern Lange Augen wieder zu sich nehmen«, sagte Aqamdax. »Das soll ich dir von ihr sagen.« Und, als hätte sie nie über Lange Augen gesprochen, lehnte Aqamdax sich dann vor und flüsterte: »Ich bin in Schwierigkeiten, Tante. Ich brauche deinen Rat.«

Ligige' hob die Augenbrauen, um ihr zu zeigen, dass sie bereit war, zuzuhören. Sie gab sich alle Mühe, ruhig und geduldig zu bleiben, als Aqamdax immer wieder versuchte, den Anfang zu finden, und nach Worten rang. Schließlich seufzte sie und sagte: »Ich will Nachtmann verstoßen.«

Ligige' war darüber nicht erstaunt. Es überraschte sie nur, dass Aqamdax so lange damit gewartet hatte. Einen Mann, der seinen eigenen Sohn tötet, sollte keine Frau behalten. Doch Aqamdax hatte um ihren Rat gebeten, nicht um ihre Zustimmung, und so fragte Ligige': »Wo willst du dann bleiben? Du hast keine eigene Behausung.«

»Mir gehört ein Anteil an den Karibuhäuten dieser Jagd, und schon vorher nannte ich zwei Häute mein Eigen, sie sind bereits geschabt und zusammengenäht.«

»Du weißt, dass der Winter keine gute Zeit ist für eine Frau ohne Mann.«

»Ich habe schon andere Winter ohne Mann überstanden«, entgegnete Aqamdax.

»Du weißt, dass es in diesem Dorf nicht genug Männer gibt.«

»Erster Adler will mich zu seiner zweiten Frau nehmen.«

Ligige' sah Aqamdax aufmerksam an. »Doch du hast einen anderen.«

Aqamdax errötete.

»Chakliux?«, fragte Ligige'.

»Ja.«

»Wirst du deinen Mann verstoßen, ehe Chakliux zurückkehrt?«

»Ich möchte nicht bis dahin bei Nachtmann bleiben. Ich will nicht noch einen Sohn von ihm in meinem Bauch haben.«

»So musst du wohl hierher kommen.« Ligige' wandte Aqamdax den Rücken zu und richtete ihre Worte an Lange Augen. »Was denkst du, Schwester? Die Männer und ihre Frauen, die unsere Kinder sind, verstoßen einander zu häufig.«

»Ja«, sagte Lange Augen. Ihre Stimme war bar jeder Regung, ihre Augen waren auf die Näharbeit geheftet.

»Es ist nicht gut, jemanden zu verstoßen.«

»Nein.«

»Männer und ihre Frauen sollten besser zusammenbleiben. So gibt es weniger Schwierigkeiten.«

»Ja.«

»Er hat unseren Sohn getötet«, sagte Aqamdax und unterbrach so diese eigentümliche Unterhaltung.

Ligige' sah sie an. »Ich würde ihn auch verstoßen, wenn er mein Mann wäre. Morgen, wenn Lange Augen mich verlässt, um in der Behausung ihrer Tochter zu leben, werde ich genug Platz haben. Dann komm und bleib bei mir.«

Bei Tageslicht zählte K'os die Packen, und sie zählte mehr als einmal die Hunde. Drei Hand voll Bündel waren es, und acht Hunde. Nahm sie alles zusammen, so waren es sechs Tragen, und sie konnte sich noch immer nicht erklären, wie Flusseistänzer so vieler Hunde hatte Herr werden können. Die Stürme mussten ihm wohlgesonnen gewesen sein. Sonst hätten die Nahe-am-Fluss-Jäger ihn sicherlich ertappt, auch wenn er ihre Vorratslager in einer mondlosen Nacht ausgeraubt hatte. So aber hatte er viel Weg gewonnen, ehe sie merkten, was geschehen war.

Ein großer Teil seiner Beute war Fleisch – geräucherter Lachs, getrockneter Bisam, Gänsefleisch, in Fett gehüllt, Karibu, etwas davon gefroren, etwas gedörrt, Elch, kleine Ballen Grindwal, Rebhühner, im Ganzen in Öl eingelegt und in große Karibumägen gefüllt. Doch auch gebündelte Häute zählten zu seiner Beute: Karibu, Wolf, Luchs. Ein Säckchen mit Perlen war darunter und ein Beutel mit Speerspitzen, einige Paar Stiefel, zwei Sommerparkas, und, das Beste von allem, das Dach für eine Behausung. Die Häute waren frisch, gerade erst zusammengenäht und bereit, die Stämme aufzunehmen.

Gemeinsam mit Sandfliege lagerte K'os das Fleisch und die Häute im Eingangstunnel ihrer Behausung. Als dort kein Platz mehr war, schafften sie das meiste, was noch übrig war, in die Vorratslager von Der-auf-Bäume-klettert. Flusseistänzer war ihnen dabei nicht von großer Hilfe, zu sehr war er damit beschäftigt, einem jeden die Geschichte seiner Wanderung zu erzählen: wie er mit den Hunden in den Stürmen ausgeharrt hatte, wie sie sich verirrt hatten und in Richtung des Vetter-Fluss-Dorfes gegangen waren.

Als alle Dinge an ihrem Platz waren, erzählte K'os Sandfliege von ihrem Vorhaben, ein Gabenfest zu feiern. Was konnte sie Besseres tun, als ihre Geschenke mit anderen zu teilen und damit zu feiern, dass sie Frau von Flusseistänzer wurde?

Dann ging K'os von Behausung zu Behausung und überbrachte den Menschen die Neuigkeit.

Die Behausung von Rotes Blatt hob sie sich auf bis zuletzt. Cen selbst winkte sie hinein, doch er blieb stehen, als sie sprach, obgleich K'os sich behaglich neben der Feuerstelle niederließ und so tat, als wäre keine Feindschaft zwischen ihnen.

Sie berichtete ihnen, dass man Flusseistänzer gestattet hatte, als ihr Mann im Dorf zu leben, und sie musste sich in die Wangen beißen, um ihr Lächeln zu verbergen, als sie die Erleichterung im Gesicht von Rotes Blatt sah. Die Frau war dumm, wenn sie glaubte, sie wäre ihrer so einfach ledig.

Als K'os ihnen von dem Gabenfest erzählte, hatten Cen und Rotes Blatt viele Fragen. Wie war es Flusseistänzer möglich gewesen, so viel Wohlstand in das Dorf zu bringen? Wie war es ihm gelungen, acht Hunden Herr zu werden? Mit Schnüren und mit Gurtwerk, sagte K'os, doch mehr wusste sie dazu auch nicht zu sagen. Dies war die Geschichte von Flusseistänzer, nicht die ihre. Er würde sie am Abend des Festes erzählen.

Als K'os die Behausung verließ, begleitete Rotes Blatt sie höflich in den Eingangstunnel. K'os beugte sich nahe zu ihr und flüsterte, es wäre gut, wenn Cen Flusseistänzer dabei zur Hand ginge, ihre neue, größere Behausung aufzustellen. Wenn er helfen würde, lange, gerade Stämme zu finden. Sie lehnte sich zurück und blickte Rotes Blatt ins Gesicht. Voll Freude stellte K'os fest, dass die Angst in die Augen der Frau zurückgekehrt war.

Das Vetter-Fluss-Dorf

Nachtmann deutete mit dem Kopf auf den schwindenden Holzstapel. »Du bist es, der herumsitzt und nichts tut«, zischte Stern ihn an. »Wer hat all deine Dinge in diese Behausung getragen? Wer hat das Feuer entfacht und den Kochbeutel aufgehängt? Wer hat den Schnee von deinem Parka gebürstet? Geh du und hol das Holz!«

Sie waren allein in der Behausung, Yaa und Ghaden hatten sie hinausgeschickt. Sie sollten den anderen dabei zur Hand gehen, die Tragen abzuladen und die Vorratslager aufzufüllen. Nachtmann beugte sich zu seiner Schwester, packte mit Zeigefinger und Daumen ihr Kinn und kniff sie. Stern entzog sich seinem Griff.

»Du verbringst so viel Zeit damit, an dich selbst zu denken, dass du nicht siehst, was um dich herum geschieht«, sagte Nachtmann zu ihr. »Warum hat Aqamdax diese Behausung verlassen, sowie ihre Bündel im Eingangstunnel lagen? Sie hat etwas im Sinn.«

»Eine neue Behausung. Das hat sie im Sinn, Faulpelz«, sagte Stern. »Eine Frau sollte sich schämen, bei der Schwester ihres Mannes zu leben.«

»Denkst du, das ist alles, was sie vorhat?«, fragte Nachtmann. »Nichts weiter? Hast du nicht gesehen, dass Chakliux' Augen stets auf Aqamdax gerichtet sind und dass sie seinen Namen nennt, wann immer sie es vermag, wenn sie nur den Mund aufmacht?«

»Du lügst«, sagte Stern mit leiser, zitternder Stimme.

»Warum sollte ich lügen? Glaubst du, ich will sehen, wie meiner Schwester Schmerz zugefügt wird? Glaubst du, ich will meine eigene Frau verlieren?« Er streichelte über das Fell des Parkas, den er in der Behausung trug. »Schau«, sagte er. »Das hat sie gemacht. Sie hat mir Stiefel aus Robbenhaut gemacht. Gibt es noch eine Frau in diesem Dorf, die es versteht, Kleider wie diese zu machen, Kleider, die das Wasser abweisen?«

»Sie hat gesagt, sie würde es mir beibringen«, murmelte Stern.

»Und, weißt du, wie es geht?«

»Ich habe zu viel Arbeit. Wann habe ich schon einen Tag,

die Wege der Seejäger zu erlernen?« Stern hob ihre Hand zum Mund und nagte an den eingerissenen Nägeln. »Glaubst du, Chakliux wird sie zur Frau nehmen?«

»Ich glaube, er will sie haben. Ich weiß nicht, ob er sie nehmen wird. Doch warum solltest du dich sorgen? Er wird dich nicht verstoßen.« Grob deutete er auf ihren Bauch und stieß eine Gemeinheit gegen das Kind aus, das sie in sich trug.

Beleidigt schnippte Stern mit den Fingern, doch Nachtmann zuckte die Schultern. »Denkst du, ich sollte Mitleid haben mit dir?«, fragte er. »Du hast noch immer einen Mann, der für dich auf die Jagd geht. Ich jedoch, was werde ich ohne Frau tun?«

»Was ist mit Sonnenmädchen? Sie ist gerade erst von den Nahe-am-Fluss-Menschen zurückgekehrt, und sie braucht einen Mann. Oder eine alte Frau, die kannst du jederzeit haben. Eine alte Frau wäre besser für dich, wo du keine Kinder haben willst.«

»Warum glaubst du das?«

»Du hast deinen Sohn getötet.«

Nachtmann wandte ihr sein Gesicht zu. Es war mit einem Mal dunkel geworden, und er bleckte die Zähne. »Er war nicht von mir. Glaubst du, ich würde meinen eigenen Sohn vernichten?«

»Was kümmert es dich, was ich glaube?«, sagte Stern. »Es würde deine Tat nicht ungeschehen machen. Doch hast du jemals darüber nachgedacht, dass du dich möglicherweise getäuscht hast?«

Das Lager von Chakliux

»Es ist besser geworden. Der Wind weht nicht mehr so stark«, rief Chakliux zu seinem Bruder hinunter.

Er hatte eine Öffnung aus ihrem Unterschlupf hinauf in den Nachthimmel gegraben. Der Schnee fiel nur noch sachte, und obgleich der Wind noch immer stark genug war, um Wehen zu bilden, so war es doch kein Sturmwind mehr.

Sok zog sich die Kapuze seines Parkas über die Ohren und straffte das Zugband, sodass der Kragen das Gesicht bedeckte und nichts freiließ als die Augen. Dann kroch er hinaus zu seinem Bruder.

Sie befreiten ihre Bündel vom Schnee und brachen das Eis von der Zelthaut, mit der sie sich geschützt hatten. Die Haut war steif gefroren und ließ sich nicht falten. Darum schob Chakliux das Bündel auf seinem Rücken zurecht und wickelte sich dann die Haut um die Schultern, als sei sie ein Futteral.

Sok bewegte sich wie ein Mann, der schlafwandelt. Seine Handgriffe waren langsam und schwerfällig. Schließlich aber waren sie bereit, und Chakliux bestimmte ihren Weg, dem Vetter-Fluss-Dorf entgegen. Er hielt sich an jene wenigen Sterne, die sie sehen konnten, wenn der Wind sich von Zeit zu Zeit legte.

Das Vetter-Fluss-Dorf

Aqamdax setzte sich in ihren Schlaffellen auf, als sie Beißer bellen hörte. Ein Schlag gegen ihre Wange betäubte sie. Aqamdax hob den Arm und wandte den Kopf. Sie konnte das Flüstern derjenigen hören, die sie geschlagen hatte. Stern. Aqamdax' Angst wandelte sich in Zorn. Sie war kein Kind mehr. Sie konnte sich zur Wehr setzen. Dann aber hörte sie, wie Beißer knurrte, und sie wusste, er würde angreifen. Aqamdax duckte sich vor seinem Sprung und rollte zur Seite, als Beißer Stern zu Boden riss.

Stern stieß kurze, heisere Schreie aus, und Aqamdax gebot Beißer mit einem strengen Befehl Einhalt. Der Hund lockerte seinen Griff und stand knurrend über Stern. Die gefletschten Zähne glänzten im Schein der glühenden Kohlen.

Aqamdax hob den Kopf und sah, wie Nachtmann sich in den Eingangstunnel duckte. »Du gehst?«, fragte sie ihn. »Bist du nicht Manns genug, dass du deiner Schwester zur Hilfe kommst?«

Sie packte Beißer am geflochtenen Halsband und zerrte ihn zu Nachtmann hinüber. Beißer setzte zum Sprung auf den schwachen Arm von Nachtmann an, doch Aqamdax stemmte sich mit aller Kraft gegen den Hund und zog ihn hinaus ins Freie. Sie machte ihn an einem Strick fest. Dann ging sie wieder hinein, um sich den Parka, die Gamaschen und die Stiefel zu holen.

Nachtmann überhäufte Stern und Ghaden mit Kränkungen. Der Junge war noch trunken vom Schlaf. Als Nachtmann Aqamdax erblickte, schlug er nach ihr, doch sie tat, als merke sie es nicht. Als sie angezogen war, stellte sie sich vor ihren Mann hin und sagte ruhig: »Ich verstoße dich.« Dann verließ Aqamdax die Behausung. Sie hielt den Strick von Beißer knapp über dem Schnee und führte den Hund zu der Behausung von Ligige'.

Obgleich es tiefste Nacht war, erwartete die alte Frau Aqamdax in ihrem Eingangstunnel. Sie war in ihren warmen Parka gehüllt, trug Stiefel und Fäustlinge.

»Dein Mann hat eine laute Stimme«, sagte Ligige' zu ihr. »Was ist schon ein Mensch mehr in meiner kleinen Behausung? Nur ein bisschen mehr Wärme.«

Sie machten Beißer fest und kehrten zu der Behausung von Stern zurück. Aqamdax' Decken, ihre Körbe, Häute und die Nähsachen lagen verstreut im Schnee. Daneben lagen alle Dinge, die Chakliux gehörten – Waffen, Bettzeug und die Kleider, die er nicht mit sich auf die Karibujagd genommen hatte.

Sie mussten öfter gehen, obwohl auch Dii aufgestanden war, um ihnen zu helfen. Als nichts weiter mehr im Schnee lag als einige Körbe, steckte Ghaden den Kopf aus dem Eingangstunnel. Sein Gesicht lag im Schatten, sodass Aqamdax seine

Augen nicht sehen konnte, doch als er anfing zu sprechen, wusste sie, dass er geweint hatte.

»Nachtmann hat mir gesagt, dass du nicht mehr bei uns leben willst«, sagte er.

Aqamdax ging zu ihrem Bruder und hockte sich vor ihn hin. »Ich werde bei Ligige' bleiben«, sagte sie. »So werden wir nicht weit voneinander entfernt sein. Ich bin nicht länger Frau von Nachtmann, doch ich bin noch immer deine Schwester. Ich werde immer deine Schwester sein.«

»Er sagt, Beißer hat Stern wehgetan.«

»Nur, weil Stern versucht hat, mir wehzutun.«

»Stern sagt, aus Beißer solle man besser Hundeeintopf machen.«

Aqamdax legte Ghaden eine Hand auf die Schulter. »Sorge dich nicht um Beißer. In der Behausung von Ligige' ist er sicher.«

»Können wir auch dort schlafen, ich und Yaa?«, fragte Ghaden.

Aqamdax drehte sich um und sah Ligige' an.

»Stern ist noch immer deine Mutter«, sagte Ligige'. »Du musst tun, was sie sagt. Wenn Chakliux zurückkehrt, werden wir sehen, was er dazu meint.« Sie hob einen Korb auf und schüttelte den Schnee ab.

Aqamdax umarmte Ghaden und spürte, wie er schluckte. »Ich wünschte, ich könnte dich mit mir nehmen«, sagte sie sanft. Dann war er verschwunden, hatte sich wieder in den Eingangstunnel geschoben. Aqamdax sammelte den Rest ihrer Habseligkeiten zusammen und ging zurück zu Ligige's kleiner Behausung.

44

Drei Tage gingen Sok und Chakliux, und drei Nächte rasteten sie. Die Winde waren bitter, sie bliesen eisig durch ihre Parkas und trieben die Kälte tief hinein in ihre Knochen. Die Luft aber war trocken, und es schneite nicht.

Am vierten Tag brachen sie schon in der Dunkelheit des frühen Morgens auf. Und als die Sonne in einem flachen Bogen über den südlichen Himmel lugte, konnte Chakliux den Rauch erkennen, der aus den Feuerstellen des Dorfes aufstieg. Wie ein dünner Schleier hing er niedrig und still über den Hügeln, die sie noch von ihrem Dorf trennten. Er war froh, dass ihre Wanderung fast zu Ende war, denn sein Bein schmerzte, und Krämpfe plagten seinen Otterfuß. Als er jedoch näher kam, stieg eine Frage in Chakliux auf. Wenn ein Führer fehlgeleitet wird und er die Wege der Achtung verlässt, zieht er dann nicht auch sein Volk mit sich? Waren die Menschen sicher in das Dorf zurückgekehrt, oder hatte ein Fluch sie blind gemacht für den Weg, dem sie hatten folgen sollen, ein Fluch, den seine Eigensucht über sie gebracht hatte?

Chakliux' Gedanken lenkten seine Augen fort von dem Pfad, der vor ihm lag, und so schreckte er auf, als Sok einen Ausruf tat. Chakliux blickte auf und sah, dass jemand ihnen entgegenkam. Blickt-in-den-Himmel. Wer sonst war so groß, so dünn und hatte doch Schultern, die nicht zu der Größe eines Mannes ausgewachsen waren? Blickt-in-den-Himmel hob die Hände, um sie willkommen zu heißen, und obgleich Sok der Ältere war und zuerst sprechen sollte, wusste Chakliux doch, dass der Kummer seines Bruders den Worten im Wege sein würde.

Chakliux hob seine Stimme zu einem althergebrachten Gruß, und noch ehe Blickt-in-den-Himmel etwas erwidern konnte, fragte er: »Sind alle sicher zurückgekehrt?«

»Alle«, sagte Blickt-in-den-Himmel.

»Und die Alten, die wir zurückgelassen hatten?«

»Sie sind alle wohlauf.«

»Die Hunde?«

»Kämpfen wie immer.« Blickt-in-den-Himmel lachte und räusperte sich, dann deutete er mit der Hand auf die Hügel, hinter denen das Dorf verborgen lag. »Das Fleisch ist in den Vorratslagern verstaut, und unsere Frauen schaben die Häute und sammeln Feuerholz.« Er versetzte dem Schnee einen Tritt. »Deine Söhne, Schreit-laut und Trägt-viel«, sagte er zu Sok, »sind bei uns in der Behausung meiner Frau. Sie ist froh, dass sie die Kinder bei sich hat.« Er blickte Sok ins Gesicht. »Du bist uns willkommen.«

»Meine Frau?«, fragte Chakliux und gebot sich Einhalt, noch ehe er nach Aqamdax fragen konnte.

Blickt-in-den-Himmel sah weg, seine Augen wanderten herum, als hielte er Ausschau nach Hasen oder Backenhörnchen. »Stern ist zornig«, sagte er schließlich. »Aqamdax hat Nachtmann verstoßen. Nun denkt Stern, dass du Aqamdax zur Frau nehmen willst. Die alten Weiber sagen, dass sie dich ebenso verstoßen hat und dass Aqamdax deine Sachen in dem Vorratslager von Ligige' verstaut hat.«

Der Mann sah Chakliux an, und Chakliux erwiderte seinen Blick. »Ich werde Aqamdax zur Frau nehmen«, sagte er, und er sah, dass Blickt-in-den-Himmel nicht verwundert war. »Doch ich wollte Stern niemals verstoßen. Wer würde sie schon nehmen?«

»Möglich, dass sie mit Nachtmann zusammenleben wird«, sagte Sok, und Chakliux war erstaunt, dass sein Bruder ihnen zuhörte.

»Im Dorf sind genug alte Frauen. Nachtmann wird nicht lange ohne Frau bleiben«, sagte Blickt-in-den-Himmel.

»Wo wohnt Aqamdax nun?«, fragte Chakliux.

»Sie ist bei Ligige'.«

»Dann werde ich dorthin gehen.«

Jemand kratzte leise an der Seite der Behausung. Aqamdax legte ihre Näharbeit beiseite und blickte Ligige' furchtsam an.

»Wovor hast du Angst?«, fragte Ligige' sie. »Was kann er dir schon antun?«

Aqamdax schlug die innere Türklappe beiseite und rief einen Willkommensgruß in den Eingangstunnel. Als sie die Spitze von Chakliux' Kapuze erkannte, entfuhr ihr ein Freudenschrei, und sie kam ihm im Tunnel entgegen. Chakliux zog sie in seine Arme.

»Ich hatte Angst ...«, flüsterte sie. »Ich hatte Angst, ... dass du nicht ...«

»Pssst, sei still«, sagte er, streifte seine Handschuhe ab und ließ seine Hände über ihr Gesicht wandern. Er berührte ihre Lippen, streichelte über ihr Haar.

Aqamdax führte ihn in Ligige's Behausung. Sie bürstete den Schnee von seinem Parka und hängte ihn an einen Pfosten, dann setzte sie sich neben ihn. Ligige' reichte ihm eine Schale mit Fleischbrühe. Er brummte einen Dank und aß gierig, als hätte er viele Tage lang nichts bekommen. Er schmatzte laut, dankbar für Brühe und Fleisch.

Ligige' war erfreut über solches Lob für das Essen, das sie bereitet hatte, und sie nickte zustimmend. Dann fing sie seinen Blick auf. Noch während er aß, musterte Chakliux die Stapel von Decken, Körben und Bündeln, die ihre Behausung füllten.

»Sind Ghaden und Yaa noch bei Stern?«, fragte er.

Ligige' kicherte. »Es erstaunt dich wohl, so viele Dinge in der Behausung einer alten Frau zu sehen. Denkst du, ich hätte mich entschlossen, auf meine alten Tage Händlerin zu werden?«

Er lachte.

»Erinnerst du dich an das Kind, das Sonnenmädchen gerufen wurde?«, fragte Ligige' ihn. »Sie gehörte zu jenen, die K'os mit zum Nahe-am-Fluss-Dorf genommen hatte.«

»Ich erinnere mich an sie. Ihre Mutter war ...«

»Ihre Mutter ist tot, und ebenso ihr Vater.« Ligige' schnalzte mit den Fingern, als wollte sie die Erinnerung an die Toten aus ihrer Behausung verbannen. »Sonnenmädchen hat ihren Nahe-am-Fluss-Mann verlassen und ist hierher gekommen. Sie hat die Hunde ihres Mannes mitgebracht und dazu zwei von seinen Tragen.«

»Ist er ihr nicht gefolgt?«

»Auch er ist tot. Ich denke, du hast ihn gekannt. Er war einst zweiter Mann deiner Mutter und hat sich selbst Vater von dir und von Sok genannt.«

Chakliux' Augen weiteten sich. »Er ist tot?«, fragte er und beugte sich vor, als wage er nicht, Ligige's Worten Glauben zu schenken. »Wie ist er gestorben?«

»Das solltest du Sonnenmädchen fragen. Sie nennt sich jetzt Dii. Sie kam während eines Sturmes zu uns und ist zuerst auf meine Behausung gestoßen. Also ist sie für ein paar Tage bei mir geblieben. Nun aber ist sie in die Behausung ihrer Tante gezogen.«

»Zu Krummer Halm?«

»Ja. All diese Dinge, die du neben der Türklappe meiner Behausung siehst, sie gehören Dii. Jeden Tag kommt sie her und holt etwas davon. Sie sagt, Krummer Halm klagt darüber, dass sie nicht genug Platz haben, und so möchte Dii nicht zu viele Dinge auf einmal zu ihr tragen.«

Ligige' hob ihr Kinn zu ihm hin und neigte den Kopf. »Wirst du ihren Mann betrauern?«, fragte sie.

»Nein.« Chakliux' Antwort war rau und kurz.

Aus dem hinteren Teil der Behausung ertönte ein dünnes Jaulen, und Chakliux fuhr auf. »Habt ihr einen Hund bei euch?«

»Beißer«, sagte Ligige'. »Weißt du, dass Aqamdax Nachtmann verstoßen hat?«

Aqamdax hielt den Atem an. Sie hatte Angst, Chakliux könnte zornig sein, weil sie so gehandelt hatte, ehe er zurückgekehrt war.

»Blickt-in-den-Himmel hat mir davon erzählt«, sagte er.

»Wolltest du nicht, dass ich es tue?«, fragte Aqamdax.

»Ich bin froh, dass du nicht länger seine Frau bist«, sagte er und lächelte. Doch es war ein schmales Lächeln, es glich jenen kleinen Wellen, die der Wind auf Wasser macht. Chakliux sah müde aus und traurig.

»Manche sagen, Stern hat dich verstoßen«, erzählte Ligige' ihm, und Aqamdax wünschte, die alte Frau wäre still. Mit Nachtmann hatte Chakliux genug, worüber er nachdenken musste.

»Auch das hat uns Blickt-in-den-Himmel erzählt. Ich werde selbst zu ihr gehen«, sagte Chakliux, »und die Wahrheit herausfinden. Ich will sicher sein, dass sie sich um Ghaden und Yaa kümmert. Warum aber ist Beißer bei euch?«

»Nachtmann hat zu Ghaden gesagt, dass er den Hund töten würde.«

»Warum?«

»Beißer hat Stern angegriffen.«

»Was hat er getan?«

»Er hat mich beschützt«, sagte Aqamdax. »Nichts, worüber du dir Gedanken machen musst.« Sie wollte nach Sok fragen. Wollte er in die Behausung seiner toten Frau zurückkehren? Brauchte er Hilfe mit seinen Kindern? Womöglich konnten sie und Chakliux den Winter über bei ihm in der Behausung von Schnee-im-Haar leben, während Aqamdax am Dach für ihre Behausung nähte.

Ligige' deutete mit dem Kinn auf Aqamdax. »Diese Frau hier hat keinen Mann«, sagte sie. »Das ist etwas, worüber du nachdenken solltest.«

Aqamdax wollte aus der Behausung fliehen, ihr Gesicht vor Chakliux' Augen verbergen. Würde er denken, dass sie sich beklagt hatte?

Doch Chakliux tat, als hätte er Ligige's Worte nicht gehört. Er erhob sich und sagte: »Ich komme später zurück.« Und so plötzlich, wie er gekommen war, war er wieder verschwunden.

Ligige' schnaubte, und ohne nachzudenken, sagte Aqamdax: »Du warst grob. Er wird für mich sorgen.«

»Zu oft wendet er sich jenen zu, die seine Sorge nicht verdient haben, ehe er jenen Beachtung schenkt, die seiner Achtung wert sind«, gab Ligige' zurück.

»Ein Mann, der sein Volk anführt, darf erst zuletzt an sich selbst denken«, sagte Aqamdax. »Seine Frau und seine Kinder, seine Eltern sind ein Teil von ihm, und sie müssen ihren Platz hinter den anderen einnehmen.«

Ligige' schnalzte mit der Zunge. »Wenn er nicht vermag, Sorge für seine eigene Familie zu tragen, welches Recht hat er dann, andere zu behüten? Es ist gut, dass ich in dieses Dorf gekommen bin. Zu wem sonst würdest du gehen, wenn nicht zu mir?«

»Ich hätte Hunger und müsste frieren, Tante«, sagte Aqamdax. »Ich werde dir niemals vergessen, was du für mich getan hast.«

Ligige' schnaubte aufs Neue, doch dieses Mal lächelte sie.

Chakliux fuhr mit den Händen über die Messer, die er bei sich trug. Eines war an sein Bein geschnallt, ein anderes an seinen Gürtel, und ein kleineres hing wie ein Halsband unter seinem Parka. »Kein Kampf«, flüsterte er. Die Worte erhoben sich wie ein Gebet. »Kein Kampf.«

Ohne Gruß betrat er die Behausung von Stern, als wäre er noch immer ihr Mann. Stern schrie bei seinem Anblick auf. Sie schlug beide Hände vor den Mund und stellte sich hinter ihren Bruder.

»Hast du nicht gehört, dass Stern dich verstoßen hat?«, fragte Nachtmann.

»Ich habe es gehört. Ich bin gekommen, um sie zu bitten, aufs Neue meine Frau zu werden.«

Nachtmann blickte hinauf zu seiner Schwester. »Er vermisst deine warme Behausung«, sagte er.

Chakliux sah den Schmerz in ihren Augen, und er hielt den Zorn zurück, der ihn dazu drängte, Nachtmann zu kränken. Beinahe hätte er Stern gesagt, sie sei eine gute Frau gewesen und dass er sie deshalb zurückwollte. Doch wie konnte er sagen, was nicht die Wahrheit war? Er wollte sie wegen des Kindes, das sie in ihrem Bauch trug, sei es Sohn oder Tochter. Wäre das Kind nicht, so wäre es ihm lieber, sie sei Frau eines anderen Jägers.

»Ich habe eine warme Behausung, in der ich leben kann«, sagte er.

Wieder sah Nachtmann seine Schwester an. Sie ließ die Hände von ihrem Mund sinken, stand da wie ein Kind und zwirbelte ihre Zöpfe. »Er will dich nicht, damit du für ihn kochst oder nähst, und er braucht auch diese Behausung nicht«, sagte Nachtmann. Er langte hinauf und tätschelte ihren Bauch. »So muss er wohl hiernach trachten.« Er blickte Chakliux an. »Hast du niemals daran gedacht, dass es eine Tochter sein könnte?«

»Was macht das schon für einen Unterschied?«, fragte Chakliux.

Nachtmann lachte. »Siehst du, Schwester? Nicht du bist es, wonach er verlangt. Verlange einen guten Brautpreis für dich. Er ist bereit, viel zu geben für dieses Kind.«

»Hast du deine Schwester noch niemals angesehen, Nachtmann?«, fragte Chakliux mit sanfter Stimme. »Hast du niemals ihr Haar gesehen, dunkel wie die Nacht? Ihr Gesicht, das leuchtet wie die Sonne auf dem Wasser? Weißt du nicht, dass sie ein wunderschöner Anblick ist? Wo hast du deine Augen?« Er lächelte Stern an. »Was erbittest du dir als Brautpreis?«, fragte er sie.

Stern blickte erst Chakliux an, dann sah sie ihren Bruder an. »Dass du mir hilfst, die Dinge meines Bruders aus dieser Behausung zu schaffen«, sagte sie. »Er wird nicht länger hier leben.«

45

Sok bat Chakliux und Aqamdax, bei ihm und seinen beiden Söhnen zu bleiben, und er bat Aqamdax, sich um seine Kinder zu kümmern, bis er sich eine neue Frau genommen hätte. Es würde besser sein, wenn Stern und Aqamdax nicht in derselben Behausung lebten, hatte er gesagt, und wie wollte Aqamdax ihm widersprechen?

Als sie Ligige's Behausung verließ, musste Aqamdax an jene Tage zurückdenken, als sie Soks Frau gewesen war. Er hatte vorgegeben zu sein, was er nicht war – ein Mann, der eine Frau suchte. Aqamdax hatte ihm geglaubt, hatte seinen breiten Schultern und seinen starken Armen gestattet, sie blind zu machen für die Wahrheit. Und sie hatte ihn gehasst, als er versucht hatte, sie bei den Walrossjägern einzutauschen. Er hatte geglaubt, der Zauber ihrer Geschichten würde die Walrossmenschen dazu verleiten, viel für sie zu geben, genug, um den Brautpreis für Schnee-im-Haar entrichten zu können.

Als sie Sok nun aber sah, in seinem Kummer, wie er sich bewegte, als sei er ein alter Mann, da verspürte sie keinen Zorn mehr gegen ihn. Konnte sie von sich sagen, dass sie nie aus Eigensucht gehandelt hatte? Konnte sie behaupten, dass sie niemals einen anderen verletzt hatte, um zu bekommen, was sie wollte?

Und als Chakliux dann in Ligige's Behausung kam, als er Aqamdax versprach, ihr Karibuhäute, Fleisch und Halsketten zum Geschenk zu machen, da willigte sie nicht nur ein, einen neuen Mann zu nehmen, sie nahm ihn mitsamt seinem Bruder und seines Bruders Kindern.

»Im Frühling wird er eine neue Frau finden«, hatte Chakliux zu ihr gesagt. »Bis zum Frühling hast du das Dach fertig genäht, und dann werden wir unsere eigene Behausung haben.«

»Und Stern?«, fragte Aqamdax.

»Sie ist noch immer meine Frau«, erklärte Chakliux.

Ligige' kam mühsam auf die Füße und streifte ihren Parka über. »Ich werde dorthin gehen und die Nacht bei Stern und Lange Augen, bei Ghaden und Yaa verbringen. Weiß Stern, dass du Aqamdax zur Frau willst?«

»Ja, das weiß sie«, sagte Chakliux. Er erbot sich, den gefüllten Kochbeutel zur Behausung von Stern zu tragen. »Ich bin nicht sicher, dass sie etwas zu essen bereitet hat.«

Ligige' schüttelte den Kopf. »Yaa ist dort. Sie ist Frau genug, um für uns alle zu sorgen.«

Chakliux hielt Ligige' die Türklappe auf und ging mit ihr hinaus. Aqamdax wusste, er würde seine Tante zu der Behausung von Stern begleiten und sich versichern, dass Stern die alte Frau bei sich willkommen hieß.

Er kehrte mit voll beladenen Armen zurück, sein Rücken krümmte sich unter seiner Last: eine Karibuhaut, einige langhaarige Wolfspelze, Halsketten, Kochbeutel, ein Päckchen mit Perlen – es war mehr, als man für die meisten gab, die erste Frau wurden, und viel mehr als für eine Frau, die bereits Frau von zwei Männern gewesen war und Arbeiterin dazu.

Aqamdax nahm die Geschenke entgegen, eines nach dem anderen. Sie verbarg das Gesicht in einem Wolfspelz, um ihre Tränen nicht zeigen zu müssen.

»Ich habe in meinem Vorratslager noch mehr Karibuhäute. Genug, um eine Behausung daraus zu machen, doch ich dachte, es wäre dir recht, wenn ich sie dort lasse.«

Aqamdax fing an zu lachen, doch dann brach ihre Stimme. Sie gab sich geschäftig, indem sie ihre Geschenke auf der Frauenseite der Behausung zu einem Stapel aufhäufte. Sie richtete ihrem Mann etwas zu essen: eine Schale Karibufleisch, mit *iitikaalux* gewürzt und in Brühe gesotten, einige getrocknete Fische, neben der Feuerstelle gewärmt, und dazu eine Schale Fischöl, um sie einzutunken.

»Und noch ein Geschenk«, sagte Chakliux, als er sein Mahl beendet hatte.

»Es ist kein Platz mehr«, sagte Aqamdax und lachte. »Was kannst du mir noch geben?«

»Es ist kein Geschenk für die Augen, es ist für die Ohren bestimmt«, sagte Chakliux leise. Dann winkte er sie an seine Seite, zog sie an sich und fing an, Geschichten zu erzählen. Uralte Geschichten waren es, eine jede war dem Flussvolk heilig, und Aqamdax hatte sie noch niemals zuvor gehört. Sie lauschte ihm voll Freude, und sie spürte, wie sein Herz, dem Schlag der Trommel gleich, den Takt für die Worte vorgab, und eine jede Geschichte war wie ein Tanz, der nicht mit Füßen und Händen, sondern mit der Stimme getanzt wurde. Und Aqamdax' Dankbarkeit dafür, dass er ihr etwas so Heiliges anvertraute, wo sie doch nur eine Frau war, dazu seine zweite Frau, und nicht einmal dem Flussvolk angehörte, ließ ihre Liebe zu Chakliux noch wachsen.

Yaa ging Ghaden zur Hand, der gerade einen Schneeschuh machte, dann nahm sie eine Wasserblase, reichte sie Lange Augen und vergewisserte sich, dass die alte Frau auch davon trank. Als Stern einen Streit mit Ligige' anfing, war Yaa diejenige, die sie ablenkte mit der Bitte, ihr beim Füllen des Kochbeutels zu helfen, und sie erinnerte Ligige' mit hochgezogenen Augenbrauen und einem raschen Stirnrunzeln daran, dass Stern nichts weiter war als ein Kind, das in dem Körper einer Frau wohnte. Ligige' verzog starrsinnig das Gesicht, und Yaas Gedanken kehrten wieder einmal zu Tagfrau zurück, jener, die tot war. Hatte Ligige' sie womöglich getötet, und nicht Krummer Halm? Wenn dem so war, warum hatte Ligige' sich so sehr darum bemüht, das Leben von Tagfrau zu retten? Womöglich hatte Stern sie getötet, doch warum hätte Stern der Mutter von Chakliux etwas antun sollen? Und welchen Grund hätte Ligige' gehabt?

Yaa seufzte. Womöglich würde niemand jemals erfahren, wer Tagfrau getötet hatte, und wozu sollte sie sich weiter darüber Gedanken machen, wo doch im Dorf seither nichts mehr geschehen war?

Dann aber dachte sie an Schreit-laut, an seine Augen, die der Gram mit dunklen Schatten überzogen hatte. Es wäre gut, wenn sie beweisen könnten, dass Rotes Blatt nicht Schuld hatte, gut für Schreit-laut und auch für Sok.

Eines Tages, wenn sie Frau von Schreit-laut wäre ...

Yaa kniff verlegen ihre Augen zusammen, so kühn war dieser Gedanke, und sie spürte, wie die Hitze in ihre Wangen schoss.

Mit einem Mal stieß Lange Augen einen schrillen, zornigen Schrei aus. Yaa ließ Stern allein und ging zu der alten Frau, um den Sehnenfaden zu entwirren, der von ihrer Nadel herabhing. Lange Augen lächelte sie an und tätschelte ihre Hand, dann nahm sie ihre Näharbeit wieder auf.

»Du wirst dereinst eine gute Frau abgeben«, sagte Ligige' und nickte Yaa beifällig zu.

Yaa senkte den Kopf, denn Ligige' sollte nicht denken, dass sie eitel war, doch insgeheim freute sie sich über dieses Lob. Eine gute Frau, dachte sie. Sie musste eine sehr gute Frau sein, um Schreit-laut dabei zu helfen, seinen Gram zu vergessen und wieder lächeln zu lernen.

Als er die Geschichten zu Ende erzählt hatte, erhob sich Chakliux und streckte sich hinauf zu den Balken. Er nahm eine Blase mit ausgelassenem Fett und zog mit den Zähnen den Verschluss heraus. Dann streifte er Aqamdax die Kleider vom Leib und verstrich das Öl auf ihrer Haut. Stehend kämmte er es in ihre langen Haare, und kniend rieb er es auf ihre Beine. Er wärmte sie mit seinen Händen, umfasste ihre Brüste, ihren Bauch, ihr Gesäß. Dann führte er sie auf ihr Lager, streifte auch seine Kleider ab und legte sich neben sie. Seine Hände tanzten weiter über ihren Körper, und Aqamdax sah sich selbst, wie sie sich unter seinen Berührungen bewegte. Sie streckte die Arme nach ihm aus, wollte auch ihn hinführen zu dem Fest ihrer Vereinigung.

Als Chakliux sich schließlich über ihr erhob und in sie eindrang, da hörte sie draußen die Sturmwinde, wie sie sich aufs Neue regten, wie sie durch die Wände der Behausung hindurchheulten. Als sie dann später ruhig und stumm dalagen, fühlte Aqamdax, wie die Behausung anfing zu beben.

Kalte Finger krochen hinein durch die Nähte und Ahlelöcher der Bedeckung aus Karibuhaut, und obgleich Chakliux sie in seinen Armen geborgen hielt, ließ die Stimme des Windes Aqamdax nicht schlafen. Die Nacht hindurch hörte sie, wie ihr Mann leise Gebete murmelte, doch die Worte schienen gegen den Wind zu klein, zu leise zu sein, als wären sie weiter nichts als der Gesang eines Kindes.

Das Vier-Flüsse-Dorf

Der Sturm erhob sich, als das Fest gerade seinen Anfang genommen hatte. K'os räumte die Dreifüße und die Kochbeutel in die Behausung von Sandfliege und fuhr damit fort, die Leute zu speisen, bis nichts mehr übrig war. Als das Essen zur Neige gegangen war, öffnete sie die Bündel, die sie aus jenen ausgewählt hatte, die Flusseistänzer mitgebracht hatte, und überreichte jedem Bewohner ein Geschenk.

Als sie Flusseistänzer von ihrem Vorhaben erzählt hatte, ein Gabenfest zu feiern, hatte er sich zuerst dagegen verwahrt.

»Ich habe genug Dinge, um Händler zu werden«, sagte er zu ihr. »Ich werde die besten Hunde und die schönsten Parkas haben, und du und unsere Kinder, ihr werdet niemals Hunger leiden müssen.«

K'os machte sich nicht die Mühe, ihm zu erklären, dass sie ihm keine Kinder geben konnte. Wenn er davon anfinge, dass er einen Sohn wollte, so konnte sie vortäuschen, ein Kind in ihrem Bauch zu tragen, sie konnte ein Kind stehlen. Es gab Wege, solche Dinge zu tun.

»Gedulde dich und siehe, was geschieht«, hatte sie zu ihm gesagt. »Mit jedem Geschenk, das wir machen, wird dein Ansehen in den Augen der Menschen wachsen. Du wirst als weise und großherzig angesehen werden, ein Anführer.«

Flusseistänzer hatte ihr den Rücken zugekehrt und geschmollt wie ein Kind. Sie aber hatte ihre Finger unter sein Lendentuch gleiten lassen, und bald schon war er in ihren Händen steif und bereit gewesen. Gesättigt von ihrem Liebesspiel hatte er keine weiteren Einwände gegen ihr Gabenfest gehabt.

Der Himmel verdunkelte sich, und die Menschen machten sich davon. Sie gingen hinaus in das dichte Schneetreiben, klammerten sich aneinander, als sie sich von Behausung zu Behausung bewegten. Flusseistänzer begleitete jene, die alt waren, und als er zu ihr zurückkehrte, nahm K'os ihm den Parka ab, der voller Eis war, bürstete den Schnee aus dem Fell und rollte dann seine Schlafmatten neben den ihren aus.

Die Befriedigung, die K'os ihm schenkte, lullte Flusseistänzer in den Schlaf. Sie jedoch lag in der Stille der Behausung und lauschte dem Wind. Wie stets sprach er mit vielen Stimmen: mit der Stimme des Zornes, der Stimme der Bitterkeit, der Stimme der Hoffnung, der Stimme des Wagemutes. Diesmal aber trug er auch die geflüsterten Worte jener Männer und Frauen zu ihr, die im Vier-Flüsse-Dorf lebten – Lobpreisungen auf Flusseistänzer und auf seine Frau, jene, die so großherzig war, K'os.

Vier- oder gar fünfmal nahm Chakliux in dieser Nacht einen Gehstock zur Hand und schlug damit das Eis von dem Rauchloch der Behausung, und als sie am Morgen die innere Türklappe öffneten, fanden sie den Eingangstunnel beinahe völlig mit Schnee gefüllt.

Aqamdax wühlte in den Vorratskörben von Ligige', bis sie einige alte Kochbeutel aus Karibuhaut gefunden hatte. Chakliux füllte sie mit Schnee und hängte sie über die Feuerstelle, damit der Schnee zu Wasser schmelzen konnte. Dann bahnte er sich einen Weg hinaus ins Freie. Der Wind blies noch immer, seine eisigen Finger suchten sich ihren Weg durch das Fell der Halskrause von Chakliux' Parka, und sie kratzten ihn in sein Gesicht und an seinen Augenlidern. Chakliux hatte das Zugband seiner Kapuze eng zugezogen, und er atmete durch das Fell hindurch, dennoch schmerzte seine Lunge von der Kälte der Luft.

Chakliux konnte sich nicht entsinnen, so früh im Winter so grimmiges Wetter erlebt zu haben, wo doch die Sonne noch so hoch am Himmel stand. Er fragte sich, ob Sok behaupten würde, dass auch dieser Sturm seine Frau Schnee-im-Haar sei, die ihn aus der Geisterwelt riefe. Er war *Dzuuggi*, er kannte Geschichten, die von solchen Geschehnissen erzählten, doch die lagen in lange vergangenen Zeiten. Schnee-im-Haar war keine Schamanin gewesen, nicht einmal eine Frau mit großer Macht oder hohem Alter. Wie sollte ihr Wissen groß genug sein, um Stürme wie diesen zu rufen?

Als Chakliux die Behausung von Stern erreicht hatte, musste er den Eingangstunnel freilegen. Aus dem Inneren waren keine Stimmen zu hören, und er grub schneller. Wenn der Wind eine Behausung fand, die mit Schnee verschlossen war, so kam es vor, dass er zornig wurde, weil er nicht hineingelangen konnte, und dann raubte er jenen den Atem, die darin waren.

Chakliux war schon halb zum Eingang vorgedrungen, als Beißer durch den Schnee brach, ihn zu Boden warf und ihn in einem Gewirr von Pfoten und Zunge begrüßte. Ghaden kam hinter ihm her und stieß einen Freudenschrei aus, als er sah, wie hoch der Schnee lag. Er rief nach Yaa, damit sie zu ihm herauskäme. Chakliux ermahnte Ghaden, nahe bei der Behausung zu bleiben. Der Wind wehte noch immer stark, und er hatte den Schnee zu einer Decke geformt, die sich dicht um die Behausungen legte und die Sicht auf alles versperrte, was mehr als zwei oder drei Schritte entfernt war.

In der Behausung saßen die Frauen nahe bei der Feuerstelle. »Wieder ein Sturm«, sagte Ligige'.

»Nicht ganz so schlimm, wie der erste gewesen ist«, gab Chakliux zurück.

»Nicht so schlimm, wie der erste gewesen ist«, wiederholte Lange Augen, ohne aufzublicken.

Stern hatte dem Eingangstunnel den Rücken zugekehrt. Sie hielt eine Arbeit in den Händen, denn Ligige' hätte ihr wohl kaum gestattet, müßig dazusitzen, während die anderen nähten.

»Habt ihr genug zu essen?«, fragte Chakliux.

Die Behausung gehörte Stern. Es sollte an ihr sein, ihm Antwort zu geben, doch sie tat, als sei er nicht da. Chakliux fragte noch einmal und bot dann an, einen Pfad zu ihrem Vorratslager freizubrechen.

Sie blickte ihn schließlich an, und er sah den Zorn in ihren Augen. »Deine neue Frau«, sagte sie, »ist ihr Lager wärmer als das meine?« Sie warf die Karibuhaut zu Boden, an der sie genäht hatte. »Ich bin die bessere Frau.« Sie tätschelte ihren runden Bauch. »Schau. Hier ist dein Sohn. Hast du ihn vergessen?«

»Ich würde ihn oder dich niemals vergessen«, sagte Chakliux geduldig. Und als wären ihre Worte nicht gewesen, fuhr er fort: »Ich werde einen Pfad zum Vorratslager freibrechen. Er wird nicht lange freibleiben. Du musst bald gehen, wenn du Fleisch brauchst.«

Er ging, doch nicht, ohne Ligige' zurück in ihre eigene Behausung zu bitten. Er erzählte ihr, dass Aqamdax an diesem Tag in die Behausung von Sok ziehen würde.

»Nimm deine Hunde mit, Mann. Ich werde sie nicht füttern«, rief Stern ihm nach, und er hörte, wie etwas gegen die Wand der Behausung schlug, gerade als die innere Türklappe hinter ihm zufiel.

Chakliux besänftigte sich mit Gedanken an Aqamdax. Er rief Ghaden und Yaa, sie sollten ihm helfen, einen Pfad durch den Schnee zu den Vorratslagern zu treten. Er bepackte die Kinder mit Essen und schickte sie zurück zu der Behausung von Stern. Dann begab er sich zu seinem eigenen Vorratslager und nahm einige gefrorene Klumpen Karibufleisch für sich und Aqamdax mit und einen Beutel aus Karibuhaut, gefüllt mit getrocknetem Fisch, für seine Hunde.

Das meiste trug er zu Soks Behausung. Sie war leer und kalt, doch neben dem Kreis aus Steinen und Sand, der die Feuerstelle bezeichnete, war ein Stapel mit Feuerholz. Chakliux nahm einen Feuerbogen und einige Späne Birkenrinde, um ein Feuer zu entfachen. Er speiste es geduldig, bis es einige der größeren Holzstücke zu glühenden Kohlen verbrannt hatte, dann nahm er etwas Fleisch und genügend Fisch für Ligige's Hund und ging zu ihrer Behausung.

Ligige' war noch nicht zurückgekehrt, doch Aqamdax war dort und erwartete ihn. Er hätte ihr gerne gesagt, sie solle ihre Schlafmatten wieder ausrollen, damit sie sich ein letztes Mal in dieser Behausung aneinander erfreuen konnten, doch wie konnte er das Wagnis eingehen, das Feuer in Soks Behausung unbeaufsichtigt brennen zu lassen? Sturmwinde taten seltsame Dinge in leeren Behausungen.

»Ich habe in Soks Behausung ein Feuer entfacht«, sagte Chakliux zu ihr. »Wir sollten unsere Sachen hinüberbringen.«

»Jetzt? In diesem Sturm?«, fragte Aqamdax und sah ihn mit Sorge im Blick an.

»Stern will, dass ich meine Hunde fort von ihrer Behausung

schaffe. Sie sagt, sie wird sie nicht füttern, und bei dieser Kälte brauchen sie etwas zu fressen. Du kannst hier bleiben, wenn du möchtest. Ligige' dürfte bald zurück sein, aber auch Sok braucht einen Platz für sich und seine Kinder.«

Chakliux sah, dass sie ihre Unterlippe einsog und darauf biss. »Du willst nicht aufs Neue mit Sok in einer Behausung leben, stimmt das?«, fragte er.

Überrascht schaute Aqamdax ihn an und runzelte einen Augenblick lang die Stirn. »Nein, darüber habe ich nicht nachgedacht. Es wird nicht einfach sein, doch ich habe bekommen, wonach ich mich so lange schon gesehnt habe«, sagte sie. Sie lächelte ihn an, und ihre Augen bogen sich zu kleinen Halbmonden. »Zudem braucht er meine Hilfe bei seinen Kindern. Ich habe darüber nachgedacht, ob meine Milch wohl wieder zu fließen beginnt, wenn ich den Säugling füttern würde.«

»Die Frau von Blickt-in-den-Himmel stillt ihn«, sagte Chakliux.

»Weißt du denn nicht, dass sie wieder ein Kind trägt?«, fragte Aqamdax und lachte über seine Verwunderung. »Ihre Milch wird nicht mehr so reich sein.« Sie tätschelte ihren eigenen Bauch. »Mir bleiben noch ein paar Monde, bis das Kind, das wir haben werden, das Gleiche mit mir macht.«

Chakliux stand vor Erstaunen der Mund offen. Keine Frau konnte das so bald schon wissen.

Sie lachte, und er stimmte ein. Chakliux war es nicht gewohnt, dass eine Frau Scherze machte.

Er hockte sich neben sie, legte seine Hand auf ihren Bauch, und bald schon lagen sie zusammen auf den Bodenmatten. Sein nasser Parka flog beiseite. Und für kurze Zeit vermochte Chakliux nicht länger den Sturm zu hören, und er sorgte sich nicht um seine Hunde. Welcher Mann ließe sich von solchen Sorgen die Freude rauben, mit der Frau zusammen zu sein, die er liebte?

Sok wandte seinen Blick ab von dem mitfühlenden Ausdruck auf dem Gesicht von Blickt-in-den-Himmel. Er bemühte sich zu essen, was Vogelruferin ihm gereicht hatte, doch schließlich stellte er seine Schale, noch zur Hälfte gefüllt, auf den Boden. Vogelruferin hielt ihm Trägt-viel entgegen, und Sok nahm seinen Sohn aus ihren Armen. Der Junge gluckste vor Vergnügen, und Sok sah, dass er die Augen von Schnee-im-Haar hatte und auch ihre Nase. Er reichte Vogelruferin das Kind zurück und gab sich der Vorstellung hin, wie es wäre, wenn er den Jungen Schnee-im-Haar in die Arme legen könnte.

Aber nein, niemals hätte er solch ein kleines Glück wahrgenommen. Wieso hatte er nicht zu schätzen gewusst, was ihm gegeben war, ehe es ihm genommen wurde? Womöglich bestraften ihn die Geister für seinen Mangel an Dankbarkeit. Womöglich war das der Grund gewesen, warum Schnee-im-Haar sterben musste.

Er dachte an andere Männer, denen es mit ihren Frauen schlimmer erging als ihm. Nimmt-mehr schimpfte ohne Unterlass über seine Frauen. Selbst während des Festmahls nach ihrer ersten erfolgreichen Flussjagd hatte er sich beklagt über das Stück Fleisch, das ihm eine seiner Frauen gereicht hatte. Noch in seinem hohen Alter war er mit drei Frauen gesegnet: zwei alte Weiber, die es verstanden zu nähen, und eines der jungen Mädchen, die von den Nahe-am-Fluss-Menschen zurückgekehrt waren. Sok war sicherlich ein besserer Mann als Nimmt-mehr, und doch waren seine beiden Frauen tot, und einer seiner Söhne dazu. War es denn wahr, dass ein solcher Fluch auf ihm lag?

Vielleicht sollte er Chakliux geben, was ihm geblieben war – seine beiden Söhne, seine Hunde. So vermochte er sie womöglich vor dem Unheil zu bewahren, das er in sich trug. Doch andererseits, Stern und Aqamdax waren die Frauen von Chakliux. Welcher Mann wollte schon, dass Stern seine Söhne großzog? Und Aqamdax war keine schlechte Frau, doch sie stammte von den Seejägern ab. Trägt-viel und Schreit-laut hatten Besseres verdient.

Stern, nicht Schnee-im-Haar, hätte diejenige sein sollen, die am Fluss ihr Leben ließ. Wer hätte sie schon vermisst? Lange Augen, ihre alte Mutter, wusste selten genug, was um sie herum geschah. Nachtmann, ihr Bruder, war zu eigensüchtig, um sich darum zu scheren, ob Stern lebte oder tot war.

Wahrhaftig, es hatte geschienen, als sei Stern kräftiger geworden, während Schnee-im-Haar immer schwächer geworden war. So, als hätte der Geist von Stern die Kraft von Schnee-im-Haar genommen, um sich selbst zurück in die Welt der Lebenden zu ziehen. Mit einem Mal wandte er sich Blickt-in-den-Himmel zu und fragte: »Braucht ihr etwas zu essen aus eurem Vorratslager?«

»Etwas für die Hunde«, antwortete der Mann.

»Ich werde gehen und es holen.«

»Bring auch etwas Karibufleisch mit«, bat Vogelruferin.

Sok zog die Kleider an, die er draußen trug, und verließ die Behausung.

Der Schnee schnitt in sein Gesicht, doch er hieß den Schmerz willkommen und schob seine Kapuze zurück, um den Biss der eisigen Kälte besser auf seiner Haut spüren zu können.

Hinter der Behausung von Vogelruferin war eine Schneewehe, die ihm beinahe bis zur Hüfte reichte, doch Sok kämpfte sich durch den harten, eisverkrusteten Schnee. Der Wind sang sein Lied, und jetzt, wo er nicht länger in den Wänden einer Behausung saß, erkannte Sok seine Stimme.

Schnee-im-Haar rief ihn, sie sang, sie sang, und ihre eisigen Finger streichelten seine Haut.

46

Drei Tage währte der Sturm. Während dieser Zeit war Sok schweigsam, nur selten kam ein Wort über seine Lippen, selbst mit seinen Söhnen sprach er kaum. Gleichwohl kümmerte er sich um seine Hunde, und einmal ging er gar mit Chakliux auf die Jagd, von der sie allerdings mit nichts als einem Schneehuhn zurückkehrten.

Endlich trieb der Wind den Schneesturm nach Norden, und die Sonne brach durch die Wolkendecke und enthüllte das blasse Blau des Winterhimmels. Weder die Sonne noch der Wind hatten genug Kraft, um die Wolken fern zu halten, und nach zwei Tagen kehrten sie um und kamen zurück. Zuerst war es nur eine dünne Schicht, und Aqamdax dachte, sie wären nichts weiter als der Rauch von den Feuerstellen des Dorfes. Dann aber führte der Wind aufs Neue bitteren Atem in seinem Maul, und er überzog das Dorf abermals mit Eis und Kälte. Wieder rollten sich die Hunde im Windschutz der Schneewehen zusammen, und die alten Weiber hüllten sich in Karibuhäute, damit die Kälte sich in dem dichten Fell verfing und nicht in ihre Knochen und Gelenke dringen konnte.

In der ersten Nacht jenes neuen Sturmes erwachte Aqamdax von den Klagegesängen Soks, und sein Jammern wurde zu Worten. Sie erkannte, dass er mit dem Wind sprach, als wäre er seine tote Frau.

Schreit-laut kam durch die Dunkelheit der Behausung zu Aqamdax gekrochen, und obgleich er schon acht Sommer zählte, drängte er sich an sie wie ein kleines Kind, das von seinen bösen Träumen erwacht war.

Neben ihr rührte sich Chakliux, und Aqamdax flüsterte: »Du musst Sok von hier fortschaffen.«

»In diesem Sturm?«

Ärger schwang in Chakliux' Stimme, doch sie wusste, dass er nicht gegen sie gerichtet war, sondern gegen jenen Gram, der Sok von ihnen fortzuziehen schien. Sie nahm die Hand ihres Mannes und führte sie zu Schreit-laut, damit er spüren konnte, wie sehr der Junge neben ihr zitterte.

»Wohin?«, fragte Chakliux, und seine Stimme klang wieder freundlich.

»In die Behausung der Jäger?« Aqamdax sprach ihren Ratschlag aus, als sei er eine Frage.

Chakliux zog sich Stiefel und Parka an und half auch Sok in seine Kleider. Als sie fort waren, führte Aqamdax Schreit-laut zurück zu seiner eigenen Bettstatt, dann hob sie Trägt-viel aus seinem Wiegengestell und hielt ihn in ihren Armen. Sie sang die Schlaflieder, die sie gelernt hatte, als sie Kind gewesen war und bei den Ersten Menschen gelebt hatte.

Erst am nächsten Morgen kehrte Chakliux wieder zurück. Er war allein.

»Ist Sok in der Behausung der Jäger geblieben?«, fragte Aqamdax.

»Die Männer haben ihn gebeten, Jagdgeschichten zu erzählen. Ich bin gekommen, um die Hunde zu füttern und um zu sehen, ob du etwas brauchst, doch ich sollte besser zurückkehren.«

Aqamdax verbarg ihre Enttäuschung. Noch vor einem Mond war er nicht einmal ihr Mann gewesen. Damals war ein rasches Lächeln, wenn keiner sie beobachtete, alles gewesen, was sie gewagt hatten. Wie konnte sie sich nun beklagen, wo sie endlich zusammengehörten?

»Wie schlimm ist der Sturm?«, fragte sie.

»Wie die anderen«, gab er zurück und zuckte mit den Schultern, als wäre es nicht wichtig, doch sie wusste, dass er sich sorgte. Wie sollte ein Mann jagen gehen? Wie sollte eine Frau ihre Fallenschlingen offen halten?

Sie reichte Chakliux etwas zu essen und füllte seine Schale ein zweites Mal, damit er länger bei ihr blieb. Als er sie verließ, sang sie Lieder, um die Behausung zu füllen, und dann erzählte sie Geschichten. Schreit-laut bettelte, sie solle weitererzählen, als ihre Stimme schon heiser geworden war. Später an diesem Tag kamen Yaa und Ghaden in ihre Behausung, und Aqamdax lehrte sie alle ein Lied von den Ersten Menschen.

Sie gab den Kindern zu essen und brachte Schreit-laut zu Vogelruferin, damit sie ihn sehen konnte. Aqamdax stillte den Jungen nun selbst, und Tag für Tag hatte sie mehr Milch für ihn.

Sie kämpfte sich durch den Sturm zurück zu der Behausung von Sok. Sie sagte Ghaden und Yaa, sie sollten die Nacht bei ihr verbringen, doch in der frühen Dunkelheit jenes Tages kam Stern und schalt beide Kinder, dass sie ihr Kummer bereitet hätten. Die Kinder bettelten, bis sie schließlich einwilligte, dass Schreit-laut mit ihnen kommen und bei ihr bleiben könne.

Aqamdax blickte Stern unerschrocken in die Augen. »Du weißt, dass ich ihn nicht mit dir gehen lassen kann«, sagte sie.

»Du vertraust mir deinen Bruder und seine Schwester an, aber nicht Schreit-laut?«

»Ich habe keine Wahl, was meinen Bruder und seine Schwester angeht«, sagte Aqamdax. »Doch Schreit-laut ist Soks Sohn. Ihn musst du fragen.«

»Wo ist er? Ich dachte, er wäre hier.«

»Er ist mit Chakliux in der Behausung der Jäger.«

»Ein Mann lebt nicht bei seiner neuen Frau?«, fragte Stern und blickte Aqamdax mit hochgezogenen Augenbrauen spöttisch an.

Aqamdax antwortete nicht. Sie kannte die Wahrheit. Was sonst zählte schon?

»Ich werde zur Behausung der Jäger gehen und Sok fragen«, sagte Stern. Aqamdax aber zog sich ihre warmen Kleider an, band sich den Säugling unter den Parka und ging mit ihr. Gemeinsam blieben sie vor der Behausung stehen, drängten sich mit Yaa und Ghaden gegen den Sturm zusammen, und Schreit-laut ging hinein. Schließlich kam Chakliux hinaus und sagte, Sok wolle, dass der Junge in Soks Behausung bliebe, bis der Sturm vorüber sei.

Schmollend verzog Stern den Mund. Sie packte Yaa und Ghaden an ihren Parkas und zog sie mit sich zu ihrer Behausung.

»Wartet hier, bis ich zurückgekehrt bin«, sagte Chakliux, und dann folgte er Stern.

Aqamdax und Schreit-laut kauerten sich neben der Behausung der Jäger zusammen, drehten ihre Gesichter aus dem Wind und warteten. Chakliux kehrte mit finsterer Miene zurück, doch Aqamdax stellte ihm keine Fragen, sagte nichts über Stern. Chakliux brachte die beiden zurück zu Soks Behausung, und er blieb den Abend über bei ihnen, ehe er zu seinem Bruder zurückkehrte.

In jener Nacht träumte Chakliux, er wäre bei Aqamdax. Er drehte sich im Schlaf herum, schlang einen Arm um sie und zog sie an sich, dann schreckte er hoch, war auf einmal wach. Er vernahm die Geräusche der schlafenden Männer, gewahrte den mächtigen Geruch, den sie ausatmeten, schwer von dem Fleisch, das sie am Tage zuvor gegessen hatten.

Sok lag nicht in seinen Schlaffellen. Sein Parka hing nicht mehr an den Kleiderpflöcken. Nimmt-mehr saß an der Feuerstelle und speiste die Kohlen mit dünnen Stöckchen.

»Er ist gegangen«, sagte er zu Chakliux.

»Und du hast ihn nicht aufgehalten?«, fragte dieser.

»Ist er ein Kind, dass ich ihn aufhalten könnte?«

»Hat er etwas zu dir gesagt?«

»Dass jemand ihn gerufen hat.«

Chakliux ging hinaus und untersuchte die Fußspuren, die der Schnee noch nicht wieder zugedeckt hatte. Die größten führten zu Soks Behausung, und in Chakliux regte sich die Hoffnung, sein Bruder hätte dort Halt gemacht, um Essen und seine Sachen zu holen.

Dann konnte Chakliux durch die Dunkelheit erkennen, dass Sok mit einem Bündel auf dem Rücken die Behausung verließ. Er nahm keinen seiner Hunde mit sich, und er bewegte sich auf die Vorratslager zu. Der Wind hatte den neuen Schnee noch nicht hart gemacht, und Chakliux versank bis zu den Knien. Sein Otterfuß verlor den Halt. Er stürzte in den Schnee, doch er kämpfte sich wieder hoch und konnte Sok einholen, noch ehe er die Vorratslager erreicht hatte.

Als Sok Chakliux erblickte, sagte er: »Meine Frau ruft mich. Ich kann nicht länger vorgeben, dass ich ihren Ruf nicht höre.«

»Wohin gehst du?«

»Ich gehe und suche sie.«

Chakliux packte seinen Bruder am Arm und erhob seine Stimme über den brüllenden Wind. »Was, wenn sie dich in ihre Welt ruft? Wer wird deine Söhne großziehen? Würde deine Frau sie einem anderen anvertrauen?«

»Wenn ich nicht zurückkehre, so sind sie dein«, sagte Sok und setzte seinen Weg zu den Vorratslagern fort.

Wieder packte Chakliux den Arm seines Bruders. »Ich gehe mit dir.«

Sok schüttelte den Kopf. »Wer wird sich um meine Kinder kümmern, wenn wir beide in jene Geisterwelt gerufen werden?«

»Mich ruft sie nicht.«

Sok stampfte mit den Füßen auf den Boden und schüttelte den Schnee von der Krause seiner Kapuze. »Gehe mit, wenn du gehen musst«, sagte er schließlich.

»Ich kann nicht gehen, ohne es Aqamdax zu sagen.«

»So sprich mit ihr, und ich hole Fleisch.«

Chakliux legte eine Hand schwer auf die Schulter seines Bruders. »Wirst du auf mich warten?«

»Ja.«

Chakliux kehrte um und rannte zu der Behausung, wo Aqamdax auf ihn wartete.

Aqamdax war gerade dabei, Trägt-viel zu stillen, als ihr Mann hereinstürmte. Sie war erleichtert, ihn zu sehen, und begann zu sprechen, noch ehe er etwas sagen konnte.

»Sok ist hier gewesen. Etwas stimmt nicht mit ihm. Du musst mit ihm sprechen. Mir hat er nichts erzählt. Er hat Trägt-viel aus seinem Wiegengestell genommen und ihm etwas ins Ohr geflüstert. Dann hat er Schreit-laut einen seiner besten Speere gegeben. Den langen, den er für die Karibus verwendet.«

Chakliux hockte sich vor seine Frau und blickte ihr ins Gesicht. »Ich habe mit ihm gesprochen. Er denkt, seine tote Frau ruft ihn aus dem Sturm. Er sagt, er muss zu ihr gehen.«

»Denkst du, sie ruft ihn wirklich? Wieso sollte sie von ihm verlangen, ihren neuen Sohn zu verlassen? Was, wenn die Frau, die ihn ruft, nicht Schnee-im-Haar, sondern Rotes Blatt ist?«

»Ich werde mit ihm gehen.«

»Nein! Chakliux, sieh mich an. Ich muss mich um einen Säugling kümmern und um Schreit-laut, um meinen Bruder und um Yaa ...« Sie sah die Sorge in seinem Gesicht, sah den Kummer, und sie schluckte ihre Einwände hinunter. »Ich habe mich schon zuvor um Kinder gekümmert«, sagte sie sanft. »Doch ich darf dich nicht verlieren. Bitte, Chakliux ...«

Er schloss sie in seine Arme und flüsterte, den Mund in ihr Haar gedrückt: »Wenn ich ihn allein gehen lasse, wird er nicht zurückkehren. Wenn wir zusammen gehen, habe ich vielleicht die Möglichkeit, ihn wieder nach Hause zu bringen. Doch wie immer seine Entscheidung lauten mag, ich werde zurückkehren. Ich werde dich niemals verlassen. Du bist die Mitte meines Herzens.«

Dann hielt er seine Waffen in Händen und ein Bündel dazu, und ehe Aqamdax noch weitere Einwände in den Sinn kamen, war er fort. Sie barg das Kind in einem Arm und kroch zum Eingangstunnel. Sie hob die Türklappe an, um zu sehen, wie Chakliux davonging, doch der Schnee verschluckte ihn, und Weiß war alles, was sie erkennen konnte.

Aqamdax ging zurück in die Behausung. Schreit-laut hatte sich zu einer Kugel zusammengerollt, die Knie hatte er beinahe bis zu seinem Kinn hochgezogen. Er hielt den Speer in Händen, den Sok ihm gegeben hatte. Das stumpfe Ende lehnte auf dem Boden, die Spitze zeigte aufwärts, als wolle er dem Sturm damit drohen.

Aqamdax setzte sich an seine Seite, rückte das Kind an ihrer Brust zurecht und begann, es zu wiegen und dabei zu summen. Dann kam ihr eine Geschichte in den Sinn, eine törichte, die von Möwen und von Dreizehenmöwen erzählte, und sie begann zu sprechen. Schon bald hatte Schreit-laut sich an sie gelehnt, der Speer lag zwischen ihnen, und Aqamdax erzählte ihre Geschichten bis spät in die Nacht hinein.

47

Der Tag erwachte hell und klar, als wäre der Sturm niemals gewesen. Ligige’ trampelte einen Pfad durch den Schnee zu ihrem Hund, und er begrüßte sie kläffend. Einst hatte er dem Nahe-am-Fluss-Schamanen Wolf-und-Rabe gehört. Damals war er beinahe wild gewesen, und er hatte nach jedem geschnappt, der in seine Nähe kam. Mit den Jahren aber war er immer zutraulicher geworden, und als die Witwe von Wolf-und-Rabe nach dem Tod ihres Mannes den Hund Ligige’ zum Geschenk gemacht hatte, war er beinahe so zahm gewesen wie Beißer.

Ligige’ gab ihm einen großen Fisch und warf ihm ein paar Brocken Fett hin. Wenn jemand sähe, wie sie ihren Hund mit Fett fütterte, er würde glauben, sie hätte den Verstand verloren. Doch wenn die Hungerzeiten erst kamen, so sagte sie sich, dann konnte sie jederzeit den Hund essen, und so war alles Fett, was sie ihm gab, nicht wirklich verschwendet. Dieser Winter würde hart werden. Wenn der nächste Sturm kam, würde sie dem Hund gestatten, in ihrem Eingangstunnel zu schlafen. Was konnten die Menschen schon sagen? Ligige’ war kein Kind mehr, das man schelten konnte. Es stand alten Frauen zu, in manchen Dingen anders zu handeln, als üblich war.

Als der Hund aufgefressen hatte, fuhr Ligige’ mit ihren Händen durch sein Fell und brach Eis von seinem Schwanz und seinen Pfoten, und sie genoss die feuchte Wärme seiner Zunge in ihrem Gesicht.

Schließlich hatte sie sich überzeugt, dass er den Sturm gut

überstanden hatte, und sie erhob sich. Sie ließ ihren Blick über das Vetter-Fluss-Dorf wandern, über die gewölbten Behausungen aus Karibuhaut, aus denen sich dünne Fahnen grauen Rauchs in den blauen Himmel wanden. Der Schnee glitzerte in der Sonne, so hell, dass Ligige's Augen schmerzten. Sie seufzte. Der Tag war viel zu schön, sie wollte nicht zu der Behausung von Stern gehen. Doch wer sonst sollte sich um Yaa und Ghaden kümmern, wenn sie es nicht tat, nun, da Aqamdax nicht länger Frau von Nachtmann war? Ligige' seufzte noch einmal und wankte mit Hilfe ihres Gehstocks auf ihren Altweiber-Füßen durch den Schnee.

Sie vernahm die Schreie von Stern schon, ehe sie noch bei der Behausung angelangt war. Auf ihr Kratzen erhielt Ligige' keine Antwort, und so zog sie widerwillig die Türklappe beiseite und kroch hinein. Yaa und Ghaden kauerten zwischen zwei Stapeln mit Körben. Der Hund Beißer, den Stern wieder in ihrer Behausung duldete, lag vor den Kindern, als wolle er sie vor den lauten Worten der Frau beschützen. Auch Nachtmann war zurückgekehrt, und er lachte. Sein Lachen schien den Zorn von Stern noch anzustacheln, und erst, als Ligige' ihre Stimme erhob und einen Gruß herausschrie, bemerkten sie, dass die alte Frau gekommen war.

Stern verstummte, doch ihr Mund blieb offen stehen, als würde eine Fülle von unausgesprochenen Worten ihr die Zähne auseinander zwingen. Ghaden nutzte die Stille, die eingetreten war, sprang auf die Füße und rannte zu Ligige'. »Danke, dass wir heute Nacht bei dir bleiben dürfen.«

Der Junge packte sein Bündel und den Parka, rief nach Beißer und war im Eingangstunnel verschwunden, noch ehe jemand etwas sagen oder tun konnte.

Stern erhob ihre Stimme zu einem Heulen, doch Ligige' fragte Nachtmann: »Hast du etwas dagegen einzuwenden, wenn ich sie mit mir nehme?«

»Es ist wohl besser so«, sagte er.

Yaa rappelte sich auf, nahm ihre Sachen und folgte ihrem

Bruder. Ligige' deutete mit dem Kopf auf Lange Augen, die im hinteren Teil der Behausung saß. »Willst du, dass ich sie auch mitnehme?«, fragte sie.

»Ein andermal vielleicht«, sagte Nachtmann. Ligige' meinte, ihn lächeln zu sehen, doch bei Nachtmann war das schwer zu sagen. Er lächelte zumeist aus Hohn, nicht aus Dankbarkeit. So folgte sie Yaa und Ghaden hinaus in das helle Licht des Schnees und rief die Kinder zurück. Sie rannten schon auf Ligige's Behausung zu. Ligige' reckte ihr Kinn zu Aqamdax' Behausung hin, und die Kinder juchzten. Ohne zu grüßen oder höflich zu kratzen, stürzten sie in den Eingangstunnel, und Beißer war ihnen auf den Fersen.

Ligige' schüttelte kichernd den Kopf. Wie sollte sie die beiden schelten? Sie ließen nur ihrer Freude freien Lauf. Sie hatte die Kinder zu lange bei Stern gelassen.

Aqamdax vernahm die Stimmen, ehe jemand gekratzt hatte, und ihre Stimmung hob sich. Schreit-laut, der in einer Schale mit Essen gestochert hatte, sprang auf, und Aqamdax war froh zu sehen, dass ein Lächeln sein Gesicht erhellte. Zu viele Verluste hatte der Junge in den vergangenen Monden ertragen müssen – einen Bruder, zwei Mütter und nun womöglich auch seinen Vater.

Er stieß die Türklappe auf, und ein Stoß kalter Luft wehte aus dem Eingangstunnel ins Innere. Beißer stürmte herein und fing an zu bellen. Aqamdax scheuchte ihn weg und sah nach dem Kind. Sie war sicher, dass die Kälte und der Lärm es geweckt hatten, doch Trägt-viel schlief weiter. Dann waren Ghaden und Yaa in der Behausung und füllten sie mit ihren fröhlichen Stimmen. Gleich darauf kam auch Ligige' herein.

Aqamdax gab ihnen allen zu essen, und sie versuchte, ihre Besorgnis zu verbergen, als sie sah, wie Ghaden und Yaa ihr Fleisch verschlangen und auch Beißer erbärmlicher als sonst winselte, um seinen Anteil zu bekommen.

Sie beugte sich zu Ligige' und flüsterte: »Glaubst du, Stern hat ihnen zu essen gegeben?«

Ligige' schürzte die Lippen. »Nicht so viel, wie sie gebraucht hätten. Ich werde versuchen, von nun an besser auf sie Acht zu geben. Vielleicht kann Sok uns wenigstens so lange helfen, bis Stern Chakliux wieder in ihrer Behausung willkommen heißt.«

»Sok hat das Dorf verlassen, hast du nicht davon gehört?«, fragte Aqamdax. Sie sah das Erstaunen in Ligige's Gesicht und einen besorgten Ausdruck, den die alte Frau schnell zu verbergen versuchte.

»Zur Jagd?«, fragte sie.

Aqamdax blickte an Ligige' vorbei auf Schreit-laut und sagte: »Ja, zur Jagd.« Ligige' verstand. »Chakliux ist mit ihm gegangen.«

Ligige' hatte viele Fragen, doch Aqamdax schüttelte den Kopf, und sie sagte zu den Kindern: »Wenn ihr fertig seid, habe ich Arbeit für euch. Es gibt viel zu tun. Ihr könnt nicht immer spielen.«

Ghaden stöhnte, und Yaa schalt ihn. Als Aqamdax aber die Karibuhaut hervorzog, deren Innenseite bereits sauber geschabt war, da juchzten die drei voll Freude, und sie stellten ihre Schalen beiseite, um sich die Stiefel zu schnüren und Fäustlinge zu suchen.

»Geht damit zu dem Hügel auf der Ostseite des Dorfes. Dort ist der Schnee wohl am härtesten. Und gebt Acht, dass die Seite mit dem Fell unten liegt.«

Durch das Rutschen würde der größte Teil der Haare abgerieben werden, und Aqamdax bliebe weniger zu schaben. Als die Kinder fort waren, berichtete Aqamdax Ligige', was sie wusste, und dann saßen die beiden Frauen beisammen. Ligige' sprach über alltägliche Dinge und erzählte lustige Geschichten, die Aqamdax zum Lachen brachten, wenn auch nur für eine kleine Weile.

K'os trat den Schnee vor dem Eingang der Behausung von Rotes Blatt beiseite und rief hinein.

Rotes Blatt stieß die äußere Türklappe auf. »Ich würde dich gerne hereinbitten, doch mein Mann gestattet es nicht.«

K'os hatte gesehen, dass an diesem Morgen noch niemand die Behausung verlassen hatte; ihre eigenen Spuren waren die einzigen in dem frischen, unberührten Schnee, doch sie sagte: »Denkst du, ich glaube dir? Womöglich möchtest du nur dein Essen nicht mit mir teilen. Womöglich bist du eigensüchtig, obgleich mein Mann dich doch so großherzig beschenkt hat.«

»Du weißt, dass Cen hier ist«, sagte Rotes Blatt und blickte an K'os vorbei auf die Spur, die die Frau mit ihren Schneeschuhen gemacht hatte. »Heute hat noch keiner diese Behausung verlassen.«

»Du weißt, dass ich nun einen Mann habe«, sagte K'os. »Ich bin nur gekommen, um dich zu warnen. Er hat mir versprochen, Rache an meinem Sohn Chakliux zu nehmen. Schon bald wird er sich zum Vetter-Fluss-Dorf aufmachen, und er weiß, wer du bist.« K'os zuckte die Achseln. »Er hat entschieden, Sok zu berichten, dass du hier bist. Ich habe versucht, ihn zu besänftigen. Denn welchen Schaden kann es schon anrichten, dass du in diesem Dorf bist? Doch er ist ein Mann, der große Furcht vor Flüchen hat.«

»Ich habe Fleisch im Vorratslager meines Mannes«, sagte Rotes Blatt mit leiser Stimme. »Schöne Fuchspelze, besser als alle, die ich je zuvor gesehen habe, auch ein Robbenfell, das mein Mann erstanden hat ...«

K'os neigte den Kopf und schaute Rotes Blatt tief in die Augen. »Du hast nichts, das ich will«, sagte sie. »Nun, da ich einen Mann habe, will ich nicht einmal mehr Cen. Wie schade für dich. Du hattest die Möglichkeit, aber nun ...« Sie hob die Hände, ihre Fäustlinge spannten sich über den gespreizten Fingern.

»Sicher, du könntest aufs Neue davonlaufen. Du könntest dich verstecken, doch was würde dann aus deiner Tochter? Für ein Kind ist es schwer genug, den Winter in einem starken Dorf zu überleben, vor allem, wenn es nur eine Mutter hat, die für es sorgt. Du könntest das Kind auch hier lassen, doch Cen würde sich fragen, wohin du gegangen bist. Ich denke, er würde dir nachgehen.« K'os streckte einen Arm aus und klopfte Rotes Blatt auf die Schulter. »Aber sorge dich nicht. Ich habe nachgedacht. Es könnte eine Lösung für dich geben, die wenigstens deine Tochter rettet. Geh nun und sei bei deinem Mann. Genieße ihn und die Wärme seiner Behausung, solange du noch kannst. Ich werde später zurückkehren, wenn wir allein sein können, du und ich.«

K'os sah die Verzweiflung auf dem Gesicht von Rotes Blatt, ihre Angst, und als sie ging, verbarg sie ein Lächeln. Wie gut, dass sie in dieses Dorf gekommen war, das Dorf, in dem Cen lebte. Wie wunderbar, dass auch Rotes Blatt ihren Weg hierher gefunden hatte.

K'os ließ ihre Gedanken durch die Jahre zurückschweifen zu Gguzaakk, jener armen, hässlichen Frau von Chakliux. Auch jene Frau hatte, so wie Rotes Blatt, etwas gestohlen, das in Wirklichkeit K'os gehörte. K'os dachte zurück an den langsamen Tod, den Gguzaakk gestorben war, an die Krankheit, die das Gift ihr gebracht hatte. Sie sog ihre Wangen nach innen und genoss den Wohlgeschmack des Gedankens, dass Rotes Blatt auf die gleiche Weise sterben würde. Sicher, Rotes Blatt war nicht so stark wie Gguzaakk es gewesen war. Sie würde nicht so tapfer sterben. Und wem sonst würde Cen die Schuld geben können an diesem Tod, wenn nicht sich selbst, Tor, der er gewesen war, eine Frau zu nehmen, die getötet hatte?

Ligige' verbrachte beinahe den ganzen Tag bei Aqamdax, und die Kinder vollendeten im Spiel die Arbeit an zwei Karibuhäuten. Aqamdax und Ligige' breiteten die erste Haut mit der haarigen Seite nach oben auf dem Boden der Behausung aus, dann schabten sie die Haut mit beinernen Abziehmessern und glätteten sie mit Sandstein.

Als die Schatten länger wurden, ging Aqamdax hinaus, um die Kinder hereinzurufen. Ein warmer Tag nach einem Sturm lockte die Wölfe an, und was gab leichtere Beute ab als ein Mädchen oder ein Junge im tiefen Schnee?

Schreit-laut bettelte, Yaa und Ghaden zu Ligige's Behausung begleiten zu dürfen, und wie wollte Aqamdax ihm seine Bitte abschlagen? Sein Gesicht leuchtete rosig, und seine Augen tanzten. Konnte sie von ihm verlangen, sich aufs Neue der Furcht und der Leere auszusetzen, die er die Nacht zuvor durchlitten hatte? Ligige' streichelte Aqamdax sanft die Wange, ehe sie dann gingen, und die Spur ihrer Finger auf Aqamdax' Haut verschaffte ihrem Schmerz ein wenig Linderung.

»Kommst du zurecht, so ganz allein?«, fragte Ligige'.

Aqamdax zwang sich zu einem Lächeln. »Ich bin nicht allein«, sagte sie und nickte zu dem Wiegengestell hin. Trägt-viel war wach, seine dunklen Augen sandten Glanz in die Schatten der Behausung.

»*Aaa*, Säuglinge leisten einem gute Gesellschaft«, sagte Ligige', »doch sie machen auch viel Arbeit.«

»Heute bin ich dankbar, wenn meine Hände beschäftigt sind«, sagte Aqamdax zu ihr.

Dann waren sie fort, und Aqamdax war wieder allein mit Trägt-viel in der Behausung von Sok. Wie seltsam, dachte sie und erinnerte sich jener ersten Monde, die sie bei dem Flussvolk verbracht hatte. Damals war sie Frau von Sok gewesen, sie hatte ihn gehasst und noch nicht geahnt, dass die Liebe zu

Chakliux schon in ihr wuchs. Damals hätte sie die Einsamkeit willkommen geheißen.

Aqamdax wandte sich wieder der Karibuhaut zu, an der sie mit Ligige' geschabt hatte, und während sie arbeitete, sang sie Trägt-viel etwas vor. Ihr Lied führte sie zurück zu den warmen Behausungen ihrer Kindheit, die in die Erde gegraben waren, ihre Stimme füllte die Leere um sie, und es schien, als lauschten viele ihren Worten.

Sie schloss die Augen und dachte zurück an jene Tage, als sie Geschichtenerzählerin ihres Volkes gewesen war. Damals war ihre Behausung voller Menschen gewesen, und alle hatten gespannt ihren Worten gelauscht. Nun aber hörte allein der Wind ihr zu, lauerte am Rauchloch. Aqamdax hob ihre Stimme, bis das Lied laut genug war, um bis zu der Spitze ihrer Behausung zu gelangen, damit der Wind es hören konnte und er nicht versucht war, näher zu kommen, sich durch die Ahlelöcher und Nähte hereinzuschleichen und sich neben ihr an der Feuerstelle niederzulassen.

48

Im ersten Licht der Dämmerung verließ Ligige' ihre Bettstatt und schlüpfte in ihre warme Kleidung. Das Geräusch des Windes entlockte ihr einen Seufzer. Welch schwerer Winter stand ihnen bevor, wenn die Stürme weiterhin so nah aufeinander folgten. Doch zumindest waren ihre Vorratslager gut gefüllt.

Sie weckte Yaa und bat sie, aufzupassen, dass sich die Jungen nicht zu weit von der Behausung entfernten. Sie sagte ihr, dass sie nach ihren Fallen sehen und die Schlingen neu auslegen wolle, obgleich es wohl ein sinnloses Unterfangen war, wo doch der Sturm so nah war.

»Ich werde nicht lange fort sein.« Ligige' deutete mit dem Kopf zur Decke. »Hörst du den Wind?«

»Bei diesem Wind solltest du nicht gehen«, sagte Yaa.

»Ich habe meine Fallen nahe beim Dorf ausgelegt«, beruhigte Ligige' das Mädchen. Sie band sich ihre Schneeschuhe an die Füße und ging hinaus. Yaa kam ihr nach.

»Nimmst du einen Hund mit?«, fragte sie.

Ligige' zeigte mit dem Kinn auf ihren Hund, der aufgestanden war und an seiner Leine zerrte.

»Wenn du nicht bald zurückkommst, werde ich dich suchen gehen.«

»Nein, das wirst du nicht tun«, sagte Ligige'. »Du wirst hier bleiben, bei deinem Bruder und bei Schreit-laut. Besser, du sorgst für die Sicherheit zweier Jäger, als dich um eine alte Frau zu kümmern.«

Ligige' gab dem Hund ein Stück getrockneten Fisch, dann

machte sie ihn los. Er verschlang den Fisch auf einen Biss, dann folgte er der alten Frau zum Dorf hinaus. Von Osten her blies schon ein kräftiger Wind, doch der Schnee fiel nur leicht.

Ligige' ging auf den Fichtenwald zu. Als sie die Bäume erreicht hatte, verdunkelten die Äste und Schatten das trübe Licht des Morgens, doch sie war froh über den Schutz vor dem Wind. Sie ging weiter, bis zu der Senke in der Mitte des Waldes, dort, wo im Frühjahr ein sumpfiger Bach sein Bett hatte. Hier hatte Ligige' ihre Fallen ausgelegt, auf den schmalen Pfaden, die sich wie ein Muster durch das Gebüsch zogen. Die eine Hälfte des Baches war ihr Gebiet, die andere gehörte Krummer Halm. Chakliux hatte es einst so bestimmt, als es zum Streit zwischen Krummer Halm, Ligige' und Stern gekommen war. Die ältesten Frauen des Dorfes sollten nicht so weit gehen müssen, um ihre Fallenschlingen auszulegen.

In ihrer ersten Falle stieß Ligige' auf einen fetten Hasen; schlaff und tot hing er darin, erdrosselt von der Sehnenschlinge, die ihn gefangen hatte.

Ligige' befreite den Hasen und legte die Schlinge wieder aus, dann folgte sie weiter ihrer Fallenstrecke. Alle Fallen waren leer, bis sie zu der letzten gelangte. Als sie erblickte, was sie dort gefangen hatte, ließ Ligige' ihren Gehstock fallen und schlug die Hände vor den Mund.

Sie wich zurück, holte tief Atem und hob ihren Stock wieder auf. Sie stieß damit in den Schnee und rief: »Du, der du in meiner Falle gefangen bist. Du Kapuzenkrause eines Parkas, wozu besuchst du eine alte Frau? Du weißt, dass ich dich nicht töten kann. Du weißt, dass ich deinem Leid kein Ende bereiten kann. Glaubst du, dass ich dumm genug bin, einen solchen Fluch über mich zu bringen?«

Wieder schlug Ligige' mit ihrem Stock, und da wurde sie gewahr, dass das Tier sich nicht regte. Ob es tot war? Doch wie konnte eine Schlinge, die für Hasen bestimmt war, etwas so Mächtiges fangen wie einen Vielfraß? Gab es ein Tier, dessen Geist stärker war? Nicht einmal der Schwarzbär verlangte mehr Sorgfalt und Achtung. Sie wollte dem Tier keinesfalls zu nahe kommen. Womöglich schlief es nur. Womöglich tat es, als sei es gefangen, tat, als sei es selbst Beute in einer Falle, um sie zu fangen. Und welche Möglichkeit hätte sie dann, alt und schwach, wie sie war? Ein Vielfraß vermochte ihr Bein mit zwei schnellen Bissen zu durchtrennen. Ligige' kam einen Schritt näher, streckte ihren Gehstock aus, stupste das Tier geschwind an und zog den Stock sofort wieder zurück. Noch immer rührte es sich nicht.

Wieder kam sie näher und stupste es an. Der Hund winselte, zog seinen Schwanz ein und versuchte, sich davonzustehlen.

»Hier geblieben!«, befahl Ligige'. »Es ist nichts weiter als die Krause eines Parkas. Ein paar Zähne für ein Halsband. Ein Schwanz, den Ghaden sich an seinen Gürtel nähen kann, etwas, das ihm hilft, schnell zu rennen. Davor hast du Angst?« Doch ihre eigenen Worte ließen sie zittern. Was war in sie gefahren? Nun war sie so alt, und noch immer konnte sie ihre Zunge nicht beherrschen. Was, wenn sie das Tier gekränkt hatte? Sie murmelte ein Lied, versuchte, sich an einen Lobgesang für den Vielfraß zu erinnern, den sie einst gehört hatte, doch als sie anfing, ihn zu singen, konnte sie sich nicht auf alle Worte besinnen.

Womöglich sollte sie das Tier zurücklassen und einen Mann holen, der es ins Dorf brachte. Doch wer? Sok und Chakliux waren fort, und wer mochte Nachtmann, Er-lacht oder selbst Nimmt-mehr zutrauen, die nötige Achtung vor dem Tier zu wahren? Sie könnte Blickt-in-den-Himmel oder Erster Adler darum bitten, doch sie waren jung, und wenn Ligige' sie den anderen vorzog, so konnte das als Kränkung verstanden werden. Und zudem hatte Ghaden oder Schreit-laut, einer von den beiden, ihr erzählt, dass Blickt-in-den-Himmel und Erster Adler das Dorf verlassen hatten, um zu jagen.

So schnitt sie schließlich die Schnur durch, nahm den Vielfraß zusammen mit der Schlinge und band alles an ihren Gürtel. Dann hockte sie sich hin, spaltete ein neues Stück Sehne, band es zu einer Schlinge und machte es an kleinen Stöcken fest, die zu beiden Seiten im Boden steckten, um die Sehnenschlinge offen zu halten.

Ligige' stand auf, doch die Kälte war ihr in die Glieder gefahren und hielt ihre Knie gebeugt, und so musste sie erst ein paar Schritte machen, ehe sie wieder sicher auf den Beinen stand. »So, nun aber nach Hause«, sagte sie zu dem Hund.

Er winselte, doch er spitzte die Ohren und eilte davon, weg von den Fallen und hinein in den Wald. Beinahe hätte Ligige' ihn zurückgerufen, doch dann besann sie sich eines Besseren. Sie ließ ihn gewähren. Er sollte nicht mehr als nötig zwischen ihren Fallen herumlaufen und seinen Hundegeruch dort verbreiten. Außerdem schienen weder Wind noch Schnee viel heftiger geworden zu sein. Sie hätte ihn zu Hause gelassen, wenn sie nicht diesen Sturm gefürchtet hätte.

Ligige' machte sich auf den Weg zurück ins Dorf. Der Hase baumelte an der einen Seite ihres Gürtels, der Vielfraß auf der anderen, und das Gewicht zog sie hinab. Als sie ging, schlugen die Kadaver gegen ihre Beine.

Zweimal hielt Ligige' auf ihrem Weg aus dem Wald an. Einmal, um sich zu erleichtern, das zweite Mal am Rande des Waldes, um ihren Hund zu rufen. Sie wollte nicht, dass er allein ins Dorf ging und dort Streit mit anderen Hunden anfing, die an den Behausungen festgebunden waren. Er stürzte aus den Bäumen auf sie zu, und sie war erstaunt, wie viel Schnee er auf seinem Fell trug.

Als Ligige' aber ins Freie trat, spürte sie die Wucht des Windes, sah, dass er den Schnee hart vor sich her trieb, und sie verstand. Sie wartete, bis eine kurze Windstille ihr einen Blick auf die dunklen Umrisse der Behausungen ihres Dorfes gewährte, klein und schwach und noch in weiter Ferne. Ligige' ging darauf zu. Sie krallte sich am Genick ihres Hundes fest und zog ihre Kapuze weit nach vorn, um ihr Gesicht zu schützen. Bei jedem Schritt stieß sie ihren Gehstock vor sich her, und sie redete dem Hund zu, als sie sich in den aufkommenden Sturm vortasteten.

Yaa wartete am Eingangstunnel. Sie hatte Stürme erlebt, die schlimmer gewesen waren, wo Wind und Schnee so stark waren, dass man die nächste Behausung nicht mehr erkennen konnte. Sie konnte die Behausung von Krummer Halm noch sehen, und die von Stern, und beinahe auch die von Aqamdax.

Sie war in ihren Parka gehüllt, trug Stiefel und Gamaschen, und sie rang mit sich, ob sie hinaus in den Sturm gehen sollte, um nach Ligige' zu suchen. Yaa wusste, wo die alte Frau ihre Fallenstrecke hatte, doch was, wenn Ligige' schon wieder in das Dorf zurückgekehrt war, wenn sie sich entschlossen hatte, in einer anderen Behausung Halt zu machen, womöglich gar bei Stern, um zu fragen, ob Yaa und Ghaden noch eine Nacht bei ihr verbringen könnten?

Nein, sie war sicher nicht bei Stern. Yaa saß schon so lange im Eingangstunnel und hielt Ausschau. Sie hätte gesehen, wenn Ligige' vorbeigekommen wäre. Womöglich war sie bei Aqamdax. Doch vielleicht hatte der Wind Ligige' hinunter in den Schnee gestoßen. Sie war eine alte Frau. Einen Tag gefangen im Schnee, das würde sie nicht überleben. Bei dem Gedanken daran schlug das Herz von Yaa schneller, und Angst lähmte ihre Füße. Sie kroch zu der inneren Türklappe und schaute hinein zu den beiden Jungen.

»Ich gehe und schaue, ob ich Ligige' finden kann«, sagte sie zu ihnen.

»Du musst bei uns bleiben«, wandte Ghaden ein.

»Du solltest nicht hinausgehen in diesen Wind«, sagte Schreit-laut, und in seinen Augen lag so viel Besorgnis, dass Yaa der Atem stockte.

»Bleib hier«, bettelte Ghaden.

Beißer winselte und bellte kurz und scharf.

»Ich gehe«, sagte Yaa, und sie ließ die Türklappe wieder zurückfallen.

Dann war Beißer mit einem Mal neben ihr im Eingangstunnel. »Nimm ihn mit, Yaa«, sagte Ghaden und warf ihr einen kurzen Blick zu.

Yaa schaute ihren Bruder an und seufzte. »Er wird mir Schwierigkeiten machen.«

»Er wird dich zurückbringen, wenn du dich im Sturm verirrst.«

»Ich werde mich nicht verirren.«

»Nimm ihn mit.«

»Komm, Beißer«, sagte Yaa und übersah das Grinsen, das sich auf dem Gesicht ihres Bruders breit machte.

Ligige' kauerte sich neben ihren Hund und versuchte, durch den Schnee hindurch etwas zu sehen. Einmal vermeinte sie, die Bewegung eines dunklen Schattens auszumachen. Sie rief, doch sie erhielt keine Antwort, und sie fragte sich, ob ihre Augen etwa dachten, sie müssten ihr etwas zeigen, weil sie so angestrengt Ausschau hielt, auch wenn nichts um sie war als Schnee.

Als sie den Wald verlassen hatte, hatte Ligige' die Richtung eingeschlagen, in der das Dorf lag, und sie hatte sich vergewissert, dass sie noch immer in die gleiche Richtung ging. Sie erhob sich wieder, ihre Knie setzten sich zur Wehr. Sie machte ein paar unsichere Schritte, doch dann musste sie stehen bleiben.

Ligige' fragte sich, ob sie den Vielfraß zurücklassen sollte. Er wog schwer, und womöglich hatte der Geist des Tieres den Wind stärker gemacht, damit sie den Kadaver in der Nähe des Waldes ließe. Sie versuchte, das *babiche* zu lösen, an dem er hing, doch der Schnee hatte den Knoten anschwellen lassen. Siehst du, sagte sie sich, er will bei dir bleiben.

Der Wind wehte plötzlich mit neuer Wucht. Er peitschte den Schnee vor sich her, dass er sich auf Ligige's Haut anfühlte wie Nadeln. Der Hund blieb stehen und rollte sich zu Füßen der alten Frau zusammen, und sie stolperte über ihn. Sie zog ihn mühsam hoch und trieb ihn an weiterzugehen. Sie hatte ihm beide Hände auf den Rücken gelegt, denn ihr Gehstock war irgendwo hinter ihr im Schnee verloren gegangen. Wieder blieb der Hund stehen und rollte sich einfach zusammen; wieder zwang sie ihn, auf die Beine zu kommen.

»Es kann nicht weit sein. Wir sind schon so weit gegangen«, sagte sie, doch ihre Worte verloren sich im Sturm.

Sie ging weiter. Ihre Beine waren wie Stöcke unter ihr, und sie packte ein jedes über dem Knie, um den nächsten Schritt zu erzwingen. Ligige' stürzte, ehe sie das Gestrüpp sehen konnte, und sie sah erst, wo sie war, als sie sich wegschob von den steifen, schneebedeckten Ästen.

Irgendwie war sie um das Dorf herumgegangen und war zur Frauenstelle gelangt. Auf welcher Seite wuchs das Dickicht doch gleich? Ihr Geist schien von der Kälte so gelähmt zu sein wie ihr Körper. Auf der Nordseite. Ligige' kroch auf Händen und Füßen weiter, wieder in Richtung des Dorfes, doch ihre Schneeschuhe verfingen sich, und ihre Beine wollten sie nicht länger tragen.

Der Hund knurrte. Ein Tier war in ihrer Nähe. Bär? Nein, nicht in diesem Sturm. Fuchs, Wolf? Sicher nicht. Tiere handelten klug, wenn Sturm aufkam. Es musste ein Hund sein. Gezähmt von Menschenhand taten sie manchmal törichte Dinge.

»Naax!«, rief sie aus. Dieser Befehl war den Hunden des Dorfes vertraut. *»Naax!«*

Ligige's Hund winselte und bellte. Er bekam ein Bellen zur Antwort, und Ligige' rief aufs Neue.

Der andere Hund kam zu ihr gelaufen. Es war Schneefalke, eine von Soks Hündinnen. Ein Strick baumelte von dem geflochtenen Halsband herab, und Ligige' sah, dass er durchgebissen war. Wahrscheinlich war das Tier trächtig, dachte sie. Es war nicht ungewöhnlich, dass eine Hündin, die einen Wurf in ihrem Bauch trug, ihren Strick durchbiss und zu der Frauenstelle ausriss, angezogen von Kot, der den starken Geruch von Karibufleisch aussandte.

Ligige' kroch auf den Hund zu und streckte die Hand aus, ließ Schneefalke daran schnuppern. Obgleich die Hunde im Dorf sich oft bekämpften, machte Ligige' sich keine großen Sorgen darum, denn Schneefalke war ein Weibchen und ihr eigener Hund ein Rüde. Und mit der Wärme, die zwei Hunde ihr zu geben vermochten, konnte Ligige' diesen Sturm womöglich überstehen. Sie kämpfte sich zu der Stelle, wo das Erlengebüsch am dichtesten war, häufte Schnee in ihrem Rücken auf und rief dann die Hunde. Ihr Hund kam sogleich zu ihr und rollte sich neben ihr zusammen, die Hündin aber blieb in sicherem Abstand stehen, und Ligige' vermochte sie durch den Schnee hindurch kaum zu erkennen.

»Schneefalke, komm! Gemeinsam werden wir es hier warm haben«, rief die alte Frau.

Sie streifte einen ihrer schweren Fäustlinge ab und ließ ihre Finger hinauf in die Ärmel des Parkas gleiten. Wie immer, wenn sie das Dorf verließ, hatte Ligige' einige Streifen geräuchertes Karibufleisch in ihren Parka gestopft. Es war gutes Fleisch, aus der Hinterkeule geschnitten und ölig vom Fett. Es fiel ihr nicht leicht, dieses Fleisch einem Hund zu überlassen, doch besser, etwas Fleisch zu verlieren, als zu erfrieren. Sie zog also einen Streifen aus ihrem Parka und hielt ihn der Hündin entgegen.

Schneefalke knurrte. Ligige' war müde, und ihr war kalt, sie war zornig auf sich selbst, weil sie zu ihrer Fallenstrecke gegangen war, und sie war zornig auf den Hund. Warum wollte er nicht nehmen, was gut war?

»Dummer Hund«, murmelte sie. »Du dummer, dummer ...« Ligige' hielt das Fleisch am gestreckten Arm von sich, lockte und bewegte sich vorwärts, während sie sprach. Doch wieder verfingen sich ihre Schneeschuhe in etwas, das unter dem Schnee begraben lag, und sie flog kopfüber in die Schneewehe hinein.

Mit Flüchen auf den Lippen tauchte Ligige' wieder auf, doch dann sah sie, dass sie eine Faust voll blutigen Schnee umklammert hielt. Schneefalke winselte, kam zu ihr und fing an zu graben. Ligige' tat es ihm gleich.

Sie schrie auf, als sie das Gesicht von Stern erblickte, bleich und gefroren unter ihren Händen.

49

Auf ihrer Suche nach Ligige' ging Yaa von Behausung zu Behausung, doch niemand hatte die alte Frau gesehen. Schließlich machte sie sich auf den Weg zur Fallenstrecke von Ligige' und stieß dort auf ihre Spuren, auf die Abdrücke von Schneeschuhen, die sich durch die Bäume zogen. Sie waren schon beinahe wieder zugeweht, und als die Spur erst aus dem Wald herausführte, hatte der Schnee, vom Wind getrieben, die Fußabdrücke wieder zugedeckt.

Beißer kauerte sich zu Yaas Füßen. Er duckte sich so nahe an sie, dass Yaa immer wieder über ihn stolperte. Sie kämpften sich durch den Sturm zurück ins Dorf. Bei jedem Schritt wuchs in Yaa die Angst, sie könnten die Behausungen verfehlen und hinaus in die Steppe irren. Da tauchte mit einem Mal die Behausung von Krummer Halm vor ihr auf, dunkel und ohne klare Umrisse stand sie im Schneetreiben. Yaa ging hinein und wurde von Dii, der Nichte von Krummer Halm, begrüßt. Die Frauen gaben ihr eine Schale Brühe zu trinken, doch dann machte Yaa sich gegen den Rat von Krummer Halm wieder auf, hinaus in den Sturm, und wieder kämpfte sie sich von Behausung zu Behausung und fragte nach Ligige'.

Als Yaa bei Aqamdax angelangt war, konnte sie ihre Tränen nicht länger zurückhalten.

»Ligige' ist verschwunden«, schluchzte Yaa, als Aqamdax sie hereinzog und ihren Parka abbürstete. »Ich hätte sie nicht gehen lassen dürfen.«

»Denkst du, sie hätte auf dich gehört?«, fragte Aqamdax sie. »Du hast getan, was du tun konntest. Womöglich ist sie bei ihrer Fallenstrecke geblieben.«

»Ich war dort«, sagte Yaa und sah die Bestürzung in Aqamdax' Augen.

»Du bist allein dorthin gegangen?«

»Wir waren schon an schlimmeren Orten, Beißer und ich«, sagte Yaa. Aqamdax nickte, und Yaa wusste, dass sie sich daran erinnerte, wie Yaa und Beißer einst allein vom Nahe-am-Fluss-Dorf hierher gewandert waren, auf der Suche nach Ghaden.

»Vielleicht ist sie gerade jetzt in ihre eigene Behausung zurückgekehrt«, sagte Aqamdax. »Ich werde dich begleiten. Ich denke, dort werden wir sie finden.«

Aqamdax band Trägt-viel in sein Wiegengestell und zog sich den Parka und ihre Schneeschuhe an. Sie schlug das Kind in eine geflochtene Decke aus Hasenfell und nahm es in ihre Arme. Sie beugte sich tief über das Gestell, um es, so gut es ging, vor dem Sturm zu schützen.

In der Behausung von Ligige' saßen Ghaden und Schreit-laut, vertieft in ein Spiel mit kleinen gemusterten Wurfstöcken. Der Hund kam ins Innere gesprungen, schüttelte Schnee und Eis aus seinem Fell und fiel über das Spiel der Jungen her.

Aqamdax unterbrach Ghadens Gezeter. »Ist Ligige' noch nicht zurück?«

»Nein, immer noch nicht«, sagte Schreit-laut.

Ghaden lief auf Yaa zu und schlang seine Arme um sie, dann kam er zu Aqamdax und umarmte auch sie. Aqamdax drückte ihn an sich und hängte das Wiegengestell an einen Stamm. Das Kind fing an zu weinen.

»Wenn ich ihn gefüttert habe, werde ich hinausgehen und schauen, ob ich sie finden kann«, sagte Aqamdax zu Yaa. »Ligige' ist nicht töricht. Sicher hat sie sich eine Höhle in den Schnee gegraben, und ihr ist so warm wie uns.«

»Sie hat ihren Hund mitgenommen«, sagte Ghaden und legte Beißer einen Arm um den Nacken. Dann zog er den Hund zu sich herab.

»Dann geht es ihr gut«, sagte Aqamdax.

Yaa aber sah den gequälten Ausdruck in ihrem Gesicht, und die Angst wich nicht von ihr.

Wieder hörte Dii jemanden im Eingangstunnel. Bei einem Sturm blieben die meisten Menschen in ihren Behausungen. Es war töricht, sich ins Freie zu begeben. Selbst der Gang von einer Behausung zum Vorratslager mochte ein Leben fordern. Wer kannte nicht die Geschichten von Eiskalter Junge und Schneller-Vogel-Frau? Beide waren sie in Stürmen umgekommen. Noch heute konnte man Eiskalter Junge sehen, wie er sich neben den Pfad kauerte, der zum Großvater-See führte, dort, wo die Sturmwinde ihn zu einem Felsen gefroren hatten.

»Womöglich ist es Ligige'«, sagte Krummer Halm, und Dii hoffte, ihre Tante möge Recht haben. In solch einem Sturm gab es nicht viel Hoffnung für eine alte Frau, und besonders, wenn er zwei oder drei Tage anhielt.

Doch der die Behausung betrat, war Nachtmann. Höflich reichte Dii ihm eine Schale Brühe. Sie hatten nicht viel, sie und Krummer Halm, doch würden sie nicht Hunger leiden müssen. Die Menschen waren großmütig und würden ihr Fleisch mit ihnen teilen, doch Dii wusste, dass ihre Tante eine stolze Frau war. Es würde an Dii sein, um Essen zu bitten, wenn ihre Vorräte erst erschöpft waren. In der ruhigen Zeit zwischen den Stürmen hatten ihre Fallen ihnen reiche Beute beschert, wenigstens einen Hasen hatten die beiden jeden Tag nach Hause gebracht, und Ahle hatte Dii versprochen, ihr eine Stelle zu zeigen, die sie gerade entdeckt hatte und die voll war mit Schneeballsträuchern. Welcher Ort war besser geeignet, um nach Schneehühnern Ausschau zu halten, jenen fetten winterweißen Vögeln? Plötzlich brachen sie aus ihren Schneehöhlen hinaus ins Freie, und manchmal waren es so viele, dass man sie nicht zählen konnte. Dann vermochte eine Frau, mit Vogelnetz, Wurfstock oder Wurfschlinge bewaffnet, genug von ihnen zu fangen, um ihre ganze Familie satt zu machen. Dii konnte sie schon schmecken, jene Vögel, die in dem Kochbeutel von Krummer Halm brodelten oder auf Stöcke gespießt über der Feuerstelle brieten und deren Fett dabei in die Flammen tropfte.

»Bist du auf der Suche nach Ligige'?« Krummer Halm brach die Gebote der Höflichkeit, sie wartete nicht, bis Nachtmann, ein Jäger, das Wort an sie richtete.

Nachtmann trank seine Brühe aus und leckte sich die Lippen, ehe er ihr Antwort gab. »Auch nach Ligige', wenn ich sie sehe. Doch meine Schwester hat heute Morgen unsere Behausung verlassen, ehe ich erwacht bin, und sie ist immer noch nicht zurückgekehrt. Sie geht gern andere besuchen, und oft ist sie ohne Vernunft, wenn ein Sturm wütet. Ich dachte, vielleicht wäre sie hier, bei Dii.«

Krummer Halm hob ihre Hände und spreizte die Finger.

»Es ist zwei oder drei Tage her, seit sie zuletzt hier gewesen ist.« Sie blickte Dii an und hob die Augenbrauen, damit das Mädchen ihre Worte bekräftigte.

»Drei Tage«, sagte Dii.

Nachtmann hatte seinen Parka nicht abgelegt, und so begann Dii, den Schnee abzubürsten.

»Wenn sie zu euch kommt, dann sorgt dafür, dass sie hier bleibt. Lasst sie nicht wieder hinausgehen in den Sturm.«

Krummer Halm stimmte zu und begleitete Nachtmann, als er wieder in den Eingangstunnel kroch, um ihm seine Schneeschuhe umzubinden. Dii blieb im Inneren. Sie wischte seine Schale mit den Fingern aus und leckte sie sauber. Für Krummer Halm war es nicht schwer zu sagen, sie würden Stern bei sich behalten, doch Stern würde toben und heulen, um ihren Kopf durchzusetzen. Es würde nicht leicht sein, sie gegen ihren Willen in der Behausung zu halten. Aber gut, vielleicht würde sie nicht kommen. Vielleicht hatte sie in diesem Sturm schon ihren Weg zu einer anderen Behausung im Dorf gefunden.

Aqamdax hatte Trägt-viel gerade fertig gestillt, als Nachtmann in Ligige's Behausung kam. Er kam unhöflich herein, ohne zu kratzen, ohne sich zu räuspern oder zu rufen. Darum blickte Aqamdax ihn nicht an, beschäftigte sich stattdessen mit dem Kind auf ihrem Schoß.

Als Nachtmann schließlich zu sprechen anfing, hörte sie die Sorge, die in seiner Stimme lag, und sie bereute, dass sie ihn nicht beachtet hatte.

»Ist Stern hier gewesen?«, fragte er.

»War sie hier, ehe wir gekommen sind, Yaa und ich?«, fragte Aqamdax Ghaden und Schreit-laut.

»Nicht heute, auch nicht letzte Nacht«, sagte Ghaden.

»Ligige' ist fortgegangen, um nach ihren Fallenschlingen zu sehen«, berichtete Yaa Nachtmann. »Sie sollte längst zurück sein. Hast du sie gesehen?«

»Nein. Eine alte Frau sollte es besser wissen, als so etwas Törichtes zu tun.«

Seine Worte waren sehr barsch, und obgleich Aqamdax wusste, dass seine Sorge um Stern aus ihnen sprach, konnte sie ihre Zunge doch nicht im Zaum halten. »Yaa hat ihr nicht gesagt, dass sie gehen soll. Warum schreist du sie an? Wenn Stern zu uns kommt, werde ich sie sicher nach Hause geleiten.«

»Sorge nur dafür, dass sie hier bleibt«, sagte Nachtmann. Er schaute Yaa an. »Wenn ich Ligige' finde, bringe ich sie zurück zu dir.«

»Sie hat einen Hund bei sich«, rief Ghaden Nachtmann nach, als er die Behausung verließ.

Aqamdax zog ihren Parka an, schnürte die Stiefel und ging in den Eingangstunnel. »Ich werde noch einmal in den Behausungen nachsehen, und dann gehe ich zur Frauenstelle«, sagte sie rasch zu Yaa. »Du darfst nicht hinausgehen, außer um das Rauchloch wieder freizumachen oder um Holz zu holen. Und dann musst du Beißer mitnehmen.«

In jeder Behausung bekam Aqamdax dieselbe Antwort. Niemand hatte Ligige' oder Stern gesehen. Zuletzt ging sie zu Vogelruferin. Sie versicherte der Frau, dass Trägt-viel bei ihr gut aufgehoben war, dass er gesund war und dass sie genug Milch für ihn hatte.

»Sie sind anders, diese Stürme, die in diesem Winter zu uns kommen«, sagte Vogelruferin. »Womöglich hatte Sok Recht, als er sagte, seine tote Frau würde ihn rufen. Deswegen sorge ich mich um Trägt-viel. Was, wenn sie versucht, ihn zu holen? Ich wünschte, mein Mann wäre im Dorf geblieben. Wozu die Gefahr einer Jagd auf sich nehmen, wo doch die Stürme so kurz aufeinander folgen? Wir haben doch genug Fleisch. Was, wenn die Frau von Sok versucht, auch meinen Mann zu rufen?«

»Soks Worte rühren von seinem Gram«, sagte Aqamdax ihr. Doch der Wind, der gegen die Wände der Behausung von Vogelruferin schlug, schien sich einen Weg in Aqamdax' Brust zu bahnen, und sie hatte das Gefühl, als verlangsame seine Kälte ihren Herzschlag.

Zuerst hatten Sok und Chakliux die Gemeinschaft verlassen, dann Blickt-in-den-Himmel und Erster Adler. Nun Stern und Ligige'. Hoffte Schnee-im-Haar gar, das ganze Dorf dazu zu bringen, ihr in die Geisterwelt zu folgen?

Das Vier-Flüsse-Dorf

K'os öffnete die Türklappe. Sie war erstaunt, Rotes Blatt vor sich zu sehen. »Ich bin gekommen, weil ich mit dir sprechen muss«, sagte die Frau.

K'os verzog die Lippen zu einem verhaltenen Lächeln. »Woher wusstest du, dass mein Mann fortgegangen ist?«

»Ich habe deine Behausung beobachtet.«

K'os winkte Rotes Blatt zu sich herein. »Flusseistänzer erträgt es nicht, zu lange an einem Ort zu sein. Und Fetter Nerz liebt das Spiel mit den Wurfknochen.«

»Hast du keine Angst, dass er all euer Fleisch verspielt?«

K'os lachte. »Ich habe Wege, es zurückzubekommen.«

Sie sah Rotes Blatt zu, wie sie ihren Parka auszog und ihn an einen Pflock hängte. »Wo ist deine Tochter Daes?«, fragte sie und grinste, als sie sah, wie Rotes Blatt bei dem Namen zusammenzuckte.

»Cen passt auf sie auf. Ich habe ihm gesagt, ich würde Holz holen.«

»Ich bin erstaunt, dass er dich gehen lässt, bei einem Sturm wie diesem.«

Rotes Blatt hob den Kopf, als würde sie dem Wind lauschen. »Es war schon schlimmer«, sagte sie. »Es hat aufgehört zu schneien. Nur der Wind ist geblieben.«

K'os nickte, doch sie sagte nichts. Sie hatte nicht vor, der Frau etwas zu essen anzubieten. Wozu sollte sie Höflichkeit vortäuschen? Sie wusste, warum Rotes Blatt gekommen war.

»Wann wird sich dein Mann zum Vetter-Fluss-Dorf aufmachen?«, fragte Rotes Blatt.

K'os zuckte mit den Schultern. »Nicht, ehe die Stürme vorüber sind«, sagte sie.

»Gibt es nichts, das ich ihm bieten könnte, um ihn davon abzuhalten, Sok zu sagen, wo ich bin?«

K'os lächelte. Zum ersten Mal hatte Rotes Blatt eingestanden, wer sie war. »Nein, es gibt nichts«, sagte sie. »Er fürchtet sich vor einem Fluch. Das habe ich dir schon gesagt.«

»Ich habe über deine Worte nachgedacht. Du hast Recht. Wenn ich meine Tochter mit mir nehme, so werden wir beide sterben. Gehe ich aber allein, so wird Cen mich suchen.« Sie hob die Hand und strich sich eine Strähne aus dem Gesicht.

K'os sah, dass die Finger der Frau zitterten. »Hast du ..., hast du etwas ...«, die Stimme von Rotes Blatt brach. »Gibt es etwas, das du mir geben kannst, etwas, von dem ich sterben werde, wenn ich es esse?«

K'os' Augen weiteten sich, als hätte die Frage sie erstaunt, doch sie hatte dieses Ansinnen erwartet. »Du würdest dich selbst töten?«, flüsterte sie.

»Wenn du etwas hast, das den Tod so aussehen lässt, als hätte eine Krankheit ihn gebracht.«

Lange blickte K'os in die Flammen der Feuerstelle, sah zu, wie sie das Holz verschlangen. »Womöglich habe ich etwas für dich. Du dürftest deine Tochter nicht mehr stillen, sonst würde sie das Gift mit deiner Milch aufnehmen.«

K'os erhob sich, holte ihren Flussotterbeutel mit den Arzneien hervor und nahm ein Päckchen heraus, das mit einer vierfach geknoteten rot gefärbten Sehne zugeschnürt war.

»Ein wenig davon genügt«, sagte sie. »Dein Magen wird sich zusammenziehen, und du wirst dich übergeben, doch der Schmerz ist nicht groß. Wenn du am ersten Tag nur eine Prise davon nimmst, und am folgenden ein wenig mehr ...« K'os tat, als überlege sie, und dann nickte sie. »Ja, das würde wohl wirken, und Cen würde glauben, du wärest krank.« Sie streckte Rotes Blatt das Päckchen entgegen. »Willst du es haben?«

Rotes Blatt griff danach, doch wie ein Kind, das spielt, zog K'os das Gift weg. »Denkst du, ich gebe es dir umsonst?« Sie sah den Anflug von Unmut in den Augen von Rotes Blatt.

»Du hast gesagt, ich hätte nichts, was du willst.«

»Vielleicht habe ich mich getäuscht«, gab K'os zurück. »Du hast gesagt, du hast Wolfspelze.«

»Ja. Wenn du sie haben möchtest, dann gehören sie dir.«

»Für etwas wie dieses«, sagte K'os langsam, »wären ein paar Wolfspelze wohl nicht genug. Würdest du mir deine Tochter geben?«

Rotes Blatt sah K'os in die Augen. »Eher würde ich ihr eigenhändig das Gift geben, als sie dir zu überlassen«, sagte sie. Sie erhob sich und zog ihren Parka an. Bevor sie durch den Eingangstunnel kroch, sagte sie zu K'os: »Denke daran, sie ist ebenso Tochter von Cen, wie sie die meine ist.«

K'os neigte den Kopf, als gäbe sie sich geschlagen. »Also die Wolfspelze«, sagte sie, »doch ich werde das Gift hier behalten. Sage mir, wenn du bereit bist.«

»Morgen werde ich dir die Pelze bringen«, sagte Rotes Blatt.

K'os hielt ihre Erwiderung zurück, bis Rotes Blatt gegangen war. Doch dann sagte sie, als wäre die Frau noch in ihrer Behausung: »Und du glaubst, Cen kann mich davon abhalten, deine Tochter zu holen? Du glaubst, er wird Sandfliege, diese gute Frau, zurückweisen, wenn sie ihm anbietet, für das Kind zu sorgen? Du weißt, dass sie ihre Milch noch immer hat, wenn sie auch Großmutter ist. All die Jahre über hat sie die Kinder dieses Dorfes gestillt. Wie schade, dass Sandfliege krank wird und sterben muss, wenn Cen fort ist, um Handel zu treiben. Und wer wäre dann besser geeignet, das Kind als das ihre anzunehmen, als eine Frau, die keine Kinder hat? Ah, Gheli, für eine Frau gibt es so viele Wege, zu einer Tochter zu kommen.«

50

Ligige' kauerte im Wind, hielt das erfrorene Kind in ihren Armen und wartete auf den Tod. Die Hunde drängten sich an sie, doch ihre Wärme reichte nicht aus, um die Kälte zu vertreiben, die sie lähmte. Raben hatten die Augen von Stern gefressen und blutige, leere Höhlen zurückgelassen. In dem Mund, der vom Tod geöffnet war, hatten Füchse ihre Zunge in Fetzen gerissen. Das Kind aber hatten sie nicht angerührt. Es war wunderschön, die Haare und die Wimpern hoben sich dunkel ab von dem weißen, gefrorenen Fleisch. Eine Tochter war es, und Ligige' grämte sich um sie und um den Vater des Kindes. Chakliux hatte zu viele Kinder verloren: seinen ersten Sohn, dann den Sohn von Aqamdax – auch wenn der Junge nicht sein Fleisch und Blut gewesen war, so hätte er ihn doch sicher sein Eigen genannt – und nun auch dieses Kind, eine kleine und vollkommene Tochter.

Wer immer Stern getötet hatte, er hatte es mit einem Messer getan, das er ihr in die Kehle gestoßen hatte. Die Hände von Stern waren voll Blut. Sie war wohl davongetaumelt, hatte ihren Hals umklammert. Als sie gefallen war, hatte der, der sie tötete, ihr den Bauch aufgeschlitzt und das Kind aus ihr herausgerissen.

Es gab Legenden von *nuhu'anh* – Riesen, die im Winter Menschen fraßen. Womöglich war dies hier das Werk eines *nuhu'anh*. In ihrem Dorf gab es sicher niemanden, der so töten würde. Doch dann sprach leise eine Stimme der Vernunft zu Ligige', flüsterte Worte, die sie nicht hören wollte. Ein *nu-*

hu'anh hätte Stern und das Kind gefressen. Welcher *nuhu'anh* würde töten, ohne zu fressen?

Als Ligige' die dunkle Gestalt sah, die sich durch den Schnee auf sie zubewegte, hatte sie große Angst, und sie gab keinen Laut von sich. Ihr Hund, der mit den Jahren immer schwerhöriger geworden war, lag zu einem Knäuel zusammengerollt, die Schnauze war von dem dichten Fell seines Schwanzes bedeckt, Schneefalke aber hob den Kopf und knurrte.

»Geh jetzt«, sagte Ligige' zu der Hündin. »Für dich gibt es keinen Grund zu kämpfen. Du wirst bald Welpen haben. Wir aber sind alt, mein Hund und ich. Gehe fort von uns.«

Schneefalke erhob sich, als hätte sie die Worte von Ligige' verstanden, doch dann strich sie der alten Frau um die Beine, als wolle sie die Frau und das tote Kind beschützen. Der Mut der Hündin nahm Ligige' etwas von ihrer Angst. Sie zog ein Ärmelmesser aus ihrem Parka und hielt die zerbrechliche Klinge hinauf in den Wind.

»Das Kind ist dein«, rief sie, »und auch die Frau hier neben uns, doch ich werde nicht mit dir gehen, und auch diese Hunde nicht.«

»Ligige'?« Es war die Stimme eines Mannes. Kein Wunder, sicher waren die meisten *nuhu'anh* Männer, doch war die Stimme nicht so barsch, wie Ligige' erwartet hatte.

»Ligige'!«, rief er. »Ligige'!«

Dann erblickte Ligige' sein Gesicht. Es war Nachtmann, und in ihrer Erleichterung fühlte Ligige' sich mit einem Mal sehr alt und sehr müde.

»Ich habe dich gesucht, und auch meine Schwester.«

Ligige' barg das Kind in ihrem Arm. »Du hast uns gefunden«, sagte sie leise.

Nachtmann kauerte sich neben sie. »Bist du verletzt?«, fragte er, doch dann fiel sein Blick auf das Kind in ihren Armen. Ligige' folgte seinen Augen hin zu dem Blut. Das Geräusch, das aus seiner Kehle drang, klang zuerst erstickt, doch dann erhob es sich zu einem Schrei, der durch den Schnee schnitt wie eine Klinge.

Sie kamen in der Behausung von Stern zusammen und scharten sich um die tote Frau. Das Kind lag neben ihr, nackt und noch immer blutverschmiert. Der Parka von Stern war hinuntergezogen und bedeckte ihren klaffenden Bauch, doch ansonsten war sie, wie der Tod sie ihnen gelassen hatte, ohne Augen, ohne Zunge. Jede Frau, die hereinkam, bat darum, den Leichnam säubern, die Augenlider zunähen, das Kinn hochbinden, den Parka bürsten oder zumindest ihre Totenstiefel suchen zu dürfen, verziert mit geschnitzten Perlen und den Stacheln des Stachelschweins. Sie hatte doch sicher Totenstiefel, die auf sie warteten. Hatte das nicht jede Frau? Und jeder Mann?

Nachtmann aber scheuchte sie alle fort, bleckte seine Zähne, deutete barsch mit dem Finger auf sie und schrie sie an, um ihnen zu sagen, wo sie sitzen sollten.

Aqamdax hörte nicht auf ihn, als er sie auf einen Platz in der hintersten Ecke der Behausung verwies. Stattdessen setzte sie sich direkt neben den Leichnam. Sie war Schwesterfrau, jene, die Schutz gewährte, als würde Stern sich auf der Jagd erleichtern und brauchte Deckung vor den Augen der Männer.

Als alle in der Behausung von Stern versammelt waren, fiel Aqamdax auf, wie klein die Gemeinschaft doch war, ohne Chakliux, Sok und Schnee-im-Haar, ohne Blickt-in-den-Himmel und Erster Adler, und nun auch ohne Stern. Lange Augen saß allein neben dem Eingang, eingehüllt in eine Decke aus Hasenfell, und ihre Hände waren damit beschäftigt, Sehnen zu zwirnen, die Augen auf die Arbeit gerichtet.

Aqamdax spürte die Anwesenheit von Stern. Ihr Geist war womöglich noch immer an diesen geschundenen Körper gebunden, hielt sich hier auf, um sicherzugehen, dass ihr Kind ihr zu jenem Ort folgte, wo die Geister wohnten. Aqamdax' Volk, die Ersten Menschen, wussten, dass der Ort, dem das

Flussvolk den Namen *yakaas* gegeben hatte, bei jenen tanzenden Lichtern war, die den Nordhimmel färbten. Das Flussvolk aber schien nur sehr ungenaue Vorstellungen davon zu haben, wohin seine Toten gingen. Einige glaubten dieses, andere jenes. Keiner von ihnen ehrte jenen Schöpfer-Geist, von dem die Ersten Menschen wussten, dass er über allen Dingen war. Das ist kein guter Weg zu leben, dachte Aqamdax. Wie sollten ihre Geister wissen, wohin sie gehen mussten, wenn sie starben?

Womöglich war das der Grund, warum es schien, als sei Stern bei ihnen. Oder aber sie wollte einfach am Leben sein und richtete ihre Gedanken nicht nach vorne, hin zu jenem neuen Leben, das sie fortan führen musste.

Aqamdax hatte Trägt-viel in einem Trageriemen unter ihren Parka gebunden. Sie löste den Riemen und zog das Kind auf ihren Schoß. Sie hätte besser sein Wiegengestell mitgenommen, doch als Dii sie inmitten des Sturmes aufgesucht, ihr die Nachricht von Stern gebracht und versichert hatte, dass Ligige' wohlauf war, hatte Aqamdax an nichts anderes denken können, als dass sie sofort zu den anderen Frauen in die Behausung von Stern eilen und den Leichnam herrichten musste.

In der Eile hatte sie das Wiegengestell vergessen. Sie hatte auch vergessen, einen trockenen Parka und etwas zu essen für Ligige' mitzunehmen. Doch Krummer Halm hatte noch einen Parka bei sich, und eine andere Frau hatte Essen gebracht. Und so mochte es genügen, dass sie hier war und den Leichnam ihrer Schwesterfrau behütete.

Ghaden saß bei den Männern, und Beißer war an seiner Seite. Der Junge wäre lieber bei Aqamdax gewesen, doch sie saß nahe bei Stern, und so mochte es das Beste sein, bei den Männern zu bleiben, wie Nachtmann es ihm befohlen hatte. Als Daes, seine erste Mutter, einst gestorben war, da hatte auch Ghaden sterben wollen, um mit ihr in die Geisterwelt zu gehen. Stern aber wollte er nicht begleiten – Mutter und doch nicht Mutter, die sie ihm gewesen war –, und er versuchte, seine Gedanken auf andere Dinge zu lenken, damit sie nicht daran erinnert wurde, dass er hier war, ein Sohn, beinahe schon Jäger, der mit ihr gehen könnte.

Zu Beginn waren alle stumm, als warteten sie. Schließlich hob eine der alten Frauen ihre Stimme zu einem Klagelied, und die anderen fielen ein. Diese Lieder ließen Ghaden stets erschauern. Er biss die Zähne fest zusammen und sagte sich, dass ein Mann nicht zitterte, wenn er die Laute der Trauer vernahm.

Zumindest waren die Lieder ihm vertraut, ein Zeichen dafür, dass die Wege der Achtung befolgt wurden. Anders als es bei diesem Tod geschehen war. Welches Tier hätte das Kind aus dem Bauch von Stern gerissen, ohne es zu fressen? Er hörte, wie Schreit-laut und Backenhörnchen über *nuhu'anh* flüsterten, doch *nuhu'anh* waren zu schrecklich, um an sie zu denken. Jeder aus dem eigenen Dorf mochte *nuhu'anh* sein, ohne dass man es ahnte. Sie konnten aussehen wie gewöhnliche Menschen und ein gewöhnliches Leben führen, doch in den kalten Tagen des Winters wurden sie zu *nuhu'anh*, und dann töteten sie Menschen und fraßen sie auf.

Ghaden saß neben der Feuerstelle, den Frauen gegenüber. Obgleich Aqamdax mit ihrem Körper beinahe den ganzen Leichnam von Stern vor seinem Blick verbarg, konnte Ghaden doch ihre Haare sehen, die aus der Kapuze hervorquollen. Er bewegte sich und setzte sich mit angezogenen Knien hin. Er erinnerte sich daran, dass seine erste Mutter immer auf diese Art gesessen hatte, und auch Aqamdax machte es so. Er kreuzte seine Arme über den Knien, senkte seinen Kopf darauf und verbarg seine Augen.

Als er vorhin in die Behausung gekommen war, hatte er einen Blick auf Stern geworfen, und er hatte gesehen, dass ihre Augen fort waren. Bedeutete das, dass sie nun ein blinder Geist war? Würde sie versuchen, die Augen eines anderen zu nehmen, ehe sie das Dorf verließ? Seine Augen begannen zu schmerzen. Er stellte sich vor, er sähe aus wie Stern jetzt, mit blutigen Höhlen dort, wo seine Augen sein sollten. Sie waren kleine, zahnlose Münder, die offen standen, als wolle Stern so viel wie möglich aufsaugen, ehe sie sie einschlugen, um sie aufzubahren.

»Ich bin Jäger«, sagte Ghaden zu Stern. Er sprach mit jener Stimme, die in seinem Kopf wohnte. »Jäger brauchen ihre Augen. Such dir jemand anderen. Die alten Männer sagen, Füchse sehen besser als wir. Geh und hol dir Fuchsaugen.«

Er konnte beinahe ihre Stimme hören, wie Stern anfing, mit ihm zu streiten, doch dann wurde sein Gespräch mit ihr von den Rufen von Nachtmann unterbrochen. Die Frauen hielten in ihrem Klagelied inne, und Schreit-laut rückte näher an Ghaden heran. Beißer knurrte, und Ghaden streckte sich und hielt ihm mit einer Hand die Schnauze zu. Wozu die Aufmerksamkeit von Stern auf sich lenken? Sie mochte zu dem Schluss gelangen, dass sie die Augen von Beißer wollte. Und wie sollte er dann jagen?

»Seht diese Frau, meine Schwester!«, rief Nachtmann, und wieder und wieder sprach er diese Worte. »Seht diese Frau, meine Schwester! Seht diese Frau, meine Schwester!«

Schneller und schneller wurden seine Worte, bis sie keinen Sinn mehr ergaben und klangen wie die Gesänge des Heilers.

Dann wurde seine Stimme langsamer, sie veränderte sich, und Ghaden wurde gewahr, dass Nachtmann jetzt sagte: »Seht dieses Kind, Tochter meiner Schwester!« Dann begannen auch diese Worte, aus seinem Mund herauszutrudeln, in die Flammen der Feuerstelle zu wirbeln, an der Innenwand der Behausung zu schaben, wie ein Messer, das eine Haut vom Fleisch befreit.

Endlich sprach Nachtmann wieder, wie er es immer tat, und wenn er auch ab und an schrie, so gebrauchte er doch wenigstens Worte, die Ghaden verstehen konnte.

»Ihr seht sie. Sie sind tot. Nicht vom Sturm getötet oder von einem Tier. *nuhu'anh* höre ich einige von euch flüstern. Welcher *nuhu'anh* tötet, ohne zu fressen? Welcher *nuhu'anh* ließe sich vertreiben von einer alten Frau und ihrem Hund? Ich habe diese beiden allein gelassen, meine Schwester und ihr Kind, und Ligige' hat sie gefunden. Seht meine Schwester an. Seht ihre Kehle. Ihr erkennt die Spur eines Messers. Seht hin. Seht den Schnitt.«

Mutig erhob sich Schreit-laut, damit er die Kehle von Stern sehen konnte. Er-lacht und Nimmt-mehr taten dasselbe, Ghaden aber blieb, wo er war, die Arme um die Knie geschlungen, und als auch Beißer sich erhob, packte Ghaden den Hund an seinem *babiche*-Halsband und zerrte ihn wieder hinunter.

Die beiden Männer unterhielten sich, und Ghaden konnte die Angst erkennen, die in ihren Stimmen war, und den Zorn. Er wollte seine Ohren davor verschließen, doch er rührte sich nicht. Stern war hier bei ihnen. Merkten die anderen das nicht? Wozu ihre Aufmerksamkeit auf sich lenken?

»Erinnert ihr euch an die Frau, die Mutter von Chakliux war?«, fragte Nimmt-mehr. »Sie ist auf die gleiche Weise gestorben – durch ein Messer.«

»Das war Soks Frau, damals, als sie fliehen wollte«, sagte Er-lacht. »Denkst du, sie ist zurückgekommen, um Stern zu töten?«

»Wer vermag das zu sagen? Es gibt Geschichten von solchen Dingen«, sagte Nimmt-mehr.

Er blickte hinüber zu Aqamdax, und Ghaden wusste, er wollte, dass sie ihnen solch eine Geschichte erzählte. Ghaden kniff die Augen fest zusammen und rief Aqamdax im Stillen zu: Sag nichts, bleib ganz ruhig sitzen, beweg dich nicht.

Doch selbst wenn sie hätte reden wollen, die Stimme von Nachtmann erhob sich laut über die aller anderen. »Die Frau von Sok ist tot. Dies hat sie nicht getan. Die Hunde hätten sie entdeckt. Wir hätten ihr Gebell vernommen. Hat einer von euch an diesem Morgen die Hunde gehört, ganz früh, als es noch dunkel war?«

»Wie hätten sie sie sehen können, in diesem Sturm?«, fragte Nimmt-mehr.

Nachtmann überhörte ihn. »Denkt ihr, dies sei das Werk eines Geistes? Nein. Jemand hier in diesem Dorf hat sie getötet. Meine Schwester ist nur für kurze Zeit hinausgegangen. Sie hat die Behausung verlassen, um zur Frauenstelle zu gehen, und als ich erwachte, da war sie noch nicht wieder zurück.«

»Welchen Grund hätte jemand von uns, sie zu töten?«, fragte Krummer Halm. »Sie hat niemandem etwas zu Leide getan. Ihr Kind war wichtig für uns.« Sie deutete auf Ghaden und Schreit-laut, dann wandte sie ihren Kopf Yaa und Trägt-viel zu, blickte zu Backenhörnchen und Schwarzer Stock, die neben ihrer Mutter saßen. »Seht, wie wenige Kinder wir haben. Kann ein Dorf überleben, das keine Kinder hat?«

»Vielleicht war es jemand aus dem Nahe-am-Fluss-Dorf«, sagte Nimmt-mehr. »Sie hassen uns.«

»Das wäre möglich«, sagte Nachtmann, »doch wenn sie unsere Frauen töten wollten, warum haben sie uns dann nicht angegriffen, als wir von unserem Jagdlager wieder hierher gezogen sind? Es wäre ein Leichtes gewesen, uns zu töten, als wir so schwer beladen waren. Warum haben sie das Dorf nicht angegriffen, als wir noch auf der Jagd waren? Die alten Frauen hätten sich nicht zur Wehr setzen können. Wenn die Nahe-am-Fluss-Menschen töten wollten oder unsere Vorratslager plündern, warum sind sie dann nicht in unser Dorf gekommen, als jene Vorratslager noch voll von Sommerlachs waren und die alten Frauen wehrlos und allein?«

Er sah Ligige' an. »Du hast an diesem Morgen nach deinen Fallenschlingen gesehen«, sagte er. »Ist dir jemand begegnet?«

Ligige' richtete sich auf, als hätte sie während des Geschreis von Nachtmann geschlafen. Ihre Stimme war belegt, und man konnte nur schwer verstehen, was sie sagte. »Als ich meiner Fallenstrecke den Rücken kehrte, sah ich nichts als meinen eigenen Hund«, sagte sie langsam, »und dann die Hündin Schneefalke und diese, die tot sind.«

Nachtmann blickte sie argwöhnisch an. »Du hast nichts gesehen als zwei Hunde, deinen und Schneefalke. Schneefalke ist Soks Hund, *nae'*?«

»Sie gehört Sok oder Chakliux«, antwortete Ligige'. »Ich bin nicht sicher.«

»Sie gehört Sok«, sagte Aqamdax ruhig, und Ghaden hielt den Atem an und schüttelte den Kopf, doch sie bemerkte ihn nicht.

»Sok ist fort, du aber lebst in seiner Behausung«, sagte Nachtmann zu Aqamdax.

»Sei still, sei still«, murmelte Ghaden leise. »Sei still, Aqamdax. Stern wird dich hören. Sie wird dir deine Augen rauben.«

Aqamdax aber antwortete mit klarer Stimme und lauten Worten: »Ja, ich lebe dort, mit meinem Mann und Sok und den Söhnen von Sok. Ich kümmere mich um ihre Hunde.«

»Hast du Schneefalke diesen Morgen gehen lassen? Hast du sie hinausgelassen in den Sturm?«

»Nein. Sie hat ihre Leine durchgekaut. Ich habe nicht einmal gemerkt, dass sie fort war, bis ihr sie zurückgebracht habt, du und Ligige'.«

Nachtmann nickte, dann wandte er sich wieder Ligige' zu. »Du bist hinausgegangen in den Sturm, Tante«, sagte er. »Warum?«

»Um nach meinen Fallen zu sehen. Eine alte Frau wird den Winter nicht überleben, wenn sie nicht selbst mit für ihr Essen sorgt.«

»Du hast aber einen Hund mitgenommen. Nimmst du immer einen Hund mit, wenn du nach deinen Fallen siehst?«

»Nein. Doch in diesem Sturm habe ich seine Augen gebraucht. Und ich wusste, er würde mich warm halten, bis der Sturm sich legt, sollte ich mich verlaufen.«

»Glaubst du, die meisten würden einen Hund mitnehmen,

wenn sie hinausgehen müssten in einen Sturm?«, fragte Nachtmann.

Ligige' kniff die Augen zusammen. »Ich weiß nur, was ich tun würde. Wie soll ich dir sagen, was andere vielleicht tun würden?« Sie winkte mit einer Hand in die Runde der Menschen in der Behausung. »Sie solltest du fragen, nicht mich.«

Ghaden beobachtete Nachtmann, und er wusste, dass er böse auf Ligige' war. Warum? Sie hatte Stern gefunden, doch warum sollte er darüber böse sein? Jemand musste sie finden.

»Krummer Halm«, sagte Nachtmann, »würdest du einen Hund mitnehmen?«

»Ich würde nicht hinausgehen«, sagte Krummer Halm. »Nicht bei solch einem Sturm.«

»Wenn du aber hinausgehen müsstest. Wenn du keine Wahl hättest«, beharrte Nachtmann.

Krummer Halm zuckte mit den Schultern. »Schon möglich. Woher soll ich wissen, was ich tun würde?«

»Ich würde einen Hund mitnehmen«, sagte Nimmt-mehr. »Ich glaube, die meisten Menschen würden ebenso handeln.«

Nachtmann lächelte, doch es war kein glückliches Lächeln. Ghaden fühlte, wie seine Beine wieder anfingen zu zittern, und er musste seine Arme fest um sich schlingen, um ruhig zu bleiben.

»Womöglich ist Schneefalke von sich aus zur Frauenstelle gegangen«, sagte Nachtmann. »Warum würde ein Hund hinausgehen in solch einen Sturm?«

Er hob den Kopf und deutete auf Schreit-laut. »Wo ist die Hündin?«, fragte er.

»Ich habe ihn wieder an unserer Behausung festgebunden«, sagte Schreit-laut, und Ghaden, der neben ihm saß, spürte, wie auch er anfing zu zittern.

»Geh sie holen.«

»Es reicht schon, dass du uns alle gebeten hast, in diesem Sturm in deine Behausung zu kommen«, sagte Ligige'. »Nun willst du, dass dieser Junge sich allein dem Sturm stellt? Verlangst du so etwas von ihm, weil du weißt, dass sein Vater nicht hier ist, um ihn zu verteidigen, oder weil er aus dem Nahe-am-Fluss-Dorf ist? Wenn du den Hund willst, dann geh selbst und hol ihn her.«

»Wer bist du, alte Frau, dass du mir sagst, was ich tun soll?«, sagte Nachtmann. »Wer bist du, Frau aus dem Nahe-am-Fluss-Dorf, dass du es wagst, so mit einem Jäger der Vetter-Fluss-Menschen zu sprechen?«

»Wer bist du, ein Mann, der tagaus, tagein dasitzt und sich selbst bemitleidet, dass du einer Ältesten so wenig Achtung entgegenbringst?«, gab Ligige' zurück. Sie hob den Hasen empor, der noch immer an ihrer Seite hing, und dann den Vielfraß. »Wenigstens sorge ich für Fleisch.«

Er-lacht zischte sie an, und einige der Frauen schlugen sich die Hände vor den Mund.

»Du sprichst anmaßend für eine Frau, die niemanden hat in diesem Dorf, sie zu beschützen. Hast du vergessen, dass deine Neffen uns verlassen haben?« Er hob die Hand zur Decke der Behausung. »Du kannst den Wind hören. Wer weiß, ob sie je zurückkehren werden.«

»Bete dafür, dass deine Worte diese Behausung nicht verlassen«, sagte Aqamdax. »Was werden wir in diesem Dorf tun ohne sie?«

Zu Ghadens Erstaunen legte Nachtmann den Kopf in den Nacken und fing an zu lachen. Es war kein gutes Lachen. Beißer jaulte, und wieder legte Ghaden ihm eine Hand auf die Schnauze. Mit einem Mal erhob sich Aqamdax. »Da du dich so sehr vor dem Sturm fürchtest«, sagte sie zu Nachtmann, »werde ich gehen und Schneefalke für dich holen.«

Ghaden dachte, Nachtmann würde sich erheben, um zu gehen, doch er rührte sich nicht. Aqamdax reichte Ligige' das Kind und zog ihre Kapuze hoch.

»Beißer und ich werden mit dir gehen«, sagte Ghaden, und es war ihm gleich, ob seine Worte Sterns Aufmerksamkeit erregten. Sie war schon immer faul gewesen, und selbst als

Geist würde sie ihnen sicher nicht hinaus in den Sturm folgen wollen.

»Du wirst hier bleiben«, sagte Nachtmann.

Erstaunt blickte Ghaden ihn an. Warum sollte es ihn kümmern, was Ghaden tat?

Als hätte Nachtmann seine Gedanken erraten, sagte er: »Meine tote Schwester hat dich als ihren Sohn aufgenommen. Nun bist du der meine.«

Bei diesen Worten sprang Yaa auf. »Wir gehören nicht zu dir. Nun, da deine Schwester tot ist, gehören wir zu Aqamdax, unserer Schwester. Wir tun, was sie sagt.«

Aqamdax blickte Nachtmann ins Gesicht. »Ghaden, du bleibst hier«, sagte sie. »Doch ich wäre froh, wenn ich Beißer mitnehmen könnte.«

Ghaden führte seinen Hund hinüber zu Aqamdax und sah ihnen nach, als sie die Behausung verließen. Dann setzte er sich wieder neben Schreit-laut und lauschte, als Nachtmann sprach. Seine Worte waren voll der Tränen, als er von seiner Schwester erzählte, doch nach und nach verschwand das Weinen aus seiner Stimme, und Ghaden merkte, dass er nicht länger von Stern sprach oder von dem, der sie getötet hatte. Nachtmann sprach von den Nahe-am-Fluss-Menschen und von jenen, die in den Kämpfen gestorben waren. Er sprach von den Vetter-Fluss-Männern, die ihr Leben gegeben hatten, sprach von jenen Vetter-Fluss-Frauen, die noch immer im Nahe-am-Fluss-Dorf lebten, einst gegen ihren Willen geraubt und verloren für ihre Familien. Er sprach von Behausungen, die niedergebrannt waren, und von leeren Vorratslagern. Er sprach von Rache.

51

Aqamdax und Beißer kehrten mit Schneefalke zurück. Die Hunde jaulten auf dem Weg zu der Behausung von Nachtmann. Der Wind hatte sich wieder gedreht und blies nun von Süden her. Das war ein gutes Zeichen. Die schlimmsten Stürme begannen zumeist mit Wind, der von Osten kam und sich dann allmählich nach Norden und Westen drehte.

Beißer suchte sich vorsichtig seinen Weg durch die äußere Türklappe der Behausung, und Aqamdax schob Schneefalke in den Eingangstunnel hinein. Schneefalke schnappte nach ihr, doch Aqamdax redete der Hündin mit sanfter Stimme zu. Von klein auf war Schneefalke im Freien gehalten worden. Aqamdax hatte der Hündin leicht ihre Hand auf den Rücken gelegt, und sie spürte ihr Knurren. Sie wusste, dass das Tier Angst hatte, als es in den dunklen, niedrigen Eingangstunnel irgendeiner Behausung hineingezwungen wurde.

Als Aqamdax ihre Schneeschuhe ablegte, vernahm sie die Stimme von Nachtmann, die aus dem Inneren zu ihr drang. Seine Worte waren barsch und laut und voller Hass. Ein Tor, jener Mann, dachte sie, doch sie konnte seinen Zorn verstehen. Jemand hatte seine Schwester getötet. Aqamdax ging im Geiste all die Menschen durch, die in diesem Dorf lebten, und bei keinem von ihnen konnte sie sich vorstellen, dass er zu solch einer Tat imstande war.

Doch wie schwer war es einst gewesen zu glauben, dass Rotes Blatt Menschen getötet hatte, dass sie nicht aufgehört hatte zu töten, dass sie sogar Tagfrau das Leben genommen hatte.

Und womöglich war Rotes Blatt gar nicht gestorben. Womöglich war es ihr gelungen, am Leben zu bleiben, und sie hatte Stern getötet. Doch warum hätte sie das tun sollen?

Der Frau K'os hätte Aqamdax solch eine Tat zugetraut, doch K'os hätte eher im Verborgenen gewirkt. Eine Frau, die mit Pflanzen bewandert war wie K'os, hätte Gift verwendet. Möglicherweise hatte Ahle Recht. Aqamdax hatte sie von *nuhu'anh* flüstern hören. Bei den Ersten Menschen gab es keine Geschichten über *nuhu'anh*, doch Aqamdax hatte Chakliux' Erzählungen über jene wilden Geschöpfe gelauscht, Riesen, die davon lebten, andere Menschen zu fressen.

Beißer stieß mit den Pfoten an die beschwerte Türklappe, und Aqamdax zog sie beiseite. Der Hund trottete hinein und stieg über mehrere Menschen hinweg, bis er Ghaden gefunden hatte. Er schüttelte sein nasses Fell und ließ sich neben dem Jungen nieder. Schneefalke stemmte ihre Pfoten in den Boden, und Aqamdax musste sie in die Behausung hineinziehen.

»Sie ist nicht oft im Inneren einer Behausung gewesen«, sagte Aqamdax, obgleich ihre Erklärung nicht nötig war. Aqamdax kniete sich neben die Hündin. Eine Hand behielt sie auf dem Rücken von Schneefalke.

»Du sagst also, sie hätte ihre Leine durchgekaut?«, fragte Nachtmann.

Aqamdax nickte.

Nachtmann hob das Kinn und deutete auf die Leine, die von dem Hals der Hündin herabbaumelte. »Sie sieht nicht durchgekaut aus«, sagte er.

»Ich habe ihr eine neue umgebunden.« Aqamdax hob die Leine hoch. Sie hatte sie bei Soks Sachen gefunden. Sie war vom Alter dunkel, doch lang und stark, aus Fichtenwurzeln geflochten.

»Sie sieht alt aus«, sagte Nachtmann. Er ging um die Feuerstelle herum und ging vor Aqamdax und dem Hund in die Hocke. Er hob die Leine an. Schneefalke knurrte.

»Ja«, sagte Aqamdax. »Ich habe sie in einem Bündel von Sok gefunden.«

»Sie ist nicht durchgekaut worden«, sagte Nachtmann und hielt das Ende der Leine empor, sodass die anderen es sehen konnten.

»Nein, ist sie nicht.«

Schnell beugte Nachtmann sich vor und ließ seine Hände über den Bauch der Hündin gleiten. Sie sprang zurück, bleckte die Zähne und bellte. Aqamdax packte das Halsband.

»Ich bin nicht kräftig genug, um sie zurückzuhalten, wenn sie sich entschließt, dich anzugreifen«, sagte sie zu Nachtmann.

»Wenn sie mich angreift, werde ich sie töten. Man hätte sie schon vor langer Zeit töten sollen.« Nachtmann zog ein Messer aus der Scheide.

»Dann sei darauf gefasst, Sok einen deiner Hunde zu geben und Welpen dazu, für jene, die sie in ihrem Bauch trägt.«

»So treu stehst du zu einem Mann, der dich einst verstoßen hat?«, fragte Nachtmann.

»Ich glaube daran zu tun, was recht ist. Ein Hund für einen Hund.«

»Das ist also, woran du glaubst«, sagte er. »Wird dergleichen bei deinem Volk gelehrt? Ein Hund wird gegeben für einen, der genommen wurde?« Sein Lächeln ließ Aqamdax frösteln. »Womöglich glaubst du auch hieran: ein Kind für ein Kind«, sagte er, und mit einem Mal wusste sie, worin seine Absicht lag.

»Ich habe Stern nicht getötet«, sagte Aqamdax und bereute ihre Worte sogleich. Warum diesen Gedanken in die Köpfe derer bringen, die ihnen zuhörten? Wer war schon darunter, der für sie sprechen würde? Nur Ghaden, nur Yaa und Schreit-laut, und sie waren nichts als Kinder. Womöglich auch Ligige', doch wer vermochte das zu sagen?

Nachtmann zeigte mit dem Messer auf Schneefalke. Wieder knurrte sie. »Leben für Leben«, sagte er und hob das Messer, als wolle er es werfen.

Aqamdax löste das Band vom Hals der Hündin, hob die Türklappe und schob Schneefalke hinaus. »Lauf!«, rief sie und verstellte den Eingangstunnel, bis Schneefalke hinaus in den Sturm gerannt war. Sie würde wohl bei Soks Behausung stehen bleiben, doch wenigstens bliebe Aqamdax ein wenig Zeit, um die Hündin vor Nachtmann zu verbergen, bis Sok und Chakliux zurückkehrten.

»Leben für Leben, Aqamdax«, sagte Nachtmann. »Du hast das Kind von Stern für deinen Sohn getötet.«

Das Vier-Flüsse-Dorf

K'os schreckte hoch, als Rotes Blatt in ihre Behausung trat. Bei den Dingen, die Flusseistänzer aus dem Nahe-am-Fluss-Dorf mitgebracht hatte, hatte sie einige kleine Beutel gefunden, mit Zugbändern verschnürt, die mit Perlen gefüllt waren. Es waren gewöhnliche darunter, einige waren aus Vogelknochen gemacht, doch andere waren aus Muscheln und Holz geschnitzt und glänzend gerieben worden. K'os hatte die Beutel vor sich auf eine Bodenmatte aus Karibuhaut geleert und spielte mit Mustern.

K'os warf Rotes Blatt einen flüchtigen Blick zu, dann deutete sie mit dem Kinn auf die Perlen. »Von meinem Mann«, sagte sie. »Ich lege Muster für einen Parka.«

»Es wäre besser, du machtest ihm einen hieraus«, sagte Rotes Blatt. Sie hob das Bündel Felle hoch, die sie im Arm trug. »Ich habe dir die Pelze gebracht.«

K'os ging hinüber zu ihrem Arzneibeutel und nahm das verschnürte Päckchen heraus. »Ich werde dir einen Tee bereiten«, sagte sie zu Rotes Blatt, doch die schüttelte den Kopf.

»Sorge dich nicht«, sagte K'os zu ihr. »Du wirst nicht hier sterben. Es wird ein bisschen Zeit vergehen, ehe die Krankheit über dich kommt.«

Rotes Blatt streckte eine zitternde Hand aus. »Ich werde es mitnehmen zu meiner eigenen Behausung. Ich habe meine Tochter dort gelassen und muss zu ihr zurückgehen.«

»Glaubst du, ich bin so dumm, dir das Gift zu überlassen?«, fragte K'os. »Wie soll ich wissen, was du damit tust? Du könntest versuchen, Cen zu vergiften oder gar meinen eigenen Mann.«

»Dann komme mit mir«, sagte Rotes Blatt. »Ich kann meine Tochter nicht länger allein lassen.«

K'os lachte. »Ist dein Mann fort?«

»Auf der Jagd«, sagte Rotes Blatt. »Er hat mir gesagt, er wird bei Einbruch der Nacht zurück sein.«

»Das ist gut«, sagte K'os. »Du sollst nicht leiden, ohne deinen Mann in deiner Nähe zu haben.« Sie lächelte höhnisch und reichte Rotes Blatt das kleine Päckchen mit der vierfach geknoteten rot gefärbten Sehne. Sie holte ihren Parka, zog sich die Stiefel über und die Gamaschen, die sie im Freien trug. »Nun, du und ich, wir machen jetzt einen netten Besuch«, sagte K'os und nahm ihr Messer an sich, das neben der Feuerstelle gelegen hatte, zog es aus der Scheide und hielt die Klinge in den aufsteigenden Rauch.

»Eine Erinnerung an die Geister, die mich beschützen sollen«, sagte sie zu Rotes Blatt. Dann machte sie die Scheide an ihrem Bein fest, als wäre sie ein Mann, und folgte Rotes Blatt hinaus.

Das Vetter-Fluss-Dorf

»Sie ist fett«, sagte Nachtmann und deutete mit dem Kopf auf die Türklappe, »diese Hündin.« Noch immer hielt er das Messer in einer Hand, und bei jedem Wort schlug er mit der flachen Seite der Klinge auf seine Handfläche. »Sie hat ihre Leine nicht durchgekaut, weil sie hungrig war. Du hast sie mit dir hinaus in den Sturm genommen. Du bist zur Frauenstelle gegangen, hast Stern dort gesehen und gedacht, die Zeit sei günstig, um Rache zu üben. Du hast sie getötet und ihr das Kind aus dem Leib geschnitten.«

»Ich bin diesen Morgen nicht hinaus in den Sturm gegangen«, sagte Aqamdax.

»Und hast du jemanden, der sagen wird, dass du nicht hinausgegangen bist?«, fragte Nachtmann.

»Ich.« Ghaden hatte sich erhoben.

Aqamdax schloss die Augen, ihr Herz war voller Liebe für diesen Jungen und für das, was er zu tun versuchte, und es war auch voller Bedauern über das, was unvermeidlich geschehen würde.

»Bist du diesen Morgen bei ihr gewesen, und auch die vergangene Nacht hindurch?«, fragte Nachtmann.

»Ich war bei ihr. Ich und Beißer.«

Nachtmann hob die Augenbrauen und rieb die Klinge seines Messers an dem weichen Hemd aus Karibuhaut, das er am Leibe trug. »Ligige'«, sagte er, »wo hat dieser Junge in der vergangenen Nacht geschlafen?«

Ligige' presste die Lippen zu einem dünnen Strich zusammen. »In meiner Behausung«, sagte sie leise.

»Ist er an diesem Morgen hinausgegangen?«

»Ich habe ihn nicht hinausgelassen.«

»Weil der Sturm wütete«, sagte Nachtmann.

»Ja.«

»Also wart ihr allein, du und dieser Junge?«

»Schreit-laut und Yaa waren auch da«, sagte die alte Frau.

Nachtmann blickte zu Yaa. »Hast du die vergangene Nacht bei Ligige' verbracht?«

»Du hast es uns erlaubt.«

»Ja, ich habe es euch erlaubt. Hat sich dein Bruder in der Nacht davongestohlen? Womöglich zu einer Zeit, da Ligige' schlief?«

»Das weiß ich nicht.«

»Du weißt es nicht? Wie kannst du das nicht wissen?«

»Ich habe geschlafen. Es wäre möglich. Er tut nicht immer das, was ihm gesagt wird.«

»Glaubst du, er und Beißer hätten zu der Behausung von Sok gehen können?«

»Ich glaube schon«, sagte Yaa.

»Schreit-laut, was glaubst du?«

Der Junge sprang auf, als Nachtmann ihn beim Namen nannte. »Ich habe geschlafen«, sagte er.

»Deshalb weißt du nicht, ob Ghaden Ligige's Behausung in der vergangenen Nacht verlassen hat und mit Aqamdax gegangen ist, um meine Schwester zu töten?«

Die Augen des Jungen wurden groß und rund. »Nein, das hat er nicht getan. Er ist bei mir geblieben. Wir haben unter derselben Decke geschlafen.«

»Dann sagst du mir also, dass Ghaden die ganze Nacht und auch den ganzen Morgen in der Behausung von Ligige' verbracht hat.«

Schreit-laut senkte den Kopf. »Ja«, sagte er leise. »Er hat niemanden getötet.«

Ghaden hob eine Hand, um ihn zu schlagen, doch Nimmtmehr beugte sich vor und fing die Faust des Jungen auf. »So hat dir diese Seejäger-Frau also beigebracht, zu lügen und jene zu schlagen, die die Wahrheit sprechen?«, sagte Nachtmann.

»Das hat sie mich nicht gelehrt«, murrte Ghaden und entwand seine Faust dem Griff des Mannes.

»Lass den Jungen in Ruhe«, sagte Aqamdax zu Nachtmann. »Er hat nichts getan. Und du weißt das.«

Aqamdax blickte in die Gesichter der Menschen, die in der Behausung versammelt waren. Hohle Schale und Gelber Vogel, zwei alte Weiber, beobachteten sie, die Lippen fest zusammengepresst, und sie hatten sich vorgebeugt, damit ihnen kein Wort entging. Es war ihnen einerlei, ob die Anschuldigungen von Nachtmann der Wahrheit entsprachen, ihnen war allein wichtig, dass etwas geschehen war, das die Eintönigkeit ihrer

Tage unterbrach. Nimmt-mehr starrte Aqamdax an, als sähe er ihr Gesicht an diesem Tag zum ersten Mal.

»Ich habe gehört, die Seejäger seien keine richtigen Menschen«, sagte Nachtmann.

Aqamdax' Worte waren erfüllt von Zorn und Angst: »Dasselbe haben wir von euch gehört«, gab sie zurück.

»Welches Recht hast du, ihr die Schuld zu geben?«, fragte eine der alten Frauen, und Aqamdax sah, dass es Krummer Halm gewesen war.

Die Worte der Frau schenkten Aqamdax Hoffnung, besonders als Ligige' mit dumpfer Stimme sagte: »Du bist ein Tor, Nachtmann. Du weißt, dass sie deine Schwester nicht getötet hat.«

Dann aber sagte Krummer Halm: »Du hast ihren Sohn getötet. Du und deine Schwester. Wir alle wissen, wie du gekommen bist und das Kind geholt hast, als Aqamdax noch in der Geburtshütte war. Was also erwartest du, da du ihren Sohn getötet hast?«

»Ich habe den Jungen dem Großvater-See zum Geschenk gemacht«, sagte Nachtmann zu der alten Frau. »Denkst du, unsere Vorratslager wären voll, nur weil wir gute Jäger sind? Denkst du, der einzige Grund, warum wir so gesegnet waren, wäre, dass die Karibus Gefallen an unserer Achtung gefunden haben? Ich habe das Kind gegeben, um sicherzugehen, dass wir für diesen Winter ausreichend Nahrung bekommen.«

»Du lügst!«, schrie Aqamdax. Sie sprang Nachtmann an, sie zerkratzte ihm das Gesicht, und ihre Klauen suchten seine Augen.

Als Nimmt-mehr und Krummer Halm Aqamdax endlich von Nachtmann wegzerren konnten, war sein Gesicht blutüberströmt. Schließlich kam Nachtmann wieder zu Atem, und er sagte: »Und ihr denkt, sie hätte es nicht vermocht, meine Schwester zu töten?«

In der Behausung herrschte Stille, die Menschen schwiegen, und Aqamdax sah die Furcht in ihren Augen.

TEIL DREI

Die alte Frau legte noch Holz in ihre Feuerstelle. Wie gut es war, wieder zurück in der Winterbehausung zu sein. Wie gut, dass ihr Vorratslager gefüllt war mit dem getrockneten Lachs des Sommers. Doch bald schon würden die meisten Behausungen im Winterdorf aufs Neue leer stehen. Schon hatten sich die ersten Familien aufgemacht, den Karibus zu folgen. Morgen würden auch die Jungen gehen. Sie aber würde bleiben, sie und die anderen alten Frauen. Wie Geister waren sie, grau und gebrechlich von den Jahren und auf der Karibujagd nicht mehr von Nutzen. Sie schickte ihre Gedanken über die Einsamkeit fort und lächelte den Jungen an, der an ihrer Feuerstelle saß.

»So wirst du in der Frühe aufbrechen?«, fragte sie ihn.

Er nickte. »Ich werde unsere Geschichten vermissen.«

»Mir geht es ebenso«, sagte die alte Frau. »Doch denke daran, jede Karibujagd erzählt ihre eigene Geschichte, also horche genau, und bringe mir jene Geschichte mit, wenn du zurückkehrst.«

Der Junge blickte auf seine Hände hinab. Er war damit beschäftigt, Streifen von Karibuhaut zu einem viersträhnigen Zopf zu flechten. »Mein Vater hat mir einen Hund gegeben«, sagte er. »Ich mache ein Geschirr für ihn.«

»Schau! Was sehe ich?« Die alte Frau gab ihm ein Rätsel auf. »Es wird stärker mit jeder Windung, jeder Drehung.«

»Der Zopf«, sagte der Junge, dann aber wurden seine Augen groß, und sie sah, dass er lächelte. »Eine Geschichte«, sagte er.

»Zwei Antworten auf das gleiche Rätsel, und beide sind sie richtig«, sagte die alte Frau zu ihm. »Nun aber genug der Rätsel. An diesem Tage ist unsere Geschichte ein Rätsel für sich.«

»Das Vetter-Fluss-Dorf«, sagte sie, und sie fing an, ihre Worte durch den Rauch der Feuerstelle zu weben, um die Finger des Jungen herum und hinein in den straff gespannten viersträhnigen Zopf. »Höre:

ICH HABE FÜR AQAMDAX gesprochen, doch meine Stimme war dünn. Meine Worte sind verloren gegangen. Wir haben sie verteidigt, Yaa und Ghaden, Schreit-laut und ich. Wir waren sicher, sie würden auf uns hören, das Recht war doch mit uns. Doch wer hört schon auf die Worte einer alten Frau? Wer hört schon, was die Kinder sagen? Bis Sok und Chakliux zu uns zurückkehren, haben Schreit-laut und ich keinen Jäger, der uns ernährt, und nun, da sie sich gegen Nachtmann erhoben haben, ergeht es Yaa und Ghaden ebenso. Wir sind nichts in diesem Dorf.

Doch warum sollten die anderen Menschen Nachtmann Glauben schenken? Wo haben sie ihre Augen? Sehen sie denn nicht, dass er, seiner toten Schwester gleich, den Samen des Irrsinns in sich trägt?

Womöglich haben wir nicht genug Kraft, unsere Schwäche auszugleichen, da Sok und Chakliux, Blickt-in-den-Himmel und Erster Adler nicht bei uns im Dorf sind. Oder womöglich hat uns der Schrecken dessen, was geschehen ist, unserer Weisheit beraubt.

Ich verstehe den Weg, den die Gedanken von Nachtmann gehen. Dass Aqamdax nach Rache für den Tod ihres Sohnes dürstet. Doch in mir wächst die Furcht, dass er sie in jedem Falle beschuldigt hätte, auch wenn ihr Kind noch am Leben wäre. Sie ist vom Volk der Seejäger. Wer vermag nicht die Unterschiede zu sehen, in allem, was sie tut? Ihre Stimme trägt den tiefen Klang der Worte ihres Volkes; ihr Gesicht ist rund mit einer kleinen Nase, wie die Gesichter der Seejäger es sind.

Selbst ihre Geschichten und ihre Gesänge sind anders. An jenem Tage, als ich Stern gefunden habe, hörte ich, wie die alten Weiber flüsterten: Seejäger sind nicht wie wir. Wer kann ihnen schon trauen?

Aaa! Einst habe auch ich so gedacht. Und wie viel leichter wäre es zu glauben, dass das, was Stern widerfahren ist, die Tat eines Menschen war, der nicht nach Art des Flussvolkes groß geworden ist. Doch nun, da ich Aqamdax wirklich kenne, fange ich an zu verstehen, dass die Unterschiede zwischen den Seejägern und dem Flussvolk nur in den kleinen Dingen liegen und dass sie nichts mit der Seele zu tun haben.

Wie lange noch, bis das Flüstern der alten Weiber sich auch um andere Unterschiede rankt – jenen zwischen den Vetter-Fluss-Menschen und den Nahe-am-Fluss-Menschen oder jenen zwischen Familien? Wie weit werden wir wohl gehen? Bis nur noch ein einziger Mensch geblieben ist?

Und wie soll dieser einzelne dann leben, allein, ohne die Stärke von anderen?«

52

Aqamdax stand vor all den Menschen, die in der Behausung von Stern versammelt waren. Sie erinnerte sie daran, dass sie einst Arbeiterin von K'os gewesen war. »Wäre ich eine Frau, die der Gewalt zugetan ist«, sagte sie zu ihnen, »so hätte ich K'os getötet in jenen Tagen, da ich Arbeiterin war. Wie könnt ihr also glauben, dass ich das Kind meines eigenen Mannes töten würde? Wie könnte ich ihm so viel Kummer zufügen?« Aqamdax sah Nachtmann an, blickte ihm beherzt in die Augen und hoffte, er würde erkennen, wie sehr sie ihn verachtete. »Ich heilige das Leben«, sagte sie, und zu ihrem Erstaunen sah sie, dass er sich fürchtete.

Für einen Augenblick wurde ihre eigene Angst verdrängt von einem Gefühl der Stärke, doch dann drangen erneut die leise geflüsterten Worte der alten Frauen durch das Schweigen, und Aqamdax konnte die Kränkungen hören, die sie zischten.

Ligige', dann Ghaden und Yaa, selbst Schreit-laut, sie alle erhoben sich und sprachen für Aqamdax, doch Nachtmann spie ihnen Lügen entgegen für jedes Wort, das sie sagten. Schließlich machte Krummer Halm, deren Füße auf dem trügerischen Grat zwischen den beiden Seiten wandelten, den Vorschlag, sie sollten Aqamdax aus dem Dorf verbannen.

»Wenigstens bis ihr Mann zurückkehrt«, sagte sie. »Wenn er denn zurückkehrt. Dann soll er uns sagen, was zu tun ist.«

Voll Entsetzen sah Aqamdax, wie die Menschen um sie herum zustimmend nickten, wie sie die Bemühungen von Ligige' niederschrien, die noch einmal das Wort zu ihrer Verteidigung ergreifen wollte.

»So pack deine Sachen«, sagte Nachtmann. Er sah sie kalt an, als sie weinend sagte: »Wer wird Soks Sohn stillen?«

Krummer Halm erhob sich. »Er wird Großmutter-Säugling sein, die alten Frauen werden sich um ihn kümmern«, sagte sie. »Wir haben viele Enkelkinder gestillt, und wir haben noch immer ein wenig Milch. Wir werden gemeinsam dafür sorgen, dass er am Leben bleibt.« Sie wandte ihr Gesicht fort von Aqamdax' Tränen. Als Nachtmann jedoch Einwände erhob gegen Aqamdax' Bitte, Ligige' möge für Ghaden und Yaa und auch für Soks Sohn Schreit-laut sorgen, da erhob Krummer Halm die Hand und gebot ihm Einhalt.

»Sie sind nicht deine Kinder«, sagte sie, und dagegen wusste Nachtmann nichts zu sagen.

Krummer Halm nahm Er-lacht das Versprechen ab, die Hunde von Sok und Chakliux zu füttern, und dann verließ Aqamdax die Behausung von Stern. Sie ging hinaus in den Sturm und gestattete dem Wind, die Tränen aus ihrem Gesicht zu vertreiben.

Sie nahm so viel Fleisch und Fett aus dem Vorratslager von Chakliux, wie sie glaubte, tragen zu können. Dann ordnete sie seine restlichen Bündel neu und stellte den Lachs für die Hunde ganz nach vorne, damit Er-lacht ihn fände. Sie sorgte sich, dass er Karibufleisch von Chakliux' Anteil für sich nehmen würde. Wenn aber der Fisch für die Hunde ganz vorne lag, so würde Er-lacht weniger versucht sein zu nehmen, was ihm nicht gehörte.

Aqamdax war nicht sehr vertraut mit den Bräuchen des Flussvolkes. Würde das ganze Dorf sich bei Soks Behausung versammeln? Würden sie sie mit zornigen Worten und Geschrei hinaustreiben? Würden sie einen Jäger entsenden, womöglich gar Nachtmann selbst? Oder vertrauten sie ihr und ließen sie alleine ziehen?

Ihre Tränen fielen auf alles, was sie einpackte. Einen Augenblick lang verharrten ihre Hände auf einer kleinen fellbesetzten Kapuze, die sie einst für ihren Sohn gemacht hatte. Dann ließ Aqamdax sie in ihren inneren Parka gleiten, etwas Weiches an ihrer Haut, ein Trost, der sie erinnern sollte an jenen Kleinen, der bei den Tanzenden Lichtern auf sie wartete.

Sie füllte ein Bündel für den Rücken und eine Trage, von der sie dachte, dass sie ihr gehörte. Denn wie sollte sie die Last von Fleisch und Zelthäuten selbst schleppen? Als sie fertig war, wartete sie im Eingangstunnel von Soks Behausung, und sie wusste nicht recht, was sie tun sollte. Warum sollte sie sich aufmachen in den Sturm, ehe sie dazu gezwungen wurde?

Schließlich, über das Heulen des Windes hinweg, in der Dunkelheit des späten Nachmittages, hörte Aqamdax Stimmen. Ihr Herz pochte in ihren Gelenken und in den Schläfen, und die Gedanken, die sie bis jetzt zurückgehalten hatte – unter dem Gewicht ihres Bündels zu wandern, der verzweifelte Versuch, die Trage zu ziehen, die Einsamkeit während der dunklen Wintertage –, sie schnitten wie Messer in ihr Herz.

Tränen brannten in ihren Augen, doch Aqamdax kroch aus dem Tunnel, um jenen entgegenzutreten, die da kamen. Dann vernahm sie Ghadens Stimme durch den Schnee, und Beißer sprang an ihr hoch und warf sie beinahe um.

Ghaden und Yaa schlangen ihre Arme um Aqamdax, und Schreit-laut drängte sich nahe an sie.

»Sie haben mir nicht gestattet, dir das Kind zu bringen, damit du es wenigstens ein letztes Mal stillen kannst«, rief Ligige' gegen den Wind. »Doch selbst Krummer Halm hat noch ein wenig Milch. Sorge dich nicht um Schreit-laut. Er wird genug zu essen haben.«

Sie lehnte sich über Yaa und packte Aqamdax bei der Schulter. »Chakliux wird schon bald zurück sein. Bleib in der Nähe, entferne dich nicht weiter als einen Tag von hier. Er wird dich finden.«

»Ich weiß, dass er mich finden wird, Tante.«

»Bist du also bereit?«

»Ja. Gehe ich einfach, oder gibt es einen Flussbrauch, den ich befolgen muss ..., gibt es etwas, das ich tun muss?«

»Ich kenne die Wege der Vetter-Fluss-Menschen nicht«, sagte Ligige', im Nahe-am-Fluss-Dorf jedoch gibt es keinen Brauch, nichts, das du beachten musst. Wenn du bereit bist, so gehe. Das ist das Beste.«

Aqamdax beugte sich über die Kinder, zog sie alle in ihre Arme. Schreit-laut reichte ihr eine Wurfschlinge, und Aqamdax wusste, dass sein Vater sie einst für ihn gemacht hatte. Sie wollte ihm danken, doch Tränen erstickten ihre Worte, und ihre Stimme brach, als sie sprach. Yaa gab ihr Fäustlinge, außen mit Karibufell und innen mit Hasenfell gefüttert.

Dann beugte sich Ghaden zu ihr und sagte: »Ich habe dir Beißer mitgebracht. Er ist das Beste, was mir eingefallen ist.«

Da zwang Aqamdax sich, durch ihre Tränen hindurch zu sprechen. »Beißer ist ein wundervolles Geschenk, Bruder«, sagte sie sanft. »Du wirst ihn für mich aufheben müssen, bis ich zurückkehre. Ich kann nicht genug zu essen mitnehmen, um auch noch einen Hund zu füttern.«

»Du weißt, dass er jagt. Du weißt, dass er uns beinahe jeden Tag Hasen und Schneehühner bringt.«

Tränen verschlossen Aqamdax die Kehle, und Ligige' sagte: »Dein Geschenk ist gut gewählt, Ghaden. Nun, da Beißer deiner Schwester gehört, hat sie entschieden, dass er hier im Dorf bleiben soll, um uns alle zu behüten. Du erwartest doch nicht von meinem alten Hund, dass er auf uns vier Acht gibt?«

Dann zog Ligige' die Kinder fort von Aqamdax und sagte zu ihr: »Gehe nun, ehe Nachtmann es dir noch schwerer macht.«

Sie schlichen davon in die Dunkelheit, in Schnee und Wind, und Aqamdax lud sich ihr Bündel auf den Rücken, schnallte sich das Zugband ihrer Trage um die Brust und ging los, alleine hinaus in den Sturm.

Rotes Blatt hielt den geöffneten Beutel in der einen Hand und eine Schale mit Wasser in der anderen. »Wie viel?«, fragte sie K'os.

K'os presste Zeigefinger und Daumen aufeinander. »Nur so wenig«, sagte sie.

Rotes Blatt tauchte ihre Finger in das graugrüne Pulver und ließ es in die Schale rieseln.

»Morgen wirst du ein wenig mehr davon nehmen«, sagte K'os. »Zwei oder drei Prisen.« Sie kniff die Augen zusammen und sah auf das Kind, das in seinem Wiegengestell schlief. »Stille sie nicht.«

»Glaubst du, ich möchte, dass meine Tochter stirbt?«, gab Rotes Blatt zurück. »Glaubst du, ich würde diese Schale leeren, wenn sie nicht wäre?«

K'os lächelte bloß und wartete ab, bis Rotes Blatt trank, dann sagte sie: »Füll die Schale noch einmal, trink noch einmal, und dann reib sie aus.«

Rotes Blatt tat, wie K'os sie geheißen hatte, dann reichte sie ihr den Beutel. K'os verschloss ihn wieder und machte sorgfältig die vier Knoten in die rote Sehne. »Ich werde morgen wiederkommen, Gheli«, sagte sie. »Und wenn du meine Arznei zurückweist, so werde ich deinem Mann sagen, wer du bist.«

53

Das Vetter-Fluss-Dorf

Sie hatte das Dorf gerade hinter sich gelassen, da stieß Nimmt-mehr zu Aqamdax. Er führte Schneefalke an einer Leine, und bei jedem Schritt setzte sich der Hund gegen ihn zur Wehr. Der Mann trug einen alten Jagdspeer bei sich.

»Hast du all deine Sachen?«, rief er ihr über den Sturmwind hinweg zu.

»Was ich tragen konnte«, antwortete Aqamdax. Sie deutete mit dem Kopf auf seinen Speer. »Hat Nachtmann dir aufgetragen, den Hund zu töten oder mich?«, fragte sie.

Nimmt-mehr schwieg, doch der Wind täuschte Aqamdax' Ohren, und sie dachte, er spräche, obgleich er stumm blieb.

»Euch beide«, sagte der Mann schließlich.

»Und was wirst du Sok sagen, wenn er zurückkehrt? Es ist sein Hund.«

»Die Wahrheit«, sagte Nimmt-mehr. »Dass ich getan habe, was getan werden musste. Wie können wir einen Hund am Leben lassen, der Menschenblut versucht hat?«

»Der Leichnam von Stern trug keine Spuren von Schneefalkes Zähnen«, sagte Aqamdax.

»Sei still. Sprich nicht über sie.«

»Wovor sollte ich Angst haben? Bald schon werde ich tot sein. Du solltest mich mehr fürchten als sie. Wenn ich Stern nicht getötet habe, so nimmst du das Leben einer Unschuldigen. Und wenn ich sie getötet habe, dann bin ich so böse, dass ich meinen Tod rächen werde, wenn ich ihn auch verdient habe. Die Menschen haben entschieden, dass ich aus dem Dorf verbannt werde, nicht, dass ich getötet werde. Es erstaunt mich nicht, dass Nachtmann dich geschickt hat, statt selbst zu kommen. Er war noch nie für seinen Mut bekannt.«

Nimmt-mehr antwortete, doch seine Worte verloren sich im Wind, und Aqamdax spürte, dass sie nicht genug Atem hatte, um weiter für sich zu sprechen.

Sie gingen, bis Aqamdax Halt machen musste. Sie setzte ihr Bündel ab und kauerte sich dahinter zusammen, um ein wenig vor dem Wind geschützt zu sein. Nimmt-mehr stand an ihrer Seite, doch sie blickte ihn nicht an, und sie bot ihm nichts zu essen an, als sie ein Stück Dörrfleisch aus dem Ärmel ihres Parkas zog. Als sie sich wieder erhob, um ihren Weg fortzusetzen, da hievte er das Bündel auf seine Schultern und schnallte es auf seinem Rücken fest. Jedes Mal, wenn sie Halt machten, ließ Nimmt-mehr sich neben ihr nieder, und schweigend kauerten sie im Windschutz, den das Bündel und die Trage ihnen boten.

Schließlich deutete Nimmt-mehr auf eine größere Baumgruppe, die sich in der Dunkelheit der Nacht gegen den Schnee abhob.

»Bei jenen Bäumen ist eine Quelle«, sagte er zu ihr. »Sie führt auch im Winter Wasser. Wenn ich auf der Jagd bin, komme ich manchmal hierher, um meine Wasserblasen zu füllen.«

»Mein Tod wird deine Quelle verfluchen«, sagte Aqamdax.

Nimmt-mehr antwortete nicht und ging mit langen Schritten auf die Bäume zu. Aqamdax, die die Trage zog, fiel hinter ihm zurück. Die Baumgruppe bestand aus Weiden und Erlen. Die Zweige neigten sich einer kleinen Lichtung zu, und Aqamdax vernahm die Stimme des Wassers, die so anders klang als die des Windes.

Nimmt-mehr tauchte seine Hand in das seichte Becken und trank. »Hier fließt es zurück in die Erde.« Er deutete auf eine Öffnung inmitten eines Haufens von Steinen. »Wir nennen diesen Ort die Quelle der Jäger. Das Flussvolk sagt, viele alte Männer seien hierher gekommen, um zu sterben.«

Aqamdax löste die Trage und hockte sich auf ihre Fersen. Sie fragte sich, warum Nimmt-mehr ihr all das erzählte. Warum verschwendete er seine Erklärungen an eine Frau, die zum Sterben verdammt war? Womöglich hatte er Angst, sie würde sich zur Wehr setzen. Warum sollte er also nicht versuchen, sie mit Worten von jenem Augenblick abzulenken, in dem er seinen Speer werfen wollte?

»Die Tiere kommen im Winter hierher, um zu trinken«, sagte er. »Jemand, der mit Fallen oder Waffen umzugehen weiß, könnte an diesem Ort gar einen Elch erlegen.«

Schneefalke saß Aqamdax zur Seite und rieb sich zu ihrem Erstaunen an ihren Beinen. Chakliux allein besaß das Vertrauen dieser Hündin, und allen anderen zeigte sie die Zähne, selbst Sok.

Aqamdax schlang einen Arm um den Hals von Schneefalke und legte ihr die Hand auf die Brust. »Uns hat derselbe verflucht, dich und mich«, sagte sie. Sie blickte hinauf und sah in der Dunkelheit die Augen von Nimmt-mehr glänzen. »Hast du keine Angst, dass der Tod einer Frau diesen Ort mit einem Fluch belegen wird?«, fragte sie ihn noch einmal.

»Hast du die gehasst, die deine Schwester-Frau war?«, fragte er sie. »Wolltest du ihren Tod?«

»Sie hat Nachtmann dabei geholfen, meinen Sohn zu töten. Dafür habe ich sie gehasst. Doch ich habe sie nicht getötet. Sie hat das Kind von Chakliux getragen, es war das Kind, das er sich ersehnte.«

»Die alten Weiber haben mir gesagt, es sei ein Mädchen gewesen«, sagte Nimmt-mehr.

»Das hätte Chakliux nicht gekümmert«, sagte Aqamdax.

Sie blickte auf die Bäume um sie herum, auf die dunklen Zweige, die sich unter Schnee und Wind neigten. Sie spürte die Kälte in ihrem Gesicht, und wieder vernahm sie die Stimme des Wassers. Aqamdax holte tief Atem und hielt die Luft in ihren Lungen, bis ihr Herz wieder langsamer schlug. Ihre Gedanken wanderten zu ihrem toten Sohn und zu Chakliux.

Nimmt-mehr hob seinen Speer und wiegte ihn in seinen Armen. Er wog ihn leicht in seiner Wurfhand. Aqamdax spürte das Grollen in der Kehle von Schneefalke, und sie verstärkte ihren Griff. Chakliux hatte ihr erzählt, dass diese Hündin einst einen Bruder von Nachtmann getötet hatte. Sie spürte, wie Schneefalke zum Sprung ansetzte, doch just bevor Aqamdax sie losließ, rammte Nimmt-mehr seinen Speer mit dem stumpfen Ende in den Schnee. Die Hündin erhob sich mit gefletschten Zähnen und gesträubtem Fell.

»Er ist alt, dieser Speer«, sagte Nimmt-mehr. »Ich brauche ihn nicht mehr. Die Spitze ist auf den Vorschaft gesteckt, und man kann sie auch als Messer verwenden. Wenn du einen Speerwerfer benötigst, so musst du ihn dir selbst machen.« Er legte ein dünnes, flaches Stück Holz neben den Speer. »Ich werde Nachtmann sagen, dass ihr tot seid, du und der Hund.«

Nimmt-mehr drehte sich um und ging fort, den Kopf gegen den Wind geneigt. Am Saum der Bäume hielt er an und rief zurück: »Wenn du stark bist, wirst du leben.«

Aqamdax erhob sich, ihre Hand krallte sich leicht in das Fell von Schneefalke. »Ich bin stark«, rief sie Nimmt-mehr nach.

Das Vier-Flüsse-Dorf

Wieder kratzte Rotes Blatt an einer Behausung. Dies war schon die dritte, seit K'os sie verlassen hatte, und in dieser würde es am schwersten für sie sein. Sandfliege und Der-auf-Bäume-klettert waren für K'os beinahe wie Tante und Onkel. Rotes Blatt musste ihre Worte sorgsam wählen, und hier durfte sie nicht all das sagen, was sie den Menschen in den anderen Behausungen erzählt hatte. Womöglich war K'os gar bei ihnen, oder sie kam herein, während Rotes Blatt noch zu Besuch war.

Als der Ruf von Sandfliege erscholl, kroch Rotes Blatt in den Eingangstunnel und erwiderte der alten Frau: »Ich bin es, Gheli, mit meiner Tochter. Wir bringen euch getrocknete Blaubeeren.«

Sandfliege zog die innere Türklappe beiseite und hieß sie glucksend willkommen. Sie nahm die Beeren entgegen und bürstete den Parka von Rotes Blatt ab und half ihr mit dem Kind.

Sandfliege ließ sich mit gekreuzten Beinen auf der Frauenseite der Feuerstelle nieder. »Bald schon wird sie laufen, die hier«, sagte sie und zog das Kind auf ihren Schoß. »Sieh nur, wie fett ihre Beine sind. Du machst kräftige Kinder, Gheli. Cen kann froh sein, dass er dich hat.« Die Worte der alten Frau waren ein guter Anfang für das, was Rotes Blatt sagen wollte, und während Sandfliege mit dem Kind spielte, schob sich Rotes Blatt näher an die Feuerstelle heran und hielt ihren Kopf in den Rauch, bis ihre Augen tränten. Sie rang so laut nach Atem, dass Sandfliege es hören musste. Als die alte Frau zu ihr herüberblickte, schlug Rotes Blatt die Hände vor ihr Gesicht und tat, als würde sie schluchzen. Dabei spähte sie durch ihre Finger und sah, dass selbst der Mann von Sandfliege, der sich bis jetzt schlafend gestellt hatte, sich von seinem Lager im hinteren Teil der Behausung erhoben hatte und sie ansah.

»Tochter?«, sagte Sandfliege, und ihre Altweiberstimme zitterte. »Was ist mit dir? Ist etwas mit Cen? Er ist doch nicht verletzt?«

Rotes Blatt ließ die Hände sinken und saß mit hängendem Kopf da. Die Tränen rannen ihr auf den Schoß. »Nein«, sagte sie. »Er ist nicht verletzt. Er ..., er ist ein guter Mann. Es ist ...« Sie hielt inne und holte zitternd Luft. »Ich weiß nicht, was ich euch sagen soll.« Mit ihren Händen wischte sie sich über das Gesicht und zog die Tränen hoch, die ihre Nase zum Laufen gebracht hatten. Dann hob sie den Kopf und blickte Sandfliege an. »Es ist wegen K'os. Hat sie je zu euch über meinen Mann gesprochen?«

Sandfliege blickte sie verwirrt an.

»Ha! Die da!«, sagte Der-auf-Bäume-klettert. Er schob sich aus seinem Lager und trottete langsam hinüber zu der Feuerstelle. »Immer ist sie hinter den Männern her, hinter uns allen.«

»Denkst du, sie will dich, alter Mann?«, fragte Sandfliege ihren Mann mit finsterem Blick.

»Ich sage nur, was ich weiß«, entgegnete er. Er sprach so laut, dass sich in einem Mundwinkel Speichelblasen bildeten. »Denkst du, du weißt alles von mir, altes Weib?« Der-auf-Bäume-klettert schnaubte, nahm ein Stöckchen und stocherte im Feuer.

»Ich weiß, wenn die Torheit aus einem Mann spricht!«, sagte Sandfliege.

Rotes Blatt räusperte sich und hoffte, sie könnte die Streiterei unterbrechen, doch Sandfliege warf ihrem Mann eine neue Kränkung an den Kopf, und er gab sie zurück, bis Rotes Blatt die Stimme hob und sagte: »Hat K'os euch nicht gesagt, dass sie Cen dazu bewegen will, mich zu verstoßen?«

Bei diesen Worten blickten die beiden Alten sie an, und Sandfliege machte große Augen. Der-auf-Bäume-klettert starrte sie mit offenem Mund an.

»Sie hat Cen gesagt, er solle dich verstoßen?«, fragte der alte Mann. »Sie hat einen Mann. Warum sollte sie gerade Cen wollen?«

Ehe Rotes Blatt eine gute Antwort einfallen konnte, sagte Sandfliege: »Einst, noch ehe sie Frau von Flusseistänzer wurde, hat sie mir erzählt, dass sie gerne Frau eines Händlers wäre. Das hat sie gesagt, doch ich dachte, sie wäre glücklich mit ihrem neuen Mann.«

»Ich bin erleichtert, Tante«, sagte Rotes Blatt. »Womöglich wollen die jungen Frauen mit ihrem Gerede nur böses Blut machen.«

»Sie sind töricht, diese jungen Frauen«, sagte Der-auf-Bäume-klettert. »Sie brauchen wohl mehr Arbeit, die sie beschäftigt hält.« Er pikste seine Frau mit dem Stock, den er hielt. »Bring dieser guten Tochter etwas zu essen«, sagte er. »Welcher Mann wäre so dumm, eine kräftige, fette Frau aufzugeben? Wenn Cen dich verstößt, so komm hierher, in unsere Behausung. Ich werde dich zur Frau nehmen.«

Sandfliege rollte mit den Augen, doch Rotes Blatt lächelte den alten Mann dankbar an und tat so, als hätten seine freundlichen Worte ihre Ängste vertrieben.

Das Lager von Chakliux

Nur zwei Tage entfernt vom Vetter-Fluss-Dorf hatten Chakliux und Sok ein Jagdzelt aufgeschlagen. Chakliux hatte gehofft, sie könnten jagen und Sok so an die guten Dinge des Lebens erinnern, doch Sok hatte sich entschlossen zu fasten. Und wie sollte Chakliux sich der Entscheidung seines Bruders widersetzen? Wer fastete, gewann an geistiger Stärke. Wenn Sok sich gegen Schnee-im-Haar zur Wehr setzen wollte, so musste er eigene Kräfte entwickeln, die er gegen sie aufbieten konnte.

Sok fastete, und Chakliux hielt sich mit kleinen Aufgaben beschäftigt. Jemand musste wachen, das Feuer hüten und Sok zurückhalten, wenn er wieder einmal versuchte, seiner toten Frau in die Welt der Geister zu folgen. Chakliux verbrachte die Tage damit, Speerspitzen und Messer zu schärfen und Pfeilschäfte zu begradigen. Das Wissen um diese einfachen und vertrauten Dinge machte ihn ruhig, und der Takt seiner geschäftigen Hände bildete das Gehäuse für seine Gebete.

54

Das Vier-Flüsse-Dorf

Rotes Blatt jammerte. Sie hielt ihre Hände gegen ihren Bauch gepresst, und ihre Knie waren hinaufgezogen bis an die Brust.

»Frau, bist du krank?«, fragte Cen.

Seine Worte waren undeutlich, und Rotes Blatt wusste, dass er geschlafen hatte.

»Mein Bauch«, stieß Rotes Blatt aus, »er brennt.«

Cen nahm einen Stock, befreite die aufgehäuften Kohlen in der Feuerstelle von der Asche und fütterte das Feuer, bis die Flammen loderten. Er brachte seiner Frau eine Wasserblase, und sie setzte sich mühsam auf und trank umständlich.

»Ja, das tut gut«, sagte sie zu ihm. Rotes Blatt holte tief Luft, dann beugte sie sich vornüber und würgte. »Geh und hole K'os, Mann!«, stieß sie hervor. »Sie weiß eine Medizin für mich ...«

»Glaubst du, ich will diese Frau in unserer Behausung haben?«, fragte er. »Es gibt andere in diesem Dorf, die es verstehen zu heilen.«

»Bring K'os zu mir«, jammerte Rotes Blatt und presste Tränen aus ihren Augen. Sie bettelte, bis er schließlich ging, doch nicht, ohne murrend sein Missfallen zu bekunden.

Rotes Blatt blieb still liegen, bis sie sicher war, dass Cen den Eingangstunnel verlassen hatte. Dann kroch sie dicht an die Feuerstelle heran und hielt ihr Gesicht nahe an die Flammen, bis die Haut sich von der Hitze spannte und anschwoll. Schließlich vernahm sie Stimmen aus dem Eingangstunnel, und sie eilte zurück in ihre Bettstatt, legte sich auf die Seite und jammerte.

Cen kam herein, und Rotes Blatt begann zu zittern, als wäre ihr kalt. K'os war bci ihm, und auch Sandfliege, zusammen mit einer anderen alten Frau, die sie Bei-den-Mäusen nannten.

»Bei-den-Mäusen hat eine Arznei für dich, Gheli«, sagte Cen. Rotes Blatt verringerte ihr Zittern gerade so weit, dass sie K'os einen kurzen Blick zuwerfen konnte, und sie sah, wie die Frau beinahe unmerklich nickte.

Bei-den-Mäusen hockte sich vor die Feuerstelle und verlangte eine Schale Wasser.

»Muss es heiß sein?«, fragte Cen.

Die alte Frau, die sich auf einmal sehr wichtig vorkam, antwortete Cen barsch mit einer kurzen Handbewegung. Er reichte ihr eine Wasserblase. Sie nahm eine krumme, geschwärzte Wurzel aus einem Beutel um ihren Hals. Sie biss ein Stückchen ab und kaute es. Als es klebrig geworden war, spie sie es in die Schale und träufelte Wasser darüber. Sie verrührte das Gemisch mit dem Finger und reichte dann Cen die Schale.

»Das soll sie trinken«, sagte sie.

Was sollte sie tun, fragte sich Rotes Blatt. Wusste Bei-den-Mäusen, was sie tat? Oder war die Wurzel ein anderes Gift? Aber nein, was auch immer die Schale enthalten mochte, Gift konnte es nicht sein, sonst hätte Bei-den-Mäusen nicht gewagt, die Wurzel zu kauen. Es wäre aber möglich, dass K'os die Frau getäuscht hatte, dass sie irgendein Gift in ihren Beutel hatte hineingleiten lassen. K'os wäre gewiss zu so etwas imstande.

Cen half Rotes Blatt, sich aufzusetzen. Er hob die Schale an ihren Mund. Rotes Blatt aber nahm sie ihm mit zitternden Fingern ab. Sie drückte die Schale an ihre Lippen und neigte das Gefäß, als wolle sie trinken. Dann aber täuschte sie ein kurzes, heftiges Beben vor. Sie ließ die Schale fallen, und Bei-den-Mäusen heulte gekränkt auf. Der Ausdruck auf dem Gesicht von K'os aber blieb unverändert. Rotes Blatt konnte nur Belustigung darin lesen, doch keine Bestürzung.

»Ich habe etwas, das ihr Erleichterung bringen wird«, sagte K'os. Sie holte das vertraute Päckchen aus ihrem Arzneibeutel und löste die vier Knoten. Sie hob die Schale auf und leerte aus, was von der Arznei von Bei-den-Mäusen noch darin war. K'os scherte sich nicht um das Geschimpfe der alten Frau und schüttete etwas Pulver in die Schale. Sie fügte Wasser hinzu und reichte Cen das Gefäß.

Rotes Blatt sah sie an, und K'os ließ ihre Augen zu dem schlafenden Kind in seinem Wiegengestell wandern. Cen reichte Rotes Blatt die Schale, und sie trank ohne Widerspruch, was darin war.

Die Quelle der Jäger

»Hätte ich doch Robbenöl«, sagte Aqamdax zu Schneefalke.

Als Nimmt-mehr sie verlassen hatte, hatte sie sich einen Unterstand errichtet. Sie hatte Stämme verwendet, die sie im Gehölz nahe der Quelle gefunden hatte, doch die Äste waren schwach und krumm. Voll Sehnsucht dachte sie an jene guten, geraden Pfähle, die sie im Vetter-Fluss-Dorf zurückgelassen hatte, aber sie dachte auch an jene anderen Dinge, die im Dorf auf sie lauerten.

Aqamdax hatte Angst, ein Feuer zu entfachen, Angst, jemand könnte den Rauch sehen. Darum lockte sie den Hund in ihren Unterstand, und dort schliefen sie aneinander geschmiegt und spendeten einander Wärme. Öl, in einer Steinlampe verbrannt, so wie es Brauch bei ihrem Volk war, hätte genug Hitze gegeben, um ihr Zelt zu wärmen, und dabei machte es nur wenig Rauch. Doch woher sollte sie Robbenöl bekommen, wenn nicht im Tausch, und was konnte sie schon dafür geben?

Im Morgengrauen band Aqamdax Schneefalke an einen

Baum neben dem Unterstand und gebot ihr, ruhig zu sein. Dann schnürte sie ihre Schneeschuhe um und ging los, um auf den Tierpfaden, die zu der Quelle führten, ihre Fallenschlingen auszulegen. Als sie endlich fertig war, dämmerte beinahe wieder die Nacht. Aqamdax hockte sich neben die letzte Falle und blickte hinauf in die Zweige, die den Himmel musterten.

Sie war müde und fror. Sie fragte sich, wozu sie sich um die Fallen sorgen sollte. Machte es denn etwas aus, wenn sie genug Fleisch fing, um ein paar Tage länger am Leben zu bleiben? Wenn Chakliux nicht tot war, so würde er schon bald nach ihr suchen. Sie hatte genug, um bis dahin durchzuhalten. Wenn er aber tot war, warum sollte sie dann leben? Es war besser, im Tod bei ihm zu sein und bei ihrem Sohn, als alleine hier, so weit fort von ihrem Volk.

Aqamdax ließ den Kopf auf die Arme sinken. So saß sie, bis die langen Schatten sich im Zwielicht des Winters verloren. Beinahe hatte die Kälte sie schon in den Schlaf gewiegt, als etwas schwer gegen ihre Beine schlug. Aqamdax schrie und sprang auf. Es war Schneefalke. Sie zog die durchgebissene Leine hinter sich her. Die Hündin schmiegte sich an Aqamdax' Beine und jaulte wie ein Welpe.

Wie alle Hunde im Dorf war Schneefalke ebenso zahm wie wild. Sie wurden gebändigt durch Drohungen und Hiebe, durch eine Leine und das Versprechen von Nahrung. Warum war die Hündin zu Aqamdax gelaufen, wo sie doch ihre Freiheit wiedergewonnen hatte?

Aqamdax stand da und zog mit steifen Fingern ein Messer aus der Scheide, die sie um die Mitte gebunden trug. Sie durchtrennte das Band um den Hals von Schneefalke. »Du gehörst nun dir selbst«, sagte sie. »Wenn du leben willst, so gehe jagen. Halte dich fern von dem Dorf. Bis Chakliux zurückgekehrt ist, gibt es dort keinen Platz für dich. Wenn du aber willst, so bleibe bei mir.«

Aqamdax versuchte, das Gefühl des Bedauerns zu verjagen, als der Hund durch die Bäume davonlief, und sie unterdrückte die Freudentränen, als sie zu ihrem Zelt zurückkehrte und Schneefalke erblickte. Die Hündin hatte dort auf sie gewartet.

Das Lager von Chakliux

Sok lebte gefangen in der Wirrnis seines Geistes, die der Gram über ihn gebracht hatte. Und so hatte er, während er fastete, vergessen, dass er gemeinsam mit seinem Bruder in einem kleinen Unterschlupf war und dass die dunklen Wände seine Sicht begrenzten.

Im Geiste teilte er wieder das Lager mit Schnee-im-Haar, und dann mit Aqamdax, in jenen Tagen, die so fern schon waren, damals, als er sie mit einer List zu seiner Frau gemacht hatte. Jemand reichte ihm Brühe. Sie war heiß und verströmte den süßen Duft von Karibufleisch. Rotes Blatt? Waren es ihre Hände, die diese Schale hielten? Er schlug sie fort. Dann war die Schale verschwunden, und mit ihr der Duft von Fleisch.

Seine Träume brachten ihn in eine Behausung, und er sah sich, wie er da saß und eine Speerspitze schnitzte. Er schlug glatte, schmale Splitter von der breiten Klinge herunter. Aber wieso geriet sie vorne stumpf und an den Seiten gerade? Würde das Karibu eine Speerspitze wie diese ehren? Voll Abscheu schleuderte er den Stein von sich, doch jemand legte ihn zurück in seine Hand.

»Sie ist falsch!«, sagte Sok, und seine Stimme erhob sich zu kreischendem Kindergeschrei. »Welcher Mann würde sie benutzen? Welches Karibu würde sie je ehren?« Dann erblickte Sok mit einem Mal die engen Wände des Jagdzeltes von Chakliux, sah die Kohlen, die weiße Asche trugen und die Hitze in sich verbargen wie ein Herz, das im Mittelpunkt der Erde schlägt.

Sok blickte auf und sah, dass Chakliux neben ihm stand. »Was jagen wir?«, fragte Sok.

»Das Karibu«, hörte er seinen Bruder sagen.

»Wir jagen das Karibu?«

Diesmal vernahm Sok keine Antwort. Er wollte seinen Bruder berühren, doch seine Hand fasste ins Leere. Sok fing an zu heulen, und er erwachte vom Klang seiner eigenen Stimme.

Sok richtete sich in seinen Schlaffellen auf, griff nach der Brühe, die ihm gereicht wurde, er streckte die Hände aus, doch nicht nach dem Essen, sondern nach jenem, der es ihm reichte, und fest schloss er die Hand um den Arm seines Bruders.

Die Quelle der Jäger

Am nächsten Tag ging Aqamdax ein Hase in die Falle. Sie schnitt das Fleisch in dünne Streifen, und sie und Schneefalke aßen etwas davon roh. Was übrig war, hängte sie an ihren Unterstand, damit es gefrieren und trocknen konnte. Sie und der Hund waren schon ein wenig vertraut mit dem Wald, der die Quelle umgab.

Die Bäume standen zu einer Träne geformt, das runde Ende lag südwärts, und die Spitze zeigte nach Norden, als wolle sie den Weg zurück zum Vetter-Fluss-Dorf weisen. Im Herzen der Spitze lag die Quelle. Nach Osten hin wurde sie geschützt von einem Hügel, auf dem verstreut Fichten und Pappeln wuchsen.

Die Quelle sprudelte auch nach der kältesten Nacht, und der dampfende Atem des Wassers stand als Wolke in der Luft. Nur dort, wo das Wasser zurück in die Erde floss, waren die Ränder des Beckens mit Eis gesäumt. Nach Westen hin drängten sich Dickichte mit Schwarzen Johannisbeeren und Schneeballsträuchern. Aqamdax füllte eine Karibublase mit Beeren, die der Frost getrocknet und süß gemacht hatte.

Sie entdeckte noch acht weitere Tierpfade und legte in jedem ihre Fallenschlingen aus. Einmal wagte sie es gar, den Schutz des Waldes zu verlassen, und sie ging hinaus in die Steppe, um Schneehühner in ihren winzigen Schneehöhlen aufzuscheuchen. Sie erlegte die Vögel mit ihrer Wurfschlinge, als sie sich gerade in die Lüfte erhoben hatten, die Flügel noch matt vom Schlaf, der auf ihnen lastete.

Aqamdax sagte sich, dass sie wieder hierher zurückkehren würde, um zu jagen, und dass sie im Sommer jene Stellen suchen würde, die mit hohlem Klang die Vorratslager der Mäuse verrieten. Wie die Flusskinder würde sie all die kleinen Knollen ausgraben, die die Mäuse für den Winter gehortet hatten. Doch plötzlich stockte Aqamdax der Atem, als sie gewahr wurde, dass sie nicht so lange an diesem Ort bleiben würde. Chakliux hätte sie bis dahin längst gefunden.

Womöglich kehrte er schon an diesem Tag in das Dorf zurück. Womöglich sagte ihm Nimmt-mehr gerade jetzt, dass sie am Leben war, und dass sie an der Quelle der Jäger auf ihn wartete.

55

Das Vetter-Fluss-Dorf

Ich habe genug, um uns beide satt zu machen«, sagte Dii zu ihrer Tante. Ihre Stimme war sanft, und sie bemühte sich, die Angst aus ihren Worten zu verbannen.

»Nahe-am-Fluss-Nahrung!« Krummer Halm spie heftig aus. »Glaubst du, ich würde deren Fleisch anrühren? Warum verlangst du nicht von mir, ich solle meine eigenen Kinder essen, die Knochen meiner Enkel auskochen!«

»Erster Adler wird mich zur Frau nehmen«, sagte Dii sanft, doch sie wusste schon, was ihre Tante darauf entgegnen würde.

»Er ist ein Nahe-am-Fluss-Mann! Was, wenn er derjenige ist, der deinen Bruder getötet hat? Wie könntest du es ertragen, einem solchen Manne einen Sohn zu gebären? Was, wenn der Geist deines Vaters zu jenem Sohn käme und verlangte, dass er die Frau von Erster Adler holen solle? Könntest du deinem Vater die Rache verwehren?«

»Nachtmann hat den Sohn von Aqamdax getötet.«

»Er hatte das Recht dazu. Wir haben das Kind niemals gesehen. Wer weiß, was nicht gestimmt hat mit ihm? Womöglich hat er einen Fluch getragen, wegen des Seejägerblutes seiner Mutter.«

»Dann lass mich stattdessen zu Nimmt-mehr oder zu Blickt-in-den-Himmel gehen«, bat Dii.

»Nimmt-mehr ist alt, überdies hat er schon drei Frauen«, sagte Krummer Halm zu ihrer Nichte. »Blickt-in-den-Himmel jagt für viele der Ältesten. Wen gibt es neben mir, der ihn nicht als seinen Neffen bezeichnet?«

»Tante ...«

»Ich kann nicht hören, was du sagst.« Krummer Halm hob die Hände und hielt sich die Ohren zu. »Ich habe es versprochen, und du wirst gehen. Er wartet schon in seiner Behausung auf dich. Du bist Frau. Zeige deine Dankbarkeit.«

Die Quelle der Jäger

Aqamdax begab sich zum südlichen Waldrand. Dort schlossen sich die Bäume um eine flache, sumpfige Stelle. Selbst nun, da Winter war, stand das Gras dort golden über dem Schnee, steif und ruhig an diesem Tag, da der Wind schlief. Mit ihrer Rechten hielt Aqamdax den Speer von Nimmt-mehr umklammert und ein Bündel Stöcke in der Linken, jeder mit einer scharfen Spitze.

Die Waffe, die Nimmt-mehr ihr gegeben hatte, fühlte sich unhandlich an. Die steinerne Spitze war schwer, und sie war nicht im Gleichgewicht mit dem schmalen Schaft. Aqamdax hatte schon viele Speere gesehen, doch da sie Frau war, hatte sie nur jene in der Hand gehalten, die den Kindern zum Spiel dienten: Stöcke, deren Spitzen im Feuer gehärtet worden waren. Der Speer von Nimmt-mehr war in der Art des Flussvolkes gefertigt, die Speerspitze aus Quarz geschnitzt, einem geheiligten Stein des Flussvolkes. Aqamdax wusste, dass der alte Mann ihr die Waffe nur überlassen hatte, weil aus der einen Seite der Spitze ein großes Stück Stein herausgebrochen war.

Sie stieß den Speer mit dem stumpfen Ende in den Schnee, damit die Waffe ihr beim Üben zusehen konnte. Sie rief Schneefalke an ihre Seite, aus Angst, der Hund würde in die Bahn ihrer spitzen Stöcke geraten. Und dann begann Aqamdax zu werfen. Als Ziel hatte sie sich ein hohes Grasbüschel ausgewählt, dessen Halme der Wind miteinander verzwirbelt hatte. Ihr erster Wurf war schlecht. Es mangelte ihm an Kraft, und der Stock gelangte nicht bis zu dem Grasbüschel. Der zweite und der dritte Wurf aber waren besser, sie kamen dem Ziel näher, und schließlich warf Aqamdax die Stöcke mit ausreichend Kraft, obgleich noch immer alle ihre Versuche fehlschlugen und die Stöcke links des Zieles niedergingen.

Schneefalke hatte sich zusammengerollt und die Schnauze unter ihrem Schwanz versteckt, doch als Aqamdax sich bereitmachte, ihren letzten Stock zu werfen, da hob die Hündin ihren Kopf und winselte.

»Denkst du, ich kann das nicht lernen?«, fragte Aqamdax sie. »Was ist so schwer daran, einen Speer zu werfen? Denk an die Männer, die es erlernt haben. Bellender Fuchs, Nachtmann, selbst Jungen, die nicht älter waren als Ghaden.«

Als sie den Namen ihres Bruders aussprach, schnürte sich Aqamdax die Kehle zu. Sie biss die Zähne zusammen und hob den letzten Stock auf. Wenn sie am Leben bleiben wollte, bis Chakliux kam, um sie zu holen, dann durfte sie keine Zeit mit Tränen verschwenden. Schon zwei Mal hatte sie an der Quelle Spuren eines Elches entdeckt. Aqamdax richtete ihre Gedanken für einen Augenblick auf einen Elchbullen, noch fett, denn der Winter war jung. Was brachte stärkere Stiefel als die Haut des Elches? Was schmeckte besser als ein Eintopf aus Elchfleisch? Aqamdax schätzte das Gewicht des Speeres ab, der in ihrer Hand lag. Sie legte den Schaft so zurecht, dass der Speer ausgeglichen in ihrer Hand ruhte, hob den Arm und warf. Der Speer ging ins Ziel, und zitternd blieb er inmitten des Grasbüschels stecken.

Das Vier-Flüsse-Dorf

Rotes Blatt hatte den Tag in ihrer Bettstatt verbracht und sich den Bauch gehalten. Ehe es dunkel wurde, kam K'os wieder zu ihr und gab ihr erneut von dem Pulver. Diesmal hatte sie es in einen Tee gemischt, der mit getrockneten Beeren gewürzt war.

»Hast du das Kind auch nicht gestillt?«, fragte K'os.

»Nein«, sagte Rotes Blatt.

»Ich habe die Frau von Brauner Fuß gebeten, herzukommen und es an deiner statt zu stillen.«

Rotes Blatt verzog das Gesicht. »Glaubst du, das alte Weib würde es wagen, in diese Behausung zu kommen, wo ich krank hier liege? Schon beim Ruf eines *dilk'ahoo* packt sie die Furcht. Für sie steckt ein Fluch in allen Dingen.«

»Wer sonst?«, fragte K'os sie schnippisch. »Sandfliege?«

»Ich habe gehört, dass sie noch immer die Kinder stillt.«

»Diese Alte, sie wird erwarten, dass du sie entlohnst. Sie tut nichts, ohne etwas dafür zu verlangen.«

Rotes Blatt schlang die Arme um ihren Bauch und jammerte, doch sie behielt ihren Blick auf K'os gerichtet. »Hol sie her. Meine Tochter hat Hunger.«

Murrend verließ K'os die Behausung. Als sie fort war, richtete Rotes Blatt sich auf. »Zähl nicht auf mein Mitgefühl, K'os«, flüsterte sie. »So wie ich hast auch du dir deine Schwierigkeiten selbst bereitet.«

Als es Abend war, nach Sonnenuntergang, brachte K'os einige alte Frauen in die Behausung von Rotes Blatt. Auch Sandfliege war gekommen. Sie stillte das Kind und machte viel Aufhebens um die dünne blaue Milch, die sie noch immer in ihren verschrumpelten Brüsten trug. Rotes Blatt blieb in ihrer Bettstatt und tat unter Tränen und mit erstickter Stimme ihre Dankbarkeit kund. Sie vergaß nicht, K'os und ihre Arzneien in ihre Bezeugungen einzuschließen, und besonders die Freundlichkeit, die sie Cen bekundete. Als Sandfliege sich und die anderen Frauen endlich entschuldigte und sie sich zum Aufbruch bereitmachten, da sah Rotes Blatt, dass sie K'os aus den Augenwinkeln beobachteten und dass sie Acht gaben, sie nicht zu berühren oder ihr gar ins Gesicht zu blicken.

Mit sorgenvoller Miene kehrte Cen des Nachts in die Behausung zurück. Rotes Blatt streckte ihm von ihrem Lager die Hand entgegen. Er kniete an ihrer Seite nieder, und sie flüsterte: »Bitte, Mann, ich brauche K'os. Sie muss diese Nacht bei mir bleiben.«

Cen schüttelte den Kopf. »Was kann sie für dich tun, das ich nicht vermag?«, fragte er.

»Sie hat Medizin für mich«, sagte Rotes Blatt. Mit einem Mal machte sie sich starr, jammerte und fing an zu weinen. »Bitte«, sagte sie, und sie bettelte, bis Cen schließlich einwilligte.

Er ging zu K'os, und Rotes Blatt streckte sich auf ihrer Bettstatt aus und entspannte die verkrampften Beinmuskeln. Sie lächelte, schloss die Augen und wartete.

Das Lager von Chakliux

Chakliux speiste das Feuer mit frischem Holz. Zwei Tage hatte Sok geschlafen. Nur einmal war er erwacht, um hinauszugehen und sich zu erleichtern. Doch selbst da hatte er sich bewegt wie im Schlaf, und er hatte auf die Fragen von Chakliux keine Antwort gegeben.

Chakliux fragte sich, ob Schnee-im-Haar, da es ihr nicht möglich gewesen war, ihren Mann mit einem Sturm zu sich zu holen, in seinen Schlaf gekommen war und ihn nun stattdessen durch seine Träume rief. Dann aber sagte sich Chakliux, dass sein Bruder nichts brauchte als Ruhe. Wenn Schnee-im-Haar die Stürme geschickt hatte, die Gewalt des Windes und des Eises, dann würden auch ihre Träume ihren Zorn mit sich bringen. Würde Sok ruhig daliegen, wenn Schnee-im Haar diejenige gewesen wäre, die ihn in den Schlaf gelockt hatte?

Chakliux beruhigte seine Gedanken mit Geschichten. Seine Worte zogen ihre Kreise in dem kleinen Unterschlupf. Sie wärmten die Wände und breiteten sich über Sok wie eine Decke. Vielleicht bargen jene Geschichten genug Kraft, um Schnee-im-Haar zurück in die Welt der Geister zu senden, dachte er. Womöglich vermochten die Worte Sok daran zu erinnern, dass er Jäger war, dass er zwei Söhne hatte, hier, in dieser Welt, der Welt der Lebenden.

Das Vier-Flüsse-Dorf

In der Dunkelheit öffnete Rotes Blatt die Augen und setzte sich auf. Cen und K'os schliefen, jeder auf einer Seite der Behausung, und Sandfliege hatte das Kind über Nacht mit sich genommen. Rotes Blatt stopfte Decken und Matten unter eine Schlafdecke, damit es aussah, als läge sie noch immer in ihrer Bettstatt. Dann kroch sie zu dem Pflock, an dem sie ihren Parka und ihre Gamaschen verwahrte. Sie nahm die Sachen mit in den Eingangstunnel, streifte sie über und schlüpfte hinaus in die Nacht.

Der Wind schnitt durch das Dorf und formte den losen Schnee zu Wehen. Kommt denn aufs Neue ein Sturm, fragte sie sich. Rotes Blatt bewegte sich leise von Behausung zu Behausung. Sie schlich mit kleinen Schritten und mied die Hunde. Im dunklen Schatten von K'os' Behausung duckte sie sich nieder, lauschte und wartete.

Vor nicht allzu langer Zeit, im Nahe-am-Fluss-Dorf, hatte sie schon einmal das Gleiche getan, doch damals war es ein alter Mann gewesen, den sie töten wollte. Sie hatte gewusst, dass sie imstande gewesen wäre, ihn zu überwältigen, hätte er sich zur Wehr gesetzt.

Doch diesmal war es nicht so leicht. Flusseistänzer war ein starker Mann. Sie musste geschwind handeln.

Rotes Blatt schlüpfte in den Eingangstunnel. Sie wartete, bis ihr Herzschlag wieder ruhiger ging. Wenn man sie jetzt entdeckte, so würde sie tun, als sei sie verwirrt, sie würde sagen, sie wäre gekommen, um sich Medizin zu holen. Dieser Gedanke machte ihr Mut.

Rotes Blatt zog ihre Stiefel aus, legte die Gamaschen und den Parka ab und löste ihr Haar, sodass es lose herabhing. Dann lauschte sie an der inneren Türklappe. Es war nichts zu hören als das Schnarchen eines Mannes. Rotes Blatt streichelte sachte über das Messer, das in einer Scheide um ihre Mitte hing, dann kroch sie in die Behausung hinein. Wieder wartete sie, ob nicht die Kälte, die sie mit sich hereingebracht hatte, Flusseistänzer aufwecken würde. Nun wäre es nicht mehr so einfach zu erklären, warum sie hier war und dazu beinahe nackt. Doch womöglich würde es ihr gelingen zu tun, als hätte sie den Verstand verloren.

Flusseistänzer stöhnte, und Rotes Blatt meinte, ihr Herz sei hinauf in ihre Kehle gesprungen und schnüre ihr die Luft ab. Doch gleich darauf war es wieder still. Sie erhob sich, nahm einen Parka von K'os von dem Pflock, an dem er hing, legte ihn über ihren Arm und bewegte sich vorsichtig hinüber zu der Feuerstelle. Ihr entfuhr ein Seufzer der Erleichterung, als sie das Messer von K'os auf einem der Herdsteine liegen sah. Ein Ärmelmesser war es, gemacht wie das eines Mannes, und K'os ließ es gewöhnlich an eben dieser Stelle liegen. Rotes Blatt hatte befürchtet, K'os hätte es mit sich zu Cens Behausung genommen. Es war viel besser, wenn sie dieses Messer benutzte anstelle ihres eigenen.

Rotes Blatt nahm die Waffe an sich und ging zu der Bettstatt von Flusseistänzer. Sie ließ ihre linke Hand unter seine geflochtenen Hasenfelldecken gleiten. Ihre Finger fuhren behutsam seine Beine hinauf, bis sie sein Geschlecht fanden, das schlaff war vom Schlaf.

Flusseistänzer schreckte auf und gab ein kurzes Lachen von sich. Rotes Blatt beugte ihren Kopf nahe zu seinem Gesicht hinunter, presste sich an ihn und strich dabei ihre Haare nach vorne, um ihn glauben zu machen, sie wäre K'os.

»Pssst«, flüsterte sie und begann, ihn zu streicheln.

Sie schlüpfte in seine Bettstatt und setzte sich mit gespreizten Beinen auf ihn. Dann versuchte sie zu lachen, wie K'os lachte. Dabei nahm sie den Parka und zog ihn hinunter über das Gesicht von Flusseistänzer. Er wollte widersprechen, doch Rotes Blatt schob ihm mit der linken Hand einen Zipfel des Parkas in den Mund. Er biss zu, doch es war ein zarter Biss, und sie wusste, er dachte, K'os wolle ihn necken. Er bäumte sich ihr entgegen, und sie zog ihre Hand aus seinem Mund, hielt sich an seinen Haaren fest und stieß ihm dann das Messer in die Kehle.

56

Das Vetter-Fluss-Dorf

Nachtmann legte seinen Parka ab und drehte Dii seine kranke Schulter zu, doch ihr Blick ruhte auf seiner rechten Schulter, die breit und kräftig war. Sie hatte von der Geschichte gehört, wie Nachtmann und seine drei Brüder Chakliux angegriffen hatten, wie Chakliux und Schneefalke zwei jener Brüder getötet hatten und wie Nachtmann verwundet worden war.

Sie war damals noch Mädchen gewesen und hatte hier im Vetter-Fluss-Dorf gelebt. Sie erinnerte sich an die geflüsterten Worte der alten Frauen, die Nachtmann wegen seiner bösen Schulter den Tod weissagten. Wenn man der Behausung von Lange Augen nahe kam, so konnte man seine Schreie vernehmen und seine Rufe nach Rache, die selbst in seinen Fieberträumen erklangen.

Doch während Dii im Nahe-am-Fluss-Dorf gewesen war, hatte Nachtmann sich erholt, wenn auch sein kranker Arm niemals wieder so stark sein würde wie einst. Die Menschen sagten, K'os hätte ihn gerettet, und womöglich war das die Wahrheit. Ihre Arzneien waren mächtig. Wer wollte leugnen, dass sie ebenso Leben rettete, wie sie Leben nahm? Wenn sie es aber wirklich gewesen war, warum war Nachtmann dann dahingesiecht, bis Aqamdax seine Frau geworden war?

Womöglich war es jene gesunde Schulter, die die verwundete schlimmer aussehen ließ, als sie war. Allein genommen war sie nicht so schrecklich. Neue Haut, rosig glänzend und feucht von einem Rinnsal Eiter, schien aus dem Loch hervorzuquellen, das der Speer von Chakliux hinterlassen hatte. Die Schulter und der Arm waren welk, und verstreute Pusteln umgaben die Narbe und breiteten sich auf seiner Brust aus.

»Kann eine Frau mit einem Mann wie diesem leben?«, verlangte Nachtmann zu wissen, und in seiner Stimme lag Streitlust. »Doch womöglich würde eine Frau, die ihre Beine für einen Nahe-am-Fluss-Mann breit gemacht hat, meine Wunde nicht einmal bemerken.«

»Eine gute Frau blickt zuerst auf die Kraft, die in ihrem Mann wohnt«, sagte Dii. Sie wollte ihm mit diesen Worten schmeicheln.

Das Gesicht von Nachtmann aber wurde dunkel, und er stieß eine Kränkung hervor: »Glaubst du, Frau, dass du viel wert bist?«, fragte er. »Wenn du so begehrenswert bist, warum nimmst du dann einen wie mich zum Mann?«

Als Dii Frau von Anaay gewesen war, hatte sie seine Kränkungen hingenommen. Nie hatte sie Widerworte gegeben und sich jedes Mal mehr darum bemüht, ihm zu gefallen. Anaays Tod aber hatte ihr die eigene Macht vor Augen geführt. Wenn sie so schwach und wertlos war, wie Anaay sie glauben machen wollte, wie war es ihr dann gelungen, seinen Leichnam zu verbergen und dann alleine zurückzufinden in das Vetter-Fluss-Dorf? Wenn sie es nicht einmal wert war, Frau von Nachtmann zu sein, warum hatten die Karibus dann gerade sie erwählt, um ihre Gesänge in ihren Träumen zu singen?

»Ich bin hier, weil ich die Wünsche meiner Tante ehre«, sagte sie darum zu Nachtmann. Diis Worte waren ruhig und fest. »Wenn meine Tage als deine Frau fortan angefüllt sind mit Kränkungen, so werde ich dich verlassen. Ich habe Hunde und ausreichend Nahrung von den Nahe-am-Fluss-Menschen. Damit kann ich auf mich gestellt überleben, mit oder ohne Mann.« Sie erhob sich und ging auf den Eingangstunnel zu.

»Und der Jäger, der dich nimmt, bekommt neben jener Nahrung und jenen Hunden auch eine alte Tante, deren Mund nichts führt als Klagen«, sagte Nachtmann.

Dii deutete mit dem Kinn auf die Seite der Behausung, wo Lange Augen saß und die Sohle eines Stiefels an den Schaft nähte. Dabei murmelte die Alte unentwegt Worte vor sich hin. »Und du bietest eine Mutter zum Geschenk, die kaum allein essen kann.«

»Sie ist wieder kräftiger«, sagte Nachtmann, doch seine Worte kamen zu schnell.

Dii sah die Frau einen Augenblick lang an, dann zuckte sie mit den Schultern, doch sie sagte nichts. Wieder wandte sie sich dem Eingangstunnel zu.

»Ich brauche eine Frau«, sagte Nachtmann. »Ich habe Geschenke.«

»Behalte deine Geschenke«, sagte Dii zu ihm. »Als Frau verlange ich nur eines von dir. Achtung.«

»Und dies?«, sagte Nachtmann und deutete auf seine Schulter.

»Für mich ist sie nicht schlimm, deine Schulter«, sagte sie. »Du bist derjenige, der zugelassen hat, dass sie so große Bedeutung gewonnen hat. Du bist es, der diese Wunde als Rechtfertigung genommen hat, zu hassen und dich selbst zu bedauern, anstatt Kraft daraus zu gewinnen.«

Nachtmann biss die Zähne zusammen, und Dii glaubte, er würde sie aus seiner Behausung werfen, doch er sagte: »Bitte bleib hier.«

»Ich habe nicht gesagt, dass ich gehen werde«, entgegnete Dii. Sie ging in den Eingangstunnel und kam mit ihren Decken und Matten zurück. Dann bereitete sie sich ihr Lager auf der Frauenseite der Behausung.

Blut war überall – und es war mehr, als Rotes Blatt von Tsaanis Tod in Erinnerung geblieben war. Flusseistänzer hatte gekämpft, doch seine Bemühungen wurden zersetzt von der Bestürzung, dass K'os versuchen wollte, ihn zu töten. Rotes Blatt trug blaue Flecken von seinen Fäusten auf dem Bauch und auf ihren Armen, doch es war Flusseistänzer nicht gelungen, ihr das Messer zu entwinden. Jene erste Wunde, die sie ihm zugefügt hatte, ehe er begonnen hatte, sich zur Wehr zu setzen, hatte ihm den Tod gebracht. Allmählich lahmte der Verlust des Blutes ihm Hände und Geist. Erst, als er endlich regungslos dalag, in den letzten Augenblicken, ehe der Tod über ihn kam, da sah er, dass nicht K'os ihn getötet hatte. Und in seiner Erleichterung ließ er seinen Geist gehen. Rotes Blatt aber kauerte angsterfüllt neben ihm und harrte seiner Rache, doch nichts geschah.

Sie rollte ihn zurück auf sein Lager, steckte seine Decken um ihn herum fest und schob das Messer unter die nächsten Bodenmatten. Jemand würde es dort finden. Sie hoffte, es möge nicht K'os sein.

Rotes Blatt nahm eine Wasserblase von den Balken und wusch sich Gesicht und Hände. Plötzlich sah sie sich selbst, von Cen oder K'os entdeckt, nackt und blutig wie sie war, und Flusseistänzer, der tot auf seinen Schlafmatten lag, und sie fing an zu zittern. Doch niemand kam, und als es Rotes Blatt gelungen war, alles Blut fortzuwaschen, da zog sie sich an und schlüpfte wieder hinaus in die Nacht.

Sie ging zurück zu Cens Behausung. Sie verharrte lange Zeit im Eingangstunnel und lauschte, und auf ihren Lippen lag eine Lüge bereit: Sie sei zur Frauenstelle gegangen, um sich zu übergeben. Warum sollte sie die anderen in dieser Behausung mit ihrer Krankheit verfluchen?

Sie lauschte, doch sie hörte nichts, und schließlich kroch sie hinein. K'os und Cen schliefen noch immer, sie lagen genau, wo sie gelegen hatten, als Rotes Blatt die Behausung verließ. Ihre eigene Bettstatt barg noch immer ein wenig Wärme. War sie nur so kurz fort gewesen? So schnell konnte ein junger starker Jäger sterben!

Er war grausam gewesen, sagte sich Rotes Blatt. Er war eigensüchtig gewesen. Doch sie erinnerte sich auch an die Freude seiner Mutter, als er geboren worden war, er, der einzige Sohn des Nahe-am-Fluss-Jägers Wolfkopf. Sie erinnerte sich an seine erste Beute, an den Jubel über den Hasen, den er einst mit seinem Jungen-Wurfstock erlegt hatte. Rotes Blatt fing wieder an zu zittern. Sie setzte sich auf und umklammerte die hölzerne Schale, die K'os neben ihrer Bettstatt gelassen hatte. Cen erwachte von ihrem Würgen. Er hockte sich neben sie, streichelte ihr über das Haar und murmelte leise Gebete, bis Rotes Blatt sich wieder niederlegen konnte. Er blieb bei ihr, bis sie eingeschlafen war.

Als der Morgen kam, spürte Rotes Blatt, wie jemand sich über sie beugte. Sie schlug langsam die Augen auf und erblickte K'os.

»Du lebst«, sagte K'os, und in ihrer Stimme schwang Erstaunen. Wieder bereitete sie eine Schale mit Wasser und fügte Pulver aus dem rot verschnürten Beutel hinzu. Rotes Blatt nahm sie und trank.

Das Lager von Chakliux

Wieder hörte Sok in seinem Traum den Wind. Es war Schnee-im-Haar, wenn ihre Stimme diesmal auch schwach war, als käme sie von weit her zu ihm. Er öffnete den Mund und rief ihr zu, sie solle auf ihn warten. Er trat ins Freie und sah das bleiche Licht des neuen Morgens, und die Sonne lag noch verborgen hinter der Krümmung der Erde.

Dann vernahm er ihre Stimme, als stünde Schnee-im-Haar

unmittelbar neben ihm, und sie klang klar und hart wie Eis. »Ich habe lange genug gewartet«, sagte sie. »Ich gehe nun. Komm mit mir, wenn du es wünschst.«

»So lass mich nur meinem Bruder sagen, dass ich gehe«, bat Sok. »Er ist den ganzen Weg mit mir gekommen. Er muss es wissen, damit er sich nicht um mich sorgt.«

Schnee-im-Haar lachte, und Zorn schwang in ihrer Stimme. »Du bittest mich zu warten, nur damit du deinem Bruder Nachricht geben kannst? Was für ein Bruder ist das, der versucht, dich hier zu halten, wo du doch gar nicht hier bleiben willst? Geh und sieh, ob er deine Sorge um ihn wert ist. Wenn du dich dann eilst, so wirst du mich finden.«

Ihre Stimme verblasste, und Sok duckte sich zurück in das Zelt. Er spürte die Hitze, die die aufgehäuften Kohlen verbreiteten. Sie mühten sich, die Kälte außerhalb der Wände aus Karibuhaut zu halten. Er kroch neben Chakliux. Sein Bruder war im Sitzen eingeschlafen, den Rücken hatte er an ein Bündel gelehnt, und seine Hasenfelldecken hatte er sich über den Kopf gezogen. Sok rief ihn beim Namen, doch Chakliux antwortete nicht. Sok zog die Decken fort, doch Chakliux antwortete nicht. Angst machte sich in Sok breit, und er legte Chakliux eine Hand auf die Brust. Das Herz schlug nicht. Sok verfluchte seine tote Frau, und die Flüche erhoben sich hinauf, zusammen mit seinen Klageschreien.

Als Sok wieder zu sich kam, war er im Freien, ein Bündel war auf seinen Rücken geschnürt, und er trug Schneeschuhe an den Füßen. Er fühlte sich wie ein Kind, das soeben zum ersten Mal die Welt entdeckt. Seine Brust schmerzte wie von einer alten Wunde, doch er merkte, dass sein Körper sich trotzdem bewegte und dass auch sein Geist zu denken imstande war. Seine Gedanken bewegten sich nicht länger in jener Wirrnis, in der sie gewesen waren, seit Schnee-im-Haar gestorben war. Nun aber betrauerte er neben ihr auch noch seinen Bruder, und jeden Schritt tat er voll Leid, und voll Angst jeden Atemzug. Was, wenn Schnee-im-Haar in ihrem Verlangen, ihn bei sich zu haben, nicht nur seinen Bruder Chakliux geholt hatte, sondern auch jene anderen, die ihn auf der Erde festhielten: seine Söhne?

Die Quelle der Jäger

Aqamdax erwachte, weil ihr übel war. Sie schlug ihre Schlaffelle zurück, kroch über Schneefalke hinüber und auf die Türklappe zu. Im Freien übergab sie sich, doch ihr Bauch war leer, und so gab sie nichts von sich als Galle. Als ihr Magen aufhörte zu erbrechen, schaufelte sie sich eine Hand voll Schnee ins Gesicht. Sie ließ ihn im Mund zergehen und die Kehle hinabrinnen. Dann kroch sie wieder hinein und rieb ihre Hände in dem dichten Fell von Schneefalke trocken.

Am Tag zuvor hatte sie es gewagt, eine Feuerstelle zu bauen. Die Nächte waren zu kalt geworden, ohne Feuer würde sie sie nicht überstehen. Und so erweckte Aqamdax nun die Kohlen zu neuem Leben.

»Der Morgen ist gekommen«, sagte sie zu Schneefalke, »auch wenn die Sonne noch nicht am Himmel steht. Was ist mit deinem Magen? Bist du krank?«

Sie hatten oft das Gleiche gegessen, sie beide, obgleich Aqamdax wusste, dass Schneefalke zudem für sich selbst gejagt hatte. Doch dem Hund schien es gut zu gehen, und als Aqamdax erst ein wenig gegessen hatte, fühlte sie sich besser, beinahe so stark, als sei ihr niemals übel gewesen.

Von Tag zu Tag verbrachte Schneefalke mehr Zeit allein, fort von Aqamdax. Zu Beginn hatte sie sich Sorgen gemacht. Sie dachte an Nachtmann, der Schneefalke entdecken könnte, wenn er auf der Jagd war. Dann würde er wissen, dass Nimmtmehr sie am Leben gelassen hatte. Sie sorgte sich auch wegen der Wölfe. Was konnte Schneefalke schon gegen ein Rudel ausrichten? Ihr bliebe nichts, als zu tun, was jedes Weibchen tun konnte: zu hoffen, dass einer der Rüden sie wollte. Doch Schneefalke kehrte jeden Tag bei Dämmerung zurück, um sich ihren Anteil zu fressen zu holen. Dann legte sie sich ohne Leine vor dem Zelt nieder, um zu schlafen. Wenn die Nacht zu kalt wurde, kam sie hereingekrochen.

Jeden Morgen ging Aqamdax los, um nach ihren Fallenschlingen zu sehen und sie wieder auszulegen. Sie nahm die Hasen aus, die sie gefangen hatte, und zog ihnen das Fell ab. Sie rollte die Felle mit dem Fleisch nach innen ein und verstaute sie zusammen mit den Kadavern unter der Abdeckung aus Karibuhaut, wo sie ihre Vorräte verwahrte.

An diesem Tag hatte sie in ihren Fallenschlingen drei fette Hasen gefangen, und als Aqamdax damit fertig war, sie zu häuten, nahm sie ihre Wurfstöcke und begab sich zur Südseite des Waldes. Der Wind hatte sich gelegt. Nur ab und an trieb er noch eine Schneewehe über die weite Steppe jenseits der Bäume.

Aqamdax hatte im Umgang mit den Speerstöcken einiges Geschick erlangt, und ihre Muskeln schmerzten nicht mehr, wie sie es zu Anfang getan hatten, wenn sie geraume Zeit mit Werfen zugebracht hatte. Nun versuchte sie zu lernen, den Speer im Lauf zu werfen. Sie hatte die Männer einst bei einem solchen Spiel beobachtet. Doch obgleich ihr Speer nun weiter flog, so fiel es Aqamdax doch schwerer, die Augen auf das Ziel gerichtet zu halten, und sie verlor ihre Treffsicherheit.

Aqamdax sammelte die Stöcke ein und hielt sie gerade wieder in der Hand, als mit einem Mal eine Stimme rief: »Du brauchst ein Wurfbrett.«

Aqamdax wirbelte herum, einen Speer bereit, doch als sie sich umgewandt hatte, ließ sie die Waffe wieder sinken. Am Rande der sumpfigen Lichtung stand Nimmt-mehr, und er hatte einen Hund an seiner Seite, der eine Trage mit einer gefrorenen Karibukeule zog.

»So also begrüßt du einen alten Mann, der dir Fleisch bringt?«

Tränen sammelten sich in Aqamdax' Augen, doch sie erwiderte seinen Ruf, als sei sie eine Frau, die einem Freund ihres Mannes die Gastfreundschaft ihrer Behausung anbietet. »Hast du Hunger?«

»Ich könnte womöglich etwas essen. Ich bin heute Morgen aufgebrochen, als es noch dunkel war, damit meine Frauen nicht sehen, was ich dir bringe.«

»Kannst du über Nacht bleiben?«, fragte Aqamdax.

Nimmt-mehr lachte. »Fürchtest du nicht, ich könnte mehr verlangen als etwas zu essen?«

»Ich denke, du hast Achtung vor meinem Mann und wirst von seiner Frau gewiss nicht fordern, sie möge dein Lager teilen.«

Nimmt-mehr errötete, doch Aqamdax tat, als sehe sie es nicht. Womöglich stand dem alten Mann für das, was er gebracht hatte, mehr zu als eine Schale mit Eintopf, doch welche Frau durfte solche Gastfreundschaft gewähren ohne die Zustimmung ihres Mannes?

Nimmt-mehr half Aqamdax dabei, die Keule in ihrem Vorratslager zu verstauen, und dann beantwortete er ihre Fragen über die Menschen im Dorf. Er berichtete, dass Ghaden, Yaa und auch Soks Söhne wohlauf waren, dass Ligige' viel Zeit damit zubrachte, anderen zu sagen, wie sie ihr Leben leben sollten, und dass Sok und Chakliux noch immer nicht zurückgekehrt waren. Als sie erfuhr, dass Krummer Halm ihre Nichte Dii an Nachtmann gegeben hatte, schloss Aqamdax traurig die Augen.

Als es nichts mehr zu berichten gab, erzählte Nimmt-mehr von jener Zeit, als er jung gewesen war, als er gejagt und sich seine Frauen genommen hatte. Schließlich gingen seine Worte zur Neige. Er verließ sie, und Aqamdax kam ihr Zelt zu still vor, und viel zu leer. Als sie sich in dieser Nacht zum Schlafen niederlegte, da wiederholte sie für sich noch einmal seine Jagdgeschichten, sie flüsterte sie hinein in ihre Träume, und sie fühlte sich nicht mehr so allein.

57

Das Lager von Chakliux

Im Traum war Aqamdax an seiner Seite. Ihre Hände berührten ganz sanft sein Gesicht. Sie beugte sich über ihn, er erhob sich und wollte sie in seine Arme nehmen. Mit einem Mal war sie nicht mehr Aqamdax. Sie hatte sich in Stern verwandelt, das weiße Gesicht war blutbefleckt, und Eis glänzte auf ihrer Wange. Ihre Augen waren dunkel und blind.

Chakliux schrie auf, und der Klang seiner Stimme weckte ihn. Als er erkannte, dass er geträumt hatte, beruhigte sich sein Herzschlag, und er schalt sich. Er war eingeschlafen. In der Dunkelheit, die im Zelt herrschte, blickte er hinüber zu Soks Bettstatt. Sok schlief, doch was, wenn er erwacht war, während Chakliux geschlafen hatte? Es wäre möglich, dass er hinausgewandelt war ... Er sah die Umrisse, die sich unter der hellen Felldecke erhoben, und seufzte erleichtert.

Chakliux kroch auf allen vieren hinüber und wollte seinem Bruder auf die Schulter schlagen. Die leere Hasenfelldecke fiel unter seiner Hand in sich zusammen. Chakliux riss die Decke zur Seite. Selbst die Schlafmatten seines Bruders waren verschwunden. Chakliux schlüpfte hastig in seine Stiefel und schnallte sich die Schneeschuhe an die Füße.

Chakliux war erstaunt, dass die Sonne schon aufgegangen war. Als bleiche gelbe Scheibe hing sie kaum höher als der Horizont, und der Himmel im Norden und Westen war noch dunkel.

Während der Nacht war neuer Schnee gefallen. Es war weniger als eine Handbreit, doch er hatte sich über Soks Spuren gelegt, und Chakliux konnte nichts weiter finden als die ersten Schritte, die sein Bruder getan hatte. Sie führten nach Westen.

Warum sollte Sok in jene Richtung gehen? Ihr Dorf lag nach Süden und Osten. Da wusste Chakliux, dass sein Bruder seiner toten Frau folgte, dass er westwärts zog, hin zu dem Land, wo die Geister wohnten.

Aaa Sok, dachte Chakliux, nach allem, was geschehen ist, habe ich dich nun doch verloren?

Das Land war ein Land der Hügel, doch in Soks Augen sah alles gleich aus, jeder gefrorene Bach glich dem, den er gerade überquert hatte. Einmal holte ein weißer Fuchs ihn ein, einmal zogen Raben über ihm ihre Kreise, sonst aber waren Erde und Himmel verlassen. Flüsternd sang Sok die Namen seiner Söhne, als Takt für seine Füße und zur Erinnerung daran, in welche Richtung er ziehen musste und warum. Sok schlug die Kapuze seines Parkas zurück, sodass die Luft seinen Kopf kühlen konnte und er nicht zu schwitzen anfing. Als seine Ohren zu schmerzen begannen, zog er die Kapuze wieder nach vorn. Die Sonne folgte ihrer flachen Bahn, und Sok kämpfte gegen den Schlaf. Er ging mit gesenktem Kopf und hielt die Augen geschlossen.

Schlafen hieß Flucht, der Schlaf war ein Ort ohne Entscheidungen, ohne Schmerz. Dort würde er Aqamdax nicht erklären müssen, dass ihr Mann tot war, dass Schnee-im-Haar ihn getötet hatte.

Er würde nicht jedem neuen Tag ins Gesicht blicken müssen, ohne die Frau, die er brauchte, ohne den Bruder, der ihm so ans Herz gewachsen war. Doch Sok zwang sich weiterzugehen, und er hauchte die Namen seiner Söhne, mit jedem Schritt sprach er sie hinein in seine Gedanken, bis ihre Gesichter vor seinen Augen tanzten, bis ihre Stimmen lauter waren als die von Schnee-im-Haar, die ihn noch immer aus dem Wind heraus rief.

Brauner Fuß kratzte an der Behausung von K'os. Er murmelte leise Flüche gegen eine alte Frau, die zu faul war, um des Morgens aufzustehen und ihrem Mann Essen zu bringen, und auch gegen die Hunde von Flusseistänzer, die ihn anbellten, während er auf Antwort wartete.

»Was?«, rief er endlich. »Sind denn an diesem Morgen alle Frauen faul? Schlaft ihr noch alle? Seht!« Er hob seinen Gehstock nach Südosten. »Dort ist schon die Sonne.« Er blies durch die Lippen zum Ausdruck seiner Abscheu und zog die äußere Türklappe beiseite. Er kroch in den Eingangstunnel und machte nicht noch einmal Halt, um zu grüßen, ehe er die Behausung betrat.

Als er sah, dass K'os nicht zugegen war, verstummten seine Flüche. Brauner Fuß erhaschte einen flüchtigen Blick auf das Büschel dunkler Haare, das unter den Schlafhüllen von Flusseistänzer herauslugte. Er rammte seinen Gehstock auf den Boden und rief: »Welcher Jäger wagt es, einen guten Tag zu verschlafen?«

Der Mann gab keine Antwort. Brauner Fuß trat näher und stieß ihn mit seinem Stock an. »Wo ist deine Frau?«, fragte er. »Deine Feuerstelle ist kalt.« Er hockte sich nieder und murrte: »Sie ist eine dumme Frau, wenn sie hinausgeht zum Vorratslager, ohne das Morgenfeuer für dich zu entfachen. Du solltest dir überlegen, eine andere zu suchen. Ich habe eine Enkeltochter, weißt du ...«

Brauner Fuß schob eine Hand unter die Decken von Flusseistänzer, und ihm blieb der Mund offen stehen. Er starrte seine Finger an. Sie waren klebrig von geronnenem Blut.

»Wie geht es deiner Frau?«, flüsterte Bei-den-Mäusen. Sie stand auf Zehenspitzen und versuchte, über die Schulter von Cen einen Blick in die Behausung zu werfen. Sandfliege drückte sich an ihm vorbei und stellte das Wiegengestell mit dem Kind auf den Boden. Sie schnürte die Binden auf, zog die schmutzigen Moospolster heraus und warf sie in die Feuerstelle.

Die zwei alten Weiber waren hereingekommen, als gehöre die Behausung ihnen, und Cen ballte seine Hände zu Fäusten, um zu verhindern, dass seine Ungeduld sich in Zorn wandelte. Er war müde, das Würgen von Gheli hatte ihm den Schlaf geraubt. Sie hatte sich schließlich beruhigt, und er war eingeschlafen, doch jener Schlaf war von seltsamen Träumen und halbfertigen Gedanken durchzogen gewesen.

Bei Morgengrauen hatte K'os Gheli noch etwas von ihrer Arznei gegeben, einen Tee, der aus blassgrünem Pulver bereitet wurde.

»Dies ist die stärkste Arznei, die ich habe«, hatte sie Cen erklärt. »Sie soll ihre Schmerzen vertreiben, ihre Gedärme lockern und das Böse aus ihrem Körper verjagen. Wenn jene Geister des Schmerzes jedoch zu groß sind ...« K'os schüttelte den Kopf. »Mehr steht nicht in meiner Macht«, hatte sie sanft gesagt. »Du solltest wohl hinaus ins Dorf gehen und nach einem Ältesten suchen, der Gebete spricht.«

Als Cen deshalb die Frage von Bei-den-Mäusen beantwortete, hatte er Tränen in den Augen, und er musste sich abwenden. »Gheli ist noch immer krank«, sagte er. »Gibt es in diesem Dorf jemanden, der Gebete zu sprechen weiß?«

»Unser Schamane ist vor zwei ..., nein ... drei Sommern gestorben. Er war alt, und mein Mann hat uns erzählt ...«

»Ich weiß«, unterbrach Cen die alte Frau. Bei-den-Mäusen war eine Frau, die zu viele Worte machte, und er hatte keine Zeit für ihre Dummheiten. »Gibt es einen anderen?«

»Brauner Fuß womöglich.«

Cen schüttelte den Kopf.

Bei-den-Mäusen schürzte missbilligend die Lippen. »Er fordert immer mehr Fleisch, als ihm zusteht, das ist wahr«, gab sie zurück. »Doch er weiß viele Gebete. Er war der Bruder unseres Schamanen.«

Cen warf Sandfliege einen Blick zu. Sie war damit beschäftigt, seine Tochter zu stillen. Ohne aufzublicken, sagte sie: »Er weiß Gebete.«

Cen zog die Türklappe beiseite und trat erstaunt zurück, als Brauner Fuß in die Behausung gestürzt kam. Er stammelte, seine Augen waren geweitet, und so wirre Worte kamen aus seinem Mund, dass Cen allein K'os' Namen verstehen konnte.

»Was? Was ist geschehen?«, schrie K'os. Sie packte den Mann bei den Schultern und schüttelte ihn, bis er sagte: »Dein Mann, jener junge Mann von den Nahe-am-Fluss-Menschen, jemand hat ihn getötet. Er ist tot. Überall ist Blut. Blut in seiner Bettstatt ..., auf den Bodenmatten ...«

Brauner Fuß fuhr fort zu stammeln und hörte auch nicht auf, als er Cen und K'os nachging, die hinausrannten.

Bei-den-Mäusen kroch dicht zu Sandfliege heran. »Hat er gesagt, dass der junge Mann von K'os tot ist?« Sie blickte auf, als Rotes Blatt zu stöhnen begann. Sie beugte sich aus ihrer Bettstatt hinaus, um sich zu übergeben. Es waren trockene Wogen, die nichts zu Tage brachten.

»Und diese dort ...« Sandfliege nickte zu Rotes Blatt hinüber. »Glaubst du, dass sie am Leben bleiben wird?«

Bei-den-Mäusen zuckte die Achseln.

»Es ist seltsam«, sagte Sandfliege schließlich. Sie schob dem Kind einen Finger in den Mund, um es von ihrer Brust zu lösen. Sie kümmerte sich nicht um den kurzen Schrei der Empörung, hielt sich Daes über eine Schulter und tätschelte ihr den Rücken, bis sie aufstieß, dann legte sie das Mädchen an ihre andere Brust.

»Ehe Gheli krank geworden ist, kam sie in unsere Behausung und sprach zu mir und meinem Mann. Sie schien sich vor K'os zu fürchten, doch wir haben uns nicht viel dabei gedacht. Schließlich ist sie Frau eines Händlers, und sie sagt, auch ihr Vater sei Händler gewesen. Woher soll man wissen, ob eine Frau, die so aufgewachsen ist, die Wahrheit spricht? Sie sagte, K'os wolle, dass Cen ihr Mann wird.«

»Warum sollte K'os Cen wollen, wo sie doch so einen guten, jungen Mann wie ...« Bei-den-Mäusen hielt inne, ehe ihr der Name des Toten über die Lippen kam.

Eine Zeit lang sagte keine der beiden ein Wort, und das Schweigen zwischen ihnen wurde nur gebrochen von den leisen Geräuschen, die das Kind beim Saugen machte. Schließlich sagte Sandfliege: »Ehe jener Nahe-am-Fluss-Jäger in unser Dorf gekommen ist, als K'os noch in meiner Behausung gelebt hat, da hatte sie ihre Augen auf alle Männer gerichtet, selbst auf meinen Mann.« Sie schlug sich eine Hand vor den Mund.

»Hat sie jemals etwas über Cen gesagt?«, fragte Bei-den-Mäusen.

»Ja, von Zeit zu Zeit, und sie hat ihn beobachtet. Ich erinnere mich daran, dass sie ...«

»Aber sie würde doch nicht töten ..., warum sollte eine Frau ...«

Ein gellender Schrei von Rotes Blatt unterbrach die Worte von Bei-den-Mäusen. Selbst das Kind schreckte von der Brust auf.

»Wer ist tot?«, rief Rotes Blatt. »Wer ist gestorben? Sagt es mir!«

Bei-den-Mäusen warf Sandfliege einen Blick zu und rutschte dann hinüber zu der Bettstatt von Rotes Blatt. »Gheli, du bist krank«, flüsterte sie. »Du bist krank. Du darfst dich nicht über das sorgen, was geschehen ist. Wenn es dir wieder gut geht, wird genug Zeit sein, darüber nachzudenken.«

»Flusseistänzer?«, flüsterte Rotes Blatt, und ihre Augen waren weit aufgerissen.

»Psst, Kind«, sagte Bei-den-Mäusen und hielt Rotes Blatt den Mund zu. »Psst, ruhig jetzt, du darfst ihn nicht beim Namen nennen.«

Rotes Blatt wand sich los. »Nein!«, schrie sie. »Nein! Sie hat mir gesagt, dass sie es tun würde. Sie hat mir gesagt, wenn ich ihr Cen nicht geben würde ... Wenn ich ihr mein Kind nicht geben würde ...«

»Sei ruhig, Tochter«, sagte Bei-den-Mäusen und drückte Rotes Blatt hinunter auf ihr Lager. »Sei ruhig, sei ruhig.«

Rotes Blatt holte tief und bebend Atem und schloss die Augen.

»K'os hat uns beide getötet«, sagte sie. »Nun hat sie uns beide getötet.«

58

Das Vetter-Fluss-Dorf

Hast du deinen Nahe-am-Fluss-Mann eigentlich verlassen?«, fragte Nachtmann.

Dii zog sich die Hasenfelldecke enger um die Schultern. Er war in der Nacht zu ihr gekommen. Schweigend hatte er sie bestiegen und sie zur Frau genommen. Und an diesem Morgen, noch ehe sie ihr Lager verlassen hatte, war er voll der Fragen.

Sei gerecht, sagte sie zu sich. Welcher Mann würde seiner neuen Frau nicht dieselben Fragen stellen? Du warst zu lange fort von diesem Dorf. Hast du vergessen, dass seine Mutter Lange Augen geweint hat, wann immer ihr Mann auf die Jagd gegangen ist? Den Menschen in der Familie von Nachtmann liegt viel an jenen, die zu ihnen gehören. Nur das haben seine Fragen zu bedeuten. Hättest du lieber einen anderen Mann, einen, der ist wie Anaay?

Wie viel aber sollte sie Nachtmann erzählen? Warum sollte sie die Schuld an dem Tod Anaays auf sich nehmen, wenn es doch K'os gewesen war, die das Gift bereitet hatte? Und warum sollte sie gestehen, dass sie seinen Leichnam verborgen hatte?

»Ja, ich habe ihn verlassen«, sagte sie. Das war keine Lüge. Sie hatte ihn verlassen – und wenn es auch nur sein Leichnam gewesen war –, und sie hoffte, dass sie seinen Geist nicht zu diesem Dorf geführt hatte.

»Warum?«

»Er hat mich nicht gebraucht«, sagte sie leise. »Er hatte eine andere Frau.«

»Was?«, fragte Nachtmann. »Warum müssen Frauen immer murmeln! Wie kann ich dich hören, wenn du deine Worte flüsterst?«

Dii hob trotzig ihr Kinn und wandte ihm ihr Gesicht zu. »Ich habe ihn verlassen«, sagte sie zu ihm. »Er war mir kein guter Mann.«

Nachtmann zuckte die Achseln.

Ein dummer Grund, das stimmt, dachte Dii. Erinnere dich daran, was Ligige' von Nachtmann und Aqamdax erzählt hat. Glaubst du, er wird Verständnis haben für die Schwierigkeiten, die du mit Anaay hattest?

»Du gibst *ihm* die Schuld für deine Entscheidung, ihn zu verlassen?«, fragte Nachtmann, und seine Worte klangen bitter.

Sei klug, sagte Dii sich. Bedenke deine Worte, ehe du sie aussprichst.

»Du, Mann«, sagte sie, »könntest du bei einer Frau bleiben, die deine Brüder oder deinen Vater getötet hat?«

»Dann war dein Nahe-am-Fluss-Mann jener, der deinen Vater und deine Brüder getötet hat?«

»Das weiß ich nicht, doch jemand aus seinem Dorf hat es getan. Ich konnte nicht länger bei ihnen leben.«

»Aha«, sagte er. Sein kalter Blick glitt über ihr Gesicht und bis hinunter zu der Stelle, wo ihre Hände sich über den Brüsten kreuzten. »Womöglich habe ich diesmal eine gute Frau gewählt.«

Dii öffnete ihre Decke für ihn, doch obgleich er zustimmend die Augenbrauen hob, schnippte er mit den Fingern und deutete mit dem Kinn auf die Feuerstelle. Dii zog sich an und entfachte aufs Neue das Feuer, dann ging sie hinaus zum Vorratslager. Die erste Nacht war vorüber – und diese war gewiss die schlimmste von all jenen gewesen, die ihr als Frau von Nachtmann bevorstanden. Dii seufzte erleichtert und sah ihrem Atem nach, der als Wolke hinaufstieg in das schattig blaue Licht des Morgens.

»Ich wollte nicht, dass K'os hier bleibt, das hast du vergessen«, sagte Sandfliege. Sie erhob sich von ihrem Platz bei den Frauen und zeigte mit einem knorrigen Finger auf ihren Mann. »Der Tor, der dachte, sie würde in sein Lager kommen, der warst du.«

Eine Woge des Gelächters ging durch die Menschen, die sich in der Behausung des Obersten Jägers versammelt hatten, und zwei dunkelrote Flecken glühten auf den blassen Wangen von Der-auf-Bäume-klettert. »Ich habe keine Klagen vernommen, als sie dir Arznei für deine Gelenke gegeben hat«, sagte er zu ihr.

»Es ist einerlei, warum sie hier ist, und auch, wer ihr geholfen hat, als sie gekommen ist«, sagte Cen zu ihnen. »Ich kenne sie von früher her, aus einem anderen Dorf. Und hätte doch nicht geglaubt, dass sie imstande wäre, ihren eigenen Mann zu töten. Nun aber müssen wir beschließen, was mit ihr geschehen soll. Wir können einer Frau wie K'os nicht gestatten, in diesem Dorf zu bleiben.«

»Sie sagt, sie hat ihren Mann nicht getötet«, sagte Brauner Fuß.

»Springt-zu-weit hat ihr Messer neben seinem Leichnam gefunden«, sagte Sandfliege. »Ich weiß, dass dieses Messer K'os gehört. Sie hatte es bei sich, als sie zu uns gekommen ist.«

»Schickt sie fort«, sagte Brauner Fuß. »Es ist Winter. Ohne Hunde oder Nahrung wird sie gewiss nicht lange überleben.«

»Nein«, gab Cen zurück. »Wenn K'os ihren Mann getötet hat, dann hat sie nicht das Recht zu leben. Gibt es einen Mann hier, der sie töten wird? Ich werde es ihm lohnen. Ich habe Tauschware und Fleisch.«

»In diesem Dorf haben wir es immer so gehalten«, sagte Der-auf-Bäume-klettert. »Wenn jemand getötet oder gegen unsere heiligsten Regeln verstoßen hat, so schicken wir ihn fort. Das ist das Beste, besonders bei einer Frau. Du kennst unsere Wege nicht, Händler.« Der-auf-Bäume-klettert nickte dem Obersten Jäger zu. Er war ein Mann, der nicht alt und nicht jung war, klein und breit, und er blinzelte, als spähte er stets auf einen weit entfernten Punkt. »Erster Speer, wie lautet deine Wahl?«

»Vor langer Zeit, als ich Kind war, da lebte der Bruder dieser Frau in unserem Dorf«, sagte Erster Speer. »Er war ein guter Mann, und er war der Mann meiner Schwester. Er hat mir mein erstes Messer gegeben.«

Das Messer von K'os lag auf dem Rand der Feuerstelle, die Karibuhaut, die um den Griff gewickelt war, war blutbefleckt. Erster Speer deutete mit dem Kinn auf die Waffe. »Das Messer, das unter dem Leichnam gefunden wurde, sieht aus wie jenes, das ihr Bruder mir einst machte«, sagte er. »Ihr wisst, dass dieser Bruder von ihr lange schon gestorben ist. Womöglich ist dies etwas, das der tote Bruder von K'os sich als Rache ersonnen hat. Womöglich war er es, der sie zu unserem Dorf geführt hat.«

»Dieser Bruder von ihr«, fragte einer der Ältesten. »Ich erinnere mich an ihn. Er hat jene Klinge gemacht. Seht, wie sie geschnitzt ist. Kennt einer von euch einen Mann in diesem Dorf, der Klingen auf solche Weise macht?«

Erster Speer nickte Cen zu. »Weißt du etwa, woher dieses Messer gekommen ist?«, fragte er.

»Wie ich euch schon gesagt habe, kannte ich K'os schon, als sie noch im Vetter-Fluss-Dorf lebte. Damals hatte sie dieses Messer. Für sie ist es beinahe wie ein Amulett.«

»Hat sie dir je erzählt, woher sie es hat?«

Cen presste seine Lippen zu einem dünnen Strich zusammen. »Einer ihrer Brüder hat es ihr gegeben.«

Ein leises Zischen erhob sich unter den Menschen.

»Nun dann«, sagte Erster Speer, »hier gibt es Dinge, die nicht einfach zu verstehen sind.« Er blickte über die Köpfe der Männer hinweg zu den Frauen, die an den Wänden der Behausung saßen. »Sandfliege, du sagtest, K'os habe dir Arznei gegeben. Hat sie dir geholfen?«

»Ein wenig.«

»Und sie hat auch der Frau von Cen Arznei gegeben?«

»Ja.«

»Hat die Arznei geholfen?«

Sandfliege zuckte mit den Schultern. »Es geht Gheli nicht schlechter.«

»Was hat das mit dem Toten zu tun?«, fragte Cen.

»Wie könnte eine Frau, die heilt, auch töten?«

»Doch was, wenn sie es getan hat?«, sagte Cen. »Ihr würdet ihr gestatten, hier in diesem Dorf zu bleiben, und ihr würdet die Gefahr auf euch nehmen, dass sie wieder töten würde?«

Einer der Jäger erhob sich.

»Wenn sie bleibt, so werden wir gehen, meine Frau und ich, mein Vater und seine Frau«, sagte er.

Auch andere nickten zustimmend.

»Schickt sie fort«, sagte Brauner Fuß. »Wenn sie getötet hat, wird der Geist ihres Mannes sich rächen. Wenn sie nicht getötet hat, wird er sie beschützen, und sie wird ein anderes Dorf finden, in dem sie leben kann.«

Erster Speer nickte, und die Männer, die alten wie die jungen, ließen Rufe der Zustimmung erschallen. Cen hörte die Frauen, ihre Stimmen waren wie ein sanfter Wind an den Wänden der Behausung. Schließlich erhob sich Sandfliege und sagte: »Brauner Fuß hat Recht. Warum sollten wir Gefahr laufen, jemandem Schaden zuzufügen, der unschuldig ist?«

Als die Ältesten die Behausung verließen, richtete Cen einige Worte der Achtung an jene, die um ihn waren. Womöglich war ihre Entscheidung das Beste. Wer war er, sie in Frage zu stellen? Er war niemals lange genug in einem Dorf geblieben, um jene Bande von Treue und Hass zu verstehen, die zwischen den Menschen bestanden, Bande, die den Grund bildeten für Zwist und für Entscheidungen den Ausschlag gaben. Er war erschöpft.

Die Männer des Dorfes hatten drei junge Jäger dazu bestimmt, K'os zu bewachen. Sie hatten sie nur deswegen an Händen und Füßen gefesselt und sie geknebelt, weil Cen darauf bestanden hatte. Er kannte K'os lange genug, um zu wissen, dass sie jeden jungen Mann betören konnte, wenn sie nur wollte.

Bei-den-Mäusen war bei Gheli geblieben, und als Cen nun zu der Behausung zurückeilte, hatte er mit einem Mal Angst, dass es K'os gelungen war, zu fliehen, und dass sie einen Weg gefunden hatte, seine Frau zu töten. Als er die Behausung aber betrat, da sah er Gheli und Bei-den-Mäusen gemeinsam an der Feuerstelle sitzen. Sie spielten mit dem Kind. Daes lag auf einer Hasenfelldecke und strampelte mit den Beinen. Sie versuchte, den Schmuck zu ergreifen, den Gheli ihr über die Finger hielt.

»Geht es dir besser, Frau?«, fragte Cen, obgleich diese Frage töricht war. Wer konnte nicht sehen, dass es ihr besser ging? Bei-den-Mäusen blickte zu ihm auf und kicherte. »Ich denke, deiner Frau geht es gut.«

Cen hockte sich neben sie und legte seiner Frau seinen Arm um die Schulter. Womöglich war die Entscheidung, K'os ziehen zu lassen, richtig. Er hatte eine kleine Tochter, er hatte eine gute Frau. Im Frühjahr würde er zum Vetter-Fluss-Dorf zurückkehren und seinen Sohn Ghaden hierher holen. Hier in dieser guten Behausung sollte er leben, bei seiner Schwester Daes und seiner neuen Mutter Gheli.

59

Das Vier-Flüsse-Dorf

K’os beugte sich über den Leichnam von Flusseistänzer und durchtrennte den Riemen des Amuletts, das er um seinen Hals getragen hatte. Erster Speer hatte ihr gestattet, es an sich zu nehmen, doch er hatte ihr auch gesagt, dass sie töricht sei, danach zu verlangen. Glaubte er, sie würde sich vor der Macht fürchten, die es womöglich in sich barg? Wenn es nicht vermocht hatte, Flusseistänzer gegen das Messer dessen zu beschützen, der ihn getötet hatte, dann war es nur für eine Sache nütze: den Nahe-am-Fluss-Menschen den Beweis zu erbringen, dass er tot war, und sie davon zu überzeugen, dass sie seinen Tod rächen mussten.

K’os vernahm die gemurmelten Worte um sich herum – die Worte jener, die glaubten, sie habe ihren Mann getötet, und die jener, die es nicht glauben mochten. Sie waren sich noch immer uneins über ihre Schuld. Die alten Weiber im Dorf hatten Flusseistänzer in seinen besten Parka gehüllt. Als K’os das Amulett an sich nahm, merkte sie, dass sie ihm eine Scheide um seine Mitte gebunden hatten. Der Anblick des blutverschmierten Griffs von ihrem eigenen Messer versetzte sie in Erstaunen. Er ragte aus dem rohledernen Futteral heraus, das die Klinge bedeckte. K’os hielt den Atem an, als ihr mit einem Mal aufging, dass Flusseistänzer mit ihrem Messer getötet worden war. Es dürstete nach Blut, dieses Messer, und es hatte ihr stets gute Dienste geleistet. Sie hatte den Vater von Chakliux damit getötet, als er sie einst, gemeinsam mit Bellender Fuchs und Schläft-lange, geschändet und sie dann zurückgelassen hatte, dem Tode ausgeliefert. Wie konnte sie es hinnehmen, dass dieses Messer gemeinsam mit Flusseistänzer verrottete?

K'os erhob ihre Stimme zu einem Klageschrei, und unter Tränen sagte sie zu der Frau, die ihr am nächsten war: »Ich war gerade dabei, ihm einen Parka zu nähen.« Als wäre sie verwirrt, ließ sie ihren Blick durch die Behausung irren. Ihre Augen blieben schließlich an einem Korb aus Fischhaut hängen. K'os deutete auf den Korb, und die Frauen reichten ihn von Hand zu Hand weiter, bis er bei K'os angelangt war. Sie zog den halbfertigen Parka heraus und hielt ihn hoch, damit sie das aufwendige Muster aus hellem und dunklem Fell sehen konnten.

»Wie Wasser und Eis«, flüsterte eine der Frauen. Dann murmelte eine: »Wenn K'os vorhatte, ihren Mann zu töten, warum hat sie ihm dann etwas so Schönes gemacht?«

K'os hob den Parka hoch empor, hielt ihn über ihren Kopf, und ihre Füße bewegten sich in einem langsamen Tanz der Trauer. Ihre Schultern bebten vor Schluchzen. Schließlich warf sie sich über den Leichnam von Flusseistänzer und bedeckte ihn vom Kinn bis zu den Leisten mit dem Parka. Sie verbarg ihr Gesicht in dem Fell und schrie ihren Schmerz hinaus. Sie weinte, ihre Hände aber suchten sich ihren Weg unter den Parka und zogen das Messer aus der Scheide. K'os schaffte es gerade, die Waffe in ihren Ärmel hinaufgleiten zu lassen, ehe drei alte Weiber sie fortzerrten. Eine beschimpfte sie mit Flüchen, und die anderen zwei taten summend ihr Mitgefühl kund. Sie geleiteten K'os zum Eingangstunnel. Dort hievte K'os sich das Bündel, das sie mitnehmen durfte, auf den Rücken und ging hinaus. Sie rief die zwei Hunde, die sie ihr zugestanden hatten. Sie hatten Flusseistänzer gehört. Einer von ihnen zog eine Trage, beladen mit einem Zelt samt Pfählen, dazu Nahrung und einige von K'os' Habseligkeiten.

Klagegesänge kamen von ihren Lippen, als K'os das Dorf verließ. Sie sang, bis ihre Stimme nicht länger zu hören war.

Als die Sonne sich beinahe schon in der Erde zur Ruhe gelegt hatte, schlug K'os inmitten einer Gruppe von Fichten ihr Lager auf. Sie stellte das Zelt auf und machte die Hunde neben dem Eingang fest. Dann schichtete sie Holz für ein Feuer auf und entzündete es mit dem glühenden Fichtenknötchen, das sie in einem Behälter aus Birkenrinde um ihre Mitte gebunden trug.

K'os drängte sich dicht an einen der Hunde. Er schnappte nach ihr. K'os knurrte, und der Hund zog den Schwanz ein und duckte sich. Schließlich nahm er ein kleines Stückchen Dörrfleisch aus ihren Händen an. Die Nacht würde lang werden, und ihr war kalt, doch sie würde nicht sterben.

Allein der Hass, der in ihr war, würde sie bis hin zum Naheam-Fluss-Dorf tragen, und der Tag würde kommen, an dem sie zurückkehren würde zu den Vier-Flüsse-Menschen. Mochte sein, dass sie heimlich wiederkam, mochte sein, dass sie mit Kriegern wiederkam, doch sie würde wiederkommen. Und dann wäre es an Cen zu leiden, denn wer, wenn nicht Cen, hatte Flusseistänzer getötet? Er allein besaß die Kraft, es zu tun, und einen Grund dazu.

Dass er es getan hatte, bedeutete wohl, dass Rotes Blatt ihm von K'os' Drohungen erzählt hatte. Sie hatte ihm kaum die ganze Wahrheit erzählt, dessen war K'os sich gewiss, doch wenigstens einen Teil der Geschichte.

K'os lächelte. Sie wühlte in ihrem Bündel, bis sie ihren Arzneibeutel gefunden hatte. Sie zog das kleine Päckchen heraus, das mit roter Sehne verschnürt war. Wenigstens konnte sie sich mit dem Gedanken daran trösten, dass Rotes Blatt gerade jetzt ihr Leben aus ihrem Leib würgte, aus Mund und Nase blutend, bis auch das Erbrochene und der Kot nichts weiter mehr waren als geronnenes Blut.

K'os legte den Kopf in den Nacken und lachte. Sie schlief gut in dieser Nacht, der eisigen Kälte zum Trotz.

Cen kniete an der Seite von Rotes Blatt und rüttelte sie sanft, bis sie erwachte. »Gheli?« Seine Stimme fand den Weg in ihre Träume. Langsam öffnete sie die Augen und lächelte ihn an.

»Der Morgen ist gekommen. Geht es dir gut? Kann ich dich allein lassen und Holz holen gehen? Ich werde zurückkommen, so schnell ich kann.«

»Geh nur«, sagte sie. Ihre Worte kamen rau aus der trockenen Kehle. »Aber kannst du mir zuerst etwas Wasser bringen?«

Cen öffnete eine Blase und hielt sie ihr an die Lippen. Als Gheli fertig getrunken hatte, zog er ihr die Schlaffelle um die Schultern zurecht. Gheli sah ihm nach, als er hinausging. Sie wartete noch eine kleine Weile, dann rollte sie sich aus ihrer Bettstatt heraus. Sie ging hinüber zu einem Stapel Körbe und wählte einen, der aus Lachshaut gemacht war. Stück für Stück waren die dunklen, durchscheinenden Häute zusammengenäht worden, mit den Schwänzen nach unten, um den Boden zu formen.

Rotes Blatt nahm ein Päckchen heraus, das aus Karibuhaut gemacht war. Es hatte gerade die Größe ihrer Hand. Es war mit roter Sehne verschnürt, die vierfach geknotet war. Sie trug es hinüber zu der Feuerstelle, und mit Hilfe eines Stockes schob sie es hinein in die Kohlen.

Sie bog ihre Finger. Sie war eine große Frau und ein wenig schwerfällig, ihre Hände aber waren gewandt wie die eines Kindes und begabt im Umgang mit Ahle und Nadel. Sie waren geschickt genug, um ein Päckchen mit zerstoßener Weidenwurzel gegen eines zu vertauschen, das Giftbeeren enthielt, und es so geschwind anzustellen, dass nicht einmal einer, der daneben stand, etwas bemerkte.

Das Gift ging in Rauch auf, und Rotes Blatt dachte an das harmlose Päckchen, das K'os nun in ihrem Arzneibeutel mit sich trug. Und sie sann darüber nach, welche anderen Leben sie wohl vor dem Tode bewahrt hatte. Möglicherweise mochten sie als Bezahlung für jene gelten, die sie genommen hatte.

Die Quelle der Jäger

Aqamdax wischte sich mit der Hand über den Mund und ließ sich zurücksinken auf ihre Bettstatt. Schneefalke versuchte, ihr das Gesicht zu lecken, doch sie schob den Hund fort. Sie schlug sacht auf die Bodenmatten, und Schneefalke legte sich dort nieder.

War dies der dritte oder bereits der vierte Morgen, an dem sie benommen erwachte und an dem ihr übel war?

»Es muss nicht sein, dass ich krank bin, Schneefalke«, sagte sie zu dem Hund. Aqamdax schloss die Augen. Geschichten von kranken Menschen geisterten durch ihren Kopf, verspotteten sie mit den Bildern von Arzneien, die sie nicht hatte, bis sie sich schließlich jener hilfreichen Geschichten entsann, die Mütter ihren kleinen Töchtern erzählten. Von Zeit zu Zeit vermochten gerade jene Geschichten Frauen den besten Rat zu erteilen.

Da brach Aqamdax in Gelächter aus. Schneefalke winselte und drückte Aqamdax ihre kalte Schnauze ins Gesicht. Sie schlang die Arme um den Hund, aber er machte sich los. Er duckte sich über den Vorderpfoten zu Boden, hob das Hinterteil in die Höhe und wedelte mit dem Schwanz.

»Willst du spielen?«, sagte Aqamdax und setzte sich auf, um dem Hund das Fell zu kraulen. »Ja, Schneefalke, lass uns spielen!«

Wie dumm von ihr, dass sie es nicht eher bemerkt hatte ..., doch als sie ihren Sohn getragen hatte, war ihr niemals übel gewesen, und seit sie ihn geboren hatte, war die Zeit ihrer Mondblutung ohne Regelmaß gewesen.

»Nun musst du zwei Menschen bewachen«, sagte sie zu Schneefalke, »bis Chakliux kommt und uns holt.«

Aqamdax ließ eine Hand unter ihren Parka gleiten und tastete nach der weichen Kapuze, die sie für ihr totes Kind gemacht hatte. Ihre Augen füllten sich mit Tränen, und sie fing an zu weinen – aus Trauer um jenen Kleinen, der gestorben war, aus Freude über jenes neue Kind, das sie so nah an ihrem Herzen trug.

Sok blinzelte hinüber zu dem Wald, der die Form einer Träne hatte. Die Vetter-Fluss-Menschen nannten den Ort die Quelle der Jäger. Widerwillig hatte Nimmt-mehr ihn einst zu jener Stelle geführt, als sie gemeinsam auf der Elchjagd waren. Damals hatte Sok im Stillen über das Widerstreben des alten Mannes gelacht, das Wissen um diese Stelle mit ihm zu teilen. Chakliux hatte Sok schon vorher von der Quelle erzählt. Hatte Nimmt-mehr geglaubt, Chakliux würde vor seinem Bruder Jagdgeheimnisse verborgen halten?

Sok schüttelte den Kopf und schloss die Augen. Und was sollte er nun tun, ohne jenen Bruder? Er öffnete die Augen und blickte noch einmal hinüber zu den dünnen grauen Bäumen.

Mit einem Mal duckte er sich und packte seinen Speer, zum Wurf bereit.

Am Waldrand stand ein Wolf. Nein, es war kein Wolf; der Schwanz des Tieres war beinahe bis zu seinem Rücken hinaufgebogen. Ein Hund also. Nicht so gefährlich wie ein Wolf – zumindest berechenbarer –, doch Sok hielt seinen Speer umklammert. Der Hund war womöglich mit einem Jäger gekommen, der an der Quelle Halt gemacht hatte, gewiss war es einer aus dem Vetter-Fluss-Dorf. Sok hob die Stimme und rief. Der Hund senkte den Kopf und starrte ihn an, dann wedelte er langsam mit dem Schwanz.

Sok beschattete die Augen mit einer Hand und blinzelte. Schneefalke? Ja, es war Schneefalke, seine eigene Hündin. Aqamdax musste sie an jemanden ausgeliehen haben, um bei einer Jagd die Lasten zu tragen. Oder einer der Jäger hatte Schreit-laut mit auf die Jagd genommen, und der Junge hatte Schneefalke mitgebracht. Sok fing an zu rennen, doch seine Schneeschuhe behinderten seinen Lauf und machten seine Schritte unbeholfen.

»Schreit-laut!«, rief er, und sein Herz schlug schneller in der Hoffnung, seinen Sohn zu sehen.

Doch niemand antwortete ihm. Und wenn sie Schneefalke mitgenommen hatten, warum war sie dann los, warum war sie ohne Packen oder Geschirr?

Sok streckte den Arm aus und kam langsam näher. »Hast du deine Leine durchgekaut?«, fragte er mit tiefer, sanfter Stimme. Wenn die Hündin davongelaufen war und wild in den Wäldern lebte, seit er und Chakliux das Dorf verlassen hatten, so würde es nicht leicht werden, sie anzulocken. Auf Chakliux hätte sie womöglich gehört, aber nicht auf Sok.

»Schneefalke«, rief er sanft. »Schneefalke.«

Schneefalke senkte ihren Schwanz. Sie schnappte einmal in die Luft und ließ sich dann auf ihren Bauch fallen. Sok zog ein Stück Dörrfleisch aus seinem Parka. Soks Geist war so wirr gewesen, er hatte nicht viel Nahrung aus dem Zelt von Chakliux mitgenommen. Wann immer er sein Bündel durchwühlte, war er erstaunt über die törichten Dinge, die er bei sich trug. Halbfertige Klingen, die noch geschärft werden mussten; große Knäuel *babiche*; ein Päckchen mit Karibuzähnen. Doch nur ein wenig Fleisch und kein zweites Paar Stiefel.

Mit einem Mal spitzte Schneefalke die Ohren und blickte zurück zu den Bäumen. Ehe Sok sie daran hindern konnte, sprang sie davon, zurück in den Wald. Er ging ihr nach. Wenn sie mit Jägern gekommen war, so würde er wohl bei der Quelle auf sie stoßen. Seine Wasservorräte waren zur Neige gegangen, den letzten Schluck hatte er bereits bei Morgengrauen getan. An jenen trockenen, kalten Tagen, wenn das Licht schwach, der Himmel aber wolkenlos war, schien stets alle Flüssigkeit aus dem Körper herausgezogen zu werden, und er war dann ausgedörrt, seine Lippen waren rissig, und seine Augen brannten.

Sok stieß auf Fußspuren. Sie stammten alle von demselben Menschen, und zwar von jemandem mit kleinen Füßen. Sicher waren sie nicht von einem Jungen. War es möglich, dass die Vetter-Fluss-Menschen Schreit-laut aus dem Dorf vertrieben hatten, als Sok und Chakliux fort waren? Nein, in dem Dorf lebten zu viele gute Menschen, sie hätten solch eine Tat nicht zugelassen. Womöglich stammten die Spuren von einer Frau. Ja, die Zehen zeigten nach innen. So ging eine Frau, die ein schweres Bündel trug oder eine schwere Trage zog. Dann war es wohl eine alte Frau, eine, die sich erboten hatte, das Dorf zu verlassen, damit mehr Nahrung für die Kinder bliebe. Doch welcher Narr hatte ihr gestattet, Schneefalke mitzunehmen, eine goldäugige Hündin, die einen Wurf trug und zu den besten Hunden im Dorf zählte?

Dann fiel es ihm ein. Ligige', sicher, Ligige' war es. Schließlich gehörte sie zu den Nahe-am-Fluss-Menschen. Sie war mehr Nahe-am-Fluss-Mensch als irgendjemand im Dorf, ihn, seine Söhne und Yaa ausgenommen. Und sie hatte Schneefalke wohl gestohlen, besonders, wenn die anderen sie gezwungen hatten, das Dorf zu verlassen.

»Ligige'!«, rief Sok. Er drehte sich um sich selbst und rief in alle Richtungen.

Die Stimme aber, die ihm antwortete, gehörte nicht Ligige'. Und er war so wenig darauf gefasst, dass er hochsprang und seine Schneeschuhe ihn aus dem Gleichgewicht brachten. Sok griff nach einer Erle und packte den dünnen Stamm, um nicht in den Schnee zu fallen.

»Sok? Du bist hier? Wo ist mein Mann?«

Einen Augenblick lang starrte er Aqamdax an, ehe er ihr Antwort geben konnte, und er sagte nur: »Wo ist Ligige'?«

»Ligige' ist auch hier?«, fragte Aqamdax. Es klang so töricht, wie Frage auf Frage folgte, dass es Sok schien, als sei er wieder in Chakliux' Zelt, noch immer gefangen in einem Traum.

Schneefalke sprang um sie herum, sie tanzte über die Pfade, die durch die Bäume führten, und Aqamdax schalt sie dafür. Sie hielt sie von einer Fallenschlinge fern, die in einer Tierfährte aufgestellt war. Sok nutzte die Gelegenheit, um seine Gedanken zu ordnen. Er deutete auf die Fußspuren von Aqamdax und sagte: »Ich bin Schneefalke hierher gefolgt. Ich sah deine Spuren, und ich dachte, womöglich sei eine alte Frau aus dem Dorf gejagt worden. Ich dachte, es könnte Ligige' sein.«

»Die Spuren sind von mir«, sagte Aqamdax. »Nachtmann hat mich gezwungen, das Dorf zu verlassen.« Sie blickte finster, und ehe Sok die vielen Fragen stellen konnte, die ihm in den Sinn kamen, fragte sie: »Ist mein Mann bei dir?«

Er schüttelte den Kopf. »Ich bin allein.«

»Wo ist Chakliux?«, schrie sie. Ihre Stimme war ein Kreischen, fordernd und abwehrend zugleich, und er vermochte nicht, sie anzusehen.

»Wenn es auch offenbar sein musste, dass einer von uns beiden stirbt«, sagte Sok leise, »so verstehe ich nicht, wieso er sterben musste. Du weißt, dass ich mein Leben für meinen Bruder gegeben hätte.«

Langsam sank Aqamdax auf die Knie. Sie rollte sich zusammen, und Sok kniete sich neben sie. Er zog sie nah zu sich heran, und seine Schreie hallten in den ihren wider, bis auch Schneefalke den Kopf hob und einfiel in ihre Klagerufe.

60

Das Vetter-Fluss-Dorf

Ligige' wischte den Schnee von ihrem Holzstoß und trat dagegen, um ein paar Scheite daraus zu lösen. In Gedanken war sie bei dem Korb, den sie gerade fertigte. Seit ihrer Kindheit hatte sie Körbe aus Fischhaut gemacht, dieser aber war aus Gras, wie Aqamdax es sie gelehrt hatte. Auf einer Seite waren die Maschen lose, und der Korb war schief geraten. Ob sie ihn bis zum letzten Flechtknoten auftrennen sollte ...?

Ligige' hob die Holzscheite auf, die sich aus dem Stapel gelöst hatten. Sie stöhnte, als sie sich aufrichtete, und ging zurück in ihre Behausung. Sonst war es an Ghaden und Schreitlaut, das Holz hereinzuholen, an diesem Morgen aber hatte Blickt-in-den-Himmel sie mit sich auf die Jagd genommen. Ligige' hoffte, dass sie Glück hatten. Frisches Fleisch im Winter vermochte den Körper ebenso zu wärmen wie die Feuerstelle.

Sie bückte sich in den Eingangstunnel und warf das Holz Stück für Stück hinein. Yaa würde es dort nachher zu einem Stapel richten, wenn sie mit der Karibuhaut fertig wäre, die Ligige' ihr zum Schaben gegeben hatte. Das Mädchen musste der rauchigen Behausung für eine Weile entkommen.

Ligige' rieb sich die Augen. Die Winterfeuer trugen die Schuld daran, dass sie stets gerötet waren und tränten. Von Zeit zu Zeit folgte sie den Pfaden, die durch das Dorf führten, nur um dem Rauch zu entfliehen. Sie holte tief Atem. Die Luft war rein, doch die Kälte brachte Ligige' zum Husten.

Der Frühling war noch fern, doch schienen die Tage schon

ein wenig heller, ein wenig länger zu sein. Vielleicht war das nichts weiter als der Wunschtraum einer alten Frau, dachte Ligige'.

Sie senkte den Kopf und wollte sich gerade in den Eingangstunnel bücken, als etwas in ihren Blick fiel. Oben auf einem der Hügel, die nördlich des Dorfes lagen, war ein Mensch zu sehen.

War Blickt-in-den-Himmel schon zurück? Ein Körnchen Furcht senkte sich in ihr Herz. Waren die Jungen wohlauf?

Ein Trampelpfad, von Schneeschuhen getreten, begann hinter der Behausung von Ligige' und führte geradewegs auf jene Hügel zu. Ligige' folgte der Spur, bis die verharschte Schneedecke sie nicht mehr trug und sie bis zu ihren Knien einsank. Sie kam wieder auf die Füße und ging zurück zu ihrer Behausung.

Nein, dachte sie voll Erleichterung, Blickt-in-den-Himmel ist es nicht. Der Mann war größer, und sein Schritt war zu schwer. Doch wer war es dann? Ein Händler womöglich, oder, schlimmer noch, jemand, der aus seinem Dorf vertrieben worden war, warum auch immer. So jemanden konnten sie hier nicht brauchen.

Es war wohl das Beste, sie gab den Männern Bescheid. Ligige' machte sich auf den Weg zu der Behausung der Jäger. Sie eilte über den gefrorenen, rutschigen Pfad. Sie kratzte an der Türklappe aus Karibuhaut und rief einen Gruß. Nimmt-mehr antwortete ihr. Ein Anflug von Ärger lag in der Stimme des alten Mannes.

»Komm raus zu mir«, forderte Ligige' ungeduldig und achtete nicht auf den groben Klang. Saß er mit anderen Männern beisammen, so tat Nimmt-mehr, als habe er das Recht, alte Frauen zu behandeln, als wären sie Arbeiterinnen.

»Was?«, verlangte Nimmt-mehr zu wissen. »Was sagst du zu mir? Wer ist da? Ligige'?«

»Ja«, sagte Ligige'. »Jemand kommt zu uns. Es ist ein Mann. Ich habe ihn gesehen, und nun habe ich es dir gesagt.«

Sie wandte der Behausung den Rücken zu und blickte wieder hinüber zu den Hügeln. Als Nimmt-mehr an ihre Seite trat, tat Ligige', als hätte sie ihn nicht bemerkt.

»Es ist niemand bei mir«, sagte er.

Ligige' brummte, doch sie erwiderte nichts. Er war ein Vetter-Fluss-Mann, sie war nicht von hier. Womöglich würde er den erkennen, der kam. Als der Mann aber auf der Kuppe jenes Hügels auftauchte, der dem Dorf am nächsten war, da wusste auch sie, wer es war, und sie flüsterte seinen Namen: »Sok.«

Das Dorf war klein, doch wohlgestaltet, die Behausungen waren fest gebaut, und aus ihren Rauchlöchern wand sich der Rauch hinauf in den Himmel. Nur seine Behausung sah verwahrlost aus, wie alle Behausungen, die von ihren Bewohnern verlassen worden sind.

Frauen gingen über die Pfade des Dorfes. Sok konnte Ligige' erkennen, sie stand neben der Behausung der Jäger. Jemand war bei ihr – Nimmt-mehr? Sok hob eine Hand zum Gruß. Er fühlte, wie das Gewicht dessen, was er ihnen mitteilen musste, schwer auf seinen Schultern lastete. Dann aber dachte er an seine Söhne, und mit einem Mal teilten sich Schmerz und Freude den Platz in seinem Herzen.

Nimmt-mehr kauerte neben dem Eingang, eine Decke um die Schultern, als hätte er die Behausung der Jäger in Hast und Eile verlassen. Ligige' aber war Sok entgegengegangen, und er hatte ihre ersten Worte erwartet.

»Wo ist Chakliux?«

Irgendetwas hinderte Sok daran zu antworten. Stattdessen blickte er über ihren Kopf hinweg, begrüßte Nimmt-mehr mit einem Nicken und fragte: »Meine Söhne?«

»Sie sind wohlauf«, sagte Nimmt-mehr, und Ligige' fügte hinzu: »Der Säugling ist bei Gelber Vogel, in ihrer Behausung. Er wächst schnell. Blickt-in-den-Himmel hat Schreit-laut und Ghaden an diesem Morgen mit sich auf die Jagd genommen.«

Sok spürte die Enttäuschung darüber, dass er Schreit-laut

nicht gleich sehen konnte, doch war er froh, dass Blickt-in-den-Himmel wohl Vaterstelle vertrat.

»Chakliux?«, fragte Ligige' noch einmal, und Sok sah, dass Nimmt-mehr sich zitternd umgedreht hatte, um wieder in die Behausung zu gehen.

»Warte, Onkel«, rief Sok ihn an. Dann wandte er sich Ligige' zu und sagte: »Mein Bruder wird nicht zurückkehren.«

Sok senkte den Kopf und begann zu erklären. Ligige' und Nimmt-mehr beugten sich nahe zu ihm, und da merkte er, dass er murmelte und dass sie nicht hören konnten, was er sagte.

Er hob den Kopf und fing von neuem an: »Viele Tage haben wir gemeinsam in diesem Jagdzelt verbracht. Während jener Zeit hat mein Bruder über mich gewacht. Er hat unser Feuer am Leben erhalten. Er hat Gebete gesprochen und unseren Unterschlupf mit den Worten uralter Geschichten gefüllt. Nacht für Nacht kam meine tote Frau mit Wind und Sturm, und sie versuchte, mich zu holen. Chakliux aber hat sie verjagt mit seinen Gebeten und mit seinen Geschichten.

Ich habe in einem Traum gelebt. Ich konnte den Tag nicht von der Nacht unterscheiden, und ich hörte die Worte meines Bruders, als kämen sie von weit her. An jenem Morgen, da ich wieder zu mir kam, sah ich, dass das Feuer erloschen war. Der Kochbeutel war leer, und auf irgendeinem Weg war der Geist meines Bruders geraubt worden.«

Ligige' erhob ihre Stimme zu einem Klageschrei.

»Ich glaube, meine Frau hat Rache genommen für seine Geschichten und für seine Gebete«, sagte Sok zu Nimmt-mehr. »Ich bin hierher zurückgekehrt, um mich zu vergewissern, dass sie nicht auch meine Söhne geraubt hat.«

»Sie sind geborgen, sie sind nicht geraubt worden«, versicherte ihm Nimmt-mehr, und er führte Sok in die Behausung der Jäger.

Ligige' aber blieb draußen stehen, allein, bis ihre Klagerufe die Menschen von ihren Herdfeuern weglockten.

»Glaubst du, sie werden seinen Leichnam zurückbringen?«, fragte Dii.

Es war Nacht geworden. Den ganzen Tag hindurch hatte sie gemeinsam mit Lange Augen an der Trauer der Frauen teilgehabt. Ihr Mann aber hatte Ausflüchte gefunden, um in der Behausung seiner Mutter bleiben zu können.

Als Blickt-in-den-Himmel mit Ghaden und Schreit-laut zurückgekehrt war, hatte er Nachtmann aufgesucht. Gemeinsam waren sie zu der Behausung der Jäger gegangen, doch Nachtmann war nicht lange dort geblieben.

Dii fragte noch einmal, und ihr Mann schreckte hoch, als hätten ihre Worte ihn aus einem Traum gerissen. »Blickt-in-den-Himmel hat mir erzählt, dass er mit Erster Adler gehen wird.«

»Wenn aber Soks tote Frau diejenige war, die den Geist seines Bruders geraubt hat, dann sollten sie den Leichnam womöglich besser dort lassen. Die Wölfe werden ihn wohl schon gefunden haben.«

»Hast du gewusst ...«, begann Nachtmann. Dann hielt er inne.

Dii konnte den Zorn in seinem Gesicht sehen, konnte ihn in seiner Stimme hören. Was war mit ihm? Er hatte Chakliux gehasst, und er hatte seinen Hass nicht verborgen. Er sollte froh sein, dass Chakliux tot war.

»Die jüngste Frau von Nimmt-mehr hat mir etwas erzählt«, sagte er schließlich.

Diis Herz gefror in ihrer Brust. Auch ihr hatte die Frau von Nimmt-mehr etwas erzählt – sie hatte ihr die gute Nachricht gebracht, dass Aqamdax nicht tot war, dass sie bei der Quelle der Jäger lebte.

»Die Frau von Nimmt-mehr ist töricht«, sagte Dii. »Immer erzählt sie den Menschen Dinge, die nicht wahr sind.«

Nachtmann zuckte mit den Schultern. Er deutete mit dem Kinn auf seine Mutter. »Hast du ihr zu essen gegeben?«, fragte er. Lange Augen saß da, als hätte sie die beiden nicht gehört, ohne Unterlass waren ihre Finger damit beschäftigt, Sehnen zu winden.

»Sie hat seit diesem Morgen schon zweimal gegessen, und sie hat auch ein wenig geschlafen.«

Nachtmann brummte und lehnte sich gegen die Rückenstütze, die Dii ihm aus Weide geflochten hatte. Sie brachte ihm eine Schale mit Fleisch, er aber winkte sie fort und verlor sich wieder in seinen Gedanken.

Dii nahm ihre Näharbeit zur Hand und trieb ihre Ahle in eine Naht. Ihre Gedanken weilten bei Chakliux. Sie hatte ihn gekannt, solange sie zurückdenken konnte. Er war ein guter Mann gewesen, ein Jäger, der geschickt mit dem Speer umzugehen wusste, trotz seines Otterfußes.

Sie dachte an den Körper von Chakliux, den Wölfe und Raben wohl schon gefunden hatten. Sie hob ihre Näharbeit an ihr Gesicht und versuchte, die Bilder vom Tod mit den Gedanken an Ahle und Sehnenfaden zu vertreiben.

Mit einem Mal lachte Nachtmann. Erstaunt blickte Dii auf. Hatte sie ihn jemals zuvor lachen hören? Nein, nicht, seit er in die Reihen der Jäger aufgenommen worden war. Sie sah ihn an, doch es schien, als hätte er vergessen, dass sie in der Behausung war.

»Und wer wird ihr Schutz gewähren?«, fragte er. Seine Augen starrten in das Feuer, als spräche er zu den Flammen. »Ihr Mann ist tot, und in den Tagen, die kommen, werden die Männer gehen, um seinen Leichnam zu suchen.«

Mit einem Mal legte Nachtmann seinen Kopf in den Nacken und ließ sein Lachen hinaufsteigen bis zur Spitze ihrer Behausung.

Der Ruf einer Frau weckte Ligige'. Sie warf einen Blick hinüber zu Ghaden und Schreit-laut. Sie schliefen, von der Jagd erschöpft, von der Freude über Soks Rückkehr und von dem Schmerz über den Tod von Chakliux. Yaa stützte sich auf einen Ellenbogen und flüsterte: »Da draußen ist jemand.«

Ligige' kroch aus ihrer Bettstatt und hinein in den kalten Eingangstunnel. Sie schob die äußere Türklappe beiseite.

»Ich bin es, Dii«, sagte eine Frau, und Ligige' schalt sie, weil sie so spät noch draußen war und kalte Luft in ihre Behausung brachte. Aber sie winkte Dii herein, und sie kauerten sich nah an die wärmenden Kohlen der Feuerstelle. Ligige' rieb ihre Hände darüber.

»Ich kann nicht bleiben«, sagte Dii.

»Nein, du kannst nicht bleiben«, sagte Ligige'. »Es sei denn, du möchtest allein hier sitzen und uns beim Schlafen zusehen.«

»Mein Mann glaubt, ich sei zu unserem Vorratslager gegangen, um Fleisch zu holen.«

»Und warum bist du stattdessen hergekommen?«

»Nachtmann weiß, dass Aqamdax am Leben ist, und er weiß, wo sie ist. Morgen früh will er zu der Quelle der Jäger gehen.«

Ligige' schlug die Hände vor den Mund. »Wie hat er es herausgefunden?«, fragte sie. Die Worte drangen nur gedämpft durch ihre Finger.

»Nimmt-mehr hat seiner jüngsten Frau davon erzählt. Du weißt, dass sie kein Geheimnis bewahren kann.«

Einen Augenblick saß Ligige' still da, dann beugte sie sich vor und nahm Diis Hände in die ihren. »Er will am Morgen losgehen, hast du gesagt?«, fragte sie.

Dii nickte.

»Halte ihn auf, solange du es vermagst. Ich werde Nimmt-mehr schicken, Aqamdax zu warnen.«

»Glaubst du, er wird gehen?«

»Wenn er nicht geht, werde ich es tun«, sagte Ligige'.

61

Die Quelle der Jäger

Aqamdax war so stolz auf ihren Unterschlupf gewesen, doch als sie nun neben Ligige' und Nimmt-mehr saß, sah sie ihn mit anderen Augen. Sie gewahrte, wie beengt er war, sah den Reif an den Wänden und die krummen Stämme, spürte die kalte, schale Luft, in der nicht der verheißungsvolle Geruch von gekochtem Fleisch hing. Und sie sah ihren Unterschlupf mit den Augen der Frau, die sie geworden war – Witwe, nicht länger Frau, das Herz schwer von Trauer.

»Mein Unterschlupf ist klein«, sagte sie mit schwacher Stimme.

Ligige' aber sagte: »Gut hast du es gemacht.«

Mit gesenktem Kopf nahm Aqamdax das Lob an und ließ zu, dass die freundlichen Worte ein winziges Stück von ihrer Traurigkeit fortnahmen.

Sie hatten den alten Hund von Ligige' mitgebracht, beladen mit getrocknetem Karibufleisch. Dankbar hatte Aqamdax das Fleisch angenommen. Sie breitete ein paar Grasmatten aus, froh, ein wenig Gastfreundschaft anbieten zu können.

»Dann hat Sok das Dorf also erreicht und euch davon erzählt.« Aqamdax' Stimme war dünn und klein wie die eines Kindes. »Dann versteht ihr, warum.« Sie hob eine Hand zu ihren mit Ruß geschwärzten Wangen. Ihre Haare waren kurz geschnitten und hingen wirr um ihr Gesicht.

»Ich danke euch, dass ihr gekommen seid, meinen Schmerz mit mir zu teilen.«

Aqamdax gewahrte den Blick, den die beiden sich zuwarfen, und sie verspürte einen schmerzhaften Stich. »Die Kinder?«, fragte sie, und ihre Stimme versagte.

Ligige' hob eine Hand, die Handfläche zeigte nach vorn. »Es ist niemand sonst gestorben. Die Kinder sind stark. Die Milch von Gelber Vogel fließt, und der Junge gedeiht.«

»Nachtmann ist der Grund, warum wir zu dir gekommen sind«, fiel Nimmt-mehr ihr ins Wort. Er stopfte sich gedörrtes Fleisch in den Mund, und Aqamdax musste sich gedulden. Dann sprach er mit vollem Mund, und das Fleisch kam mit den Worten wieder heraus. »Sok und Erster Adler und Blickt-in-den-Himmel sind losgezogen, um den Leichnam deines Mannes zu holen.« Er unterbrach sich und kaute.

Aqamdax rührte sich nicht. Sie spürte nicht die Tränen, die aus ihren Augen rannen, bis Ligige' sich vorbeugte und ihr mit krummen, knochigen Fingern über die Wangen strich.

»Ich bin froh, dass sie gegangen sind«, sagte Aqamdax. Der Kummer schnürte ihr die Kehle zu, sodass die Worte nur ein Flüstern waren.

»Jemand hat Nachtmann gesagt, dass du hier bist. Nun, da die Jäger fort sind, will er herkommen und dich suchen«, sagte Nimmt-mehr. Er schluckte und fügte dann hinzu: »Er hat Dii zur Frau genommen. Habe ich dir davon erzählt?«

»Ja«, sagte Aqamdax leise.

»In der vergangenen Nacht hat er Dii gesagt, dass er dich töten wird. Er wollte an diesem Morgen aufbrechen, doch Dii versucht, ihn aufzuhalten.«

»Hier kannst du nicht bleiben, Aqamdax«, sagte Ligige'.

»Wo soll ich hingehen? Nun, da er weiß, dass ich am Leben bin, wird er mir folgen.«

»Womöglich schneit es, und der Schnee wird deine Spuren verbergen«, sagte Nimmt-mehr. »Oder der Wind.«

Der Kummer drückte mit all seinem Gewicht auf Aqamdax, und sie mühte sich verzweifelt, klare Gedanken zu fassen. Es blieb ihr nicht die Zeit, sich bereitzumachen. Sie durfte nicht hier bleiben. Und das Kind von Chakliux in ihrem Bauch würde ... Sie legte eine Hand auf ihren Bauch und gewahrte den Blick von Ligige'.

Die alte Frau neigte den Kopf. »Du hast kein ...«, fing sie an. »Es ist kein ...«

Aqamdax hob das Kinn. »Ich trage das Kind meines Mannes«, sagte sie.

Ligige' beugte sich vor. Sie stützte die Ellenbogen auf die Knie und legte die Stirn auf die Hände. »Ich muss denken«, sagte sie.

Sie saßen und schwiegen. Aqamdax kämpfte darum, ihre Gedanken von Angst freizuhalten. Schneefalke jaulte und schmiegte sich an Aqamdax. Schließlich hob Ligige' den Kopf. Sie schüttelte ihn und stieß den Atem aus, als hätte sie soeben einen Entschluss gefasst. Dann sagte sie: »Es ist nicht viel Gutes daran, eine alte Frau zu sein. Dies aber wird für mich leichter sein, als dereinst ohne Nahrung und Feuer aus dem Dorf verstoßen zu werden, wenn ich zu nichts mehr tauge.«

Aqamdax runzelte die Stirn. Sie versuchte, den Sinn von Ligige's Worten zu erfassen. Dann deutete Ligige' mit dem Finger auf Nimmt-mehr und sagte: »Geh zurück in unser Dorf. Wenn Nachtmann noch nicht losgegangen ist, dann tu alles, was in deiner Macht steht, um ihn noch einen Tag festzuhalten.«

»Und was ist mit dir, alte Frau?«, fragte Nimmt-mehr.

»Ich und mein Hund, wir werden hier bleiben, bei Aqamdax und bei meinem Neffen, den sie in ihrem Bauch trägt. Sorge dich nicht. Wenn du uns genug Zeit gibst, wird Nachtmann sie nicht finden.«

Als Nimmt-mehr sie verließ, ging Ligige' mit ihm zurück in den Wald, fort von dem Unterschlupf, damit Aqamdax ihre Worte nicht hören konnte. »Wenn ich nicht zurückkehre«, sagte sie zu ihm, »dann sage Dii, dass sie sich um die Kinder kümmern muss, die in meiner Behausung leben.«

»Glaubst du, Nachtmann wird zulassen, dass Dii sie zu sich nimmt?«

»Sage ihr, sie braucht sich nicht um Nachtmann zu sorgen.«

Ligige' stieß ihm mit einem knochigen Finger in die Brust. »Und du, alter Mann, sieh zu, dass du einen Mann für Dii findest. Einen, der mit ihr für diese Kinder sorgt. Einen, der ein guter Jäger ist. Sok etwa, wenn er erst wieder stark ist. Oder Blickt-in-den-Himmel oder Erster Adler.« Sie kicherte. »Und wage es nicht, sie selbst zu nehmen. Du hast schon genug zu tun mit den Weibern, die du hast.«

Dann machte sie kehrt und ging zurück zu Aqamdax.

Nördlich des Vetter-Fluss-Dorfes

Beinahe zwei Tage war Chakliux westwärts gezogen. Er hatte in einer Schneehöhle geschlafen, die er mit seinen Händen gegraben hatte. Er konnte Sok nicht finden, und so kehrte er zurück zu seinem Jagdzelt. Er machte sich daran, seine Kleider und Bettfelle einzupacken. Er tat Fleisch für drei Tage dazu. Was übrig blieb, ließ er zurück. Es mochte ja sein, dass Sok seine tote Frau verließ und zurückging zum Vetter-Fluss-Dorf. Wenn er hier Halt machte, um zu schlafen, und wenn er kam, ehe die Wölfe das Lager entdeckten, das Chakliux unter dem Zelt in den gefrorenen Schnee gegraben hatte, dann bliebe ihm mehr als genug zu essen für seine Wanderung.

Chakliux rieb sich die geschlossenen Augen. Der grelle Glanz des Schnees während der Tage der Suche hatte ihm Kopfschmerzen beschert, und seine Augen waren rot und geschwollen, trotz der hölzernen Schneebrille, die er getragen hatte.

Beinahe sein ganzes Leben hatte er gelebt, ohne Sok zu kennen, ohne zu wissen, dass er einen Bruder hatte. Als er sich einst aufgemacht hatte in das Nahe-am-Fluss-Dorf, um die

Tochter des Schamanen zur Frau zu nehmen und so ein Band des Friedens zwischen dem Nahe-am-Fluss-Dorf und dem Vetter-Fluss-Dorf zu knüpfen, da war Sok für ihn mehr Feind gewesen denn Verbündeter. Nun aber vermochte Chakliux nicht zu sagen, wie er ohne jenen Mann weiterleben sollte, der ihm nicht allein als Bruder ans Herz gewachsen, sondern ihm auch Freund geworden war.

»Denk daran«, sagte er laut, sich selbst zum Trost, »du hast getan, was du tun konntest. Nun musst du Sorge tragen für deine Frauen und die Kinder, die sie dir geben werden. Vergiss nicht, auch Soks Söhne musst du großziehen.« Er würde Schreit-laut und Trägt-viel erzählen, welch guter und ehrenvoller Mann ihr Vater gewesen war. Er würde ihnen erzählen, wie geschickt Sok mit seinem Speer gewesen war, und er würde sie lehren zu jagen. Durch sie bliebe ein Teil von Sok für immer am Leben.

Chakliux schnürte sich sein Bündel auf den Rücken, schnallte seine Schneeschuhe um und machte sich auf den Weg zurück zum Vetter-Fluss-Dorf.

Das Vetter-Fluss-Dorf

Die Nacht war klar, und der Mond sandte sein kaltes Licht. Dii hatte sich in ihre Schlaffelle gehüllt. Sie war beinahe eingeschlafen, da hörte sie, wie jemand an der Seite der Behausung kratzte, nahe bei ihrem Kopf. Sie setzte sich auf und sah, dass Nachtmann schlief. Sie kroch zum Eingangstunnel und stieß die äußere Türklappe auf. Dii schauderte, als die kalte Luft hereinströmte.

»Wer ist da?«, flüsterte sie. Mit Erstaunen gewahrte sie, dass es Nimmt-mehr war, der ihr antwortete.

Geschwind kroch er zu ihr in den Eingangstunnel und sagte: »Ist Nachtmann noch hier?«

»Ja«, sagte Dii. »Wo ist Ligige’?«

»Sie ist bei Aqamdax geblieben. Sie hilft ihr, ihre Dinge zu packen und die Quelle der Jäger zu verlassen.«

»Mein Mann will am Morgen aufbrechen. Was kann ich tun?«

»Ligige’ sagt, wir müssen ihn noch einen Tag im Dorf festhalten.«

Dii starrte in die Dunkelheit. Sie hatte vorgegeben, Lange Augen wäre krank, um Nachtmann diesen Tag über im Dorf zu halten. Sie hatte viel Aufhebens um die alte Frau gemacht und ihren Mann angefleht, er möge hier bleiben. Sie hatte Tränen aus ihren Augen gezwungen, um ihn davon zu überzeugen, dass sie dachte, seine Mutter sei dem Tode nahe. Am Nachmittag aber war Lange Augen ungeduldig geworden, sie verschmähte Diis Arzneien und stahl sich aus der Bettstatt, wann immer sie konnte. Dii würde sich etwas anderes einfallen lassen müssen, um ihren Mann noch einen Tag hier zu halten.

»Es ist ein weiter Weg von der Quelle der Jäger bis in dieses Dorf«, sagte Nimmt-mehr bedächtig, »ganz besonders für einen alten Mann, dessen Füße langsam sind.« Dii hörte, wie er lachte, ein dünnes Kichern, das beinahe verschluckt wurde von der dicken Krause seiner Kapuze. »Als ich gegangen bin, ist mir etwas in den Sinn gekommen, das womöglich helfen könnte.«

Krummer Halm war die Erste, die am Morgen in die Behausung von Dii kam. Sie kratzte mit dem Gehstock, und Dii erwachte. Sie begrüßte die Frau, dann brachte sie geschwind das Feuer in Gang und bereitete etwas zu essen.

»Ich bin gekommen, um deinem Mann zu danken«, sagte Krummer Halm. »Als ich an diesem Morgen zu meinem Vorratslager gegangen bin, habe ich dort ein Bündel von ihm gefunden. Gefüllt mit Fleisch. Ich kann nicht glauben, dass er mir so viel geben will.«

Ihre freudigen Worte tönten laut, und Nachtmann erwachte

davon. Als er die alte Frau in der Behausung sah, setzte er sich mit einem Ruck auf.

»Meine Tante ist zu uns gekommen, um sich bei dir zu bedanken, Mann«, sagte Dii und reichte ihm eine Schale mit Brühe.

»Um mir zu danken?«, fragte er. Seine Stimme klang rau vom Schlaf. Er blickte hinunter auf die Schale in seinen Händen, schüttelte den Kopf, als wolle er die Erinnerung zurückrufen, und sagte: »Wofür?«

»Für das Bündel mit Fleisch, das du in mein Vorratslager gebracht hast«, sagte Krummer Halm. »Ich weiß, dass es dir gehört. Es trägt dein Zeichen. Zwei rote Kreise.« Sie sah Dii an. »Das ist doch sein Zeichen, *nae'*?«, fragte sie.

»Ich habe kein Fleisch gebracht ...«, fing Nachtmann an, doch er wurde unterbrochen von Flüchen und Hundegebell, das von draußen hereindrang. Nimmt-mehr stürzte durch die innere Türklappe. Er zog den stärksten Hund von Nachtmann hinter sich her.

»Den hier habe ich«, sagte er, »doch ich weiß nicht, wo die anderen sind. Ich musste erst meine eigenen einfangen, und dann bin ich deinen nachgelaufen. Ahle hat gesagt, dass jemand versucht hätte, auch die Hunde von Erster Adler loszuschneiden. Sie denkt, dass es Jungen aus dem Nahe-am-Fluss-Dorf gewesen sein könnten. Sie hat sie gehört, doch als sie herausgekommen ist, sind sie weggerannt. Einer sah aus wie der Sohn eines Mannes, dessen Arbeiterin sie einst war. Sie sagt, sie wären auch an unseren Vorratslagern gewesen.«

Nachtmann sprang mit einem Schrei aus seiner Bettstatt. Er verschüttete die Brühe auf seinen Decken. Dann rief Gelber Vogel aus dem Eingangstunnel herein. Sie hatte ein Paar schöne Fellfäustlinge in Händen. »Für Nachtmann«, sagte sie, und Tränen mischten sich in die Worte des Dankes. »Für das Fleisch, das er in mein Vorratslager gebracht hat.«

Immer mehr alte Frauen kamen in die Behausung. Sie hüllten Nachtmann in ihre Dankbarkeit, bis er so eng umschlungen war, dass er sich nicht mehr rühren konnte.

Schließlich waren sie wieder fort, und ihre Geschenke stapelten sich neben der Feuerstelle. Nachtmann brummte vor sich hin und ging hinaus, um seine Hunde zu suchen. Bei Einbruch der Dunkelheit hatte er alle bis auf einen wieder eingefangen. Mit laufender Nase kehrte er zurück in die Behausung, das Gesicht leuchtete rot vor Kälte, und die Gamaschen waren schneeverkrustet. Er stieß einen wütenden Fluch aus, so laut, dass selbst seine alte Mutter aufblickte von der Sehne, die sie wand, und ihn mit einem Schwall undeutlicher Worte schalt. Dii musste sich auf die Zunge beißen, um nicht zu lachen.

Als Lange Augen wieder still war, schlang Dii ihre Arme um ihren Mann und schluchzte. Sie pries ihn für seinen Großmut, mit dem er die alten Frauen des Dorfes überhäuft hatte, und sie schalt ihn dafür, dass er seiner eigenen Frau und seiner Mutter so wenig Fleisch für den Winter gelassen hatte.

Nachtmann versuchte, ihren Wortschwall zu unterbrechen, doch schließlich gab er es auf. Er zog sich den Parka und die Stiefel aus, schleuderte beides auf die Frauenseite der Behausung und stampfte hinüber zu seinen Schlafmatten. Er wies das Essen zurück, wandte seiner Frau den Rücken zu und zog sich eine Decke über den Kopf. »Lass mich schlafen!«, knurrte er.

62

Die Quelle der Jäger

Ligige’ erhob die Stimme zu einem Lied der Nahe-am-Fluss-Menschen, eines, das sie besonders mochte. Aus Achtung vor den Vetter-Fluss-Menschen hatte sie es nicht mehr gesungen, seit sie das Nahe-am-Fluss-Dorf verlassen hatte. Sie legte neues Holz auf, doch ihr war noch immer kalt. Ihr war nicht bewusst gewesen, dass sie länger als einen Tag bei der Quelle der Jäger ausharren würde. Nimmt-mehr war es gelungen, Nachtmann länger aufzuhalten, als Ligige’ zu hoffen gewagt hatte. Sie hatte Aqamdax dazu bewegen können, beinahe alles mit sich zu nehmen, auch die Zelthäute. Ligige’ blieb nichts als ein roher Unterschlupf aus Fichtenzweigen und eine gewobene Matte als Türklappe. Zweige und totes Gras dienten ihr als Boden. Zumindest war genug Holz da, um das Feuer in Gang zu halten.

Der Gedanke an das, was sie tun musste, machte sie schaudern, und wieder sang sie das Nahe-am-Fluss-Lied. Die Worte aber vermochten nicht, ihre Angst zu vertreiben, und so fing sie an, zu ihrem Hund zu sprechen, der neben ihr am Feuer lag.

»Ich bin eine alte Frau«, sagte sie zu ihm. »Wie viele Winter darf ich noch hoffen zu leben?«

Ganz gewiss war dieser Preis nicht zu hoch, das Leben einer alten Frau, um Aqamdax und ihr Kind zu retten. Sie hoffte, Aqamdax möge den Weg zurück zu ihrem eigenen Dorf finden. Der Sohn von Chakliux würde ein guter Seejäger werden. In seinen Adern floss gewiss ein wenig von dem Otterblut seines Vaters.

Ligige' versuchte, sich vorzustellen, sie sei Jäger auf einem Meer, so unendlich groß, dass sie kein Land mehr zu sehen vermochte. Doch auch dieser Gedanke schürte ihre Angst. Sie zog das Messer aus ihrem Ärmel und hielt es so fest sie konnte. Ihre Finger krampften sich um den Griff.

»Chakliux«, sprach sie laut hinein in den Rauch, der emporstieg und durch das Dach aus Fichtennadeln entwich. »Geh nicht zu schnell in jene Geisterwelt. Ich wäre dankbar für ein wenig Gesellschaft auf meiner Wanderung.«

Aqamdax stand auf dem Kamm eines lang gestreckten Hügels. Der Schrecken, der sie dazu getrieben hatte, eine Nacht und einen Tag lang zu gehen, fiel mit einem Mal von ihr ab. Sie bückte sich und streichelte Schneefalke. Die Hündin antwortete mit einem langsamen tiefen Grollen. Aqamdax spähte zum Himmel und mühte sich, durch die grauen Wolken hindurch den Stand der Sonne auszumachen.

»Wir können noch nicht Halt machen«, sagte sie. »Wir müssen den nächsten Hügel erreichen.«

Wenn er sie verfolgte, wäre Nachtmann schneller als eine Frau mit einem Hund, der eine Trage zog. Doch er würde vom Vetter-Fluss-Dorf losgehen, und Ligige', die an der Quelle der Jäger seiner harrte, würde sicher eine Geschichte in den Sinn kommen, um ihn eine Weile aufzuhalten.

Seit Aqamdax aufgebrochen war, hatte es nur wenig geschneit, und der Schnee, der schon lag, war so hart gefroren, dass der Wind ihn nicht verwehen konnte, um ihre Spur zu verbergen. Ihre einzige Hoffnung war, so weit ziehen zu können, dass Nachtmann schließlich umkehren würde.

Wie töricht von ihm zu denken, sie hätte Stern getötet. Und was war mit den anderen Menschen im Dorf? Wieso war es so einfach für sie zu glauben, dass sie böse war? Oder hatte die Angst, dass jener, der tötete, noch immer jenseits ihrer Gerechtigkeit leben könnte, sie blind gemacht?

Einige von ihnen hielten es sicher für möglich, dass Rotes

Blatt noch am Leben war, dass sie nahe genug bei ihnen lebte, um aufs Neue zu töten. Oder hatten sie, wie auch Aqamdax, eingesehen, dass in den Taten von Rotes Blatt, waren sie auch schrecklich und böse, ein gewisser Sinn verborgen lag?

Welchen Grund hätte Rotes Blatt gehabt, Stern zu töten? Warum sollte sie sich der Gefahr aussetzen, gesehen, entdeckt zu werden?

Es war wohl eher das Werk eines Ausgestoßenen – eines *nuhu'anh* – gewesen. Welchen Grund als seinen eigenen Irrsinn brauchte ein *nuhu'anh* schon, um zu töten?

Als das Licht des Tages verblasste, machte Aqamdax Halt und schlug ihr Lager in einem Fichtenwäldchen auf. Die Bäume standen so dicht, dass ihre Äste ineinander verwoben waren. Der Schutz und die Ruhe, die sie ihr gewährten, spendeten Aqamdax Trost. Sie wünschte, sie wäre wie jene Bäume, die Arme zum Himmel emporgestreckt, die Füße in der Erde verwurzelt. Doch sie war nur eine Frau, zu klein, um die Sonne zu erreichen, und so musste sie ziehen und versuchen, ihr Kind zu retten.

Die Einsamkeit stieg in ihr hoch. Sie lähmte ihre Hände, sie machte ihre Augen blind, und Aqamdax vergrub das Gesicht in dem Fell von Schneefalke, bis die Wärme, die der Hund ihr spendete, ihren Schmerz ein wenig linderte.

In jener Nacht schlief sie unruhig. Sie vernahm Stimmen im Wind, und im Traum hörte sie den Schrei eines Kindes, der sie hochschrecken ließ. Der Morgen brachte neuen Schnee. Es war kein heulender Schneesturm, es waren große, nasse Flocken, die die Trage schwer machten und im Fell von Aqamdax' Parka zerschmolzen.

Sie ging an der Seite von Schneefalke, und oft machte sie Halt, um die Eisbrocken loszubrechen, die sich zwischen den Zehen der Hündin gebildet hatten.

Jedes Mal, wenn sie anhielt, liefen Aqamdax Schauer über den Rücken. Sie wurde getrieben von der Angst, Nachtmann könne sie einholen. Sie kam ja nur so langsam voran! Sie bemühte sich, ihre Richtung einzuhalten, und wählte Punkte aus, auf die sie ihre Augen heften konnte, einen Baum, einen Hügel, damit sie in dem dichten Schneetreiben nicht anfinge, im Kreis zu gehen. Schließlich tauchte Dunkelheit vor ihr auf. Undurchdringlich wie eine Wand erstreckte sie sich am Horizont, so weit Aqamdax blicken konnte. Sie fuhr zusammen, als sie erkannte, wo sie war. Denn was sonst konnte diese Dunkelheit sein als die Schwarzfichten, die rund um den Großvater-See wuchsen? Chakliux hatte ihr einst erzählt, dass ein Mann auf der Wanderung wenigstens zehn Tage brauchte, bis er um den See gegangen war. Er lag einen halben Tag östlich des Vetter-Fluss-Dorfes, sie aber befand sich nördlich des Dorfes. Wenn sie nun zur nördlichsten Seite des Sees ginge, dann lägen wenigstens sieben Tage zwischen ihr und den Vetter-Fluss-Menschen.

Wenn sie erst am See angelangt wäre, so würde sie dort ihr Winterlager errichten. Die Bäume und Büsche würden sie verborgen halten. Durch das Eis könnte sie Grindwale fangen, reich an Öl. Sie könnte sie essen, und wenn sie sie verbrannte, würden sie ihr Licht und Wärme spenden. Mit ihrer geflochtenen Weidenfalle könnte sie Äschen und Weißfische fangen. Und wenn der Sommer kam und sie ihr Kind zur Welt brachte, würde sie den Weg zum Meer suchen. Sie würde dem Verlauf der Küste folgen, bis hin zu den Dörfern der Ersten Menschen.

Der Wind wehte stärker. Aqamdax bückte sich und packte die Trage an einer Seite. Sie half der Hündin, die Last aus dem Schnee herauszuziehen, und gemeinsam gingen sie weiter in Richtung Großvater-See.

Die Wände ihres Unterschlupfes lagen nah beieinander, und so sorgte Ligige' dafür, dass das Feuer nur glomm. Warum sollte sie Gefahr laufen, dass die trockenen Nadeln Feuer fingen? In einer der Fallenschlingen, die sie bei der Quelle ausgelegt hatte, hatte sie einen Hasen gefangen. Der Schnee fiel leicht, und das Licht verblasste, als Ligige' vor ihrem Unterschlupf saß, dem Hasen das Fell abzog und ihn ausnahm. Dann kroch sie ins Innere und briet ihn über der Feuerstelle. Von dem Geruch knurrte ihr der Magen, und sie musste den Hund verscheuchen, der sich vorsichtig dem Stock mit dem Hasen näherte.

So lange hatte sie auf Nachtmann gewartet, dass Ligige' ganz ruhig blieb, als er endlich kam und die Türklappe beiseite schleuderte. Sie legte nur behutsam ihre rechte Hand auf den linken Ärmel, auf jene Stelle, wo sie ihr Messer verborgen hielt. Ligige' grüßte ihn und lud ihn ein, sich zu setzen und zu essen.

Er blickte finster drein und knurrte sie mit gebleckten Zähnen an.

»Wo ist sie?«, fragte er.

Ligige' zuckte die Achseln. »Sie hat mir diesen Hasen gebracht, und dann ist sie wieder zu ihren Fallen gegangen. Sie wollte, dass er fertig ist, wenn sie zurückkommt.«

Er wandte sich um, doch Ligige' sprach schnell, in der Hoffnung, ihm mit ihren Worten Einhalt zu gebieten. »Ich wusste, dass du herkommen würdest, um sie zu suchen«, sagte sie. »Ich wusste, dass du erkennen würdest, dass sie deine Schwester nicht getötet hat.« Er drehte sich wieder um und blickte sie an. Ligige' sah das Erstaunen in seinen Augen. »Warum willst du dein Bündel mitnehmen?«, fragte sie ihn. »Lass es hier. Ohne das Gewicht auf deinem Rücken wirst du sie schneller finden.«

Er brummte etwas, und sie half ihm, das Bündel loszuschnüren. Nachtmann streckte seine kranke Schulter, und Ligige' sagte: »Der Hase ist beinahe fertig. Es ist genug da für dich, wenn du auch etwas möchtest. Aqamdax wird womöglich noch einen zweiten mitbringen, und dann werden wir feiern.«

Sie nahm den Stock von den Steinen, die den Hasen über dem Feuer gehalten hatten. Die alte Frau leckte sich die Finger, riss dem Hasen schwungvoll eine Keule aus und hielt sie Nachtmann hin. Sie dachte, er würde ablehnen, denn Nachtmann stieß die Türklappe beiseite und spähte hinaus. Dann aber hockte er sich neben Ligige', nahm die Keule und nagte daran.

Ligige' löste ein paar Rippen und saugte an der dünnen Schicht Fleisch, die darüber lag. Nachtmann warf dem Hund die Knochen zu, und Ligige' bot ihm den Spieß an.

»Willst du mehr?«, fragte sie, doch er schüttelte den Kopf. »Warum willst du fort?«, fragte sie. »Wohin sonst sollte sie gehen, wenn nicht hierher?«

Nachtmann hörte nicht auf sie und trat hinaus. Er ließ die Türklappe offen, und der Wind wehte hinein und blies in die Kohlen der Feuerstelle, bis die Flammen hochschlugen zu den Wänden aus Fichtenzweigen. Ligige' kroch auf Händen und Knien zu der Türklappe und riss sie Nachtmann aus den Händen.

»Dann geh, wenn du glaubst, dass du sie so eher findest«, sagte sie, »doch wozu die Kälte in meinen warmen Unterschlupf hereinlassen?«

»Mir fehlt die Geduld für deine Klagen, altes Weib«, sagte Nachtmann. »Aus welcher Richtung wird sie kommen?«

»Da, von dort her«, sagte Ligige'. Sie duckte sich unter der Türklappe hindurch und deutete auf den Pfad, der zur Quelle führte.

Nachtmann ließ sich auf den Fersen nieder, mit dem Gesicht zum Pfad und dem Rücken zur Türklappe. Sein Speer lag neben ihm auf der Erde.

»Bring mir mehr von dem Fleisch«, sagte er.

Ligige' kroch wieder hinein. Sie löste einen Vorderlauf und brachte ihn Nachtmann. Er packte das Fleisch, und als Ligige' sich umwandte, um wieder hineinzukriechen, sagte er: »Wage es nicht, die andere Keule zu essen, altes Weib, und lege sie nicht für Aqamdax zur Seite.«

Ligige' zischte leise eine Beleidigung, und mit einem Mal war Nachtmann über ihr. »Wirst du mir wohl Achtung erweisen«, schrie er und drückte ihr Gesicht in das harte Eis, das sich unter der Türklappe gebildet hatte. Der Druck auf ihre Nase trieb Ligige' Tränen in die Augen.

Er senkte seinen Mund nah an ihr Ohr. »Glaubst du etwa, ich bin gekommen, um Aqamdax zu sagen, sie kann in unser Dorf zurückkehren? Ich bin gekommen, um den Tod meiner Schwester zu rächen, und du, altes Weib, wenn du nicht deine Zunge hütest, so wird meine Rache auch dich treffen. Womöglich schulde ich Aqamdax eine Begleitung auf ihrem Weg in die Geisterwelt, wo sie doch einst meine Frau gewesen ist.«

Ligige' brach unter seinem Gewicht zusammen. Sie konnte nicht atmen und kämpfte so sehr um Luft, dass sie seine Worte kaum hören konnte. Schließlich ließ Nachtmann sie los. Er schlug ihr mit der Handkante auf den Hinterkopf und erhob sich. Ligige's Nase krachte gegen das Eis, und sie hörte, wie der Knochen splitterte. Sie holte zitternd Atem und schluckte das Blut, das ihre Kehle hinabrann. Sie setzte sich auf und schützte das Gesicht mit beiden Händen. Nachtmann lachte.

Mit einem Mal kam Ligige's Hund aus dem Unterschlupf geschossen, er stieß Nachtmann zu Boden, und der Speer wirbelte durch die Luft.

Ligige' sah, wie der Hund Nachtmann an die Gurgel ging, und sie hörte, wie das Knurren zu einem erbärmlichen Jaulen wurde, als Nachtmann sein Messer bis zum Heft in der Brust des Hundes versenkte.

Ligige' hob den Speer von Nachtmann auf und packte ihn fest mit beiden Händen. Sie stieß zu, und die Spitze drang durch Parka und Fleisch und prallte gegen die Rippenknochen.

Nachtmann knurrte, er hievte den Hund beiseite, und seine Finger nestelten an einer Messerhülle, die er am Bein trug. Ligige' zog den Speer heraus und stieß nach seinen Händen. Die Waffe streifte beide. Auf allen vieren kroch Nachtmann auf den Hund zu. Er zog dem Tier das Messer heraus, und Ligige' hob den Speer. Mit aller Kraft stieß sie Nachtmann die Waffe seitlich in den Hals. Sie trieb sie hindurch, bis die harte, gefrorene Erde ihr Einhalt gebot.

Nachtmann erzitterte. Er machte den Mund auf, doch statt Flüchen spie er nichts als Blut. Schließlich brach er zusammen und blieb bewegungslos liegen.

Ligige' zerrte ihren Hund in den Unterschlupf. Sie zog ihn auf ihren Schoß und blieb bei ihm sitzen. Sie murmelte tröstende Worte und Gebete, auch als schon lange alles Leben aus ihm gewichen war, hineingeblutet in die Matten aus Zweigen und Gräsern, die den Boden ihres Unterschlupfes bedeckten.

63

Der Großvater-See

Der Tierpfad führte durch den Wald zu einer Lichtung, die die Frühjahrshochwasser eines kleinen Flusses hinterlassen hatten, der den See speiste. Die Sonne ging unter, und die Schatten der Bäume flossen zusammen und vereinigten sich zu einer großen Dunkelheit. Eine Reihe Weiden bezeichnete den Rand der Lichtung, und an einem Ende bemerkte Aqamdax eine Anhöhe.

»Dort«, sagte sie zu Schneefalke, »ist eine Stelle für unser Lager.«

Aus der Kehle von Schneefalke drang ein dumpfes Grollen, und Aqamdax straffte sich und zog den Speer aus ihrem Bündel. Sie schnüffelte, ob der Geruch von Bär oder Wolf in der Luft hing, doch da war nichts als der würzige Geruch von Wald und See. Sie legte der Hündin eine Hand auf den Kopf und brachte sie mit beruhigenden Lauten zur Ruhe, als wären sie Mutter und Kind. Mit einem Mal versuchte Schneefalke, aus ihrem Geschirr auszubrechen. Sie schnappte nach ihren Schultern, nach den Riemen, die sie zurückhielten. Da erblickte Aqamdax den Fuchs.

Er war schlau. Er sah, dass der Hund ihm nicht folgen konnte, und er tat einige kleine Schritte auf sie zu, als wolle er sie herausfordern. Dann machte er kehrt und verschwand zwischen den Bäumen.

Aqamdax fing an zu lachen. Jaulend setzte Schneefalke sich nieder, dann hob sie die Schnauze zum Himmel empor und heulte.

»Eine freundliche Begrüßung«, sagte Aqamdax. Sie führte Schneefalke zu der Stelle, an der sie ihr Lager errichten wollte. Sie fegte den losen Schnee beiseite und durchbrach mit Hilfe eines abgebrochenen Astes die eisige Kruste, bis sie die bloße Erde erreicht hatte. Sie richtete ihr Zelt auf wie einen Unterstand und setzte die Feuerstelle an die offene Seite. Mit dem Anmachholz, das sie bei sich hatte, entfachte sie ein Feuer. Dann sammelte sie Zweige. Mit Hilfe ihres Messers legte Aqamdax den trockenen Kern frei und speiste damit das Feuer. Sie band ein Bündel Dörrfleisch von der Trage los, rieb das Fleisch mit Schnee ab und legte es neben das Feuer, um es zu wärmen.

Schneefalke ließ sich an Aqamdax' Seite nieder, der Kopf ruhte auf den Pfoten.

»Hier werden wir leben«, sagte Aqamdax. »Es gibt Fische im See und Tiere im Wald.« Sie gab der Hündin etwas von dem Fleisch, dann nahm sie ein Stück für sich selbst. Der Duft des Rauches trug sie zurück zu den Tagen der Karibujagd. Im Geiste sah sie das Gesicht von Chakliux vor sich, und sie musste plötzlich mit den Tränen kämpfen.

Aqamdax tätschelte die leichte Wölbung ihres Bauches und sprach zu dem Kind, das sie unter ihrem Herzen wiegte: »Habe ich dir je die Geschichte von den Walen erzählt, die in ihren Dörfern unter dem Meer leben?«, fragte sie.

Schneefalke jaulte, und Aqamdax sagte: »Der Hund will sie hören.« Und mit jenen Worten, die sie vor so langer Zeit gelernt hatte, schob Aqamdax ihre Sorgen beiseite.

Das Vetter-Fluss-Dorf

Drei Tage nachdem Nachtmann das Dorf verlassen hatte, kehrte Ligige' allein zurück. Yaa hatte jemanden im Eingangstunnel der Behausung gehört, und sie zog die Türklappe beiseite.

Als sie Ligige' erblickte, stieß Yaa einen Freudenschrei aus und umarmte die alte Frau so ungestüm, dass Ligige' beinahe gestürzt wäre.

»Kind! Genug!«, sagte sie.

Ein seltsamer Klang lag in ihrer Stimme, und Yaa trat zurück, um Ligige' ins Gesicht zu blicken. Beim Anblick der schwarz geränderten Augen und der geschwollenen Nase hielt Yaa den Atem an.

»Tante, was ist mit dir geschehen?«, fragte sie.

Ligige' schüttelte den Kopf. »Ein Ast ist herabgestürzt«, sagte sie. »Ich hatte Glück. Es hätte schlimmer enden können. Was bedeutet schon eine Nase für ein altes Weib wie mich? Und wenn sie auch so bleibt, es wird mich keinen Mann mehr kosten.«

Yaa wusste nicht, ob Ligige' Spaß machte oder ob ihre Worte ernst gemeint waren. Darum wollte sie nicht lachen und fragte stattdessen: »Soll ich die Bündel von deinem Hund abschnüren? Soll ich ihn füttern?«

»Der Hund ist tot«, sagte Ligige'.

Ihre Stimme brach, und einen Augenblick lang dachte Yaa, Ligige' würde anfangen zu weinen. Dann aber verfinsterte sich das Gesicht der alten Frau, und sie kroch an ihr vorbei in die Behausung hinein.

»Der Kleine ist bei Gelber Vogel«, sagte Yaa.

»Um den Kleinen sorge ich mich nicht«, gab Ligige' schnippisch zurück. »Wo sind die Jungen, dein Bruder und Schreitlaut?«

»Sie sind draußen, Holz holen.«

Ligige' starrte sie mit hochgezogenen Augenbrauen an. »Du wirst eines Tages eine gute Mutter sein«, sagte sie schließlich. »Hilf mir aus meinem Parka und rolle meine Bettmatten aus. Dann geh und hole Nimmt-mehr und auch Dii. Bring auch Sok zu mir. Ich muss mit ihm sprechen.«

»Hast du Aqamdax gesehen?«, fragte Yaa, als sie Ligige's Parka aufhängte.

»Ich habe sie gesehen.«

»Ist sie wohlauf?«

»Sie ist wohlauf.«

»Und Nachtmann?«

»Ach, Kind«, sagte Ligige', »du stellst zu viele Fragen.«

Sie strich die Decke über ihren Schlafmatten glatt und legte sich nieder.

Yaa ging zuerst zu Sok. Er war allein in der Behausung von Stern. Das Feuer flackerte zu unruhig, um gut zu brennen, es mangelte ihm an Holz. Der Boden des Kochbeutels war angesengt, und der Geruch von verbrannter Karibuhaut hing in der Luft. Yaa ging zurück zum Eingangstunnel – wenigstens hatte Sok einen guten Vorrat an Holz aufgestapelt – und kam mit einigen Scheiten zurück, die sie auf das Feuer legte. Dann untersuchte sie den Kochbeutel und überlegte, was zu tun war.

Sie entschied, dass er zu stark angesengt war, um noch einmal Verwendung zu finden. Die Haut war zu schwach, um irgendeine Belastung auszuhalten. Yaa wühlte in den Dingen, die auf der Frauenseite der Behausung lagen. Sie fand einen neuen Kochbeutel, nahm den verbrannten ab und hängte den neuen an den Dreifuß.

Als sie hereingekommen war, hatte Sok den Kopf gehoben, doch er hatte nichts zu ihr gesagt. Und als sie dann mit dem Kochbeutel beschäftigt war, hatte er nicht aufgehört, einen Speerschaft zu glätten. Er starrte durch sie hindurch, als sei sie nicht da.

»Es ist besser, den Kochbeutel vom Feuer wegzuhängen«, sagte Yaa zu ihm. »Es genügt, heiße Steine hineinzugeben. Die Wärme hält sich länger. Wenn du ihn aber über das Feuer hängst, musst du darauf achten, dass er mit Wasser gefüllt ist, so hoch wie die Flammen, sonst verbrennt er.«

Mit einem Mal schien Sok sie zu bemerken. Er blinzelte und rieb sich mit den Handballen die Augen.

»Ligige' ist wieder da«, sagte Yaa zu ihm.

Es schien ihr, als würde er beinahe lächeln.

»Sie ist allein, und ihre Nase ist gebrochen.« Yaa hob die Hand und fasste sich an ihre eigene Nase. Sie war kurz, doch hatte sie denselben Buckel wie die Nase ihres Vaters. Yaa hatte die Nase ihres Vaters geliebt, sie war froh, seine Nase zu haben, und sie fragte sich, ob die ihre wohl ebenso groß werden würde, wie seine es gewesen war. »Ihr Hund ist tot.«

Sok blickte Yaa an, als könne er ihren Worten nicht folgen.

»Sie hat sich hingelegt«, sagte Yaa zu ihm.

»Jetzt?«

Yaa zuckte die Achseln. »Ich glaube schon. Ich soll Nimmt-mehr und Dii holen. Danach kann ich zurückkommen und Brühe für dich machen, es sei denn, Dii will, dass ich bei Lange Augen bleibe.«

»Nein«, sagte er zu ihr. »Ich esse und schlafe in der Behausung der Jäger. Ich verbringe nur eine kurze Zeit des Tages hier.«

Seine Worte waren langsam, als würde er über jedes von ihnen nachdenken, ehe er es aussprach, doch das erstaunte Yaa nicht. Die alten Frauen sagten, seit Schnee-im-Haar gestorben war, wohne nur noch die Hälfte seines Geistes in ihm, und nun, da auch Chakliux tot war ... Yaa spürte, wie Tränen ihr die Kehle zuschnürten, und sie räusperte sich, damit sie nicht daran erstickte.

So viele Menschen hatte sie in ihrem Leben verloren. Zuerst ihren Vater, dann ihre Mutter, nun Aqamdax und Chakliux. Doch wie viele Menschen auch sterben mochten, ihr Geist bliebe bei ihr, anders als bei Sok. Sie würde nicht mal einen Teil von ihm verlieren. Sie würde stark bleiben. Wer sollte sich sonst um Ghaden und Ligige' kümmern? Wer würde mit Schreit-laut herumwandern und ihm zuhören, wenn er von seinen Kümmernissen und Träumen erzählte?

Sie ließ Sok allein und ging zu Nimmt-mehr, dann machte sie sich auf zu Diis Behausung. Dii kam ihr im Eingangstunnel entgegen.

»Sok war schon hier und hat mir alles erzählt«, sagte sie. »Wirst du bei Lange Augen bleiben?«

»Ich bleibe hier«, sagte Yaa zu ihr und kroch in die Behausung. Der viel versprechende Duft von gekochtem Fleisch hing in der Luft, und die Feuerstelle verbreitete ein freundliches Licht. Lange Augen saß in einem Nest aus Schlaffellen, wie sie es immer tat, und ein Sehnenfaden hing von ihren Fingern herab. An der Stelle, wo sie die Sehne auf ihrem Schenkel rieb, um sie zu winden, war die Karibuhaut ihrer Gamaschen blank gewetzt und dunkel.

Yaa zog ihren Parka aus und hängte ihn auf. Sie grüßte Lange Augen. Dann zog sie einige Sehnenfäden aus dem Haufen, der neben der alten Frau lag. Yaa fing an, die Fäden zwischen ihren Handflächen zu reiben, und sie dachte darüber nach, wie gut sie doch für die Behausung von Ligige' gesorgt hatte, während diese fort gewesen war.

Am ersten Tag war ihr etwas Fleisch angebrannt, doch sie hatte die Jungen dazu gebracht, es dennoch zu essen. Sie hatte das Feuer unterhalten und die Schlaffelle ausgeschüttelt, und sie war beinahe mit einem Paar Stiefel für Ghaden fertig geworden.

Lange Augen summte vor sich hin. Der Takt war Yaa vertraut, doch vermochte sie nicht zu sagen, woher sie ihn kannte. Ein Lied, entschied sie, etwas, das sie kennen sollte. Sie überlegte hin und her, als sei es ein Rätsel, bis sie es schließlich aufgab und ihre Gedanken lieber Schreit-laut zuwandte.

Ich werde ihm eine gute Frau sein, sagte sie sich, und während sie arbeitete, ging ein Lächeln über ihr Gesicht.

»Er hat meinen Hund getötet«, sagte Ligige', »und er hätte auch Aqamdax getötet. Denkt ihr, ich hätte ihn am Leben lassen können?«

Sok starrte sie an. Er war so erstaunt gewesen, dass er ihr nichts entgegnen konnte, doch nun sah er, dass Ligige' sein Schweigen als Anschuldigung aufgenommen hatte.

»Tante«, sagte er schließlich. »Du hast getan, was getan werden musste. Ich werde dafür sorgen, dass das Vorratslager dieser Witwe sich nicht leert.«

Er nickte Dii zu. Ihr Gesicht war bleich, ihre Augen weit aufgerissen.

»Wo ist der Leichnam?«, fragte Nimmt-mehr, und noch ehe Ligige' ihm antworten konnte, fragte er: »Wie hast du ihn getötet?«

»Der Leichnam liegt dort, bei der Quelle der Jäger. Ich habe ihn in Aqamdax' Unterstand verbrannt. Womöglich kann einer gehen und seine Knochen holen.«

»Ich werde gehen«, sagte Sok. »Morgen werde ich gehen, gleich in der Frühe.«

»Und Aqamdax?«, fragte Dii.

»Ich habe ihr geraten, zum Großvater-See zu gehen, doch wer weiß, ob sie es getan hat?«

»Wer weiß, ob sie noch am Leben ist«, sagte Nimmt-mehr.

Ligige' zischte ihm ihre Entrüstung entgegen. »Aqamdax ist am Leben!«, spie sie aus.

»Sie muss in dieses Dorf zurückkehren«, sagte Sok.

Dii schüttelte den Kopf. »Viele von den alten Frauen glauben noch immer, dass sie diejenige war, die ...«

»Sie sind töricht, diese alten Weiber«, sagte Sok.

»Weil Aqamdax Seejägerin ist, fällt es ihnen leichter zu glauben, dass sie diejenige ist, die getötet hat«, sagte Dii, »als zu glauben, einer aus diesem Dorf habe es getan.«

Lange saßen sie beisammen und berieten sich. Schließlich beschloss Nimmt-mehr, zu der Behausung der Jäger zu gehen und jenen, die dort sein mochten, zu berichten, was Nachtmann widerfahren war. »Nun«, sagte er zu Ligige', als er sich aufmachte zu gehen, »du hast uns noch immer nicht erzählt, wie du ihn getötet hast.«

»Ihr seht, was er mir angetan hat«, sagte sie und hob die Hände zum Gesicht. »Dann hat er meinen Hund getötet.« Bei der Erinnerung an das, was geschehen war, schüttelte sie den

Kopf. »Ich habe ihn mit seinem eigenen Speer getötet. So habe ich ihn getötet. Mit einem Speer, den ich ihm in den Hals gestoßen habe.« Dann zog sie sich ihre Schlaffelle zurecht. »Nun geht alle«, sagte sie, »und lasst mich schlafen.«

Ligige' schlief den ganzen Tag und bis hinein in die Nacht. Ein Geräusch an der Türklappe ihrer Behausung weckte sie, und sie schüttelte sich, um wach zu werden. Wer war so töricht, mitten in der Nacht herzukommen? Das ganze Dorf wusste inzwischen, was geschehen war. Sie war eine alte Frau. Glaubten sie, sie könne ohne Schlaf auskommen?

Sicher war es niemand, der sich für den Tod von Nachtmann an ihr rächen wollte. Doch bei dem Gedanken daran fror sie bis aufs Mark, und sie wickelte sich in eine Hasenfelldecke, nahm ihren Gehstock zur Hand und stieß damit die innere Türklappe beiseite.

»Wer ist da?«, rief sie. Aus den Augenwinkeln sah sie, dass alle drei Kinder aufgewacht waren. Ghaden und Schreit-laut waren schon aus ihren Lagern gekrochen und standen ihr zur Seite, und Beißer kauerte sich knurrend zu Ghadens Füßen.

Ligige' rief noch einmal, dann ließ sie den Stock fallen und eilte in den Eingangstunnel.

»Aqamdax, sie muss es sein«, sagte Yaa. Sie stieß die Jungen beinahe um, als sie durch die Behausung rannte. Dann wich sie zurück, mit großen Augen, die Hände vor den Mund geschlagen.

Als Ghaden sich umdrehte, um nach einer Waffe zu greifen, rief Schreit-laut: »Chakliux!«

Plötzlich stand Chakliux mitten in der Behausung, er hielt alle drei Kinder in seinen Armen, und er lächelte, dem Kummer zum Trotz, den Ligige' in seinen Augen erkennen konnte.

»Mein Bruder«, sagte er leise, er deutete die Worte nur mit den Lippen an und blickte hinunter auf Schreit-laut.

»Schläft in der Behausung der Jäger«, sagte Ligige'.

Chakliux blieb der Mund offen stehen. »Dann ist er zurückgekehrt? Er ist zurückgekehrt, hierher ... in dieses Dorf?« Er lachte laut und rief: »Ist er nicht verletzt? Geht es ...«

»Er ist unglücklich«, sagte Ligige', »und seine Trauer hat ihn erschöpft, doch wenn er dich sieht ...«

Ihre Worte endeten in einem Schluchzer, und Yaa sagte zu Chakliux: »Sok dachte, du seist tot. Er ist zurückgekommen und hat es allen erzählt ...« Sie hielt inne, und ihre Augen wurden weit, als sie fragte: »Du bist doch nicht tot, Chakliux?«

»Ich bin am Leben, Yaa«, sagte er ruhig und nahm sie wieder in die Arme. Dann rieb er sich über das Gesicht, und Ligige' sah, wie müde er war.

»Ich habe etwas zu essen«, sagte sie und eilte hinüber zu der Feuerstelle.

»Nein«, sagte Chakliux. »Ich muss zu meinen Frauen gehen. Ich war bei der Behausung von Aqamdax, doch sie war nicht da. Ich dachte, sie hätte sich entschlossen, hier bei euch zu leben, während ich weg bin. Zu Stern bin ich noch nicht gegangen, aber ...« Chakliux gewahrte den Ausdruck in Ligige's Augen und verstummte. »Tante«, sagte er leise, »wo sind meine Frauen?«

64

Das Nahe-am-Fluss-Dorf

K'os stand auf dem Kamm der Hügelkette, die das Nahe-am-Fluss-Dorf umgab, und blickte hinab auf die ansehnlichen Behausungen. Die Holzstapel waren hoch aufgeschichtet, und Schneewälle waren gegen die Wände der Behausungen geschichtet, zum Schutz vor den Winterwinden.

Gelächter drang zu ihr herauf, und zwischen zwei Vorratslagern kamen, Stöcke schwingend, drei Jungen herausgelaufen. Ihr Spiel trieb sie durch das Dorf und brachte ihnen Schelte von einer der Großmütter ein, die an den Kochfeuern stand. K'os lächelte. Wie gut es war, an diesen Ort zurückzukehren, und das nicht als Arbeiterin von Möwenschnabel, sondern als Witwe von Flusseistänzer. Im Geiste zählte sie die Behausungen: fünf Hand voll, und noch einmal fünf Hand voll, mindestens. Und wie viele Krieger lebten in jeder Behausung? Einer, zwei? In manchen mochten es auch mehr sein.

Ihre Wanderung war beschwerlich gewesen. Ihre Lippen waren in der Kälte aufgesprungen und hatten geblutet. Ihre Finger waren derart gekrümmt und geschwollen, dass sie kaum die Riemen der Trage zu schließen vermochte. Sie brauchte ein warmes Feuer, dazu ein wenig Gänsefett und Tee aus Weidenrinde, sagte sie zu sich.

Sie trieb die Hunde an und führte sie zu der Behausung der Ältesten. Bei den Kämpfen zwischen dem Nahe-am-Fluss-Dorf und dem Vetter-Fluss-Dorf hatten beinahe alle alten Männer dieses Dorfes ihr Leben gelassen. Nur Sonnenrufer, jener, der stotterte, und Bellender Fuchs hatten überlebt, und

Fleischgeber natürlich, doch sein Verstand war geringer als der eines Kindes. Dii hatte Bellender Fuchs inzwischen gewiss getötet, und dafür war sie selbst wohl von den Nahe-am-Fluss-Menschen getötet worden. Welch ein Jammer. Sie war eine unterhaltsame Gefährtin gewesen.

K'os hoffte, dass jene Jäger des Dorfes, die in den besten Jahren waren, die Plätze der Ältesten eingenommen hatten. Unter jenen Männern gab es nur wenige, die sie nicht beglückt hatte, als sie Arbeiterin gewesen war. Zwar war Wolfkopf, Vater von Flusseistänzer, einer, den sie noch nicht in ihr Lager geholt hatte, doch in ihm sah K'os das beste Werkzeug für ihre Rachepläne. In seinem Kummer würde sie ihn für sich gewinnen. Sie würden im Vier-Flüsse-Dorf Rache üben für den Tod von Flusseistänzer. Danach, gestärkt von ihrem Sieg, würden sie losziehen und den Vetter-Fluss-Menschen ein Ende bereiten.

K'os band ihre Schneeschuhe los und machte sie an der Trage fest. Dann bückte sie sich in den Eingangstunnel. Sie befreite Parka und Gamaschen vom Schnee, schlug ihre Kapuze zurück und kratzte mit dem Gehstock an die innere Türklappe. Sie erkannte die Stimme von Sonnenrufer, der stotternd einen Willkommensgruß ausrief.

Lange hatte K'os über die richtigen Grußworte nachgesonnen. Sie sollten ihr zum rechten Platz im Dorf verhelfen und Gedanken an Rache in die Köpfe der Nahe-am-Fluss-Männer pflanzen. Als sie aber die Behausung betrat, blieb ihr der Mund offen stehen, sie erstarrte, und all die schönen Worte waren vergessen.

Rund um die Feuerstelle saßen – eine jede auf einem der Ehrenplätze – die alten Frauen des Dorfes: Wühlmaus und Blaue Blume, Träger Schnee und Drei Körbe. Zwei andere saßen Fleischgeber zur Seite und fütterten ihn, als sei er ein Kind, und eine wischte ihm das Kinn mit einem Stückchen Grasmatte sauber. Neben ihnen saß Sonnenrufer.

Er nickte K'os zu und öffnete den Mund, um zu sprechen, doch das erste Wort fand seinen Weg nicht an der Zunge vorbei.

Er deutete mit dem Kinn auf die Frau hinter dem Feuer, die dort saß, wo der Anführer der Ältesten seinen Platz hatte. Der Rauch von der Feuerstelle bildete eine Wolke und versperrte K'os die Sicht. Sie machte einen Schritt zur Seite, dann verharrte sie ungläubig. Die Anführerin der Ältesten war Möwenschnabel.

Der Großvater-See

Bis spät in die Nacht hinein war Aqamdax damit beschäftigt gewesen, ihr Zelt aufzustellen, die Mulde für die Feuerstelle auszuheben und sie mit Steinen zu säumen. Sie hatte ihre Bündel und die Trage an die offene Seite des Unterstandes gestellt, um sich, so gut es ging, vor dem Wind zu schützen. An den Seiten der Zeltwände hatte sie den Schnee hoch aufgehäuft. Nachdem sie Schneefalke die Geschichte von den Walen erzählt hatte, hatte sie sich schlafen gelegt, ihre Träume aber kreisten um ihr totes Kind, das nun irgendwo im Großvater-See lebte, und als Aqamdax erwachte, wusste sie nicht, wo sie war.

Sie lauschte, ob Soks Sohn Trägt-viel nicht schreiend nach seiner Morgenmilch verlangte. Dann fühlte sie die weiche Leere in ihren Brüsten, und mit einem Mal brach die Düsternis des Kummers über sie herein. Sie barg das Gesicht in ihren Schlaffellen und weinte. Chakliux war tot. Ihr Sohn war tot. Ghaden, Yaa, Schreit-laut und Trägt-viel, sie alle waren für Aqamdax verloren. Ihre Tränen des Kummers wurden zu Tränen des Zornes – Zorn auf Nachtmann, auf Sok und auf Schnee-im-Haar, auf Stern und auf jenen, der sie getötet hatte, und auch auf Chakliux, der das Dorf verlassen hatte, um mit Sok zu gehen. Sie weinte, bis ihre Kehle schmerzte, und als sie all ihre Tränen vergossen hatte, lag sie still da und ruhte sich aus. Ihr Atem ging stoßweise, als wäre sie weit gerannt.

Da vernahm sie im Geiste die leise Stimme von Qung, der alten Geschichtenerzählerin von den Ersten Menschen. Aqamdax war die Geschichte wohl vertraut. Sie handelte von einer jungen Frau, die ihr Bruder einst als Arbeiterin weggegeben hatte. Die Frau hatte den Weg zurück zu ihrem Volk gefunden, weil sie dem Ufer des Nordmeeres gefolgt war. Aqamdax fing an, die Worte zu wiederholen, flüsternd zuerst, dann lauter. Sie setzte sich auf und veränderte den Ton ihrer Stimme für jeden Menschen und jedes Tier in der Geschichte. Manchmal lockte sie die Worte aus ihrer Kehle, so, wie Qung es sie gelehrt hatte, und es schien, als käme die Stimme von draußen herein, oder aus der Feuerstelle oder herab von einem Baum. Wie lange schon lag es zurück, seit sie ihre Geschichten auf diese Weise erzählt hatte?

Im Nahe-am-Fluss-Dorf war es ihr verboten gewesen, denn der Schamane hatte entschieden, dass ihre Geschichten seine eigene Macht bedrohten. Und im Vetter-Fluss-Dorf hatte sie ihre Geschichten zumeist den Kindern erzählt. Hier, am Großvater-See nun, war sie allein, und sie hatte keinen, der ihren Geschichten lauschte.

Mit einem Mal verspürte sie ein sanftes Flattern, als streife eine Feder das Innere ihres Bauches. Aqamdax hielt den Atem an. Das Kind? Nein, sagte sie sich, es war noch zu früh. Da spürte sie es wieder, eine winzige Bewegung, sanfter als der leiseste Hauch des Windes. Aqamdax lächelte und fuhr fort mit ihrer Geschichte, und dabei verschränkte sie die Finger über jenem Kleinen, das unter ihrem Herzen saß und lauschte.

Das Vetter-Fluss-Dorf

Chakliux stand in dem geheiligten Wald und blickte hinauf zu der Totenbahre. Dort lag sie nun, Stern, und mit ihr jene Tochter, die sie gemeinsam gezeugt hatten. Stern war keine gute Frau gewesen, und sein Leben wäre ohne sie leichter gewesen, doch seine Trauer um sie hatte sich auf irgendeine Weise vermischt mit der Erinnerung an seine erste Frau Gguzaakk, eine Frau, die er geliebt hatte. Sein Kummer darüber, dass er auch die kleine Tochter von Stern verloren hatte, frischte den Schmerz wieder auf, den er bei dem Verlust jenes Sohnes empfunden hatte, den Gguzaakk ihm geboren hatte, und auch jenes Kindes, das Nachtmann getötet hatte.

Hatten seine Gebete und seine Gesänge, hatte sein Wille, um das Leben von Sok zu kämpfen, es nicht vermocht, jenen Fluch zu brechen, den er über sich und Aqamdax gebracht hatte? Wozu waren diese Bräuche gut, und auch die Geschichten, die er als *Dzuuggi* gelernt hatte, wenn sie einem Mann nicht die Möglichkeit gaben, sein Leben jeden Tag von neuem zu leben? Gab es nichts, das mächtiger war als jene Geister, die wohl Gefallen daran hatten, das Leben eines Mannes zu zerstören?

»Nun dann«, schrie er, und seine Stimme hob sich hoch über die Totenbahre empor. Er rief, um auch über den Bäumen Gehör zu finden, die den Leichnam von Stern hüteten. »Wenn dort oben einer ist, ein Geist, groß genug, den Fluch zu brechen, den ich über mich und die Meinen gebracht habe, dann flehe ich dich an, hilf mir, meine Frau Aqamdax zu finden.«

Chakliux wartete, doch er konnte nichts fühlen als die Dunkelheit seiner Verzweiflung, die Angst, dass er mehr noch verloren hatte, als jene, die er nun betrauerte. Er ehrte die Toten mit einem Gesang, dann wandte er sich um, wieder dem Dorf zu. Nur eine Nacht des Schlafes, dann würde er sich aufmachen, um Aqamdax zu suchen, und er würde nicht eher zurückkehren, bis er sie oder ihre Knochen gefunden hatte.

Er machte sich auf den Weg. Chakliux überquerte eine Lichtung, die er auf seinem Weg zu der Totenbahre umgangen hatte, und seine Schneeschuhe zeichneten eine Spur aus geflochtenen Kreisen. Auf einmal brach ein Schwarm Schneehühner, die Winterkleider leuchtend wie der Schnee, heraus aus der weißen und rosigen Eiskruste und erhob sich in den Winterhimmel. Chakliux dachte an ein Rätsel, das er einst als Kind gelernt hatte: Schau! Was sehe ich? Weiß, verborgen von weiß.

Dann stellte er sich selbst die Frage: »Warum glaubst du, dass alles so leicht zu verstehen ist? Hast du vergessen, dass die Gabe jedes Rätsels darin liegt, es zu lösen?«

Und als er zurückging zu seinem Dorf, betete Chakliux für den rechten Blick, zu erkennen, was verborgen lag, für die Weisheit, jene Rätsel zu verstehen, die sein Leben an die Erde banden, und jene Gebete, die seine Augen für die Wahrheit öffnen würden.

Das Nahe-am-Fluss-Dorf

»Ich komme als Frau, nicht als Arbeiterin«, sagte K'os.

Möwenschnabel hob die Augenbrauen. »Anaay hat mir erzählt, er wollte dich während der Karibujagd zur Frau nehmen. Wo ist er?«

Ehe K'os aber antworten konnte, fragte Blaue Blume: »Und jene andere Frau, die er genommen hatte, jene Vetter-Fluss-Frau, wo ist sie?«

»Ich weiß es nicht«, sagte K'os, und sie versuchte, ihre Verwirrung zu verbergen. War Bellender Fuchs also noch am Leben, oder war es Dii gelungen, seinen Tod zu verbergen? Beinahe hätte K'os gelächelt. Womöglich war das Mädchen schlauer, als sie gedacht hatte. »Ich war bei jenen Frauen, die euer Jagdlager verlassen haben. Wir sind zu unserem eigenen Volk zurückgekehrt«, sagte sie. »In diesem Dorf sind Männer, die euch davon erzählen können.« Sie deutete mit dem Kinn auf Sonnenrufer. »Mein Sohn Chakliux hat mich von Bellender Fuchs losgekauft.«

Möwenschnabel schnaubte. »Und du glaubst, wir betrachten dich nun nicht länger als Arbeiterin? Eine Vetter-Fluss-Frau, die einem Vetter-Fluss-Mann gehört? Du bist weniger noch als Arbeiterin.«

Die anderen Frauen murmelten zustimmend. Bitter stieg der

Zorn in K'os' Kehle auf, und als sie wieder zu sprechen begann, schien es, als hätten ihre Zähne die Worte geschliffen: »Womöglich habt ihr Recht«, sagte sie, »doch da ist noch etwas. Wie ich euch gesagt habe, war ich Frau. Ein Mann dieses Dorfes hat den Brautpreis für mich entrichtet.«

»Wer?«, fragte Möwenschnabel.

»Flusseistänzer«, sagte K'os, und sie beobachtete, wie die Frauen Blicke wechselten.

Sonnenrufer hustete, und das Gesicht von Möwenschnabel war mit einem Mal verkniffen und bleich.

»Wir haben das Vetter-Fluss-Dorf gemeinsam verlassen, mein Mann und ich«, sagte K'os. »Wir haben uns aufgemacht zum Vier-Flüsse-Dorf. Dort haben wir nur kurze Zeit gelebt, bis jemand aus dem Dorf ihn getötet hat. An jenem Abend hatte ich Arznei zu einer Kranken gebracht, und ich war die Nacht über bei ihr. Als ich in meine Behausung zurückkehrte, war mein Mann tot, mit einem Messer erstochen. Es gibt Vier-Flüsse-Männer mit engen Banden zu den Vetter-Fluss-Menschen. Ich glaube, dass einer von ihnen ihn getötet hat. Ich bin hierher gekommen, um den Vater meines Mannes aufzusuchen, Wolfkopf, denn ich trachte nach Rache an jenen, die meinem Mann das Leben genommen haben.«

Gemurmel erhob sich unter den Frauen, und Sonnenrufer stammelte einige Worte des Beileids, doch K'os verlor bald die Geduld. Wann hatte je eine Gruppe Frauen schnell gehandelt, wenn sie eine Entscheidung treffen mussten? Tage konnten vergehen, und sie würden noch immer zu Rate sitzen, ob jemand im Dorf ihr helfen sollte. Und so verließ K'os die Behausung der Ältesten, ohne auf eine Antwort von Möwenschnabel zu warten. Sie führte ihre Hunde hin zu jener ansehnlichen, starken Behausung, in der Wolfkopf mit seinen beiden Frauen lebte.

65

Das Vetter-Fluss-Dorf

Der Schlaf hatte Chakliux schnell übermannt, und nun schlief er so tief, dass er wusste, er träumte, als er eine Stimme rufen hörte. Er setzte sich auf und sah, dass Lange Augen neben seiner Bettstatt stand.

»Schüre dein Herdfeuer«, sagte sie mit lauter, kräftiger Stimme.

Und da es ein Traum war, tat Chakliux, wie sie ihn geheißen hatte. Bald loderten die Flammen und erhellten die Behausung von Sok.

»Ich bin überrascht, dass du dich entschieden hast, hier zu schlafen«, sagte Lange Augen zu ihm.

Sie ließ sich an der Feuerstelle nieder. Sie saß aufrecht, die Schultern waren zurückgezogen, als sei sie eine junge Frau. Er sah, dass ihre Augen klar waren, und in ihnen lag keine Spur jener Verwirrung, die sie getrübt hatten, seit ihr Mann gestorben war. Doch warum sollte er sich wundern? Er hatte verlangt, dass die Dinge, die verborgen lagen, sich erklärten. Was war besser geeignet als ein Traum?

»Dies ist die Behausung meiner Frau«, sagte er.

Lange Augen lachte. »Doch du bist allein. Sie ist nicht hier. Auch dein Bruder ist nicht hier.«

»Er schläft in der Behausung der Jäger.«

Sie nickte, als wisse sie davon, dann sagte sie: »Man sagt, du trauerst um meine Tochter.«

»Sie war meine Frau. Ich trauere um sie und um das Kind, das sie trug.«

»Es war dein Kind«, sagte Lange Augen.

»Ja.«

Die Behausung war warm, doch die Frau trug noch immer ihren Parka. Als sei sie eine Mutter mit Säugling, hatte sie einen Riemen darum geschnürt, direkt unter ihren Brüsten. »Ich hätte sie auf meinem Rücken getragen, die Tochter meiner Tochter«, sagte Lange Augen. Sie tätschelte den Riemen. »Diesen Gurt habe ich mir gemacht, um das Kind zu tragen.« Sie griff in einen Beutel, der an dem Riemen baumelte, und zog ein Knäuel Sehnenfäden heraus.

»Ich wusste nicht, dass du so klar sprechen kannst, Mutter«, sagte Chakliux.

Sie blickte ihn aus zusammengekniffenen Augen an. »Das weiß niemand«, sagte sie. Sie wand den Faden um ihre Finger, und zwischen ihren Händen entspann sich ein Netz. Chakliux wurde aufmerksam, und er sah genau zu, als sie die Sehne zu zwei Figuren knotete: ein Baum, ein Kreis. »Bist du überrascht?«, fragte sie ihn.

»Einst habe ich die Geschichtenerzähler aus dem Dorf der Walrossjäger so etwas tun sehen. Sie haben es mich gelehrt.«

Sie nickte. »Deine andere Frau, jene Seejäger-Frau, sie kam einst als Frau von Nachtmann in meine Behausung. Sie trug ein Armband, das aus Knoten gemacht war. Ein Otter war es. Glaubst du, das wäre mir entgangen? Als ich es gesehen habe, wusste ich, dass es von dir war. Wer sonst hätte es machen können? Du wusstest womöglich nicht, dass meine Mutter aus dem Dorf der Walrossjäger gewesen ist. Dort ist sie aufgewachsen, ehe man sie meinem Vater zur Frau gegeben hat. Sie hat mich einiges gelehrt.

Als ich noch ein Mädchen war, gab mich mein Vater für drei goldäugige Hunde an meinen Mann. Ich solle meinen Namen in Drei Hunde ändern, so hatte mein Vater damals gescherzt. Er war ein Tor, doch ich habe einen guten Mann bekommen, und ich habe vier starke Söhne geboren, und dann meine Tochter Stern.«

Sie streckte ihre Hände aus und zeigte Chakliux den Knoten in der Mitte des Netzes. »Dies, siehst du, dies ist das Kind von Stern.« Sie schlug die Hände zusammen, und der Knoten war verschwunden. »Kinder sterben zu leicht«, sagte sie.

Lange Augen blickte Chakliux an und lachte. »Kinder sterben zu leicht, ich aber hätte alle meine Kinder behalten und auch meinen Mann, wenn du nicht gewesen wärest.«

»Ich habe deinen Mann nicht getötet«, sagte Chakliux. »Flussspringer hat es getan, und K'os hatte ihn geschickt.«

»Ich kenne deine Geschichte. Meine Tochter hat es mir erzählt. Sie hat dich geliebt, und so hat sie dir geglaubt. Erinnerst du dich an meine Söhne? Tikaani war der älteste. Vielleicht hast du ihn nicht getötet, doch du trägst die Schuld an dem, was zwischen unseren Dörfern geschehen ist. Du solltest jene Kämpfe aufhalten, erinnerst du dich?

Dann hatte ich noch Karibu und Schleicher, einen Sommer waren sie auseinander, jene beiden. Die alten Weiber sagten, sie würden sterben. Sie sagten, ich hätte nicht genug Milch für beide. Sie aber wuchsen. Starke, gesunde Jungen wurden sie. Behauptest du, du hättest sie nicht getötet? Und nun ist auch Nachtmann tot. Sie glauben, ich weiß es nicht, doch ich höre, was sie flüstern. Vier tote Söhne, einen toten Mann, und nun auch meine Tochter und ihr Kind.«

»Ich habe deine Tochter nicht getötet.«

Lange Augen fing an zu lachen.

Yaa schlief sehr unruhig. Sie verbrachte die Nacht in der Behausung von Stern und gab auf Lange Augen Acht. Die alte Frau hatte die Angewohnheit, des Nachts umherzuwandeln, doch zu Yaas Erstaunen war sie an diesem Abend über ihrer Arbeit in den Schlaf gesunken. Die Sehne, die sie gewunden hatte, baumelte von ihren Fingern herab. Yaa hatte die Schlaffelle neben Lange Augen geschoben, sie sanft darauf gebettet und sie zugedeckt.

Als Yaa mit der letzten Naht an Ghadens Stiefel fertig war,

hatte sie ihre eigene Bettstatt ausgerollt. Der Schlaf hatte für kurze Zeit von ihr Besitz ergriffen, doch dann schwebte der Takt eines Liedes durch ihre Träume und weckte sie auf.

Woher kannte sie nur dieses Lied? Yaa dachte darüber nach, dann erinnerte sie sich, dass sie es zuletzt gehört hatte, als sie bei Lange Augen gesessen hatte. Die alte Frau hatte es gesungen, die Worte leise gemurmelt. Der Takt quälte Yaa, er zupfte lästig am Rande ihres Bewusstseins, und mit einem Mal erkannte sie das Lied. Es war etwas, das die Frauen aus dem Nahe-am-Fluss-Dorf sangen. Doch Yaa hatte es nie zuvor von den Lippen einer Vetter-Fluss-Frau vernommen.

Wer hatte es Lange Augen beigebracht? Hatte sie es womöglich selbst gelernt, als sie Kind war?

Yaa fing an, das Lied zu summen, sie ließ sich von den vertrauten Worten einlullen, und beinahe wäre sie wieder in ihre Träume versunken, da schreckte sie hoch. Wie konnte Lange Augen sich an dieses Lied erinnern, wenn sie sich nicht einmal darauf besann, wie es war, zu essen? Etwas war verkehrt.

Yaa setzte sich auf und blickte hinüber zum Lager der alten Frau. Es war leer, die Decken lagen zurückgeschlagen da, und der Parka von Lange Augen hing nicht an seinem Platz. Yaa kroch aus ihrer Bettstatt, zog sich Stiefel und ihren Parka an, und dann machte sie sich auf den Weg. Sie ging hinaus in die Nacht und rief fortwährend den Namen von Lange Augen.

Sie rannte die Pfade des Dorfes entlang, doch sie erblickte keinen Menschen. Ihr Herz lag in ihrer Brust wie ein Stein, und sie vermochte kaum zu atmen. Chakliux und Ligige' hatten Lange Augen in ihre Obhut gegeben. Nun würden sie denken, sie sei nutzlos, ein kleines Mädchen, dem man nicht einmal ein wenig Verantwortung zutrauen konnte. Sie drängte ihre Tränen zurück und begab sich zu der Behausung von Chakliux. Wenigstens würde er ihr helfen, nach Lange Augen zu suchen.

Lange Augen hob die Arme hoch und legte den Kopf in den Nacken. Ihr Blick wanderte hinauf zum Dach der Behausung. »Du sagst, du hast meine Tochter nicht getötet?«, sagte sie zu Chakliux. »Leugnest du, dass du dieses Kind in ihren Bauch gepflanzt hast? Sagst du etwa, es sei nicht das deine?«

»Es war von mir«, sagte Chakliux leise. Er hörte ein Geräusch und sah Yaa, die auf Händen und Knien hinter Lange Augen kauerte. Sie spähte aus dem Eingangstunnel hinein in die Behausung.

Da wurde ihm bewusst, dass er wach war. Lange Augen war ihm nicht im Traum erschienen. Irgendwie hatte sie sich aus ihrer Behausung gestohlen, fort von Yaa, die auf sie Acht geben sollte.

»Wenn jenes Kind von dir war, dann hast du sie getötet«, sagte Lange Augen. Sie streifte die Sehne von ihren Fingern und ließ sie in das Feuer fallen. Sie sah zu, wie sie sich krümmte und verbrannte. Dann fasste die alte Frau in ihren linken Ärmel und brachte ein Obsidianmesser mit langer Klinge zum Vorschein.

»Ein geheiligtes Messer«, sagte sie und hielt es mit der Spitze nach oben. Sie drehte und wendete es so, dass das Schnitzmuster auf der Klinge im Feuer aufleuchtete.

Chakliux wollte die Aufmerksamkeit von Lange Augen keinesfalls auf Yaa lenken, und so sah er nicht wieder zu ihr hin. Stattdessen sagte er: »Ein Rätsel.«

»Ich bin zu sehr Walross-Frau«, sagte Lange Augen. »Ich war nie gut darin, Rätsel zu raten.«

»Dieses ist einfach«, sagte Chakliux zu ihr. »Schau! Was sehe ich? Ein Kind erinnert sich der Sonne.«

Yaa verschwand, und Chakliux hoffte, dass sie ihn verstanden hatte. Lange Augen aber schüttelte den Kopf. »Es ist zu schwierig für mich, doch womöglich verstehst du das meine: Schau! Was sehe ich? Blut ist im Schnee. Blut ist im Lager einer Frau.«

Chakliux antwortete nicht, und die alte Frau brach in schrilles Gelächter aus. »Verstehst du es nicht?«, fragte sie. »Ich habe geglaubt, du wärest so klug. Wie hätte ich dein Kind am Leben lassen sollen? Es hätte deinen Fluch weitergetragen, und es hätte getötet, wie du getötet hast.«

»Warum hast du nicht gewartet, bis das Kind geboren war?«

»Es wären neue Kinder gekommen. Stern war jung. Sie hätte dir viele Kinder gegeben.«

»Sie war deine Tochter«, sagte Chakliux leise.

»Sie war deine Frau«, antwortete Lange Augen. Sie fuhr mit der Zunge über die Lippen, und ihre Füße vollführten einen schnellen, schlurfenden Tanz, als sei sie mit sich zufrieden. »Weißt du, wie leicht es ist, jemanden zu töten, der glaubt, du wärest alt und schwach?«, fragte sie. Sie hob ihr Messer, drehte es und schloss die Augen, als hätte sie die Erinnerung an den Tod von Stern eingefangen. »Als ich es herausgeschnitten hatte, das Kind, sah ich, dass es ein Mädchen war. Hätte ich das gewusst, hätte ich es womöglich am Leben gelassen. Deine Frau, sie war sich so sicher, dass sie einen Jungen trug.«

Noch immer stand sie mit geschlossenen Augen da, und Chakliux machte eine schnelle Bewegung auf sie zu. Doch mit einem Mal schlug sie nach ihm aus, und sie ritzte seine rechte Handfläche mit der Spitze ihres Messers. Er sprang zur Seite.

»Du bist wie deine Vetter-Fluss-Mutter«, sagte Lange Augen. »Es war nicht so einfach, sie zu töten.«

»Meine Mutter?«

»Jene, die in ihrem Bett gestorben ist. Hast du meinem Rätsel nicht gelauscht? Welcher Weg wäre besser gewesen, den Tod meines Mannes zu rächen, als jene zu töten, die du liebst?« Wieder hob sie ihr Messer, und sie stieß es in die Luft, als wollte sie Chakliux zeigen, was sie getan hatte. »Sie hat sich gewehrt, doch ich war jene, die das Messer hatte.«

»Und nun willst du mich töten«, sagte Chakliux.

»Dich kann ich nicht töten«, erklärte Lange Augen. »Doch womöglich gibt es andere in diesem Dorf, die es tun werden, wenn sie erst sehen, was du einer alten Frau angetan hast, die wehrlos war und kaum zu sprechen wusste.«

Sie hob das Messer, und obgleich Chakliux einen Satz auf sie zu machte und noch versuchte, ihr die Waffe aus der Hand zu schlagen, trieb sie sich die dunkle Klinge in den Hals, noch ehe er bei ihr war. Sie fiel zu Boden, und ihre Hände packten ihre Kehle. Sie blickte auf, doch Chakliux sah, dass ihre Augen nicht auf ihn gerichtet waren. Er wandte sich um. Sok und Blickt-in-den-Himmel standen hinter ihm.

Die Frau stöhnte, schloss die Augen, und dann regte sie sich nicht mehr. Sok nahm eine Decke von Chakliux' Bettstatt und breitete sie über den Leichnam.

Yaa spähte vom Eingangstunnel herein. »Ist sie tot?«, fragte sie.

»Ja«, sagte Chakliux und breitete die Arme aus. Sie rannte zu ihm und verbarg ihr Gesicht an seiner Brust. »Dann hast du also mein Rätsel verstanden«, sagte er.

»Ich habe mich an die Sonnenparkas von Sok erinnert. Und Blickt-in-den-Himmel war mit ihm in der Behausung der Jäger.«

»So hat Lange Augen ihre eigene Tochter getötet?«, fragte Sok.

»Und auch unsere Mutter«, sagte Chakliux.

»Dann hat Rotes Blatt es nicht getan«, sagte Sok. »Und auch Aqamdax trifft keine Schuld.«

»Nein, und nun gibt es niemanden mehr, der Rache üben will.«

Das Nahe-am-Fluss-Dorf

Wolfkopf war ein großer Mann mit sehr lauter Stimme. K'os konnte hören, wie er seine Frauen schalt, noch ehe sie die Behausung betreten hatte. Sie rief und wartete, bis seine jüngere

Frau die Türklappe aufstieß. Die Augen der jungen Frau weiteten sich vor Erstaunen, als sie K'os erblickte.

»Bist du zurückgekehrt?«, fragte sie und schnappte nach Luft, als K'os sich an ihr vorbei in die Behausung drängte.

Sie folgte K'os und bat ihren Mann stotternd um Verzeihung. K'os zog das Amulett von Flusseistänzer aus ihrem Parka und hielt es Wolfkopf hin, sodass er es sehen konnte. Seine Augen wanderten von dem Amulett zu ihren Haaren, die an den Ohren kurz geschnitten waren. Wolfkopf machte einen Schritt auf sie zu, packte das Amulett und blickte K'os streng in die Augen.

»Erkennst du es?«, fragte sie.

»Ja«, sagte er.

»Ich komme voll der Trauer, um dir zu sagen, dass dein Sohn nicht mehr am Leben ist, getötet von den Vier-Flüsse-Menschen. Sie haben seine Hunde und seine Tragen gestohlen, auch seine Felle und sein Fleisch. Ich aber konnte ihnen entfliehen und mit einigen seiner Habseligkeiten zu dir zurückkehren.«

Wolfkopf sah seine Frau an. »Was hat sie mitgebracht?«, fragte er.

»Zwei Hunde und eine Trage«, antwortete sie.

K'os sah, wie die Junge ihre Schwesterfrau ansah, die Mutter von Flusseistänzer war.

»Meine Tränen fließen für dich«, sagte K'os, und die Frau wandte sich ab. »Die Dinge, die sie gestohlen haben, sind der Brautpreis gewesen, den dein Sohn für mich bezahlt hat. Ich werde euch helfen, Rache zu üben.«

»Was hat er für dich gegeben?«, fragte Wolfkopf.

»Acht Hunde, sechs Tragen, Pelze und Fleisch und Fisch. Die Vier-Flüsse-Menschen haben alles gestohlen, doch ich konnte ...«

»Schweig. Du hast zu viele Worte für eine Frau.« Wolfkopf beugte sich zu seiner jüngeren Frau, flüsterte ihr etwas zu, und sie verschwand aus der Behausung.

Er war unfreundlich, doch K'os hatte gewusst, dass Wolfkopf ein harter Mann war und seine Frauen schlecht behandelte. Sie beherrschte ihren Zorn und ließ nicht zu, dass er ihre Wangen rötete oder ihre Worte schliff.

»Sechs Hunde, sagst du.«

»Acht.«

»Sechs Tragen.«

»Ja.«

Er wandte sich ab und durchschritt die Behausung.

»Fuchspelze?«

K'os nickte. »Fuchs und Luchs, Bisam und Karibuhäute.«

K'os vernahm ein Geräusch aus dem Eingangstunnel und sah, dass die Frau mit Möwenschnabel zurückgekommen war.

»Diese Arbeiterin sagt, dass sie die Frau dessen war, der die Hunde und die Tragen aus unserem Dorf gestohlen hat«, sagte Wolfkopf. »Sie behauptet, meine Fuchspelze habe er als Teil ihres Brautpreises gegeben. Sie hat zwei der Hunde zurückgebracht.« Wolfkopf verzog die Lippen zu einem Lächeln. Lange, gelbe Zähne kamen zum Vorschein. »Behandle sie gut«, sagte er zu Möwenschnabel. »Es gibt nicht viele Arbeiterinnen, die so treu sind.«

K'os stieß zischend ihren Atem aus. »Ich war Frau deines Sohnes Flusseistänzer«, schrie sie.

»Im letzten Mond hat jemand meine Hunde und meine Tragen gestohlen, meine Felle und viel Fleisch aus meinem Vorratslager. Glaubst du, *mein* Sohn würde den Brautpreis von seinem eigenen Vater stehlen?«, sagte Wolfkopf. »Du bist töricht, Frau. Ich habe keinen Sohn.«

66

Der Großvater-See

Aqamdax' Morgenarbeit war getan. Sie hatte Holz gesammelt und den Hund gefüttert. Sie machte sich daran, noch mehr Schnee um ihr Zelt herum aufzuhäufen, und sie verstärkte den Eingangstunnel, den sie aus den Stämmen von Birken und Weiden gemacht hatte, mit Fichtenzweigen.

Als sie fertig war, machte sie Schneefalke los und ging mit ihr hinunter zum See. Am Ufer türmte sich das Eis zu dicken, harten Kämmen, doch zum See hin fügte es sich zu einer weiten weißen Decke, die sich erstreckte, so weit das Auge reichte. Aqamdax ging, bis sie an eine Stelle kam, wo der Wind den Schnee fortgeweht hatte und das blanke Eis zum Vorschein kam. Sie polsterte die Handfläche ihres Fäustlings mit einem Streifen Karibuhaut. Dann schlug sie mit einem Stein ein Loch. Mit ihrem Unterarm nahm sie Maß, damit das Loch breit genug wurde für ihre Fischfalle. Sie klopfte, bis ihre Hand taub wurde und ihre Finger den Stein nicht mehr zu halten vermochten.

»Morgen werden wir es fertig machen«, sagte sie schließlich zu Schneefalke. Der Hund hatte sich, den Rücken zum Wind, neben dem Loch zusammengerollt. Der Schwanz bedeckte die Schnauze.

Aqamdax' Vorräte würden reichen, bis sie mehr Fisch gefangen hatte. Drei Hasen waren als Vorrat im Schnee vergraben, und sie hatte noch immer etwas getrockneten Lachs, ein wenig Karibufleisch. Dazu hatte sie Grindwale, die sie in einem Netz gefangen hatte, das zwischen zwei Löchern im Eis hing. Schneefalke machte noch immer für sich selbst Beute, und von Zeit zu Zeit brachte sie einige Stücke davon zu Aqamdax, wie auch Beißer es getan hatte; zumeist war es ein Schneehuhn oder ein Hase.

Dennoch war Aqamdax oft hungrig, wenn sie sich in ihren Schlaffellen zusammenrollte, doch wer war nicht hungrig, wenn der Winter kam? Sie verdrängte die Gedanken an die wohl gefüllten Vorratslager im Vetter-Fluss-Dorf, und auch jene an Robbenfleisch und Öl, welche ihr eigenes Volk für den Winter zurücklegten. Stattdessen dachte sie auf dem Weg zurück zu ihrem Unterstand an die Äschen oder Hechte, die sie morgen fangen würde.

Schwere Wolken hingen am Himmel, und die Nacht zog herauf. Der Wind packte Aqamdax, als hätte er Hände. Er schob sie, als sie ging, und trieb ihr Tränen in die Augen. Aqamdax wischte sie fort und hielt kurz inne. Sie beugte sich vor und griff in Schneefalkes dickes Nackenfell. Sie kauerte neben der Hündin nieder und spürte, wie diese zitterte. Durch das Gebüsch konnte Aqamdax ihr Lager sehen, die Spitze ihres Unterstandes hob sich dunkel gegen den Schnee ab. Rauch kräuselte sich aus der Spitze heraus. Sie hatte das Feuer aufgeschüttet, ehe sie zum See gegangen war, und der Rauch hätte nicht so dicht sein dürfen.

Nachtmann?, fragte sie sich. Sie nahm ihr Bündel vom Rücken, zog ihren Speer heraus und kroch näher.

Sie summte ein kleines Lied, um sich zu beruhigen, und versuchte nachzudenken. Womöglich war es besser zu warten, bis es Nacht war, heimlich ein wenig Fleisch zu holen und zum Nahe-am-Fluss-Dorf zu gehen. In acht oder zehn Tagen würde sie wohl dorthin gelangen. Sie könnte ihnen sagen, dass Anaay gestorben war. Er war alt. Die Menschen würden ihr nicht die Schuld an seinem Tod geben, und vielleicht gab es einen Mann, der sie zur Frau nehmen würde. Vor allem, da sie Schneefalke hatte.

Ja, das würde sie tun, doch sie wollte nicht warten, bis die

Nacht gekommen war. Sie konnte nach den Fallenschlingen sehen, die auf dem Weg lagen. Sicher wäre etwas darin gefangen. Sie hatte so viele ausgelegt ...

»Wir werden jetzt gehen«, flüsterte sie Schneefalke zu. Die Hündin aber sprang plötzlich davon und schlug ein freudiges Gebell an, als wäre sie ein Welpe. Aqamdax erhob sich. Als sie sah, wer aus ihrem Zelt kam, vermochte sie sich nicht zu rühren, und sie fand keine Worte. Er kam auf sie zugerannt, Schneefalke an seiner Seite, und Aqamdax wartete.

»Du bist nicht tot«, brachte sie heraus. Chakliux zog sie an sich und schloss unter Tränen sie in seine Arme, die seine Frau war.

»Du auch nicht«, sagte er schließlich.

»Wie hast du mich gefunden?«

»Ligige' erzählte, sie hätte dir den Rat gegeben, zum Großvater-See zu gehen. Ich hatte Angst, dein Sohn würde nach dir rufen, und du würdest seinem Ruf folgen ...«

Er schlug ihre Kapuze zurück und barg sein Gesicht in ihrem weichen Haar.

»Und dann hast du mein Lager gefunden.«

»Ich fand dein Feuer aufgeschüttet und sah, dass in den Kohlen noch Leben war. Ich sah, dass du Fleisch vergraben hast, und so wusste ich, dass du dich entschieden hast zu leben.«

Er legte seinen Arm um sie und führte sie zurück zu ihrem Zelt. Sie bückte sich und kroch hinein. Chakliux folgte ihr. Er hockte sich neben die Feuerstelle und legte Holz auf.

»Du hattest Recht«, sagte Aqamdax. »Mein Sohn ruft nach mir.«

Mit angsterfülltem Blick sah Chakliux sie an, und sie bewegte sich hinein in den Schein des Feuers, nahm seine Hände und legte sie auf ihren Bauch. »Nacht für Nacht ruft er nach mir«, sagte sie zu ihm, »doch nicht aus dem See.«

Sie lächelte, als sie sah, wie seine Augen sich weiteten, als sie sein Lachen hörte, das die Wände ihrer Behausung füllte.

EPILOG

Noch immer war er nichts weiter als ein Junge, seine Arme und Beine mussten noch viel wachsen. Doch die alte Frau sah, dass er sich verändert hatte. Obgleich er äußerlich aussah wie ein Junge, so war er innen beinahe schon ein Mann geworden. Das Volk hatte die Rückkehr in das Winterdorf mit einem Fest gefeiert. Die Karibujagd war gut gewesen, und die Alten wie die ganz Jungen, die zurückgeblieben waren, waren glücklich und zufrieden, die Bäuche gefüllt mit Karibufleisch.

Zum ersten Mal seit vielen Sommern saß sie gemeinsam mit den anderen Frauen in der Behausung des Geschichtenerzählers, und ihr Geist war offen für seine Worte. Der Junge ließ sich auf jenem Platz nieder, der dem Dzuuggi gebührte, und hob an zu sprechen. Seine Stimme war voll und kräftig. Die alte Frau lauschte, und sie spürte, wie die Geschichten sie aufs Neue mit Erkenntnis füllten.

Dann tat der Junge etwas, das seit vielen Sommern kein Dzuuggi mehr getan hatte, er verwandte jene Gabe, die in den Jahrhunderten, ehe er geboren wurde, verloren gegangen zu sein schien. Er hob seine Stimme und ließ sie vom Rauchloch der Behausung zurückkehren, dann von der Türklappe her und aus der Feuerstelle heraus, und es schien, als erzähle jede Figur ihre eigene Geschichte in ihren eigenen Worten.

Und als er von Chakliux erzählte, da zog der Junge seine Stiefel aus. Die alte Frau kam mühsam hoch auf ihre Knie, und sie streckte ihren Kopf, bis sie über jene hinwegblicken konnte, die vor ihr saßen.

»'Ih!«, sagte sie voll Erstaunen.

Die Zehen waren zusammengewachsen wie die Zehen des Otters; der Fuß war gekrümmt und zum Schwimmen bereit.

ANHANG

Personenregister

BEWOHNER DES VETTER-FLUSS-DORFES

Die Ältesten – Männer
  Nimmt-mehr
Die Ältesten – Frauen
  Feuerholz
  Gelber Vogel, *Schwester von Hohle Schale*
  Hohle Schale, *Schwester von Gelber Vogel*
  Krummer Halm, *Tante von Dii*
  Lange Augen, *Mutter von Nachtmann und Stern*
  Ligige', *Tante von Chakliux und Sok*
  Tagfrau, *Mutter von Chakliux und Sok*
Jäger
  Blickt-in-den-Himmel, *Mann von Vogelruferin*
  Chakliux, *angenommener Sohn von K'os, leiblicher Sohn von Tagfrau und Möwenschwinge, Soks Bruder*
  Er-lacht
  Erster Adler, *Nahe-am-Fluss-Mann von Ahle*
  Karibu, *verstorbener Sohn von Lange Augen, Bruder von Nachtmann*
  Nachtmann, *Sohn von Wolkenfinder und Lange Augen, Bruder von Stern*
  Schleicher, *verstorbener Sohn von Lange Augen, Bruder von Nachtmann*
  Sok, *Sohn von Tagfrau und Möwenschwinge, Bruder von Chakliux*
  Tikaani, *verstorbener Sohn von Lange Augen, Bruder von Nachtmann*

Frauen

Ahle, *Frau von Erster Adler*

Aqamdax, *Schwester von Ghaden, Stiefschwester von Yaa*

Dii, *Nichte von Krummer Halm*

Eulenfängerin

Gguzaakk, *verstorben, Frau von Chakliux*

Grüner Vogel, *Schwester von Backenhörnchen und Schwarzer Stock*

Kleine Maus

Rotes Blatt, *Frau von Sok, Mutter von Schreit-laut und Soks kleiner Tochter*

Schnee-im-Haar, *Frau von Sok, Mutter von Trägt-viel*

Stern, *Tochter von Wolkenfinder und Lange Augen, Frau von Chakliux, Schwester von Nachtmann*

Vogelruferin, *Frau von Blickt-in-den-Himmel*

Weidenblatt

Kinder

Angax, *kleiner Sohn von Aqamdax und Nachtmann*

Backenhörnchen, *Bruder von Schwarzer Stock und Grüner Vogel*

Ghaden, *Bruder von Aqamdax, Stiefbruder von Yaa, angenommener Sohn von Chakliux und Stern, Sohn von Cen, dem Händler*

Karibuschwanz, *Junge*

Schreit-laut, *Sohn von Sok und Rotes Blatt*

Schwarzer Stock, *Bruder von Backenhörnchen und Grüner Vogel*

Trägt-viel, *kleiner Sohn von Sok und Schnee-im-Haar*

Yaa, *Stiefschwester von Aqamdax und Ghaden, angenommene Tochter von Chakliux und Stern*

Die Ältesten – Männer

Anaay, *auch Bellender Fuchs genannt. Stiefvater von Chakliux und Sok, Mann von Dii und Möwenschnabel, Besitzer von K'os*

Blaukopfente, *verstorben, früherer Häuptling*

Fleischgeber

Sommergesicht, *verstorben, Vater von Yaa*

Sonnenrufer

Tsaani, *verstorben, Großvater von Chakliux und Sok, Bruder von Ligige'*

Wolf-und-Rabe, *verstorben, früherer Schamane, Vetter von Ligige', Mann von Blaue Blume*

Die Ältesten – Frauen

Blaue Blume, *Witwe von Wolf-und-Rabe*

Drei Körbe

Möwenschnabel, *erste Frau von Anaay*

Träger Schnee

Wühlmaus, *Witwe von Blaukopfente*

Jäger

Bisamsänger

Drei Bäume

Erster Adler, *Mann von Ahle*

Flusseistänzer, *Sohn von Wolfkopf*

Keine Zähne

Kleinstes Wiesel

Möwenschwinge, *verstorben, Vater von Sok und Chakliux, Bruder von Anaay*

Schwarzer Mund, *Besitzer von K'os, Mann von Zwei Fäuste*

Spricht-viel, *Mann von Eulenfängerin*

Wolfkopf, *Vater von Flusseistänzer*

Frauen

Ahle, *Gefangene aus dem Vetter-Fluss-Dorf, Frau von Erster Adler*

Daes, *verstorben, Mutter von Ghaden und Aqamdax, ursprünglich vom Dorf der Ersten Menschen*

Dii, *Gefangene aus dem Vetter-Fluss-Dorf, Frau von Anaay*

Eulenfängerin, *Gefangene aus dem Vetter-Fluss-Dorf, Frau von Spricht-viel*

Glücklicher Mund, *verstorben, Mutter von Yaa*

Grüner Vogel, *Gefangene aus dem Vetter-Fluss-Dorf*

Keine Zähne

K'os, *Gefangene aus dem Vetter-Fluss-Dorf, Ziehmutter von Chakliux, Arbeiterin von Schwarzer Mund und später von Anaay*

Rote Gamaschen

Schnitt-im-Ohr, *Gefangene aus dem Vetter-Fluss-Dorf*

Spricht-in-der-Nacht

Weidenblatt, *Gefangene aus dem Vetter-Fluss-Dorf*

Wenig Haar

Zwei Fäuste, *Frau von Schwarzer Mund*

Kinder

Beste Faust, *Mädchen*

Blaues Halsband, *Mädchen*

Grüner Streifen, *Tochter von Rote Gamaschen*

BEWOHNER DES VIER-FLUSSE-DORFES

Die Ältesten – Männer

Brauner Fuß

Der-auf-Bäume-klettert, *Mann von Sandfliege*

Die Ältesten – Frauen

Bei-den-Mäusen

Sandfliege, *Frau von Der-auf-Bäume-klettert*

Jäger

Braunes Auge

Cen, *Händler, Mann von Gheli*

Der-den-Adler-fängt
Der-Hunde-gibt
Erster Speer, *Oberster Jäger*
Fetter Nerz
Springt-zu-weit
Weidenrute

Frauen

Farn
Gheli, *auch Rotes Blatt genannt, Frau von Cen*
K'os, *Ziehmutter von Chakliux*
Weißer See

Kinder

Daes, *Ghelis kleine Tochter*

Kleine Pflanzenkunde

Die folgende Liste verschiedener Pflanzen ist nicht als Empfehlung zum Gebrauch gedacht, sondern lediglich als Ergänzung zum Roman. Viele Giftpflanzen ähneln Nutzpflanzen, und selbst einige der harmlosesten können, im Übermaß verwendet, schädlich sein. Am besten, man versichert sich der Gesellschaft eines Experten, wenn man Wildpflanzen zum Gebrauch als Arznei-, Nahrungs- oder Färbemittel sammeln will. Die Pflanzen sind in alphabetischer Reihenfolge entsprechend den in DER SCHREI DES WINDES *verwendeten Namen aufgeführt.*

AFTERKREUZKRAUT, Wilder Spargel, *Epilobium angustifolium*: Das Afterkreuzkraut ist in ganz Alaska und im nördlichen Teil Nordamerikas zu finden. Die aufrecht wachsenden Pflanzen werden bis anderthalb Meter hoch und enden in einer stacheligen Blütentraube. Jede Blüte hat vier Blütenblätter, die vom Stielansatz hinauf blühen, vom Hochsommer bis hinein in den Spätsommer. Die Farben variieren von tief leuchtendem Rosarot bis zu beinahe weißem Zartrosa. Die mittelgrünen Blätter ähneln denen der Weide, sie sind lang und schmal. Die ersten Triebe (reich an Vitamin A und C) im Frühjahr können, ehe die Blätter ausschlagen, geerntet werden, ohne dass man der Pflanze Schaden zufügt. (Die Ernte der weißen Stängel unter der Erde fördert gar das Pflanzenwachstum.) Die Spitze des Stängels sollte wegen des unangenehmen Geschmacks entfernt werden; der Rest kann gedünstet genossen werden wie

Spargel. Die Blätter sollten geerntet werden, ehe die Pflanze blüht. Sie finden als Gewürz in Suppen Verwendung. Die Blüten selbst werden für Salate und Marmelade verwendet. Ein Tee, aus den Blättern des Afterkreuzkrautes gebrüht, bringt Linderung bei Magenschmerzen. Ein aus den Wurzeln bereiteter Balsam findet als Zugsalbe Verwendung.

AQAMDAX, siehe auch MOLTEBEERE

ARKTISCHE WEINBEERE, *Rubus arcticus, Rubus stellatus*: Eine dicht am Boden wachsende Beerensorte, die in feuchten, offenen Gegenden zu finden ist. Die dreigliedrigen Blätter ähneln Erdbeerblättern; die Blüten sind hellrosa. Die roten, schmackhaften Beeren, reich an Vitamin C, sehen aus wie kleine Himbeeren. Es ist schwierig, sie in großen Mengen zu finden. Blätter und Wurzeln sind wirksam gegen Durchfall. Vorsicht: Nur frische oder sehr trockene Blätter verwenden. Welke Blätter können Übelkeit hervorrufen.

AUFRECHTER BEIFUSS, *Artemisia tilesii*: Diese perennierende Pflanze erreicht eine Höhe von einem halben bis einem Meter an einem einzigen Stängel. Die behaarten, gelappten Blätter sind an der Unterseite silbern und auf der Oberseite dunkelgrün. Im Spätsommer wächst oben am Stängel ein kleines Blütenbüschel. Die frischen Blätter werden für einen Tee verwendet, der das Blut reinigen und innere Blutungen stillen soll und um Schnitte und wunde Augen auszuwaschen. Die Blätter werden erhitzt und schichtweise auf arthritische Gelenke gelegt, um Schmerzen zu lindern. Vorsicht: Blätter des Aufrechten Beifußes können in größeren Dosen giftig sein.

BÄRENTRAUBE, Schneehuhntraube, *Arctostaphylos alpina, Arctostaphylos rubra*: Ein niedriges Heidekrautgewächs, das dicke Matten bildet. Die schwarzen (*alpina*) oder roten (*rubra*)

Beeren sind zwar genießbar, doch ohne spezifischen Geschmack. Die *A. rubra* wächst in niedrigeren Höhen. Die Blätter beider Arten werden im Herbst leuchtend scharlachrot.

BALSAMPAPPEL, auch amerikanische Pappel, *Populus balsamifera*: Ein Baum aus der Familie der Weiden, der vom Panhandlegebiet Alaskas bis in die Arktis auf kiesigem Grund wächst. Die Balsampappel erreicht eine Höhe von bis zu 25 Metern. Die weichen Blätter sind von ovaler Form und leicht gezackt, die Oberfläche ist dunkelgrün, die Blattunterseite hingegen blass. Mit fortschreitendem Alter wird die graue Rinde des Baumes dick und gefurcht. Die Blütenkätzchen sind reich an Vitamin C. Die innere Rinde der Balsampappel enthält, wie die der Weide, Salicin (Aspirin). Aufgebrüht ergibt sie ein gutes Gurgelmittel für Halsentzündungen. Gemahlen auf Wunden gebracht, soll die Rinde gegen Nässen Wirkung zeigen. Manche Eingeborenenvölker haben die Wurzel, zum Tee aufgebrüht, doch keinesfalls gekocht, dazu verwendet, um Frühgeburten vorzubeugen. Die Knospen wirken schleimlösend.

FICHTE, Schimmelfichte, *Picea glauca*; Schwarzfichte, *Picea mariana*: Immergrüne Nadelbäume. Die Schwarzfichte ist knorriger als die Schimmelfichte und liebt es feuchter. Sie wächst in niedrigeren Regionen als die Schimmelfichte. Die Nadeln sind reich an Vitamin C. Ein Tee, aus den Nadeln bereitet, hat je nach Dosierung eine entspannende oder belebende Wirkung. Erwärmt man das Harz, so kann es als Brustwickel Erleichterung bei Sekretstau bringen, und es dient auch als behelfsmäßiges Pflaster bei Schnitten.

GELBES VEILCHEN, *Violaceae*: Kleine gelbe fünfblättrige Blüten wachsen an Stängeln, die schätzungsweise 2 bis 30 Zentimeter hoch werden. In der Mitte jedes Blütenblattes sind die Blüten mit ungleichmäßigen dunklen Linien gezeichnet. Die gezackten Blätter sind herzförmig. Blätter und Blüten sind essbar. Die Blätter sind eine gute Vitamin-C-Quelle. Sie werden mit Fett vermischt und als Salbe bei Hautquetschungen verwendet. Vorsicht: Blätter und Blüten können abführende Wirkung haben.

GIFTBEERE, auch rotes Christophskraut, Hahnenfuß, *Actaea rubra*: Die Giftbeere ist die einzige Beere mit tödlichem Gift, die in Alaska natürlich vorkommt. Diese Staude wächst im südöstlichen Alaska und an der Küste, in der Gegend nördlich des Yukon-Flusses. Die Giftbeere wird maximal 1 Meter 20 hoch, in der Regel beschränkt sich der Wuchs jedoch auf 60 bis 90 Zentimeter. Die spitz zulaufenden Blätter sind gezahnt und gefiedert. Die zarten weißen Blüten wachsen in aufrechten Trauben. Die weißen oder roten Beeren tragen einen charakteristischen schwarzen Punkt. Achtung: Alle Bestandteile der Giftbeere sind in höchstem Maße giftig, und der Verzehr verursacht Schmerzen und blutigen Durchfall. Die Lähmung des Atmungsapparates und/oder Herzstillstand können zum Tode führen! Diese Pflanze sollte nicht einmal berührt werden!

GRÜNERLE (AMERIKANISCHE), *Alnus crispa*: Ein kleiner Baum mit grauer Borke. Die mittelgroßen Blätter haben gezackte Ränder, sind an den Enden abgerundet und vorne spitz zulaufend. Die Blütenbüschel ähneln winzigen Tannenzapfen. Die innere Schicht der Borke wird getrocknet (frische Borke reizt den Magen) und für Tee verwendet, der hohes Fieber senken soll. Sie wird ebenfalls als Adstringens und zum Gurgeln bei Halsschmerzen verwendet. Die Borke findet als braunes Färbemittel Verwendung.

HIMBEERE, *Rubus idaeus*: Ein stacheliger Strauch, der bis zu 1 Meter 80 hoch wird. Die leuchtend roten Beeren bestehen aus vielen einzelnen Steinfrüchtchen, die alle einen Samen tragen. Die weichen, spitz zulaufenden und gezackten Blätter bestehen aus fünf bis sieben Lappen. Die Himbeerblüte ist weiß und besitzt fünf Blütenblätter. Dem Himbeerblättertee wird eine unterstützende Wirkung auf die Fortpflanzungsorgane nachgesagt. Die vorzüglichen Beeren enthalten viel Vitamin B und C, daneben Mineralien, u. a. Kalzium. Vorsicht: Welke Blätter sind schwach giftig. Manche Personen reagieren auf die Berührung mit Blättern und Beeren mit Hautausschlag.

HUNDSKAMILLE, siehe STRAHLENLOSE KAMILLE

KRAMPFRINDE, siehe SCHNEEBALL

KRAUSER AMPFER, siehe SAUERAMPFER

LABKRAUT, WANDELKLEE siehe WEISSER GÄNSEFUSS

LIGIGE', kanadische Büffelbeere, Hundsbeere, *Shepherdia canadensis*: Ein Busch, der bis zu zwei Meter hoch wird, mit glatten, an der Spitze abgerundeten dunkelgrünen Blättern. Die orangeroten Beeren reifen im Juli und sind essbar, aber bitter. Sie schäumen wie Seife, wenn man darauf schlägt.

LUNGENKRAUT, Rispiges Lungenkraut, *Mertensia panicuiata*: Etwa 60 bis 90 Zentimeter hohe Pflanze, deren haarige, länglich ovale Blätter gegenständig wachsen. Kleine Büschel zarter, purpurner glockenartiger Blüten sitzen auf kurzen, hängenden Stielen. Blüten wie Blätter eignen sich für Teemischungen. Die Blätter sollten gepflückt werden, ehe die Pflanze erblüht. Vermutlich diente die Pflanze zur Linderung von Asthma und anderen Formen von Lungenstauung.

MOLTEBEERE, *Rubus chamaemorus*: Diese kleine Pflanze – nicht zu verwechseln mit der größeren, strauchartigen PRÄCHTIGEN BROMBEERE, *Rubus spectabilis* – wird ungefähr fünfzehn Zentimeter hoch und trägt eine einzige weiße Blüte und eine lachsfarbene Beere, die wie eine Himbeere geformt ist.

Die grünen Blätter sind gezackt und haben fünf Hauptlappen. Die Beeren sind essbar, aber nicht so aromatisch wie Himbeeren, doch reich an Vitamin C. Der Saft der Beeren gilt als Heilmittel bei Nesselausschlag.

PRÄCHTIGE BROMBEERE (nicht zu verwechseln mit *Rubus chamaemorus*, siehe MOLTEBEERE), *Rubus spectabilis*: Dieser zweijährige Waldstrauch wird bis zu 2 Meter 10 hoch. Die hellrosafarbenen fünfblättrigen Blüten reifen zu großen, roten oder lachsfarbigen Beeren, die an Himbeeren erinnern. Die Beeren enthalten viel Vitamin C. Rinde und Blätter, zum Tee aufgegossen, helfen bei nervösem Magen, ein Tee aus den Wurzeln lindert Durchfall. Breiumschläge aus zerstoßener Rinde bringen Erleichterung bei Zahnweh. Vorsicht: Welke Blätter sind schwach giftig.

SAUERAMPFER, Kleiner Sauerampfer, *Rumex crispus*, Arktischer Ampfer, *Rumex arcticus*: Die Blätter sind geformt wie Speerspitzen, an den Rändern gewellt, sie breiten sich fächerförmig vom Fuß der Pflanze aus. Der mittlere Stängel erreicht eine Höhe von 1 Meter bis 1 Meter 20 und trägt Büschel von essbaren rötlichen Samenkörnern. Die gedämpften Blätter sollen Warzen entfernen. Die Wurzel dieser Pflanze wird gestampft und als Breiumschlag bei Hautausschlägen verwendet. Die frischen Blätter enthalten viel Vitamin A und C, aber auch Oxalsäure, weswegen der Genuss mäßig sein sollte.

SCHNEEBALL, Gemeiner Schneeball, Krampfrinde, Elchsbeere, *Viburnum edule*: Dieser knorrige Busch ist in Alaska von der Alaska Peninsula bis zu den Brooks Range-Bergen verbreitet. Die grob gezahnten, gelappten Blätter erinnern an Ahornblätter und wachsen gegenständig. Der Gemeine Schneeball erreicht eine durchschnittliche Höhe zwischen 1 Meter 20 und 1 Meter 80, im Einzelfall kann er jedoch bis drei Meter hoch werden. Die fünfblättrigen weißen Blüten wachsen in flachen Büscheln und reifen im Spätsommer zu aromatischen, aber bitteren roten Beeren heran. (Frosteinfall erhöht die Süße der Beeren beträchtlich.) Die Früchte sind reich an Vitamin C und lassen sich zu wohl schmeckender Marmelade verarbeiten. Ein Aufguss aus der inneren Rinde kommt bei Halsentzündungen und Erkältungen zur Anwendung. Der Aufguss wird gegurgelt. Die Rinde des Gemeinen Schneeballs enthält einen Wirkstoff, der entspannend auf die Muskeln wirkt. Der Rindensud, als Tee genossen, hilft bei Menstruationsbeschwerden und bei Magenkrämpfen, auch sagt man ihm Wirkung bei entzündeten Hautabschürfungen nach.

STRAHLENLOSE KAMILLE, *Matricaria matricarioides*: Fein gefiederte Blätter wachsen an bis zu 30 Zentimeter hohen Stängeln. Die strahlenlosen gelben Blütenköpfe verströmen einen Ananasgeruch, wenn man sie zerreibt. Die Pflanzen werden für Tees verwendet, die Magenverstimmungen lindern und den Schlaf fördern sollen. Die Aleuten haben den Tee auch bei Blähungen verwendet. Vorsicht: Manche Leute bekommen Hautreizungen, wenn sie diese Pflanzen anfassen. Große Dosen können Übelkeit und Erbrechen hervorrufen.

SUMPFDOTTERBLUME, *Caltha palustris*: Eine kurzwüchsige Pflanze, nicht mehr als 30 Zentimeter hoch, die auf sumpfigem Grund gedeiht. Gebogene Stiele wachsen im Büschel, die großen, gerundeten Blätter erreichen im Durchmesser ca. 15 Zentimeter und sind nierenförmig. Die leuchtend gelbe Blüte besteht aus fünf gerundeten Blütenblättern. Diese Pflanze ist überall in Alaska verbreitet. Bei Krankheiten der Lunge und der Bronchien findet die Sumpfdotterblume als Schleimlöser Verwendung. Vorsicht: Die Sumpfdotterblume enthält glucoscides Protoanemonin, ein Gift, das seine Wirkung durch Sieden verliert. Die Blätter und Stiele sollten erst nach zweimaligem Aufkochen verwendet werden. Der tägliche Verzehr kann die Nieren schädigen. Menschen mit empfindlicher Haut können auf den Umgang mit der Pflanze mit Hautausschlag reagieren. Es ist zu beachten, dass Verwechslungsgefahr mit der wilden Calla besteht, die giftig ist. Beide Pflanzen gedeihen an den gleichen Standorten.

WEGERICH, Strandwegerich, Pisang (nicht zu verwechseln mit dem weit verbreiteten großblättrigen Wegerich), *Plantago maritima*: Schmale spitze Blätter wachsen vom Fuß der Pflanze und erreichen eine Höhe von ca. 30 Zentimetern. Die Pflanze ist entlang der Küste Alaskas zu finden und wird vom Alaska-Braunbären gerne gefressen. Die Blätter sind roh wie gekocht ein Genuss, zu Brei püriert dienen sie bei Hautirritationen als Salbe. Vorsicht: Der Strandwegerich hat starke Ähnlichkeit mit dem giftigen Dreizack, beide Pflanzen haben den gleichen Lebensraum. Der Dreizack enthält Zyanid.

WEIDE, *Salix*: Ein schmalblättriger Strauch oder kleiner Baum mit glatter grauer, gelblicher und/oder bräunlicher Rinde. Gegenwärtig gibt es in Alaska mehr als dreißig Weidenarten. Die Blätter sind eine sehr gute Vitamin-C-Quelle, schmecken aber bei manchen Arten sehr bitter. Die Blätter und die innere Rinde enthalten Salicin, das schmerzlindernd wirkt wie Aspirin. Die Rinde kann man schnipseln und kochen, um einen schmerzstillenden Tee zu erhalten. Die Blätter kann man ebenfalls als Tee kochen. Die Blätter werden gekaut und auf Insektenstiche gelegt, um den Juckreiz zu mildern. Wurzeln und Äste werden für Körbe und geflochtene Fischreusen verwendet.

WEISSER GÄNSEFUSS, *Chenopodium album*: Weiche Blätter in der Form von Gänsefüßen wachsen wechselständig an 30 bis 90 Zentimeter hohen Stielen (kann bis zu 3 Meter hoch werden). Kultiviert ist die Pflanze wegen ihrer überschwänglichen Selbstbestäubung nur schwer zu bändigen. Blätter und Stiele, gut in Salaten, sind reich an den Vitaminen A, C und B.

Der Sud dient zu Mundspülungen bei Entzündungen. Umschläge aus den Blättern helfen bei Wunden und Rheuma. Achtung: Die Pflanze enthält Oxalsäure und kann, im Übermaß verzehrt, die Nieren schädigen.

WOLLIGER BÄRENKLAU, wilder Sellerie, *Heracleum lanatum*: Eine dickstielige, kräftige Pflanze, die bis zu drei Meter hoch wird. Die rauen, dunklen Blätter haben drei Hauptlappen mit gezackten Rändern. Stiele und Blatthalme schmecken wie scharfer Sellerie, müssen aber vor dem Verzehr abgezogen werden, weil die Außenschicht hautreizend wirkt. Oben an den Pflanzen wachsen weiße Blüten in schalenförmigen Trauben. Auch die Wurzeln sind essbar, und die Blätter werden getrocknet, um Suppen und Eintöpfe zu würzen. Die Wurzel wird roh gekaut, um Halsweh zu lindern, und erhitzt wird ein Stück davon in einen schmerzenden Zahn gesteckt, um Wurzelschmerz abzutöten. Vorsicht: Bei der Ernte sollte man Handschuhe tragen. Wolliger Bärenklau gleicht im Aussehen dem giftigen Wasserschierling.

XOS COGH, Igelkraftwurz, *Echinopanax horridum*: Eine stachelige Pflanze mit hölzernem Stamm, die bis zu 2 Meter 40 hoch wird. Die großen Blätter ähneln denen des Ahorns. Als Tee bereitet, regulieren sie den Blutzucker und sollen Krebs vorbeugen. Gerieben und erhitzt wirkt die Wurzel bei Hautabschürfungen, Entzündungen und Insektenstichen. Die Stacheln gelten als Nemesis des Wanderers.

Glossar der Eingeborenensprachen

AA, AAA	(Alëut., Athabask.) Ausruf des Erstaunens. Oh! [Das zwei- oder dreifache *a* ist ein langer Selbstlaut.]
ANAAY	(Ahtna-Athabask.) Der-sich-bewegt, Karibu oder Karibuherde. [Der athabaskische Selbstlaut *a* wird betont wie das *a* in *Watt*. Das *n* entspricht unserem *n*, und das *aa* klingt ähnlich wie ein offenes *o*. Das *y* ist ähnlich einem *j*. Die Betonung liegt auf dem *naay*.]
ANGAX	(Alëut.) Macht, Stärke. *Anga* ist in der alëut. Sprache der Wortstamm für *großer Bruder*. [Die Vokale sind kurz; weil es vor dem *n* steht, klingt das erste *a* eher wie ein kurzes *e*. Das *n* ist nasal, das *g* wird betont, es ist guttural, ein Velar-Reibelaut, und das abschließende *x* ist ein stimmloser Velar-Reibelaut.]
AQAMDAX	(Alëut.) Moltebeere *(Rubus chamaemorus)*. Siehe Pflanzenkunde. [Die *a* sind kurz. Das *q* ist wie ein *k*, das *d* ähnelt sehr dem englischen *th*. Das *x* ist ein stimmloser Velar-Reibelaut.]
BABICHE	(Wahrscheinlich von dem Cree-Wort *assa-babish*, der Verkleinerungsform von *assa-bab*, Faden). Ein Band aus ungegerbter Schlachthaut.
CEN	(Ahtna-Athabask.) Tundra. [Das *c* wird wie *k* ausgesprochen. Das *e* ist ein kurzer offener Laut wie das *e* in *Bett*.]

CET'AENI (Ahtna-Athabask.) Geschöpfe einer alten Ahtna-Legende. Sie sind geschwänzt und leben in Bäumen und Höhlen. [Das *c* klingt wie unser *k*. Das *e* ist ein kurzer offener Laut wie das *e* in *Bett*. Dem *t'* folgt ein offener Laut. Der Diphthonglaut *ae* klingt ähnlich wie das *ä* in *Träne*. Das *i* am Schluss ist ein kurzer Laut wie das *i* in *Tisch*. Die Betonung liegt auf dem *t'aen*.]

CHAKLIUX (Ahtna-Athabask.) Seeotter. [Das *x* am Schluss des Wortes ist ein stimmloser Velar-Reibelaut.]

CHIGDAX (Alëut.) Wasserdichter Parka, aus Seelöwen- oder Bärendärmen, Robben- oder Seelöwenspeiseröhren oder Walzunge gefertigt. Die Kapuze hatte ein Zugband, die Ärmel wurden für Reisen auf dem Wasser am Handgelenk zugeschnürt. Diese knielangen Kleidungsstücke waren oft mit Federn und Stücken gefärbter Speiseröhre verziert. [Das *ch* wird wie *tsch* gesprochen, das *g* guttural, und das *d* gleicht dem englischen *th*. Die Vokale sind kurz. Das *x* wird korrekt *x̂* geschrieben und ist ein stimmloser Gaumenreibelaut.]

CILT'OGHO (Ahtna-Athabask.) Ein aus Birkenrinde ausgehöhltes Gefäß, das an einer Schnur um den Hals befestigt ist und dazu dient, Wasser zu transportieren. [Das *c* wird wie *k* gesprochen. Das *i* ist ein kurzer Laut wie das *i* in *Tisch*. Das *l* wird korrekt *ł* geschrieben und ist stimmlos. Die Zungenspitze wird unmittelbar hinter den Schneidezähnen an den Gaumen gedrückt, und zugleich wird so ausgeatmet, dass beiderseits der Zunge Luft ausgestoßen wird. Auf das *t'* folgt ein offener Laut. Das *o* ist ein kurzer offener Laut ähnlich dem *o* in *Kopf*. Das *gh* ähnelt dem französischen *r*. Die Betonung liegt auf *t'ogh*.]

DAES (Ahtna-Athabask.) Untiefe, seichte Stelle eines Sees oder Flusses. [Das *d* wird gesprochen, indem die Zungenspitze die hintere Seite der Schneidezähne berührt. Es klingt fast wie ein *t.* Der Diphthong *ae* klingt ähnlich wie das *ä* in *Träne.* Das *s* am Schluss wird fast wie *sch* ausgesprochen.]

DII (Ahtna-Athabask.) Einer allein, auf sich gestellt. [Das *d* wird gesprochen, indem die Zungenspitze die hintere Seite der Schneidezähne berührt. Es klingt fast wie ein *t.* Das *ii* ist ein lang gezogener Vokal wie das *ie* in dem Wort *Tier*.]

DILK'AHOO (Koyukon-Athabask.) Raben ... [Das *d* wird gesprochen, indem die Zungenspitze die hintere Seite der Schneidezähne berührt. Es klingt fast wie ein *t.* Das *i* ist ein kurzer Laut wie das *i* in *Tisch.* Das *l* wird gesprochen wie das in *Schal.* Das *k* entspricht dem aleüt. *x* und wird mit einem sehr rauen, gutturalen Laut hinten im Hals gesprochen. Der Apostroph bezeichnet einen Kehlkopfverschlusslaut. Das *a* ist ein kurzer Laut wie das *a* in *Fass*. Das *h* klingt wie das *h* in *Haus,* und das *oo* ist ein langes *o*.]

DZUUGGI (Ahtna-Athabask.) Ein Lieblingskind, das von klein auf eine besondere Schulung erhält und insbesondere in mündlichen Überlieferungen unterwiesen wird. [Das *dz* klingt wie *ds.* Das *uu* ist ein langes *u.* Das *gg* ist stark guttural und wird gesprochen, indem der Zungenrücken an den weichen Gaumen gedrückt wird. Das *i* ist ein kurzer Laut wie das *i* in *Tisch.* Die Betonung liegt auf der ersten Silbe.]

GGUZAAKK (Koyukon-Athabask.) Eine Drossel (*Hylocichla minima*, *H. ustulata* und *H. guttata).* Diese Vögel singen eine vielfältige, schöne Melodie. Das

Koyukon-Volk glaubt von alters her, dass dieser Gesang von der Anwesenheit einer unbekannten Person oder eines Geistes kündet. [Das *gg* ist stark guttural und wird gesprochen, indem der Zungenrücken an den weichen Gaumen gedrückt wird. Das *u*, klingt ähnlich wie das kurze *u* in *Schluss*. Das *z* wird weich und stimmhaft ausgesprochen. Das *aa* klingt ähnlich wie ein offenes *o*. Das *kk* ist ein sehr hartes *ck*.]

GHADEN (Ahtna-Athabask.) Ein anderer Mensch. [Das *gh* ähnelt stark dem französischen *r*. Das *a* ist ein kurzer Laut wie das *a* in *Fass*. Das *d* wird gesprochen, indem die Zungenspitze die hintere Seite der Schneidezähne berührt. Es klingt fast wie ein *t*. Das *e* ist ein kurzer offener Laut wie das *e* in *Bett*.]

GHELI (Ahtna-Athabask.) Ehrlich, gut. [Das *gh* ähnelt stark einem *r*. Das *e* ist ein kurzer offener Laut wie das *e* ein *Bett*. Das *l* wird gesprochen wie das in *Schal*. Das *i* ist ein kurzer Laut wie das *i* in *Tisch*.]

HII (Alëut.) Ein Ausruf der Überraschung oder des Abscheus. [Das *ii* wird wie ein langes *ie* ausgesprochen. Das *h* ist eher ein Verschlusslaut denn ein gesprochener Laut.]

'IH (Ahtna-Athabask.) Ausdruck des Erstaunens, von einem Zuhörer geäußert. [Der Apostroph bezeichnet einen Kehlkopfverschlusslaut. Beginnt ein Wort mit einem Vokal, dem ein Apostroph vorausgeht, so wird der Vokal schnell und kurz angestimmt, indem man die Luft durch die Stimmbänder herauspresst. Das *i* ist ein kurzer Laut wie das *i* in *Tisch*. Das *h* ist ein stimmloser Kehlkopfreibelaut.]

IITIKAALUX (Atkan.-Alëut.) Wolliger Bärenklau *(Herac-*

leum lanatum). Siehe Pflanzenkunde. [Das *ii* wird wie ein langes *ie* ausgesprochen. Das *i* und das *u* sind kurz, das *aa* ist lang. Das *k* ist guttural. Das *x* wird korrekt *x̂* geschrieben und ist ein stimmloser Gaumenreibelaut. Die Betonung liegt auf der vorletzten Silbe.]

IQYAX (Alëut.) Ein mit Häuten bespanntes Boot mit Holzrahmen. Ein Kajak. [Die zwei Vokale sind kurz. Das *q* wird wie *k* gesprochen, das *y* wie ein *j*, und das *x* ist ein stimmloser Velar-Reibelaut. Die Betonung liegt auf der ersten Silbe.]

KOLDZE' (Ahtna-Athabask.) Nichts ist geblieben.

NIHWDELNEN [Das *k* entspricht dem alëut. *x* und wird hinten im Hals hart guttural betont. Das *o* ist ein kurzer offener Laut wie das *o* in *Kopf.* Das *l* wird beide Mal gesprochen wie das in *Schal.* Das Athna-*dz* klingt wie *ds.* Das *e* ist beide Mal ein kurzer offener Laut wie das *e* in *Bett,* und der Apostroph bezeichnet einen Kehlkopfverschlusslaut. Das *n* ist nasal. Das *i* ist ein kurzer Laut wie das *i* in *Tisch.* Das *hw* ist ein stimmloser gerundeter Kehlkopf-Reibelaut wie das athabask. *h,* die Lippen werden gerundet wie bei dem *h* in *Hose.* Das *d* wird gesprochen, indem die Zungenspitze die hintere Seite der Schneidezähne berührt. Es klingt fast wie *t.*]

K'OS (Ahtna-Athabask.) Wolke. [Das *k* entspricht dem alëut. *x* und wird mit einem sehr rauen, gutturalen Laut hinten im Hals gesprochen. Der Apostroph bezeichnet einen Kehlkopfverschlusslaut. Das *o* ist ein kurzer offener Laut wie das *o* in *Kopf.* Das *s* wird fast wie *sch* ausgesprochen.]

LIGIGE' (Ahtna-Athabask.) Büffelbeere, Hundsbeere *(Shepherdia canadensis).* Siehe Pflanzenkunde.

[Das *l* wird korrekt *ł* geschrieben und ist stimmlos. Die Zungenspitze wird unmittelbar hinter den Schneidezähnen an den Gaumen gedrückt, und zugleich wird so ausgeatmet, dass beiderseits der Zunge Luft ausgestoßen wird. Das *i* ist ein kurzer Laut wie das *i* in *Tisch.* Das *g* entspricht weitgehend unserem *k* und wird hinten im Hals gesprochen, das *e* am Schluss klingt wie das *e* in *Bett.* Der Apostroph bezeichnet einen Kehlkopfverschlusslaut. Die Betonung liegt auf der letzten Silbe.]

NAAX (Ahtna-Athabask.) Befehl für einen Hund – »Los!« oder »Vorwärts!« [Das *n* ist nasal. Das *aa* klingt ähnlich wie ein offenes *o.* Das *x* ist ein stimmloser Velar-Reibelaut.]

NAE' (Ahtna-Athabask.) Ja. [Das *n* ist nasal. Der Diphthonglaut *ae* klingt ähnlich wie das *ä* in *Träne.* Der Apostroph bezeichnet einen Kehlkopfverschlusslaut.]

NUHU'ANH (Koyukon-Athabask.) [Das *n* ist beide Mal nasal. Das *u* klingt beide Mal ähnlich wie das kurze *u* in *Schluss.* Das *h* klingt beide Mal wie das *h* in *Haus.* Der Apostroph bezeichnet einen Kehlkopfverschlusslaut. Das *a* klingt wie das *a* in *matt.*]

QUNG (Alëut.) Höcker, Buckel. [Das *q* am Anfang wird wie *k* gesprochen. Das *u* ist kurz, und der Digraph *ng* ist nasal, sehr ähnlich dem *ng* in *Klang.*]

SAEL (Ahtna-Athabask.) Gefäß aus Rinde. [Das *s* wird fast wie *sch* ausgesprochen. Der Diphthonglaut *ae* klingt ähnlich wie das *ä* in *Träne.* Das *l* wird korrekt *ł* geschrieben und ist stimmlos. Die Zungenspitze wird unmittelbar hinter den Schneidezähnen an den Gaumen gedrückt, und zugleich wird so ausgeatmet, dass beiderseits der Zunge Luft ausgestoßen wird.]

SAX (Alëut.) Ein langer, kapuzenloser Parka aus gefiederten Vogelhäuten. [Das *s* wird leicht lispelnd gesprochen, das *a* ist ein kurzer Selbstlaut. Das *x* ist ein stimmloser Velar-Reibelaut.]

SOK (Ahtna-Athabask.) Rabenschrei. [Das *s* wird fast wie *sch* ausgesprochen. Das *o* ist ein kurzer offener Laut ähnlich dem *o* in *Kopf*. Das *k* ist guttural.]

TIKAANI (Ahtna-Athabask.) Wolf. [Das *i* ist ein kurzer Laut wie das *i* in *Tisch.* Das *k* entspricht dem alëut. *x* und wird mit einem sehr rauen, gutturalen Laut hinten im Hals gesprochen. Das *aa* klingt ähnlich wie ein offenes *o*. Die Betonung liegt auf *kaan*.]

TIKIYAASDE (Ahtna-Athabask.) Menstruationshütte. [Das *i* ist ein kurzer Laut wie das *i* in *Tisch.* Das *k* wird mit einem sehr rauen, gutturalen Laut hinten im Hals gesprochen. Das *aa* klingt ähnlich wie ein offenes *o*. Das *s* wird fast wie *sch* ausgesprochen. Das *d* wird gesprochen, indem die Zungenspitze die hintere Seite der Schneidezähne berührt. Es klingt fast wie ein *t*. Das *e* ist ein kurzer offener Laut wie das *e* in *Bett*.]

TSAANI (Ahtna-Athabask.) Grizzlybär (*Ursus arctos)*. [*Ts* klingt ähnlich wie *tz*. Das *aa* klingt ähnlich wie ein offenes *o*, das *i* ist ein kurzer Laut wie das *i* in *Tisch.* Die Betonung liegt auf der ersten Silbe.]

TUXAKUX
TXIN̦ HI (Alëut.) Hörst du? [Die beiden t klingen beinahe wie das englische *th*, ein nicht gehauchter Gaumen-Verschlusslaut. Das erst *u* ist kurz, das zweite *u* klingt wie ein kurzes *o*. Das erste sowie das dritte *x* sind stimmlose Velar-Reibelau-

te. Das mittlere *x,* korrekt *x̂* geschrieben, ist ein stimmloser Gaumenreibelaut. Das *a* ist kurz. Das *k* ist ein nicht gehauchter Velar-Verschlusslaut. Das *i* ist beide Mal kurz, und das *n* ist ein stark palatalisierter Nasallaut, da ihm das *i* vorangeht. Das *h* ist eher ein Verschlusslaut denn ein gesprochener Laut, es dient dem folgenden Vokal als Hauchlaut.]

ULAX (Alëut.) Eine in die Erde gegrabene Behausung mit Sparrenwerk aus Treibholz, mit Stroh und Grasnarben bedeckt. [*Uu-lax* ausgesprochen, mit der Betonung auf der ersten Silbe. Das *a* ist ein kurzer Selbstlaut, und das *x* am Schluss ist ein stimmloser Velar-Reibelaut. Plural *ulas* oder *ulam.*]

UNANGAX UTING (Alëut.) Ich bin Alëut. [Das erste *u* klingt beinahe wie ein *j*. Das zweite *u* ist ein kurzer Selbstlaut. Das erste *n* ist nasal, die Digraphen *ng* sind stimmhafte Velar-Nasallaute. Die *a* sind beide Mal kurz. Das *x*, korrekt *x̂* geschrieben, ist ein stimmloser Velar-Reibelaut. Das *i* ist kurz.]

XOS COGH (Ahtna-Athabask.) Igelkraftwurz, wörtlich ›große Distel‹ oder ›großer Stachel‹ *(Echinopanax horridum).* Siehe Pflanzenkunde. [Das *x* ist ein stimmloser Velar Reibelaut. Das ahtna-athabask. *o* klingt wie das *o* in dem Wort *Tor.* Das *s* wird fast wie *sch* ausgesprochen, und das *c* wird wie *k* gesprochen. Das *gh* ähnelt dem *r.*]

YAA (Ahtna-Athabask.) Himmel. [Das *y* wird wie *j* ausgesprochen. Das *aa* klingt ähnlich wie ein offenes *o.*]

YAKAAS (Ahtna-Athabask.) Wörtlich »Blitzender Himmel«. Die *Aurora borealis*. [Das *y* wird wie *j* ausgesprochen. Das *k* wird mit einem sehr rauen, gutturalen Laut hinten im Hals gesprochen. Das *a* ist ein kurzer Laut in *Fass*. Das *aa* klingt ähnlich wie ein offenes *o*, und das *s* am Schluss wird fast wie *sch* ausgesprochen. Die Betonung liegt auf der letzten Silbe.]

YEHL (Tlingit.) Adler, auch Rabe. [Das *y* wird wie *j* ausgesprochen. Das *e* ist ein kurzer Vokal.]

Nachwort der Autorin

Der Roman *Der Schrei des Windes* handelt vom Krieg sowie seiner natürlichsten und tragischsten Nachwirkung: der Rache. Wie sein Vorgänger *Der Gesang des Flusses* entspinnt sich seine Geschichte im Alaska der Vorzeit um die Bewohner des Nahe-am-Fluss-Dorfes und des Vetter-Fluss-Dorfes.

Viele Charaktere und auch viele Erzählelemente gründen sich auf die Mythologie der Ureinwohner Alaskas. Zwei davon bedürfen eventuell einer ausführlichen Erklärung.

Die traditionelle mündliche Überlieferung der Ureinwohner ist reich an Guten und Bösen. Die Bösen sind überaus schlecht und dienen als Kontrast zu den Guten. Es fällt uns heute manchmal schwer, diese strenge Schwarz-Weiß-Malerei zu verstehen oder ihr gar Glauben zu schenken. Ich habe meine zwei bösen Charaktere K'os und Anaay trotzdem bewusst in dieser Tradition gezeichnet. Um ihr Verhalten jedoch dem modernen Leser verständlich zu machen, habe ich diese Figuren mit Motiven und einer bestimmten Denkweise ausgestattet, die eine psychologische Grundlage für ihre Handlungen schaffen. Ich bitte meine Leser aber zu bedenken, dass diese beiden Figuren für eine alte Tradition in der Überlieferung der nordamerikanischen Ureinwohner stehen: für den klassischen, nicht erlösbaren Antihelden.

Der *nuhu'anh*, u. a. auch bekannt als *windigo, witigo,* Außen-Mensch oder Waldmensch, repräsentiert in diesem Roman eine weitere mythologische Tradition. Bei fast allen nordischen Stämmen existieren Legenden über den *windigo* oder *nuhu'anh*. Bei meinen Nachforschungen habe ich festgestellt, dass die Ausmaße dieser Erzählungen in Regionen mit sehr kaltem Klima, dort, wo der Vorrat an Nahrung im Winter begrenzt ist, mystischer und grausamer sind als bei jenen Völkern, die dem Hunger im Winter nicht so sehr ausgesetzt sind. Die Alëuten und auch viele athabaskische Stämme empfinden den *nuhu'anh* eher als lästige Plage denn als Bedrohung – jemand, dessen Verhalten den Ausschluss aus der Dorfgemeinschaft zwingend zur Folge hat. Der *nuhu'anh* mag töten, eine Frau oder Nahrung rauben, doch er ist nur selten so kannibalisch wie der *windigo* der Ojibwa oder Cree.

Erst seit kurzem ist die Wissenschaft zu der Erkenntnis gelangt, dass der *windigo-Mythologie* eine psychologische Basis zu Grunde liegt. Forschungsergebnisse lassen auf die Möglichkeit schließen, dass Menschen, die in eisigen Witterungsbedingungen extremem Fettmangel ausgesetzt sind, an Wahnvorstellungen leiden können, die sie dazu verleiten, andere Menschen als Nahrungsquelle zu betrachten – als Tiere, deren Tötung ihnen legitim erscheint. Obgleich die Überlieferung viele Möglichkeiten kennt, einen *windigo* zu töten, wird eine interessanterweise besonders häufig angeführt: dem *windigo* wird heißes Fett die Kehle hinuntergezwungen.

Einige Leser haben mich um Erklärung für das Konzept der »Hand voll« gebeten, das ich in der *Geschichtenerzähler-Trilogie* als Zahlensystem verwende. Meinen Nachforschungen zufolge basiert das Zahlensystem der meisten Ureinwohnervölker Nordamerikas auf der Zahl fünf (im Gegensatz zu unserem Dezimalsystem), daher das Konzept der Hand voll – fünf Finger.

Jenen von Ihnen, denen es, wie mir, an mathematischer Begabung mangelt, möge diese Erklärung zur Hilfe gereichen. In einem Zahlensystem, das auf der Zahl fünf basiert, wäre die Zahlenfolge von 1 bis 10 folgendermaßen:

1, 2, 3, 4, 5, 5+1, 5+2, 5+3, 5+4, 2×5. 11 wäre demnach 2×5+1 und so fort.

Es mag dem Leser aufgefallen sein, dass in dieser Trilogie wie auch in der vorhergegangenen *(Vater Himmel, Mutter Erde; Schwester Mond; Bruder Wind*) die Ersten Menschen bis zehn zählen. Das begründet sich darin, dass die Unangan oder Alëuten, denen die Ersten Menschen nachempfunden sind, ein Dezimalsystem benutzen, was im Übrigen für amerikanische Ureinwohner sehr ungewöhnlich ist. Und so verwende ich in meinen Romanen zwei Zahlensysteme, eines, das die Ersten Menschen gebrauchen und das auf der 10 basiert, und ein anderes für die Walrossjäger und die Flussmenschen, angezeigt durch die Redewendung »Hand voll«.

Abschließend noch eine weitere Erläuterung: Einige Leser mögen sich fragen, warum Ligige' den Vielfraß, den sie versehentlich in einer ihrer Fallen gefangen hat, als Parkakapuze bezeichnet (48. Kapitel). Bei vielen athabaskischen Völkern wie auch in vielen anderen Ureinwohner-Kulturen nennen die Frauen Tiere, denen ungewöhnliche und geheiligte Kräfte nachgesagt werden, nicht bei ihrem Namen. Stattdessen verwenden sie einen Euphemismus. Eine Frau, die von einem Schwarzbären spricht, wird »der Schwarze« sagen, »die schwarze Stätte« oder »dieser Bucklige«. Dieses Verhalten soll dem Bären Respekt erweisen und dem Sprecher zur gleichen Zeit seelischen Schutz gewähren. Indem Ligige' also in *Der Schrei des Windes* den Vielfraß als »Krause einer Parkakapuze« bezeichnet, verhält sie sich diesem Brauch gemäß.

Ich danke Ihnen dafür, dass sie mich auch auf dieser Reise in das alte Alaska begleitet haben. Auf meiner Website finden Sie Informationen über kommende Bücher. Ich freue mich auf Ihren Besuch – www.sueharrison.com.

Sue Harrison
Pickford, Michigan
Im Februar 1998

Danksagung

Der Dank, den ich so vielen für ihre Hilfe, ihre Ermutigung und die Bereitschaft, ihr Fachwissen mit mir zu teilen, schulde, lässt sich kaum in Worte fassen.

All jene, die schon im *Gesang des Flusses* Erwähnung gefunden haben, verdienen sie auch diesmal: unsere Freunde in Akutan, Anchorage, Atka, Beluga, Dutch Harbor, St. George, St. Paul und Unalaska. Niemals kann ich ausdrücken, wie viel ich von euch allen gelernt habe und weiter lernen werde, und wie viel ihr alle Neil und mir bedeutet. Jenen treuen Freunden, deren Fachwissen mich seit meinem ersten Roman *Vater Himmel, Mutter Erde* begleitet, sei aufs Neue gedankt: Dr. William Laughlin, Mike und Raya Livingston, Dr. Ragan und Dorothea Callaway und Mark und Forbes McDonald.

Mein aufrichtiger Dank gilt all jenen, die dieses Manuskript in seinen verschiedenen Stadien gelesen haben: meinem Mann Neil, meinen Eltern Pat und Bob McHaney, meiner Schwester Tish Walker, meinen Freunden Linda Hudson und Joe Claxton, allesamt scharfsinnige Leser. Ich schätze mich glücklich, Freunde und eine Familie wie euch zu haben, die, um mir zu helfen, bereit sind, sich durch Seiten zu kämpfen, die verschlüsselt sind mit Notizen und Tippfehlern – und dies alles begleitet von ständigem Flehen um Meinungsäußerung!

Mein tief empfundener Dank gilt unseren Freunden in Shobunsha und Tuttle-Mori in Japan, die uns geduldig in ihre wunderschöne und vielschichtige Kultur eingeführt haben. Eine besondere Erwähnung gebührt Hashida Yoshinori, der uns seine Bücher und Kenntnisse über die prähistorische Kulturform der japanischen Inseln, über das Volk der Jomon, so großzügig zur Verfügung gestellt hat. Ebenfalls erwähnen möchte ich Herrn Ohno und seine Frau, deren Großzügigkeit und Gastfreundschaft in ihrem schönen Heim in Tokio es zu verdanken ist, dass wir in den Genuss mannigfaltiger Meeresfrüchte aus dem Überfluss der Pazifikküste kommen konnten.

Aufrichtig danke ich auch meinem Vater, der mich aus eigener Erfahrung über verrenkte Schultern informieren konnte und mich nicht für mein mangelndes Feingefühl schalt, als sich erwies, dass mein Interesse ebenso literarischen Belangen wie Mitgefühl entsprang!

Ich schätze mich glücklich, Rhoda Weyr als Agentin zu haben. Sie ist eine talentierte Lektorin wie auch kluge Ratgeberin und Freundin, und ihr Scharfsinn bezieht sich gleichermaßen auf geschäftliche wie auf literarische Belange. Höchste Wertschätzung und Anerkennung und mein herzlichster Dank gebühren meiner Lektorin bei Avon, Ann McKay Thoroman, und ihren überaus begabten Mitarbeitern.

Wann immer ich versuche, den Dank, den ich meinem Mann Neil schulde, auszudrücken, finde ich keine Worte. Ich bin zutiefst dankbar für seinen Scharfblick, seine Computerarbeit an der Karte in diesem Buch, für seine Kenntnisse von Wild und den Fertigkeiten, die zum Überleben nötig sind. Er verkörpert alles, was ein Ehemann sein sollte, und noch viel mehr, seine Begabungen liegen auf so vielen Gebieten, in denen ich unbegabt bin. Wann immer ich Rat suche, ist er bereit, ihn mir zu geben, und er ist stets bereit, kritiklos zuzuhören, wenn ich ein offenes Ohr brauche. Unsere Anerkennung gebührt unseren Kindern Krystal, Neil und Tonya; unseren Eltern, Freunden und auch unserem erweiterten Familienkreis. Ihrer Unterstützung und Ermutigung können wir uns stets sicher sein. Wir sind gesegnet im Überfluss.